Les proies de l'ombre

DU MÊME AUTEUR CHEZ MIRA

L'ennemi sans visage
Le complot
Soupçons
La griffe de l'assassin
Prémonition
L'ombre de la mort
Danse avec la mort
Noires visions
Nuits blanches
Apparences
La crypte mystérieuse
Sombre présage
Hantise
Dangereuse vision
La nuit écarlate
L'héritage maudit

HEATHER GRAHAM

Les proies de l'ombre

Roman

MIRA

Titre original :
DEADLY HARVEST
publié par MIRA®

Traduction de l'américain par VALERY LAMEIGNERE

Photos de couverture
Arbre : © NIDERLAND/ROYALTY FREE/FOTOLIA
Maison : © PAUL & LINDAMARIE AMBROSE/GETTY IMAGES
Ciel & lac : © BRAD WILSON/GETTY IMAGES
Réalisation graphique couverture : T. SAUVAGE

83-85 boulevard Vincent-Auriol 75646 PARIS CEDEX 13.
www.harlequin.fr
ISBN 978-2-2802-1356-1 — ISSN 1765-7792

Pour Sharon Dale, avec tous mes remerciements.
Pour les formidables équipes du Peabody Essex Museum
et de la Maison aux sept pignons.
Et enfin pour tous les habitants de la belle ville de Salem.

Prologue

Tout commença le jour où Mary et Brad Johnstone se rendirent au Salon de la voyance et des arts divinatoires qui se tenait chaque année à Salem, dans le Massachusetts. S'étant arrêtés devant la cabine d'un voyant — une tente noire et pourpre d'aspect assez lugubre —, ils échangèrent un regard entendu. Ni l'un ni l'autre ne croyait à ce genre de superstitions.

— Quand on est à Rome, on fait comme les Romains, avait pourtant déclaré Brad avec un sourire ironique. Et puis, cette tente correspond à la description faite par le type du musée.

Bien entendu, on pouvait se faire prédire l'avenir à tous les coins de rues, dans cette ville, surtout en cette période d'Halloween. Mary et Brad avaient déjà parcouru les sombres couloirs de quelques maisons hantées, visité des magasins de déguisements et discuté avec une large variété d'habitants de Salem, depuis les adeptes de la religion Wicca — les wiccans — jusqu'aux employés des musées. C'était d'ailleurs l'un d'entre eux qui leur avait conseillé de se faire prédire l'avenir auprès de plusieurs voyants afin de pouvoir comparer les prédictions. L'homme, qui dirigeait un musée consacré à l'histoire de la ville, avait également eu la gentillesse de leur indiquer ses endroits préférés à Salem.

Suivant ses conseils, Mary s'était donc fait lire les lignes de la main pour la première fois de sa vie. L'échoppe, au nom de Magick Mercantile, était tenue par les Llewellyn, un couple de véritables wiccans qui se faisaient appeler Adam et Eve. La femme avait l'air d'une hippie tandis que son mari, tout de noir vêtu, se donnait des allures de vampire. Le chewing-gum qu'il mâchait sans cesse lui conférait toutefois une certaine normalité, qui atténuait son aspect vaguement inquiétant. Brad se doutait bien qu'Adam et Eve n'étaient pas leurs vrais prénoms — visiblement, tout le monde ici aimait se mettre en scène —, mais l'un et l'autre s'étaient montrés aimables, et c'était bien là le principal.

Eve avait pris la main de Mary dans la sienne, puis, penchée sur sa paume, elle lui avait assuré que ses talents de danseuse la mèneraient loin. Quand, au sortir de l'échoppe, Brad avait demandé à Mary si d'une manière ou d'une autre elle avait fait allusion à sa profession, celle-ci lui avait assuré que non.

— Ils ont dû te voir à la télévision, avait finalement dit Brad. Quand tu es passée sur cette chaîne locale.

En tout cas, tous les deux avaient trouvé cette première expérience des plus agréables.

L'individu qui leur faisait face à présent, en revanche… Il était vraiment dans le ton, en cette période d'Halloween. Avec sa cape et son turban, ses yeux perçants soulignés au trait noir et l'ombre à paupières qui creusait son regard, il faisait froid dans le dos.

A l'intérieur de sa tente se trouvait une petite table couverte d'un tissu sombre seulement égayé par des motifs d'étoiles et de croissants de lune. Au centre, sur un socle doré, était posée une boule de cristal. Tout, ici, était si parfaitement ordonné qu'on avait peine à croire que l'installation n'était que temporaire. Partout se dressaient des statues : déesses et dieux égyptiens, dragons, démons et autres créatures angoissantes.

— Vous êtes wiccan ? demanda Mary avec son franc-parler habituel. Un sorcier ou un mage ?

Un sourire narquois éclaira le sombre visage du voyant.

— Il n'y a ni mage ni sorcier dans la religion Wicca. Les wiccans sont juste des wiccans. Et pour répondre à votre première question : non, je ne suis pas wiccan. Je me contente de lire les signes dans la lune et les étoiles, ainsi que dans tout ce qui existait avant elles.

— Ah… Très bien… Je m'appelle Mary Johnstone, et voici Brad, mon époux.

Elle avait failli buter sur le mot époux. Cela ne faisait pas si longtemps qu'ils avaient finalement renoncé à divorcer.

— Bonjour, répondit l'homme. Je m'appelle Damien.

— On peut rester ensemble, Brad et moi ? C'est possible de se faire prédire l'avenir en couple ?

Elle se rendit compte qu'elle ne se sentait pas très à l'aise. Quelque chose ici lui donnait la chair de poule. Mais elle se traita aussitôt d'idiote. C'était Halloween, après tout, et on était censé avoir peur. Comme quand on allait voir un film d'horreur. A quoi bon regarder un film d'horreur s'il ne vous fichait pas un peu la trouille ?

N'empêche qu'elle se sentait toujours aussi mal à l'aise. Mais avec Brad auprès d'elle, tout se passerait bien.

— Pourquoi pas ? dit Damien avec un sourire. Dans tous les cas, je me contenterai de vous dire ce que je vois. Prenez place, ajouta-t-il en indiquant de la main deux chaises côte à côte.

Ils s'assirent devant la table et sa boule de cristal, tandis que l'homme au turban s'installait face à eux. Brad prit discrètement la main de Mary, comme pour lui rappeler qu'ils étaient en vacances, plongés dans un environnement qui n'avait rien à voir avec leur vie habituelle. Brad et Mary s'efforçaient de guérir d'anciennes blessures et de repartir du bon pied. L'un comme l'autre était déterminé à s'amuser et à retrouver la complicité d'antan.

— A présent, veuillez regarder dans la boule, dit Damien avec un geste théâtral de la main.

Mary se pencha vers la sphère transparente en songeant qu'ils étaient tombés chez un maître de l'illusion. La boule de cristal se remplissait d'une brume blanchâtre qui, bientôt, tournoya contre les parois en cristal. Soudain, il lui sembla voir du feu. Un feu qui s'élevait vers un ciel invisible. Puis l'incendie céda la place à un paysage de désolation. Une colline nue parsemée d'arbres décharnés. Sous leurs branches noueuses dépourvues de feuilles se trouvait une petite assemblée. Elle ne parvenait pas à bien entendre les gens qui la formaient, mais leurs lèvres remuaient à peine, comme s'ils psalmodiaient. Un cri les interrompit brusquement. Elle tressaillit, mais la présence de Brad la rassura. A en croire son sourire, il s'amusait comme un fou. Décidément, songea-t-elle, elle avait trop d'imagination. D'ailleurs, Brad s'en désolait, comme il se désolait qu'elle soit trop timorée.

C'étaient des choses sur lesquelles elle avait promis de travailler, puisqu'ils étaient ici pour recoller les morceaux et sauver leur mariage. Et même si c'était lui qui avait donné un coup de canif dans le contrat, un couple se reconstruisait à deux. Jamais Brad n'aurait voulu vivre avec Brenda, se dit-elle. Jamais il n'aurait voulu avoir d'enfants avec cette fille. Il s'était simplement laissé séduire par son côté bravache, audacieux. Par son côté… salope, songea-t-elle dans un brusque accès de rancœur. Ça, on pouvait dire que Brenda n'avait pas froid aux yeux, ni ailleurs.

Mary s'efforça de ravaler son amertume. Elle savait que Brad l'aimait. Mais il l'avait blessée. Pourtant, la première vague de colère et de ressentiment passée, elle avait décidé de ne pas compromettre leur avenir en ressassant les événements. Il fallait avoir le courage de reconnaître ses propres erreurs et de changer ce qui pouvait l'être. Et pour commencer, elle allait essayer de se montrer plus aventureuse.

Brad serrait sa main comme s'il craignait qu'elle ne s'en aille. Oui, elle croyait en son amour. Et elle croyait qu'ils allaient triompher de cette épreuve, plus forts que jamais.

— Au cœur de la brume et des ténèbres repose le danger, dit Damien. Gare à ne pas laisser échapper la main qui vous retient. Car, quand soufflera le vent et que s'inclineront les arbres, la mort viendra rôder.

Il tendit les paumes au-dessus de la boule magique.

— Ne quittez pas la boule du regard. Surtout, ne la quittez pas du regard.

Elle se sentit obligée de replonger les yeux dans la sphère de cristal. Elle entendit de nouveau un cri, suivi de sanglots déchirants. Les branches des arbres étaient comme les mains d'un squelette. La neige se mit à tomber, à tomber, quand soudain…

Soudain, elle eut devant elle une vision d'horreur : le corps d'une femme se balançait au bout d'une corde fixée à une de ces branches dénudées. Un cri se forma dans sa propre gorge tandis qu'elle distinguait avec une effrayante précision le cadavre en putréfaction.

— Des Indiens, dit Brad d'une voix mécanique et absente.

Il semblait presque ensorcelé.

Elle parvint à s'arracher à la scène macabre pour se tourner vers lui. Il souriait, en train de contempler quelque chose de manifestement très différent de ce qu'elle venait de voir.

— Novembre 1621…, poursuivit Brad, un sourire de plus en plus béat aux lèvres. Le premier repas de Thanksgiving.

Mary ne songeait plus qu'à fiche le camp d'ici.

— Vous êtes très doué, dit Brad au voyant.

Damien lui sourit avant de se tourner vers Mary. Elle trouva quelque chose de méchant et d'obscène à son regard. Quelque chose de… malfaisant.

— Touchez le cristal, leur ordonna-t-il.

Non… Pas question de faire ça.

Mais ce fut plus fort qu'elle. Comme si une main invisible s'était emparée de son poignet et l'avait forcée à obéir. Cette boule devait contenir une sorte de projecteur, songea-t-elle. Les images qu'elle avait vues étaient forcément des hologrammes. Il n'y avait pas d'autre explication.

Mais pourquoi cette attirance irrésistible ? Brad devait également ressentir le pouvoir d'attraction de la boule, parce qu'il y posa à son tour la main.

Quand Mary plongea de nouveau le regard dans les profondeurs du cristal, elle vit du maïs.

Des rangées et des rangées de tiges vertes.

Un immense champ rempli d'épouvantails.

Un champ sur lequel planaient des corbeaux et un affreux sentiment de malheur.

Brad voyait-il maintenant la même chose qu'elle ? En tout cas, il écarquillait les yeux comme si la boule l'avait hypnotisé.

— Vous êtes en danger, dit Damien en s'adressant à Brad. Vous aimiez, mais vous avez trahi. Vous voici désormais en position de faiblesse. Et parce que vous êtes faible…

Il se tourna vers Mary qu'il désigna de son long doigt osseux.

— Vous êtes devenue une proie facile.

On aurait dit qu'il prenait plaisir à prononcer ces mots.

— Depuis sa trahison, votre mari a perdu confiance en lui. Son manque d'assurance l'empêchera de se battre pour vous. Voilà pourquoi vous allez vous égarer dans les brumes du mal.

Brad bondit sur ses pieds et toisa Damien d'un regard furieux.

— Qu'est-ce qui vous prend ? C'est scandaleux de proférer des horreurs pareilles ! Nous ne sommes pas venus ici pour entendre ce genre de conneries !

Damien se leva à son tour.

— Je suis navré que vous n'ayez pas apprécié la prédiction,

monsieur Johnstone. Mais ce n'est pas moi qui parle, vous savez. C'est la boule de cristal.

Sans un mot, Brad jeta un billet de vingt dollars sur la table avant d'entraîner Mary hors de la tente.

Une fois dans les rues piétonnes qui accueillaient le salon, ils furent happés par l'ambiance bon enfant des lieux, par les rires et les cris d'enfants. Une bande de fakirs en herbe déboula entre deux stands, jouant à se poursuivre et forçant un vieil homme à se réfugier contre le comptoir d'un café. Devant eux, une femme tenait deux petites fées par la main. Ici, tout être mesurant moins d'un mètre cinquante était déguisé, chiens y compris.

— Je n'ai pas mon pareil pour choisir des pauvres types, dit Brad en secouant la tête.

— N'y pense plus. Il a voulu nous sortir le grand numéro et nous impressionner, c'est tout.

Mary prenait garde à ne pas mettre d'huile sur le feu. Elle connaissait suffisamment Brad pour voir que ce diseur de bonne aventure avait réussi à le plonger dans une profonde colère. Et sans doute même à le déstabiliser. Comment ce clown enturbanné avait-il fait pour sentir les tensions qui existaient entre eux, et appuyer là où ça faisait mal ?

Mais à présent, au milieu de la foule joyeuse et des décorations d'Halloween, l'expérience qu'ils venaient de vivre perdait son aspect inquiétant pour devenir presque comique.

— Je te jure, ce repas de Thanksgiving m'a donné l'eau à la bouche, dit Brad. Tu vas me prendre pour un fou, mais j'ai eu l'impression de sentir l'odeur de la dinde. Du coup, je meurs de faim.

Il s'interrompit un instant, plissant légèrement les yeux, comme s'il essayait de retrouver les images surgies de la boule de cristal.

— Tout bien considéré, reprit-il, je ne suis pas certain que ces Indiens étaient là pour se remplir la panse. Ils avaient des tomahawks et ils semblaient furax.

Mary esquissa un sourire. Quelques minutes plus tard, alors qu'ils quittaient la zone commerciale où se tenait le salon, une brise légère se leva. Plus ça allait, plus elle était sensible à l'aspect amusant de leur mésaventure. Pourtant, ce repas de Thanksgiving la perturbait un peu. Pourquoi n'avait-elle pas vu la même chose que Brad ? Le voyant avait dû installer deux projecteurs, chacun diffusant un hologramme distinct. Oui, c'était sûrement ça. Ce Damien n'avait rien de sympathique, mais il fallait reconnaître que son numéro était très au point.

Et elle était déterminée à ne pas laisser cet incident gâcher sa journée.

Pourtant, pendant le déjeuner, elle ne put s'empêcher de revenir sur ce qui s'était passé sous la tente noire et pourpre.

— Brad, tu n'as vu que ce repas de Thanksgiving ?

— Eh bien…

Pourquoi hésitait-il à lui répondre ? se demanda-t-elle. Mais il finit par se décider à poursuivre.

— A la fin… Je sais que ça a l'air dingue, mais j'ai vu ce champ de maïs et ce corps qui…

Il haussa les épaules.

— Oublie ce que j'ai dit. C'était juste une illusion. Je me suis fait avoir comme un bleu, c'est tout.

— Pourquoi étais-tu tellement en colère ?

— J'ai eu l'impression d'avoir été pris pour un con. Ce type m'a vu et il s'est dit : « Celui-là, je vais pouvoir lui faire gober n'importe quoi. » Si Jeremy avait été là, je me demande comment ce Damien s'y serait pris. En fait…

Il eut un rire bref.

— Je vois d'ici Jeremy regarder cette stupide boule de cristal, puis se lever pour aller débrancher l'équipement dont ce soi-disant voyant s'est servi pour nous berner.

— Jeremy passe une bonne partie de son temps à La Nouvelle-Orléans, en ce moment, dit Mary avec un sourire.

Jeremy Flynn avait été l'équipier de Brad à l'époque où ils étaient tous deux plongeurs pour la police scientifique. Il avait aussi été son témoin de mariage, et avait réussi le tour de force de ne jamais mentir à Mary pendant tout le temps qu'avait duré la liaison extraconjugale de Brad. Du coup, il était resté leur ami à l'un comme à l'autre. Et Brad avait raison : Jeremy n'aurait eu aucun mal à démasquer cet imposteur.

Lorsqu'elle fut rassasiée, Mary déclara qu'elle avait envie de visiter l'un des plus célèbres cimetières de la ville. Aussitôt dit, aussitôt fait. Mais une fois sur place, elle ne put retenir quelques larmes.

— Qu'est-ce qui t'arrive ? demanda Brad d'une voix douce.

— Rien. Juste des pensées qui me traversent l'esprit.

— Je crois qu'on ferait mieux d'aller dans un endroit plus gai. Ce sont toutes ces tombes qui te filent le cafard.

Non, songea-t-elle, ce n'était pas vraiment à cause du cimetière que son cœur se serrait. C'était à cause de cet homme, ce Damien, et des paroles qu'il avait prononcées.

— Je t'aime, tu sais, dit Brad.

Elle le regarda dans le blanc des yeux.

— Je sais. Et je t'aime aussi, Brad.

Elle se rendit compte qu'elle tremblait un peu et s'en voulut aussitôt. Elle savait que Brad la jugeait trop craintive. Combien de fois lui avait-il dit qu'un rien lui faisait peur ? Bien sûr, il n'osait plus trop la taquiner depuis son histoire avec Brenda, et encore moins lui faire des reproches. Mais il n'en pensait pas moins.

— J'aimerais regarder encore quelques tombes, dit-elle. Lire les inscriptions.

Elle releva la tête et s'éloigna de lui avec des petits pas rapides, tirant un guide de son sac à main.

— J'ai lu des choses sur le symbolisme funéraire, dit-elle sans se retourner. L'amphore représente l'enveloppe corporelle qui renferme l'âme, et le sablier ailé évoque la fuite inexorable du temps. Squelettes et crânes renvoient à la mort, et ces anges aux mains jointes que tu vois là invitent les passants à prier pour l'âme du défunt. Quant à cet angelot, il indique la tombe d'un bébé.

Brad parut se prendre au jeu. Quand elle se retourna enfin, elle le vit qui se tenait devant une pierre tombale à quelques mètres d'elle.

— Il y a un serpent qui se mord la queue sur celle-ci. Qu'est-ce que ça signifie ?

— C'est le symbole de l'éternité.

Il se remit en marche, empruntant une petite allée qui l'éloigna un peu plus de Mary. Quelques secondes plus tard, il s'assit sur une tombe et lui fit un signe de la main.

— Je commence à en avoir plein les bottes, dit-il. Que dirais-tu de se dégoter un pub bien cosy ?

— Je ne pense pas qu'il soit correct de s'asseoir sur une tombe, Brad.

Une pierre tombale brisée par les racines d'un grand arbre venait d'attirer l'attention de Mary.

— Ne va pas trop loin! lui cria Brad avant de s'allonger sur le marbre et de contempler le ciel qui s'assombrissait. Le cimetière commence à se vider, et je n'ai pas envie de me retrouver enfermé ici.

— Ne t'inquiète pas, dit-elle.

Tandis qu'elle se frayait un chemin entre les tombes, elle sentit le vent se lever. Le soir tombait. Et avec lui une brume humide qui semblait venir de nulle part et saturait soudain l'air de rosée nocturne. Elle accéléra le pas, enjambant les épaisses racines de l'arbre pour mieux voir la pierre tombale qui l'intéressait.

Elle se figea, glacée jusqu'au sang.

Quelqu'un avait nettoyé la pierre — qui semblait dater de la fin du XVIIe siècle — et y avait gravé une inscription récente. Avec sa tête de mort sculptée à son sommet, sa faux et son sablier taillés sur ses flancs, cette pierre tombale était semblable à des dizaines d'autres qui se dressaient dans ce cimetière.

Mais c'était le nom du défunt qui la distinguait aux yeux de Mary.

Ou plutôt le nom de la défunte.

Mary Clare Johnstone.

Ses propres nom et prénoms.

Elle sentit sa gorge se nouer tandis que ses jambes se dérobaient sous elle. Elle se laissa tomber à genoux et posa la main sur l'inscription, en proie à un affreux vertige.

Dans un brouillard, elle entendit des rires d'enfants. Des mères qui les appelaient.

Elle ferma les yeux pour ne plus voir la pierre tombale — *sa* pierre tombale —, mais la vision qui s'imposa à elle ne fut pas moins sinistre : la colline désolée et cet arbre aux branches décharnées.

L'arbre sur lequel se balançait le corps d'une pendue.

La brume se mit à tourbillonner furieusement autour d'elle et elle entendit de nouveau quelqu'un rire.

C'était le rire de cet homme. Damien…

Soudain, son visage coiffé d'un turban apparut devant elle.

Ils étaient tous les deux sur la colline, main dans la main, le vent sifflant autour d'eux.

Lui riait à gorge déployée, la tête un peu reversée en arrière.

Un rire… malveillant.

Il ne pouvait pas vraiment être là, songea-t-elle en essayant vainement de rouvrir les yeux. Tout comme la colline, il s'agissait d'une illusion d'optique. D'une hallucination. Alors pourquoi sentait-elle le vent dans ses cheveux ? La terre aride de la colline sous ses pieds ? La fraîcheur de la nuit qui l'enveloppait comme un linceul ?

— A présent, tu m'appartiens, dit Damien. On va s'amuser un peu, mon amour.

Encore ce rire sardonique, angoissant, qui se confondait avec les hurlements du vent.

1.

Rowenna aperçut des épouvantails.

Ils se dressaient au-dessus des épis de maïs, droits sur leurs croix de bois ; de loin, leurs visages vides d'expression avaient quelque chose de terrifiant. Les tiges poussaient pourtant haut, marchant vers l'horizon comme une armée disciplinée, casquée de jaune, dont les rangs semblaient s'étirer à l'infini.

Au milieu de ces soldats muets qui ployaient sous le vent, des sentinelles géantes s'élevaient çà et là, raides et inhumaines.

Les épouvantails.

Portée par la brise, Rowenna avait le sentiment de dériver au creux de vagues vertes, comme si le champ de maïs était un océan creusé par la houle. Telle une couverture sombre sur la beauté lumineuse du paysage, une brume opaque vint se poser au sommet des épis. Rowenna regardait à présent la scène d'en haut, en apesanteur.

Elle avait vaguement conscience de rêver, et une partie d'elle-même faisait un effort pour se réveiller, pour échapper aux visages figés des épouvantails et au sentiment d'un danger imminent.

Lumière… Elle avait besoin de lumière. Seul le spectacle saisissant des couleurs d'automne pourrait la tirer des ténèbres qui s'abattaient sur son sommeil.

Peut-être était-ce naturel, après tout, de rêver de ces paysages familiers alors qu'elle s'apprêtait à retourner dans la ville qui l'avait vue grandir. Les automnes de la Nouvelle-Angleterre étaient si beaux qu'ils appartenaient autant au monde des songes qu'à la réalité. Eclats dorés, orange, pourpre, rouge cardinal, jaune mimosa, qui rayonnaient depuis les arbres dressés sur les monts graniteux, étirant la poignante symphonie de l'automne jusqu'aux mers venteuses et aux ports plus calmes où de petites déferlantes à la crête blanche d'écume annonçaient la venue de l'hiver.

Mais avant les rigueurs d'un hiver à la Nouvelle-Angleterre, on se délectait du spectacle automnal. Comme un écureuil avec ses glands, on faisait des réserves de couleurs. Oui, avant les joues rouges et les doigts glacés, on se réchauffait au feu de joie des forêts embrasées de l'automne.

Elle avait toujours aimé les champs de maïs qui, comme dans son rêve, ondulaient sous le vent avec des mouvements hypnotiques. Elle se souvenait de ses courses éperdues à travers les longues tiges qui semblaient s'écarter sur son passage, son grand-père à ses trousses, lui rugissant comme un fauve et elle répondant avec des cris aigus, effrayée comme aiment l'être les enfants quand ils savent que rien de grave ne va leur arriver.

Il y avait aussi les corbeaux, le noir de leurs plumes chatoyant au-dessus du festin, leurs lugubres croassements résonnant dans l'air toujours plus frais à l'approche de la moisson. Mais des astuces transmises de génération en génération permettaient aux fermiers de tenir éloignés ces chapardeurs voraces.

Ils avaient élevé la fabrication d'épouvantails au rang d'activité artistique, et chacun de ces mannequins dépenaillés avait sa propre personnalité. Celui de Mme Abel était coiffé d'un chapeau de paille orné de broches aux pointes dressées vers le ciel, prêtes à châtier le corbeau qui s'aviserait de s'y jucher. Celui d'Ethan Morrison arborait une longue cape qui gonflait au vent et un affreux sourire édenté. Le grand-père de Rowenna avait aussi son épouvantail. Il portait une chemise à carreaux sous une salopette en jean et brandissait un fusil. Son chapeau de paille laissait échapper les franges blanches d'un balai qui lui tenaient lieu de cheveux. Mais le personnage le plus effrayant était sans nul doute celui créé par Eric Rolfe. Il était aussi le plus réaliste, entre autres à cause de son visage composé d'un crâne en plastique qu'il avait maquillé avec des produits destinés aux professionnels du cinéma. Ses immenses yeux enfoncés dans leurs orbites ne se contentaient pas de vous regarder : grâce à un ingénieux système alimenté par des piles, ils bougeaient en tous sens. « L'Affreux Jojo », comme tout le monde l'appelait ici, était vêtu d'une redingote mitée, et sa tignasse bouclée était faite de fil barbelé.

Certaines personnes, surtout les plus âgées, voyaient la création d'Eric d'un mauvais œil. Le puritanisme était censé n'être qu'un lointain souvenir dans la région, mais ses cendres étaient encore chaudes. Ce qui n'empêchait pas Eric d'être fier de son épouvantail, ni les enfants de lui vouer un véritable culte.

Rowenna devait toutefois admettre que l'Affreux Jojo ne l'avait pas toujours fait rire. Elle se souvenait que ses cris joyeux s'étaient tus plus d'une fois à l'approche de cet épouvantail. Impossible d'oublier ses yeux globuleux, qui semblaient l'observer depuis les profondeurs de ses larges orbites. Combien de fois avait-elle eu l'impression que le vent se levait juste à ce moment-là, murmurant d'une voix aiguë des sons entre séduction et menace ? Elle s'arrêtait alors et le fixait du regard, les tiges de maïs bruissant autour d'elle tandis que l'angoisse la submergeait lentement. C'était toujours le même sentiment étrange qu'un événement terrible s'était jadis déroulé ici même, et qu'en s'attardant trop, elle risquait d'en percevoir les détails, de ressentir les pulsions malfaisantes de son instigateur comme la souffrance des victimes.

Son enfance avait été bercée par l'histoire des procès en sorcellerie, à une lointaine époque où les hommes avaient torturé et exécuté leurs semblables au nom de Dieu, et que le mal avait été commis au nom de la vertu.

Comment une enfant impressionnable, élevée sur une terre aussi gorgée de sang que l'était Salem, n'aurait-elle pas ressenti un peu de l'angoisse de cette époque où l'obscurantisme et l'arbitraire régnaient en maître ?

Malgré cela, les champs de maïs l'avaient toujours ravie. Les champs de maïs et les couleurs de l'automne.

Maintenant qu'elle était sur le point de revoir ces champs qui avaient toujours fait partie de son paysage quotidien, il ne fallait pas s'étonner qu'ils s'invitent dans ses rêves, qu'elle s'imagine en train d'y courir comme la fillette qu'elle avait été. D'ailleurs, le rêve continuait et elle s'entendait rire, poursuivie par son grand-père qui grognait à la manière d'un lion affamé. Bientôt, elle le savait, elle allait tomber sur l'Affreux Jojo, l'horrible épouvantail d'Eric. Mais elle ne ralentit pas l'allure pour autant, ni ne dévia sa course. Elle était adulte, à présent, et les peurs enfantines n'avaient plus de prise sur elle.

Et pourtant…

Elle le voyait, à présent, et la patte griffue de l'effroi se referma sur son cœur tandis qu'elle attendait que les yeux globuleux se posent sur elle. Parce qu'elle savait qu'elle n'échapperait pas à son regard de porcelaine.

Elle ne voulait pas s'approcher.

Mais quelque chose l'y poussait.

L'épouvantail leva alors la tête et Rowenna poussa un cri muet. Les orbites étaient vides, et le crâne couvert de chair en putréfaction. Malgré les orifices sombres qui trouaient son visage, elle était convaincue qu'il pouvait la voir.

Ce qui restait de sa bouche était ouvert, comme figé dans un cri ultime. Un manteau en loques couvrait le corps pourrissant et laissait entrevoir des morceaux d'os. Tout comme la défroque qui lui servait d'habit, ils étaient tachés de sang. Alors que Rowenna se tenait devant le crâne aveugle, un cri d'horreur toujours coincé au fond de la gorge, il se mit à pivoter vers elle comme si l'esprit démoniaque qui l'habitait encore voulait lui parler. Un corbeau se posa sur l'épaule de la sinistre créature et commença à picorer la chair putride qui pendait de l'une de ses joues.

Le crâne se mit à rire tandis que le vent se levait et que le ciel s'emplissait de l'éclat mordoré des feuilles d'automne. Soudain, du sang se mit à couler des orbites vides qui n'avaient cessé de la fixer, traçant un sillon rouge sur les joues lépreuses, comme si le corps en décomposition, prisonnier depuis des siècles du champ de maïs, pleurait des larmes de sang.

Les os de ses doigts, couverts de lambeaux de chair, s'ouvrirent et se fermèrent avec des spasmes nerveux avant de se tendre vers elle. Un chant qu'elle connaissait de son enfance s'échappa du zombie, porté par une voix curieusement mélodieuse.

Ne crains pas la Grande Faucheuse
Juste le Moissonneur
Quand il vole une âme
Il ne la rend jamais
Ne crains pas la Grande Faucheuse
Crains le Moissonneur

Quand il vole l'âme d'une femme
Elle va en enfer ou encore bien plus loin...

Rowenna Cavanaugh s'assit brusquement dans son lit avec un cri étouffé. L'esprit encore partiellement happé par son rêve, elle roula des yeux affolés autour d'elle, le souffle court et le cœur battant.

Elle inspira profondément, reconnaissant le décor familier de sa chambre, et s'efforça de reprendre ses esprits. Quel affreux cauchemar... Elle en était encore toute retournée. Mais pas question de se laisser affecter par le vilain tour joué par son inconscient. Elle avait dû s'endormir en songeant à la ville de son enfance, voilà tout. C'est vrai qu'elle y pensait beaucoup, ces derniers temps, même s'il lui faudrait encore patienter quelques jours avant de rentrer au bercail. Les réjouissances d'Halloween seraient déjà terminées quand elle quitterait La Nouvelle-Orléans.

Le Massachusetts lui manquait. C'était toujours si beau, là-bas, à cette période de l'année. Quant à Salem... A bien des égards, Salem était restée une petite ville provinciale. Rowenna avait été désignée « Reine des moissons » en son absence. L'idée de défiler sur une calèche décorée et tirée par des chevaux sous les vivats de la foule l'amusait. Et puis ce titre bucolique l'aiderait sans doute à vendre des livres. La Reine des moissons avait toujours droit à une couverture médiatique dans la presse locale, et elle en profiterait pour faire sa promotion.

Elle devait aussi admettre que cela faisait du bien à son ego, avant ce nouveau débat avec Jeremy Flynn. Sous couvert de polémique au sujet des phénomènes paranormaux, ces face-à-face radiophoniques permettaient de collecter des fonds pour La Maison des enfants, l'association caritative dont s'occupait Jeremy.

Depuis la mort de Jonathan — l'homme qu'elle aurait dû épouser trois ans plus tôt —, Rowenna était un peu à la dérive. Aussi avait-elle accueilli avec joie l'opportunité qui lui était offerte de changer d'air, d'autant qu'elle avait toujours aimé La Nouvelle-Orléans. Mais à présent, elle se sentait prête à rentrer chez elle, et ce n'était pas cet horrible cauchemar qui allait gâcher son plaisir.

Fillette, elle avait souvent joué au Moissonneur avec ses amis. Au XVIIe siècle, les puritains affirmaient que le diable se terrait dans les sombres forêts qui entouraient leurs colonies, attendant une occasion pour s'emparer des âmes imprudentes. Peurs et superstitions régnaient en maîtres en ce temps-là, mais Rowenna était née à une époque où on était censé rire de tout ça… Alors pourquoi son inconscient semblait-il puiser ses frayeurs dans un lointain passé ?

Le plus sage était maintenant de sortir du lit. Elle n'avait aucune envie de se rendormir, et de courir le risque d'être la proie d'un nouveau cauchemar.

Elle vivait dans le monde réel, se dit-elle. Le monde d'aujourd'hui. Il fallait qu'elle se reprenne et parvienne une fois de plus à donner le change devant Jeremy Flynn.

Ah, Jeremy Flynn… Ancien plongeur dans la police, il avait fondé une agence de détectives privés avec ses deux frères. Accessoirement, il se trouvait être l'homme le plus charmant, le plus intelligent, le plus canon et le plus sexy qu'elle ait jamais connu. Une autre de ses caractéristiques était le peu d'attrait qu'il éprouvait pour elle. Pire, il semblait la détester cordialement. Mais peut-être étaient-ce ses opinions qui agaçaient le beau Jeremy. Pour être juste, il fallait reconnaître qu'il ne s'était jamais montré grossier ou agressif envers elle. Sans doute n'osait-il pas, à cause de sa belle-sœur, Kendall Flynn. Kendall était l'une des meilleures amies de Rowenna, et leur complicité ne datait pas d'hier. La veille au soir, Kendall et son mari avaient donné une grande fête d'Halloween dans l'immense demeure où ils étaient installés depuis un an. Les lieux abritaient à l'année une compagnie de théâtre, et le couple n'hésitait pas à mettre l'espace et le faste de leur propriété au service d'événements caritatifs.

La fête avait été belle, même si Rowenna avait souffert que Jeremy l'évite pendant toute la soirée.

En revanche, elle s'entendait bien avec Aidan, le mari de Kendall. Quant à Zach — le plus jeune des frères Flynn —, il s'était toujours montré extrêmement amical avec elle.

Hélas, le seul qui ne la supportait pas était celui dont elle était amoureuse. A sa grande surprise, elle l'avait tout de suite trouvé attirant. C'était la première fois depuis la mort de Jonathan qu'un homme lui faisait cet effet. Ce n'était pas qu'elle avait cru nécessaire de respecter une coutume archaïque et de porter le deuil de longs mois en s'interdisant de regarder les hommes. Non, simplement, elle n'avait rencontré personne qui lui avait suffisamment plu pour qu'elle ait envie de se faire inviter au restaurant ou au cinéma, encore moins pour avoir envie de faire l'amour. Mais en présence de Jeremy, elle se surprenait souvent — bien trop souvent — à regarder sa bouche quand il parlait. Ou alors ses mains puissantes dotées de longs doigts aux bouts calleux parce qu'il jouait de la guitare. Et il en jouait merveilleusement bien. Elle avait eu l'occasion d'entendre les sons qu'il était capable de tirer de son instrument, et elle en était encore toute retournée.

Mais vu que l'attirance et l'admiration n'étaient pas réciproques, Rowenna gardait pour elle ses fantasmes d'étreintes sauvages avec Jeremy Flynn. Il lui arrivait parfois de se demander si c'était trahir la mémoire de Jonathan que d'avoir ces visions pour le moins érotiques, mais au fond, elle savait que c'était tout simplement humain.

Ce qu'en revanche elle n'arrivait pas à comprendre, c'était comment Jeremy faisait pour être insensible à la tension sexuelle qui saturait l'atmosphère chaque fois qu'ils se rencontraient. C'était comme si l'espace entre leurs corps se transformait en poudrière que le moindre attouchement aurait fait exploser en un merveilleux feu d'artifice.

Ou cette sensation n'existait-elle que dans sa tête ?

Elle aurait mieux fait de quitter son lit et d'aller prendre une douche, mais elle ne pouvait s'empêcher de penser à lui. Le pire, c'était que son attirance pour Jeremy ne se limitait pas au désir sexuel. Elle avait envie de lui, c'était indéniable, mais cela allait plus loin. Bien plus loin. C'était comme un irrépressible élan du cœur.

« Je t'admire. J'aime entendre le son de ta voix. J'aime la passion qui anime ton regard quand tu parles de quelque chose qui te tient à cœur. J'aimerais tant passer une heure à parler vraiment avec toi, sans nous cacher derrière le masque social. Une heure où tu ne t'intéresserais qu'à moi, où je pourrais savoir ce que tu penses au plus profond de toi, ce qui te fait vibrer, ce qui te donne envie de te lever le matin… »

Mais cela n'arriverait jamais. La vie était parfois mal faite : elle rencontrait enfin quelqu'un qu'elle désirait mieux connaître — et qu'elle désirait tout court —, mais lui ne s'intéressait pas à elle. Il lui avait clairement fait comprendre qu'elle ne pouvait rien espérer de lui, sinon une distance froide, une indifférence polie. Et elle n'avait pas l'intention de s'humilier en se jetant dans ses bras, d'autant qu'il ne les ouvrirait pas. Elle continuerait donc à faire comme si de rien n'était, à entretenir des rapports superficiels et courtois avec celui qu'elle rêvait d'embrasser, à vivre son amitié avec sa belle-sœur Kendall et à apprécier la compagnie de ses frères, Zach et Aidan.

Elle s'étira, soupira et referma la main sur la couette, prête à l'envoyer à l'autre bout du lit et à commencer la journée.

Mais sa main gauche rencontra une forme étrange sur le drap de dessous. Elle ramena l'objet à l'air libre et le regarda un instant, incrédule, avant de fourrer son poing dans sa bouche et de se mordre l'index avec un petit cri.

C'était une enveloppe de maïs.

2.

— Jeremy?

Il leva les yeux et ne put retenir une bouffée d'agacement. Rowenna Cavanaugh. Auteur, conférencière et historienne, sans oublier « spécialiste des phénomènes surnaturels ». Il n'ignorait pas que ses livres avaient du succès. Elle écrivait à propos d'endroits où d'étranges événements s'étaient produits, faisant par la suite l'objet de rapports documentés : prisons et hôpitaux psychiatriques abandonnés, champs de batailles historiques et autres lieux hantés par la souffrance humaine. Elle n'avait jamais dit de but en blanc qu'elle croyait aux fantômes, aux esprits, ou à l'existence d'une autre dimension, mais elle ne manquait pas de souligner, à la moindre occasion, que nul n'avait prouvé que ces phénomènes n'existaient pas. Elle était venue à La Nouvelle-Orléans pour débattre publiquement, avec lui, de l'existence des phénomènes paranormaux. Une façon de collecter de l'argent au profit de La Maison des enfants. Leurs duels radiophoniques à fleuret moucheté avaient été suivis par un grand nombre d'auditeurs, et les dons avaient dépassé les espérances de Jeremy.

Mais le débat qui était sur le point d'être diffusé en direct serait le dernier.

Il était fier de ce qu'il avait accompli pour mettre en place la branche locale de La Maison des enfants, une association qui prenait soin des enfants sans foyer. Il s'y était consacré corps et âme depuis qu'il avait quitté la police scientifique de Jacksonville pour fonder une agence d'enquêtes privées avec ses frères. Entre l'héritage de la plantation Flynn, située à quelques kilomètres de la ville, son engagement en faveur de la cause des enfants en détresse et l'agence fondée avec Zach et Aidan, il n'avait pas chômé, ces derniers temps. Mais à présent, ses nouveaux projets commençaient à prendre forme. La caisse de l'association était bien remplie et des volontaires allaient prendre le relais pour assurer son fonctionnement au quotidien. Il fallait aussi s'occuper de la plantation, mais Dieu merci, elle était aujourd'hui prospère. Et il n'y avait aucune raison pour que les choses changent, d'autant qu'Aidan et sa femme Kendall étaient désormais installés à demeure sur la propriété familiale. Zach, le plus jeune de ses frères, dirigeait le siège de l'agence en Floride. Quant à lui… Il était prêt à s'accorder des vacances. Pourquoi pas sur une île des tropiques ? Il se voyait bien faire de la plongée sous-marine, loin de toute préoccupation professionnelle, et boire des mixtures colorées sous les palmiers.

Il eut envie de répondre sèchement à Rowenna, mais réfréna son irritation. Il ignorait pourquoi cette femme lui portait sur les nerfs.

Il fallait reconnaître qu'elle était d'une exceptionnelle beauté. Des cheveux noirs comme l'encre et des yeux magnifiquement ambrés. Pas noisette. Pas bruns. Non, ils étaient ambrés avec des reflets dorés, et ombragés par de longs cils. Elle était aussi grande que mince, mais elle n'avait rien d'un fil de fer. Rowenna Cavanaugh avait des courbes et des rondeurs là où toutes les femmes — et plus encore les hommes — en rêvaient. Sa voix un peu enrouée avait quelque chose de follement sensuel, et Jeremy ne se faisait guère d'illusion sur ce qui retenait les auditeurs pendant la demi-heure que duraient leurs affrontements radiophoniques.

Dommage pour eux que l'émission n'ait pas été retransmise à la télévision… Ou plutôt tant mieux. Tant mieux si personne ne pouvait voir à quel point cette femme était belle. Si tel avait été le cas, sa beauté aurait non seulement éclipsé les propos de son contradicteur, à savoir les siens, mais personne n'aurait écouté un traître mot de ce qu'elle disait. Les téléspectateurs se seraient contentés de hocher la tête à toutes ses inepties d'un air béat, un filet de bave à la commissure des lèvres.

« Alors, c'est quoi, ton problème ? », se demanda-t-il en se moquant de lui-même.

Leurs face-à-face avaient été sponsorisés par divers annonceurs dont les contributions venaient remplir les caisses de l'association pour les enfants sans foyer. Cela faisait maintenant deux semaines, et il avait le sentiment de la connaître assez bien. Quant à la distance qui existait entre eux, c'était lui qui l'avait imposée.

Peut-être était-ce à cause de ce qui s'était passé à la plantation un an plus tôt, songea-t-il.

La propriété avait la réputation d'être hantée. Au début, Jeremy avait trouvé que cela faisait partie du charme des lieux. Mais à présent, il en avait plus qu'assez d'entendre ces rumeurs. Il adorait sa belle-sœur et ne voulait à aucun prix se disputer avec elle au sujet de l'existence des fantômes ou de ce qu'elle avait vécu au cimetière, dans le caveau de famille. Mais lui n'en démordait pas : les malheurs de ce monde n'avaient rien à voir avec le vaudou, la magie noire, la perception extrasensorielle ou Dieu sait quelles foutaises de ce genre.

Lui avait les pieds sur terre. Il croyait à la valeur du travail, à la science, à la logique et aux techniques de pointe de l'investigation moderne. Les progrès de la police scientifique alliés à la bonne vieille enquête de terrain, voilà comment on élucidait des crimes. Les éprouvettes, le porte-à-porte et les heures de planque. A quoi il fallait ajouter un brin de psychologie, c'est-à-dire la capacité de se mettre à la place du criminel. Sur une scène de crime, on était toujours confronté au même problème. Et au départ, l'équation était simple : le meurtrier prenait toujours quelque chose avec lui et laissait toujours quelque chose derrière lui. Toutes les affaires n'étaient pas élucidées, mais celles qui l'étaient se résolvaient immanquablement de la même manière : ce que le coupable avait oublié derrière lui était découvert grâce aux empreintes digitales ou génétiques, aux détecteurs de mensonges, à un témoignage, à une ou plusieurs erreurs mises à jour grâce au travail méticuleux des policiers.

Les médiums qui parvenaient à résoudre des affaires étaient tout simplement de bons enquêteurs et de fins psychologues, qualités auxquelles s'ajoutait une grande part de chance. Mais en aucun cas il ne fallait mettre ces rares succès sur le compte de visions divinatoires.

Si seulement son esprit cartésien pouvait repousser les cauchemars qui l'assaillaient…, songea-t-il. Ces corps noyés qui s'invitaient trop souvent dans son sommeil… Surtout ceux des enfants. Jamais il n'avait oublié un seul de ceux qu'il avait remontés à la surface.

Etre plongeur pour la police, c'était aller à la pêche aux horreurs. Et des horreurs, il en avait assez vu pour faire des cauchemars pendant le restant de ses jours. Mais son pire souvenir restait ce minibus qui avait coulé dans la rivière Sainte-Marie. Les hommes-grenouilles étaient très vite arrivés sur place, mais les eaux étaient boueuses et le véhicule avait sombré dans la partie la plus profonde de la rivière. Jeremy avait été le premier à atteindre le minibus et à débloquer la porte coulissante. A l'intérieur, il y avait six enfants. Le plus âgé d'entre eux avait dix ans et le plus jeune vingt-six mois seulement. Il s'agissait de gamins placés en famille d'accueil. Mais en fait d'accueil, de tendresse et de soins, les malheureux étaient tombés sur un couple sans cœur, deux sinistres individus uniquement intéressés par l'argent que leur rapportait la garde des enfants. Tous les petits étaient attachés à leurs sièges. Mais ce n'était pas la ceinture de sécurité qui les entravait. Ils avaient été ficelés à l'aide d'une corde. Cinq d'entre eux fixaient d'un regard vide l'eau qui leur avait volé la vie. Et puis, il y avait eu le sixième. Billy.

Billy était encore vivant. Jeremy s'était servi de son couteau de survie pour couper la corde qui retenait l'enfant à son siège, et Billy l'avait regardé faire. Il avait même essayé de sourire.

Billy avait tendu les bras et Jeremy l'avait remonté aussi vite que possible sur la berge. L'enfant avait perdu connaissance et Jeremy lui avait fait un massage cardiaque en attendant l'arrivée des urgentistes. Il était ensuite monté dans l'ambulance qui avait foncé, sirènes hurlantes, vers l'hôpital le plus proche. Mais malgré les efforts désespérés de l'équipe médicale, Billy était mort.

Le regard de Billy n'avait jamais quitté Jeremy. Dans son sommeil, il voyait ses petits bras se tendre vers lui, ses doigts menus s'accrocher à sa combinaison glissante tandis qu'il le tirait du minibus.

De tous les cauchemars qui hantaient ses nuits, celui-là était de loin le pire. C'était à cause de lui qu'il avait décidé de quitter la police pour fonder une agence d'enquêtes privées avec ses deux frères. Jeremy se sentait parfaitement sain d'esprit. Il avait consulté le psy de la police et savait que les cauchemars n'étaient que des cauchemars. Des moments si douloureux qu'il n'avait pu les digérer, et que son inconscient ressassait jusqu'à ce qu'il les accepte. Ça n'avait rien de surnaturel.

Il rêvait toujours de Billy vivant, de ses grands yeux qui le dévisageaient. Parfois, il se voyait main dans la main avec le garçonnet au sommet d'une colline. Peut-être Billy représentait-il l'enfant qu'il n'avait jamais eu… Et qu'il n'aurait jamais? se demanda-t-il. Peut-être représentait-il ces échecs du système de protection de l'enfance qui mettaient Jeremy hors de lui. Il n'en savait rien et, au fond, il s'en moquait. Tout ce qui comptait, pour lui, c'était de s'occuper des gamins délaissés ou maltraités et de leur rendre la vie un peu meilleure.

Et puis, même le psy l'avait conforté dans son choix : mettre son temps libre au service d'autres enfants en détresse. Et ça semblait fonctionner. Avec un peu de chance, les cauchemars finiraient par disparaître. Pas pendant une nuit ou deux. Pendant des semaines. Des mois. Des années. Et pourquoi pas pour toujours…

Mais à quoi bon se projeter dans un avenir dont il ne connaissait rien? Il n'était pas du genre à chercher des signes dans le marc de café ou à s'imaginer qu'une ligne de sa main indiquait le cours qu'allait prendre sa vie.

Après tout, il était sans doute injuste avec Rowenna. Ce n'était pas comme si elle disait croire sans réserve à l'existence des fantômes. Et elle était encore moins du genre à prétendre tailler le bout de gras avec eux. En fait, elle se contentait de s'interroger sur des faits étranges qui se déroulaient ici et là, et de faire remarquer qu'aucune approche rationnelle n'avait pu les expliquer.

Rowenna et lui défendaient un point de vue opposé, certes, mais avec la même pugnacité. Comme lui, elle n'était pas du genre à rendre les armes. Sans doute auraient-ils pu être amis s'il l'avait voulu, parce qu'elle n'avait visiblement rien contre. Ils avaient été les invités d'honneur de plusieurs déjeuners de bienfaisance, et avaient même joué les maîtres de cérémonie côte à côte pour quelques cocktails et dîners destinés à collecter des fonds. Rowenna était une femme charmante, qui s'exprimait avec aisance et ne jouait pas les divas malgré sa beauté et le succès de ses ouvrages. Ils partageaient une même haine de l'injustice et une même tendresse pour les faibles et les exclus. Pourtant, il ne pouvait s'empêcher de la maintenir à distance.

— Jeremy? répéta-t-elle, ses sourcils à la courbe harmonieuse se fronçant légèrement.

— Désolé, dit-il. C'est à nous ?

Elle hocha la tête tandis que le réalisateur de l'émission égrenait le compte à rebours.

Cinq… Quatre… Trois… Deux… Un…

D'un geste du doigt, il leur fit signe qu'ils étaient à l'antenne.

Ils se présentèrent l'un après l'autre, elle en premier — galanterie oblige —, selon un rituel bien rodé. Rowenna était à l'aise devant un micro, défendant son point de vue sans coups bas ni agressivité. Jeremy avait le sentiment que son calme contribuait grandement à crédibiliser son discours. Elle n'avait rien de ces fanatiques qui s'emportaient dès qu'on mettait en doute leurs convictions, éructant et postillonnant à tout-va. Elle parlait comme elle écrivait, sans verbiage, se contentant d'exposer des faits troublants et laissant à l'auditeur le soin de se faire une opinion. Jeremy se laissait parfois hypnotiser par sa voix un peu rauque et son éloquence, et il s'en fallait d'un rien pour qu'il hoche la tête et abonde dans son sens.

Mais il se reprenait toujours et le débat se poursuivait, champion du tangible contre héraut de l'invisible.

Elle le fixa de ses yeux envoûtants, une lueur facétieuse dans son regard ambré.

— Jeremy, pourriez-vous avoir la gentillesse de m'expliquer comment fonctionne une télécommande ?

— Avec des ondes électromagnétiques ou radioélectriques, comme le poste qu'utilisent nos auditeurs en ce moment même pour nous écouter.

— Et ces ondes sont invisibles, n'est-ce pas ?

— En effet…

— Pourtant, vous ne niez pas leur existence, que je sache.

— Si je comprends bien, Rowenna, vous êtes en train de me dire que les fantômes existent certainement, mais qu'on ne peut les voir.

— On ne peut pas parler de certitude en la matière, mais prenons le cas des jumeaux MacDonald…

Elle se mit à raconter l'histoire d'un soldat, blessé au combat, dont le jumeau avait ressenti à l'instant même de l'impact une douleur là où son frère avait été touché par des éclats d'obus. Une large ecchymose s'était ensuite formée sur son estomac.

— C'est un cas documenté, conclut-elle en regardant Jeremy droit dans les yeux.

Il décida de ne pas répondre directement.

— Ce que je trouve effrayant, c'est de voir des gens croire à la magie, aux ensorcellements ou aux miracles, par exemple. Ils ne se rendent pas compte que tout a une explication logique, scientifique, même si — comme les ondes radio —, elle n'est pas forcément visible. Prenez le cas d'une guérison inexpliquée…

— Permettez-moi de vous couper, Jeremy. Les médecins les plus réputés admettent qu'une attitude positive et un mental combatif peuvent contribuer à la guérison d'un malade. L'envie de vivre peut vaincre là où la science échoue.

Ils continuèrent sur ce mode jusqu'à la première interruption publicitaire. Lorsqu'ils reprirent l'antenne, ce fut pour répondre aux questions des auditeurs.

La grande majorité d'entre elles s'adressaient à Rowenna.

Beaucoup d'auditeurs admettaient avoir vu sa photo sur internet, et les hommes ne manquaient pas de glisser un petit compliment au passage. Non seulement sa beauté et sa voix sensuelle recueillaient tous les suffrages, mais la plupart de ceux qui appelaient adhéraient à ses propos.

Jeremy n'en prenait pas ombrage. Il y avait aussi des appels pour lui, notamment des gens qui remerciaient la police et soulignaient le nombre d'affaires élucidées grâce aux progrès de la science. Mais la réaction de Rowenna lui gâchait un peu son plaisir : loin de lever les yeux au ciel ou d'apporter la contradiction aux auditeurs qui le félicitaient, elle se réjouissait de leurs appels, allant même jusqu'à leur donner raison.

Alors, se demanda de nouveau Jeremy, qu'est-ce qui le poussait à la maintenir à distance ?

La peur ?

Peur de quoi ?

Il était célibataire, indépendant et majeur, et il aimait les femmes. Même s'il ne les avait jamais considérées comme de simples passe-temps dont il fallait se débarrasser avant que la relation ne devienne sérieuse, Jeremy n'avait pas fait de rencontre importante au cours de sa vie amoureuse. Chaque fois qu'il s'était posé cette simple question :

« Ai-je envie de passer le restant de mes jours avec elle ? », la réponse avait été négative, sans l'ombre d'une hésitation.

Peut-être était-il tout simplement impossible de trouver une femme avec qui partager ce qu'il portait au fond de lui. Pendant ses années dans la police, Jeremy avait été le témoin de tant d'horreurs... Et même maintenant, les enquêtes qu'il menait à titre privé le conduisaient souvent à voir le côté le plus hideux de l'humanité. Comment partager cela avec quelqu'un ?

Il faillit rire à haute voix en constatant le tour que prenaient ses pensées. Rowenna et lui étaient aussi loin que possible d'une histoire d'amour. S'il n'avait jamais été grossier avec elle, il n'avait pas manqué une occasion de lui faire sentir sa prétendue indifférence. Elle était si parfaite, si irrésistible que c'en était énervant. C'était presque comme s'il y avait quelque chose de... de magique en elle. Et c'était lui, l'homme réputé pour son esprit cartésien, qui se disait ça ! Heureusement qu'elle ne pouvait pas lire dans ses pensées. D'autant qu'il avait l'impression — si fou que la chose puisse paraître — que Rowenna Cavanaugh lui avait volé son âme.

Elle n'avait jamais essayé de le séduire, de faire un de ces numéros de charme dont les belles femmes ont le secret. Elle s'était montrée amicale, rien de plus. On aurait dit qu'elle ne ressentait pas les étincelles électriques qui semblaient fuser de toutes parts chaque fois qu'ils étaient à moins d'un mètre l'un de l'autre.

L'émission se termina et ils rirent de leurs divergences d'opinions.

— Je ne partage pas vos idées, mais je me battrai jusqu'à la mort pour que vous puissiez les exprimer, dit Jeremy, citant Voltaire.

Le réalisateur leur fit un signe de connivence depuis sa cabine et donna le feu vert au journaliste qui venait de s'asseoir à la table ovale, un casque sur les oreilles. Tandis que le nouveau venu égrenait les titres du flash d'informations, Rowenna et Jeremy s'éclipsèrent à pas feutrés dans l'antichambre. A peine la porte refermée, il se figea devant un journal ouvert sur une table basse.

— Qu'est-ce qui se passe ? demanda Rowenna.

Il releva les yeux pour la regarder.

— Rien, mentit Jeremy. J'étais perdu dans mes pensées, c'est tout.

— Ah, d'accord…

Elle ne semblait pas convaincue par son explication, mais il savait qu'elle n'insisterait pas.

— Eh bien, reprit-elle, c'était notre dernière émission. Je vous offre un verre pour fêter ça ?

Elle sourit au peu d'empressement de Jeremy à accepter son invitation.

— Ensuite, rien ne vous obligera plus à passer du temps avec moi, vous savez.

Lui qui ne rougissait jamais, il sentit ses joues se colorer. Il aurait aimé accepter. Il aurait même aimé partager beaucoup plus qu'un cocktail ou une coupe de champagne avec elle. Sans compter que cela ne se faisait pas de refuser un verre pour célébrer la fin d'une collaboration, d'autant qu'elle avait été particulièrement fructueuse pour La Maison des enfants.

Sauf qu'il avait vraiment d'autres préoccupations. Des préoccupations, hélas, très sérieuses.

Une moue embarrassée se forma sur son visage.

— J'aimerais beaucoup dire oui, mais la vérité c'est que… Je viens d'apprendre qu'une amie a disparu et j'aimerais en savoir plus, dit-il en indiquant le journal ouvert d'un mouvement du menton.

— Mon ordinateur portable se trouve dans ma voiture, dit-elle. Je suis certaine qu'il y a une borne WI-FI dans les parages et qu'on parviendra à se connecter.

Il hésita. Il avait l'étrange impression d'être à la croisée des chemins, comme si le fait d'accepter l'offre de Rowenna pouvait changer durablement sa vie.

Foutaises.

Et pour se prouver que tout cela était ridicule, il décida de l'accompagner jusqu'à sa voiture. En outre, il était impatient d'en savoir plus sur ce qui était arrivé à Mary.

— D'accord, c'est gentil à vous.

Ils remercièrent les journalistes et techniciens de la station, puis se dirigèrent ensemble vers le parking où était garée la Chrysler de location.

Il put se connecter sans problème et découvrit en quelques clics ce qui l'intéressait. Brad Johnstone, son ancien équipier, se trouvait en vacances avec sa femme Mary à Salem, dans le Massachusetts, quand celle-ci avait disparu à la tombée de la nuit. Cela s'était passé dans un des plus anciens cimetières de la ville, et la police avait découvert Brad déambulant parmi les tombes, en train de hurler le prénom de sa femme. Les recherches avaient démarré rapidement, mais seul le téléphone portable et le sac à main de Mary avaient été retrouvés, posés sur une tombe très ancienne. L'auteur de l'article soulignait que Mary et Brad Johnstone s'étaient récemment remis en ménage après une longue séparation, et que ces vacances étaient une ultime tentative pour sauver leur mariage.

Il évoquait également une liaison extraconjugale, avec l'intention manifeste de donner le mauvais rôle à Brad, voire de faire porter les soupçons sur lui.

Le pire était que les parents de Mary semblaient convaincus que leur gendre s'était débarrassé de sa femme, se servant de ses compétences professionnelles pour effacer les traces de son crime avant de jouer les maris éplorés.

— Je suis navrée pour vous, dit Rowenna qui lisait par-dessus son épaule. Ce sont de bien tristes nouvelles.

— J'ai travaillé avec ce type pendant des années, et je connais assez bien sa femme. J'ai même été témoin à leur mariage. On faisait équipe, Brad et moi. On a plongé ensemble des centaines de fois, on a pris des risques ensemble, on a sauvé des vies ensemble et on a vu ensemble les choses les plus moches que ce monde peut offrir. Croyez-moi, ça crée des liens. Avec sa femme, ils sont passés par une période difficile. Mary est danseuse de salon professionnelle et elle participe à des compétitions aux quatre coins du monde. Son cavalier est homosexuel et vous ne rencontrerez personne pour vous dire qu'elle fait autre chose que danser lors de ses nombreux déplacements. Ce n'est pas pour l'excuser, mais je crois que Brad s'est senti un peu seul… Ils se sont séparés mais ils ont fini par se remettre ensemble…

Il s'interrompit, soudain conscient qu'il était en train de raconter des choses qui n'intéressaient pas forcément Rowenna. Après tout, elle n'avait rien demandé.

— Bref, lança-t-il après s'être éclairci la voix, tout ça pour dire que je connais suffisamment Brad pour savoir qu'il ne ferait jamais de mal à sa femme. Malheureusement, quand quelqu'un disparaît de cette manière, ça se termine rarement bien. D'autant qu'on a retrouvé son sac à main et son portable… Ça me désole de dire ça, mais il y a de fortes chances pour que Mary soit déjà morte. Et la police va perdre du temps à soupçonner Brad au lieu de rechercher le vrai coupable.

Rowenna secoua tristement la tête.

— Etrange histoire…, murmura-t-elle avant de préciser sa pensée en voyant se plisser le front de Jeremy. Ce que je veux dire, c'est qu'il est étrange qu'elle se soit volatilisée ainsi. Salem grouille de monde pendant les fêtes d'Halloween, et j'ai du mal à croire qu'il n'y ait pas eu un seul témoin.

— Tiens donc, dit Jeremy en levant un sourcil. Comment en savez-vous autant sur Salem ?

— J'y suis née. Et même si j'ai été élevée dans un hameau, juste en périphérie de la ville, les histoires sur les fameuses sorcières de Salem ont bercé mon enfance. Sans ces procès, personne ne connaîtrait ma ville.

— Je savais que vous veniez de la Nouvelle-Angleterre, mais je pensais que vous étiez de Boston. Il me semble que c'est ce qui est écrit sur la courte biographie que m'a fournie la station de radio.

— J'y ai fait mes études. En fait, ajouta-t-elle en riant, Boston n'est qu'une des nombreuses villes où j'ai étudié. Je dois avouer que j'ai collectionné les universités. Que voulez-vous… J'aime apprendre et je suis curieuse de nature.

Jeremy passa paresseusement la main dans ses cheveux sans la quitter du regard.

— Et les diplômes, mademoiselle Cavanaugh, vous les avez aussi collectionnés ?

— Je n'en ai que deux, monsieur Flynn, répondit-elle sur le même mode. Philosophie et communication. Mais j'avoue un faible pour les spécialités. J'en ai un paquet, si ça vous intéresse : « Légendes de la Grèce antique », « Croyances et superstitions à l'époque romaine », etc. Bien entendu, je me suis penchée sur l'histoire de ma ville. A l'époque des procès en sorcellerie, le diable faisait partie du quotidien. Les gens le voyaient à tous les coins de rue, dans le moindre comportement hors norme, la moindre parole un peu libre. Les procès de ce type se succédaient à un rythme insensé en Europe, où tortures et exécutions se comptaient par milliers. Malgré des périodes d'hystérie comme celle qui a touché Salem, les choses n'ont jamais été aussi loin dans notre pays.

Une drôle de grimace chiffonna son joli visage.

— Ma famille habitait déjà la région quand tout ça est arrivé. Mon arrière-arrière-arrière — et sans doute plus encore — grand-père a été arrêté. Sa famille avait assez d'argent pour le sortir de prison et il s'en est sorti. En tout cas, les sorcières et sorciers du XVIIe siècle étaient très différents de celles et ceux qu'on trouve aujourd'hui à Salem.

— Celles et ceux qu'on trouve aujourd'hui ? répéta Jeremy en ouvrant de grands yeux. Si je comprends bien, Mary a disparu dans une ville où les gens croient encore aux sorcières ?

Elle resta un moment silencieuse, pesant ses mots avant de répondre.

— Je ne me suis pas bien fait comprendre, dit-elle finalement. En réalité, les sorciers d'aujourd'hui sont les adeptes de la Wicca, une religion fondée sur le culte de la nature et qui s'inscrit dans la mouvance du néo-paganisme de la première moitié du XXe siècle. Par « néo-paganisme », j'entends résurgence du paganisme antique, auquel se sont ajoutées les influences du folklore, de l'ésotérisme et de la sorcellerie. Mais les pratiques actuelles des wiccans n'ont rien à voir avec ce qu'on reprochait aux sorciers et sorcières du passé.

— Vous n'êtes pas en train de me dire que vous faites partie d'une secte, j'espère ?

— La Wicca n'est pas une secte, Jeremy, répondit-elle en s'efforçant de ne pas laisser transparaître son indignation. Et non, je ne suis pas une wiccan. Mais j'ai des amis qui le sont. La Wicca est une religion reconnue, vous savez, même si certains préfèrent la désigner comme une philosophie. Si un soldat wiccan est rapatrié aux Etats-Unis pour y être enterré, il a le droit de faire graver le pentacle sur sa pierre tombale, tout comme l'étoile de David pour un juif ou la croix pour un chrétien.

— Le pentacle ?

— C'est une étoile entourée d'un cercle. Les wiccans l'utilisent souvent comme symbole. C'est très sérieux, vous savez.

Un sourire d'excuse se dessina sur les lèvres de Jeremy.

— Je suis désolé si je vous ai froissée. C'est juste que… Ce type de croyance aux frontières de la superstition finit toujours par créer des problèmes d'une manière ou d'une autre.

— Pourquoi ? Les wiccans ne cherchent querelle à personne. « Fais ce qu'il te plaît tant que cela ne nuit à personne » est leur unique credo, sans compter que la plupart d'entre eux croient que chacune de leurs actions, bonne ou mauvaise, leur sera rendue au triple. Avouez que ça a de quoi dissuader ceux qui seraient tentés de faire du mal à leurs semblables.

— Oui, et les chrétiens pensent que tuer mène tout droit en enfer… Ce qui n'empêche pas un bon nombre d'entre eux de se transformer en assassins.

— Là, je suis d'accord avec vous.

Il sentit soudain qu'il avait eu sa dose de débat pour la journée.

— Ecoutez, on ne va pas trouver maintenant les réponses aux questions que les êtres humains se posent depuis des millénaires. Pourquoi n'irait-on pas plutôt faire un tour dans le quartier français ?

— Alors, vous avez quand même envie d'aller le boire, ce verre ?

Oui. Il en avait envie. Pourquoi au juste, il l'ignorait, mais il en avait envie. Il aimait le son de sa voix et s'intéressait à ce qu'elle racontait. Quelque chose en elle l'attirait au-delà de son incroyable beauté, même s'il sentait toujours le besoin de garder ses distances.

De toute façon, cela n'avait plus d'importance. Demain, elle ne serait plus là. Finis les face-à-face polis mais pugnaces. Leurs routes allaient se séparer pour sans doute ne plus jamais se croiser.

— Oui, allons-y. Et j'ai même une meilleure idée : si on allait manger un morceau, au lieu de se soûler en plein après-midi ?

Elle accepta volontiers la proposition et ils partirent en direction de Royal Street. Une fois installés dans un petit restaurant niché dans une artère calme, Rowenna commanda un thé glacé et des écrevisses à l'étouffée, tandis que Jeremy optait pour le jambalaya de poulet.

— Et si vous m'en disiez plus sur la sorcellerie moderne ? suggéra-t-il quand les assiettes fumantes furent posées sur la table.

— Ça vous intéresse vraiment ?

— Oui, vraiment.

Elle leva un sourcil sceptique, puis décida quand même de se lancer.

— La ligue des sorcières de Salem a vu le jour dans les années soixante-dix, quand une femme nommée Laurie Cabot — désormais considérée comme la sorcière officielle de Salem — s'est installée en ville. Il existe désormais plusieurs milliers de wiccans dans la région. Ils auraient été durement persécutés du temps des puritains, vous savez. Puritains dont l'intolérance a, au passage, quelque chose d'ironique : voilà des gens qui ont quitté l'Angleterre pour trouver une terre où ils seraient libres de pratiquer leur religion, et qui se sont mis à leur tour à persécuter quiconque ne pensait pas comme eux ! Mais s'ils avaient été présents à Salem à l'époque de ces fameux procès, les wiccans n'auraient jamais pratiqué le culte de Satan comme on l'a reproché aux prétendues sorcières. Le diable est un concept de l'église chrétienne, qui le désigne comme un ange déchu. Les wiccans ne peuvent pas pactiser avec le diable ou le vénérer, tout simplement parce que Satan n'existe pas dans leur religion. Je ne suis pas en train de dire qu'il n'y a aucun sataniste à Salem, mais il s'agit d'une philosophie qui n'a rien à voir avec la Wicca. Et si certains se réclament de la Wicca, c'est à tort.

Il hocha lentement la tête en se demandant ce qui lui avait pris de la lancer sur ce sujet. Mais ce qui l'étonnait encore plus, c'était le plaisir qu'il avait à l'écouter.

Mary et Brad étaient allés passer des vacances à Salem.

Mary avait disparu.

Il avait besoin d'en savoir le plus possible sur cette ville, et Rowenna semblait être la personne idéale pour le renseigner. Etait-ce pour cette raison qu'il buvait ses paroles ? Ou à cause de son visage enchanteur, des courbes vertigineuses de son corps et de sa voix un peu rauque ? A moins que ce ne soit la faute de son eau de toilette, songea-t-il. Entêtante. Enivrante. Magnétique.

Son cœur se mit à bégayer.

Elle n'avait jamais prétendu avoir le don de lire dans les pensées, mais il avait le sentiment qu'elle connaissait les siennes. Pas l'effet qu'elle lui faisait, Dieu merci, mais plutôt son sentiment à propos des sorciers et autres satanistes. Lui ne voyait aucun rapport entre tous ces illuminés et la disparition de Mary.

A moins que l'un d'entre eux, plus atteint que les autres, ne se soit imaginé que le diable lui avait ordonné de commettre ce qui avait toutes les chances d'être un meurtre.

— Vous pensez que les gens qui décident d'embrasser une religion ancienne et oubliée sont forcément des idiots, dit-elle en souriant.

— Ça ne me dérange pas si des gens décident d'adorer des palmiers ou des ressorts, tant que ça ne leur donne pas envie de zigouiller leurs semblables.

Elle éclata de rire. Quand elle riait, ses yeux étaient comme de l'or liquide.

— Alors vous n'aurez aucun problème avec les wiccans, reprit-elle. Comme je vous l'ai dit, ils ne font de mal à personne.

Elle haussa les épaules.

— Je doute que quiconque possède les réponses aux interrogations qui taraudent les humains. On aime tous penser que ceux qui font du mal aux autres payeront tôt ou tard pour leurs crimes, dans ce monde ou dans un autre. Ou mieux encore, ici-bas et dans l'au-delà. Encore faut-il croire à un au-delà.

— Parce que vous n'y croyez pas ? s'étonna-t-il.

— Bien sûr que si. Je suis intimement convaincue que la vie ne s'arrête pas à notre mort physique, répondit-elle avec un léger frisson.

— Vous avez quelque chose en tête, Rowenna. Je me trompe ?

Elle tressaillit à ces mots, puis lui adressa un sourire empreint d'une étrange mélancolie.

— Il existe une légende dans ma région, à propos d'une sorte de croquemitaine qu'on appelle le Moissonneur. C'est une créature maléfique née d'anciens rites païens, et même de croyances indiennes. Quand quelqu'un disparaît, quand quelque chose de terrible et d'inexplicable se produit, on l'impute toujours au Moissonneur. Il n'a ni corne ni queue fourchue. En fait, il n'a pas l'air si effrayant que ça. Il est coiffé d'une couronne de feuilles d'automne et porte une cape ocre brun. Il est aussi bien plus grand que la moyenne. Un colosse.

— Et il s'attaque aux jeunes femmes, c'est ça ?

— A vrai dire, j'ignore comment la légende a commencé. Mais la plus vieille histoire que je connaisse s'est déroulée il y a quelques siècles. Plusieurs femmes, toutes jeunes et belles, ont disparu une vingtaine d'années après les procès en sorcellerie. Elles n'ont jamais été retrouvées. Le coupable n'ayant pas été appréhendé, les colons — sans doute influencés par les tribus locales — ont accusé le Moissonneur d'avoir volé les âmes des jeunes disparues.

— Vous ne pensez tout de même pas que Mary a été enlevée par le Moissonneur ? demanda Jeremy en attaquant son jambalaya de poulet.

— Non, non… Bien sûr que non. Je vous explique simplement qu'en Nouvelle-Angleterre, il existe une légende pour chaque fait inexpliqué. Par contre, j'ai bien peur qu'il y ait à Salem un tueur bien réel et tout aussi malfaisant que le Moissonneur.

Le téléphone de Jeremy se mit à sonner dans sa poche, et il eut l'étrange certitude que c'était Brad.

Un rapide coup d'œil à l'écran du portable lui confirma son intuition.

Il s'excusa auprès de Rowenna et s'éloigna en direction des toilettes.

Rowenna jouait distraitement avec la paille de son thé glacé, regrettant de ne pas avoir pris congé de Jeremy quand il avait quitté la table pour répondre au téléphone.

Seule avec ses pensées, elle tournait et retournait la conversation qu'ils venaient d'avoir, de plus en plus certaine de deviner la suite des événements. Brad Johnstone allait demander de l'aide à Jeremy, qui viendrait fatalement s'installer à Salem.

A cette idée, son cœur se mit à battre un peu trop vite, et elle essaya de se convaincre qu'elle ne le reverrait pas pour autant. Etant donné le peu de plaisir que Jeremy semblait prendre en sa compagnie, il n'y avait aucune chance pour qu'il l'appelle une fois sur place. Sauf qu'il s'était montré beaucoup plus chaleureux aujourd'hui, songea-t-elle avant de regarder la réalité en face. Plus chaleureux, certes, mais parce qu'il pensait ne plus la revoir.

Pourtant, à bien y réfléchir, ils allaient quand même se retrouver à Salem.

Il y avait toutes les chances pour que son ami Joe Brentwood fasse appel à ses services, et elle voyait d'ici la tête de Jeremy quand il la verrait arriver au côté de l'inspecteur en charge de l'enquête. Ça le mettrait sûrement hors de lui. Inutile d'être devin pour prédire ce qui lui traverserait alors l'esprit, qu'il l'exprime ou non à haute voix : « Quoi ? Mon amie a disparu et vous ne trouvez rien de mieux à faire que de demander de l'aide à une extralucide d'opérette ? »

— Vous souhaitez un dessert ?

La voix de la serveuse la fit sursauter.

— Euh… Non merci. Soyez gentille de m'apporter l'addition.

Rowenna régla les deux repas et s'éclipsa discrètement. De toute façon, son départ précipité du restaurant ne ferait ni chaud ni froid à Jeremy. Et puis, le petit hôtel familial où il avait pris ses quartiers était à deux pas, de l'autre côté de Jackson Square. Rentrer à pied ne lui prendrait pas dix minutes. Elle se glissa derrière le volant, se demandant vaguement pourquoi il n'avait pas choisi de poser ses valises à la plantation Flynn, dont il était propriétaire avec ses deux frères.

L'hôtel de Rowenna n'était pas loin non plus, au bout de Royal Street. Tandis qu'elle parcourait cette courte distance à bord de sa voiture de location, elle se sentit déchirée entre l'envie que Jeremy vienne à Salem et l'espoir qu'il y renoncerait. En attendant qu'il apporte lui-même une réponse à ce dilemme intime, elle eut le pressentiment que le visage de M. Flynn, et peut-être même plus, allait coloniser ses nuits.

Une fois dans sa chambre, elle se sentit un peu désœuvrée. Ses papiers étaient en ordre, ses valises faites. Il ne lui restait plus qu'à y glisser sa trousse de toilette et deux ou trois produits de beauté, le lendemain matin, juste avant le départ.

Elle avait beau se dire que c'était ridicule, force était d'admettre qu'elle se sentait triste à pleurer. A peine s'était-elle laissée tomber sur le lit, la tête dans les mains, que la sonnerie du portable la fit bondir, persuadée que c'était Jeremy qui voulait savoir pourquoi elle était partie comme une voleuse.

Il fallait croire que ses dons extralucides laissaient à désirer, parce que c'était Kendall.

— Salut, toi.

— Salut, Kendall.

— Je te signale que tu t'en vas demain matin. Tu comptais m'appeler avant de partir, j'espère ?

Une vague de culpabilité submergea Rowenna. Elle connaissait Kendall depuis des années, depuis ce jour où elle était entrée chez Tea and Tarot, le salon de thé un peu spécial que son amie possédait jusqu'à un passé récent. Kendall venait de le vendre à une de ses employées afin de se consacrer pleinement à son couple et à la troupe de théâtre — son rêve de toujours — qu'elle venait de fonder.

— Bien sûr que j'allais t'appeler, répondit Rowenna.

Ce n'était pas un mensonge. Elle y aurait forcément songé…

— Pourquoi ne viendrais-tu pas dîner ce soir ? proposa Kendall. Promis, on ne te gardera pas trop tard.

Rowenna balaya la pièce du regard. Elle songea à mentir à son amie, à prétendre qu'elle avait des milliers de choses à ranger pour être prête le lendemain, qu'il y avait un désordre monstre dans ses affaires après deux semaines passées dans une chambre d'hôtel.

Mais elle ne pouvait pas faire ça. Kendall était une amie, une véritable amie. Certes, elle était mariée avec le frère de Jeremy, mais ce n'était pas une raison pour mettre un terme à leur longue amitié.

— Je viens à peine de terminer mon déjeuner, dit-elle.

— On ne va pas te gaver, rassure-toi ! plaisanta Kendall.

Rowenna rit à son tour.

— D'accord, tu peux compter sur moi. Ça sera l'occasion de te faire mes adieux.

— Hé ! protesta Kendall. Ne dis pas des choses comme ça ! A t'entendre, on croirait qu'on ne se reverra plus jamais.

— Pardon, ce n'est pas ce que je voulais dire. Et à ce propos, pourquoi ne viendriez-vous pas me rendre visite pour Thanksgiving, Aidan et toi ?

— Entre la plantation et le théâtre, ce n'est pas évident de quitter la propriété, tu sais. On répète un spectacle avec les petits depuis quelques semaines, et la première représentation est prévue pour le mercredi juste avant Thanksgiving. Mais on trouvera très vite un moment pour venir te voir, c'est promis. Passe tout de suite à la maison, si tu veux. Ou en tout cas dès que tu auras fait tes valises. Ton vol est de bonne heure, demain matin ?

— Non, je décolle vers midi.

— Parfait. Alors saute dans ta voiture et ramène tes fesses ! Attends, j'ai une meilleure idée… Jeremy doit venir à la plantation pour discuter d'un truc avec Aidan. Je vais lui demander de venir te chercher. A tout à l'heure, ma belle.

— Non ! s'écria-t-elle. Non, non… Je… Je n'aime pas dépendre des autres, tu sais. En fait, je crois qu'il vaudrait mieux que je reste à l'hôtel pour organiser mon départ. Kendall ?

Rowenna se rendit compte qu'elle parlait dans le vide. Kendall avait déjà raccroché.

Super… Il ne manquait plus que ça.

Que faire à présent ? Commencer par essayer d'agir avec un semblant de raison, se dit-elle. Ce serait un bon début.

Son portable se remit à sonner. Elle pria pour que ce ne soit pas déjà Jeremy, mais quelqu'un tout là-haut faisait la sourde oreille.

— Kendall m'a demandé de passer vous prendre à votre hôtel. Je peux être là dans une heure, ça ira ?

— Oui, oui… Mais j'hésite encore à y aller.

— Vous n'avez pas vraiment le choix, Rowenna. Vous avez réglé la note du déjeuner et je vous dois un repas. Mais puisque ma chère belle-sœur s'occupe ce soir des agapes, il faudra me contenter de jouer les chauffeurs. Au fait, désolé d'avoir quitté la table si longtemps. J'ai mérité d'avoir été abandonné comme une vieille chaussette.

Elle fit la moue. Pourquoi ne lui avait-il pas parlé comme ça avant ?

— Alors… Dans une heure ? dit-il.

— D'accord, je vous attendrai dans le hall de l'hôtel. Merci, Jeremy.

Après avoir raccroché, elle hésita, tripotant nerveusement son portable, avant de se décider à appeler Joe Brentwood.

— Rowenna…, dit la voix de son vieil ami. Tu rentres toujours demain ? J'aimerais te parler de quelque chose qui s'est passé ici.

— Joe, tu es censé dire que je t'ai manqué et que tu meurs d'impatience de me revoir.

— Tu m'as manqué et je meurs d'impatience de te revoir. Et j'ai une affaire intéressante que j'aimerais te soumettre.

— Il ne s'agirait pas d'une certaine Mary Johnstone qui s'est volatilisée sous le nez de son mari Brad, par hasard ?

Un sifflement admiratif se fit entendre à l'autre bout du fil.

— Tu n'es pas la Reine des moissons, mais la Reine des médiums, Rowenna.

Elle n'était pas médium. Elle était incapable de communiquer avec les esprits, de transmettre des messages de l'au-delà. En revanche, il lui arrivait d'ouvrir son esprit, de laisser pensées et sensations l'envahir, et avec un peu de bon sens par-dessus le marché, elle parvenait à élucider des affaires. Peut-être possédait-elle au départ quelque chose de particulier dans son inconscient, quelque chose que ses études et ses recherches avaient aiguisé au point d'en faire un outil d'une redoutable efficacité. Mais bien qu'elle traitât de phénomènes paranormaux dans ses livres et qu'elle reconnût percevoir des choses inaccessibles au commun des mortels, elle ne se considérait pas comme extralucide. Comment aurait-elle pu se voir ainsi, elle qui n'avait aucune certitude en ce qui concernait les événements inexpliqués dont parlaient ses ouvrages ? Même si Jeremy Flynn semblait en douter, Rowenna ne croyait pas aveuglément aux esprits et aux fantômes. En revanche, elle croyait que cela pouvait exister. Peu lui importait qu'on la catalogue parfois comme médium, mage ou même sorcière, elle se voyait comme quelqu'un qui utilisait ses sens — tous ses sens — et son cerveau pour faire parler les éléments disponibles et permettre à la vérité de jaillir. Et elle prenait toujours soin, grand soin, que ses collaborations avec la police ne soient jamais connues des médias.

— Non, Joe, rien de surnaturel là-dedans. J'ai tout simplement lu les journaux. Et je connais quelqu'un qui s'intéresse beaucoup à cette affaire.

— Ah bon ? Qui ça ?

— Un type avec qui j'ai travaillé ici. Il a été plongeur pour la police scientifique en Floride et son équipier n'était autre que Brad Johnstone.

— Celui qui est devenu détective privé ? demanda Joe d'un ton qui ne laissait guère de doute sur l'opinion qu'il se faisait de cette profession.

Comme beaucoup de ses collègues, Joe considérait les enquêteurs privés comme des enquiquineurs qui ne faisaient que compliquer les affaires dans lesquelles ils venaient fourrer leur nez.

— Oui.

Cette réponse fut saluée par un silence éloquent.

— C'est un type bien, Joe.

— Ouais, ouais, super..., dit-il d'une voix sinistre. Au fait, tu m'appelais pour quelque chose en particulier?

— L'affaire Johnstone, justement.

— Si tu as lu les journaux, tu en sais autant que moi.

— Mais...

— A demain, Rowenna. Passe-moi un coup de fil quand tu seras rentrée et on en parlera.

— Ça marche. A demain, Joe, dit-elle avant de raccrocher.

Après la mort de ses parents et en l'absence de frère ou de sœur, Joe était en quelque sorte devenu sa famille. Une figure paternelle. Sa femme avait succombé à un cancer dix ans plus tôt, et leur fils unique avait trouvé la mort en Irak avant d'avoir pu épouser Rowenna.

Bien qu'il fût le père de Jonathan, Joe était le premier à lui dire qu'il fallait tourner la page et aller de l'avant. Il lui avait expliqué un jour avoir été touché qu'elle ne tombe pas aussitôt dans les bras d'un autre homme, mais qu'à présent, son fils était mort et enterré depuis longtemps. Il avait même ajouté que les mauvaises herbes envahissaient la tombe de Jonathan lorsqu'elle n'était pas régulièrement entretenue. En d'autres termes, il était grand temps pour Rowenna de reconstruire sa vie.

La collaboration entre elle et Joe avait commencé un soir d'hiver, alors qu'ils se réchauffaient autour d'un bon café. Il s'était mis à lui parler d'un meurtre récent et elle avait eu envie de voir les lieux où avait été perpétré le crime. En chemin, Joe lui avait donné les informations qu'il possédait sur la dernière soirée de la victime. Sunny Shoemaker était une femme de trente-quatre ans qui venait de se faire licencier par l'agence immobilière qui l'employait. Le moral au plus bas, elle était allée boire un verre avec des collègues compatissants dans un bar proche de l'agence. Après avoir ingurgité quelques remontants, elle avait décidé de rentrer à pied chez elle, rassurant ceux qui s'inquiétaient : elle se sentait beaucoup mieux. Hélas pour elle, Sunny Shoemaker n'était pas allée bien loin. On l'avait découverte au petit matin, un couteau planté dans le dos, à côté du haut mur d'une ancienne prison. Son sac à main ayant disparu, le mobile du crime semblait être le vol. Les experts de la police scientifique avaient trouvé une empreinte digitale sur le couteau, mais cela ne les avançait pas à grand-chose sans suspect pour faire des comparaisons.

Une fois sur place, Rowenna avait fermé les yeux, imaginant les derniers instants de Sunny. La jeune femme ne s'était pas retournée, parce qu'elle n'avait pas entendu son agresseur arriver derrière elle. Et elle ne s'était pas battue pour empêcher le voleur de lui prendre son sac. Mais les auteurs de vol à l'arrachée n'étaient pas des assassins et ils ne poignardaient pas leur victime avant de commettre leur forfait.

Elle avait noté la proximité du bar où Sunny avait bu quelques verres avant de dire au revoir à ses collègues et de marcher vers son funeste destin. Suivant son intuition, Rowenna y était retournée le lendemain soir.

Elle avait jeté son dévolu sur le haut tabouret désigné par le barman comme celui où la victime s'était installée le soir de sa mort. Assise là, elle avait siroté un verre de vin blanc en observant les gens autour d'elle, s'efforçant une fois de plus de se glisser dans la peau de Sunny. Dix minutes plus tard, un homme aux allures de businessman avait quitté une table où il discutait avec un autre type, pour venir se jucher sur le tabouret à la droite de Rowenna. Le barman lui avait alors confectionné un cocktail en plaisantant au sujet de son tabouret favori, affirmant qu'il faudrait y faire graver son nom et un signe « Propriété privée ». L'homme d'affaires avait fini par regagner sa table, abandonnant un verre vide sur le comptoir. Rowenna avait attendu que le barman regarde ailleurs pour le confisquer et le confier le soir même à Joe à des fins d'analyse.

Le lendemain, l'inspecteur l'appelait pour lui dire que les empreintes sur le verre vide et celles sur l'arme du crime appartenaient au même homme. Elle avait appris par la suite le fin mot de l'histoire : le coupable, qui occupait un poste important dans l'entreprise où avait travaillé Sunny, profitait de sa position pour puiser dans les caisses. Persuadé que Sunny l'avait démasqué, il l'avait mise à la porte.

Lorsqu'elle était tombée sur lui au bar, la fureur l'avait conduite à proférer de vagues menaces qui avaient conforté l'homme dans l'idée qu'elle savait tout de ses malversations. Pris de panique à l'idée qu'elle le dénonce, il l'avait suivie dans la rue, s'emparant au passage d'un couteau qui traînait sur le comptoir.

Après quoi, Joe avait décrété qu'elle possédait des dons d'extralucide. C'était faux, mais il n'en démordait pas, malgré les nombreuses dénégations de Rowenna. Si elle avait un don, c'était celui de se glisser dans la peau d'inconnus. Mais cela n'avait rien de mystérieux. Après tout, les acteurs ne faisaient pas autre chose quand ils incarnaient un personnage.

Toujours est-il qu'à chaque fois que Joe fut confronté à une énigme par la suite, il fit appel à elle. Elle accepta de lui rendre service, à la stricte condition qu'il ne mentionne jamais son nom à la presse. Les plus proches collaborateurs de l'inspecteur Brentwood savaient qu'il la consultait à l'occasion, mais Joe ne faisait jamais allusion à ses dons supposés en leur présence. Du coup, personne n'y voyait d'inconvénient, d'autant que ces messieurs avaient tous un faible pour elle.

Elle espérait être en mesure de les aider à retrouver Mary Johnstone, même si elle craignait que Jeremy ne grince des dents en découvrant son rôle de consultante un peu particulière auprès du département de police de Salem.

Allait-il lui en vouloir ?

Rowenna se sentit soudain pathétique, comme un toutou qui espère la caresse de son maître.

Elle alla se brosser les cheveux dans la salle de bains, en essayant de se glisser dans la peau de Mary Johnstone. Une femme trompée par un mari qui l'aimait pourtant… Un mari qui faisait tout ce qu'il pouvait pour sauver leur mariage… Un mari qui l'avait déçue, blessée, mais qu'elle aussi aimait toujours…

Elle n'avait pas disparu pour se venger de lui.

Rowenna ferma les yeux. Elle connaissait bien le cimetière où s'étaient rendus les Johnstone le soir de la disparition, et elle pouvait sans difficulté se le représenter en pensée. Très vite, elle sentit la brise de mer, un peu fraîche à présent que l'automne s'installait sur la Nouvelle-Angleterre. Puis elle vit les feuilles brunes et dorées qui coloraient les tombes grises.

Alors qu'elle s'imprégnait de plus en plus du personnage de Mary et du lieu où elle avait disparu, un voile noir recouvrit les images mentales qui défilaient sous ses yeux. Aussitôt après apparurent les champs de maïs qui avaient peuplé son cauchemar.

Elle courait parmi les hautes tiges, entourée de corbeaux qui croassaient sur son passage. Elle n'était ni une enfant ni Mary Johnstone. Elle était elle-même : une Rowenna adulte qui courait à perdre haleine sous l'œil noir des corbeaux, vers l'épouvantail qui lui faisait si peur.

Et il y avait quelque chose sous la redingote mitée, sous les cheveux en fil barbelé. Non, pas « quelque chose ». Quelqu'un. Une silhouette d'ombre et de ténèbres…

Le Moissonneur.

Des coups frappés à sa porte l'arrachèrent à cette vision funeste.

Ses yeux s'ouvrirent brusquement et l'épouvantail s'évapora. Elle se rendit compte qu'elle tremblait, qu'elle serrait les poings si fort que ses jointures avaient blanchi. Quand elle ouvrit les mains, ses paumes étaient toutes moites.

— Rowenna ?

C'était Jeremy Flynn. Il avait dû décider de monter quand il ne l'avait pas trouvée dans le hall comme prévu. Elle était heureuse d'entendre le son de sa voix, et pas seulement parce c'était une voix qui lui avait toujours fait de l'effet.

Elle avait eu peur d'atteindre l'épouvantail niché au cœur du champ de maïs.

Non, elle n'avait pas eu peur.

Elle avait été terrifiée.

3.

Dès qu'elle ouvrit la porte, Jeremy vit que Rowenna n'était pas dans son état normal. Inutile d'être extralucide pour noter ses traits tendus et le léger tremblement de ses mains. Et le sourire forcé qu'elle venait de plaquer comme un masque sur son visage blême n'était pas de nature à le rassurer.

— Désolée de vous avoir mis à contribution…, bredouilla-t-elle. A vrai dire, c'est une initiative de Kendall. J'aurais très bien pu prendre ma voiture.

Il ne répondit rien. Elle lui tourna le dos et partit chercher ses affaires.

— Il faut juste que je prenne mon sac à main et… euh… une veste.

« Belle chambre », songea-t-il tandis que son regard se posait sur l'immense lit à baldaquin. Mais il refréna aussitôt les pensées impudiques qui l'assaillirent par surprise. La première fois qu'il était venu la chercher ici, tout au début de leur collaboration, il l'avait sagement attendue dans le hall. Pourquoi avait-il éprouvé le besoin d'aller frapper à sa porte, cette fois-ci ?

Sac à l'épaule et veste sur son avant-bras, Rowenna revint vers lui et se figea, le fixant de ses grands yeux ambrés.

— Quelque chose ne va pas ? demanda-t-il.

Elle ne chercha pas à le détromper.

— Je connais l'inspecteur qui dirige l'enquête sur la disparition de votre amie, dit-elle de but en blanc.

Cette déclaration le prit au dépourvu.

— Je vous demande pardon ?

— Je… Je ne voulais pas vous mettre devant le fait accompli, Jeremy. L'inspecteur en question s'appelle Joe Brentwood et c'est un ami proche. Il fait parfois appel à mes services quand il est dans l'impasse.

Il s'attendait à tout sauf à ça. Du coup, il sentit un nouveau mur de méfiance se dresser entre eux.

— Comment savez-vous que votre ami est chargé de l'enquête ? demanda-t-il.

— Je l'ai appelé.

— Je vois.

Il se tut un moment, le front soucieux.

— Mais comment avez-vous su qu'il travaillait sur cette affaire ?

Malgré ses efforts pour conserver un ton neutre, les intonations suspicieuses de sa voix n'échappèrent pas à Rowenna.

— Je l'ignorais, répondit-elle en détournant le regard. Je sais que vous êtes inquiet pour votre amie et je voulais simplement savoir s'il avait des informations sur sa disparition. On peut y aller, maintenant ?

Sans attendre sa réponse, elle passa devant lui et se dirigea d'un pas pressé vers l'ascenseur.

Ils ne prononcèrent pas un mot tout le temps que dura la descente du troisième étage au rez-de-chaussée, la cabine exiguë de l'ascenseur rendant le silence d'autant plus pesant. Dehors, le voiturier les attendait. Jeremy lui donna un pourboire et ouvrit lui-même la portière de Rowenna avant de contourner la voiture et de s'installer au volant. Ni l'un ni l'autre n'avait encore ouvert la bouche.

— Et qu'a dit votre ami ? demanda enfin Jeremy en appuyant doucement sur l'accélérateur.

— Vous voulez la vérité ?

Il souleva un sourcil, puis mima l'inquiétude.

— Euh… Oui.

Elle détourna une nouvelle fois le regard.

— Joe n'apprécie pas trop les détectives privés.

Jeremy éclata d'un rire sec.

— Je vois ! Il s'en remet au paranormal pour résoudre ses enquêtes, mais il regarde de haut les détectives privés.

Il secoua la tête.

— Ça promet, grommela-t-il. Une petite ville, des sorcières, et une police hostile pour couronner le tout. J'ai vraiment hâte d'y être.

Elle ne se tourna pas vers lui, mais il vit ses lèvres se pincer. Il regretta aussitôt de s'être montré si agressif. Il avait parlé sans réfléchir, mû par un sentiment d'angoisse qui ne l'avait pas quitté depuis le coup de fil de Brad. Son ancien équipier avait tenu des propos décousus, souvent incohérents. Il était en train de craquer. D'après lui, seul un flic de quartier, un certain O'Reilly, croyait en son innocence. Tous les autres — parmi lesquels figurait sans nul doute l'ami de Rowenna — le traitaient comme le principal suspect. Etre la proie de l'hostilité de ses collègues lui était particulièrement douloureux.

Mais c'était la règle du jeu. Quand une femme avait été assassinée ou avait disparu sans qu'on tienne un suspect, les regards se tournaient fatalement vers le mari. C'était une question de statistiques. En tant que policier, Brad ne pouvait l'ignorer. Lui et Jeremy avaient repêché tant de corps d'épouses ou de petites amies jetées à l'eau, lestées d'une pierre ou d'un parpaing, par ceux qui étaient censés les aimer et les protéger. C'était donc un simple calcul de probabilité qui amenait les enquêteurs à suspecter le mari dont la femme venait de disparaître. Surtout quand il était le dernier à l'avoir vue.

— Vous avez l'intention de vous rendre à Salem ? demanda Rowenna.

— Oui.

Il inspira profondément.

— Désolé, dit-il d'une voix crispée.

Il lui devait des excuses, mais elles avaient du mal à sortir.

— Joe Brentwood est quelqu'un de bien, vous savez.

— Je n'en doute pas.

— Je suis sérieuse, Jeremy. Si vous lui tendez la main, il la prendra.

Elle se demanda si elle ne s'avançait pas un peu. La plupart des policiers n'aimaient pas que les détectives privés marchent sur leurs plates-bandes, et Joe ne faisait pas exception à la règle. En revanche, quand elle affirmait que son ami était quelqu'un de bien, Rowenna était sûre de son fait.

— Espérons, se contenta de répondre Jeremy.

Le silence s'installa de nouveau, aussi pesant dans l'habitacle de la voiture que dans la cabine d'ascenseur. Il chercha quelque chose à dire, n'importe quoi pour rompre le malaise, mais en vain. C'était curieux, au passage : il n'y avait pas eu un seul blanc au restaurant, et là…

Mais lorsqu'ils avaient déjeuné ensemble, il était persuadé qu'il ne la reverrait jamais. Qu'il n'aurait plus à se préoccuper de cette attirance mêlée de défiance qu'il éprouvait à son égard.

La situation était tout autre, à présent, puisque selon toute vraisemblance ils allaient se revoir. Cela expliquait-il le silence tendu qui régnait dans la voiture ?

En tout cas, le trajet jusqu'à la plantation semblait interminable.

Elle se tourna soudain vers lui.

— Joe Brentwood a failli être mon beau-père, dit-elle à brûle-pourpoint.

A son ton résolu, il sentit qu'elle avait l'intention d'aller au bout de ce qu'elle avait décidé de lui raconter, et qu'il valait mieux ne pas essayer de l'interrompre.

— J'étais fiancée à son fils Jonathan, qui a trouvé la mort il y a trois ans dans un accident d'hélicoptère en Irak. Il était soldat. Joe et moi sommes restés très proches, et je ne permettrai à personne de dire du mal de lui. Joe est un excellent policier qui respecte tout le monde, sans distinction de religion ou de couleur de peau. Seuls ceux qui se mettent hors-la-loi ont quelque chose à craindre de lui.

Elle avait parlé d'une voix calme mais déterminée.

— Désolé, dit-il de nouveau, sur la défensive.

Mais il ne put en rester là.

— Si je comprends bien, votre ami respecte les honnêtes citoyens, à l'exception des détectives privés ? lança-t-il.

Elle lâcha un soupir exaspéré et il décida que le silence — si pesant fût-il — valait sans doute mieux qu'une conversation stérile.

Enfin, ils arrivèrent à la plantation Flynn. Levant les yeux vers l'immense demeure blanche, il se sentit envahi par un sentiment de grande satisfaction. La vie était pleine d'ironie. Aidan était celui des trois frères qui avait voulu vendre la propriété, plutôt que de se lancer dans une longue et coûteuse restauration. Et c'était pourtant lui et sa femme qui y vivaient à présent. Ils avaient transformé le manoir délabré en un véritable chef-d'œuvre dont l'architecture combinait beauté et intérêt historique.

Oui, la maison avait vraiment fière allure, avec ses contours délicats mis en valeur par la peinture neuve. Ils avaient réussi à lui redonner de l'éclat tout en préservant le cachet de l'ancien.

Alors qu'il roulait lentement vers le bâtiment principal, il remarqua une affiche punaisée sur la porte de la grange. Elle annonçait un spectacle de Thanksgiving joué par de jeunes écoliers du coin. Il avait vu Kendall à l'œuvre avec les gamins : elle parvenait à les motiver tous, à leur donner le sentiment que chacun avait un rôle déterminant à jouer pour que l'ensemble soit une réussite. Son mari avait longtemps été le plus sombre et le plus cynique des frères Flynn, et la mort de sa première femme, dans un accident de voiture, n'avait pas arrangé les choses. Mais l'arrivée de Kendall dans sa vie avait changé tout ça. Véritable boule d'énergie et d'optimisme, elle avait métamorphosé Aidan. A croire que la joie de vivre était contagieuse.

Jeremy lui était reconnaissant d'avoir rendu son frère heureux. D'une manière générale, il appréciait sa belle-sœur et ne trouvait rien à lui reprocher, si ce n'était de ne pas lui en avoir dit davantage sur Rowenna.

Kendall vint les accueillir alors que Jeremy garait sa voiture au bout de la gracieuse allée qui zigzaguait entre des massifs de fleurs.

— Bonjour, vous deux ! lança-t-elle joyeusement alors qu'ils ouvraient leurs portières.

Elle les serra l'un après l'autre dans ses bras, chacun ayant droit en prime à un baiser sur la joue.

— Merci d'avoir amené Rowenna avec toi, dit-elle à Jeremy. Aidan est dans le bureau qu'on a aménagé dans la grange. Tu sais qu'il s'est mis en tête d'acheter des chevaux ?

Elle secoua la tête en souriant.

— Je suppose qu'il nous faudra construire une petite écurie, puisqu'on a transformé l'ancienne grange en théâtre. Entre, Rowenna. On va bientôt se mettre à table. J'ai fait un jambalaya de poulet créole. J'ai pensé qu'il fallait quelque chose de typique, pour ta dernière soirée à La Nouvelle-Orléans.

— J'en ai déjà l'eau à la bouche, dit Jeremy, en espérant que Rowenna aurait le tact de ne pas dire qu'il avait mangé la même chose au déjeuner. Je vais aller chercher Aidan et lui dire que le dîner est prêt.

Il s'éloigna en direction de la grange en se demandant ce que les deux femmes allaient se raconter, avant de s'extasier sur les travaux effectués par Aidan et Kendall. En à peine un peu plus d'un an, ils avaient accompli des miracles. La grange était rutilante, les box à chevaux détruits pour créer une salle de théâtre. Au fond de l'espace se trouvait désormais la scène, et contre le mur, des chaises en métal attendaient les spectateurs pour être dépliées et alignées face au spectacle. Tout comme la maison, l'intérieur et l'extérieur du bâtiment de bois avaient été repeints récemment. L'ancienne sellerie, entièrement réaménagée elle aussi, disposait maintenant d'un superbe bureau en acajou, d'un petit canapé en cuir brun et de plusieurs chaises. L'équipement comprenait un téléphone, un ordinateur, une imprimante et un fax.

— Entre, dit Aidan en levant les yeux quand Jeremy frappa doucement à la porte. J'ai fait ce que tu m'as demandé. Les faits divers qui se sont déroulés à Salem le jour où Mary a disparu se trouvent dans ce dossier. Enfin, ajouta-t-il en lui tendant une chemise cartonnée, tous ceux que j'ai pu dénicher sur internet…

— Quelque chose d'intéressant ? demanda Jeremy sans prendre la peine d'ouvrir la chemise.

Aidan secoua la tête avec une moue sans enthousiasme.

— Rien qui sorte vraiment de l'ordinaire. Deux attentats à la pudeur, quelques incarcérations en cellule de dégrisement pour troubles à l'ordre publique, une femme qui a refusé de quitter un grand magasin à l'heure de la fermeture… Enfin, tu vois le genre. Pas de quoi fouetter un chat. Alors, tu vas y aller ?

— Je pars demain. Brad est en train de péter les plombs.

Aidan resta silencieux, les yeux vissés sur l'écran de son ordinateur.

— Quoi ? demanda Jeremy en fronçant les sourcils.

— Je te conseille de garder l'esprit ouvert et de ne négliger aucune piste. Quand je dis aucune piste, je parle de celles qui te paraîtront peut-être étranges, contraires à ton esprit cartésien.

— Je ne suis pas un amateur, Aidan.

— Je sais que tu es un bon enquêteur. Mais tu te focalises toujours sur le visible, le tangible. Oublie un peu ton côté saint Thomas et ouvre-toi aux choses qui semblent… un peu moins tangibles. Suis toutes les pistes, Jeremy, même si elles te semblent absurdes.

Décidément, Aidan avait bien changé, songea Jeremy. Mais pouvait-on épouser une ancienne tireuse de tarots sans en être affecté d'une manière ou d'une autre ? Certes, Kendall avait toujours affirmé que ses prédictions n'étaient qu'un spectacle, un divertissement, et qu'elle n'avait aucun don réel de voyance. Pourtant, elle croyait vraiment que la plantation était hantée par des fantômes bienveillants. Elle l'avait affirmé à plusieurs reprises l'année précédente, après sa mésaventure avec un tueur — bien réel, celui-là — dans la crypte secrète située sous la tombe familiale. Quant à Aidan…[1]

Aidan avait mis sa vie entre parenthèses pour s'occuper de lui et de Zach après la mort prématurée de leurs parents, et Jeremy avait le plus grand respect pour son frère aîné. Jamais il ne le laisserait tomber.

Mais Aidan s'était trouvé dans cette crypte secrète avec Kendall, et cet épisode semblait avoir un peu chamboulé ses convictions, du moins en ce qui concernait les histoires de fantômes.

Jeremy préféra ne pas argumenter avec son frère sur le sujet.

Il fallait essayer de se mettre à sa place. Après la mort de sa première femme, quelque chose avait changé en lui. Et plus tard, alors qu'il avait eu le courage de s'ouvrir à une autre femme, s'autorisant de nouveau à tomber amoureux, il avait failli perdre Kendall.

Chacun avait ses démons et sa façon de les maintenir à distance. Si cela aidait Aidan de penser qu'il existait un monde parallèle, une main bienveillante qui le guidait d'outre-tombe à travers les dédales de la vie, c'étaient ses affaires.

— Promis, Aidan. Je garderai l'esprit ouvert.

Kendall jeta un œil par-dessus son épaule pour s'assurer que son mari et son beau-frère n'arrivaient pas encore dans la cuisine.

— Jeremy t'a parlé de son amie, n'est-ce pas ? Celle qui a disparu à Salem ?

Rowenna hocha la tête.

1. Cf. *L'héritage maudit*, le premier volume de la trilogie des frères Flynn.

— J'ai tellement peur qu'elle ne soit morte..., poursuivit Kendall avec un frisson. Et je sais que Jeremy a la même angoisse. Il a appelé Aidan tout à l'heure à ce sujet pour lui demander de rechercher des trucs sur internet. Jeremy est convaincu que Brad n'a rien à voir avec la disparition de sa femme. Comment pourrait-il penser autrement ? Brad est son ami et ils ont fait équipe pendant des années : ils comptaient l'un sur l'autre lors de plongées parfois dangereuses. Le problème, c'est que...

Kendall hésita, regardant une nouvelle fois par-dessus son épaule.

— Rowenna, reprit-elle à voix basse, je sais qu'on a très peu parlé de mon sentiment sur la question, toutes les deux, mais laisse-moi te dire que je crois aux fantômes. Je sais qu'ils existent. Et ils peuvent nous aider, tu sais.

Rowenna l'encouragea à poursuivre d'un regard et d'un petit mouvement de tête.

— Rowenna, tes livres démontrent qu'il se produit des phénomènes que la logique et la science ne peuvent expliquer.

— C'est vrai, mais... Kendall, je n'ai jamais fait croire à mes lecteurs que les fantômes risquaient de débarquer un jour dans leur salon pour bavarder autour d'une tasse de thé.

Une grimace de frustration déforma un instant le visage de Kendall.

— Ce n'est pas non plus ce que je dis, et tu le sais très bien. Mais je sais que tu as aidé la police à élucider des affaires dans le passé, et j'espère que tu pourras de nouveau te rendre utile pour Mary Johnstone. J'espère que tu pourras aider Jeremy.

« Jeremy ne veut pas de mon aide, songea Rowenna. Ni de la tienne, d'ailleurs. Il veut du solide, du concret, pas des histoires de fantômes. »

— Je peux toujours essayer, dit-elle néanmoins.

— Parfois, les fantômes apparaissent en rêve, dit Kendall.

En rêve...

Champs de maïs. Epouvantails surgissant au milieu des épis. Corbeaux croassant haut dans le ciel avant de venir becqueter les lambeaux de chair en décomposition qui pendent sur les os d'un squelette...

— As-tu fait des rêves étranges, dernièrement ? lui demanda Kendall.

Un frisson glacé parcourut l'échine de Rowenna, qui se leva brusquement.

— J'ai l'impression qu'il y a quelque chose qui crame, dit-elle, faute d'une meilleure idée pour faire diversion.

C'était une pauvre ruse et elle en était consciente, mais l'arrivée des frères Flynn la sauva de la remarque qui semblait brûler les lèvres de Kendall.

Aidan vint l'embrasser, lui assurant qu'elle allait leur manquer.

Jeremy n'était pas concerné, bien entendu, puisqu'elle l'emmenait dans ses bagages, ou presque.

Après dîner, Kendall la serra longuement dans ses bras devant la voiture de Jeremy et lui murmura à l'oreille :

— Sois à l'écoute de tes rêves, Rowenna. Promets-moi que tu seras à l'écoute de tes rêves.

« Des mots », se dit Rowenna. Ce n'étaient que des mots.

Mais elle ne pouvait oublier les images qui avaient gangrené son sommeil, ni l'enveloppe de maïs trouvée au réveil dans son lit.

Jeremy avait décidé de déposer Rowenna au pied de son hôtel et de repartir aussitôt, mais il se retrouva planté devant elle dans le hall de l'hôtel, à l'écouter lui souhaiter une bonne fin de soirée pour la deuxième fois.

Un peu déstabilisée par le silence de Jeremy et par son peu d'empressement à quitter les lieux, elle finit par lui proposer de venir prendre un verre dans sa chambre.

— Je crois qu'il y a de la bière et du whisky dans le minibar. A moins que vous ne préfériez un thé ou un café ?

— C'est gentil, mais je dois aller faire mes valises. Je n'ai encore rien préparé pour mon séjour à Salem. Je suis sûr qu'on se verra là-bas, mais je tenais à vous remercier pour votre aide. L'association est sur de bons rails, maintenant.

— Ravie d'avoir pu être utile à une bonne cause.

Mais ni elle ni lui n'esquissèrent le moindre mouvement. Il se surprit en train de songer à tous ces moments qu'ils avaient partagés, à ces instants où il s'était trouvé à côté d'elle dans le studio de radio, respirant son parfum.

Aux éclats ambrés de ses yeux. Ses yeux où un homme avait toutes les chances de se perdre.

Soudain, après deux semaines passées à la fuir, il eut envie de ne plus la quitter. De toucher sa peau pour voir si elle était aussi douce que dans ses rêveries, de plonger la main dans ses cheveux qu'il imaginait infiniment soyeux. Faisait-elle l'amour avec la même passion qu'elle bataillait devant un micro ?

— Alors, à bientôt, dit-il.

— Oui, à bientôt, répondit Rowenna avant de tourner les talons et de disparaître dans la cabine d'ascenseur qui venait de s'ouvrir.

Il n'était pas tard, songea Rowenna. Le joyeux tintamarre des musiciens de rue allait encore résonner pendant des heures dans Bourbon Street, puis ce seraient les nombreux bars et clubs qui prendraient le relais, le dixieland coulant à flots par les portes grandes ouvertes.

L'idée d'aller boire un verre et d'écouter du jazz lui traversa l'esprit, mais elle y renonça finalement, préférant prendre une longue douche et s'offrir une bière légère trouvée dans le minibar. Elle avait sommeil, mais les propos de Kendall l'empêchaient de se mettre au lit.

Son amie n'avait pas plaisanté quand elle avait dit que les fantômes utilisaient parfois les rêves pour se manifester. Maintenant, elle avait peur de s'endormir.

Eteignant les lumières, elle décida de regarder la télévision jusqu'à ce que le sommeil vienne la surprendre. Mais à peine avait-elle saisi la télécommande qu'on frappa à sa porte.

Elle sut aussitôt que c'était Jeremy. Son cœur partit au triple galop tandis qu'une bouffée de chaleur colorait ses joues.

De lui aussi, elle avait souvent rêvé. Mais le plus souvent, il s'était agi de rêves éveillés…

Il apparut derrière la porte, l'épaule négligemment appuyée contre le mur du couloir. Que pouvait-il bien faire là ? se demanda-t-elle dans une sorte de panique, résistant à l'envie de lui dire de regagner son hôtel sur-le-champ, ou, mieux encore, de lui fermer la porte au nez.

— Il ne faut jamais ouvrir sans avoir demandé qui est là, dit-il.

— Je savais que c'était vous.
— Vous avez aussi le don de voir à travers les portes ?
— Je le savais, c'est tout.
« Pourvu qu'il ne soit pas venu pour parler ! », songea-t-elle.
Elle le tira par la main et referma derrière elle. La chambre était presque entièrement dans le noir. Seule une applique de la salle de bains diffusait sa pâle lumière par la porte entrouverte. C'était aussi bien comme ça, car Rowenna n'avait pas envie qu'ils se regardent dans le blanc des yeux ou que des mots viennent se dresser comme des murs entre leurs corps.

Le kimono de soie qu'elle avait enfilé après la douche glissa sur le sol et elle prit le visage de Jeremy dans ses mains, s'élevant légèrement sur la pointe des pieds pour l'embrasser à pleine bouche. Il l'enserra dans ses bras et sa bouche s'ouvrit à son tour, leurs langues se mêlant aussitôt avec des grognements voraces. Le désir qui la poussait vers lui était si intense qu'il en était presque effrayant.

Et si elle avait oublié comment on faisait l'amour, depuis le temps ? Etait-ce vraiment comme de remonter sur un vélo après s'être cassé une jambe ? Ne risquait-elle pas de tomber ? D'avoir l'air ridicule ?

Sans cesser de l'embrasser avidement, il lui caressa le dos, une main remontant jusqu'à sa nuque tandis que l'autre se plaquait sur sa chute de reins avant de glisser lentement vers ses fesses. Il fit soudain un pas en arrière, ses cheveux châtain clair ébouriffés par les mains de Rowenna. Elle eut peur d'être allée trop vite, de l'avoir brusqué en faisant le premier pas. La prenait-il pour une folle ? se demanda-t-elle tandis qu'il la fixait d'un regard énigmatique. Ou pour une hystérique ? Pire, pour une fille facile ? Mais il ne s'était écarté que pour se mettre torse nu, et quand leurs lèvres se trouvèrent de nouveau et que le corps de Jeremy se colla au sien, elle sut que son désir était à la mesure du sien. Sentir son sexe dur sous son pantalon la plongea dans un état second, et ses mains cherchèrent instinctivement les boutons du jean.

Les quelques minutes qui suivirent s'écoulèrent dans une sorte de brouillard sensuel. Plus tard, elle se souvint de la main de Jeremy sur sa joue, de ses doigts traçant lentement les contours de son visage avant de s'enfoncer dans sa bouche. Elle se souvint de ses yeux gris tempête qui la regardaient sucer majeur et index, de ce regard qui la touchait aussi sûrement que la caresse de sa main libre. Ses chaussures et son jean disparurent comme par enchantement, et quand ils se retrouvèrent sur le lit, elle comprit que ses fantasmes sur Jeremy Flynn étaient bien au-dessous de la réalité. Tout en lui la fascinait, l'émerveillait : les reflets brun doré de sa peau bronzée, la puissance de ses bras et de ses mains, la caresse de ses doigts calleux, la longueur de ses jambes, ses larges épaules, son torse ferme… Ses baisers semblaient couvrir son corps tout entier, des endroits les plus visibles aux plus secrets, et quand enfin il la pénétra, Rowenna se donna à lui sans la moindre retenue. Ils firent l'amour fiévreusement, furieusement, partagés entre le besoin presque animal d'atteindre l'orgasme et l'envie de faire durer ce moment magique où corps et âmes semblaient se confondre dans l'extase. Tour à tour amants audacieux et amants timides, anxieux et voraces, ils ne se quittaient pas des yeux, ou juste le temps de se mordre, de s'embrasser, de se lécher comme des affamés.

Ils ondulaient ensemble, hors du temps et comme affranchis des contraintes de la gravité, selon un rythme qu'ils ne décidaient pas, mais qui semblait venir du fond des âges, lent et profond puis brusque et impatient, lent de nouveau, et ainsi de suite, comme les vagues se forment, enflent et finalement se brisent dans une soudaine accélération, un joyeux chaos de bruit et d'écume.

Alors qu'approchait la délivrance, elle s'agrippa à lui, la bouche sur son épaule, respirant l'odeur de son cou entre deux baisers éperdus. Chacun de ses va-et-vient lui arrachait maintenant des cris, non plus des gémissements mais de véritables hurlements de volupté, et elle songea vaguement qu'elle perdait la raison.

Leurs doigts se mêlèrent sur le couvre-lit blanc et les yeux de Rowenna se fermèrent tandis que le plaisir atteignait son paroxysme, explosant en elle comme un orage d'été. Alors que des spasmes incontrôlables prenaient possession de son corps, Jeremy se figea et cria son prénom, la dernière syllabe se transformant en plainte rauque, en supplique amoureuse.

Ce cœur qui battait à toute allure, était-ce le sien ou celui de Jeremy ? Et ce souffle court, saccadé, qu'on entendait dans le silence retrouvé de la chambre, à qui appartenait-il ?

Mais bientôt, ils reprirent chacun leur cœur et leur souffle, tandis que l'ombre des meubles se précisait autour d'eux, qu'elle entendait de nouveau le tic-tac de son réveille-matin, qu'un courant d'air faisait frissonner sa peau nue.

Qu'allait-elle bien pouvoir dire à l'homme qui gisait au-dessus d'elle dans le plus simple appareil ?

Mais Jeremy rompit le silence avant qu'elle ne se sente obligée de parler. Il roula de côté et l'attira contre lui.

— J'ai vraiment tout fait pour te résister, dit-il d'une voix douce. Mais tu es irrésistible.

— Je croyais que je ne te plaisais pas.

Elle aima son rire rauque et la façon dont il caressa de nouveau son visage, comme s'il s'émerveillait de le sentir sous ses doigts. Et ses yeux, incrédules et amusés, semblaient lui demander si elle croyait vraiment possible qu'un homme puisse ne pas la désirer. Elle aurait voulu savoir si elle le connaîtrait vraiment un jour, si elle apprendrait à lire ce qui se cachait derrière le gris de son regard, derrière sa force et sa passion, derrière cette assurance qui le rendait si attirant. A peine eut-elle songé cela qu'elle se traita d'idiote et de naïve. Elle était hors du coup depuis si longtemps qu'une étreinte — certes forte en émotions — suffisait à l'enflammer et à lui donner envie de se projeter dans l'avenir, alors que Jeremy ne voyait sûrement pas aussi loin.

Pour lui, c'était sans doute un moment agréable qui n'engageait à rien. Mais au moins faisait-il preuve de délicatesse : il ne s'était pas rhabillé sitôt leurs ébats terminés, et il lui témoignait encore de l'intérêt, voire une certaine tendresse.

— Tu me fiches une sacrée trouille, dit-il soudain, interrompant ses pensées.

Ces mots la laissèrent quelques secondes sans voix.

— Moi ? balbutia-t-elle finalement en ouvrant de grands yeux.

— Oui, toi.

« Parce que tu me prends pour une dingue ? »

— Pourquoi ? murmura-t-elle avant de détourner la tête, inquiète d'entendre sa réponse.

— Parce que tu es… Parce que tu es toi, voilà.

Quand elle se résolut à le regarder de nouveau, il souriait d'un air un peu piteux et elle décida de ne pas insister.

— Et je suis heureux du dénouement de ma visite impromptue, ajouta-t-il en la serrant un peu plus fort contre lui. Je n'étais pas fier quand j'ai frappé à ta porte, tu sais.

— Moi-même, j'ai eu un moment de panique quand je t'ai ouvert, avoua-t-elle.

— J'aime bien la façon dont tu réagis quand tu paniques.

— Merci.

Il laissa échapper un long soupir.

— A quelle heure décolle ton avion ?

— Midi et des poussières. Et le tien ?

— 11 h 30. Je change d'avion à Chicago. Et toi ?

— A Charlotte. Tu connais ton heure d'arrivée ?

— 15 h 30.

— Et moi un quart d'heure plus tard.

— Tu veux profiter de ma voiture de location ? demanda-t-il.

— Inutile de m'attendre. Je peux prendre un taxi.

— Je sais, mais tu ne préfères pas qu'on fasse le trajet ensemble ?

Coucher ensemble, oui. Mais les trajets en voiture leur réussissaient moins.

— Si, bien sûr, dit-elle néanmoins. Si ça ne t'ennuie pas d'attendre. Et tu peux... Inutile de me ramener jusqu'à chez moi. Je dois passer voir un ami d'abord et...

Non seulement elle avait bafouillé, mais elle sentait qu'elle rougissait. Avec un peu de chance, songea-t-elle, il ne s'en rendrait pas compte dans la pénombre.

— Tu dois aller voir ton ami inspecteur, c'est ça ?

Etait-ce son imagination ou y avait-il un brin d'agacement dans la voix de Jeremy ?

Elle était sur le point de lui répondre qu'elle serait heureuse de le présenter à Joe, mais il reprit la parole avant qu'elle ne puisse ouvrir la bouche.

— Ça ne me dérange pas, dit-il. Moi-même, je dois appeler Brad dès que j'arrive en ville.

— En tout cas, merci pour ton aimable proposition.

Elle se rendit compte qu'elle parlait d'une façon ridiculement guindée, surtout pour quelqu'un qui avait les fesses à l'air.

— Alors, marché conclu, dit Jeremy. Je t'amène chez l'inspecteur qui n'aime pas les détectives privés, et en échange, tu me tiens compagnie, tu emplis ma voiture de ta délicieuse odeur, et accessoirement tu m'indiques le chemin.

Il commença à se dégager pour se lever, mais Rowenna le retint par le bras.

— Pourquoi est-ce que tu ne resterais pas encore un peu ? s'entendit-elle dire, au moins aussi surprise que lui.

Il la regarda un instant, un sourire se dessinant lentement sur ses lèvres.

Finalement, il haussa les épaules.

— D'accord, je reste.

Il se rallongea contre elle et sa bouche commença une lente promenade sur les plaines, les creux et les vallons du corps amoureux de Rowenna Cavanaugh.

Faire l'amour était si simple..., songea-t-elle. Bien plus simple qu'elle ne l'aurait cru.

Et à choisir, c'était plus agréable que de remonter sur un vélo !

Plus tard, alors que Jeremy se trouvait toujours auprès d'elle, elle se laissa aspirer par le sommeil. Elle était heureuse de le sentir contre elle et ne regrettait pas — même si cette pensée l'embarrassait un peu — de l'avoir empêché de partir.

Les champs de maïs lui apparurent de nouveau en rêve.

« Non... Non, par pitié. Pas ce soir... Je veux profiter de lui, de Jeremy... »

Ce fut presque comme si sa prière avait été exaucée.

Elle n'était plus seule dans le champ.

Jeremy était avec elle.

— Montre-moi, dit-il.

— Je ne veux pas, Jeremy. C'est trop affreux.

Mais le rêve se poursuivit malgré tout, et voilà qu'ils couraient, à présent, frôlant les hautes tiges vertes qui s'étendaient à perte de vue.

Elle savait ce qui les attendait plus loin. Avant même d'atteindre l'horrible épouvantail, elle pouvait voir les cavités sombres et malveillantes qui lui servaient de regard. Elle aurait voulu s'arrêter, mais c'était impossible. Impuissante, elle tourna un visage suppliant vers Jeremy, dont les yeux gris s'assombrissaient à mesure qu'ils approchaient de l'Affreux Jojo.

Oui, ses yeux prenaient la couleur du ciel ; cette teinte métallique, anthracite, qui engloutirait bientôt les champs et les promeneurs imprudents.

Un corbeau lança un cri menaçant, sa silhouette charbonneuse se découpant sur un nuage plus clair, et elle sut qu'il allait fondre sur eux pour leur crever les yeux.

— Plus vite ! s'écria Jeremy. Plus vite !

Elle voulut accélérer, mais ses jambes étaient molles comme si elle n'était plus soudain qu'une poupée de chiffon.

— Rowenna !

Elle se réveilla en sursaut. Jeremy était penché sur elle, une expression inquiète sur le visage. Elle le regarda un moment en silence, s'accrochant à son regard tendre et à son doux sourire pour s'extraire entièrement de son rêve.

« Maudite Kendall », songea-t-elle. Ecouter ses rêves, hein ? C'était vraiment le pire conseil qu'on lui ait jamais donné…

— Je suis désolée, articula-t-elle finalement.

— Cauchemar ?

Il avait dit ça d'une voix attentionnée, pleine de sollicitude.

Sans doute était-il en train de songer que sa première impression d'elle se confirmait et qu'il venait de coucher avec une cinglée.

— Oui, je… Je crois. Désolée de t'avoir réveillé.

— Ce n'est pas grave. Il faut que j'y aille, de toute façon.

A ces mots, elle fut prise d'une peur incontrôlable et s'agrippa à lui comme à une bouée de sauvetage. Après quelques secondes, elle réussit à le laisser partir avec un rire forcé.

— Bien sûr. C'est déjà le matin, c'est ça ?

— Il est 6 h 30. Il faut que je retourne à l'hôtel pour boucler mes valises.

Il se leva d'un mouvement fluide, visiblement à l'aise avec son corps. Sans doute n'était-il pas du genre à se poser mille questions après une première nuit d'amour qui risquait fort d'être la dernière… L'habitude, sans doute, songea Rowenna avec un pincement au cœur. Elle le regarda s'habiller, se repaissant du spectacle de ses larges épaules.

La lumière s'invitait à présent, profitant du moindre espace entre les rideaux pour éclairer la pièce. Depuis que ses nuits rimaient avec cauchemars, les lueurs de l'aube étaient pour Rowenna un immense soulagement.

Déjà vêtu de son jean, il enfila son sweat-shirt en marchant vers elle, puis se laissa tomber sur le bord du lit pour ramasser ses chaussures.

— Je peux faire quelque chose pour toi ? demanda-t-il en les laçant.

— Comment ça, faire quelque chose pour moi ?

— Je parle de ton cauchemar. Tu as peut-être envie d'en parler ?

— Oh, ça… Non, c'est gentil, mais je ne m'en souviens déjà plus, mentit Rowenna.

— Tu en es sûre ? Le raconter pourrait l'empêcher de revenir.

Elle força un sourire.

— Merci, docteur. Mais tout va bien, vraiment.

Elle avait de moins en moins de mal à mentir, et elle n'était pas certaine de s'en réjouir.

Mais c'était bien utile pour le moment.

Il posa un rapide baiser sur sa bouche, s'humecta les lèvres d'un air pensif, comme s'il venait de goûter un mets gastronomique, puis l'embrassa de nouveau, cette fois dans les règles de l'art.

— Alors on se retrouve à l'aéroport de Boston, dit-il. Appelle-moi quand tu auras récupéré tes bagages. Avec un peu de chance, j'aurai eu le temps d'aller chercher la voiture de location et on pourra partir tout de suite.

— D'accord, dit-elle avec un sourire. Bon vol.

Il marcha vers la porte et se retourna, main sur la poignée. Elle eut peur qu'il ne reparle de son cauchemar, mais il se contenta d'agiter les doigts en signe d'au revoir.

— Ferme à clé derrière moi, dit-il. Et même si je te suis infiniment reconnaissant de l'avoir fait pour moi hier soir, n'ouvre plus jamais une porte avant de savoir qui se trouve derrière, d'accord ?

Elle lui sourit de nouveau.

— Promis.

A peine Jeremy avait-il quitté la chambre qu'elle sautait hors du lit, verrouillait la porte et allumait toutes les lumières, plus la télévision.

Vingt minutes plus tard, alors qu'elle se douchait, elle se demanda s'il existait un moyen de bloquer le passage par où les rêves s'engouffraient.

Sauf que…

Si ces champs de maïs et cet épouvantail lui inspiraient une telle terreur, c'est qu'ils appartenaient peut-être autant à la réalité qu'au monde des rêves.

4.

Jeremy n'avait jamais aimé l'aéroport international de Logan, mais pour une fois, sa correspondance s'était déroulée sans incident et il était même arrivé avec dix minutes d'avance à Boston. Et ce n'était pas tout : la chance avait continué à lui sourire lorsqu'il était allé chercher ses valises. C'était à croire que les bagages avaient été largués avant même que l'avion ne se pose et que quelqu'un s'était empressé de les mettre sur le tapis roulant. Chez Avis, le scénario idéal s'était poursuivi, avec une attente réduite au minimum et une Mercedes au lieu de la petite Ford qu'il avait réservée. Quand Rowenna l'appela peu après, il l'attendait déjà à la sortie du terminal.

Elle joua son rôle de copilote à la perfection et ils arrivèrent à Salem avec suffisamment d'avance sur le rendez-vous qu'il avait donné à Brad pour qu'elle lui propose une rapide visite du centre-ville.

Il accepta, demandant à voir tout d'abord le cimetière où avait disparu Mary. Un quart d'heure plus tard, elle le laissait se promener seul dans les allées jonchées de feuilles d'automne après lui avoir montré quelques-unes des tombes les plus intéressantes.

Le cimetière était situé en plein quartier touristique. Il y avait quelques musées à proximité et une vaste zone commerciale piétonne juste de l'autre côté de la rue.

Mais malgré les alentours modernes, les lieux avaient conservé toute leur authenticité et Jeremy se sentit intrigué par cet îlot anachronique, étrangement paisible au milieu de l'agitation ambiante.

Avec ses pierres tombales d'un autre temps — ouvragées, moussues, fêlées —, le cimetière dégageait quelque chose de poignant. Quelque chose qui se glissa sous la carapace cartésienne de Jeremy et le fit frissonner. Il se ferma aux bruits extérieurs — mères courant après des bambins dissipés, pères rappelant à d'autres le respect qu'on doit aux morts… Il entendait encore vaguement un guide livrer des explications sur un ton monocorde, visiblement pressé d'en finir et de rentrer chez lui. Jeremy ne lui jetait pas la pierre : le soir venait tôt, en cette saison, et ce n'était pas le genre d'endroit où l'on avait envie de traîner à la nuit tombée.

D'ailleurs, elle était en train de tomber.

Ou plutôt de tournoyer en volutes gris argent, brume opaque venue de la terre comme du ciel qui étreignait les tombes anciennes.

« Le baiser de la mort », songea-t-il avec un nouveau frisson.

Quand il avait atterri, il faisait un temps splendide sur Boston et sa région. Une belle journée d'automne comme seule savait en produire la Nouvelle-Angleterre. Une extraordinaire palette de couleurs. Des teintes orangées, dorées, qui semblaient goutter des arbres comme des larmes nostalgiques. Un spectacle fascinant et sensuel où se lisait pourtant, en filigrane, l'arrivée toute proche de l'hiver monochrome et de son froid glacial.

Jeremy arriva devant la tombe où avaient été retrouvés le sac à main et le téléphone portable de Mary. Il imagina ce que devait être Halloween à Salem, imaginaire et réalité se mêlant dans les rues livrées aux enfants déguisés en fées et en monstres. Sans doute les adultes se costumaient-ils aussi, contribuant à créer une atmosphère irréelle, à la fois joyeuse et un peu inquiétante, parenthèse enchantée dans le train-train quotidien. Mais les réjouissances d'Halloween étaient maintenant terminées et l'ambiance avait changé, tout comme le climat. Les fêtes se succédaient toute l'année, ici, certaines — comme Halloween et Thanksgiving — prenant une importance démesurée par rapport à la plupart des villes du pays. Et si, comme partout ailleurs, Noël faisait déjà sentir sa présence, il suffisait de regarder les magasins pour constater que Salem n'avait pas oublié qu'on célébrait Thanksgiving entre Halloween et le 25 décembre.

Citrouilles et figurines de pèlerins ornaient les vitrines, ainsi que des scènes représentant les colons qui partageaient le premier repas de Thanksgiving avec les Indiens. Dans les fermes situées à la périphérie de la ville, ce serait bientôt l'époque de la moisson.

Comment diable pouvait-on se faire enlever en plein milieu d'une ville bondée de touristes ? Certes, le soir tombait à l'heure où Mary avait disparu, et les lumières de la zone commerciale avaient du mal à pénétrer dans l'enceinte du cimetière, abandonnant les lieux aux ombres de la nuit.

— C'est magnifique, n'est-ce pas ? cria Rowenna.

— Magnifique ? Je te rappelle qu'on est dans un cimetière...

— Et alors ? La mort a sa beauté, rétorqua-t-elle. D'ailleurs, l'automne ne parle que de ça.

Il releva la tête et la rechercha du regard. Il la vit se baisser pour ramasser des feuilles qu'elle dispersa dans les airs.

— Regarde-moi ces couleurs ! s'exclama-t-elle.

On aurait dit une déesse païenne debout au milieu d'un peuple dormant, une expression extatique sur son visage levé vers le ciel, une pluie de feuilles dorées décorant ses cheveux de jais et sa cape de velours. Elle aurait pu être une statue, érigée pour célébrer l'automne, même si Jeremy ne voyait pas quel artiste pourrait avoir assez de talent pour capturer sa beauté et son amour de la vie.

Curieusement, l'émotion qu'il éprouvait à la contempler fut troublée par un sentiment de malaise, comme s'il avait peur pour elle.

Peur pour elle ? Mais pourquoi ?

Sans doute s'agissait-il d'une angoisse liée à la disparition de Mary. Son amie s'était volatilisée à l'endroit même où il se tenait à présent, et l'expérience ne le rendait pas optimiste quant à l'issue de cette affaire. Pourtant, alors qu'il continuait à regarder Rowenna, il s'étonnait de la force de l'inquiétude qu'il sentait monter en lui.

D'un autre côté, beaucoup de choses l'avaient surpris depuis qu'il avait rencontré Rowenna Cavanaugh.

En premier lieu, l'animosité qu'il avait aussitôt éprouvée à son égard. Il n'arrivait pas à se l'expliquer. Kendall aussi s'intéressait au paranormal — elle avait même gagné sa vie en tirant les tarots ! —, et pourtant, il n'avait jamais rien eu contre elle. Alors pourquoi l'intérêt de Rowenna pour le surnaturel lui posait-il un problème ? Et puis il y avait eu cette alarme intime qui s'était déclenchée en lui, cette petite voix lui conseillant de se méfier de la fascination que cette femme exerçait sur lui. Et à présent...

A présent, ce qui le surprenait le plus, c'était le simple fait de se trouver ici avec elle. Parce qu'en l'espace d'une nuit, tout avait changé. La veille au soir, quand il avait marché de son hôtel jusqu'à celui de Rowenna, il avait eu conscience d'être à un tournant de sa vie.

Conscience que s'il succombait finalement à l'attrait qu'elle exerçait sur lui, rien ne serait plus jamais comme avant.

Mais cela ne l'avait pas empêché de marcher d'un pas déterminé dans les rues animées du quartier français, jusqu'à la chambre de Rowenna. Maintenant qu'il y repensait, il se rendait compte qu'il avait surtout craint qu'elle ne lui claque la porte au nez.

Mais elle ne l'avait pas fait.

Il ne se lassait pas de la regarder. Entre sa peau de porcelaine et ses traits parfaits, on pouvait dire que la nature l'avait drôlement gâtée… Et c'était sans parler de son regard lumineux et de son corps élancé, dont il connaissait maintenant un peu mieux les secrets. Corps dont les courbes harmonieuses semblaient le provoquer malgré l'ample cape qui le couvrait.

Il ne jouait pas avec elle. Ce n'était pas l'envie d'ajouter un trophée spectaculaire à la liste de ses conquêtes. Elle le rendait fou, tout simplement. Physiquement, certes, mais pas seulement. Et s'il n'osait mettre de mot définitif sur ses sentiments pour Rowenna, il ne pouvait nier qu'elle était pour lui bien plus qu'une simple aventure. Peut-être fallait-il imputer sa défiance initiale à l'instinct de conservation… Peut-être avait-il su, dès l'instant où il avait croisé le regard de cette femme, qu'elle risquait de bouleverser son existence. Peut-être avait-il eu peur d'être en son pouvoir.

Débattre avec elle n'était pas de tout repos, tant elle était habile à défendre ses points de vue. Habile et combative. Pourtant, il avait fini par attendre leur face-à-face avec impatience, non seulement parce qu'elle l'obligeait à donner le meilleur de lui-même, mais aussi parce qu'on croisait rarement quelqu'un d'aussi honnête, d'aussi sincère, d'aussi dépourvu de suffisance que Rowenna Cavanaugh. Tout était charmant en elle, de son rire contagieux à son côté tête de mule.

Elle était brillante et cultivée, mais ce n'était pas sa façon de raisonner qui désarçonnait Jeremy. C'était sa spontanéité. Comme la veille au soir, quand elle l'avait laissé entrer avant de se débarrasser de son peignoir et de se dresser sur la pointe des pieds, toute nue, pour l'embrasser à pleine bouche. Dans la pénombre de cette jolie chambre décorée avec goût, tandis que derrière elle la brise du soir gonflait les rideaux, l'esprit de Jeremy s'était vidé de ses pensées.

Et plus tard, lorsque leurs corps repus s'étaient endormis et qu'elle s'était mise à remuer dans le lit, criant soudain au beau milieu de son rêve…

Il connaissait cette sensation. Se trouver englué dans un cauchemar et se battre pour s'en extraire… Cette peur de rester à jamais coincé dans les angoisses de son inconscient. Et si c'était ça, l'enfer ?

Ses supérieurs de l'époque l'avaient encouragé à consulter le psy de la police, mais il avait fini par décider de régler le problème à sa façon. Il avait démissionné, déterminé à venir à bout de ses cauchemars en œuvrant pour la cause des enfants. Sauver d'autres gamins lui permettait de soigner son sentiment de culpabilité tout en donnant un sens à la mort de Billy.

Il y aurait bientôt deux ans que ce minibus avait plongé dans l'eau de la rivière, et le cauchemar venait encore hanter ses nuits une ou deux fois par semaine. Au réveil, les images des enfants noyés traînaient encore de longues minutes dans les limbes de son cerveau.

Malgré ses dénégations, il avait l'impression que Rowenna s'était également souvenue de son rêve.

La voix d'un homme l'arracha à ses pensées. Le crépuscule faisait place à la nuit, et un garde en uniforme enjoignait les derniers visiteurs de quitter le cimetière.

Il lui faudrait revenir au matin pour profiter de longues heures de lumière. Il avait l'intention de parcourir les lieux en tous sens, de vérifier chaque tombe, chaque centimètre carré du mur d'enceinte, pour comprendre si Mary avait été emmenée hors du cimetière par un passage secret, comme celui qui avait été découvert l'an passé dans le caveau familial, ou si le ravisseur s'était fondu dans la foule d'Halloween, emportant sa proie vers Dieu sait quel repaire. Cette dernière hypothèse était tout à fait crédible : un bâillon fourré dans la bouche de Mary, un ample costume à capuche passé à la hâte sur ses vêtements, et deux complices avaient pu la soutenir, chacun par un bras, comme s'ils formaient un trio de fêtards. Au milieu, Mary avait pu passer pour le plus éméché des trois, celui qui nécessitait l'aide de ses compagnons de beuverie pour mettre un pied devant l'autre.

— Rowenna ?

Il s'aperçut soudain qu'elle n'était plus à l'endroit où il l'avait aperçue la dernière fois, et la panique le submergea l'espace d'un instant.

— Je suis là, dit-elle, sortant de derrière un arbre qui l'avait masquée à sa vue. J'essayais de lire l'inscription sur cette pierre tombale. Elle m'a intriguée à cause des initiales qui sont gravées dessus. Ce sont les mêmes que les miennes.

Il arriva à sa hauteur dans un état fébrile.

— Qu'est-ce qui t'a pris de faire ça ? demanda-t-il sèchement.

Elle se tourna vers lui, abasourdie.

— De quoi est-ce que tu parles ?

— Tu avais disparu.

— J'étais juste là, voyons, protesta-t-elle. A quelques mètres de toi.

— Tu n'as pas répondu quand je t'ai appelée, insista-t-il, en colère malgré lui.

Sa réaction était sans doute disproportionnée, mais…

Le téléphone et le sac à main de Mary avaient été retrouvés sur une tombe gravée à ses initiales.

— Si, je t'ai répondu, répliqua-t-elle. Je n'y peux rien si tu es sourd comme un pot.

Elle tourna les talons et partit d'un pas furieux en direction des grilles de sortie.

Alors, comme ça, elle n'était pas contente ? songea-t-il en lui emboîtant le pas. Eh bien, lui non plus ! Nom d'un chien, après ce qui était arrivé ici même, elle aurait pu réfléchir avant de jouer à cache-cache à la nuit tombée…

— Tu m'as fichu la trouille, dit-il.

— Ecoute, je suis chez moi, ici. Tu n'as pas à t'inquiéter.

A peine ces mots prononcés, Rowenna s'arrêta si brusquement qu'il faillit lui rentrer dedans.

— Je viens de voir Joe passer dans la rue, dit-elle.

— Ton ami l'inspecteur, c'est ça ?

Elle acquiesça d'un signe de tête.

L'homme aux cheveux blancs vêtu d'un blouson de cuir marchait le nez au vent sur le trottoir, l'esprit visiblement léger. Un sourire éclaira son visage à la vue de Rowenna, sourire qui se crispa un peu quand il remarqua Jeremy derrière elle.

— Joe ! cria Rowenna en franchissant les grilles du cimetière.

— Rowenna !

L'homme vint à sa rencontre, la serrant chaleureusement dans ses bras. Rowenna devait mesurer pas loin d'un mètre soixante-quinze, mais elle avait l'air d'une naine à côté de Joe Brentwood. En retrait et un peu raide, Jeremy attendit qu'elle le présente.

— Heureux que tu sois rentrée, Rowenna. Ou devrais-je plutôt dire : « Sa Majesté Rowenna » ? ajouta-t-il en faisant allusion à son titre de Reine des moissons.

Il se tourna ensuite vers Jeremy, le jaugeant ouvertement du regard.

— Vous êtes le détective privé, c'est ça ? dit-il en faisant un pas en avant.

— En effet, je suis enquêteur privé, répondit Jeremy en tendant la main. Jeremy Flynn, ajouta-t-il tandis que l'autre lui serrait la main. Heureux de faire votre connaissance, inspecteur Brentwood.

— Si je comprends bien, Johnstone est un de vos bons amis ?

— Brad est mon ami et mon ancien équipier. J'ai longtemps été plongeur pour la police scientifique de Jacksonville.

— Eh bien, votre ami m'a semblé très agité, ces derniers jours.

— On le serait à moins, répliqua Jeremy d'une voix égale. J'ai rendez-vous avec lui à 19 heures. J'espère parvenir à le calmer un peu.

— Ça tombe bien, parce que Rowenna et moi avons des choses à nous dire, répondit Brentwood avant de se tourner vers elle. D'ailleurs, je pensais qu'on devait se voir plus tôt.

— C'est ma faute, intervint Jeremy, prenant quelques libertés avec la vérité. Je lui ai demandé de me montrer le cimetière et nous n'avons pas vu le temps passer.

Pourquoi fallait-il que les hommes soient comme ça ? se demanda Jeremy. Brentwood et lui se parlaient poliment, mais ils étaient aussi raides et tendus l'un que l'autre. On aurait dit deux coqs se disputant l'attention d'une poule. Cette rivalité avait d'autant moins de sens que leurs rôles respectifs auprès de Rowenna n'étaient pas les mêmes. Joe Brentwood était son ami, et lui son amant. Certes, pour le moment, il n'était que l'amant d'une nuit, mais il n'avait pas l'intention d'en rester là.

— Et si on allait d'abord boire un verre, tous les trois ? lança Rowenna.

Elle avait dû sentir la tension qui régnait entre Brentwood et lui, songea Jeremy avant de rire intérieurement : qui sait, peut-être avaient-ils vraiment l'air de deux coqs en train de se pavaner ?

— Excellente idée, dit-il d'un air dégagé en regardant Brentwood droit dans les yeux.

Un point pour lui.

— On pourrait aller chez Red's, proposa Joe. C'est un bar-restaurant qui se trouve à deux minutes. J'avoue que ça m'arrangerait, parce que je meurs de faim.

Il avait visiblement fait un effort sur lui-même pour paraître amical, mais Jeremy savait qu'il aurait préféré manger seul avec Rowenna.

— Ça me paraît très bien, dit-il.

Ils s'installèrent dans un angle du restaurant où une serveuse leur apporta des amuse-gueules. Joe et Rowenna s'intéressèrent au menu, mais Jeremy, qui comptait dîner plus tard avec Brad, se contenta d'une bière et d'une poignée de bretzels.

— Tout à l'heure, vous avez dit que Brad était très agité, lança-t-il à l'intention de Brentwood.

Joe secoua la tête avec un long soupir.

— Ce gars-là file un mauvais coton, croyez-moi.

Il leva le nez de son menu pour regarder Jeremy.

— Après tout, ce n'est sans doute pas plus mal que vous soyez là. J'ignore s'il a quelque chose à se reprocher, mais je sais qu'il a besoin de quelqu'un pour le soutenir. Ses beaux-parents menacent de venir à Salem, et ce n'est pas eux qui vont le réconforter, bien au contraire. Ils racontent à qui veut l'entendre que leur gendre est impliqué dans cette affaire.

Jeremy hocha la tête. Il connaissait les parents de Mary et savait qu'ils avaient essayé de la convaincre de divorcer. Mais leur fille avait préféré se battre pour sauver son mariage.

— Avez-vous la moindre expérience de ce genre de boulot ? lui demanda Joe. Vous m'avez dit que vous étiez homme-grenouille, c'est bien ça ? Il y a une grande différence entre chercher des objets sous l'eau et découvrir des indices sur la terre ferme.

— Si vous voulez savoir si j'ai déjà travaillé sur des disparitions ou des homicides, la réponse est oui, inspecteur.

— Dans ce cas… bienvenue à bord, monsieur Flynn. Mais je

vous préviens, j'ai l'impression qu'on se trouve face à un véritable mystère.

— Vous voulez bien me faire un résumé des faits ?

— Je risque de ne pas vous apprendre grand-chose, vous savez. Dave O'Reilly, un agent de police qui patrouille dans la zone touristique, a trouvé M. Johnstone dans le cimetière fermé, en train de crier le prénom de sa femme. Selon les dires de votre ami, elle venait tout juste de disparaître. Je dois admettre que dans l'état actuel de l'enquête, ses déclarations sur son emploi du temps et celui de son épouse le jour de la disparition semblent correspondre aux témoignages qu'on a pu recueillir. De toutes les personnes qu'il dit avoir vues ce jour-là, il n'y en a qu'une seule sur qui je n'arrive pas à la mettre la main. Il s'agit d'un type qui a réussi à installer une tente au milieu du Salon de la voyance sans la moindre autorisation. A en croire M. Johnstone et quelques autres témoins qui sont entrés dans cette tente, il s'agissait d'un diseur de bonne aventure attifé comme un mage d'opérette. Avec un turban et une boule de cristal, pour vous donner une idée du bonhomme… De toute façon, ça n'a pas d'importance parce que les Johnstone ont été vus après ça. Ils ont mangé ici même, chez Red's.

— Ce que vous me dites corrobore à peu près la version que Brad m'a donnée au téléphone, nota Jeremy, en songeant qu'il lui faudrait revenir seul dans ce restaurant pour poser quelques questions. A vous entendre, il semblerait que Mary et Brad passaient ensemble une agréable journée, avant qu'elle ne disparaisse.

— C'est ce qu'il semblerait, oui.

Joe Brentwood avait prononcé ce dernier mot d'une façon qui ne laissait guère de doute sur le fait qu'il considérait toujours Brad comme suspect.

Un couple qui venait d'entrer dans le restaurant s'approcha de leur table. A leurs mines réjouies, Jeremy comprit qu'ils connaissaient Rowenna ; déduction vite confirmée par les cris joyeux que poussa la femme en retirant l'écharpe noire qu'elle portait autour du cou.

— Rowenna ! Tu es de retour !

Rowenna se leva et embrassa successivement l'inconnue et l'homme qui se tenait derrière elle, tandis que Joe Brentwood levait discrètement les yeux au ciel.

— Les Llewellyn, murmura-t-il en secouant doucement la tête.

— Eve, Adam, ça me fait tellement plaisir de vous voir, dit Rowenna avant de se tourner vers Jeremy, tout sourire, pour lui présenter ses amis.

— Eve et Adam Llewellyn, dit-elle.

Jeremy se leva et serra la main des nouveaux venus tout en les étudiant attentivement. L'homme était grand, les cheveux blond vénitien, sans doute un peu plus âgé que Rowenna. La femme était menue et sa chevelure noir corbeau semblait avoir été teinte. Avec ses yeux d'un bleu poudreux et son sourire cordial, Jeremy la trouvait plus mignonne que belle.

— Enchantée de faire votre connaissance, dit-elle après qu'il se fut présenté.

— Très heureux, dit Adam.

Sa femme avait une poignée de main plus franche, songea Jeremy.

— Alors, on vous appelle Adam et Eve? demanda Jeremy avec un sourire.

— Oui, mais nous avons choisi un nom d'emprunt pour le travail, répondit Adam.

— C'est sûr qu'Adam et Eve, on ne risque pas de l'oublier, dit Jeremy.

— Mais ce sont nos vrais prénoms! s'exclama Eve, ravie de son petit effet. C'est Llewellyn qui a été changé. Une sorte de nom d'artiste, si vous voulez. Avant, nous nous appelions Adam et Eve Eidenwiesses.

— Notre nouveau nom est désormais inscrit sur tous nos actes d'état civil, précisa Adam. On a fait ça en toute légalité.

Il se tourna vers Joe Brentwood.

— Bonjour, Joe. Comment allez-vous?

— Ça pourrait être pire, répondit l'inspecteur de police avec un petit mouvement de tête en guise de salut.

— Adam et Eve sont des wiccans, expliqua Rowenna à l'attention de Jeremy. Ils possèdent un magasin spécialisé dans les objets magiques.

Profitant du fait que les Llewellyn ne regardaient pas dans sa direction, Joe leva de nouveau les yeux au ciel. Jeremy lui répondit par un petit sourire de connivence, songeant que le policier n'était peut-être pas aussi tolérant que le croyait Rowenna. N'avait-elle pas dit qu'il respectait toutes les religions ? Mais Jeremy préféra voir le bon côté des choses : au moins, Brentwood semblait vouloir faire copain-copain avec lui sur quelque chose. Parfait. Il faudrait savoir s'en servir au moment opportun.

— Oh, Rowenna, c'est vraiment super que tu sois rentrée à Salem !

Emprisonnant les mains de Rowenna dans les siennes, elle se tourna vers Jeremy et le fixa un instant d'un œil interrogateur.

— Et tu es venue avec un ami…, ajouta-t-elle d'une voix où perçait la curiosité.

— Jeremy est détective privé, intervint sèchement Joe. Brad Johnstone a fait appel à ses services.

— Vraiment ? dit Adam, considérant Jeremy avec un nouvel intérêt. C'est affreux, ce qui leur est arrivé. Vous savez, ils sont venus dans notre magasin le jour où elle a disparu. J'ai eu le sentiment qu'ils s'aimaient profondément. Ce sont des choses que l'on ressent, Eve et moi.

Eve hocha gravement la tête en signe d'assentiment.

— Un beau couple, reprit Adam. Je ne peux pas croire qu'il lui ait fait du mal.

Et comme pour donner plus de force à ses propos, il se mit à mâcher son chewing-gum avec une énergie redoublée.

— Oui, je sais, renchérit Jeremy. Dire qu'il y en a qui le soupçonnent…

Il n'avait pas fini de prononcer ces mots qu'il se rendait compte de leur stupidité. Il était tout à fait normal que Brad soit soupçonné. Dans des affaires comme celle-ci, on s'intéressait d'abord à celle ou celui qui partageait la vie de la victime. Qui, mieux qu'un ancien flic devenu détective privé, pouvait savoir ça ? Mais son amitié pour Brad avait pris le dessus sur son professionnalisme, lui dictant ces paroles absurdes.

Joe le regardait avec une lueur amusée au fond des yeux, visiblement ravi qu'il ait dévoilé aussi vite une de ses faiblesses.

— Alors, vous allez mener votre propre enquête sur la disparition de Mme Johnstone ? demanda Adam.

Jeremy acquiesça d'un signe de tête.

— Vous n'avez encore rien trouvé, Joe? demanda candidement Eve.

— Je suis content que Brad Johnstone ait quelqu'un dans son camp, dit Adam, voyant que Joe ne répondait pas.

Il tourna ensuite un visage inquiet vers l'inspecteur, comme s'il craignait de l'avoir offensé. Mais celui-ci le rassura tout de suite.

— Avec l'expérience, j'ai appris à apprécier toute l'aide qu'on veut bien m'apporter, dit Joe. Si M. Flynn peut récolter des informations qui contribuent à élucider cette affaire, je lui en serai très reconnaissant.

Jeremy eut le sentiment qu'il pensait ce qu'il venait de dire. Décidément, ce type n'était pas évident à saisir.

— Et puis Rowenna est rentrée, maintenant, ajouta Joe comme pour lui-même.

Il avait parlé si doucement que Jeremy avait failli ne pas l'entendre. Il jeta un œil à sa montre. Bientôt l'heure de retrouver Brad.

— Je vais vous demander de bien vouloir m'excuser, dit-il, mais j'ai un rendez-vous au bar de l'hôtel Hawthorne. J'ai été ravi de faire votre connaissance, ajouta-t-il à l'attention des Llewellyn. Je suis certain qu'on aura l'occasion de se revoir.

Il sortit son portefeuille, mais Joe posa la main sur son avant-bras.

— Rangez-moi ça, jeune homme. J'ai encore les moyens d'offrir une bière à un ami de Rowenna.

— Eh bien, merci… Merci beaucoup.

— Nous aussi, nous aurons l'occasion de nous revoir, dit Joe.

— Je n'en doute pas une seconde, répondit Jeremy.

— Mes valises sont toujours dans ta voiture, lui rappela Rowenna.

— Si tu veux, je peux revenir dans une heure environ et te ramener chez toi. Ça me ferait plaisir de voir où tu vis.

— Je peux raccompagner Rowenna, dit Joe.

— Je suis sûr que vous le pouvez, mais j'aimerais autant le faire. Si Rowenna est d'accord, bien entendu.

Il se rendit compte qu'elle l'observait, le front un peu soucieux. N'était-il pour elle qu'une aventure d'un soir? Il ne le pensait pas.

Elle n'était nullement le genre à coucher avec un homme sur un coup de tête, pour le seul bénéfice d'un éphémère plaisir sensuel. Non, Rowenna n'avait pas le profil d'une collectionneuse d'hommes.

Elle lui lança un sourire et se tourna vers Joe.

— Je crois que ce sera plus simple si Jeremy me ramène à la maison. Ça évitera d'avoir à trimballer mes bagages d'une voiture à l'autre.

— Vous logez où, à Salem ? demanda Joe d'un ton brusque.

— J'ai loué une maison pas très loin d'ici, répondit Jeremy en se rappelant que cet homme avait connu une terrible épreuve. Au 116 Essex Street.

Sans doute Joe Brentwood avait-il reporté une partie de son amour paternel sur Rowenna après la mort de son fils. D'où son côté protecteur. Jeremy ne voulait même pas imaginer ce que ça faisait de perdre un fils. Les enfants étaient censés enterrer leurs parents, et non le contraire.

— Je viendrai te rejoindre à l'Hawthorne après avoir dîné, dit Rowenna.

— Tu comptes marcher seule alors qu'il fait nuit ? ne put s'empêcher de demander Jeremy.

— Je l'accompagnerai, promit Joe.

— Très bien. Alors, à tout à l'heure.

Jeremy quitta le restaurant, conscient qu'ils le suivaient tous du regard. Il savait qu'il allait être le centre de la conversation pendant les cinq prochaines minutes, peut-être même davantage.

L'hôtel où il devait retrouver Brad n'était qu'à une dizaine de minutes à pied. Des réverbères éclairaient les rues paisibles, mais les commerces fermés et les trottoirs jonchés de feuilles donnaient au quartier un air mélancolique, voire abandonné.

L'Hawthorne avait été bâti au début du XXe siècle, mais il était entouré de bâtiments bien plus anciens, construits pour la plupart à la fin du XVIIIe. A quelques pas d'ici, les premiers pèlerins puritains avaient autrefois fait paître leur bétail.

Après la fraîcheur de la rue, Jeremy apprécia la chaleur douillette qui régnait dans l'hôtel. Il se fit indiquer le bar, où il trouva Brad, assis sur un haut tabouret, les coudes sur le comptoir et la tête dans les mains.

Jeremy marcha jusqu'à lui et posa la main sur son épaule. Quand

Brad releva les yeux et vit son ancien équipier, ses yeux s'emplirent d'un tel espoir que Jeremy en fut presque effrayé. Brad quitta précipitamment son tabouret et serra fort son ami dans ses bras. Un peu mal à l'aise, Jeremy lui tapota le dos avant de réussir à se dégager.

— Qu'est-ce que je vous sers ? demanda le barman.

— Je vais prendre une pression, merci.

— On sera peut-être plus tranquilles par là-bas, dit Brad en indiquant une table dans un coin de la pièce.

Il s'empara de son verre, rempli d'un liquide ambré qui avait tout l'air d'être du bourbon, et se tourna vers le barman.

— Hugh, je te présente mon vieil ami Jeremy Flynn. Il est venu m'aider à retrouver Mary.

— On croise les doigts, dit gravement l'homme en posant la bière de Jeremy sur le comptoir. On croise les doigts…

Jeremy s'en saisit et ils allèrent s'asseoir à la table qu'avait indiquée Brad. Le barman semblait avoir choisi le camp de son ami, mais ce n'était visiblement pas le cas de tout le monde à Salem. Alors qu'il s'installait sur la banquette, Jeremy vit du coin de l'œil deux femmes assises non loin, qui se poussaient du coude en murmurant d'un air outré. Nul doute qu'elles avaient reconnu Brad, dont la photo faisait la une des journaux locaux, et qu'elles frissonnaient de tous leurs membres, persuadées de boire leur thé à quelques mètres d'un assassin.

— Tu ne peux pas imaginer comme je suis soulagé que tu sois là, dit Brad.

— Tu sais que je vais faire tout mon possible pour t'aider, assura Jeremy. Tu n'as toujours aucune nouvelle de Mary ou d'un éventuel ravisseur ?

— S'il y avait du nouveau, répondit sombrement Brad, la ville entière serait au courant.

Il soupira d'un air accablé.

— Pour te dire la vérité, je m'attends à tout moment à ce qu'on m'annonce la découverte de son cadavre. Ou qu'on vienne me passer les menottes, ajouta-t-il avec un haussement d'épaules désabusé.

Jeremy secoua la tête.

— Brad, tu sais mieux que quiconque que la police ne peut pas t'arrêter sans preuve. Il leur faudrait au moins un faisceau d'indices graves te désignant comme le coupable. Et il n'y a rien de tout ça, que je sache. Ce qui ne me surprend pas, parce que je sais que tu ne ferais jamais de mal à quiconque, et encore moins à Mary.

— Merci, vieux, dit Brad en serrant brièvement le poignet de son ami.

— Ce qu'il faut garder à l'esprit, reprit Jeremy, c'est que personne ne peut se volatiliser dans la nature sans laisser la moindre trace derrière lui. Ce que je veux dire, c'est qu'on va forcément trouver quelque chose à un moment ou un autre.

Une moue peu convaincue tira les traits de Brad vers le bas.

— Tu sais combien de fois je me suis repassé le film de cette journée ? Combien de fois je suis retourné dans ce foutu cimetière pour essayer de comprendre ce qui a bien pu se passer ?

— Peu importe. On va recommencer, encore et encore, jusqu'à ce qu'on tombe sur quelque chose.

Brad hocha tristement la tête. Le bref moment d'espoir suscité par l'arrivée de Jeremy semblait déjà appartenir au passé, cédant la place à l'angoisse et au découragement.

— J'ai tellement peur de ne plus jamais la revoir…, murmura-t-il.

Le désespoir qui se lisait dans son regard ne pouvait être feint, songea Jeremy. Et ses doigts qui tremblaient alors qu'il portait son verre à ses lèvres… Non, nul ne saurait jouer la comédie avec tant de vérité.

— Hier soir, reprit Brad après avoir bu une lampée d'alcool, l'espace d'un instant, j'ai cru que…

— Que quoi ? Que tu l'avais aperçue dans la rue ?

Brad lui sourit d'un air penaud. Un sourire si triste que Jeremy en eut la gorge serrée.

— J'ai cru qu'elle m'appelait au téléphone. Mais c'était sa mère. Elles ont des voix très similaires, tu sais. Elle pleurait, elle me suppliait de lui rendre sa fille. Je crois qu'elle était ivre. Son mari a fini par lui prendre le combiné des mains pour dire qu'il allait me tuer.

— La douleur les égare, dit Jeremy.

Brad poursuivit sans paraître l'entendre.

— Le père de Mary parle comme si elle était morte. Mais je ne peux pas me résoudre à cette idée.

Il s'interrompit et fixa Jeremy d'un regard vague, comme s'il n'en était pas à son premier verre.

— Elle n'est pas morte, Jeremy. Je crois que je le sentirais si elle l'était. Je sais que ça a l'air dingue de dire ça, mais j'ai l'intime conviction que Mary est encore vivante. Seulement, je sens aussi qu'elle est… qu'elle est en danger. Que si on ne la retrouve pas très vite, elle va mourir. Oh, mon Dieu…

Brad leva brusquement son verre, manquant de faire déborder le reste de bourbon dont une longue gorgée eut finalement raison.

— Jeremy, on est allés visiter le cimetière et Mary a disparu. Il n'y a rien d'autre à dire.

— N'oublie pas que c'était Halloween. Il y avait un monde fou dans les rues. Quelqu'un a forcément vu quelque chose. Il nous reste juste à trouver ce ou ces témoins.

— Et maintenant, tout le monde est au courant de nos problèmes de couple, poursuivit Brad sans prêter attention aux mots de Jeremy. La presse me présente comme un coureur de jupons sans foi ni loi… Comme un monstre.

— Les journalistes ne cherchent qu'à vendre du papier. Ne prête pas attention à ce qu'ils écrivent.

— Ah oui ? Et comment suis-je censé faire ? Les gens me dévisagent dans la rue, Jeremy. On murmure sur mon passage.

— Tu dois te ressaisir, Brad, dit Jeremy d'une voix dure. Merde, tu es un flic et tu en as vu d'autres au cours de ta carrière ! Tu ne peux pas te permettre de baisser les bras sous la pression. Il faut que tu utilises toute ton énergie pour réfléchir au moindre petit détail, à tout ce qui pourrait nous mettre sur la voie.

Brad grimaça comme s'il retenait ses larmes.

— Je sais que tu as raison et crois-moi, j'ai essayé d'être fort. Mais je l'aime tellement, tu sais… C'est ça qui me met à genoux.

Il releva les yeux vers Jeremy, l'air soudain plus combatif.

— Crois-moi, j'ai pensé à toutes sortes de scénarios, même les plus absurdes. J'ai même imaginé qu'elle avait fait ça pour se venger de moi. Mais ce n'est pas possible. Mary n'est pas comme ça. Tu la connais… Tu sais qu'elle ne ferait jamais un truc pareil. Ni à moi ni à ses parents. Et puis on a retrouvé son portable et son sac à main sur une tombe. Sa carte de crédit et son passeport se trouvaient encore à l'intérieur. Non… C'est à n'y rien comprendre.

— La police a fouillé cette tombe ? demanda Jeremy.

Brad secoua la tête, reprenant son verre pour boire le maigre fond qui avait échappé à la précédente lampée.

— Rien n'avait bougé, Jeremy. Pas un pot de fleurs renversé, pas une motte de terre sur la pierre… A croire qu'elle s'est vraiment volatilisée.

— Je te répète qu'on ne peut pas disparaître comme ça dans la nature. Pense à un spectacle de magie : c'est impressionnant, mais il y a toujours une explication. Le ravisseur a forcément laissé des traces derrière lui et on va les découvrir tôt ou tard. Mais pour le moment, dis-moi ce qui s'est passé avant la disparition de Mary.

— Je suis certain que tu es déjà au courant de tout, répondit Brad d'un ton las. Tu as dû taper mon nom sur Google aussitôt après mon coup de fil, je me trompe ?

— Je veux l'entendre de ta bouche, Brad. Raconte-moi la journée du drame du début à la fin. Je veux tout savoir.

Brad esquissa un sourire.

— Tu veux tout savoir ? Eh bien, nous avons commencé la journée en faisant l'amour comme des fous, voilà. Sans blague, vieux, c'est un des grands plaisirs de la réconciliation, tu sais… Faire des galipettes avec la femme qu'on aime n'est jamais aussi bon que quand on a cru qu'on en serait privé pour toujours. Sauf que maintenant, j'en suis vraiment privé pour toujours, ajouta-t-il d'une voix à peine audible.

— Parle-moi du reste de la journée, Brad. Vous avez fait l'amour, et ensuite ?

Brad inspira profondément avant de se lancer dans un récit dont la précision aurait pu étonner un autre que son ami. Mais Jeremy savait que Brad avait refait mille fois le film de cette journée, retrouvant le nom de chaque rue empruntée, de chaque magasin visité. Pourtant, il le vit hésiter alors qu'il arrivait aux événements de l'après-midi.

— Ce type qui se faisait appeler Damien…, dit-il finalement. Je me demande s'il n'a pas quelque chose à voir avec la disparition de Mary. Je me suis bien rendu compte qu'elle lui plaisait. Tu aurais vu comment il la regardait… Avec une sorte de gourmandise malsaine.

— Attends, attends, l'interrompit Jeremy en levant la main. Tu parles du voyant que la police recherche ? Celui qui a installé sa tente sans autorisation au beau milieu du salon ?

— Oui, c'est lui. Il n'était pas net, ce type. Je te jure, Jeremy, il y avait quelque chose chez lui qui faisait froid dans le dos. D'ailleurs, Mary non plus n'en menait pas large en sa présence.

— Mais il ne s'est rien passé de spécial sous cette tente, n'est-ce pas ?

— Non. Enfin si, mais…

Jeremy fronça les sourcils et se pencha en avant, bras croisés sur la table.

— Sois plus clair, c'est important.

— Ce Damien ne s'est pas montré agressif, mais il a dit des choses… bizarres.

— Quoi, exactement ?

— Que j'étais faible. Que Mary était en danger. Et puis il y avait sa boule de cristal. Elle était truquée. Je sais que c'était une illusion, comme des effets spéciaux, tu comprends… Mais c'était si bien fait que c'en était troublant. On voyait des scènes se dérouler à l'intérieur. Des scènes d'un réalisme incroyable. Un truc de dingue, vraiment… Ça a commencé avec une dinde sauvage.

— Une dinde sauvage ? répéta Jeremy en se demandant combien de verres de bourbon son ami avait ingurgités.

— Je crois que c'était un repas de Thanksgiving, répondit Brad d'un ton impatient. Mais ce que je voulais dire, c'est que je voyais cette dinde comme si elle était là, sous mon nez. J'avais l'impression qu'il suffisait de tendre la main pour la toucher. Et le pire, c'est que je pouvais aussi la sentir. J'en ai eu l'eau à la bouche, tu te rends compte ?

Jeremy resta silencieux quelques secondes.

— A quoi il ressemblait, ce type ? demanda-t-il finalement.

Brad regarda fixement son verre vide, l'air songeur.

— Il en faisait un peu trop, si tu vois ce que je veux dire. Mais bon, c'était Halloween… J'ai eu l'impression qu'il était grand, mais c'est peut-être à cause de la cape.

— D'accord. Donc, il portait une cape. Et sinon, il était blanc ? Noir ? De quelle couleur étaient ses yeux ? Allez, Brad, je ne vais pas t'apprendre comment on décrit un suspect.

— Il portait une cape et un turban. Grand et mince, mais je ne peux pas te décrire ses traits, parce qu'il était maquillé. Autour des yeux, tu vois, et je me demande s'il n'avait pas mis une sorte de fond de teint pour foncer la couleur de sa peau. En tout cas, je n'ai pas rêvé. La police a trouvé de nombreux témoins qui l'ont vu et qui ont vu sa tente. Mais rien ne dit qu'il est du coin. Le plus probable, c'est qu'il soit venu se faire un peu de fric pendant Halloween avant de quitter la ville une fois le salon fermé. Et puis je ne suis pas certain que les collègues…

Le visage de Brad se crispa, et Jeremy comprit que son ancien équipier souffrait doublement d'être traité en criminel par ses pairs.

— Je ne pense pas que les flics de Salem considèrent ça comme une piste sérieuse, reprit Brad. Ils s'imaginent que j'essaie juste de faire diversion. Il faut dire que Mary n'a pas disparu tout de suite après la consultation de ce Damien. De toute façon, c'est difficile à comprendre quand on n'a pas vécu ce que j'ai vécu sous cette tente. Ces visions tellement réalistes dans la boule de cristal, la façon dont il nous parlait… C'était comme s'il nous connaissait, Jeremy. Comme s'il nous menaçait.

— Essaie de te souvenir de ce qu'il a dit exactement.

Brad se prit la tête dans les mains. Il l'avait l'air sur le point d'éclater en sanglots.

— Ecoute, dit Jeremy. Je vais te raccompagner à ton hôtel et je viendrai t'y retrouver demain matin à 9 heures. On va refaire exactement le parcours que Mary et toi avez fait ce jour-là, d'accord ?

Brad acquiesça d'un vague signe de tête avant de lever les yeux vers Jeremy.

— Si tu veux, dit-il sans conviction.

— Brad, c'est important.

— Ça ne servira à rien.

— Pourquoi est-ce que tu dis ça ?

— Parce que ce type est parti. Je ne connais que son prénom, et encore… Rien ne dit qu'il s'appelle vraiment Damien. Oui, ajouta-t-il avec une soudaine intensité dans la voix et le regard, il est parti et il a emmené Mary avec lui. Je sais que c'est lui.

— Est-ce qu'il a prétendu avoir je ne sais quel pouvoir spécial ? demanda Jeremy. A-t-il dit qu'il était wiccan ou autre chose ?

— Pas wiccan, en tout cas, répondit Brad sans hésiter. Mary lui a posé la question et il a tout de suite précisé qu'il n'avait rien à voir avec cette religion.

— Et il n'a pas dit d'où il venait ? S'il exerçait souvent à Salem ? S'il faisait partie d'une association de magiciens ou quelque chose de ce genre ?

Brad secoua lentement la tête, le mouvement de ses lèvres pointant une nouvelle fois vers le bas.

— Non. Il n'a rien dit de tout ça. Pas le moindre renseignement.

Brad s'interrompit un instant, une expression de plus en plus sombre sur le visage.

— Mais je sais qui il est, ajouta-t-il.

— Comment ça ? demanda Jeremy, sourcils froncés.

— Le diable, dit Brad le plus sérieusement du monde. Ce type est le diable en personne.

5.

Rowenna repéra Jeremy assis au bar et vint se jucher sur le tabouret libre qui se trouvait à sa droite.

— Salut, toi, dit-elle avant de sourire à Hugh qui accourut aussitôt, comme aimanté par la beauté de sa cliente.

— Ça fait plaisir de te revoir, dit le barman en lui rendant son sourire. Je te sers ton poison habituel ?

— Oui. Merci, Hugh.

Jeremy suivait l'échange, un petit sourire aux lèvres.

— Tu connais tout le monde, dans cette ville ? demanda-t-il une fois que le barman se fut éloigné.

Elle haussa les épaules.

— Je te rappelle que j'ai grandi ici. Mais non, rassure-toi, je ne connais pas les quarante mille et quelque âmes de Salem. Il se trouve simplement que Hugh était dans le même lycée que moi. Il faisait partie de l'équipe de hockey sur glace.

— Et tu étais une pom-pom girl, c'est ça ?

— Non ! s'écria-t-elle en riant. Mais j'avais beaucoup d'amies qui l'étaient.

Rowenna redevint brusquement sérieuse.

— Où est ton ami ?

— Je viens de le raccompagner à son hôtel.

— Ah, d'accord… Et comment va-t-il ?

— Mal. Il croit savoir qui est le coupable, mais de là à le prouver…

— Quoi ? Il sait qui a enlevé sa femme ?

— Il dit que c'est le diable.

— Tu te fous de moi ?

— Pas du tout. Je ne fais que te rapporter ses propos. Bien sûr, j'imagine qu'il s'agit d'une image. C'est comme ça qu'il appelle le voyant qu'ils ont consulté cet après-midi-là. Brad est persuadé que ce type est responsable de la disparition de Mary. Et toi, demanda-t-il, tu as des choses à m'apprendre ?

— Parce que tu crois que Joe a attendu ton départ pour me livrer un tas d'informations ? Non, désolée, je n'en sais pas plus que toi.

— Vu la façon dont il a réagi quand tu nous as présentés, il n'aurait pas été si surprenant qu'il en dise plus après mon départ.

Jeremy la regardait intensément, droit dans les yeux.

— D'ailleurs, reprit-il, si ça te gêne qu'on soit vus ensemble, il ne faut pas hésiter à me le dire.

Les mots de Jeremy la prirent au dépourvu, et à sa grande surprise, elle sentit qu'elle rougissait un peu. C'était pourtant vrai que Joe avait fait preuve d'une certaine hostilité à l'égard de Jeremy. Mais pourquoi ?

Parce que Jeremy était détective privé ou parce que Joe avait compris qu'ils étaient plus que de simples amis ?

Non, cette dernière explication n'avait aucun sens. Joe n'avait cessé de l'encourager à tourner la page et à refaire sa vie.

Mais pensait-il vraiment ce qu'il disait ?

— Qu'est-ce que tu me chantes là ? répondit-elle comme s'il venait de proférer une énormité. Je n'ai de comptes à rendre à personne, Jeremy. Et sache que je n'ai jamais laissé quiconque dicter mes choix.

Elle avait prononcé ces mots d'une voix douce mais déterminée. Jeremy se tourna vers le bar et elle ne put déchiffrer son expression.

— N'empêche que je suis un étranger ici, et que les gens te feront toujours plus confiance qu'à moi, dit-il.

— Tout ça n'a aucune importance. Ce qui compte, c'est qu'une femme est portée disparue et que tout le monde souhaite qu'on la retrouve saine et sauve.

— Pas tout le monde, non.

— Oh, arrête un peu ! s'écria-t-elle. Les wiccans ne sont pas…

— Je ne parlais pas des wiccans, coupa Jeremy. Je parlais de celui qui l'a enlevée.

— Ah… Oui, bien sûr.

Si elle ne voulait pas que Jeremy la prenne pour une hystérique, il allait falloir qu'elle cesse de démarrer au quart de tour.

Mais quand il reprit la parole, ce fut d'une voix calme, sans le moindre signe d'agacement.

— Parle-moi un peu de tes amis, dit-il.

— Quels amis ?

— Adam et Eve.

— Ils sont adorables l'un comme l'autre.

— Ils sont wiccans, n'est-ce pas ?

— Oui, et alors ? répliqua-t-elle, sur la défensive.

Voilà qu'elle recommençait, songea-t-elle, au comble de l'embarras.

— Alors rien. Simple curiosité.

— Ils sont vraiment gentils, tu sais. Eux aussi étaient dans le même lycée que moi. Ça fait longtemps que je les connais. Ils ont une boutique où ils vendent les trucs habituels pour touristes, mais aussi des objets moins conventionnels. Ils travaillent beaucoup avec des artistes et des bijoutiers de la ville.

— Est-ce qu'ils vendent des potions et des poudres aux effets soi-disant magiques ?

— Oui, et aussi du thé, répondit Rowenna.

Une fois encore, sa voix avait trahi son agacement.

— Désolé, dit Jeremy. Mon intention n'était pas de critiquer tes amis.

— Tu n'as pas à t'excuser. C'est moi qui suis un peu nerveuse. La fatigue, sans doute.

Il posa son verre sur le comptoir et se tourna vers elle.

— Et si je te ramenais chez toi ?

— Bonne idée, dit-elle en descendant de son tabouret.

Pendant que Jeremy réglait la note, Rowenna et Hugh échangèrent un sourire.

— A bientôt, j'espère, lança le barman quand ils eurent enfilé leurs manteaux.

— A bientôt, Hugh, répondit Jeremy tandis que Rowenna agitait les doigts en signe d'au revoir.

L'instant d'après, il posait la main sur la taille de Rowenna et l'entraînait vers la porte.

Dehors, l'air était délicieusement frais. Les rudes froidures de l'hiver viendraient un peu plus tard.

Un grand calme semblait régner sur la ville. Ils marchèrent bras dessus bras dessous jusqu'à la voiture, sans croiser âme qui vive.

— Ma nouvelle résidence, dit-il en passant devant une maison à un étage située à quelques mètres de l'endroit où était garée sa Mercedes de location.

— Tu avais peur de manquer de place ? demanda-t-elle d'un ton railleur.

— En automne, les hôtels sont hors de prix, ici, répliqua-t-il. Désolé si j'ai l'air pingre, mais ça revenait beaucoup moins cher de louer une maison. J'ai eu la chance que quelqu'un annule sa réservation au dernier moment. Tu savais que même les habitants des environs viennent ici pour voir le spectacle des couleurs automnales ?

— Oui, mais ils ne vont pas tarder à remonter vers le nord, dit Rowenna. En direction du Vermont, du Maine.

— Je dois reconnaître que tu vis dans une belle région.

— Les saisons sont moins marquées chez toi, n'est-ce pas ?

— C'est le moins qu'on puisse dire. En Floride, on passe de la canicule à la chaleur torride, avec quelques journées plus agréables où il fait simplement trop chaud. Et une ou deux fois par an, si on est à l'ombre et qu'on manque de sommeil, on pourrait presque croire qu'il fait frisquet.

Elle éclata de rire.

— Et bien sûr, tu n'exagères pas du tout, dit-elle.

— Bon, un peu, admit-il. En réalité, il arrive même qu'on ait de la neige au nord de l'Etat, et il y fait parfois encore plus froid qu'à Chicago.

Elle aimait beaucoup son sourire, songea-t-elle tandis qu'il déverrouillait la voiture d'une pression sur le porte-clés. Hélas, il n'était pas ici pour ses beaux yeux, mais à cause de son ami Brad et de sa femme disparue. Jeremy lui ouvrit sa portière et elle se demanda ce qui se passerait quand ils arriveraient devant chez elle.

— Merci de me laisser te raccompagner, dit-il simplement, une fois derrière le volant.

— Ce n'est pas plutôt à moi de te remercier ? demanda-t-elle en essayant d'adopter le même ton léger.

Elle nota à quel point l'obscurité gagnait du terrain à mesure que la ville s'éloignait. Les côtes de la Nouvelle-Angleterre étaient très peuplées, et ce depuis l'arrivée des premiers pèlerins anglais. Mais la campagne dans laquelle ils s'enfonçaient à présent était dominée par les terres agricoles. C'est à peine s'ils distinguaient les panneaux de signalisation qu'elle montrait à Jeremy afin qu'il puisse retrouver son chemin quand il rentrerait à Salem.

— On est encore loin ? demanda-t-il.

— A environ vingt minutes, trente quand il y a ce qu'on appelle ici de la circulation. Et si on était le jour d'Halloween, il faudrait compter une bonne heure.

Elle ne vivait pas loin de la ville, mais l'éclairage public se faisait de plus en plus rare à mesure que les kilomètres s'égrenaient sur le compteur de la Mercedes, jusqu'à disparaître complètement quand ils arrivèrent à hauteur des champs de maïs. Elle posa les yeux sur les grandes tiges sombres, longues sentinelles alignées dans la nuit. Elles étaient particulièrement hautes en cette période de l'année où approchait le temps de la moisson, ombres floues défilant derrière les vitres de la voiture lancée à bonne allure sur la petite route de campagne.

Elle ne s'était pas rendu compte à quel point la vue des champs l'avait rendue nerveuse, avant que la voix de Jeremy ne la fasse presque bondir sur son siège.

— Tu as beaucoup de terrain ?

— Un hectare environ. C'est plus qu'il n'en faut pour une femme seule, ajouta-t-elle avec un petit rire. En tout cas, j'adore ma maison, et la campagne alentour est vraiment belle. Je me dis toujours que je vais m'acheter un cheval un de ces jours, quand je voyagerai moins.

Il y avait un moment qu'ils longeaient les champs de maïs, songea Rowenna. Un long moment, même. Ils auraient dû les laisser derrière eux depuis au moins cinq minutes, non ?

Elle se faisait sans doute des idées. Tout ça parce qu'elle avait peur.

« Ne sois pas ridicule, voyons. »

Elle vivait toute l'année à côté des champs de maïs, et voilà qu'elle se mettait à les regarder comme un enfant s'effraie d'un meuble que son imagination déforme à la faveur de la nuit. Il fallait impérativement que cela cesse. Elle aimait sa maison et n'allait tout de même pas commencer à avoir peur d'y vivre à cause d'un cauchemar stupide.

— Ça va ? s'enquit Jeremy en jetant un rapide coup d'œil dans sa direction.

— Bien sûr. Pourquoi tu me demandes ça ?

— Tu es toute pâle.

— Qu'est-ce que tu racontes ? dit-elle en riant. C'est la lumière qui fait ça. Ou plutôt le manque de lumière.

Son rire forcé avait-il convaincu Jeremy ? Probablement pas. Mais au moins eut-il le tact de ne rien laisser paraître de ses doutes.

Enfin, les champs de maïs ne furent plus qu'une masse opaque dans le rétroviseur et elle aperçut bientôt la ferme des MacElroy, puis le chemin qui conduisait chez elle.

— Ici, dit-elle. Prends à droite.

Elle eut un coup au cœur en voyant sa maison se dresser dans la nuit. A l'intérieur comme à l'extérieur, pas une lumière ne venait l'éclairer. Ce n'était pas normal. Ginny MacElroy, la tante du Dr MacElroy, passait quotidiennement chez elle en son absence, et allumait chaque soir une lumière différente pour dissuader d'éventuels intrus.

Seul le faisceau lumineux des phares empêchait le bâtiment d'être englouti par les ténèbres.

— Bizarre…, murmura-t-elle.

— Quoi ?

— Rien… L'ampoule a dû griller, voilà tout.

Il lui lança un regard interrogateur, mais ne posa pas de question.

Rowenna sortit de la voiture et parcourut l'allée jusqu'aux marches de bois qui menaient à une galerie couverte. L'architecture de la maison était un joyeux amalgame de plusieurs époques. A la structure principale, qui datait vraisemblablement du XVIIe siècle, avait été ajoutée une extension qui avait au bas mot cent ans de moins. Quant à la touche finale, elle fleurait bon la fin du XIXe. Tout comme le balcon à l'étage, le toit de la galerie couverte était orné d'une splendide dentelle de bois. De ce que Jeremy pouvait en voir, la maison paraissait bien entretenue, ce qui ne le surprenait pas maintenant qu'il connaissait un peu Rowenna. Même si les bâtiments anciens étaient légions dans la ville et ses environs, une femme aussi cultivée qu'elle avait forcément conscience de la valeur esthétique et historique d'une telle maison.

Les vieilles marches de bois gémirent sous les pas de Rowenna, puis sous ceux de Jeremy qui l'avait rejointe avec ses valises. Il la vit fouiller son sac à main et en sortir une clé. Une fois la porte ouverte, elle tâtonna un instant à la recherche de l'interrupteur avant que la lumière d'un lustre en métal ne vienne enfin inonder le vestibule.

— Entre, dit-elle à Jeremy qui attendait sur le palier.

Le petit vestibule donnait d'un côté sur la partie la plus ancienne de la maison et de l'autre sur la plus récente, qui devait tout de même avoir cent cinquante ans. Là, un escalier de bois sombre grimpait jusqu'à un palier doté d'une balustrade en fonte. A l'étage se trouvaient sa chambre et la chambre d'amis, un bureau et une pièce qui lui servait essentiellement de débarras. Une petite échelle permettait d'accéder au grenier où étaient entassées toutes sortes de merveilles qu'elle se promettait de trier un jour.

— Où veux-tu que je pose tes valises ? demanda Jeremy.

Il y en avait deux, et elles pesaient si lourd qu'il se demanda si Rowenna avait dû s'acquitter d'un supplément pour excédent de bagages.

— Tu peux les laisser ici, merci, dit-elle.

Il s'exécuta, puis balaya les lieux du regard.

— C'est une grande maison, pour une jeune femme qui vit seule en pleine campagne, dit-il, l'air pensif.

— D'abord, elle n'est pas si grande, et puis j'ai des voisins, figure-toi. On est passés devant chez eux juste avant d'arriver.

— Ça fait longtemps que tu habites ici ?

— J'y ai toujours vécu, à l'exception des années où mes études m'ont éloignée. C'est agréable d'avoir un endroit où on se sent chez soi.

— La maison est équipée d'une alarme ?

— Non.

— Et pas de gros chien non plus.

Elle rit de bon cœur.

— J'aimerais en avoir un, mais avec mes déplacements répétés, le pauvre mourrait de faim et de solitude.

— Tu veux que j'inspecte rapidement les lieux, juste pour qu'on soit parfaitement tranquilles ?

« Oui ! »

Mais elle réussit à contenir ce cri du cœur et à hausser les épaules d'un air indifférent.

— Si tu veux, dit-elle.

Ils firent ensemble le tour du propriétaire, Rowenna lui donnant des détails sur l'histoire et l'architecture de la maison au fur et à mesure de la visite.

— Tu n'as jamais eu peur, ici ? demanda-t-il.

— Pourquoi ? Je devrais ? Tu essaies de me flanquer la trouille ou quoi ?

— Non, non, dit-il, l'air sincèrement désolé. En fait…

Il s'arrêta, le front soucieux.

— En fait ? répéta-t-elle pour l'inciter à poursuivre.

— Curieusement, quand tu as disparu de ma vue dans le cimetière, j'ai trouvé ça beaucoup plus inquiétant que de me rendre compte que tu habites au milieu de nulle part.

— Je n'habite pas au milieu de nulle part ! protesta Rowenna.

Par une nuit calme, elle pouvait sans doute crier assez fort pour alerter ses voisins. Et puis, elle n'était qu'à vingt minutes de la ville. Elle se plaisait à la campagne, mais elle n'aurait pas aimé vivre complètement isolée.

— Tu veux un café ou autre chose avant de repartir ? demanda-t-elle en se dirigeant vers la cuisine qui, à une lointaine époque, avait été un grand garde-manger.

Elle était consciente de lui forcer un peu la main en détalant sans attendre sa réponse, mais elle n'avait vraiment pas envie qu'il s'en aille.

Allait-il la suivre ou trouver une excuse pour filer ?

Il la suivit.

— Hum…, dit-elle, fouillant dans les placards. Je n'ai plus de sucre pour ton café.

— Oublie le café, dit-il avant de fondre sur elle et de la prendre dans ses bras.

Il baissa les yeux vers elle, et ils se regardèrent quelques instants en silence.

— Tu ne veux pas que je reste ? demanda-t-il.

Le cœur de Rowenna se mit à battre plus vite. Elle ne souhaitait rien tant que l'avoir pour elle toute la nuit, mais elle ne voulait pas qu'il reste simplement parce qu'il la sentait inquiète.

— Et toi, tu as envie de rester ? demanda-t-elle gravement.

Il y avait une tendresse dans le regard de Jeremy ; une tendresse qui éclairait la nuit mieux que toutes les lumières. Se trouver dans les bras de cet homme, sentir son corps chaud et robuste contre elle avait quelque chose d'à la fois si doux et si nouveau qu'elle fut prise d'une sorte de vertige.

— Tu sais que j'en meurs d'envie, répondit-il d'une voix que le désir rendait un peu rauque.

— Alors, moi aussi, murmura-t-elle.

Elle n'aurait su décrire le déroulement exact des heures qui suivirent, la volupté ayant le don de détraquer la mémoire et le temps. Au matin, elle pourrait toujours essayer de retrouver la chronologie de la soirée en ramassant ses vêtements : le pull dans la cuisine, une chaussure au bas de l'escalier, une autre sur une des marches du milieu, sa chemise à la porte de sa chambre et sa jupe en boule sur le parquet.

Seuls son soutien-gorge et sa culotte avaient réussi à atteindre le pied du lit.

L'heure tardive avait ajouté au plaisir de se glisser sous les draps avec le sentiment douillet de la nuit fraîche derrière les carreaux ; au plaisir de découvrir à tâtons le corps de l'autre dans la semi-obscurité de la pièce, seulement éclairée par la lumière du couloir.

Ombre ou lumière, elle ne voyait de toute façon que lui. Ne sentait, ne ressentait que lui. Son long corps chaud et plein de vie pressé contre le sien. Le bonheur et l'excitation de le toucher, la sensation de sa peau sur la paume de ses mains.

Leur impatience, la brusquerie du désir qui les jetait l'un contre l'autre les faisait parfois rire entre deux murmures, deux gémissements, deux souffles chauds versés dans le cou, dans l'oreille, dans la bouche.

Elle mesurait maintenant à quel point elle avait eu peur que leur première nuit d'amour ne soit aussi la dernière. Qu'elle ne reste qu'un souvenir, certes merveilleux et à jamais chéri, mais un simple souvenir sur lequel rien ne serait jamais bâti.

Elle aimait tant la manière dont il caressait son visage, comme s'il en apprenait par cœur les contours, et elle ne se lassait pas de l'effet de ses lèvres sur sa peau. Elle avait l'impression que chacun de ses baisers y laissait une marque brûlante, indélébile. Au lieu de l'étouffer, le poids de Jeremy la libérait, lui donnait le sentiment d'être légère, affranchie des contraintes de l'attraction terrestre. D'ailleurs, elle ne sentait pas son poids, mais l'intimité qui les liait, l'électricité qui les parcourait, l'envie et l'attente, cette impression de monter main dans la main vers les sommets de l'extase, l'impatience d'y parvenir et, pourtant, la saveur de chaque instant qui les en séparait. Puis la libération, les cris, les prénoms lancés comme des promesses, les spasmes et les soupirs délicieusement impudiques.

Enfin, le simple plaisir de se pelotonner dans ses bras, les cœurs qui retrouvaient peu à peu un rythme moins frénétique, et surtout, surtout, l'émerveillement d'être deux.

Tout était bon, même la légère fraîcheur qui mordillait la peau nue après les chaleurs tropicales des transports amoureux.

Pourquoi ne pas vivre le rêve tant qu'il voulait bien durer ? Bien sûr, Jeremy finirait par s'en aller, et tous ces moments magiques rejoindraient alors la boîte à souvenirs.

Mais n'était-ce pas une erreur que de toujours vouloir se projeter dans l'avenir, au risque de gâcher le moment présent ? Oui, elle devait apprendre à vivre dans l'instant. Autant que possible protéger son cœur, bien sûr, mais vivre dans l'instant.

Facile à dire, mais presque impossible à faire…, songea-t-elle avant que le sommeil ne vienne mettre un terme à ces pensées.

Elle entendit le croassement d'un corbeau.

Il venait des ténèbres qui déjà se dissipaient. Le jour se levait. Un matin couvert et frais, annonciateur de l'hiver qui bientôt succéderait à l'automne. Elle était chez elle, debout sur le balcon de sa chambre, en train d'observer la lumière du jour qui essayait de percer la brume et les nuages tandis que les corbeaux faisaient entendre leurs cris, encore et encore.

De son perchoir, elle voyait les champs de maïs.

Et les corbeaux qui tournoyaient au-dessus des épis.

Elle savait que les oiseaux l'appelaient, qu'ils lui montraient le chemin. Mais elle ne pouvait se résoudre à les rejoindre. Elle voulut rentrer dans la maison, mais une force invisible l'emporta sur sa volonté, l'obligeant à rester sur le balcon. Un corbeau vint alors se poser sur la balustrade, la fixant un moment de ses petits yeux noirs, avant de pencher la tête de côté et d'ouvrir grand son bec pour laisser échapper un cri affreux.

Il s'envola aussitôt et alla se joindre à ses congénères qui tournoyaient toujours au-dessus de… de quelque chose qui se trouvait au milieu des champs. Rowenna ne pouvait voir ce dont il s'agissait, mais elle ne le savait que trop bien.

« Non, non, je ne veux pas y aller. »

— Rowenna !

Elle se réveilla en sursaut, conservant toutefois les yeux fermés. La voix de Jeremy avait mis fin au cauchemar, mais elle était encore trop effrayée pour affronter le monde.

Et affronter Jeremy. Il arrivait à tout le monde d'être la proie d'un horrible cauchemar. Mais en faire deux nuits d'affilée ?

Enfin, elle se résolut à ouvrir les yeux.

Il était assis à côté d'elle, et le jour se levait vraiment. Les premières lueurs de l'aube étaient aussi brumeuses que dans son rêve. Tout à leur désir, ils n'avaient pas pris la peine de fermer les rideaux, et la lumière du petit matin s'invitait dans la chambre.

Elle n'était pas certaine qu'un homme voudrait entendre pareil compliment, mais force était de reconnaître que le visage de Jeremy était d'une grande beauté. Mâchoire volontaire, nez droit, parfait, bouche généreuse, mèches châtain doré qui tombaient sensuellement sur ses yeux gris… De grands yeux qui se plissaient maintenant pour la regarder d'un air préoccupé. Il devait être debout depuis un moment, car il était déjà habillé.

Mais, Dieu merci, il n'était pas parti sans lui dire au revoir. Au contraire, il était revenu dans le lit et la serrait à présent dans ses bras.

— Bonjour, murmura-t-elle.

— Tu étais encore en train de faire un cauchemar.

— Je suis désolée. Je t'assure que, d'ordinaire, je ne passe pas mes nuits à m'agiter et à hurler.

— Tu n'as pas à t'excuser, Rowenna, dit-il en posant un baiser sur ses cheveux. Tu t'en souviens ?

— De quoi ?

— De ton rêve. Ce n'est pas moi qui te donne des cauchemars, au moins ?

— Bien sûr que non.

— Alors, c'était quoi ?

— Aucune idée.

C'était la seconde fois qu'elle mentait à Jeremy, et toujours sur le même sujet.

— Alors si tu ne t'en souviens pas, qu'est-ce qui te dit que ce n'est pas moi qui viens hanter tes nuits ? plaisanta-t-il avant de reprendre tout son sérieux. Rowenna… C'est bien vrai que tu l'as oublié ?

Il semblait inquiet pour elle, mais quand elle confirma d'un signe de tête, Jeremy n'insista pas. Il l'embrassa une nouvelle fois et quitta le lit.

— J'ai fait du café, dit-il. Tu m'excuseras, je me suis permis de fouiller un peu dans les placards. J'ai même trouvé du sucre.

Elle remarqua que ses cheveux étaient propres et humides. Visiblement, il avait aussi trouvé la salle de bains. Elle se demanda s'il l'avait regardée rêver un moment avant de la réveiller. Et puis, qu'est-ce que cela pouvait bien lui faire qu'elle se souvienne ou non de son cauchemar ?

S'était-il rendu compte qu'elle lui cachait quelque chose ? Cela avait-il piqué sa curiosité ? Elle avait toujours été une piètre menteuse et il se pouvait fort bien qu'il n'ait pas été dupe.

Pourtant, elle avait l'étrange sentiment qu'il y avait autre chose.

— Du café ? dit-elle. Excellente initiative.

Il lui adressa un bref sourire et sortit de la chambre. Rowenna le suivit du regard en soupirant. Les nouveaux amants n'étaient-ils pas censés faire l'amour au réveil ? Avait-elle fait ou dit quelque chose qui l'avait contrarié ?

Quand elle descendit à son tour après une douche rapide, elle trouva Jeremy avec son manteau sur le dos.

— Je dois passer prendre Brad à 9 heures à son hôtel, expliqua-t-il. On va refaire ensemble tout ce qu'il a fait le jour du drame pour essayer de trouver quelque chose qui nous a échappé jusque-là.

— Bonne idée, dit-elle en se demandant pourquoi l'idée de se retrouver seule la mettait si mal à l'aise.

C'était sa maison, et puis le jour se levait, à présent. Tout allait bien se passer. Elle allait se détendre, défaire ses valises, profiter de son temps libre.

Et plus tard, comme elle l'avait promis la veille à Joe, elle ferait un saut dans les locaux de la brigade criminelle.

— Tu veux nous rejoindre pour le déjeuner? demanda Jeremy, interrompant ses pensées.

— Avec plaisir, si ça ne te dérange pas de manger tard. J'ai deux ou trois trucs à faire et ça risque de prendre un peu de temps.

Il l'embrassa sur la bouche, puis la regarda droit dans les yeux en souriant.

— Alors à tout à l'heure. Au fait, je n'ai pas vu de voiture. Tu en as une, j'espère?

Elle éclata de rire.

— Il vaut mieux, quand on habite à la campagne! Elle se trouve dans le garage, à l'arrière de la maison.

Il la serra brièvement dans ses bras, et elle sentit le pistolet qu'il portait à la ceinture. Elle savait qu'il avait un permis de port d'arme, ainsi que l'autorisation de l'avoir en permanence sur lui. Pourtant, le contact avec l'arme la fit tressaillir.

— A quelle heure est-ce qu'on se retrouve? demanda-t-il.

— 14 heures, ça te convient?

— Si tu veux. Où?

Elle réfléchit quelques secondes et opta pour un restaurant en front de mer. Pour déjeuner avec Brad Johnstone, mieux valait choisir un établissement qui ne soit pas trop près du cimetière. Que l'ami de Jeremy puisse manger tranquillement sans avoir sous le nez l'endroit où sa femme avait disparu.

Un dernier baiser, et elle se retrouva seule dans sa maison. Elle resta un moment immobile, écoutant la portière de Jeremy qui claquait, le moteur qui se mettait en marche, le bruit de sa voiture qui s'éloignait. Elle leva les yeux vers ses valises, toujours là-haut dans le couloir, et décida de commencer par les vider. Elle irait ensuite voir les MacElroy pour les prévenir de son retour, et leur dire de ne pas s'inquiéter s'ils voyaient une voiture inconnue garée devant chez elle. Après quoi, il serait temps d'aller en ville rendre visite à Joe.

Alors qu'ils quittaient le bed and breakfast où Brad logeait depuis la disparition de sa femme, Jeremy lui rappela qu'il souhaitait refaire pas à pas le parcours effectué ce jour-là avec Mary.

— On a traversé la ville de bout en bout, soupira Brad.

Jeremy regarda son ami. La nuit ne l'avait pas vraiment requinqué. Il faisait peine à voir, avec ses cernes et son air accablé.

Leur premier arrêt fut pour le musée des Sorcières de Salem. Brad faillit s'effondrer en larmes lorsqu'il confia à Jeremy que Mary avait adoré cet endroit, et surtout l'animation audiovisuelle qui racontait le procès de façon claire et fidèle à la vérité historique. Ils restèrent pour y assister et Jeremy dut convenir qu'il était d'accord avec Mary : ce spectacle était une véritable machine à remonter le temps.

Ils quittèrent les lieux sitôt les lumières rallumées, aucun des membres du personnel présents n'ayant travaillé le matin où le couple s'était rendu au musée.

Brad expliqua alors que Mary et lui avaient décidé de remettre la visite du Peabody Essex Museum au lendemain, préférant aller se faire peur dans les maisons hantées spécialement édifiées pour Halloween le long de la zone commerciale piétonne. Mais elles avaient été démontées depuis lors et les deux amis grimpèrent à bord du tramway, en direction du musée des Pirates. Ils se rendirent ensuite dans un musée de cire, puis dans un musée de monstres, et enfin dans un petit musée dont l'enseigne annonçait fièrement : L'Histoire ! Juste l'Histoire et rien de plus !

A peine y avaient-ils pénétré qu'un homme vint les saluer. Il semblait proche de la trentaine, élancé, cheveux bruns et yeux marron avec des lunettes. Il marcha droit sur Brad qui sourit à son approche. Il s'avéra que l'homme en question — qui dirigeait le musée et se présenta sous le nom de Daniel Mie — avait sympathisé avec Brad et Mary le jour de leur visite. Il avait appris le drame qui avait frappé Brad et tenait à lui apporter son soutien moral.

— Jeremy et moi avons fait équipe dans la police, expliqua Brad après que Jeremy et Daniel eurent échangé une poignée de main. Il est détective privé, maintenant, et il est venu m'aider à retrouver Mary.

— Voilà une excellente nouvelle, dit gravement Daniel Mie.

— Puis-je me permettre de vous poser quelques questions ? demanda Jeremy.

— Bien sûr. J'aimerais tellement pouvoir aider M. Johnstone, moi aussi.

— Avez-vous remarqué quelqu'un qui avait un comportement étrange, ce jour-là ? Quelqu'un qui regardait Mary avec un peu trop d'insistance, par exemple ?

Le directeur du musée resta silencieux un long moment, se creusant visiblement l'esprit pour trouver un détail suspect dans les souvenirs qu'il avait de cette journée. Mais il finit par secouer lentement la tête, comme à contrecœur.

— Non... Le problème, c'est qu'il y a un monde insensé pendant les fêtes d'Halloween. Cette ville devient complètement folle, vous savez. Si je me souviens de M. et Mme Johnstone, c'est que j'ai pris plaisir à discuter avec eux.

— Merci quand même, dit Jeremy. Si quelque chose vous revenait à la mémoire, ajouta-t-il en lui tendant sa carte, je compte sur vous pour m'appeler aussitôt.

— Je n'y manquerai pas. Et si vous avez un moment, n'hésitez pas à revenir jeter un œil au musée. Nous avons une section consacrée aux pratiques païennes qui ont inspiré la religion Wicca, ainsi qu'une exposition sur ce qu'était une sorcière pour les puritains d'alors...

— C'est bien noté, dit Jeremy, tournant les talons pour quitter le musée.

Mais Brad ne lui emboîta pas le pas.

— C'est le voyant qui a fait ça. Celui que vous nous avez recommandé.

Daniel Mie ouvrit de grands yeux, l'air de ne pas comprendre où Brad voulait en venir.

— Le voyant qui a fait ça ? Mais de quoi parlez...

— C'est vous qui leur avez recommandé ce type ? intervint Jeremy en se demandant pourquoi Brad ne lui avait pas parlé de ça plus tôt. Vous le connaissez bien ? C'est un de vos amis ? Savez-vous où on peut le trouver ?

Le visage de Daniel Mie se crispa sous le feu roulant des questions.

— Vous parlez de Damien, c'est ça ?

Brad et Jeremy hochèrent la tête comme un seul homme.

— Alors non, reprit Mie, je ne le connais pas. Si je l'ai recommandé à M. et Mme Johnstone, c'est que je suis entré par hasard dans sa tente et que j'ai été impressionné par ses prédictions. Vous ne pensez pas vraiment qu'il a pu s'en prendre à votre femme ? demanda-t-il d'un air affolé en se tournant vers Brad.

Brad haussa les épaules et lui assura qu'il n'y était pour rien.

Une fois dehors, Jeremy remarqua avec plaisir que son ami semblait avoir retrouvé du poil de la bête.

— Ce type est là, quelque part, dit Brad d'une voix déterminée. Et on va le retrouver. On va aussi retrouver Mary. Je le sais.

Jeremy hocha la tête en silence.

— On va la retrouver vivante, reprit Brad. Tant pis si tu me prends pour un dingue, mais j'ai la conviction qu'elle est en vie.

— Je ne serais pas là si je n'y croyais pas moi-même, dit Jeremy. Où êtes-vous allés, ensuite ?

— Dans cette boutique, juste là, répondit Brad en tendant le doigt. Tiens-toi bien, l'endroit est tenu par un couple qui se fait appeler Adam et Eve ! Mary les a trouvés très sympas. Moi aussi, d'ailleurs, même s'ils m'ont eu l'air d'avoir une petite araignée au plafond, si tu vois ce que je veux dire. Ce sont des sorciers, tu sais, ajouta-t-il avec un petit rire sec.

— Figure-toi que je les ai rencontrés hier soir, dit Jeremy. Mais j'aimerais voir leur boutique et leur poser quelques questions par la même occasion.

Ginny ouvrit la porte de la maison des MacElroy et laissa échapper un petit cri de joie à la vue de Rowenna. L'instant d'après, elle la serrait dans ses bras.

Ginny s'était installée ici pour aider son neveu, le Dr Nick MacElroy, quand le pauvre homme avait perdu sa femme. Les enfants de ce pédiatre de soixante ans avaient quitté la maison depuis longtemps, mais Ginny, elle, était toujours là.

Rowenna avait fréquenté la même école que les deux fils du Dr MacElroy. Eux aussi avaient fait des études de médecine, mais ils avaient choisi d'exercer à Boston. Ils venaient assez souvent rendre visite à leur père avec femmes et enfants, et Ginny se faisait une joie de garder ses petits-neveux.

La présence chaleureuse de Ginny avait toujours fait partie de la vie de Rowenna. Petite fille, elle passait son temps dans la cuisine des MacElroy, où elle était certaine de trouver des cookies et un bon bol de chocolat chaud. Ginny avait des airs de Mère Noël, avec son chignon blanc, ses petites lunettes rondes qui glissaient sans cesse sur son nez, ses yeux d'un bleu intense et son mètre cinquante.

— Merci beaucoup d'avoir pris soin de ma maison, dit Rowenna.

— Tu sais que ça me fait plaisir, répondit la vieille dame. Qu'est-ce que je t'offre à boire, ma chérie ? Un thé ? Un café ? Ou peut-être un chocolat chaud ? Si tu veux, j'ai aussi des scones aux myrtilles et des muffins à la citrouille. Mais si tu as vraiment faim, j'ai de l'émincé de dinde et de la compote d'airelles…

Rowenna éclata de rire.

— De la dinde et de la compote d'airelles ? Ce n'est pas encore Thanksgiving, Ginny.

— J'ai aussi du jambon, si tu préfères.

— Merci beaucoup, mais j'ai promis à un ami de déjeuner en ville avec lui.

— Tu as bien dit un ami ? demanda sa voisine, une lueur malicieuse dans les yeux.

Rowenna sourit.

— Oui, Ginny, c'est un homme. Il s'appelle Jeremy. Jeremy Flynn. Je voulais justement te parler de lui pour que tu ne t'inquiètes pas si tu vois un étranger qui…

— Il est mignon ? interrompit la vieille dame.

— Son visage n'est pas assez lisse pour être qualifié de mignon, répliqua Rowenna qui sentait ses joues se colorer. Disons qu'il est beau.

— Beau, hein ? répéta Ginny, la mine radieuse. Eh bien, ce n'est pas trop tôt. Je n'arrête pas de dire à Joe d'arrêter de te couver comme ça. Pas étonnant que tu sois célibataire depuis si longtemps, avec un tel garde-chiourme.

— Joe est un bon ami, Ginny, et il ne m'a jamais empêchée de faire quoi que ce soit.

Rowenna consulta sa montre.

— Bon, eh bien… Je ferais mieux d'y aller.

Mais au lieu de tourner les talons, elle resta plantée là, hésitante.

— Qu'est-ce qu'il y a, Rowenna ? Tu veux me dire quelque chose ?

— Oh, rien d'important. Je voulais juste savoir… Ginny, pourquoi n'as-tu pas allumé de lumière dans la maison, hier soir ?

— Qu'est-ce que tu me chantes là, ma chérie ? Bien sûr que j'ai allumé une lumière. Tu sais bien que je le fais tous les soirs, voyons… Nick est même venu avec moi la semaine dernière pour changer l'ampoule du lustre. Celui en métal, dans le vestibule. Et c'est justement ce lustre que j'ai allumé hier soir.

Rowenna hocha la tête. Après tout, Ginny n'avait pas loin de quatre-vingts ans. D'ordinaire, elle avait l'esprit particulièrement aiguisé pour une femme de son âge, mais nul n'était à l'abri d'un oubli.

Rowenna était bien placée pour le savoir, elle qui était souvent tête en l'air.

— Merci, Ginny, dit-elle. Ne te tracasse pas avec cette histoire. Même les ampoules neuves grillent parfois, tu sais.

— J'ai hâte de faire la connaissance de ton Jeremy, répondit-elle.

Rowenna, qui marchait déjà vers sa voiture, se retourna.

— Ce n'est pas mon Jeremy, Ginny. C'est un ami, rien de plus.

— Alors j'ai hâte de faire la connaissance de ton ami, répliqua la vieille dame, avec un sourire qui en disait long sur le crédit qu'elle accordait à cette mise au point.

Quelques minutes plus tard, les champs de maïs défilaient derrière les vitres de la voiture de Rowenna. Bien qu'il fît jour, elle s'efforça de regarder droit devant elle pour ne pas les voir.

Elle ne put s'empêcher de remarquer qu'il n'y avait pas une seule voiture en vue, et un frisson lui parcourut l'échine.

Elle augmenta le volume de la radio et appuya sur la pédale d'accélérateur.

Soudain, le moteur se mit à hoqueter. Elle voulut accélérer de plus belle, mais au lieu de repartir, le moteur s'arrêta subitement et la voiture roula sur sa lancée, de plus en plus lentement, jusqu'à l'arrêt complet. Rowenna eut tout juste le temps de donner un coup de volant pour se ranger sur le bas-côté.

Pestant entre ses dents, elle jeta un œil au tableau de bord. Un témoin lumineux — une petite pompe à essence de couleur jaune — était allumé, et l'aiguille de la jauge de carburant pointait désespérément vers le bas. Elle poussa un juron, à haute voix cette fois-ci. Pourquoi n'avait-elle pas vu ce foutu témoin lumineux ? Et surtout, comment se faisait-il que le réservoir soit vide ? Elle aurait juré avoir fait le plein quelques jours avant de partir pour La Nouvelle-Orléans. Bien sûr, songea-t-elle en s'efforçant de se calmer, elle pouvait se tromper. Après tout, elle avait passé plus de quinze jours loin de chez elle et, comme Ginny avec la lumière, il se pouvait qu'elle…

— Non ! s'écria-t-elle tout haut en se retenant de donner un coup de poing sur le volant.

Certes, il lui arrivait d'être un peu distraite, mais là elle était sûre d'elle. Elle se voyait encore en train de faire le plein à la station-service.

— Je sais qu'il y avait de l'essence dans cette fichue bagnole…, maugréa-t-elle en sortant son téléphone portable de sa poche.

Dieu merci, elle avait une bonne assurance. Un coup de fil et quelqu'un serait là dans la demi-heure.

Quelques minutes plus tard, une voix féminine lui annonçait qu'on la dépannerait… dans l'heure.

Après avoir raccroché, Rowenna lâcha une nouvelle bordée de jurons bien sentis et appela Joe pour lui expliquer la situation.

— Heureusement que je ne suis pas partie au dernier moment, lui dit-elle.

— Tu ne regardes jamais ton tableau de bord ? s'écria Joe d'une voix pleine de reproche. Heureusement que ça ne t'est pas arrivé en pleine nuit.

Parfois c'était agréable d'avoir une figure paternelle dans sa vie, songea Rowenna. Et parfois non.

— Jour ou nuit, que veux-tu qu'il m'arrive ? répliqua-t-elle d'un ton impatient. Je ne suis pas dans la savane entourée d'animaux sauvages, mais sur une route de campagne, au milieu des champs de maïs.

Pourtant, elle eut un mauvais pressentiment en prononçant ces derniers mots.

— Appelle-moi quand le type envoyé par ton assurance sera venu avec son bidon d'essence, dit Joe.

— D'accord, répondit-elle avant de raccrocher et de jeter un œil à sa montre.

Il n'était que 11 h 10. Inutile d'appeler Jeremy, puisqu'ils n'avaient pas rendez-vous avant 14 heures.

Elle se renversa sur son siège, mais la vision des champs de maïs lui donna la chair de poule et elle ferma les yeux.

Elle continua néanmoins à voir des tiges vertes alignées à perte de vue.

Furieuse contre elle-même, elle sortit de la voiture, claqua violemment la portière et se campa devant l'étendue verdoyante qui ondulait paresseusement au vent d'automne.

— Tu n'es rien qu'un amas d'épis de maïs posés sur des putains de tiges ! hurla-t-elle dans la campagne déserte.

Mais alors qu'elle défiait le champ depuis le bord de la route, le vent souffla un peu plus fort, faisant bruire les tiges. Rowenna eut l'impression qu'elles murmuraient à son intention, l'invitant à les rejoindre.

Elle leva les yeux et vit des corbeaux tournoyer dans le ciel.

Soudain, l'un d'entre eux vint se poser sur le capot de sa voiture, lui arrachant un petit cri de surprise et de peur.

— Fous le camp, espèce de rat ailé ! cria-t-elle en agitant les mains pour faire partir l'oiseau.

Il la fixa un instant du regard avant d'émettre un croassement accusateur. L'instant d'après, il s'envolait dans un grand froissement d'ailes.

Elle le suivit des yeux alors qu'il rejoignait ses semblables dans le ciel plombé.

Il sembla à Rowenna qu'ils étaient très nombreux. Une centaine, peut-être. Ils tournoyaient au-dessus d'un endroit peu éloigné de la route, à vingt ou trente mètres de là où elle se trouvait.

Elle ferma les yeux.

— Non, murmura-t-elle d'une voix déterminée. Je n'irai pas.

Mais elle rouvrit les yeux et, comme malgré elle, s'enfonça parmi les hautes tiges du champ de maïs.

6.

— Jeremy, quel plaisir de vous revoir !

Eve Llewellyn lui souriait avec le même naturel que la veille au soir.

— Et ravie de vous revoir aussi, Brad, dit-elle en lui serrant chaleureusement la main.

Elle fit un pas en arrière, les considérant l'un après l'autre de son regard bon et inquiet.

— Il y a du nouveau ? demanda-t-elle.

— A vrai dire, j'espérais justement que vous pourriez nous aider à faire progresser l'enquête, dit Jeremy.

— Mon Dieu… Mais on a déjà dit tout ce qu'on sait à la police.

— Absolument tout, confirma Adam, arrivant à son tour après avoir encaissé l'achat d'un client.

— Bien sûr, bien sûr, dit Jeremy en promenant un regard curieux sur la boutique. Mais j'ai pensé qu'en vous réunissant tous les trois, un détail oublié jusque-là pourrait peut-être resurgir.

Au plafond pendaient des fées en porcelaine, accrochées à différentes hauteurs par des fils en Nylon. Près de la caisse, des capes en velours habillaient des mannequins, plus réalistes que la plupart des personnages en cire que Jeremy avait vus plus tôt dans les musées de la ville. Une étagère présentait des fioles fermées par des bouchons en liège, une autre des pierres colorées prêtes à être emballées dans des bourses en feutre pourpre. Partout, des étiquettes indiquaient les bienfaits des pierres et des potions : l'une apportant le don de divination à celui qui la posséderait, l'autre la clairvoyance à celui qui en boirait ; d'autres encore la fortune, la paix ou la félicité. Il y avait également des carillons à vent, des livres, des statuettes d'anges et de sorcières, des jeux de tarots, et bien plus encore. En fond sonore, on entendait de la musique celtique. De vraies feuilles d'automne étaient disposées un peu partout en guise de décoration, et les bougies qui brûlaient ici et là dispensaient l'odeur si particulière de la tarte à la citrouille. Autre clin d'œil à Thanksgiving qui approchait, des figurines de pèlerins puritains ornaient les étagères, ainsi que toutes sortes de bibelots évoquant cette période de l'histoire.

— Laissez-moi me souvenir…, dit Eve en se tournant vers Brad, le front plissé. Quand vous êtes entrés dans la boutique, vous et votre femme, vous êtes d'abord allés regarder les lithographies qui se trouvent là-bas, n'est-ce pas ? demanda-t-elle en indiquant une série de dessins encadrés.

— En effet, répondit Brad. Mary a eu un coup de cœur pour celle avec la femme qui joue de la harpe, assise sur un croissant de lune. Elle disait qu'elle avait la grâce d'une danseuse.

— C'est vrai, je m'en souviens, maintenant, renchérit Eve. On en a parlé ensemble.

— Ensuite, on s'est mis à discuter de Samhain, intervint Adam en fourrant un chewing-gum dans sa bouche.

— Samhain est ce que les gens appellent communément Halloween, précisa Eve. On était d'accord pour dire que cette fête est devenue beaucoup trop commerciale.

Elle regarda un instant dans le vide, tandis que la mémoire de cette visite semblait lui revenir avec plus de précision.

— Votre femme trouvait que ces maisons hantées, avec leurs pauvres effets spéciaux et leurs quelques figurants costumés à la hâte, étaient de vrais pièges à touristes, dit-elle en posant de nouveau les yeux sur Brad.

— Et dire que les gens font la queue pour ça ! ajouta Adam en secouant la tête d'un air affligé. Ça me dépasse.

— Après ça, on a parlé des musées qu'on avait appréciés, intervint Brad.

— Et on vous a demandé si vous aviez visité la Maison aux sept pignons, dit Eve. Vous nous avez répondu que vous comptiez vous y rendre plus tard, le lendemain ou le surlendemain, je ne sais plus.

— Ensuite, ma femme vous a demandé de lui lire les lignes de la main.

— Oui, et j'ai vu que sa carrière de danseuse serait couronnée de succès. Dès que j'ai eu sa main dans la mienne, j'ai senti qu'elle était pleine de talent, pleine de vie…

Eve s'interrompit brutalement. Vie. Elle avait dit : « Pleine de vie. »

Et pour le moment, tout laissait à penser que Mary Johnstone était morte.

— Il me semble que nous vous avons suggéré d'aller chez Red's pour déjeuner, dit Adam, rompant le silence pesant qui s'était installé.

— Vous leur avez aussi conseillé d'autres voyants ? demanda Jeremy.

Adam Llewellyn prit le temps de réfléchir avant de répondre.

— Si ma mémoire est bonne, dit-il finalement, nous avons simplement évoqué le fait qu'il y avait un large choix de professionnels dans le salon qui se tenait dans la zone commerciale.

— Et on a dit qu'on avait prévu d'aller y faire un tour, confirma Brad.

— Est-ce que l'un de vous sait quelque chose sur ce type que la police n'arrive pas à retrouver ? interrogea Jeremy. Ce Damien qui s'est installé sans autorisation sur le salon…

— Je l'ai aperçu une fois devant sa tente, dit Eve.

Elle s'interrompit, hésitante, avant de reprendre.

— Il avait… une étrange expression sur le visage. Un air un peu goguenard… Je ne saurais dire quoi au juste, mais quelque chose en lui m'a profondément déplu.

— Vous pourriez me le décrire ?

— Il était grand et mince, avec un côté typé, exotique… Et pas seulement à cause du turban et de la cape qu'il portait. D'ailleurs, il m'a semblé qu'il s'était aussi maquillé les yeux et teint la peau du visage avec une sorte d'autobronzant.

— Ce que j'aimerais comprendre, intervint Brad, c'est comment il a créé les effets que j'ai vus dans cette boule de cristal. Il a réussi à mettre Mary dans tous ses états. Le plus bizarre, c'est qu'elle et moi avons vus des choses différentes alors qu'on regardait en même temps dans la boule. Moi, j'ai vu le premier repas de Thanksgiving qu'ont partagé les colons et les Indiens. C'était tellement réel que j'ai même senti l'odeur de la dinde. Je vous jure… Ensuite, ça a dégénéré. Les Indiens ont sorti des tomahawks et ils semblaient vouloir en découdre. Jeremy, tu sais qu'il en faut pour me faire peur, mais là je n'en menais pas large.

— C'est vrai que tu n'as jamais été du genre craintif, dit Jeremy en esquissant un sourire où se devinaient des souvenirs de l'époque où ils faisaient équipe.

— Sauf que là…, insista Brad. Crois-moi, ce type avait quelque chose qui faisait vraiment froid dans le dos.

— C'est peut-être un criminel endurci, dit Jeremy. Ça expliquerait pourquoi la police a tellement de mal à lui mettre la main dessus.

Il se tourna vers les Llewellyn.

— Vous restez ouverts tard le soir pendant la période d'Halloween ? Jusqu'à 23 heures ou minuit, par exemple ?

— Bien sûr que non, répondit Eve.

— Et pourquoi pas ? Avec tous les touristes qui traînent le soir dans les rues, ça pourrait s'avérer profitable.

— On ne pense pas qu'à l'argent, vous savez, lança Eve, sur la défensive.

— Ce n'est pas ce que je voulais dire, dit Jeremy. Et puis il n'y a pas de honte à gagner sa vie.

— En fait, on a même fermé un peu plus tôt que d'habitude, le jour où Mary a disparu, parce qu'on devait rejoindre le reste de la communauté wiccan pour une marche jusqu'au parc de Gallows Hill, là où ont eu lieu un grand nombre de pendaisons publiques. C'est la tradition la nuit de Samhain. On a dû fermer vers 16 heures, n'est-ce pas, Adam ? demanda-t-elle en se tournant vers son mari.

Jeremy eut le sentiment qu'elle lui faisait passer un message du regard. Se pouvait-il qu'elle ait vraiment oublié à quelle heure ils avaient fermé la boutique ?

A moins qu'elle n'ait été ailleurs à ce moment-là…

Tandis qu'il observait les deux wiccans, Jeremy se demanda si leur relation était aussi idyllique que le suggéraient leurs prénoms ou si, à l'instar du commun des mortels, ils connaissaient des hauts et des bas dans leur vie de couple.

— Oui, c'est bien ça, répondit Adam. A 16 heures.

— Et je peux vous demander ce que vous avez fait ensuite ? demanda Jeremy d'une voix polie.

— Ensuite ? répéta Eve. Eh bien, ensuite, nous sommes allés rejoindre nos frères wiccans. Comme je vous l'ai dit, c'était Samhain. Une nuit très importante pour notre communauté.

— J'imagine que beaucoup d'entre eux devaient être vêtus de capes, dit Jeremy.

— Bien entendu, répondit spontanément Eve avant de changer d'expression. Oh ! J'ai compris ! Vous pensez que celui qui a enlevé Mary s'est vêtu d'une cape pour se fondre dans la foule…

— Et il aurait pu cacher Mary sous une autre cape et la forcer d'une manière ou d'une autre à le suivre, suggéra Brad.

Le téléphone de Jeremy se mit alors à sonner et il s'éloigna après s'être brièvement excusé. A sa grande surprise, c'était Joe Brentwood qui se trouvait à l'autre bout du fil.

— Alors comme ça, vous refaites le parcours effectué par Mary Johnstone le jour de sa disparition ?

— Il faut bien commencer quelque part, n'est-ce pas ? répliqua Jeremy. Mais comment êtes-vous au courant ?

Non qu'il se fût agi d'un grand secret. D'ailleurs, il s'était attendu à ce que les questions qu'il posait ici et là reviennent tôt ou tard aux oreilles de l'inspecteur Brentwood. C'était juste arrivé un peu plus rapidement qu'il ne l'avait imaginé.

— Salem est une petite ville, vous savez… Tout se sait.

— Vous me faites surveiller, c'est ça ?

Joe éclata de rire.

— Mais non, voyons ! Les gens d'ici me font confiance et ils ne savent pas encore que penser de vous, voilà tout. Mais ce n'est pas pour ça que je vous appelais. Rowenna se rendait à mon bureau quand elle est tombée en panne d'essence en rase campagne. Vous allez sans doute penser que je m'inquiète pour rien, mais…

— Elle est tombée en panne d'essence ? dit Jeremy sans dissimuler sa surprise.

Avec son goût pour le paranormal, Rowenna avait peut-être un petit côté fantasque. Mais de là à oublier de mettre du carburant dans sa voiture…

Il eut l'impression que des glaçons glissaient lentement le long de son épine dorsale. Non, il ne trouvait pas que Joe Brentwood s'inquiétait pour rien.

— Vous n'êtes pas allé la secourir?

— Je ne peux pas : je suis en train de mener un interrogatoire. C'est pour ça que je vous appelle. Son assurance lui a envoyé un dépanneur, mais je serais plus tranquille si vous alliez la rejoindre.

Au ton bourru de Brentwood, Jeremy sentit qu'il lui en coûtait de demander un service. Surtout à lui. Et surtout un service qui concernait Rowenna.

— J'aurais bien envoyé une voiture de patrouille, mais elle aurait été furieuse contre moi. Elle n'aime pas que les gens la couvent, vous voyez ce que je veux dire?

— Oui, bien sûr. Merci de m'avoir prévenu, Joe. Je pars sur-le-champ.

Il raccrocha et revint vers les autres.

— Il faut que j'y aille, dit-il d'une voix brusque. Brad, tu fais quoi?

— Qu'est-ce que tu crois? Je t'accompagne, bien sûr.

— Un problème? demanda Eve, une expression inquiète sur le visage.

Silencieux à côté d'elle, Adam regardait Jeremy d'un air interrogateur.

— Non, non, rien de grave. On reprendra très vite cette conversation, si vous le voulez bien. En tout cas, merci pour votre aide. Brad, ne te sens pas obligé de venir avec moi. Tu peux m'attendre ici, si tu veux.

— Attendre? Non, merci, vieux. J'ai l'impression de ne faire que ça depuis des jours.

Jeremy ne savait pas trop pourquoi il aurait préféré y aller seul, tout comme il ignorait pourquoi Joe s'inquiétait tellement. Mais le plus grand mystère restait sa propre angoisse. Après tout, ce n'était qu'une panne d'essence. Et en plein jour, de surcroît.

De toute façon, il ne voulait pas perdre de temps à essayer de convaincre Brad de rester ici. D'autant qu'au bout du compte, ils allaient probablement se retrouver à attendre tous les trois que le dépanneur vienne remplir le réservoir de Rowenna, rien de plus. D'ailleurs, la logique aurait voulu qu'il se rende lui-même à une station-service pour y remplir un bidon et l'apporter à Rowenna. Mais Jeremy avait l'étrange sentiment qu'il n'y avait pas une minute à perdre.

*
* *

Rowenna quitta la route goudronnée et sentit aussitôt ses chaussures s'enfoncer dans la boue. Déjà, son horizon était bouché par les tiges qui arrivaient presque à la hauteur de ses yeux.

Elle s'arrêta.

Elle pouvait voir les épouvantails se succéder devant elle, leurs têtes et parfois même leurs bras rigides, écartés comme ceux des crucifiés, se dressant au-dessus des épis mûrissants. Les tiges s'élevaient pourtant haut vers le ciel brouillé, mais les épouvantails s'élevaient plus haut encore.

Les corbeaux tournoyaient, leurs inquiétantes silhouettes se découpant contre les nuages blafards qui pesaient sur la campagne déserte.

Rowenna ne pouvait s'empêcher d'interpréter leurs cris comme des avertissements sans frais.

Pourtant, elle continua à avancer, attirée malgré elle vers les profondeurs du champ. Elle essayait de se raisonner, de se convaincre que sa peur était irrationnelle. Au fond, elle n'aurait su dire ce qui l'empêchait de faire demi-tour. Etait-elle vraiment incapable de résister à l'appel de ces oiseaux de mauvais augure, ou souhaitait-elle mettre un terme définitif à ses récents cauchemars ? Oui, c'était forcément ça, songea-t-elle. Si elle n'affrontait pas ses frayeurs maintenant, ce rêve affreux risquait de la poursuivre encore longtemps. Elle n'allait tout de même pas passer le restant de ses jours à trembler chaque fois qu'elle voyait un champ de maïs ! Les concours d'épouvantails auxquels elle avait participé dans sa jeunesse devaient jouer avec son cerveau. Une espèce de réaction freudienne, ou quelque chose comme ça… Allez savoir, avec les méandres de l'inconscient ! La seule façon d'en finir avec ces bêtises était d'aller voir l'Affreux Jojo et de regarder droit dans ses yeux exorbités, s'il les avait encore après toutes ces années.

Elle s'arrêta au milieu de la première rangée, humant l'air automnal. Ce n'était pas un rêve. Elle sentait le sol un peu mou sous ses pieds, son odeur de boue et d'humus, et, sur son cou sans écharpe, une fraîcheur qui annonçait l'hiver.

Une brume l'enveloppa brusquement, brouillant sa vision. L'instant d'après, rêve et réalité se confondaient.

Elle eut le sentiment de flotter juste au-dessus du champ, portée par le vent et la brume qui se déployait comme un tapis ouaté, quelques mètres au-dessus des épis et des épouvantails. Les tiges, curieusement sombres, contrastaient avec le jaune très vif des épis qui lui semblaient à portée de main. Elle s'efforça de chasser cette vision, terrifiée à l'idée de se laisser emporter par son rêve.

Non, il ne s'agissait pas d'un rêve, se dit-elle, déterminée à se raisonner malgré la force de l'illusion dont elle était la proie. Non, elle ne flottait pas au-dessus du champ de maïs, elle marchait au-dedans. Sa voiture se trouvait quelques mètres derrière elle et la dépanneuse envoyée par l'assurance viendrait d'une minute à l'autre apporter un bidon d'essence. Après ça, elle poursuivrait son chemin bêtement interrompu par cette panne sèche et irait voir Joe en ville avant de rejoindre Jeremy pour le déjeuner.

Mais d'abord, elle devait s'enfoncer dans le champ pour triompher de ses peurs.

Non, elle devait s'y enfoncer parce que les corbeaux l'appelaient…

Le ciel s'assombrit encore un peu plus au passage de nuages presque noirs, et Rowenna fut secouée d'un long frisson.

« Que tu es sotte ! »

D'un autre côté…

Ça l'énervait toujours quand elle regardait un film et que l'héroïne — immanquablement jeune, belle et vêtue d'un bout de chiffon — allait se jeter dans la gueule du loup malgré l'évidence du danger.

Elle s'arrêta une nouvelle fois. Pas question d'être cette fille stupide courant à la catastrophe sous l'œil inquiet des téléspectateurs qui avaient tous envie de crier : « N'y va pas ! » D'ailleurs, elle était beaucoup trop habillée pour le rôle, songea-t-elle, un sourire aux lèvres. Elle avait toujours l'intention de rendre visite à cet épouvantail, mais seulement une fois que le dépanneur serait là.

Pas quand elle était toute seule.

Elle tourna les talons et regagna sa voiture. Un corbeau s'y trouvait encore, immobile sur le capot.

Il la fixa du regard et croassa avant de battre furieusement des ailes. Soudain, il s'éleva dans le ciel, mais son vol ne dura qu'un instant. Très vite, il se posa sur l'épaule d'un épouvantail qui émergeait d'entre les tiges, sous le cercle noir formé par les autres corbeaux.

Rowenna s'adossa à la portière, bien décidée à ne plus laisser ces rêves éveillés prendre le contrôle de son cerveau. Elle se tourna de manière à ne plus voir les oiseaux, mais la route qui s'étirait en direction de la ville. Par là, on distinguait des arbres et de lointaines habitations. Malgré les kilomètres qui la séparaient de toute vie humaine, cela avait quelque chose de rassurant de constater que les champs n'étaient pas sans limite. Que des gens vivaient au bout de ce fleuve verdoyant, que la terre entière n'était pas seulement peuplée de corbeaux et d'épouvantails.

Orange, or, pourpre profond et jaune impérial se mêlaient sur les arbres distants pour créer une unique variation automnale. C'était la plus belle des saisons dans sa ville natale, et elle ne laisserait rien ni personne lui gâcher ce plaisir. Elle ferma les yeux et songea au littoral si proche, à la façon dont les rochers de granit émergeaient au milieu de la mer démontée.

Toujours personne sur la route. Ni voiture, ni deux-roues, ni promeneur.

Pas un chat.

Elle se frotta les bras comme pour se réchauffer. Pourtant, même si le fond de l'air était frais, même si on sentait l'hiver à l'affût, prêt à asseoir sa domination de neige et de glace, Rowenna n'avait pas vraiment froid. C'étaient ces visions qui la faisaient frissonner — ces visions qu'elle aurait voulu remplacer par des images d'automne, des images de convivialité et de bien-être. Un feu de joie. Des amis réunis autour d'un verre de cidre chaud. Des éclats de rire. Une tarte à la citrouille. Une dinde, sa farce et sa compote d'airelles. De la purée et des haricots verts en cocotte…

Pourquoi cela prenait-il tellement de temps de remplir un jerrycan avec de l'essence et de l'apporter jusqu'ici ?

Elle avait son portable en main, sur le point de rappeler l'assurance, quand il se mit à sonner. Elle sursauta au point que l'appareil lui échappa des mains. Elle le ramassa prestement et répondit, le souffle un peu court.

C'était Jeremy.

— Salut, dit-elle.

— Salut, toi. Comment ça va ?

— Bien, merci.

— Où es-tu ?

Elle grimaça. Elle n'avait pas vraiment envie de lui avouer qu'elle était tombée en panne d'essence. Qu'elle n'avait même pas jeté un œil à la jauge de carburant au moment où elle avait mis le contact. Ni après, d'ailleurs.

— Sur la route qui mène à la ville, dit-elle.

Au moins, c'était la vérité.

Il ne répondit rien. Comme s'il savait.

Et s'il savait ? se demanda-t-elle soudain. Joe aurait bien été capable de l'appeler pour le prévenir.

— Je suis tombée en panne d'essence, lâcha-t-elle finalement à contrecœur.

Inutile de prendre le risque d'être prise en flagrant délit de mensonge.

— On arrive, Brad et moi. D'ailleurs, on ne devrait pas tarder à te voir. Surtout, ne t'éloigne pas de ta voiture, d'accord ? Peut-être que tu devrais même t'y enfermer.

— Tu veux que je m'enferme dans ma voiture ? Ecoute, Jeremy, je veux bien être prudente, mais on est en plein jour et il n'y a pas âme qui vive, ici. Pas même le dépanneur que mon assurance était censée m'envoyer, ajouta-t-elle avec un petit rire dépité.

— N'empêche que…

Un des corbeaux se rapprocha brusquement d'elle, comme un avion en piqué, lâchant en guise de bombe un croassement strident à moins d'un mètre de son oreille.

— Qu'est-ce que c'était que ça ? s'écria Jeremy.

— Un corbeau, répondit Rowenna avant d'éloigner le téléphone de sa bouche pour souffler longuement, la main sur le cœur.

— C'est ça que j'ai vu ! s'exclama soudain Brad en pivotant sur le siège passager pour regarder Jeremy. Oui, c'est ça que j'ai vu !

Il pointait frénétiquement le doigt en direction du champ qu'ils longeaient à présent.

Jeremy jeta un bref coup d'œil vers son ami en se demandant quelle mouche venait encore de le piquer. Chaque fois que Brad semblait se ressaisir, il se mettait brusquement à débiter des propos incohérents, comme s'il avait vraiment perdu la raison.

— Dans la boule de cristal, insista Brad.

Jeremy le regarda de nouveau. Il suffisait de voir ses poings serrés et l'expression de son visage pour comprendre à quel point il était perturbé.

— Tu as vu des champs de maïs dans la boule en cristal de ce Damien ?

Brad hocha la tête, le nez collé à sa vitre.

— Des champs de maïs… et des épouvantails. Sauf qu'en regardant dans la boule, j'ai eu l'impression de flotter dans les airs, de me rapprocher de plus en plus des épouvantails… Et puis j'en ai vu un qui n'était pas comme les autres. C'était un cadavre en putréfaction.

— Brad, ce que tu as vu sous cette tente n'était qu'un tour de passe-passe, une illusion créée de toutes pièces par un professionnel de la magie, déclara Jeremy d'une voix posée.

Il espérait parvenir à calmer son ami avant qu'ils ne rejoignent Rowenna. Celle-ci avait suffisamment d'idées baroques, sans que Brad y ajoute son grain de sel. Jeremy n'avait aucune envie de les voir se monter la tête, tous les deux, avec de soi-disant phénomènes paranormaux. Dans l'état où se trouvait Brad, il ne tarderait pas à se convaincre que Mary avait été enlevée par le croquemitaine. Et le pire, c'était que Rowenna risquait d'abonder dans son sens.

— Brad, ce type était manifestement doué et il vous a menés en bateau. Je ne prends pas sa défense…, ajouta-t-il précipitamment alors que Brad ouvrait déjà la bouche pour protester. Mais tu ne dois pas te mettre dans tous tes états simplement parce que tu as vu des champs de maïs dans la boule de cristal d'un illusionniste.

— Jette un œil par ici, se contenta de répondre Brad avec un mouvement de tête.

Force était d'admettre que c'était un étrange spectacle. Jeremy regarda dans la direction indiquée par Brad.

Jamais il n'avait vu autant de corbeaux tournoyer dans le ciel.

Lorsque ses yeux se posèrent de nouveau sur la route, il aperçut au loin une voiture garée sur le bas-côté. Il ne connaissait pas le véhicule de Rowenna, mais ce 4x4 gris métallisé devait être le sien.

Il appuya sur la pédale d'accélérateur. Quelques secondes plus tard, il distinguait Rowenna et…

Et les corbeaux.

Les corbeaux qui se pressaient autour d'elle, volant bas, fondant sur elle comme des oiseaux de proie, frôlant sa tête avec leurs serres…

Qu'est-ce qui se passait ? C'était insensé…

Les corbeaux n'attaquaient pas les humains !

Pourtant, ces corbeaux-là s'en prenaient à Rowenna : la chose ne faisait aucun doute.

Pourquoi n'avait-elle pas cru bon d'écouter son conseil et de se mettre à l'abri dans sa voiture ?

Et à présent, elle semblait incapable de l'atteindre. Non seulement elle était aveuglée par ses bras qu'elle croisait devant son visage pour se protéger, mais ces oiseaux de malheur formaient un rideau infranchissable entre elle et le 4x4. On aurait dit qu'ils essayaient de la forcer à quitter la route pour l'entraîner dans le champ.

Dieu merci, la Mercedes arriverait bientôt à sa hauteur. Encore quelques secondes et Jeremy pourrait… Mais avant qu'ils ne la rejoignent, Rowenna pivota en direction du champ, tête baissée et rentrée dans les épaules, tandis que ses bras fouettaient l'air dans un mouvement de panique. L'instant d'après, elle s'enfonçait une nouvelle fois parmi les hautes tiges.

C'était de la folie et elle le savait. Mais c'était plus fort qu'elle. La conscience de commettre une erreur s'inclinait devant l'instinct de survie. Mais l'instinct de survie n'était-il pas censé, comme son nom l'indiquait, vous faire prendre les bonnes décisions ? Comment appeler l'instinct qui vous éloignait de la sécurité que représentait une voiture pour vous précipiter vers l'inconnu ? L'instinct de mort ?

Se traiter d'idiote n'allait pas l'aider à se sortir de ce mauvais pas, songea-t-elle sans interrompre sa course éperdue à travers les tiges alignées. Elle fonçait droit devant elle, les bras refermés sur la tête, creusant une trouée dans la muraille verte qui s'écartait sur son passage avec des bruits de papier froissé.

Un faux pas la précipita face contre terre et elle se rendit compte que les corbeaux avaient cessé de la poursuivre.

Lentement, elle releva la tête, un goût de boue sur les lèvres.

Elle avait peur. Elle ne voyait plus les corbeaux, mais elle savait qu'ils étaient toujours là.

Quelque part.

Pourtant, leurs cris avaient cessé, tout comme ces horribles froissements d'ailes qui avaient failli la rendre folle quand ils l'avaient attaquée. Tout était silencieux, à présent, comme si Dieu avait coupé le son. Quelques secondes passèrent dans une sorte d'hébétude, puis les bruits de la campagne lui parvinrent de nouveau ; le doux murmure de la brise, le bruissement des tiges qui ployaient et ondulaient avec grâce.

Elle se mit lentement à genoux et resta un moment dans cette position, l'oreille dressée.

Paralysée de peur, elle n'osait même pas lever les yeux vers le ciel.

Elle perçut soudain une série de croassements, mais ils étaient lointains et n'avaient plus rien à voir avec ces cris stridents, menaçants, que les corbeaux avaient lancés en s'en prenant à elle. C'était redevenu ce son familier, banal, qu'elle avait entendu des centaines et des centaines de fois sans vraiment y prêter attention.

Elle se releva entièrement et osa enfin scruter le ciel. Elle les repéra au loin, le noir de leurs plumes étincelant dans les rayons de soleil qui perçaient désormais entre les nuages.

Elle réalisa alors qu'elle n'était qu'à un ou deux mètres de l'épouvantail que les corbeaux semblaient avoir désigné en décrivant des cercles. Pourtant, elle ne put se résoudre à le regarder.

« Vas-y. Finis-en une bonne fois pour toutes avec cette peur irrationnelle qui t'empoisonne la vie… »

Mais rien n'y fit, pas même quand elle se traita de lâche et de trouillarde.

Sans cesse lui revenaient à l'esprit les affreuses créations d'Eric Rolfe, ces êtres monstrueux qu'il fabriquait toujours pour la compétition annuelle d'épouvantails, et en particulier celui que les gamins du coin avaient surnommé l'Affreux Jojo. Tout cela ne datait pas d'hier, et Eric avait parcouru du chemin depuis ces années-là. Il avait réalisé son rêve et travaillait aujourd'hui à Hollywood, ses monstres prenant désormais vie sur grand écran.

Mais ce n'étaient pas les délires artistiques d'Eric Rolfe qui inquiétaient Rowenna.

C'était ce rêve venu troubler son sommeil plusieurs nuits d'affilée. Ce rêve qui la maintenait sous l'emprise de la peur.

Non, pas question de regarder. Cauchemars et réalité avaient une fâcheuse tendance à se confondre, ces derniers temps, et elle ne voulait pas prendre le risque de se trouver nez à nez avec un corps en décomposition.

Allons, se dit-elle, ce n'était qu'un épouvantail planté dans un champ… Pas un monstre ni un cadavre cloué sur des piquets de bois. Juste un épouvantail.

Et les épouvantails étaient censés faire peur aux oiseaux. Pas aux humains.

Elle inspira profondément, souffla longuement.

« Cesse un peu de te comporter de façon complètement absurde… »

Et l'attaque des corbeaux ? songea-t-elle aussitôt. C'était normal, peut-être ?

Absurde ou pas, elle n'avait pas le courage de regarder cet épouvantail. Ainsi, le débat était clos.

Les yeux rivés au sol, Rowenna s'efforça d'apaiser les battements frénétiques de son cœur. Comme elle détestait ce courant glacé qui irriguait ses veines, cette poigne de fer qui comprimait son estomac… La peur lui volait sa personnalité, sa capacité de raisonner lucidement. Elle ne se reconnaissait plus.

Les concours annuels d'épouvantails n'étaient plus qu'un lointain souvenir, se dit-elle, dans une ultime tentative pour se rassurer et reprendre le contrôle d'elle-même. Les enfants d'alors avaient grandi, et plus personne n'essayait de la terroriser en créant des monstres empaillés qui surgissaient au-dessus des épis de maïs.

Le personnage qui se trouvait tout près d'elle n'était qu'un épouvantail.

Un amas de bois, de paille et d'objets de récupération recouvert d'oripeaux.

Un épouvantail, rien de plus.

Il était là, tout près.

Il fallait qu'elle trouve la force d'écarter les tiges et de regarder droit devant elle.

Elle avait brièvement aperçu une voiture qui arrivait de la ville au moment où les corbeaux l'avaient contrainte à fuir à travers champ, et elle avait cru reconnaître la Mercedes de Jeremy. Si elle ne voulait pas qu'il la classe définitivement dans la catégorie des folles furieuses, il fallait sortir d'ici tout de suite et aller le retrouver.

Mais elle était paralysée. Elle avait l'impression de savoir exactement ce qui l'attendait si ses yeux avaient le malheur de se poser sur l'épouvantail dont elle devinait la silhouette, là, juste devant elle.

A peine l'aurait-elle regardé qu'il relèverait la tête.

Ses orbites vides la sonderaient avec malveillance. Sa tête serait un crâne couvert de lambeaux de chair en putréfaction qu'un corbeau viendrait becqueter.

Ce qui restait de sa bouche serait ouvert dans un cri ultime et silencieux. Son corps boursouflé par la putréfaction serait couvert d'un manteau troué qui laisserait passer des bouts d'os.

Et puis elle entendrait un rire affreux ; le rire du démon qui avait abandonné ce corps ici afin qu'elle le découvre, et qui se réjouirait de son effroi. Le cadavre déguisé se mettrait alors à pleurer, ses larmes de sang se confondant à sa chair noirâtre tandis que ses doigts putrides infestés d'asticots se tendraient vers elle avec des craquements sinistres…

— Rowenna !

Elle éprouva un immense soulagement en entendant la voix de Jeremy.

Elle inspira profondément et eut presque envie de rire de sa sottise. Un épouvantail en putréfaction… Qu'allait-elle donc chercher là ?

Elle écarta les tiges et regarda droit devant elle.

Et elle le vit.

Un rictus de terreur ouvrait à tout jamais sa bouche entaillée. Ses yeux étaient des cavités qui semblaient contempler le monde avec une angoisse sans fond. Des os perçaient la chair sanguinolente, déchiquetée par les corbeaux, et sortaient à l'air libre par les fentes d'un vieux manteau qui couvrait à demi son corps nu, empalé sur un piquet. Sous un ridicule chapeau de paille, ses cheveux sombres volaient au vent, sauf là où le sang séché les retenait collés à ce qui restait de son visage.

Sous le choc, Rowenna resta littéralement bouche bée. Son ventre se retourna et elle sentit qu'elle allait vomir.

— Rowenna!

De nouveau la voix de Jeremy.

Puis une autre voix s'éleva dans le silence macabre. Celle-ci ne cria pas son prénom, mais laissa échapper une plainte déchirante entrecoupée de sanglots.

— Oh, mon Dieu! Oh, mon Dieu! Non! Non… Non…

Elle se retourna au moment où Brad Johnstone se laissait tomber à genoux, hurlant sa douleur à la vue du corps martyrisé.

7.

Jeremy semblait paralysé.

Rowenna regardait fixement la morte, blanche comme un linge, une expression d'horreur sur le visage. On aurait dit qu'un cri muet s'était glissé sous sa peau, modifiant ses traits au point de la rendre méconnaissable.

Et puis il y avait Brad, en boule sur la terre meuble, sanglotant et marmonnant des propos incompréhensibles.

Devant eux, une vision d'épouvante. Une femme empalée sur un piquet, les bras écartés et cloués sur une planche de bois, vêtue d'un manteau mité et d'un chapeau de paille.

Un épouvantail humain.

Jeremy sortit brutalement de sa stupeur et appela police-secours, demandant par la même occasion que Joe Brentwood soit mis au courant de la situation. Après quoi il marcha vers Rowenna et la prit par les épaules, la faisant pivoter sur elle-même afin qu'elle le regarde.

— Tu tiens le coup ?

— Ça va aller, répondit-elle.

Mais le pâle sourire qui illustra cette promesse ne réussit pas à la rendre plus convaincante, bien au contraire. Jeremy se résolut pourtant à la quitter pour se précipiter vers Brad.

Il s'agenouilla devant son ami et agrippa fermement ses bras.

— Brad… Brad, écoute-moi !

— Oh, mon Dieu… Comme elle a dû souffrir…

Il leva vers Jeremy son visage inondé de larmes.

— Comment quelqu'un a-t-il pu lui faire ça ? Comment quelqu'un a-t-il pu faire ça à ma petite Mary ?

— Ce n'est pas Mary, dit Jeremy.

— Quoi ? murmura Brad, tandis que déjà dans ses yeux naissait un espoir fou. Qu'est-ce que tu dis ?

— Je te dis que cette femme n'est pas Mary.

Rowenna laissa échapper un soupir de soulagement. C'était la première fois qu'elle rencontrait Brad, mais à en juger par le regard plein de compassion qu'elle venait de lui lancer, elle le considérait déjà comme un ami. De même, Jeremy sentait qu'elle se préoccupait sincèrement du sort de Mary, tout simplement parce que le couple était proche de lui. Et pour Rowenna aussi, l'horreur de la situation semblait tempérée par le fait de savoir que la victime était une inconnue.

Brad ne regardait pas le cadavre. Il conservait la tête basse, visiblement peu pressé de poser de nouveau les yeux sur l'ignoble mise en scène.

— Ce n'est pas Mary, dit-il fermement, comme s'il avait encore du mal à s'en convaincre.

Il releva brusquement la tête, présentant à Jeremy son visage déformé par l'angoisse.

— Mais comment peux-tu en être aussi sûr ?

— Les cheveux, Brad, répondit Jeremy.

Lui aussi tournait résolument le dos au cadavre. Il avait eu sa dose d'horreur pour la journée. Pour le moment, il s'attachait simplement à récupérer une respiration normale, tout en espérant que l'image de cet épouvantail humain ne resterait pas gravée à jamais dans sa mémoire.

— Elle a des cheveux noirs. Ce n'est pas Mary.

Brad trouva la force de jeter un bref regard au corps supplicié.

— Tu es sûr qu'il ne s'agit pas d'une…

Il s'interrompit, tout entier secoué par un violent frisson.

— D'une perruque ? termina-t-il d'une voix blanche.

— Oui.

Jeremy inspira une goulée d'air frais pour retrouver un peu d'aplomb.

— Et puis elle est plus petite que Mary. Brad, crois-moi, ce n'est pas ta femme.

Dieu merci, la malheureuse ne souffrait plus, maintenant, songea Jeremy. Il était incapable de dire quand elle était morte — ce serait au médecin légiste de le déterminer —, mais il espérait qu'elle avait été étranglée avant d'être empalée sur ce piquet. Et avant qu'on ne lui inflige l'entaille qui avait découpé sa bouche de part en part, la figeant dans une grimace sanglante. C'était en tout cas plausible, au vu des marques violacées qui zébraient son cou.

Le hurlement des sirènes de police se fit entendre dans le lointain, et Jeremy se sentit plus léger à l'idée de n'être bientôt plus seul à affronter l'horreur de la situation. D'abord à peine perceptible, le son emplit rapidement le silence morbide de la campagne. Il y avait quelque chose de surréaliste à se trouver ainsi dans un champ de maïs, le visage chauffé par le soleil qui triomphait des derniers nuages, à écouter les longues tiges vertes murmurer sous la brise légère, comme si elles racontaient dans une langue morte l'histoire de cet épouvantail de chair et d'os.

Et les sirènes qui hurlaient de plus en plus fort… Et les deux amis face-à-face, à genoux… Et la belle Rowenna… Et la victime humiliée jusque dans la mort…

— Excuse-moi, grommela soudain Brad en s'appuyant sur Jeremy pour se relever.

Il fit quelques pas d'une démarche incertaine avant d'aller vomir.

C'était terrible pour Jeremy de le voir dans un état pareil. Un homme si solide, si courageux… Un ami plein d'humour et de confiance en lui. Et maintenant, il n'était plus que l'ombre de lui-même. Un homme brisé.

Il remarqua que Rowenna semblait s'être ressaisie, même si elle évitait soigneusement de regarder la victime. Elle était allée rejoindre Brad, la main effleurant son épaule, juste assez pour lui faire savoir qu'elle était là pour lui.

Deux minutes plus tard, trois voitures s'immobilisaient les unes derrière les autres au bord du champ. Le message de Jeremy avait manifestement été transmis, parce que la voix de Joe fut la première à leur parvenir. Ils le virent bientôt arriver, flanqué d'un policier en uniforme, les deux hommes se frayant un passage à travers les hautes tiges, jusqu'à ce qu'ils se trouvent face à face avec le corps empalé.

Ils restèrent un moment interdits, l'expression de leurs visages passant de l'incrédulité au dégoût le plus absolu.

— Fais boucler la scène de crime, dit Joe. Tout de suite, ajouta-t-il sèchement pour secouer son collègue pétrifié.

Le policier en uniforme, livide, partit au pas de course relayer l'ordre de son supérieur.

Alors que Joe, mâchoire serrée, fixait toujours la femme transformée en épouvantail par Dieu sait quel dangereux psychopathe, une quatrième voiture se rangea sur le bas-côté. Une portière claqua et un homme apparut bientôt — le médecin légiste, à en juger par le matériel qu'il transportait —, suivi quelques instants plus tard par plusieurs membres de la police technique et scientifique.

— Jésus Marie Joseph ! s'exclama le médecin en se signant lorsqu'il aperçut le cadavre.

Joe secoua la tête. Et c'était celle des mauvais jours.

— Ne merdez pas sur cette affaire, les gars, dit-il d'un ton abrupt. Je veux que vous passiez la scène du crime au peigne fin. Examinez la moindre motte de terre, le moindre grain de maïs, compris ?

Personne ne répondit, mais il suffisait de voir la tête qu'ils faisaient tous pour comprendre que le message avait été reçu cinq sur cinq. Un des techniciens se mit à prendre des photos tandis qu'un autre s'éloignait précipitamment du groupe pour aller rendre son déjeuner.

Joe alla trouver Jeremy au moment où Rowenna le rejoignait aussi. Brad était assis un peu plus loin, le visage décomposé. Joe se tourna brièvement vers lui avant de questionner Jeremy du regard.

— Cette femme n'est pas Mary Johnstone, dit calmement ce dernier.

— Comment avez-vous trouvé la victime ? lui demanda Joe. On ne peut pas la voir depuis la route.

Rowenna inspira profondément, puis répondit à la place de Jeremy.

— C'est moi qui l'ai découverte, Joe. Comme tu le sais, je suis tombée en panne d'essence.

Elle secoua la tête d'un air perplexe, comme si elle essayait encore de comprendre l'enchaînement des événements qui l'avaient conduite devant ce cadavre.

— J'ai… J'ai été attaquée par des corbeaux.

Joe fronça les sourcils, l'air contrarié.

— Qu'est-ce que tu foutais hors de ta voiture ? Et puis qu'est-ce que c'est que cette histoire de corbeaux ? reprit-il avant qu'elle ne puisse répondre à la première question. Tu as été attaquée par des oiseaux ?

— Je sais que ça paraît insensé, mais je te jure que c'est la vérité, Joe. C'était comme si… Comme s'ils voulaient m'entraîner dans le champ pour que je tombe sur cette sordide mise en scène.

— Alors, tu as couru à travers champ ? demanda Joe d'un ton plus professionnel qu'amical.

Rowenna enfouit brièvement le visage dans ses mains.

— J'ai… J'ai juste essayé d'échapper à ces maudits corbeaux.

— Et tu es tombée par hasard sur la victime ?

Il avait dit ces mots d'une voix plus douce, comme s'il réalisait seulement que Rowenna venait de vivre une expérience traumatisante.

Elle hocha la tête et enfonça les mains dans les poches de son blouson. Elle était toujours pâle à faire peur. Et elle refusait de se tourner vers le cadavre, ce que nul ne pouvait songer à lui reprocher.

Le vent souffla un peu plus fort, chassant les bandes nuageuses qui s'enroulaient comme des écharpes autour du soleil. Soudain, il faisait presque chaud.

L'odeur du cadavre décomposé, presque absente jusqu'alors, se fit brusquement entêtante.

Un autre policier s'éloigna en courant et on l'entendit bientôt vomir à son tour. Joe laissa échapper un soupir agacé et se tourna vers le médecin légiste.

— Harold ? On peut connaître tes premières impressions ?

— Avec toutes les réserves qui s'imposent, on dirait bien qu'il y a eu mort par strangulation.

Le Harold en question avait vraiment la tête de l'emploi, nota Jeremy. De taille moyenne, ni gros ni mince, avec des cheveux gris argent soigneusement peignés et des yeux bleus qui vous regardaient franchement.

A part ça, il était aussi blanc que tous ceux qui avaient vu la pauvre femme livrée à l'appétit des corbeaux. Il fallait croire qu'on ne s'habituait jamais à l'horreur.

— Tu parles d'une info ! s'exclama Joe. J'avais trouvé ça tout seul, figure-toi.

« Moi aussi », songea Jeremy. Mais à quoi bon provoquer un collègue en lui jetant ça à la figure ?

— Si tu es si fort, pourquoi ne vas-tu pas l'examiner toi-même ? rétorqua vivement le médecin. Crois-moi, je te cède la place avec plaisir.

Il s'interrompit quelques secondes, le temps de retrouver son calme.

— Je ne peux pas t'en dire beaucoup plus avant que tu la décroches. Et il faudra sans doute attendre l'autopsie pour avoir des certitudes.

— Je veux qu'on ratisse tout ce putain de champ, dit Joe. Centimètre par centimètre. Jenkins, demande par radio à ce qu'on contacte tous les agriculteurs du comté et qu'on leur demande de s'assurer que leurs épouvantails n'ont pas été remplacés par des cadavres humains.

Il promena un regard soucieux sur le champ.

— A qui appartient cette parcelle ? demanda-t-il.

— Aux MacElroy, répondit Rowenna. A bien y réfléchir, je crois même que c'est Ginny qui en est propriétaire. De ce champ et de ceux là-bas, en lisière de forêt.

— Quoi ? Ces terres appartiennent à la vieille tante de Nick ? demanda Joe avec étonnement.

— Oui. J'en suis presque certaine. Nick en possède d'autres au nord de sa maison.

— Dans ce cas, murmura Joe comme s'il se parlait à lui-même, il me semble qu'on peut éliminer le propriétaire des lieux de la liste des suspects.

Il posa un instant les yeux sur Rowenna et Jeremy, puis son regard glissa sur Brad qui marchait vers eux, l'air encore passablement secoué.

— Allez à mon bureau, tous les trois. Je vais avoir besoin de vos dépositions. Allez-y maintenant et écrivez tout ce qui s'est passé dès que vous serez sur place. Plus on attend, plus on omet des détails importants.

Comme s'ils risquaient d'oublier ce qu'ils venaient de voir ! songea Jeremy. Il aurait aimé l'effacer de sa mémoire, mais cela risquait de ne pas arriver de sitôt. Et sans doute même jamais.

Quand Rowenna partit en direction de la route, Jeremy la prit gentiment par le bras.

— Ça va ?

Il se sentit un peu stupide quand elle le fixa de ses grands yeux ambrés. Comment aurait-elle pu aller bien après avoir assisté à un spectacle aussi immonde ?

Elle haussa les épaules et jeta un coup d'œil vers Brad.

— Mieux que lui, en tout cas.

Jeremy hocha machinalement la tête. Il était tenté de laisser sa voiture à Rowenna et de rester ici pour donner un coup de main, mais il était désormais l'un des trois témoins directs de cette affaire, et Joe ne le lâcherait pas tant qu'il n'aurait pas fait sa déposition. Et puis, Brentwood était un homme d'expérience, qui prenait visiblement cette affaire très à cœur. S'il y avait quelque chose à découvrir dans ce champ, il le découvrirait. Sans compter qu'il n'apprécierait sûrement pas que Jeremy s'attarde sur la scène du crime. Prendre Joe Brentwood de front serait peu judicieux. Il obtiendrait bien davantage en faisant preuve de diplomatie. Quand quelqu'un ne voulait pas de vous, chercher à s'imposer en force était la pire des stratégies. S'il voulait assister à l'autopsie — et il voulait absolument y assister —, il fallait éviter de se mettre à dos l'inspecteur en charge de l'enquête.

— Ne restez pas là, dit justement Joe.

Il n'avait pas aboyé ces mots comme un ordre. Jeremy eut même le sentiment qu'il les prononçait en songeant à leur propre intérêt ; qu'il pensait que Rowenna, Brad et lui seraient mieux partout ailleurs que dans ce champ qui empestait la mort.

Ils marchèrent sur un tapis de tiges piétinées jusqu'à atteindre la route. Pour rejoindre leurs voitures, ils durent passer sous le ruban de plastique jaune qui délimitait déjà la scène de crime.

Ils se tenaient tous les trois devant le 4x4 de Rowenna, quand celle-ci éclata d'un rire strident qui ne laissait rien présager de bon quant à son état psychologique.

Jeremy la regarda sans dissimuler son inquiétude. Etait-elle en train de craquer ? Après ce qu'elle venait de vivre, ça n'aurait rien eu de surprenant.

— Qu'est-ce qu'il y a ? demanda-t-il.

— Je n'ai plus d'essence ! s'exclama-t-elle en éclatant de nouveau de rire, visiblement au bord de la crise de nerfs.

Un petit détail qu'il avait oublié, lui aussi.

— Donne-moi les clés de ta voiture, dit-il. Un des hommes de Joe la ramènera chez toi quand elle sera en état de rouler.

Elle hocha la tête et alla décrocher la clé qui se trouvait encore fichée sous le volant. Brad, toujours blême et l'air absent, partit s'asseoir à l'arrière de la Mercedes sans prononcer un mot. Quelques secondes plus tard, Rowenna se glissait sur le siège passager. Encore trois minutes et ce fut au tour de Jeremy de prendre place dans la voiture de location. Il vérifia que Rowenna avait bien attaché sa ceinture avant de démarrer et de faire demi-tour pour repartir en direction de la ville.

— Regarde, dit-il en tendant le doigt droit devant lui.

La dépanneuse arrivait enfin en sens inverse.

— J'espère qu'il ne va pas fuir en voyant tous ces gyrophares, ajouta-t-il avec un petit sourire.

— Et moi, j'espère que Joe va l'arrêter pour non-assistance à personne en danger, grommela Rowenna qui semblait s'être un peu ressaisie. Ça fait une heure et demie que je l'attends !

Jeremy lui lança un petit regard complice et appuya sur l'accélérateur. Il n'avait qu'une envie : s'éloigner le plus vite possible de la vision d'horreur dont ils venaient tous trois d'être témoins. Mais peu importait la distance qu'il mettrait entre eux et ce champ de maïs ; il savait que l'image de ce cadavre ballonné aux allures d'épouvantail les poursuivrait toute leur vie.

La nouvelle de leur macabre découverte semblait se propager à une vitesse accélérée. Le soir même, on ne parlait plus d'autre chose en ville, et sans doute au-delà, les éditions nationales des journaux télévisés ayant repris l'information.

Faire leur déposition dans les locaux de la police aurait dû être une formalité, mais cela leur prit une bonne partie de l'après-midi. Les rouages absurdes de l'administration étaient une des rares choses qui pouvaient mettre Jeremy hors de lui. Il réussit néanmoins à conserver son calme, aidé en cela par ses deux frères qui l'avaient appelé tour à tour pour lui proposer de l'aide. Zach et Aidan s'étaient inquiétés l'un comme l'autre de l'identité de la victime. Etait-il bien certain qu'il ne s'agissait pas de Mary Johnstone ?

Oui, il en était sûr. Mais pour le moment, la police cherchait toujours à mettre un nom sur cette malheureuse. Et, bien entendu, sur le détraqué qui l'avait tuée puis transformée en épouvantail. Avec un peu de chance, ils finiraient par en savoir davantage grâce au fichier national qui recensait toutes les personnes disparues. Quelle qu'ait été la vie de cette inconnue, des gens avaient dû l'aimer. Et ces gens devaient remuer ciel et terre pour la retrouver. Aussi pénible que cela promettait d'être, il importait de les informer du sort de leur femme, fille, mère ou amie.

Ils avaient le droit de savoir, rien n'étant plus douloureux que l'incertitude d'une disparition.

La police espérait aussi que des personnes se manifesteraient spontanément après le passage de l'information au journal télévisé.

A 17 heures, ils quittèrent enfin les locaux de la brigade criminelle. Aucun d'entre eux n'avait déjeuné, mais ils n'avaient pas eu faim jusque-là.

Ce fut Brad qui annonça le premier que son estomac commençait à gargouiller. Pourtant, il avoua avoir surtout besoin d'un petit remontant.

Jeremy pouvait comprendre. Rowenna ne fit aucun commentaire — elle était restée silencieuse et pensive tout au long de l'après-midi —, mais elle sembla se satisfaire de suivre le mouvement.

Ils se rendirent dans un restaurant avec vue sur les bateaux de plaisance qui tanguaient mollement dans le dock. En tordant un peu le cou, on pouvait même distinguer un bout de la Maison aux sept pignons qui s'élevait sur la gauche, juste au-dessus de l'alignement des arbres.

Brad avala deux whiskys, cul sec, avant qu'ils ne passent la commande. Rowenna se joignit à lui pour le premier, et Jeremy fut surpris de voir qu'il avait vidé son propre verre de bière en l'espace de quelques secondes.

A présent que la distance et le temps les éloignaient un peu de ce champ de maïs et de l'affreuse découverte de Rowenna, le monde commençait, tout doucement, à redevenir normal.

Jeremy en avait vu, au cours de sa carrière de plongeur, puis de détective privé. Il avait longtemps cru que rien ne pourrait détrôner la vision des enfants noyés de son statut d'image la plus révoltante, mais l'épouvantail humain venait d'accomplir cette triste performance.

En tout cas, il existait désormais deux souvenirs indélébiles pour décorer le cabinet des horreurs de sa mémoire.

Rowenna posa gentiment la main sur le poignet de Brad alors que la serveuse lui apportait son troisième whisky en moins de dix minutes.

— Dieu merci, il ne s'agissait pas de Mary, dit-elle d'une voix douce.

Il but une longue gorgée et reposa le verre d'une main tremblante.

— Le problème, c'est que..., commença-t-il d'une voix déformée par l'émotion. Le problème, c'est que... C'est qu'il y a un tueur psychopathe qui se promène dans la nature. Et que Mary est aussi là, quelque part, sans défense... A la merci de ce dingue...

— Vous ne pouvez pas vous laisser aller à penser comme ça, Brad, dit Rowenna avant d'échanger un regard avec Jeremy.

Il se demanda comment il était parvenu à se montrer distant avec elle deux semaines durant. La compassion qu'exprimaient ses yeux ambrés, quand ils se posaient sur Brad, était tout simplement extraordinaire.

Et que dire de la façon dont elle le regardait, lui...

C'était comme si elle avait voulu dire quelque chose, mais qu'elle se retenait de crainte de ne pas être sur la même longueur d'onde que lui.

Il pencha légèrement la tête de côté, l'interrogeant du regard.

Mais Rowenna se tourna de nouveau vers Brad.

— Je ne sais pas si je devrais vous dire ça, mais... J'ai... J'ai le sentiment que Mary est vivante.

Brad s'efforça de sourire, mais son visage n'en parut que plus triste.

— Vraiment ? Eh bien, pourvu que vous ayez raison ! C'est bizarre, j'en étais convaincu, moi aussi. Mais maintenant...

Il haussa les épaules avec une moue pleine d'incertitude.

— Je ne sais plus ce que je dois croire, ajouta-t-il en buvant une nouvelle gorgée de whisky.

On voyait bien à l'expression de Rowenna qu'elle hésitait à en dire davantage.

— Je sais que vous risquez de me prendre pour une cinglée, murmura-t-elle finalement, mais il m'arrive d'avoir des sortes de prémonitions. Et elles se vérifient presque toujours, vous savez. Vous pouvez demander à Joe Brentwood, ajouta-t-elle précipitamment. Il vous le confirmera.

— Et vous sentez que Mary est en vie ? demanda Brad, l'espoir perçant sous ses traits creusés par l'angoisse.

— Oui.

Jeremy n'en croyait pas ses oreilles. Alors, comme ça, elle ne se contentait pas de s'interroger sur les phénomènes paranormaux ? Elle accordait vraiment du crédit à toutes ces sornettes ! Il faillit dire quelque chose, mais ravala ses sarcasmes au dernier moment. L'heure n'était pas à la polémique.

Un sourire moins pathétique se dessina sur les lèvres de Brad.

— Oui, Dieu fasse que vous ayez raison, dit-il en levant son verre devant elle.

Puis il se mit debout et lui tendit la main par-dessus la table.

— Je me rends compte que nous n'avons pas eu l'occasion de faire les présentations en bonne et due forme. Brad Johnstone.

— Rowenna Cavanaugh, dit-elle en lui serrant la main. Ravie de faire votre connaissance.

— Vous êtes du Massachusetts ?

— Je suis née ici même.

Brad retrouva assez d'entrain pour plaisanter sur l'accent des habitants de Salem, avant de noter que celui de Rowenna était à peine perceptible. Après quoi il évoqua sa ville natale, Jacksonville, et conseilla à Rowenna de ne pas se fier à ce qu'on racontait sur la Floride. La rumeur populaire disait qu'on n'y trouvait que des gens de passage, et pourtant, sa famille y était établie depuis plus de deux cents ans.

C'était agréable d'entendre Brad parler de tout et de rien, songea Jeremy. On aurait presque dit que la vie reprenait son cours normal. Et en même temps, il ne pouvait empêcher une angoisse sourde de s'immiscer en lui, comme s'ils marchaient tous les trois au bord d'un précipice.

Pourtant, ils étaient déjà tombés au fond du gouffre, se dit-il encore, tandis que l'image de l'épouvantail humain lui revenait pour la énième fois à l'esprit.

Il venait de se renverser sur sa chaise en sirotant sa seconde bière quand la soupe arriva. Ils avaient tous commandé une chaudrée de palourdes — la spécialité de la région —, suivie par du poisson.

Aucun d'eux n'aurait pu avaler de la viande.

Ils arrivaient à la fin du repas — Brad et Rowenna avaient assuré l'essentiel de la conversation en évitant soigneusement d'évoquer l'histoire de la ville, Halloween, Mary ou le cadavre du champ de maïs — quand Jeremy aperçut Joe Brentwood qui poussait la porte du restaurant. Il avait l'air vieux, comme s'il avait pris dix ans en l'espace d'une journée. Vieux et usé.

Jeremy se redressa sur sa chaise, espérant contre toute logique que Brentwood ne les verrait pas.

Mais cette idée absurde ne dura que l'espace de quelques secondes, le temps pour Joe de balayer la salle du regard et de croiser celui de Jeremy. L'inspecteur lui adressa un faible sourire et se dirigea vers leur table.

— Vous permettez que je me joigne à vous ? demanda-t-il.

En théorie, Jeremy ne voulait rien tant que déjeuner avec l'inspecteur qui dirigeait l'enquête sur la disparition de Mary. Mais à ce moment précis, ce qu'il ressentait était exactement l'inverse.

— Bien sûr, voyons, dit chaleureusement Rowenna.

Elle commença à se lever, mais Joe l'en dissuada en posant la main sur son épaule.

— Reste assise, dit-il avant d'aller se chercher une chaise et de s'y laisser tomber lourdement.

Il passa la main dans ses cheveux blancs, la mine harassée.

— Sale journée, lâcha-t-il avec un soupir.

— Du nouveau ? demanda Jeremy.

— A part les journalistes qui ne me lâchent pas d'une semelle ? Non. Tout ce que j'espère, c'est que ces crétins d'attachés de presse ne vont pas divulguer des détails qui risquent de compromettre mon enquête.

Il jeta un bref coup d'œil en direction de Rowenna, qui le regardait d'un air inquiet.

— Et toi, Rowenna? dit-il d'une voix douce. Comment est-ce que tu te sens?

Elle haussa les épaules.

Plus Jeremy observait Joe Brentwood, moins il comprenait les rapports qu'il entretenait avec Rowenna.

— Tu as une idée à me soumettre? demanda encore Joe à Rowenna.

Elle fit non de la tête, et le front de l'inspecteur se plissa encore plus. Après quelques secondes de silence, il se tourna vers Jeremy.

— Dans le passé, il lui est arrivé de nous mettre sur des vraies pistes, vous savez.

« Elle s'imagine qu'elle est extralucide! », eut envie de hurler Jeremy. Un médium, rien que ça! Lui était partisan de la bonne vieille enquête, celle qui prenait du temps et qui permettait de découvrir des preuves matérielles, tangibles. Mais une fois de plus, il refréna son impulsion première et s'interrogea sur sa façon de réagir face à la question des phénomènes inexpliqués. Après tout, qu'est-ce que ça pouvait bien lui faire, que d'autres aient recours à l'intuition ou même au paranormal pour élucider des crimes? Tant mieux si ça pouvait vraiment permettre de dénouer des affaires et de sauver des vies, non?

S'efforçant d'être honnête avec lui-même, il réfléchit à l'agacement qu'il éprouvait chaque fois qu'il sentait une complicité entre Joe et Rowenna. Et si ses poils se hérissaient pour une mauvaise raison? Se pouvait-il que son aversion pour Joe provienne d'un sentiment aussi minable que la jalousie? Non, ce n'était pas ça. C'était le fait qu'ils partagent cet attrait des sciences occultes; qu'ils s'imaginent l'un comme l'autre que des phénomènes surnaturels pouvaient contribuer à résoudre des énigmes du ressort de la police.

Il se souvint alors de l'angoisse qu'il avait éprouvée quand Joe l'avait appelé, plus tôt dans la journée, pour le prévenir de la panne d'essence de Rowenna. Etait-ce ce genre d'intuition qu'elle avait, et qui lui permettait de mettre la police sur une piste? Non, lui avait eu de bonnes raisons de s'inquiéter. Bien sûr, il ignorait qu'un cadavre les attendait dans ce champ de maïs, mais Mary ayant disparu à Salem, il était logique de se faire du souci pour une autre femme, jeune, jolie, seule au milieu de nulle part et donc vulnérable. Certes, mais pourquoi n'avait-il pas bronché quand son ami lui avait dit être certain que sa femme était encore en vie ? Précisément parce que Mary était la femme de Brad, songea-t-il. On pouvait plus facilement imaginer l'existence d'un lien particulier entre un homme et sa femme. Et puis il comprenait que Brad ait envie de croire que Mary était toujours vivante. Mais cela n'expliquait pas que Rowenna ait eu exactement le même pressentiment, elle qui n'avait aucun lien affectif avec la disparue, et qui ne l'avait même jamais rencontrée.

Il regarda Brad à la dérobée. Sur ordre de Brentwood, tous les fermiers du coin avaient été priés de vérifier leurs épouvantails.

Parce qu'il pouvait y avoir d'autres victimes.

D'autres femmes transformées en épouvantails.

Et parce qu'une femme avait disparu quelques jours plus tôt en plein cœur de Salem.

Pauvre Brad... Il avait très certainement songé à la possibilité qu'on retrouve sa femme empalée sur un piquet, attifée d'un chapeau de paille et d'un manteau mité, la peau arrachée par les coups de bec des corbeaux.

Jeremy soupira. A en juger par la façon dont elle le regardait, comme si elle lisait dans ses pensées, Rowenna était en train d'y songer en ce moment même.

Comme si elle lisait dans ses pensées...

— Je crois que Mary est vivante, dit-elle doucement, mais d'une voix pleine de ferveur.

— Oui, je le crois aussi, renchérit Brad avec la même passion. Il le faut. On doit faire quelque chose avant qu'il ne soit trop tard. Inspecter chaque centimètre carré de ce champ de maïs. Retrouver ce type, ce Damien...

— Mon garçon, dit Joe, tous les policiers de la région sont mobilisés pour retrouver votre femme et ce Damien, si toutefois il s'agit bien de son vrai prénom, ce dont je doute fort. Je comprends votre frustration, mais croyez-moi, il n'y a rien que vous puissiez faire pour le moment.

— Il y a forcément quelque chose que je peux faire, répliqua Brad en se levant brusquement de table.

— Brad, attendez ! s'écria Rowenna sans cacher son inquiétude.

— Je vais simplement aller prendre l'air. Sillonner toutes ces rues du centre historique jusqu'à ce que je le croise. Ce salopard va bien finir par sortir de son trou.

Jeremy se leva à son tour.

— Ecoute, vieux, si par extraordinaire tu le retrouvais…

Brad laissa échapper un long soupir.

— Je ne suis pas fou, Jeremy. Je ne vais pas lui faire la peau, si c'est ce qui t'inquiète. N'oublie pas que je suis officier de police.

— Ici, tu n'es qu'un simple citoyen, lui rappela Jeremy.

— Peut-être, mais je sais comment maîtriser un suspect jusqu'à ce que les autorités compétentes prennent la relève pour l'interroger. Ecoute, je ne vais pas péter un câble et couper en rondelles tous les voyants de Salem. Je veux simplement retrouver ma femme, Jeremy.

— Alors, on va aller prendre l'air avec vous, proposa Rowenna.

— Je m'occupe de l'addition, dit Jeremy.

— Faites preuve de prudence, tous les trois, leur lança Joe.

Ces mots, prononcés d'une voix grave, sonnaient comme une mise en garde. Il se tourna ensuite vers Rowenna, qui hocha imperceptiblement la tête. Cela n'échappa pourtant pas à Jeremy, qui sentit une nouvelle fois se réveiller son agacement. Il fallait qu'il apprenne à se défaire de ce sentiment : après tout, si Joe et Rowenna s'imaginaient partager des sortes d'intuitions paranormales, c'était leur affaire.

Et puis, il n'avait rien à gagner à dire franchement ce qu'il pensait de tout ça. L'important, pour le moment, était de s'assurer les bonnes grâces de Joe Brentwood, non de s'en faire un ennemi.

Il régla l'addition et retrouva Brad et Rowenna côte à côte sur le quai du dock, contemplant le soir tombant et les bateaux qui se balançaient doucement sur l'eau sombre.

Ils abandonnèrent la voiture sur le parking du restaurant et partirent à pied vers le centre historique, passant bientôt devant la Maison aux sept pignons, calme à cette heure et seulement illuminée par quelques projecteurs extérieurs. Ils longèrent une série de magasins fermés, puis atteignirent les rues piétonnes, avant de bifurquer en direction du cimetière dont les hautes grilles étaient déjà cadenassées.

Le muret qui l'entourait pouvait toutefois s'escalader facilement. Un enfant de cinq ans suffisamment déterminé n'aurait pas eu trop de mal à se hisser à son sommet. Brad et Rowenna s'y assirent, face aux tombes éclaboussées de lune et aux ombres mouvantes qui semblaient donner vie aux stèles séculaires.

Resté sur le trottoir, les bras croisés, Jeremy regarda leurs silhouettes perchées qui se touchaient presque, leurs têtes qui dodelinaient au rythme de la conversation.

Depuis l'instant où il avait vu le lieu où s'était joué le drame, juste après son arrivée à Salem, la proximité de tous ces magasins avait laissé Jeremy perplexe. Comment quelqu'un pouvait-il disparaître dans ce cimetière un soir d'Halloween, alors que des centaines — voire des milliers — de gens se pressaient, même à la nuit tombée, dans les rues commerçantes qui l'entouraient ?

Surtout à la nuit tombée, lorsque le moment de célébrer Halloween était enfin venu.

Quelqu'un avait-il entraîné Mary de force hors du cimetière ? Et si oui, comment se faisait-il que personne ne l'ait vu faire ? A moins qu'elle ne soit partie de son plein gré ?

Jeremy se massa le visage des deux mains. Il y avait forcément un élément qui lui échappait. Mais quoi ?

— Jeremy ?

Brad et Rowenna avaient sauté de leur perchoir et elle s'était tournée vers lui. Même dans l'obscurité, il pouvait voir son regard interrogateur.

— J'arrive, dit-il avant de les rejoindre.

Ensemble, ils suivirent le tracé irrégulier du muret jusqu'à revenir à leur point de départ, devant les hautes grilles. Là, il remarqua une nouvelle fois à quel point le cimetière était surélevé par rapport aux rues et trottoirs alentour.

A la plantation Flynn, ils avaient fini par découvrir que les tombes alignées dans le cimetière privé de la propriété familiale avaient été creusées au-dessus d'un labyrinthe de tunnels menant à la rivière. Ici, contrairement à celles de la plantation, les tombes se trouvaient au-dessus du niveau de l'eau.

Se pouvait-il qu'il existe ici même un réseau souterrain similaire, dont l'entrée était peut-être dissimulée sous une stèle ?

Le problème, c'est que rien n'avait bougé dans le cimetière. La police avait passé les lieux au peigne fin sans trouver une seule trace suspecte sur le sol ou les tombes. Peut-être y avait-il un passage secret dont l'ouverture était une dalle funéraire ou la porte d'un caveau ? Demain, il aurait un mot à ce sujet avec Brentwood, et il trouverait un moyen légal d'entreprendre des fouilles sur la totalité du cimetière. Peu lui importait qu'il soit inscrit à l'inventaire national des monuments historiques : il allait lui extorquer ses secrets, à coups de pelleteuses s'il le fallait.

Mais de combien de temps disposait-il avant que Mary ne soit retrouvée morte au milieu d'un champ, à moitié dévorée par les corbeaux, un sourire macabre dessiné au couteau de part et d'autre de son visage ?

Rowenna le dévisageait de nouveau, et il se rendit compte qu'il s'était arrêté de marcher, perdu dans ses pensées.

Il lui adressa un sourire désolé.

— Je réfléchissais, dit-il en allant la rejoindre d'un bon pas.

Mais ce fut au tour de Brad de s'immobiliser et de plisser les yeux devant le muret d'enceinte.

— Il l'a enlevée, murmura-t-il comme pour lui-même.

Il se tourna brusquement vers Jeremy.

— D'une manière ou d'une autre, il l'a enlevée.

— Qui l'a enlevée, Brad ? demanda Jeremy, inquiet de la réponse à venir.

Brad avait dans le regard cette lueur fiévreuse qui précédait ses moments d'égarement.

— Le diable, dit-il d'une voix ferme.

— Brad, même en admettant que le diable existe, je ne pense pas qu'il s'introduise dans les cimetières pour enlever des femmes.

— Je parle du diable fait homme, Jeremy. Damien… C'est lui qui séquestre Mary.

— On va tout faire pour mettre la main sur lui, assura Jeremy. Cela dit, même si on le retrouve, il se peut qu'il ne soit coupable de rien, sinon d'avoir implanté sa tente sans autorisation.

Mais la patience de Jeremy ne parvint pas à apaiser son ami.

— Damien est le diable, insista Brad. Il a pris forme humaine, mais ce type est le diable en personne. Il faut que tu me croies…

Il secoua la tête, de plus en plus agité devant l'air embarrassé de Jeremy.

— Tu ne comprends pas ! Je l'ai vu dans sa boule de cristal.

— Brad, dit Jeremy d'une voix un peu plus ferme. Cet homme, quel qu'il soit, connaît quelques bons tours de magie, rien de plus. Il t'a montré des images et ton imagination a fait le reste.

Brad donna un violent coup de pied dans une poubelle.

— Non, non et non ! Tu penses que je suis en train de perdre la tête, c'est ça ? Mais je sais ce que j'ai vu et je n'en démordrai pas : Damien est bien plus qu'un simple prestidigitateur ! C'est le diable ! Le diable en personne, je te dis…

Jeremy était perturbé de voir son vieil ami ainsi. Quant à Rowenna, elle regardait Brad avec un mélange de compassion et d'inquiétude.

— Il n'a pas vu de simples images dans cette boule, mais de véritables scènes, dit-elle d'une voix douce.

— Rowenna…, murmura Jeremy d'un ton de reproche en la fixant du regard.

« Pour l'amour de Dieu, n'abonde pas dans son sens, ajouta-t-il silencieusement. Ne te laisse pas entraîner dans son délire, ne l'encourage pas à s'imaginer que le diable est descendu sur terre pour enlever sa femme. »

— Oui, de véritables scènes, renchérit Brad. J'ai vu des champs de maïs, figure-toi. Et… Il m'a menacé. Je sais que ce type me menaçait. J'ai vu les champs de maïs, mais ce n'est pas tout ce que j'ai vu.

La rue sembla soudain plongée dans un silence de cathédrale. On aurait dit que même le vent s'était arrêté de souffler pour donner de la force aux mots de Brad.

— Qu'as-tu vu d'autre ? demanda finalement Jeremy.

— J'ai vu le mal. Le mal à l'état pur.

Un cri à faire froid dans le dos déchira brusquement la quiétude de la nuit. Une sorte de plainte lugubre, comme si un loup avait poussé un long et puissant ululement.

Sauf qu'il n'y avait pas de loups dans la région. Pas depuis une bonne centaine d'années, en tout cas.

C'était sûrement un husky, songea Jeremy. Quelqu'un dans le coin devait avoir un de ces chiens de traîneau, qui s'était mis à hurler à la lune. D'ailleurs, l'astre blanc ne cessait de monter dans le ciel nocturne.

— On ne peut pas voir le mal, Brad. Le mal est un concept.

— Je te dis que j'ai vu le mal, insista Brad, peu sensible à cet argument cartésien. Cet homme est le mal incarné et j'ai vu le mal dans cette boule de cristal, dans les champs de maïs qui ondulaient au vent… C'est la moisson du diable, voilà ce que c'est.

Le chien poussa de nouveau une longue plainte.

— Je crois que je ferais mieux de te ramener à l'hôtel, dit Jeremy.

— Non. Il faut que je continue à chercher. Que je sonde les ténèbres pour retrouver Mary.

— Vous pouvez aller dormir, lui dit Rowenna.

Stupéfait, Jeremy la vit prendre le visage de Brad dans ses mains et le regarder dans le blanc des yeux.

— Vous pouvez aller dormir, Brad, répéta-t-elle d'une voix plus douce encore. A présent, nous sommes prévenus du danger qui nous guette dans les champs de maïs, et tout le monde est mobilisé pour retrouver Mary. Je suis certaine que vous serez bientôt réunis, tous les deux.

— Comment pouvez-vous en être aussi sûre? demanda Brad, l'angoisse suintant de tous les pores de sa peau.

— Parce que j'ai vu les champs de maïs en rêve. Et j'ai vu les épouvantails. Mary n'est pas l'un d'entre eux.

Elle détourna alors le visage, mais Jeremy put voir le mouvement de ses lèvres former quelques mots inaudibles.

Des mots qu'il devina pourtant :

— Pas encore, en tout cas.

8.

Brad Johnstone avait vu des champs de maïs dans la boule de cristal d'un homme que nul ne connaissait et dont on ne parvenait pas à retrouver la trace, songea Rowenna, plus perturbée qu'elle ne voulait bien l'admettre par les données du problème.

— Alors, ça te convient ? demanda Jeremy.

Le son de sa voix la ramena au moment présent.

— Pardon ? Tu disais quoi ?

Brad avait fini par regagner son hôtel après avoir promis d'y rester enfermé jusqu'au lendemain matin. Jeremy et elle se trouvaient désormais seuls sur le trottoir, enveloppés par la quiétude de la nuit.

— Je disais qu'on pourrait rester dormir dans la maison que j'ai louée, plutôt que de retourner chez toi.

— Oh… Non, je ne peux pas. Désolée, mais je dois rentrer.

— Pourquoi ? demanda-t-il d'un ton presque agressif.

Elle le regarda avec un peu de surprise, les sourcils légèrement soulevés. Il avait le front buté de quelqu'un qui n'est pas prêt à faire de concessions. Il lui sembla soudain immense, et même un peu sauvage. Pourtant, c'était toujours le même Jeremy, avec le même jean et le même blouson qu'il avait portés toute la journée. Mais il avait parlé d'une voix dure, et elle se souvint brusquement qu'il avait été policier et pouvait basculer en mode « interrogatoire » s'il était de mauvaise humeur. Après deux semaines de débats radiophoniques, elle était bien placée pour le savoir.

D'un autre côté, rien ne l'empêchait de lui dire d'aller se faire voir ailleurs.

Rien, sauf la crainte de mettre un terme à une histoire à laquelle elle tenait énormément, bien sûr.

— Jeremy, je n'avais pas prévu de découcher. Je n'ai rien emporté avec moi, tu comprends ? Pas même une brosse à dents.

— Si ce n'est que ça, on peut aller en acheter une dans une supérette ou dans une épicerie. Tu dois connaître celles qui ferment tard, non ? Je suis sûr qu'il y a même une pharmacie ouverte toute la nuit, dans cette ville.

— Je viens à peine de rentrer chez moi après plus de quinze jours d'absence, dit-elle. J'ai envie d'être à la maison.

— Maison qui n'est pas la porte à côté, répliqua-t-il. Et puis, tu ne crois pas qu'on a eu notre dose de campagne et de champs de maïs pour aujourd'hui ?

Si elle voulait rentrer chez elle, il allait falloir se montrer plus combative.

Mais elle n'avait pas le cœur à se disputer.

A vrai dire, une fois qu'elle était parvenue à dépasser son propre entêtement, elle avait réalisé que la proposition de Jeremy ne lui déplaisait pas tant que ça. Elle était sur les nerfs depuis sa macabre découverte, et la perspective de longer le champ où l'avaient entraînée ces maudits corbeaux lui faisait horreur. Peut-être verrait-elle plus tard les choses avec davantage de recul, mais pour le moment, elle se demandait même comment faire pour continuer à vivre dans sa maison.

Dire qu'elle avait rêvé de ce champ de maïs… Qu'elle avait rêvé d'un épouvantail humain… Et voilà que la réalité avait rejoint ses cauchemars.

Plus que tout, ce qui terrifiait Rowenna était l'idée qu'une autre femme soit empalée et abandonnée aux coups de bec des corbeaux avant que la police ne parvienne à mettre la main sur l'assassin.

— Vraiment, Jeremy, je ferais mieux de rentrer chez moi, lança-t-elle sans conviction.

— Oui, mais pas ce soir, répondit-il sèchement.

— Bon, dit Rowenna, de guerre lasse, mais j'ai toujours besoin d'une brosse à dents. Et je ne pense pas qu'il existe un seul homme sur cette terre qui voyage avec une brosse à dents de secours.

Jeremy lui rendit son sourire et tendit la main.

— Viens, allons trouver ce dont tu as besoin.

Il était agaçant, à vouloir toujours avoir le dernier mot, mais au moins, il avait envie qu'elle reste avec lui.

Après tout, leur histoire avait peut-être une chance de se conjuguer au futur.

Curieux, tout de même, d'entretenir ce genre de pensée alors qu'elle était tombée sur un cadavre en putréfaction quelques heures plus tôt et que Mary Johnstone était portée disparue. Oui, curieux de songer à l'amour, quand la violence semblait se déchaîner autour d'elle.

Sans compter que Brad avait vu des champs de maïs dans cette boule de cristal ; des champs semblables à celui où un monstre avait abandonné le corps de sa victime, cherchant dans sa folie à l'humilier après la mort.

Des champs semblables à ceux qui hantaient ses nuits.

Mais tandis qu'ils marchaient vers la Mercedes de location, restée garée devant le restaurant, Rowenna choisit de garder ses pensées pour elle.

A quoi bon raconter ses cauchemars à Jeremy ? Il ne croyait pas que les rêves — ou quoi que ce soit d'autre, d'ailleurs — puissent prédire l'avenir.

Cinq minutes après être montés dans la voiture, ils s'arrêtèrent dans une station-service ouverte la nuit. Rowenna alla dans la boutique acheter ce dont elle avait besoin pendant que Jeremy faisait le plein. Alors qu'elle attendait son tour pour régler, elle entendit la femme replète qui se trouvait devant elle s'entretenir avec le caissier sur le ton de la confidence. Mais Rowenna, aux premières loges, perçut distinctement chacune de ses paroles. Et manifestement, la conversation portait sur le cadavre qu'elle avait découvert.

— La police n'a pas encore identifié le corps, mais il ne s'agirait pas de cette femme disparue dont les journaux ont parlé récemment. Comment peut-on faire une chose pareille à un être humain ? Je vous le demande… C'est abominable. Vraiment abominable…

L'homme debout derrière la caisse, un cinquantenaire en combinaison rouge, opina gravement du chef, tandis que la cliente baissait encore la voix, jetant de brefs coups d'œil à droite et à gauche avec des airs de conspiratrice.

Rowenna se rapprocha discrètement et tendit l'oreille.

— Mais d'après ce que j'ai entendu dire, reprit la grosse dame, c'est déjà arrivé à Salem.

— Quand ? s'enquit le caissier.

Lui ne se croyait pas obligé de chuchoter.

— Ça fait longtemps que je vis dans le coin, reprit-il aussitôt, et je ne me rappelle pas avoir jamais entendu parler d'un meurtre similaire.

— Eh bien, pourtant, c'est déjà arrivé, vous pouvez me croire.

La cliente souffla dédaigneusement par le nez.

— Pas étonnant qu'on ait ce genre de problème, avec ces wiccans qui pullulent en ville.

Bien qu'elle ne fût pas l'une d'entre eux, Rowenna se sentit indignée par les préjugés de cette femme.

— Les wiccans ne pratiquent pas le meurtre rituel, s'entendit-elle dire.

La cliente fit volte-face, semblant brusquement gagner du volume comme un poisson globe menacé par un prédateur.

— Etes-vous l'une des leurs ? demanda-t-elle en ouvrant de grands yeux horrifiés.

Rowenna était fatiguée, et les événements de la journée avaient mis ses nerfs à rude épreuve.

— Non, répondit-elle. En fait, je suis sataniste. Nous vénérons le diable, mais d'ordinaire nous nous contentons de sacrifier des chèvres, voire des chiens ou des chats. On s'efforce d'honorer le Maître sans se mettre hors-la-loi. Vous savez ce que c'est… Dans la société actuelle, on ne peut plus se permettre de traverser hors des clous. Un petit meurtre rituel, et hop, on se retrouve tout de suite avec un procès aux fesses…

La pourfendeuse de wiccans resta bouche bée, ses yeux semblant sur le point de jaillir de leurs orbites.

C'est alors que Rowenna sentit quelqu'un dans son dos. Jeremy. Il plaqua sur le comptoir un billet qui couvrait largement les dépenses de Rowenna, puis l'entraîna manu militari vers la sortie.

— Veuillez l'excuser, madame, dit-il avant de fermer la porte derrière eux. Elle est sous traitement et elle n'a pas encore pris ses médicaments.

Une fois dehors, il la força à pivoter sur elle-même et à le regarder.

— Bon sang, mais qu'est-ce qui t'a pris? dit-il, les mâchoires serrées, les yeux lançant des éclairs.

— Ce genre d'idiote est capable de déclencher une véritable chasse aux sorcières avec ses accusations absurdes! se défendit Rowenna. Si on écoutait les ignorants dans son genre, il faudrait lyncher tous les wiccans de Salem.

— Monte dans la voiture avant que ce soit toi qui te fasses lyncher, ordonna-t-il.

Elle baissa la tête, se mordit la lèvre et décida finalement de s'exécuter.

Elle eut beau regarder droit devant elle durant tout le trajet, elle n'en sentit pas moins les yeux de Jeremy, pleins de reproches, se poser sur elle par intermittences.

Quand enfin il se gara devant la maison louée, elle sortit précipitamment de la voiture, consciente jusqu'au malaise de l'immobilité de la nuit.

Tandis qu'ils marchaient en silence jusqu'à la porte d'entrée, elle se sentit de nouveau observée du coin de l'œil.

— Je peux rentrer chez moi, tu sais, dit-elle d'une voix douce alors qu'il tournait la clé dans la serrure. Je n'ai qu'à appeler un taxi.

Il interrompit son geste et se tourna vers elle.

— Alors c'est tout ce que tu trouves à dire? Tu fais un truc idiot, je me mets en colère, et ta façon de réagir, c'est de foutre le camp? « Courage, fuyons! » C'est ça, ta devise?

— Je voulais simplement dire que ça ne sert à rien qu'on passe la nuit ensemble si tu es furieux contre moi…

— Ce qui ne sert à rien, c'est d'agresser les gens comme ça, Rowenna. Pourquoi n'admets-tu pas que tu as eu tort? J'aimerais que tu me promettes de te maîtriser, à l'avenir, ajouta-t-il, sa voix trahissant un reste de colère. Ce serait un comportement plus adulte que de fuir lâchement, tu ne crois pas?

Fuir lâchement? Le fuir lâchement? Etait-ce vraiment ce qu'elle essayait de faire? Elle avait enfin trouvé ce qu'elle voulait. Après des années passées à espérer une rencontre, quelqu'un qui fasse de nouveau battre son cœur, Jeremy était entré dans sa vie. Et maintenant…

Maintenant il était là, face à elle. Mais les cauchemars, les événements tragiques et la peur qui ne la quittait plus l'empêchaient de vivre pleinement ce nouvel amour, menaçant même de le tuer dans l'œuf.

— D'accord, dit-elle. C'était stupide. Mais elle m'a tellement énervée ! C'est à cause de gens comme elle que tant de soi-disant sorciers et sorcières ont été injustement exécutés ici même il y a des siècles. En l'entendant débiter ses âneries, j'ai soudain songé que les habitants de Salem n'avaient pas retenu les leçons du passé, qu'au fond les choses n'avaient pas changé tant que ça et que…

Elle laissa sa phrase en suspens et Jeremy ouvrit la porte en grand.

— On ferait mieux d'entrer, au lieu de se donner en spectacle, dit-il. Je n'ai pas encore dormi ici une seule nuit, et mes voisins doivent déjà me détester.

Elle fut soulagée de voir que la colère de Jeremy se résorbait enfin, l'ombre d'un sourire se devinant même sur ses lèvres gourmandes.

— Tu as raison, dit-elle avant de le suivre à l'intérieur.

Une lampe était allumée dans le salon, diffusant une douce lumière dans le vestibule. Rowenna croisa le regard de Jeremy, calme comme un ciel après l'orage, et ils échangèrent des sourires tendres et fatigués. L'instant d'après, elle l'embrassait, laissant tomber son sac à main pour se presser contre lui. Il l'entoura de ses bras et Rowenna posa la joue contre son épaule, les yeux clos. Quelle journée épouvantable… Elle n'avait pas envie de penser à la fin atroce qu'avait connue cette pauvre femme. Nul n'était à l'abri du malheur, ni même de l'horreur, mais elle refusait d'y songer ce soir, tout comme elle refoulait les images sordides qui encombraient son esprit.

De toutes ses forces, elle s'accrochait à l'instant présent, à la sensation merveilleuse de ce corps si masculin contre le sien, à ses baisers chauds et humides, prometteurs de plaisirs à venir, mais aussi évocateurs de ceux qu'ils avaient connus si récemment… Ils rompirent leur étreinte et se regardèrent de longues secondes, comme surpris et émerveillés d'être là, dans l'intimité de l'autre, et d'en éprouver une telle joie. Un nouveau sourire éclaira le visage de Jeremy, creusant la fossette de sa joue. Rowenna revint se coller à lui, simplement heureuse d'être dans ses bras, heureuse de sentir sur elle ses mains larges et puissantes ; l'une plaquée sur son dos et l'autre enveloppant sa nuque. L'oreille contre la poitrine de Jeremy, elle entendait battre son cœur à travers la chemise et le blouson fermé. Et quand il lui releva doucement la tête, elle se perdit dans le goût de ses lèvres, dans la danse impudique et ensorcelante de sa langue.

Comme s'ils étaient arrivés au même instant à bout de patience, ils commencèrent à se dévêtir l'un l'autre avec la joyeuse maladresse de ceux qui se désirent trop ardemment. Leurs blousons volèrent en premier, puis le reste des vêtements fut semé sur le chemin de l'escalier qui menait aux chambres. Pourtant, ils n'atteignirent jamais l'étage, ni même la première marche. Sans trop savoir comment, ils se retrouvèrent sur le canapé du salon.

Il y avait certaines choses que Rowenna commençait à bien connaître chez lui, songea-t-elle quelques minutes plus tard, alors que la volupté les portait comme une vague sans fin. Des choses qu'elle aimait. Par exemple, sa façon d'être à la fois timide, sensuel et incroyablement sexy. Ou son odeur, subtile et unique. Ou encore son sourire, quand il la regardait au fond des yeux ; son sourire qui s'éteignait peu à peu pour laisser place à une sorte de gravité émue, puis de grimace extatique, presque douloureuse, quand il la prenait soudain avec cette urgence, cette rage amoureuse, allant et venant en elle de plus en plus vite, comme si sa vie en dépendait. Une fois leurs corps repus, il la prenait dans ses bras, essoufflé et ravi, et l'embrassait délicatement, tendrement. Et même s'il ne prononçait pas les mots, tous ses gestes parlaient d'amour. Cela ne durait jamais longtemps, mais elle chérissait ce moment entre tous.

Il venait justement de l'embrasser de cette façon-là quand il se redressa pour balayer la pièce du regard avec un grand éclat de rire. Dans leur hâte d'arriver jusqu'au canapé, ils avaient renversé des chaises et des magazines, brisé un bibelot, partiellement retourné un tapis, et bien entendu couvert le parquet — ainsi que certains meubles — de leurs vêtements.

Il alla éteindre la lampe pendant que Rowenna ramassait ses affaires. Ils montèrent ensuite à l'étage où le désir les réunit de nouveau dès qu'ils aperçurent le grand lit. Plus tard, alors que leurs corps emmêlés succombaient au sommeil, Rowenna ouvrit les yeux dans un brusque accès de panique.

Elle avait peur de s'endormir. Peur de rêver.

Elle savait qu'elle ne pourrait éternellement combattre sa fatigue, mais elle résista autant qu'elle put, ne sombrant dans le monde tant redouté des songes qu'après des heures de lutte.

Pourtant, ce ne fut pas un cauchemar qui la réveilla.

Quelque chose dans la chambre avait dérangé son sommeil, et elle ignorait ce dont il s'agissait.

La petite maison coloniale qu'avait louée Jeremy, avec ses dentelles de bois victoriennes, était tout à fait charmante. Bien sûr, elle n'en avait vu qu'une partie, mais elle pouvait déjà dire que l'intérieur ne jurait pas avec l'extérieur. Détail important pour les amoureux comme pour les dormeurs, le lit était d'un grand confort. Son sommier n'était ni trop dur ni trop mou et la couette, à la fois légère et douillette, devait être garnie de duvet d'oie. Avec sa teinte caramel, le mobilier en vieil acajou donnait à la chambre une atmosphère chaleureuse et accueillante. Alors qu'est-ce qui la perturbait de cette façon ?

Elle était certaine que Jeremy avait fermé la porte d'entrée à clé. Il avait été policier, et même s'il avait eu l'esprit occupé par autre chose au moment où ils avaient pénétré dans la maison, elle avait confiance en ses automatismes.

Pourtant, elle avait l'impression que quelqu'un d'autre se trouvait dans la chambre.

Elle leva les yeux au plafond, trop effrayée pour les poser sur les ombres de la pièce, puis tendit un bras aveugle vers Jeremy. Mais sa main ne rencontra que le vide.

Où pouvait-il être ?

C'est alors qu'elle l'entendit parler, sans toutefois pouvoir saisir le sens de ses paroles.

Elle s'assit droit sur le matelas et laissa ses yeux s'habituer à l'obscurité.

Il se tenait au pied du lit, le bras déployé de côté comme si sa main était posée sur l'épaule de quelqu'un. Sauf qu'il n'y avait personne. Lorsqu'il se remit à parler, sa voix était douce, rassurante.

— Ne t'inquiète pas. Je ne vais pas te laisser tomber. Tu n'as aucune raison de t'en faire.

Elle le fixait du regard, pétrifiée. Non, il n'y avait personne dans cette chambre. Jeremy parlait dans le vide, à la manière d'un fou.

Pourtant…
Elle avait la chair de poule. Etait-ce la peur ? se demanda-t-elle. Non. En tout cas, pas seulement.
Elle était frigorifiée.
L'air qui circulait dans cette pièce était glacial.
Son imagination devait lui jouer des tours… Certes, on était en automne et les températures de la nuit commençaient à baisser, mais même si le chauffage n'était pas allumé dans cette maison, il ne pouvait pas faire froid comme dans un congélateur. Elle remonta la couette sur son corps nu, serrant les dents pour qu'elles cessent de claquer. Fallait-il parler à Jeremy ? L'arracher à la scène qu'il jouait en rêve ?
Après une longue hésitation, elle trouva finalement le courage de l'appeler.
— Jeremy ?
Il sembla ne pas l'entendre. Elle avait d'ailleurs parlé d'une voix à peine audible. En réalité, elle n'était même pas sûre qu'un son soit sorti de sa bouche.
Il sourit, puis se mit à rire doucement, baissant les yeux vers son ami imaginaire comme s'il s'adressait à un enfant ou à un être de petite taille.
— Là, tout va bien… Je suis là. Je t'ai dit que je ne te laisserai pas tomber, et je tiendrai ma promesse.
— Jeremy !
Elle n'avait pas eu l'intention de crier. Peut-être était-ce à cause de ce courant d'air qui lui glaçait les os et la faisait trembler autant de froid que de peur.
La main de Jeremy retomba brutalement et il se tourna vers elle, clignant un moment des yeux avant de sourire.
— Ça va, Jeremy ?
— Bien sûr. Mais toi… Tu étais…
Il revint sous la couette, se lovant sensuellement contre elle.
— J'étais juste en train de…
Il s'interrompit, le front plissé.
— Jeremy, tu…
— Je t'ai réveillée, n'est-ce pas ? Je suis désolé, Rowenna. Je suppose que j'ai dû me lever pour aller chercher un verre d'eau. Je n'arrive

pas à m'habituer à ce type de chauffage. Je me sens constamment déshydraté.

Elle réalisa qu'il n'avait pas la moindre idée de ce qu'il venait réellement de faire.

— Ma parole, mais tu es gelée ! s'exclama-t-il en se détachant d'elle pour s'asseoir et la prendre dans ses bras. Et moi qui croyais que les gens du Nord finissaient par développer une résistance au froid.

— Ça va… Je t'assure, mentit-elle en venant se pelotonner contre lui, frissonnant de plaisir au contact de son corps chaud et rassurant.

Il lui fallut néanmoins de longues minutes pour se réchauffer. De longues minutes durant lesquelles Jeremy la tint serrée contre lui, ses mains frottant énergiquement sa peau glacée.

— Il t'arrive de rêver ? demanda-t-elle.

La main de Jeremy, qui maintenant caressait son dos plus qu'elle ne le frottait, se figea.

— Pourquoi ? répliqua-t-il avec un sourire. Il y a des gens qui ne rêvent pas ?

— Non, ce n'est pas ce que je voulais dire. En fait, je voulais juste savoir si tu t'en souviens au réveil.

— Parfois. Je peux aussi m'en souvenir fortuitement dans la journée, quand une parole ou une image m'y fait penser. J'imagine que c'est le cas pour tout le monde, non ?

— Oui, bien sûr, répondit Rowenna tandis qu'il se détachait d'elle et quittait le lit.

Il s'empara de son peignoir posé sur une chaise et l'enfila d'un geste fluide.

— Je vais aller me chercher de l'eau, cette fois-ci. Tu en veux ?

— Oui, merci. J'ai un peu soif, moi aussi.

Elle l'écouta descendre l'escalier, le bruit de ses pas de plus en plus feutré à mesure qu'il approchait du rez-de-chaussée.

Bientôt, elle ne l'entendit plus.

Elle balaya la chambre du regard sans pouvoir se défaire d'un sentiment d'angoisse. Pourquoi avait-elle l'impression de ne pas être seule dans cette pièce ?

Bondissant hors du lit, elle ramassa le T-shirt de Jeremy abandonné en boule sur le parquet et se précipita vers l'escalier.

En bas, elle remarqua la lumière gris pâle qui essayait de se faufiler entre les rideaux du couloir de l'entrée et réalisa que le jour se levait.

C'était encore l'aube, mais néanmoins le jour se levait. Et elle en était infiniment soulagée. Un quart d'heure plus tard, Jeremy regardait Rowenna, attablée dans la cuisine, en train de boire à petites gorgées son café brûlant. Il s'inquiétait pour elle, et apparemment il n'était pas le seul dans ce cas.

Jeremy avait cru qu'il serait obligé de faire des pieds et des mains pour être tenu au courant de l'avancement de l'enquête, mais à sa grande surprise, Joe Brentwood l'avait appelé aux aurores, quelques minutes seulement après que Rowenna l'eut rejoint dans la cuisine. Et si Joe s'était étonné de le trouver debout à cette heure matinale, il n'en avait rien montré.

— Le médecin légiste va pratiquer l'autopsie du corps ce matin à la première heure, avait-il annoncé sans préambule. Laissez-moi vous donner l'adresse de la morgue… Il faut y être à 7 heures pétantes.

Après quoi il avait demandé à Jeremy de s'assurer de la sécurité de Rowenna, puis avait raccroché.

Malgré la nature tragique des événements qui les avaient rapprochés, Jeremy aimait passer du temps avec Rowenna. Mais elle n'avait vraiment pas sa place dans une salle d'autopsie. Cela n'avait rien à voir avec le fait qu'elle soit une femme. L'expérience lui avait prouvé que les médecins légistes féminins et les inspectrices de police supportaient aussi bien que leurs confrères masculins le spectacle d'un corps disséqué. Aussi bien, et parfois même mieux : il avait déjà vu de grands gaillards, virils à souhait, devenir verts et tourner de l'œil à la première incision du scalpel. Mais si lui-même avait assisté à nombre d'autopsies au cours de sa carrière, il y avait fort à parier que Rowenna n'ait jamais été confrontée à la mort dans ce qu'elle avait de plus clinique.

La vision de la victime, transformée en épouvantail et offerte à l'appétit des charognards dans le champs de maïs, avait déjà été un choc terrible pour elle. Inutile de lui imposer un nouveau traumatisme.

— Il faut que j'y aille, Rowenna. C'était Joe tout à l'heure au téléphone. Il m'a proposé d'assister à l'autopsie.

— Vraiment ? demanda-t-elle en esquissant un sourire. Je ne m'étais pas rendu compte qu'il t'avait à la bonne.

— Merci de me rappeler que ton ami a une piètre opinion de moi.

— Il fait preuve de prudence, voilà tout. Je suis sûre que Joe changera de comportement quand il te connaîtra mieux… C'est un bon flic, tu sais.

— Si tu le dis…

— Oui, je le dis. Au fond, Joe est quelqu'un de très généreux. Il a toujours fait attention aux autres. Il a seulement besoin d'un peu de temps pour accorder sa confiance… A ceux qui la méritent, bien entendu, ajouta-t-elle malicieusement.

— Bon, me voilà prévenu.

Il reprit son sérieux, tirant machinalement sur le cordon de son peignoir.

— Ecoute, Rowenna, j'aimerais que tu m'attendes ici. Ou du moins en ville. Ne rentre pas chez toi par tes propres moyens, d'accord ?

— Pas de problème. J'adore porter les mêmes vêtements deux jours de suite.

Pour toute réponse, Jeremy plongea les yeux dans les siens. Ils étaient tellement beaux… Leur couleur le fascinait. Ses cheveux d'encre, lisses et brillants bien qu'elle sortît du lit, mettaient en valeur leur teinte ambrée. Elle avait également des traits magnifiques, songea-t-il en caressant les contours de son visage du revers de la main. Un nez petit et droit, une bouche généreuse et bien dessinée, des pommettes hautes, des sourcils délicats à la courbe sensuelle…

— On pourrait aller chez toi plus tard dans la journée, qu'est-ce que tu en penses ? demanda-t-il enfin, sortant de sa torpeur amoureuse. Tu n'auras qu'à prendre quelques affaires pour t'installer ici le temps que durera cette enquête. C'est plus logique de dormir en ville, non ? Ça me rapprochera de Brad, et toi de Joe. Ça sera plus simple pour vos petites séances de… spiritisme ou de magie noire, je ne sais pas comment il faut appeler ça, ajouta-t-il en s'efforçant d'adopter un ton badin.

Elle rougit un peu et voulut détourner la tête, mais la main de Jeremy, qui caressait toujours son visage, l'en empêcha.

— Tout ce que je fais quand j'aide la police est fondé sur la logique, tu sais.

— Ben voyons, dit-il.

— Je ne plaisante pas, Jeremy. Je cherche toutes les informations disponibles sur la victime, et ensuite, je me glisse dans sa peau. J'essaie de comprendre ce qu'elle pensait, ce qu'elle ressentait. Je ne suis pas flic et je reconnais volontiers que mes méthodes n'ont rien d'académique. Je me contente de faire des remarques fondées sur ce que j'éprouve quand je me mets à la place de la victime. Il se trouve que ces remarques ont parfois permis, directement ou indirectement, d'élucider des crimes.

Jeremy hocha la tête, l'air toujours aussi sceptique.

— Puisque ça semble tellement te préoccuper, pourquoi n'irais-tu pas t'acheter de nouveaux vêtements pendant mon absence ? Ceci dit, je ne vois pas pourquoi tu as besoin de changer de jean.

Elle fit la grimace.

— Jeremy, je me suis mise à genoux dans la boue avec ce jean. Et puis, je ne sais pas ce qu'il en est pour les hommes, mais les femmes aiment bien changer tous les jours de sous-vêtements.

— Tous les jours ? Vraiment ? demanda-t-il avec un étonnement feint.

— Oui, figure-toi.

— Alors, va vite dévaliser les boutiques.

— C'est bien ce que j'ai l'intention de faire. D'autant que j'ai repéré de très belles tuniques wiccanes plus loin dans la rue, lança-t-elle pour le faire réagir.

— Je suis sûr que ça t'irait à merveille, répondit Jeremy, refusant de mordre à l'appât. Je vais monter prendre une douche, Rowenna. Je te dirai au revoir avant de partir, mais s'il te plaît, promets-moi de ne pas t'éloigner. Si tu vas faire des courses, privilégie le quartier et évite à tout prix les endroits déserts.

— Ne t'inquiète pas, je vais rester dans les parages. J'ai envie d'aller faire un tour à la bibliothèque, et j'irai peut-être visiter un musée. Passe-moi un coup de fil quand tu seras de retour à la maison, je ne serai pas loin.

*
* *

Elle prit sa douche juste après lui et le rejoignit, propre et habillée, alors qu'il était sur le point de sortir.

— Je meurs de faim, dit-elle. Je vais aller prendre un petit déjeuner.

Il lui tendit le double des clés qu'il s'apprêtait à laisser avec un mot sur la console du vestibule.

— Tu veux que je te dépose quelque part ? demanda-t-il.

Elle éclata de rire.

— Je sais encore me servir de mes jambes, tu sais ! Il suffit de marcher cinq minutes pour trouver tout ce qu'il faut, ici. Et puis il fait bon, dehors.

— Bon ? Tu veux dire qu'il fait un froid de canard.

— C'est ça que tu appelles un froid de canard ? Attendez que l'hiver arrive, cher monsieur. Vous n'avez encore rien vu.

— Je ne suis pas pressé de voir, dit Jeremy avant de la regarder un instant en silence.

Même avec son pantalon et ses bottes crottés, un pull tout simple et un blouson en jean, elle était l'élégance et la grâce incarnée.

Un dernier signe de la main, et il s'engouffra dans sa voiture.

Sans trop savoir pourquoi, Jeremy s'étonnait toujours de constater que les employés des morgues étaient des gens comme les autres. S'attendait-il à trouver des vampires ? Des êtres verdâtres errant en haillons dans des couloirs glacés ? La réceptionniste, en tout cas, était loin de correspondre à cette description. C'était une jeune femme souriante, au teint rose, qui semblait aussi à l'aise quand elle accueillait des vivants que lors de ses fréquentes incursions dans une pièce où reposaient des corps plus ou moins décomposés.

Elle accompagna Jeremy dans la salle d'autopsie et le présenta au Dr Albright — Harold pour les collègues —, l'un des huit médecins légistes qui travaillaient pour la brigade criminelle de Salem. Bien que Jeremy ne fût pas en retard, Harold Albright et son assistant avaient déjà commencé à travailler sur le corps de l'inconnue. Joe Brentwood se tenait légèrement en retrait, raide comme un piquet, les yeux rivés sur la table de métal.

C'était un long processus. Le corps avait d'abord été passé aux rayons X à son arrivée, ses vêtements retirés en vue d'analyse, et des échantillons sanguins étaient déjà entre les mains des laborantins.

Jeremy avait appris tout cela en écoutant le médecin légiste parler dans le micro qui pendait au-dessus du cadavre et servait à archiver son intervention. Selon lui, l'âge de la victime oscillait entre dix-sept et trente-trois ans. Elle mesurait à peine plus d'un mètre soixante et avait dû peser de son vivant dans les cinquante-cinq kilos. Elle avait eu la nuque brisée, probablement une blessure post mortem qui pouvait avoir été causée par le poids de son crâne, resté plusieurs jours penché vers l'avant à cause de la mise en scène imaginée par le tueur. De larges hématomes étaient visibles autour du cou, l'hypothèse la plus probable à ce stade de l'autopsie étant une mort par strangulation. Le pieu sur lequel elle avait été empalée, là encore sans doute après la mort, avait causé de sérieux dégâts qui restaient encore à déterminer. Les indices prélevés sur le corps comprenaient des matières organiques, telle que de la terre et de la végétation, des insectes nécrophages et d'autres substances indéterminées.

L'odeur de la décomposition était difficile à supporter, même dans cette pièce volontairement maintenue à basse température. Joe indiqua du doigt une table roulante poussée contre un mur, suggérant silencieusement à Jeremy de se munir d'un masque.

Il ne se fit pas prier.

Comme Joe, il ne pouvait s'empêcher de rester à une certaine distance des opérations, les bras croisés, faisant son possible pour ne pas imaginer que le corps étalé là comme de la viande avariée avait été, encore quelques jours plus tôt, une jeune femme qui respirait, riait, faisait des projets… Une femme en vie.

De nouvelles photos étaient prises, la lumière crue du flash figeant l'horreur sur la pellicule, mais Jeremy était certain que ces images n'étaient pas destinées à identifier la malheureuse.

Elle était bien trop défigurée pour ça.

Le meurtrier n'était que partiellement responsable de cette boucherie. Certes, il avait vraisemblablement tailladé sa bouche avec un couteau, mais les plus gros dégâts avaient été causés par les corbeaux et les insectes qui s'étaient nourris de son cadavre.

Elle avait eu des rapports sexuels juste avant sa mort, les contusions sur ses organes génitaux indiquant une forte probabilité de viol. Le Dr Albright estimait que la mort remontait à peu près à une semaine. Elle ne semblait pas avoir souffert de malnutrition ou de déshydratation avant son décès.

La voix du médecin légiste devint pour Jeremy un bourdonnement sourd tandis qu'il pratiquait l'incision en Y afin d'examiner les viscères abdominales et thoraciques. Le corps ainsi ouvert comme un sac de couchage avait presque perdu toute apparence humaine.

— Système cardiovasculaire : le cœur a un poids normal de 270 grammes… Artère coronaire droite dominante… Système respiratoire : les poumons sont normaux eux aussi, le gauche pesant 370 grammes et le droit 400 grammes… Système urinaire : les deux reins sont également normaux et similaires, le droit pesant 130 grammes et le gauche… Système hépato-biliaire : Le foie… Appareil gastro-intestinal : le pancréas… Système lymphatique : la rate…

Le bruit atroce de la petite scie circulaire qui ouvrait la boîte crânienne fit grimacer Jeremy.

— Système nerveux central : le cerveau de 1 300 grammes possède des méninges neutres…

Des échantillons de tissus furent prélevés pour analyses ultérieures. Jeremy savait que la larve trouvée par l'assistant dans la chair putréfiée aiderait à déterminer avec exactitude le moment de la mort.

Un léger ronronnement — à peine perceptible derrière le bruit de l'eau qui coulait en permanence pour nettoyer la table d'autopsie — lui fit tourner la tête. Sur une table non loin, un ordinateur venait de se mettre en marche. Son large écran présentait un crâne aveugle couvert de lambeaux de chair noirâtre ; le crâne de la femme autopsiée. Des lignes sombres le quadrillèrent bientôt, tandis que le logiciel commençait à reconstituer son visage. Elle était étendue à trois mètres de là, défigurée, la boîte crânienne et le corps ouverts, mais peu à peu un programme informatique lui redonnait vie.

Quelques minutes plus tard, alors que le médecin légiste s'écartait de la table pour laisser son assistant recoudre le cadavre, un être humain apparaissait sur l'écran.

Elle avait été belle.

Jeune et belle.

Mais pas aussi belle que Mary.

Ni, a fortiori, aussi sublime que Rowenna.

Pourtant, la victime avait été suffisamment séduisante pour attirer l'attention des hommes, et sans doute même des femmes. Au soulagement qu'il éprouva alors, Jeremy se rendit compte à quel point il avait craint de s'être trompé en affirmant qu'il ne s'agissait pas de Mary. Il s'approcha de l'écran et observa attentivement l'inconnue. Avec son visage mutin, un peu rond, on l'imaginait rieuse, joueuse, séductrice… En vie.

Il n'avait pas eu la nausée pendant que le Dr Albright ouvrait le ventre de la malheureuse, ni quand il lui avait retiré le cuir chevelu avant de scier sa boîte crânienne, ni même quand il avait écouté ses commentaires, ce qui, pour certaines personnes, pouvait être le plus difficile à supporter.

Mais voir son visage, voir à quoi elle ressemblait de son vivant…

Voir à quoi elle ressemblait la semaine dernière…

— C'est beau, la technologie moderne, pas vrai? dit Joe d'un ton lugubre.

La voix de l'inspecteur le sortit brusquement de ses pensées.

— J'imagine que son visage va être diffusé à la télé et dans les journaux dès ce soir, dit Jeremy.

Joe hocha la tête, l'air toujours aussi sombre.

— J'espère que vous êtes conscient qu'on en dit le moins possible aux journalistes?

— Je n'évoque jamais une affaire en cours avec la presse, répondit Jeremy.

Cette réponse parut satisfaire Joe.

— On n'a pas parlé de sa bouche tailladée, dit-il. J'ai aussi demandé à mes hommes de ne pas dire que le tueur avait transformé sa victime en épouvantail, mais il y a eu des fuites.

Jeremy le regarda droit dans les yeux.

— Elles ne viennent pas de moi.

Joe haussa les épaules.

— Je ne vous accuse de rien, Flynn. La vérité, c'est qu'il y avait trop de monde sur la scène du crime. Je savais bien que quelqu'un allait lâcher le morceau. C'était couru d'avance. Mais j'espère qu'on va pouvoir garder le secret sur la façon dont il lui a amoché la bouche. Ça doit avoir une signification, vous ne pensez pas?

— Oui, sans doute… Même si j'ignore laquelle.

— Venez, dit Joe. Sortons d'ici. Harold…

— Oui, oui, coupa le médecin légiste. Je t'appelle dans la seconde si je trouve quelque chose d'intéressant.

Il fit ensuite un signe de tête à Jeremy en guise d'au revoir.

— Merci d'avoir toléré ma présence, docteur, répondit celui-ci.

Harold Albright posa sur lui des yeux agrandis par ses lunettes loupe.

— Si vous voulez connaître le fond de ma pensée, c'est toujours bon d'avoir un regard extérieur sur une enquête. Surtout quand il s'agit de quelqu'un qui a votre expérience.

Joe posa une main amicale sur l'épaule de Jeremy alors qu'ils quittaient la salle d'autopsie, saluant au passage la sémillante réceptionniste.

Une fois dehors, il avala une grande goulée d'air frais et secoua la tête.

— Je n'arriverai jamais à m'habituer à l'odeur de la mort, dit-il.

— Personne ne devrait jamais s'y habituer, répondit Jeremy.

Joe le considéra un moment avec une espèce de curiosité avant de reprendre la parole.

— Harold refuse de porter un masque. Il dit que ça l'empêche de sentir le cyanure et d'autres trucs. Je crois qu'il aime bien son travail, vous savez. Découper un corps en rondelles ne lui fait ni chaud ni froid, mais il déteste que les cadavres ne parlent pas. Quand quelqu'un lui demande comment il peut faire ce métier, il répond qu'on y passera tous un jour, avant d'ajouter que tout le monde devrait avoir le droit de mourir dignement. Mouais…, ajouta-t-il avec une moue incertaine. Une mort digne… En théorie, je suppose que c'est ce qui attend la plupart d'entre nous.

Il s'interrompit et se massa pensivement le menton.

— Alors, vous avez une idée de qui a pu faire le coup ?

— Vous connaissez cette ville mieux que moi, répondit Jeremy.

— Et vous connaissez Brad Johnstone mieux que moi, répliqua Joe Brentwood.

— Vous ne pensez pas sérieusement que Brad a quelque chose à voir avec ce meurtre ou la disparition de sa femme ?

Un sourire sans joie apparut brièvement sur le visage de Joe.

— C'est la différence entre nous. Moi, je peux m'autoriser à envisager sa culpabilité. Je ne suis pas son ami.

Jeremy soupira.

— Brad est persuadé que c'est ce Damien qui a enlevé Mary. Vous savez, le voyant enturbanné qu'ils ont consulté ce jour-là. Je dirais qu'au point où nous en sommes, c'est une piste qui en vaut une autre. Brad affirme avoir vu des champs de maïs dans sa boule de cristal. Il dit aussi s'être senti menacé, comme si le type cherchait à lui faire comprendre qu'il avait un pouvoir de vie et de mort sur les gens... Je sais que c'est un peu confus, et même un peu dingue, mais je ne fais que vous rapporter ses propos.

Joe le considéra de nouveau avec cette même curiosité dans le regard.

— Et vous, Flynn, vous en pensez quoi, de tout ça ?

— Comme je vous l'ai dit, je pense que c'est une piste qui en vaut une autre. Et je pense surtout qu'il faut mettre la main sur ce charlatan pour tirer ça au clair.

— Ce charlatan, hein ? Alors vous ne pensez pas que M. Johnstone a vraiment vu des champs de maïs dans cette boule de cristal ?

Ce fut au tour de Jeremy de sonder Joe Brentwood du regard. N'était-il pas en train de le tester ?

— Peut-être les a-t-il vraiment vus, répondit-il. A vrai dire, je n'en sais rien. La seule chose dont je sois certain, c'est qu'un bon prestidigitateur peut vous faire prendre des vessies pour des lanternes. Il doit y avoir moyen de trafiquer une boule de cristal pour y faire défiler les images qu'on souhaite montrer à un client.

Brentwood regarda un instant le bout de ses chaussures avant de relever lentement la tête.

— Votre ami doit être terrifié à l'idée qu'on retrouve sa femme dans la même... posture.

— Rowenna est persuadée que Mary est vivante et elle le lui a dit. J'ai eu l'impression que Brad la croyait.

— Mais pas vous, n'est-ce pas ?

Jeremy écarta les bras dans un geste d'humeur.

— Je ne demande que ça, moi ! Mais comment pourrait-elle le savoir ?

Joe haussa les épaules.

— Franchement, je l'ignore. Mais le truc avec Rowenna, c'est que d'une manière ou d'une autre elle arrive souvent à savoir. En tout cas, dites à votre ami de rester là où on pourra facilement le trouver. Qu'il ne quitte surtout pas la ville, d'accord ? Mais j'imagine qu'il est inutile de lui demander ça, ajouta Joe avec son air de ne pas y toucher. M. Johnstone doit sûrement vouloir rester à Salem jusqu'à ce qu'on retrouve sa femme.

— Il l'aime, inspecteur.

Joe Brentwood fit une moue sceptique.

— Vraiment ? Ce n'est pourtant pas ce que pensent ses beaux-parents, dit-il avant de soupirer d'un air accablé. Il va d'ailleurs falloir que je les appelle, si je ne veux pas les voir se pointer dans mon bureau. Les parents des victimes veulent souvent aider, mais en général ils ne font que semer la pagaille. Le pire, c'est quand ils se mettent à s'épancher dans les journaux.

— Je peux les appeler, si vous voulez, proposa Jeremy. Je les connais un peu.

Joe leva les yeux vers le ciel. Un rayon de soleil se faufilait entre deux nuages couleur d'étain.

— Merci, mais je crois qu'il vaut mieux que je m'en charge moi-même. Ils semblent convaincus que votre ami est le pire des maris. Une sorte de bon à rien infidèle, doublé d'un meurtrier.

— Comme beaucoup d'autres couples, Brad et Mary ont connu des moments difficiles, expliqua pudiquement Jeremy.

— C'est ce que j'ai cru comprendre.

— Mais ils étaient en train de les surmonter. C'est d'ailleurs pour ça qu'ils sont venus à Salem. Pour prendre des vacances, se retrouver, recoller les morceaux.

— Rien de tel pour en finir avec les problèmes de mariage que de supprimer sa femme, dit Joe.

Jeremy maîtrisa son envie de l'envoyer paître. Il se força à parler d'une voix calme, contrant les insinuations de Joe par des arguments rationnels.

— Un homme qui aurait décidé de se débarrasser de sa femme ne commencerait pas par en massacrer une autre, inspecteur.

— Et pourquoi pas ? Ça pourrait être une manière de détourner l'attention. Brad Johnstone est policier, après tout. Il sait comment créer une fausse piste.

— Le médecin légiste a dit que l'inconnue était morte depuis environ une semaine, fit remarquer Jeremy.

— Oui, elle a dû être tuée quelques jours avant la disparition de Mary Johnstone.

— Justement, Brad n'était pas encore en Nouvelle-Angleterre quand cette pauvre fille a été étranglée. C'est aisément vérifiable.

— Et on est d'ailleurs en train de le vérifier, répondit Joe. S'il s'avérait que votre ami n'était pas dans la région de Salem au moment des faits, il est certain que ça le rayerait de la liste des suspects. Pour ce qui concerne ce meurtre, en tout cas.

— L'assassin doit être quelqu'un qui vit ici et qui connaît le coin par cœur ; les routes de campagne, les champs, et même les gens. Je parie que la victime n'était pas de Salem. Tout comme Mary... Pour moi, vous avez affaire à un type à la fois très malin et très bien organisé.

— Un psychopathe, murmura Joe.

— Plutôt un sociopathe, corrigea Jeremy. Et ce type est tout sauf un imbécile. Il savait qu'en mettant le corps de sa victime dans un champ de maïs en cette saison, on ne la retrouverait pas avant plusieurs jours. Le temps que son apparence se dégrade au point de rendre le travail d'identification beaucoup plus difficile.

— Vous pensez qu'il peut s'agir d'un agriculteur qui violerait et étranglerait des touristes entre deux tours de tracteur ? demanda Joe, un sourire dans la voix.

— Possible.

Sans raison particulière, Jeremy regarda de l'autre côté de la rue passante où se trouvait l'institut médico-légal.

Un couple du troisième âge marchait sur le trottoir opposé, main dans la main. La façon dont ils échangeaient des sourires, tendres et pudiques, lui serra le cœur. Bien sûr, ils avaient pu se rencontrer la veille au soir dans un bar. Mais ils se regardaient comme des gens ayant traversé côte à côte les joies et les épreuves de l'existence. Ces deux-là avaient dû élever des enfants, qui leur avaient donné des petits-enfants. Une joyeuse tribu qui mettait leur vie sens dessus dessous le temps d'une visite et ensoleillait leurs vieux jours. Pourtant, ils semblaient également heureux d'être entre eux, profitant de la retraite pour se promener sous le pâle soleil de novembre et admirer les couleurs poignantes du feuillage automnal.

Jeremy ne pouvait s'empêcher d'envier la paix qui émanait d'eux. Les sourires qu'ils s'offraient comme des cadeaux. Le plaisir qu'ils paraissaient prendre dans la compagnie de l'autre, et ce sentiment qu'ils donnaient d'être en accord avec eux-mêmes après une vie utile et bien remplie.

Le feu passa au vert et des dizaines de voitures s'élancèrent, lui masquant la vue. Quand il put de nouveau distinguer le trottoir d'en face, le couple âgé n'était plus là.

Quelqu'un d'autre se tenait à leur place.

Un garçon.

Un garçon d'une dizaine d'années, avec des mèches rebelles et un visage empreint de gravité.

Billy.

Il fixa Jeremy pendant quelques secondes avant de lui faire un signe de main. Un geste amical, et peut-être même de réconfort.

Un bus passa dans la rue, dissimulant le garçon derrière sa carrosserie bariolée.

L'instant d'après, le bus était parti.

L'enfant aussi.

9.

Ayant vécu presque toute sa vie à Salem, Rowenna connaissait tous les endroits où l'on pouvait prendre un petit déjeuner digne de ce nom.

Pourtant, elle opta une fois de plus pour Red's, qui avait l'avantage d'être fréquenté par nombre de ses connaissances. D'ailleurs, Adam et Eve ne tardèrent pas à faire leur apparition.

Elle ne put retenir un sourire en les voyant franchir la porte du restaurant. Beaucoup de gens s'imaginaient que les wiccans ne s'habillaient que de longues capes noires. Bien sûr, ça leur arrivait, mais ce n'était pas une obligation. Aujourd'hui, Eve était tout d'argent vêtue : bracelets en argent au poignet, cornes d'abondance argentées aux oreilles, son cher pentacle et divers colliers en argent délicatement enchevêtrés autour du cou. Elle portait une longue jupe en laine d'un vert profond et un twin-set assorti.

Quant à Adam, il avait enfilé un simple jean et une chemise en flanelle.

Rowenna s'était déjà levée pour leur faire signe, mais elle se ravisa soudain.

Ils étaient en train de se disputer.

Elle vit clairement Adam presser les lèvres l'une contre l'autre quand la serveuse vint leur proposer une table, comme s'il retenait à grand-peine une réplique cinglante. Lorsqu'ils se furent assis et qu'Adam s'empara du menu, Rowenna crut que l'orage était passé et qu'elle pouvait aller les saluer sans risque. Mais alors qu'elle se levait pour la seconde fois, elle vit Eve se pencher vers son mari et lui dire quelque chose à voix basse. A en juger par son expression presque haineuse, les hostilités étaient loin d'être finies. Adam répondit avec la même discrétion, mais son visage trahissait également une grande colère.

Mal à l'aise, Rowenna se plongea dans le journal gratuit qu'elle avait ramassé à l'entrée du restaurant. Il s'agissait d'une publication locale qui s'intéressait aux lieux dignes d'intérêt situés à Salem et ses environs. Mais le journal aurait aussi bien pu traiter des cours du porc ou n'être qu'une collection d'annonces de rencontre, cela n'aurait fait aucune différence pour Rowenna. Parce qu'elle feignait de lire, ne paraissant pas voir que deux de ses bons amis se disputaient violemment à quelques mètres d'elle. Sans doute prenaient-ils sur eux pour se contenir et ne pas élever la voix, conscients que Salem était une petite ville où tout se savait. Mais Rowenna les connaissait suffisamment pour voir qu'ils étaient furieux l'un contre l'autre.

Une serveuse vint prendre sa commande et elle demanda du café, une orange pressée et une omelette nature. Quelques minutes plus tard, alors qu'elle avait enfin réussi à détacher son regard de la table où Adam et Eve se disputaient, Rowenna tomba sur un article qui retint son attention. Le journaliste s'était intéressé au Château de Hammond et à l'homme qui l'avait construit : John Hays Hammond Junior. Une légende locale prétendait que les lieux étaient hantés par des cadavres sur lesquels Hammond avait pratiqué — à l'instar du Dr Frankenstein — d'étranges expériences. Hammond avait été un célèbre inventeur, mondialement connu comme « le père de la télécommande ». A en croire l'auteur de l'article, nul n'avait jamais pu savoir avec certitude s'il s'était vraiment livré à des expériences sur des êtres humains.

— Bonjour.

Rowenna était tellement absorbée par son article qu'elle sursauta en entendant la voix d'Eve à quelques centimètres de son oreille. Elle leva les yeux et vit son amie qui lui souriait gentiment, comme s'il n'y avait pas un seul nuage dans son ciel.

— Tiens ! Salut, toi.

— Tu es là depuis longtemps ? demanda Eve.

— Ça doit faire dix minutes. Enfin, je crois… J'étais perdue dans ma lecture.

Après tout, il ne s'agissait que d'un demi-mensonge.

— Ça te dirait de nous rejoindre ? proposa Eve. On est assis à une table de quatre, juste là, ajouta-t-elle en pointant le doigt vers son mari qui agita la main sans enthousiasme. Prends ta tasse de café, préviens la serveuse et viens t'asseoir avec nous.

— Très bonne idée, dit Rowenna en essayant de dissimuler son malaise.

De toute façon, elle n'avait pas le choix. Qu'aurait-elle pu dire pour refuser l'invitation ? « Désolée, mais ça m'embête de m'asseoir en compagnie d'un couple qui vient juste de se traiter de tous les noms » ? Elle composa donc un sourire qu'elle espérait naturel et suivit Eve jusqu'à sa table.

— Salut, Rowenna, dit Adam en se levant de sa chaise.

— Salut, Adam, répondit-elle avant de rendre le baiser qu'elle venait de recevoir.

Au même moment, la serveuse arriva avec leur commande. Ils s'assirent tous les trois pour lui permettre de disposer la nourriture sur la table.

— Qu'est-ce que tu lis ? demanda Adam qui venait de remarquer le magazine qu'elle tenait à la main.

— Un article sur le Château de Hammond. Tu savais qu'on le dit hanté ?

— Bien sûr qu'il l'est, affirma Eve.

— Hammond a pratiqué des expériences sur des corps humains, renchérit Adam.

— Oublie ça, dit sombrement Eve. On a déjà assez de notre propre cadavre.

— Le corps de cette femme n'est pas notre cadavre, répliqua Adam avec humeur.

Eve fusilla son mari du regard, puis se tourna vers Rowenna.

— Quand je pense que c'est toi qui as découvert cette pauvre femme, murmura-t-elle avec une grimace horrifiée.

Génial… La nouvelle était déjà parvenue jusqu'à eux. Rowenna se demanda si désormais les gens ne penseraient plus qu'à ça en la voyant : « Regarde ! C'est elle qui a trouvé l'épouvantail humain dans le champ de maïs. »

— Comment sais-tu que c'est moi ?

— Tu ne regardes pas la télé ? demanda Eve.

— Tu ne lis pas les journaux ? renchérit Adam.

— Tu n'as pas ce truc moderne qu'on appelle internet ? insista Eve.

— Alors tout le monde est au courant ? demanda-t-elle avec une moue accablée.

Adam hocha la tête tandis qu'Eve posait la main sur celle de son amie.

— Ça a dû être affreux, dit-elle, l'air dégoûtée comme si le corps en décomposition se trouvait là, devant elle.

— Oui, répondit pudiquement Rowenna. Je crois que cette vision me hantera jusqu'à la fin de mes jours.

Adam se rapprocha d'elle et jeta un rapide coup d'œil alentour pour s'assurer que personne ne les écoutait.

— Il l'a vraiment empalée sur un piquet, les bras cloués sur une planche, avant de la déguiser comme un épouvantail et de l'abandonner en plein champ ?

Rowenna posa les yeux sur son omelette encore intacte et repoussa l'assiette, le ventre noué.

— Oui, dit-elle simplement.

— Tu penses qu'il s'agit d'une sorte de sacrifice humain ? demanda encore Adam. Un meurtre rituel ?

Rowenna haussa les épaules.

— Qu'est-ce que j'en sais ? Pour moi, c'est juste un fou dangereux qui s'est acharné sur une pauvre fille... Ecoutez, j'ai vécu un moment très dur dans ce champ, et je n'ai pas envie de remuer le couteau dans la plaie, vous comprenez ?

— Tu as raison, dit aussitôt Adam. Excuse-nous.

— J'espère simplement que ce taré ne séquestre pas Mary Johnstone, ajouta Eve en regardant Rowenna droit dans les yeux.

Son amie avait-elle prononcé ces mots d'une voix étrangement tendue ? Ou était-ce le souvenir tout frais de la scène d'horreur qui la poussait à s'imaginer des choses ? A moins que Eve ne soit encore troublée par la dispute qu'elle venait d'avoir avec son mari.

D'ailleurs, Adam se tordait nerveusement les mains et soufflait de temps à autre, comme oppressé.

— Oui, espérons, murmura-t-il.

— Quelque chose ne va pas ? demanda Rowenna.

— Tout va bien, tout va bien, répéta Adam, l'esprit visiblement ailleurs. Et ton ami, il n'est pas avec toi ?

— Jeremy ?

— Pourquoi, tu les collectionnes, en ce moment ? plaisanta Eve, sans doute pour essayer de détendre l'atmosphère.

— Il... Il avait des choses à faire, éluda Rowenna. Il essaie d'aider Brad. Ils ont longtemps fait équipe dans la police de Jacksonville.

— La police technique et scientifique, précisa Adam. On a un peu discuté, Brad et moi. Je l'ai trouvé sympathique.

— Sa femme aussi, tu l'as trouvée sympathique, intervint Eve d'un ton légèrement acide.

— J'espère de tout cœur qu'on la retrouvera, reprit Adam, ignorant ce qui avait tout l'air d'être un accès de jalousie. Mary était jolie et vraiment gentille, ce qui ne va pas toujours de pair. Et puis, elle avait une façon si gracieuse de se déplacer... On a tout de suite vu qu'elle était danseuse.

— Il ne faut pas parler d'elle au passé, Adam, objecta Rowenna, une boule dans la gorge.

— Non, bien sûr, dit-il aussitôt. Il faut garder espoir.

— Tu penses vraiment qu'il y a une chance qu'on la retrouve vivante ? demanda Eve.

Malgré la remarque acerbe qu'elle avait faite un instant plus tôt, elle paraissait sincèrement inquiète du sort de Mary. Comme toutes les femmes, Eve pouvait être jalouse, songea Rowenna. Mais jamais elle ne souhaiterait de mal à quiconque.

— Oui, j'en suis intimement convaincue, répondit-elle.

— Une intuition ? demanda Adam.

Rowenna se contenta de hausser les épaules.

— Tu as toujours de bonnes intuitions, fit remarquer Eve.

— Dis-moi, comment se fait-il que tu sois en ville de si bon matin ? demanda Adam avec une bonne humeur forcée.

De fait, sa présence à Salem à cette heure de la matinée était assez inhabituelle, mais elle préféra botter en touche. Elle se moquait que les gens sachent qu'elle passait ses nuits avec Jeremy Flynn, mais elle ne voyait pas l'intérêt de le crier sur les toits.

— J'avais envie d'aller faire un tour à la bibliothèque, répondit-elle en se levant. Je crois que je vais me balader un peu en attendant qu'elle ouvre.

— Tu n'as pas touché à ton petit déjeuner, fit remarquer Adam.

Non, en effet. Mais à quoi bon les culpabiliser en leur disant ce qui lui avait coupé l'appétit ?

— Je n'avais pas faim, répondit-elle. Je crois qu'il est encore un peu tôt pour moi. Au fait, je compte passer à la boutique à un moment ou un autre. Alors je vous dis à tout à l'heure.

Un dernier sourire, et Rowenna s'éloigna en direction de la caisse où elle régla les trois petits déjeuners.

Une fois dans la rue, elle resta un moment immobile, les yeux fermés, le visage exposé aux rayons du soleil. Il était monté plus haut dans le ciel, et elle se sentit revigorée par sa chaleur et par le bon air frais qui gonflait ses poumons. C'était une belle journée.

Elle se dirigea vers le Peabody Essex Museum, qui ouvrait tôt ses portes, et y passa un moment à s'intéresser à divers aspects de l'histoire et de la culture de la Nouvelle-Angleterre. La salle de lecture était bien fournie en ouvrages de toutes sortes, mais alors qu'elle refermait un livre sur l'art américain indigène, Rowenna sentit l'impatience monter en elle. Qu'était-elle donc venue chercher ? Quelque chose qu'elle n'avait pas trouvé ici, en tout cas, songea-t-elle en quittant le musée.

Quelques minutes plus tard, elle s'arrêta dans une brûlerie de café et commanda un expresso, puis partit flâner dans les rues tandis que l'article sur le Château de Hammond lui revenait à l'esprit. De là, elle se mit à songer aux légendes de la région.

Comme celle du Moissonneur.

Reposait-elle sur un fond de vérité ?

Elle n'était pas certaine de désirer le savoir.

Elle décida de faire un saut au Eastern Massachusetts Museum of History, un petit musée privé plus connu localement sous le nom de musée de l'Histoire.

Elle pressa le pas le long de la zone commerciale piétonne et bifurqua dans une rue perpendiculaire où se trouvait le musée. A peine s'y était-elle engagée qu'elle aperçut la grande enseigne qui proclamait : « L'Histoire ! Juste l'Histoire et rien de plus ! »

Curieusement, le propriétaire des lieux était un homme d'affaires qui vivait à l'autre bout du pays. Mais le musée était bien géré grâce son directeur — Daniel, un ami de Rowenna — qui avait engagé une équipe accueillante et compétente. Qu'ils soient employés à plein temps ou à mi-temps, tous aimaient la ville et la connaissaient comme leur poche. Si l'on s'intéressait à l'histoire et aux légendes de Salem, c'était là qu'il fallait se rendre.

Elle fut déçue d'apprendre que Daniel n'était pas encore arrivé. En revanche, June Eagle — étudiante en premier cycle à l'Université de Salem — était assise derrière le guichet, le nez dans un magazine à scandale.

— Salut, Rowenna, dit-elle en abandonnant l'article sur les dernières frasques de Britney Spears.

Elle quitta sa chaise et contourna le petit bureau pour venir embrasser Rowenna.

— Alors, il paraît que tu es notre Reine des moissons, cette année? lança-t-elle, les yeux brillant d'excitation.

— Ils ont dû se dire que je serais trop vieille et décatie s'ils attendaient une année de plus pour me nommer!

— N'importe quoi! La vérité, c'est que tu es vraiment la reine de Salem et qu'il était temps de l'officialiser, répondit June. Alors, qu'est-ce qui nous vaut l'honneur de ta visite?

Mais son sourire se fana brusquement.

— Oh, je sais... C'est à cause de ce corps abandonné dans un champ de maïs. J'ai vu aux infos que c'est toi qui l'as découvert. Mon Dieu, Rowenna, ça a dû être terrible... Je n'arrive pas à croire que quelque chose comme ça puisse arriver à un quart d'heure du centre historique de Salem. Dans la périphérie de Boston, je ne dis pas, mais ici...

— Il n'y a pas de champs de maïs dans la périphérie de Boston, fit remarquer Rowenna.

— Je dois reconnaître que cette histoire me fiche la pétoche, dit June en se mordant le bout des doigts avec une grimace effrayée. Alors, dis-moi... Qu'est-ce que je peux faire pour toi?

— J'aimerais avoir des renseignements sur de vieilles légendes. En particulier sur celle du Moissonneur.

— D'accord. Attends-moi ici, je vais aller te chercher la clé de la bibliothèque.

Rowenna avait conscience d'être une privilégiée. Rares étaient ceux qui se voyaient confier les clés de cette bibliothèque.

June revint quelques secondes plus tard avec le précieux sésame.

— N'hésite pas à venir me voir si tu as besoin de quoi que ce soit, dit-elle en lui tendant la clé. On n'a pas grand monde le matin, à cette période de l'année. Les gens semblent préférer venir plus tard, souvent en début d'après-midi. Je devrais en profiter pour potasser mes cours de littérature ancienne, mais je n'ai pas l'esprit à ça. Tu me trouveras ici, en train de m'extasier devant des stars qui font leurs courses au supermarché.

— Ça, c'est excitant ! s'exclama Rowenna avant de partir en direction de la bibliothèque.

Comme dans beaucoup de petits musées de la région, les différentes sections étaient séparées par des cloisons modulaires et de lourds rideaux. La bibliothèque se trouvant tout au fond, Rowenna prit son temps pour s'y rendre, ravie de pouvoir jeter un œil aux expositions permanentes.

La première salle était consacrée à l'implantation des premiers colons puritains sur leur nouvelle terre. Sur un tableau, on les voyait construire une ville sous l'œil méfiant de la population autochtone, qui connaissait alors la région sous le nom de Naumkeag. Et si le premier Thanksgiving fut pour les colons l'occasion de fraterniser avec les Indiens à Plymouth, les relations entre les puritains anglais et les peuples indigènes ne restèrent pas toujours aussi pacifiques, loin s'en faut. Les colonies autour de Salem venaient d'être construites quand les nouveaux arrivants commencèrent à réaliser qu'il existait un grand nombre de tribus distinctes, et que certaines étaient ouvertement belliqueuses. Pour la plupart des colons, les Indiens n'étaient que d'infâmes mécréants, de véritables suppôts du diable. Et plus que tout au monde, ils craignaient le pouvoir de Satan.

Rowenna passa à la salle suivante, qui retraçait l'histoire des fameux procès en sorcellerie de Salem, mais aussi la situation à la même époque en Europe et dans le reste du monde chrétien. Le commerce avec le diable était partout hors-la-loi, mais il n'était pas nécessaire de s'adonner à des rites occultes pour être condamné. Tout était prétexte à accusation : la peur de l'étranger, de celle ou celui qui vivait autrement, la jalousie, l'envie de s'approprier le bien d'autrui… Aux quatre coins du monde, par aveuglement ou volonté de nuire, on désignait son voisin aux autorités et à la vindicte populaire. Il était difficile de comprendre aujourd'hui comment des nations entières avaient pu succomber à une véritable hystérie collective, torturant et massacrant à tour de bras au nom de Dieu et de la rédemption. Pourtant, l'histoire de la ville où était née Rowenna suffisait à prouver que cela pouvait arriver.

A mi-chemin de la bibliothèque, elle trouva ce qu'elle cherchait depuis ce matin sans parvenir à le formuler : les conséquences du fameux procès. Une petite salle était exclusivement consacrée à ce thème.

L'exposition commençait par une série de tableaux accompagnés d'explications sur la façon dont le scandale avait pris fin. L'accusation contre la femme du gouverneur marqua un tournant dans cette triste affaire, plusieurs enquêteurs ne pouvant souscrire à cette nouvelle mise en cause trop évidemment fantaisiste. Cette salutaire prise de conscience des autorités avait peut-être aussi coïncidé avec celle de la population, finalement écœurée de voir mourir tant d'honnêtes gens. Mais ensuite, alors que prenait fin la chasse aux sorcières, de nouvelles peurs se firent jour.

Et le Moissonneur arriva.

Rowenna avait parcouru ce musée à de nombreuses reprises, mais c'était la première fois qu'elle s'arrêtait devant la section consacrée au Moissonneur pour l'étudier en détail. L'être légendaire portait une large cape qui flottait au vent et une couronne de feuilles d'automne. Bien qu'humain, il était plus grand et plus fort que la moyenne. Œuvre d'un peintre local, un tableau du début XVIIIe siècle était accroché dans la vitrine d'exposition, juste à gauche du mannequin. L'artiste y avait représenté le Moissonneur avec une cape décorée de feuilles rouges et dorées, assorties à celles qui formaient sa couronne. Il se tenait debout au milieu d'un champ, les bras levés vers le ciel.

Un champ de maïs.

Ses tiges vertes au feuillage luxuriant promettaient une abondante récolte, et de la nourriture pour tous durant l'hiver qui approchait déjà.

Autour du personnage central, sous le voile de la brume, des femmes et des adolescentes aux visages inquiets couvraient avec leurs mains leur pâle nudité. Toutes avaient de longs cheveux défaits et des couronnes de feuilles semblables à celle du Moissonneur.

Sur un autre tableau, on le voyait avec cette même cape ocre brun et les feuilles tressées qui lui ceignaient le front. Mais cette fois-ci, une femme se prosternait à ses pieds, le visage implorant. Une faux dans la main droite du Moissonneur achevait de donner à la scène son caractère inquiétant. Une récolte abondante était synonyme de prospérité pour la population, mais sur ce tableau, le Moissonneur semblait exiger que le sang soit versé en échange des bienfaits de la terre. Il s'agissait là d'une vieille croyance que l'on retrouvait tout au long de l'histoire païenne.

Rowenna s'arrêta ensuite devant un des panneaux explicatifs. Juste avant 1730, disait le texte, Salem et ses environs connurent plusieurs hivers particulièrement rigoureux. Beaucoup de parents ne parvenaient plus à nourrir leurs enfants. Plusieurs de ces filles et garçons affamés disparurent, accréditant l'idée que le Moissonneur venait nuitamment réclamer son dû.

Elle poursuivit sa visite, se frottant les bras pour se réchauffer. La température semblait avoir brutalement chuté dans le musée.

Les mannequins de cire de la salle suivante — une des dernières avant la bibliothèque — avaient été modelés en s'inspirant de personnages réels : des meurtriers tristement célèbres qui, tout comme le Moissonneur, avaient marqué de leur cruauté l'histoire de la région.

Le premier portait une cuirasse et un casque qui dataient du milieu du XVIIIe siècle. Il s'agissait d'Andrew Cunningham, jugé et condamné pour les meurtres et viols de plusieurs jeunes femmes, mais qui s'était volatilisé avant son exécution. A côté de lui se trouvait Victor Milton, un autre criminel dont les yeux criants de vérité firent frissonner Rowenna. Vêtu de l'uniforme des Roger's Raiders, une division britannique qui avait combattu durant la guerre d'indépendance, Milton avait lui aussi été soupçonné de meurtre, mais jamais appréhendé. Bien sûr, son appartenance à l'armée ennemie était peut-être à l'origine des accusations dont il avait été l'objet. La cupidité, la haine de l'étranger et la convoitise n'avaient-elles pas poussé les habitants de Salem, quelques dizaines d'années plus tôt, à voir des sorciers et des sorcières à tous les coins de rue ?

Il y avait deux autres personnages en cire dans la salle. L'un, officier de l'Union durant la guerre de Sécession, portait l'habit de cérémonie de la marine. Son nom était David Fine. Lorsque son unité avait quitté la région de Salem, on avait retrouvé dans la forêt les corps en décomposition de trois jeunes filles. Le dernier mannequin arborait pour sa part un costume presque contemporain. Il s'appelait Hank Brisbin et avait été condamné à la potence dans les années 1920. Avant de mourir, il avait annoncé qu'il était déjà sur terre depuis des centaines d'années et qu'il vivrait éternellement.

Le nœud coulant l'avait fait taire.

— Tu as peur que ça recommence, n'est-ce pas ?

Rowenna était tellement absorbée par ce qu'elle regardait que la voix du nouveau venu lui arracha un cri.

— Oh, Rowenna ! Je suis désolé… Je ne voulais pas te faire peur.

C'était son ami Daniel.

— Dan ! s'écria-t-elle, la main posée sur son cœur affolé. Ne me fais plus jamais un coup pareil !

Il semblait si penaud qu'elle se mit bientôt à rire.

— C'est moi qui suis désolée, dit-elle en allant l'embrasser. Je crois que je suis juste… un peu sur les nerfs. Je suppose que toute la ville est dans le même état.

Il la regarda avec un sourire contrit.

— Je croyais que tu m'avais entendu arriver.

— Ce n'est pas ta faute, je te dis. J'étais dans mes pensées, voilà tout.

— Ces bonshommes font froid dans le dos, pas vrai ? dit-il avant de lâcher un soupir. Alors, la police n'a toujours pas identifié cette pauvre femme ?

— Pas que je sache, en tout cas.

Il secoua la tête, l'air attristé.

— C'est vraiment affreux. Même s'il faut sans doute se réjouir qu'il ne s'agisse pas de Mary Johnstone.

— Tu l'as rencontrée, n'est-ce pas ?

— Oui, avec son mari. C'est même moi qui leur ai conseillé de se faire prédire l'avenir par ce Damien et de visiter le cimetière. Tu te rends compte ? Je ne peux pas m'empêcher de m'en vouloir.

— Dan… Tu n'es pour rien dans ce qui est arrivé !

— Je sais, je sais… Mais je n'arrête pas de songer à cette journée. Si seulement on pouvait revenir en arrière… Je leur conseillerais un tout autre parcours, qui passerait bien au large de ce maudit cimetière. Ils étaient tellement sympathiques, tous les deux ! Ils ne sont pas arrivés ici en demandant à voir des ossements de sorcières ou l'écorce d'un arbre ayant servi de potence. Tu vois, ils n'étaient pas comme tous ces touristes qui se croient obligés de se comporter comme des crétins sous prétexte que c'est Halloween.

— Je comprends, dit doucement Rowenna.

— C'est juste que… J'ai peur qu'on ne la retrouve jamais, tu comprends ? Ou alors…

Il préféra laisser sa phrase en suspens. De toute façon, Rowenna savait parfaitement à quoi il pensait.

— June m'a dit que tu avais la clé de la bibliothèque, reprit-il en l'interrogeant du regard.

— J'essaie d'en apprendre plus sur les légendes du passé. En particulier sur le Moissonneur.

Un sourire un peu moqueur se dessina sur les lèvres de Daniel.

— Quoi ? Tu ne crois tout de même pas que le Moissonneur a vraiment existé et qu'il vient de surgir du passé ?

— Non, bien sûr que non, dit-elle aussitôt.

Pourquoi un tel empressement à le détromper ? se demanda-t-elle. Qui essayait-elle vraiment de convaincre ?

— Alors, quoi ?

— Je me demande si on n'a pas affaire à un dingue qui se prend pour le Moissonneur. Un type comme lui, par exemple, dit-elle en désignant le mannequin de Hank Brisbin. Il a proclamé qu'il était immortel alors même qu'il avait la corde au cou.

Daniel éclata de rire.

— Oui, et le bourreau lui a prouvé le contraire.

— N'empêche qu'il se croyait littéralement surhumain. Ce que je veux dire, c'est que le monde est plein de tarés.

Elle détourna brusquement la tête, comme si la vue de Brisbin lui était devenue insupportable.

— De toute façon, c'est juste une hypothèse, ajouta-t-elle avec un faible sourire.

— Qui sait ? Tu as peut-être raison. Même si c'est plutôt inquiétant d'imaginer qu'un fou se promène en liberté dans le coin.

Il s'interrompit un instant, sourcils froncés.

— Evidemment qu'un fou se promène en liberté dans le coin, rectifia-t-il. Il faut forcément être dérangé pour tuer une femme et la transformer en épouvantail, tu ne crois pas ?

Rowenna acquiesça d'un soupir et d'un petit signe de tête.

— Bien sûr, dit encore Daniel, on peut aussi imaginer qu'il s'agit d'un crime tout ce qu'il y a de plus banal — un crime passionnel, par exemple — déguisé par l'assassin en espèce de rite sacrificiel pour mettre les flics sur une fausse piste.

— Pardon, mais ça me semble un peu tiré par les cheveux, dit Rowenna. Et puis si tu penses à Brad…

— Non, non, je ne pensais pas à lui, l'interrompit Daniel. D'ailleurs, la victime n'est pas Mary Johnstone, Dieu merci. Mais à propos de sa femme, peut-être — je dis bien peut-être — qu'elle n'a pas été enlevée.

— Tu insinues qu'elle aurait pris la poudre d'escampette pour se venger de son mari infidèle ?

Il haussa les épaules.

— Ce n'est pas la première fois que ça arriverait.

Rowenna secoua la tête, pas du tout convaincue par cette explication.

— Mary est mariée avec un policier. Elle sait mieux que quiconque que ce genre de revanche peut vous valoir de gros ennuis avec la justice.

— De quoi pourrait-on l'accuser ? répliqua Daniel. Elle est adulte, que je sache. Elle a le droit de disparaître si ça lui chante.

— Pas quand toutes les polices de la Nouvelle-Angleterre sont à sa recherche. Je suis presque sûre qu'on pourrait lui reprocher de ne pas s'être manifestée, d'avoir laissé les autorités perdre du temps et de l'argent à essayer de la retrouver. Elle risquerait d'être contrainte de rembourser les sommes dépensées, ou un truc de ce genre. Mais au fond, ce n'est pas ce qui me fait dire qu'elle n'a pas organisé sa propre disparition. Je ne sais pas si tu es au courant, Daniel, mais on a retrouvé son portable et son sac à main sur une tombe. Ni sa carte de crédit ni son argent n'avaient disparu. Et son passeport était aussi à l'intérieur. Et puis, même si je ne l'ai jamais rencontrée, des gens dignes de foi me l'ont décrite comme une femme honnête qui aimait son mari et avait une fabuleuse carrière de danseuse. Pourquoi se serait-elle enfuie ?

— Tu as sans doute raison. D'ailleurs, leur vie privée ne me regarde pas. J'espère seulement que la police la retrouvera avant que… J'espère qu'on la retrouvera saine et sauve.

— Moi aussi, murmura Rowenna.

Un sourire éclaira soudain le visage de Daniel.

— Au fait, il paraît que tu as rencontré quelqu'un ?

Elle rougit, prise au dépourvu. Elle ne s'attendait pas à ce qu'il aborde ce sujet, surtout au sortir d'une conversation sur un sujet aussi grave que la disparition de Mary Johnstone.

— Eh bien… Je vois que les nouvelles vont vite. C'est quelqu'un avec qui j'ai travaillé à La Nouvelle-Orléans. Il est détective privé.

— Il t'a engagée pour que tu l'aides dans une enquête ? demanda Daniel, visiblement excité à cette idée.

— Non, non. Il était là pour recueillir des fonds au bénéfice d'une association caritative ; un foyer destiné aux orphelins et aux enfants maltraités. On se retrouvait tous les jours de la semaine pour un débat à la radio. Tu sais, un de ces face-à-face avec des intervenants aux positions diamétralement opposées et des échanges un peu vifs. Les auditeurs adorent ça. Jeremy avait trouvé ce moyen pour attirer l'attention sur l'association et récolter des dons.

Daniel éclata de rire.

— Alors, si je comprends bien, vous vous disputiez la journée avant de vous réconcilier le soir sur l'oreiller !

— On peut dire ça, répondit Rowenna en rougissant de nouveau.

— Et Joe n'a rien trouvé à y redire ?

— Joe est le premier à me répéter que je dois tourner la page et avoir de nouveau une vie sentimentale.

— N'empêche que ça doit lui faire drôle de te voir avec un autre homme. Tu ne crois pas qu'il en souffre quand même un peu ?

— Je ne sais pas… Mais Joe est mon ami et je ne compte pas

l'éviter. Et puis, pour tout te dire, je m'inquiétais surtout de son aversion pour les détectives privés. Mais après des débuts un peu tendus, Jeremy et Joe semblent plutôt bien s'entendre.

— Tant mieux, dit Daniel. Je suis heureux pour toi.

— Merci, mais tout ça est très récent, tu sais. On est encore loin de faire des projets, Jeremy et moi. Pour l'instant, je vis cette histoire au jour le jour en essayant de ne pas trop songer à l'avenir. On verra bien où tout ça nous mènera..., ajouta-t-elle avec un petit haussement d'épaules.

— Sait-on jamais de quoi demain sera fait ? dit Daniel en levant comiquement les mains et les yeux au ciel.

— Je n'ai aucune certitude pour demain, répliqua Rowenna en riant, mais je peux te dire que maintenant, je vais aller faire un tour dans ta bibliothèque. Tu viens avec moi ?

— Avec plaisir. J'ouvre la marche.

Ils traversèrent une salle dédiée à la Nouvelle-Angleterre au temps des baleiniers et des vaisseaux à voile, laissèrent sur leur droite une salle à la gloire des pirates, puis une autre où l'on apprenait tout sur Laurie Cabot, gloire locale qui avait non seulement popularisé une version contemporaine de la Wicca à Salem, mais était aussi grandement responsable de l'essor touristique de la ville, aujourd'hui si nécessaire à l'économie de toute la région.

Enfin ils arrivèrent à la bibliothèque, où seuls les enseignants et quelques étudiants triés sur le volet avaient accès. Rowenna savait que c'était le refuge de Daniel, l'endroit qu'il préférait dans le musée. Autant il laissait volontiers les membres de son équipe s'occuper des expositions temporaires — ils étaient beaucoup plus créatifs que lui, avait-il dit une fois à Rowenna —, autant la bibliothèque était son domaine réservé. Grand consommateur de livres, il venait à ses moments perdus puiser dans sa propre collection, rangée sur plusieurs étagères dans un angle de la pièce.

Au lieu de s'intéresser aux nombreux ouvrages savants, aux volumes anciens et aux manuscrits qui constituaient l'âme et la raison d'être de ce lieu, Rowenna se surprit en train de survoler du regard les livres de Daniel. Peut-être pourrait-elle en emprunter un pour avoir quelque chose à lire plus tard, quand elle en aurait terminé avec les courses qu'elle comptait faire aujourd'hui.

Elle n'avait aucune envie de se retrouver seule dans la maison louée par Jeremy sans quelque chose pour la distraire de ses peurs et de ses sombres pensées.

— Tu adores les bouquins, dit-elle.

— Oui, répondit joyeusement Daniel. J'aime tout lire.

Il suffisait de regarder sa collection pour s'en convaincre. Deux étagères étaient consacrées aux classiques, de Dickens à Shakespeare en passant par Poe et Defoe, et bien d'autres encore. Venait ensuite la littérature contemporaine, divisée par genres et rangée par ordre alphabétique : fantastique et science-fiction, polars et thrillers, épouvante, etc. Rowenna fut surprise de voir qu'il avait même une étagère réservée aux romans d'amour et à la littérature érotique.

— Interdit de rire, dit-il.

Elle ne rit pas, mais ne put retenir un sourire.

— Un bon livre est un bon livre, dit-elle.

— Je lis ça pour me renseigner autant que pour me distraire, expliqua-t-il tandis qu'une lueur espiègle éclairait son regard. Figure-toi que mes connaissances en littérature dite féminine me valent quelques succès auprès de ces dames quand je sors le soir. Et contrairement à tous ces machos qui regardent de haut les romans sentimentaux, moi, je sais ce que les femmes recherchent dans la chambre à coucher.

— J'en suis ravie pour toi… Et pour elles, ajouta Rowenna d'un ton badin.

Mais le cadavre qu'elle avait découvert et la disparition de Mary lui revinrent à l'esprit, effaçant brusquement son sourire.

— Quand je pense à cette femme dans le champ et à Mary Johnstone, je me sens coupable de rire comme si de rien n'était.

— Je comprends, dit Daniel d'une voix soudain grave et compatissante.

Il secoua la tête avec une grimace de frustration.

— Si seulement je pouvais faire quelque chose pour aider…

— Eh bien, puisque tu me le demandes… Tu n'aurais pas un livre sur le Moissonneur, par hasard ?

— Tu plaisantes ? J'ai des livres sur tout, moi, chère madame !

— Tu sais que tu es un vrai maniaque ?

— Et j'en suis fier, répondit-il avec un sourire. Là, regarde dans cette petite vitrine. Je vais même te confier un des trésors du musée. Un ouvrage écrit en 1730 par un certain Ethan Forrester.

Il ouvrit la vitrine et lui tendit solennellement l'ouvrage dont elle se saisit avec mille précautions.

— Merci de me faire confiance, dit-elle, consciente de la rareté du volume qu'elle tenait entre les mains.

— Interdit de boire et de manger dans cette pièce, d'accord ?

— Ça ne me serait même pas venu à l'idée, assura-t-elle tandis qu'il ouvrait un autre livre.

Ils lurent en silence pendant un moment, Daniel refermant assez vite un premier ouvrage, sourcils froncés, pour en prendre un second.

Quant à Rowenna, elle se laissa rapidement aspirer par l'œuvre d'Ethan Forrester, Les Chemins du Diable.

Forrester avait eu l'avantage d'être né au bon moment pour comprendre les événements dont il traitait, puisqu'il avait lui-même été témoin des procès en sorcellerie et des exécutions. Ainsi, quand à l'approche des cinquante ans il avait décidé d'écrire son livre, il disposait à la fois du recul nécessaire à la réflexion et de l'expérience personnelle, même s'il n'était qu'un enfant à l'époque des faits.

Il replaçait l'affaire dans son contexte social, évoquant la misère qui sévissait à cette époque, un hiver particulièrement rigoureux et le profond ennui dont souffraient les adolescents, qui allaient parfois se transformer en accusateurs. La jeunesse d'alors évoluait dans une société rigide, dogmatique, sans horizon. Une société où l'on étouffait. Les filles, en particulier, avaient une vie morne, contraintes de partager leur temps entre les corvées domestiques et la prière. Le livre de Forrester était un peu décousu, mais il était loin d'être dénué d'intérêt. L'auteur avait une façon bien à lui de parler des principaux acteurs — bourreaux et victimes — de l'hystérie collective qui s'était emparée de la ville, accumulant des détails qui donnaient chair aux personnages qu'il évoquait. Il notait par exemple que Giles Corey — écrasé sous de lourdes pierres jusqu'à ce que mort s'ensuive pour avoir refusé de plaider coupable ou innocent — avait témoigné à charge contre sa propre femme, également exécutée par la suite. Ethan Forrester s'intéressait aussi au cas de John Proctor, qui avait donné une bonne raclée à Mercy Warren, sa servante, la guérissant ainsi de sa frénésie accusatrice… jusqu'à ce que d'autres filles la reprennent sous leur coupe et qu'elle recommence à voir des sorcières et des sorciers dans tout son voisinage.

Les conséquences de cette période trouble de l'histoire, dominée par le délire, l'outrance et le sectarisme, avaient aussi été un sujet d'étude pour l'auteur. La folie meurtrière s'était achevée dans un piteux silence, comme au lendemain d'une beuverie où chacun préfère oublier les actes honteux commis sous l'emprise de l'alcool.

Le Massachusetts étant alors une colonie britannique, les autorités en place s'étaient tournées vers la mère patrie pour qu'elle les éclaire sur la marche à suivre. En ce temps-là, les communications étaient extrêmement lentes, questions et réponses devant traverser l'océan Atlantique par bateau. Et comme la femme du gouverneur avait elle-même été l'objet d'accusations, celui-ci n'était plus en position d'imposer par sa seule volonté l'arrêt des procès, sous peine d'être accusé de partialité. Mais tortures et exécutions avaient malgré tout cessé peu à peu, même si certains condamnés restèrent en prison jusqu'à ce que toute cette histoire devienne, au fil du temps, un sujet d'embarras. Finalement, alors que le monde entrait dans un siècle nouveau, beaucoup se mirent à regretter leurs erreurs.

Toutefois, la peur ne s'était pas dissipée pour autant. On continuait à s'observer en chiens de faïence entre voisins et on craignait les indigènes, mystérieux et hostiles.

C'est dans ce contexte que le Moissonneur avait fait son apparition.

A moins qu'il n'ait été là depuis le début, passant inaperçu au milieu des persécutions dirigées contre celles et ceux qu'on accusait de s'être vendus au diable. Pourtant, alors que les procès en sorcellerie se multipliaient, une jeune fille avait bel et bien disparu. Pour ses amis, elle avait trouvé le moyen de quitter la région avant d'être accusée à tort. Pour ses ennemis, c'était une sorcière qui cherchait à fuir la justice des hommes.

Elle ne fut jamais retrouvée. Peut-être était-elle vraiment partie refaire sa vie ailleurs, changeant de nom et s'inventant une nouvelle existence dans un endroit où les gens n'avaient pas perdu la raison.

Mais le début du siècle fut marqué par une série de disparitions. Les restes d'un squelette — un squelette humain — furent bientôt retrouvés dans un champ de maïs.

Rowenna poussa un petit cri de surprise, incapable de détacher les yeux de la phrase qu'elle venait de lire.

— Qu'est-ce qu'il y a ? demanda Daniel.

— Au début du XVIIIe siècle, on a retrouvé un squelette humain dans un champ de maïs ! s'écria-t-elle en se tournant vers lui. Pourquoi n'ai-je jamais entendu parler de ça avant ? Il faut que je lise le reste.

Daniel posa l'ouvrage qu'il consultait pour venir se camper derrière Rowenna, tandis que celle-ci se mettait à lire à haute voix.

— « Ses os étaient à nu et nulle trace de sang n'était visible. Les griffures sur son crâne indiquaient que ses yeux avaient été béquetés par des oiseaux. D'autres animaux, carnivores et charognards, étaient venus se nourrir du cadavre, dispersant les ossements. Durant de longues années, nul n'eut à répondre de ce meurtre devant la justice. Il fallut attendre 1720 et la disparition d'Annie Rigby pour qu'un suspect soit désigné. Le nom qui se murmurait au sein de la population, un peu plus fort chaque jour, était celui du Moissonneur. On disait parfois qu'il était noir comme Tituba, l'esclave du révérend Parris qui avait été — à cause de sa couleur de peau — une des premières accusées à l'époque des procès. Elle venait d'une terre étrangère et joua bien malgré elle un rôle clé dans les événements qui plongèrent Salem dans la folie et les ténèbres. Mais ce temps-là était révolu, et cette fois-ci, personne n'accusa les sorcières. Par contre, ils furent nombreux à désigner le diable, qui selon eux avait pris l'apparence du Moissonneur pour venir semer le malheur sur terre. Cependant, Annie Rigby avait été vue avec un homme qu'on interrogea : dans un grand éclat de rire, celui-ci affirma vénérer Satan. Traduit en justice, Andrew Cunningham prétendit ensuite être le diable fait homme. A l'entendre, le Malin vivait en lui et réclamait son dû. Pour ce suppôt de Satan, si les habitants de la région ne mouraient pas de faim, c'était parce que son Maître prenait sa part, volant les âmes des jeunes femmes de Salem. Ainsi donc, Andrew Cunningham fut condamné à la potence. Pourtant, le jour de son exécution, il ne put être trouvé. Les cachots furent fouillés ; ces mêmes cachots situés sous le bureau du shérif où tant de femmes et d'hommes accusés de sorcellerie avaient attendu leur exécution moins de trois décennies plus tôt ; ces mêmes cachots puants, humides et infestés de rats d'où nul n'avait jamais pu s'échapper. Mais Cunningham s'était volatilisé, et on commençait à craindre qu'il ne soit vraiment le diable. Ivre de peur et de rage, la population vint investir son cottage et la vieille diablesse qui lui servait de gouvernante fut pendue, la croyance populaire voulant que Satan ait besoin d'une servante. »

Daniel jeta un œil par-dessus l'épaule de Rowenna.

— C'est tout ? demanda-t-il.

Elle tourna lentement la page et resta un moment silencieuse, les yeux rivés sur l'unique phrase qui concluait le chapitre.

Enfin, d'une voix blanche, elle termina sa lecture.

— « Le Moissonneur reviendra. »

10.

Aux alentours de midi, Jeremy alla rejoindre Joe Brentwood au bar de l'Hawthorne. Ils s'assirent côte à côte dans un coin tranquille de la salle lambrissée, et passèrent en revue les fiches de toutes les personnes signalées disparues dans le nord-est du pays, travail fastidieux mais nécessaire.

Jeremy avait été surpris que Brentwood accepte de l'inclure si facilement dans l'enquête. Quand il l'en remercia, Joe lui répondit :

— Vous savez ce que mon père me disait toujours ? Sois proche de tes amis, et encore plus proche de tes ennemis.

— Je ne suis pas votre ennemi, avait répliqué Jeremy.

— Le jury est toujours en train de débattre sur ce point, avait alors dit Joe.

Jeremy avait préféré en rester là.

Peut-être Joe avait-il décidé que même s'il était son « ennemi » — à cause de son histoire avec Rowenna ? —, l'expérience et les compétences d'un détective privé, ancien policier de surcroît, pouvaient s'avérer utiles pour résoudre une enquête qui piétinait.

Ils regardèrent donc les visages défiler sur l'écran de l'ordinateur portable, ne s'interrompant que pour commander des sodas et des steaks-frites quand la faim se fit sentir.

Les diverses autorités fédérales et d'Etat avaient fini par unir leurs données pour mieux traquer les ravisseurs, violeurs et autres meurtriers. La technologie moderne et une évolution des mentalités avaient permis ce pas décisif dans la lutte contre le crime. Mais si le problème n'était plus le manque de données, l'abondance pouvait aussi avoir ses inconvénients. Très vite, Joe et Jeremy se retrouvèrent submergés par le nombre de fiches proposées par le serveur central.

Il fallait dire qu'ils avaient étendu leurs recherches jusqu'au New

Jersey au sud, jusqu'à Pittsburgh à l'ouest et jusqu'à la frontière canadienne au nord. A l'est, il n'y avait que de l'eau. Et s'ils ne parvenaient pas à retrouver leur inconnue malgré le large spectre de leurs investigations, ils allaient être contraints de sonder le pays tout entier. Mais Halloween n'était pas comme Thanksgiving ou Noël. Ce n'était pas une période de vacances où les gens voyageaient pour rejoindre leur famille, parfois à l'autre bout des Etats-Unis. Et puisque la victime n'était pas de Salem, elle était probablement venue d'une ville ou d'un Etat limitrophe.

Ils savaient qu'elle mesurait un mètre soixante-deux environ et qu'elle pesait dans les cinquante-quatre kilos. Plutôt en bonne condition physique et d'un âge compris entre dix-sept et trente-trois ans. La couleur de ses yeux leur était inconnue dans la mesure où elle n'en avait plus au moment où son corps avait été découvert. Quant à ses cheveux, ils étaient brun foncé à noir.

— Regardez celle-là, dit Joe en agrandissant une photo. Lily Arnold, vue pour la dernière fois dans la maison de ses parents le 28 octobre. Elle avait rendez-vous avec un garçon qu'elle venait de rencontrer sur internet. Son visage est assez proche de celui qui a été reconstitué par l'ordinateur, non ?

Mais son enthousiasme fut de courte durée.

— Autant pour moi, dit-il l'instant d'après. Il y a un addenda au bas de la fiche. La mère a appelé récemment pour dire qu'elle avait eu des nouvelles de sa fille. La gamine a tout plaqué pour aller vivre à Toronto avec son prince charmant. Elle ne devrait plus être dans la base de données.

— Et celle-là ? dit Jeremy quelques secondes plus tard en cliquant sur l'écran. Dinah Green, domiciliée à Boston. Elle correspond physiquement et elle ne s'est pas présentée au travail le 27 octobre, date à laquelle elle était censée rentrer de vacances. Selon ses collègues, elle avait l'intention de se balader le long de la côte. Son patron a essayé de la joindre plusieurs fois sans succès, et elle n'a jamais répondu à ses messages. Au bout de deux jours, il a décidé de signaler sa disparition. Elle vivait seule et son appartement semblait en ordre quand la police est venue vérifier qu'elle ne s'y trouvait pas. D'après une voisine, une certaine Clare Faith, Dinah Green l'avait invitée à une soirée d'Halloween qu'elle comptait organiser chez elle. Mais

Mlle Green n'est jamais revenue et la voisine en question a également prévenu la police. A ce jour, plus personne n'a de nouvelles de cette jeune femme. Son loyer pour le mois de novembre n'a pas été réglé et les factures impayées s'accumulent dans sa boîte aux lettres. Le dernier appel passé depuis son portable date du 19 octobre.

Joe tourna l'écran vers lui et étudia la fiche, le front plissé.

— Pourquoi n'y a-t-il rien sur sa famille ? maugréa-t-il. Il a fallu que ce soit sa voisine et son patron qui s'inquiètent.

Il relut la fiche et secoua la tête.

— Il doit bien y avoir un père ou une mère quelque part, non ? Je ne comprendrai jamais les parents qui ne prennent pas régulièrement des nouvelles de leurs enfants. Dès qu'ils quittent la maison, ils s'en lavent les mains, c'est ça ? C'est sûr que quand on prend ses distances avec ses gamins, ça doit faire moins mal lorsque quelque chose leur arrive…

Jeremy resta un moment silencieux, hésitant à prononcer les mots qui lui venaient naturellement à l'esprit.

— Je suis navré pour votre fils, Joe, dit-il finalement.

L'inspecteur hocha la tête et détourna le regard. Il resta ainsi de longues secondes, les yeux posés sur un passé encore trop douloureux pour l'évoquer sans larmes.

— A chacun sa croix, dit-il finalement. Ça ne doit pas être marrant non plus pour vos parents, avec trois fils qui font un métier parfois risqué.

— Mes parents sont morts, dit Jeremy.

Décidément, les fiches de Joe n'étaient pas à jour.

— Ceux de Dinah Green le sont peut-être aussi, ajouta Jeremy.

Joe le regarda sans rien dire, le regard voilé de tristesse.

— Eh bien… Je suis désolé pour vous et vos frères, Jeremy.

— Ils nous manquent, mais il nous reste les souvenirs. C'était des parents merveilleux.

— Les souvenirs…, dit pensivement Joe. Pour ma part, je n'en ai que des bons.

Son sourire nostalgique disparut brusquement tandis que ses sourcils se fronçaient.

— Dites-moi, mon vieux, pourquoi avez-vous démissionné ? D'après mes sources, vous avez fait du bon travail à Jacksonville.

Vous auriez même sauvé des vies, si mes renseignements sont exacts. Alors qu'est-ce qui vous a donné envie de jeter l'éponge ?

— Les enfants, dit Jeremy.

Joe ouvrit de grands yeux.

— Vous avez des enfants ?

— Non. Je parle d'un minibus qui a coulé dans une rivière. Un minibus plein d'enfants.

— Alors c'est parce qu'ils étaient tous morts que vous avez rendu votre insigne ?

— Non, c'est parce que l'un d'entre eux était encore en vie. Et que je suis arrivé deux minutes trop tard pour le sauver. Le temps de le ramener sur la terre ferme, son cœur avait lâché.

« Maintenant, il hante mes nuits. Et ce matin, j'ai même cru le voir sur le trottoir, juste en face de la morgue. »

Mais il n'était pas près d'avouer ça à Joe Brentwood. Ni à personne d'autre, d'ailleurs.

Joe continuait à l'observer d'un œil intrigué. Qu'est-ce que ça pouvait bien lui faire, au fond, que ce type ait ou non une bonne opinion de lui ? Après tout, il n'avait rien à prouver à personne.

Pourtant, il devait admettre que l'estime de Joe comptait pour lui.

Parce que Joe comptait pour Rowenna ?

Il n'avait pas envie de réfléchir au sujet maintenant.

— Quand on fait ce métier, on finit par comprendre qu'on ne peut pas sauver tout le monde, dit Joe. Et qu'on ne peut pas s'en vouloir pour autant.

— Je ne m'en veux pas. J'en veux aux vrais responsables de ce drame. Aux parents de cette famille d'accueil qui ont été assez ignobles pour ficeler ces malheureux gamins sur leurs sièges, et plus encore à cet homme qui conduisait soûl comme un cochon. Mais ça ne m'aide pas à oublier. Non, je ne m'en veux pas… Mais je regrette de ne pas être arrivé quelques minutes plus tôt. De toute façon, reprit-il après avoir bu une gorgée de Coca, j'étais prêt à quitter la police. Et j'aime ce que je fais maintenant. Avec mes frères, on forme une bonne équipe. Et puis, c'est agréable d'être maître de son emploi du temps, vous savez. Regardez, Joe, la situation actuelle en est une parfaite illustration : Brad m'a appelé à l'aide, et j'ai pu venir aussitôt. Vraiment, je n'ai jamais regretté ma décision.

Joe hocha lentement la tête sans le quitter du regard. Un regard trop pénétrant pour ne pas mettre mal à l'aise.

Jeremy décida alors de revenir au sujet qui les avait réunis ici et pointa le doigt en direction de l'ordinateur que Joe avait tourné vers lui.

— On peut voir la liste des derniers achats effectués avec sa carte de crédit ?

Joe fit rapidement défiler les informations sur l'écran.

— Elle est arrivée dans un hôtel de Saugus, à un quart d'heure d'ici, le 18 octobre. Elle en est repartie le 20 au matin. Elle a retiré quelques centaines de dollars à un distributeur automatique de Saugus le jour de son départ. Il semblerait que ce soit la dernière fois qu'elle ait utilisé sa carte.

— Et sa voiture ?

Pour toute réponse, Joe tourna l'ordinateur vers lui, et Jeremy rechercha l'information sous l'œil toujours aussi attentif de l'inspecteur.

— Là, dit-il. Elle a été retrouvée abandonnée à une sortie de l'I-95, juste au sud de l'embranchement vers le Maine. Elle a été enlevée par les services de l'autoroute le 1er novembre, mais les autorités ignorent depuis combien de temps elle était là. Le patrouilleur qui l'a signalée a dit qu'elle s'y trouvait depuis au moins deux jours.

— On tient peut-être quelque chose, dit Joe en sortant son téléphone portable de sa poche.

L'instant d'après, il donnait le nom de la jeune femme à un de ses collaborateurs et lui demandait de contacter les collègues de Boston pour obtenir toutes les informations disponibles sur une certaine Dinah Green, y compris ce qui pourrait permettre la comparaison des dents avec l'inconnue retrouvée dans le champ de maïs. Les documents qui concernaient l'identification dentaire devaient être directement envoyés au Dr Harold Albright, précisa-t-il avant de réclamer des photos récentes de la jeune femme. Dès qu'elles arriveraient, il voulait que ses hommes investissent les bars et les boutiques du centre historique et demandent si quelqu'un l'avait vue, et si oui, quand et en compagnie de qui.

Il raccrocha et se tourna vers Jeremy.

— On continue ? J'ai le sentiment que vous avez trouvé celle qu'on cherchait, mais au cas où on ferait fausse route…

Vingt minutes plus tard, Jeremy avait sélectionné trois autres jeunes femmes récemment portées disparues.

— Ces trois-là correspondent physiquement, mais c'est à peu près tout, dit-il. Il y a une fille de Princeton qui, selon le rapport, s'est violemment disputée avec son petit ami. Mais d'après la police du New Jersey, elle est venue en personne retirer des espèces dans une agence de sa banque située dans le New Hampshire. J'ai aussi cette jeune femme de New York, mais sa mère a appelé les autorités le mois dernier pour leur dire que le petit ami de sa fille l'avait enlevée et la séquestrait sur une île des Caraïbes. Comme le petit ami en question est italien, elle est persuadée qu'il fait partie de la mafia.

— Ben voyons, dit Joe avec une moue dégoûtée. Tous les Italiens sont forcément des mafieux en puissance ! J'ai toujours détesté ce genre de préjugés.

Vraiment ? songea Jeremy. Et qui pense que les détectives privés sont tous des emmerdeurs ou des flics ratés ?

Mais il garda cette réflexion pour lui-même.

— Sûrement une mère possessive, dit-il simplement. Il fallait bien qu'elle trouve quelque chose pour débiner le copain de sa fille.

— Et la troisième ? demanda Joe.

— Elle est plus intéressante, à mon avis. Elle s'appelle Charlene Nottaway et a quitté New York pour un chalet dans le Maine, mais elle n'est jamais arrivée à destination. Elle est partie de Manhattan la dernière semaine d'octobre et n'a plus utilisé sa carte de crédit depuis.

Il releva les yeux pour regarder Joe.

— Elle a trente-huit ans. Un peu plus âgée que l'âge maximum de notre inconnue, si on en croit le rapport du médecin légiste.

— Ouais…, fit Joe sans enthousiasme. Je pense toujours que Dinah Green est la bonne. Mais je vais demander de plus amples informations sur celle-là aussi.

Son visage se crispa soudain et il jeta un regard suspicieux à Jeremy.

— Où est Rowenna ?

— Elle voulait s'acheter des vêtements. Elle a aussi parlé de faire un tour à la bibliothèque.

— Vous voulez dire qu'elle est en ville ? demanda Joe d'un ton abrupt.

— Oui.

— Elle est venue seule en voiture ?

— Non.

Jeremy hésita. Rowenna n'était pas la fille de Brentwood. Elle était majeure et vaccinée. Alors pourquoi se sentait-il comme un collégien coupable d'avoir ramené sa petite amie plus tard que prévu chez ses parents ?

— Elle a passé la nuit chez moi, dit-il finalement.

— Je vois.

Joe le regarda droit dans les yeux avant de laisser échapper un long soupir.

— Je vais vous dire ce qui me chiffonne, Flynn. Je veux que Rowenna reconstruise sa vie. Mais pas avec un flic ou un autre soldat. Et je ne pense pas que votre profession soit beaucoup moins risquée que l'était celle de mon fils.

Jeremy jeta un œil sur les restes de son steak. Bien cuit. D'ordinaire, il les préférait saignants.

Mais pas après avoir assisté à une autopsie. Il aimait la viande et n'avait aucune envie de devenir végétarien, mais voir des viscères humains pouvait bouleverser les convictions les plus profondes, y compris en matière culinaire.

Il posa de nouveau les yeux sur Joe.

— Quelle que soit la profession qu'on exerce, le risque zéro n'existe pas, dit-il.

— Le risque zéro n'existe peut-être pas, répliqua Joe, mais on ne peut pas en dire autant des statistiques. Et en ce qui concerne le taux de blessures graves et de mortalité, les statistiques sont sans pitié pour les soldats, les policiers ou tous ceux qui essaient de faire régner la loi d'une manière ou d'une autre. Pourquoi ne vous contentez-vous pas de jouer de la guitare ?

Jeremy éclata de rire.

— Je ne suis pas assez doué pour en vivre.

— Ce n'est pas ce que j'ai entendu dire, rétorqua Joe.

— Cette information se trouve aussi dans le dossier que vous montez sur moi ?

Joe se contenta de sourire.

— Je ne suis pas en train de dire que je n'aime pas jouer de la guitare, reprit Jeremy. Mais j'aime encore plus enquêter, travailler avec mes frères. J'y trouve une réelle satisfaction. C'est quelque chose que vous pouvez comprendre, non ? Vous-même, vous n'avez pas l'air d'avoir envie de prendre une retraite anticipée.

Joe ne répondit pas tout de suite.

— Ma situation est différente, dit-il. Sans ma femme et mon fils, le boulot est devenu ma vie. Je n'essaie pas de faire pleurer dans les chaumières, croyez-moi… J'ai des amis et je ne suis pas du genre suicidaire.

Jeremy allait reprendre la parole quand Joe, pressé de changer de sujet, lui coupa l'herbe sous le pied.

— Je me fais du souci pour elle.

Jeremy n'eut pas besoin de demander de qui il parlait.

— Vous vous faites du souci pour elle, mais vous n'hésitez pas à l'impliquer dans des affaires potentiellement dangereuses.

— Sans moi, elle y fourrerait son nez de toute façon, sauf que je ne serais pas là pour la protéger. Mais la véritable question est la suivante, Jeremy : moi, je donnerais ma vie pour elle. Et vous ?

Il ne plaisantait pas. Mais alors pas du tout.

Jeremy esquissa un sourire.

— Vous savez comme moi que c'est une seconde nature chez tous ceux qui sont ou ont été policiers. Le réflexe du bon flic est toujours de prendre la balle à la place de l'innocent. Et comme en plus Rowenna compte pour moi…

Joe hocha la tête, puis se leva brusquement.

— Bon, d'accord. Mais il faut faire preuve de doigté avec elle. De beaucoup de doigté.

— Pourquoi ? Parce qu'elle est du genre à foncer tête baissée ? demanda Jeremy.

— Parce que c'est un modèle unique, dit Joe avant de s'emparer de l'addition. C'est vous qui avez réglé le dîner hier soir, alors à mon tour. Je vous appellerai s'il y a du nouveau.

Il referma l'ordinateur portable et quitta le bar. Jeremy le regarda s'éloigner en tapotant ses poches à la recherche de son téléphone.

Ça l'énervait de l'admettre, mais les mots de Joe l'avaient rendu anxieux.

Heureusement, Rowenna décrocha presque aussitôt.

— Jeremy ?

— Oui, c'est moi. Où es-tu ?

— Je déjeune avec mon ami Dan, le directeur du musée de l'Histoire. Je suis allée y faire un tour ce matin, et j'ai trouvé plein de trucs intéressants.

— Ah oui ?

— Jeremy, un tas de gens se sont fait arrêter au cours des siècles parce qu'ils affirmaient être le Moissonneur.

— Le Moissonneur, hein ? C'est cette espèce de croquemitaine local dont tu m'as déjà parlé, n'est-ce pas ? Franchement, Rowenna, je ne vois pas ce que le passé vient faire dans cette histoire…

— Je pense que l'assassin est une sorte de cinglé qui se prend pour le Moissonneur.

— Qu'on ait affaire à un cinglé, ça ne fait aucun doute, répondit Jeremy. Un cinglé du genre sociopathe, si tu veux mon avis. Et vu la façon dont le corps était présenté, je suis prêt à parier qu'il connaît la région et ses légendes sur le bout des doigts.

— Tu devrais jeter un œil sur mes trouvailles, insista Rowenna. Je suis certaine d'avoir mis le doigt sur quelque chose.

— Même si c'est le cas, n'oublie pas que le tueur est un être de chair et de sang. Un type très dangereux qui rôde sans doute encore dans les parages.

Il se leva d'un coup, comme mû par un sentiment d'urgence.

— Où es-tu, exactement ? demanda-t-il. Je vais te rejoindre.

Elle lui donna l'adresse d'un petit restaurant japonais situé dans une rue tranquille, un peu en retrait de l'artère principale du centre historique. C'était suffisamment proche pour que Jeremy décide d'y aller à pied. Il traversa la zone commerciale piétonne, visualisant l'endroit où Damien avait installé sa tente. En supposant que ce soit bien lui qui avait enlevé Mary, comment avait-il pu s'y prendre ? Il lui aurait fallu démonter sa tente et la remiser quelque part, ainsi que tout ce qui se trouvait à l'intérieur, avant d'aller au cimetière pour fondre sur sa proie.

Alors qu'il longeait les nombreuses boutiques, il vit Adam et Eve Llewellyn changer la décoration de leur vitrine. Ils accrochaient un tissu mauve destiné à mettre en valeur leur marchandise en se lançant visiblement des noms d'oiseaux à la figure.

Comme si elle avait senti sa présence, Eve leva les yeux et croisa son regard. Son visage se détendit aussitôt, les rides de colère cédant la place à un large sourire. Alors qu'elle faisait un geste amical dans sa direction, Jeremy la vit donner un coup de coude discret à son mari, comme pour l'inciter à sourire à son tour.

« Intéressant », songea Jeremy en voyant le visage d'Adam se métamorphoser à la vitesse de l'éclair. Une seconde plus tôt, il paraissait sur le point d'étrangler sa femme, et voilà qu'à présent il souriait à pleines dents en agitant la main.

Jeremy n'eut d'autre choix que de leur rendre leurs petits saluts et leurs grands sourires.

Il avait cru pouvoir s'en tenir à ces lointaines salutations, mais Eve quitta la vitrine et vint l'accueillir sur le pas de sa boutique, l'empêchant de poursuivre son chemin.

— Vous n'êtes pas avec Rowenna ? demanda-t-elle.

— Non, elle déjeune avec Daniel Mie, le directeur du musée de l'Histoire.

— Vraiment ? Où ça ?

— Dans un restaurant japonais pas loin d'ici. Je vais la rejoindre.

— Asaki, dit Eve d'un air entendu. Ça tombe bien, j'ai l'estomac dans les talons. Vous voulez bien m'attendre une minute ? Juste le temps de prévenir Adam et je vous accompagne.

Avant qu'il puisse dire un mot, elle avait disparu à l'intérieur du magasin.

A travers la vitre, il vit le visage d'Adam perdre son masque jovial tandis qu'éclatait une nouvelle dispute. Au bout de quelques secondes, Eve lui tourna le dos et se présenta bientôt devant Jeremy, une longue cape noire sur les épaules et la mine radieuse.

« Bien trop radieuse pour être honnête », songea-t-il.

— Vous aimez la cuisine japonaise ? demanda-t-elle d'un ton badin en lui prenant le bras.

— Bien sûr, répondit-il. D'ailleurs, j'aime à peu près tout ce qui se mange. Mais j'ai déjà déjeuné. En fait, je vais seulement rejoindre Rowenna. Elle a passé une partie de la matinée au musée que dirige Daniel Mie, à faire des recherches sur le Moissonneur, un personnage légendaire.

Eve eut un petit rire assez faux.

— Je suis sûre qu'elle va être contente de vous voir. Dan est gentil, mais entre nous, je le trouve parfois un peu pédant. Je parie qu'ils sont restés des heures le nez dans de vieux bouquins poussiéreux. Je ne sais pas pourquoi Rowenna s'imagine que le passé pourrait aider à élucider un meurtre aussi récent.

Elle s'interrompit un instant et il sentit son bras se crisper contre le sien.

— A propos… La police a réussi à identifier cette pauvre femme ?

— Les recherches se poursuivent, dit-il simplement.

« Mais je crois déjà connaître son nom », ajouta-t-il pour lui-même.

Ils marchèrent une ou deux minutes en silence avant qu'Eve ne reprenne la parole.

— Cette histoire est vraiment affreuse, dit-elle avec un frisson qui se propagea jusque dans le bras de Jeremy. Bien sûr, on entend parler de meurtres tous les jours, à la télé. Et certains rivalisent d'horreur avec celui-là. Mais ça se passe loin de chez nous et on a presque le sentiment qu'il s'agit d'une fiction, vous voyez ce que je veux dire ?

Jeremy hocha la tête.

— Et même quand il s'agit de crimes ignobles, reprit Eve, on arrive en général à comprendre comment le meurtrier en est arrivé là. Une femme qui tue le mari qui la battait, par exemple. Ou un dealer qui en élimine un autre pour s'approprier un nouveau territoire… Mais transformer une femme en épouvantail…

— La police finira bien par attraper le type qui a fait ça, dit Jeremy.

— Alors ils savent que c'est un homme ?

— Elle a été violée, ce qui laisse à penser qu'il s'agit d'un homme, oui.

Mais à vrai dire, il n'y avait pas de certitude à ce sujet, aucune trace de sperme n'ayant pu être retrouvée. Le tueur avait sans doute utilisé un préservatif, mais on pouvait aussi imaginer qu'elle ait été pénétrée par un objet, même si aucune blessure inhabituelle ne venait corroborer cette hypothèse. De toute évidence, le coupable était un être réfléchi, méthodique, mais tous les assassins finissaient par commettre une erreur.

Et celui-là ne dérogerait pas à la règle.

Le tout était de lui mettre la main dessus avant qu'il ne transforme une autre femme en épouvantail. D'autant que Jeremy avait l'affreux pressentiment que le nom de la prochaine victime serait Mary Johnstone.

— Votre ami tient le coup ? demanda Eve, comme si elle lisait dans ses pensées.

— Je ne l'ai pas encore vu aujourd'hui. Mais je compte prendre très vite de ses nouvelles.

Quelques minutes plus tard, ils poussaient la porte du restaurant. Rowenna et son ami Daniel se trouvaient au fond de la salle, en grande conversation. Comme elle était belle ! ne put-il s'empêcher de songer. Et quand elle l'aperçut, le sourire si spontané qu'elle lui offrit l'atteignit en plein cœur. Comment avait-elle réussi à se glisser aussi facilement dans sa vie ? Le plaisir qu'on pouvait avoir à échanger des idées avec une femme était une chose, le désir qu'on éprouvait pour elle en était une autre, et le plaisir de lui faire l'amour — même quand c'était particulièrement délicieux — encore une autre. Mais ce qu'il ressentait pour Rowenna était un intime mélange des trois, et bien davantage encore. S'il avait essayé de se tenir à distance de cette femme, c'était peut-être parce qu'il avait instinctivement compris qu'elle avait le pouvoir de bouleverser sa vie d'un simple sourire.

Daniel Mie se tourna vers les nouveaux arrivants, leur adressant aussitôt un signe amical de la main. Ils formaient un étrange duo, songea Jeremy. Daniel était l'archétype de l'intellectuel, avec ses lunettes rondes et ses cheveux un peu en désordre. Il portait même une veste en tweed avec des pièces de cuir aux coudes.

Le contraste était saisissant avec Rowenna. On aurait dit qu'elle était en couleur et lui en noir et blanc. Même immobile, elle dégageait une énergie, une vitalité extraordinaire.

Avec sa longue cape et les pentacles qui pendaient à ses oreilles, Eve ajoutait une touche exotique à ce curieux tableau. La sorcière de Salem dans toute sa splendeur.

— Pardon de faire irruption au beau milieu de votre déjeuner, dit Eve. J'ai vu Jeremy passer dans la rue, et quand il m'a dit où il allait, j'ai décidé de m'incruster.

Version assez juste des faits, nota Jeremy en la regardant s'installer et piocher sans la moindre gêne dans l'assiette de son amie.

— Tu as bien fait, dit Rowenna tandis que Daniel levait les yeux au ciel à l'attention de Jeremy.

Sans l'amitié qui les liait tous les deux à Rowenna, Eve et Daniel n'auraient sans doute jamais été amis, songea Jeremy. Qu'avaient-ils en commun ? L'histoire et les livres qui intéressaient tant Daniel semblaient à mille lieux des préoccupations d'Eve et de son approche instinctive de la vie. Au fond, Rowenna se situait exactement entre les deux. Sans raison évidente, il se sentit brusquement inquiet pour elle. C'était pourtant absurde : où aurait-elle été plus en sécurité qu'ici, entourée de ses amis ? Et même si elle s'était trouvée seule dans les rues de Salem, il n'y avait aucune raison objective de penser qu'elle était plus en danger que n'importe quelle autre jeune femme de la ville.

Voilà de quoi était capable le sourire d'une femme, se dit-il. Cela pouvait perturber un homme au point de le rendre soucieux pour quelqu'un, simplement parce que ce quelqu'un appartenait au sexe dit faible. Non… S'il était honnête avec lui-même, Jeremy devait admettre que ce n'était pas tout. S'il s'inquiétait pour Rowenna, c'était aussi et surtout parce qu'elle était entrée dans sa vie, qu'il le veuille ou non. Quel idiot il faisait ! Malgré les multiples opportunités de se rapprocher d'elle à La Nouvelle-Orléans, il avait réussi à conserver des relations froides et distantes. Et voilà que du jour au lendemain, ou presque, il était tombé dans l'excès inverse.

Daniel se leva pour lui serrer la main, le tirant de ses pensées.

— Nous avons lu des choses intéressantes, ce matin, dit-il.

— C'est ce que j'ai cru comprendre, répondit Jeremy en s'asseyant à sa droite.

Il aurait préféré la place à côté de Rowenna, mais Eve l'avait déjà réquisitionnée. Et à en juger par la manière dont elle se régalait des sushi de son amie, elle n'était pas disposée à la céder.

— Faites-moi penser à prendre quelque chose à emporter, dit-elle entre deux bouchées. J'ai promis à Adam de lui rapporter à manger.

— Et vous ? demanda poliment Daniel en se tournant vers Jeremy. Vous n'avez pas faim ?

— Je croyais que non, répondit Jeremy avec un petit rire, mais je dois dire que ces sushi ont l'air délicieux.

D'abord la nourriture, songea-t-il. On aborderait ensuite le sujet qui l'intéressait, à savoir ce fameux Moissonneur. Même s'il n'imaginait pas une seconde qu'un personnage de légende puisse surgir du passé pour violer et tuer des femmes, il croyait possible que l'assassin s'inspire d'une croyance populaire. Jeu malsain ? Moyen de brouiller les pistes ? Chaque nouvelle hypothèse, loin d'apporter des réponses, ne faisait que soulever de nouvelles questions.

Le serveur vint à leur table et Eve, visiblement loin d'être rassasiée par ce qu'elle avait chapardé à Rowenna, commanda de quoi nourrir un régiment.

— Et je vais prendre la même chose à emporter, dit-elle quand le jeune Japonais eut fini de noter l'impressionnante liste de sushi et autres rouleaux californiens.

Une fois la commande passée, Eve afficha un air ravi. Le don d'apprécier les petits plaisirs de la vie, songea Jeremy.

Les sushi avaient vraiment l'air excellents, et cette nourriture semblait moins… morte que son steak de tout à l'heure.

— On a presque terminé notre déco de Thanksgiving, dit Eve tandis que le serveur repartait après avoir pris la modeste commande de Jeremy. Je crois que ça va être super. Et ensuite, il n'y aura plus qu'à tout enlever pour installer celle de Noël, ajouta-t-elle en riant.

— Noël ? Mais vous êtes wiccans, Adam et toi ! lança Daniel, un peu railleur.

Le serveur revint poser des verres d'eau fraîche sur la table, une seconde théière et des petites tasses.

— Oui, et alors ? répondit Eve sans se démonter. Nous avons nos propres fêtes, mais contrairement à certaines personnes de ma connaissance, nous respectons toutes les croyances. La boutique propose des objets qui intéressent les wiccans, bien sûr, mais aussi les chrétiens, les musulmans, les bouddhistes. Nous avons même des adeptes du confucianisme et des clients qui célèbrent Kwanzaa. Oh, j'oubliais…, ajouta-t-elle avec un petit regard entendu en direction de Jeremy. Nous avons aussi quelques articles pour les gens qui pratiquent le vaudou.

Elle devait s'imaginer qu'il était originaire de La Nouvelle-Orléans. Pourtant, même là-bas, personne en ville ne pratiquait le vaudou. Mais il décida de ne pas relever.

— Vraiment ? dit Daniel avec un sourire goguenard. Alors c'est à ça que servent ces affreux masques qui pendent au mur de ta boutique ?

Eve fit la grimace.

— Je dois avouer que je ne les aime pas du tout.

— Mais ça ne t'empêche pas de les vendre, insista Daniel.

— Quels masques ? demanda Rowenna.

— On les a accrochés ce matin, expliqua Eve. On propose tellement de belles choses, et il a fallu qu'Adam décide d'acheter ces horreurs… Ils sont l'œuvre d'un artiste de Salem. Un gars qui a grandi ici et qui s'est fait un nom à Hollywood comme spécialiste des effets spéciaux, avant de revenir récemment vivre ici.

— Eric Rolfe ? demanda Rowenna.

— Tu te souviens de lui ?

— Bien sûr que je me souviens de lui ! dit-elle avant de se tourner vers Jeremy. Il était quelques classes au-dessus de moi, à l'école. Même gamin, il ne pensait qu'à travailler dans le domaine des effets spéciaux. Quand j'étais petite, la ville organisait chaque année un concours d'épouvantails. Eric fabriquait toujours les épouvantails les plus effrayants. L'un d'entre eux, particulièrement inquiétant, avait connu une certaine célébrité, à l'époque. On l'appelait l'Affreux Jojo.

Elle s'interrompit brusquement, l'air troublée.

— En fait…, reprit-elle d'une voix hésitante, ses épouvantails ressemblaient à des cadavres en décomposition.

Voilà une piste qu'il fallait immédiatement creuser, songea Jeremy.

— Et vous dites qu'il est revenu vivre à Salem il y a peu ? demanda-t-il en s'adressant à Eve.

— On peut peut-être se tutoyer, non ? proposa-t-elle gaiement.

Jeremy approuva d'un sourire et d'un hochement de tête.

— Oui, reprit-elle en riant, il a quitté les stars et les paillettes pour rentrer chez les ploucs il y a quelques semaines. Mais ne va pas t'imaginer pour autant que tu tiens ton tueur.

Elle secoua la tête avec une moue amusée, comme s'il s'agissait là d'une idée vraiment loufoque.

— Eric est un petit être fragile, parfaitement adorable.

— Un petit être fragile ? répéta Jeremy.

— Au lycée, Eric approchait déjà les deux mètres, dit Rowenna, riant à son tour. Sans compter qu'il était grassouillet. Mais c'était un gros nounours inoffensif. Le genre de type qui ne ferait pas de mal à une mouche. Il y a quelques années, un des lycées de Salem avait organisé une sortie à Hollywood, dans le studio où Eric travaillait à ce moment-là. Il leur a fait visiter son atelier et a même obtenu l'autorisation de les amener sur le plateau. C'était une grosse production avec des monstres qu'il était chargé de concevoir et de fabriquer. De l'avis de tous, il s'est montré gentil et disponible avec les adolescents. En fait, ça me ferait plaisir de le revoir. J'ignorais qu'il était revenu à Salem.

— Et les masques qu'il vous a vendus ? demanda Jeremy en se tournant vers Eve. Qu'est-ce qu'ils sont censés représenter ?

— Depuis qu'il est gamin, Eric est fasciné à l'idée que les colons puritains aient vraiment pu croire à la sorcellerie et au diable, répondit-elle. Et comme il a toujours aimé faire réagir les gens, il vient de créer une série de masques qui représentent le diable tel que les puritains le décrivaient dans les documents qu'il a pu retrouver. Je les trouve très bien faits, presque trop, même… Mais je n'aurais pas choisi moi-même de les exposer dans la boutique. Crois-moi, ils font froid dans le dos.

Etait-ce pour cette raison qu'elle s'était disputée avec son mari ? se demanda Jeremy. Parce qu'Adam avait insisté pour acheter des masques qu'elle jugeait hideux ?

Eve soupira.

— Au moins, j'ai réussi à les mettre au fond de la boutique…

Ce qui n'a pas empêché Daniel de les remarquer ce matin quand il est passé dire bonjour. Mais passons à quelque chose de plus gai. Rowenna, tu te souviens d'Angie Peterson ? Ça faisait quelques années qu'elle vivait à New York, où elle concevait de magnifiques bijoux en argent. Eh bien je viens d'apprendre qu'elle revient s'installer à Salem, elle aussi.

Laissant Eve et Rowenna évoquer cette amie commune, Daniel Mie se tourna vers Jeremy.

— On a trouvé un ouvrage qui parle d'un corps abandonné dans un champ de maïs il y a près de trois siècles. Ça a peut-être un lien avec l'affaire sur laquelle vous enquêtez, vous ne pensez pas? demanda-t-il avant de faire un résumé de la légende du Moissonneur, puis du passage découvert par Rowenna dans le livre d'Ethan Forrester.

— Oui..., répondit pensivement Jeremy. Il pourrait en effet y avoir un lien. J'ai tout de suite pensé que le meurtrier était quelqu'un d'ici. De là à imaginer qu'il connaît la légende du Moissonneur, il n'y a qu'un pas que je serais tenté de franchir.

— Quelqu'un d'ici? s'écria Eve.

On aurait dit que le sang s'était retiré d'un coup de son visage.

— Je fréquente quasiment tout le monde dans cette ville, dit-elle, et je peux t'assurer que je n'ai pas de psychopathe assoiffé de sang parmi mes relations!

Rowenna regarda le visage blême de son amie d'un air aussi inquiet que stupéfait.

— Excusez-moi, dit Eve, visiblement embarrassée. C'est juste que tout ça m'affecte beaucoup.

— C'est bien compréhensible, assura aussitôt Rowenna.

Mais cela ne suffit pas à briser le malaise, et un pesant silence s'abattit sur leur table.

Le serveur eut la bonne idée d'arriver à ce moment-là avec une partie de la commande d'Eve, qui se mit immédiatement à manger, le nez plongé dans sa soupe miso.

— Tu as peur? demanda calmement Daniel.

Elle suspendit son geste, la cuillère à mi-chemin entre l'assiette et sa bouche.

— Qui? Moi? demanda-t-elle en levant les yeux vers Daniel. Et pourquoi devrais-je avoir peur?

Mais cette stratégie de défense ne convainquit personne.

— Pourquoi ? Mais parce que vous courez un danger, toi et Rowenna, dit Jeremy sans détour.

Quand ils le regardèrent tous avec de grands yeux, il se sentit tenu de s'expliquer.

— Il ne s'agit pas d'avoir peur de son ombre, mais de faire preuve de prudence. Une femme est morte, et une autre a disparu. Encore une fois, il n'est pas question de paniquer, mais je pense que vous avez tout intérêt à vous montrer vigilantes. C'est une question de bon sens, voilà tout.

Rowenna, sourcils froncés, regardait dans le vide. Jeremy voyait bien qu'elle se faisait du souci pour Eve.

— Rowenna, où se trouve ta voiture ?

— Ils l'ont reconduite sur le parking de la brigade criminelle, répondit-elle, l'air absent.

— Tu as des projets pour cet après-midi ?

— Je crois que je vais retourner au musée avec Dan et poursuivre mes recherches sur le Moissonneur.

— Parfait. Restes-y jusqu'à ce que je vienne te chercher, d'accord ?

— Tu m'avais pourtant dit que tu viendrais faire un tour à la boutique, dit Eve en se tournant vers son amie, la mine vexée.

— C'est vrai, reconnut Rowenna. Alors d'abord un saut à Magick Mercantile, et ensuite le musée de Dan. Et toi, Jeremy ?

— J'ai quelques courses à faire, et puis je voudrais m'assurer que Brad tient le coup, répondit-il. Dans l'état où il est, j'ai l'impression qu'il ne faut pas le laisser seul trop longtemps.

Le reste de la commande arriva, mais Eve, si affamée quelques minutes plus tôt, semblait avoir perdu l'appétit.

— J'y pense…, dit Daniel, faisant visiblement un effort pour relancer la conversation qui se mourait lentement. On déjeune en présence d'une reine !

Eve prit la balle au bond.

— Oh oui, c'est vrai ! s'écria-t-elle avec un grand sourire. Rowenna va être la Reine des moissons, cette année.

— Ça signifie quoi, au juste ? demanda Jeremy.

— La ville organise un défilé le jour de Thanksgiving, journée traditionnelle de célébration des moissons, expliqua Daniel. Ce n'est rien de très sérieux, à vrai dire, mais c'est une véritable tradition à Salem. Beaucoup de commerces créent des chars de parade. Ils sont souvent assez spectaculaires, d'autant que les étudiants en beaux-arts de toute la région s'impliquent dans leur décoration. Le défilé comprend généralement une vingtaine de chars, plus la calèche de la reine, tirée par quatre chevaux. Ce n'est pas le Carnaval de Rio, ajouta-t-il en riant, mais c'est assez joyeux. Le défilé démarre…

Il s'interrompit brusquement, fixant les deux jeunes femmes d'un air consterné.

— Le défilé démarre sur un chemin qui traverse des champs de maïs, termina Rowenna avec un sourire forcé. La calèche emprunte ensuite un parcours d'une dizaine de kilomètres qui s'achève dans le centre historique, et la moisson est censée débuter à la clôture du défilé. Mais de nos jours, il arrive qu'elle ait déjà commencé.

— Oui, intervint Daniel. La fête des moissons est devenue un divertissement. Mais pour nos ancêtres, ça revêtait une grande importance.

— A l'origine, il s'agissait d'un rituel païen, précisa Eve.

— Il n'y a rien de païen là-dedans, protesta Daniel.

— Bien sûr que si, insista Eve. La Reine des moissons était une déesse païenne, et la célébrer était une façon de remercier Dame Nature pour les bienfaits de la terre.

— Quoi qu'il en ait été dans le passé, cette manifestation n'est plus aujourd'hui qu'une occasion de s'amuser, dit Rowenna en regardant Jeremy. Les agriculteurs et les gens qui possèdent des maisons au bord de la route dressent des étals de fruits et servent du cidre chaud. Le soir, un dîner dansant est organisé dans un des lycées de la ville. Tu verras, c'est très sympa.

— J'en suis sûr, dit-il avec un sourire qui cachait mal son véritable sentiment sur la question.

Ces derniers temps, tout ce qui contenait le mot « moisson » était suspect à ses yeux, comme si ces quelques lettres étaient devenues synonymes de malheur.

— Et il n'y a pas de Roi des moissons ? demanda-t-il en esquissant un sourire.

— Bien sûr que si, répondit Eve. Au cours du dîner, Rowenna

devra le choisir parmi ses courtisans. Et je te préviens, ils sont nombreux, ajouta-t-elle avec une moue provocatrice.

— Comment pourrait-il en être autrement ? répliqua Jeremy, beau joueur.

— La salle va être magnifique, dit encore Eve.

— Comment pourrait-il en être autrement ? fit remarquer Daniel, un sourire moqueur sur les lèvres. Eve fait partie du comité chargé de la décoration.

— Je suis invité ? demanda Jeremy.

— Bien entendu, répondit Rowenna d'un ton détaché. Tout le monde a le droit de venir.

Mais elle lui adressa aussitôt un regard qui était la plus belle des invitations.

Jeremy consulta sa montre et se leva, dissimulant son trouble sous une feinte assurance.

— Alors, on se retrouve au musée, comme convenu ? Il faut que j'y aille, maintenant.

— Ça marche, dit-elle en hochant la tête.

Alors qu'il se retournait une dernière fois pour regarder Rowenna, il vit le serveur tendre un grand sac en papier à Eve. A quel sujet s'était-elle disputée avec son mari ? se demanda-t-il encore. Bien sûr, tous les couples se chamaillaient. Rien de plus normal… Ce qui l'était moins, c'était les sourires factices qu'ils avaient cru devoir plaquer sur leurs visages dès qu'ils l'avaient aperçu dans la rue. Pourquoi cette comédie ? Peut-être jugeaient-ils simplement que leurs problèmes de couple ne regardaient personne, songea-t-il en allant régler l'addition.

Il était persuadé que Joe l'appellerait dès qu'il aurait du nouveau, mais en attendant, il n'avait pas l'intention de se tourner les pouces.

Entre autres choses, une visite aux MacElroy s'imposait.

Ils habitaient une ancienne ferme entourée de champs de maïs et étaient les voisins immédiats de Rowenna, même si « immédiat » n'avait pas la même signification à la campagne qu'à la ville. Surtout, le champ où la victime avait été découverte leur appartenait. La police avait déjà dû leur poser tout un tas de questions, mais on n'était jamais mieux servi que par soi-même.

Pourtant, il avait un projet encore plus urgent qu'une visite à cette ferme.

Retrouver Eric Rolfe.

Il n'avait fait que quelques pas sur le trottoir quand il entendit crier son nom.

Rowenna courait dans sa direction, cheveux au vent.

Elle s'immobilisa à quelques centimètres de lui, un peu essoufflée, un sourire hésitant aux lèvres.

— Que se passe-t-il ? demanda Jeremy en l'attrapant par les épaules. Un problème ?

Il réalisa qu'il la serrait un peu fort et relâcha son étreinte.

Elle secoua la tête d'un air confus, le regard ému et joyeux.

— Non, non, je… je m'inquiétais pour toi, voilà tout.

— Pour moi ? Pourquoi ?

— Je voulais juste m'assurer que tu vas bien. Hier soir… tu m'as paru un peu nerveux. Et puis, ce matin, tu as dû assister à l'autopsie de cette malheureuse.

— Ce n'était pas ma première autopsie, tu sais.

— Peut-être, mais je suis sûre que c'était horrible.

— Je confirme. Mourir ainsi est une chose affreuse, Rowenna. C'est tellement injuste pour elle et sa famille… C'est pourquoi il faut mettre la main sur l'assassin avant qu'il ne récidive.

Le visage de Jeremy se crispa.

— Et c'est pourquoi il faut absolument retrouver Mary.

— Tu penses que celui qui l'a enlevée et le type qui a transformé cette femme en épouvantail sont une seule et même personne, n'est-ce pas ?

— Je préférerais croire le contraire, mais… Oui, je suis quasiment certain qu'il s'agit du même homme.

L'étreinte de ses mains se fit de nouveau plus forte. Jeremy éprouvait une angoisse diffuse, au-delà même de son inquiétude pour Mary.

— Promets-moi d'être prudente, Rowenna. Reste toujours entourée, et surtout ne te promène pas seule dans des endroits isolés ou mal éclairés.

— Promis, dit-elle en lui caressant doucement la joue. Toi aussi, sois prudent.

— Un flic reste toujours sur ses gardes, même après avoir raccroché les gants, répondit-il avec un sourire. Et puis je suis armé.

— Je suppose que c'est une bonne chose, dit Rowenna sans conviction. Au moins, je sais que tu as l'entraînement nécessaire pour te servir d'un pistolet.

— Et je ne suis pas un fou de la gâchette, loin de là.

— Moi aussi, je suis armée, dit-elle. J'ai une bombe lacrymogène dans mon sac à main, et je n'hésiterai pas à en faire usage.

— C'est une bonne chose, mais le mieux est encore d'éviter les situations où on doit s'en servir.

— Je te promets de faire très attention, Jeremy.

Il posa un baiser sur ses lèvres.

— Va rejoindre tes amis. On se retrouve tout à l'heure au musée.

Il la suivit des yeux jusqu'à ce qu'elle disparaisse à l'intérieur du restaurant, puis consulta une nouvelle fois sa montre. Il ne fallait pas traîner. En automne, le soir tombait vite sur la Nouvelle-Angleterre, et il avait des choses qui l'attendaient avant la fermeture du musée. S'il n'avait pas le temps aujourd'hui, il remettrait à demain sa visite chez les MacElroy.

En revanche, il avait bien l'intention d'échanger deux mots avec cet Eric Rolfe.

L'adolescent qui fabriquait naguère des épouvantails cauchemardesques.

L'homme qui créait à présent des masques du diable.

11.

Rowenna resta un moment derrière la porte vitrée du restaurant, à regarder Jeremy s'éloigner. Même de dos, à sa démarche, on voyait que cet homme avait confiance en lui.

Il avait complètement oublié son escapade nocturne de la veille, quand il avait quitté le lit, nu comme un ver, pour aller parler à quelqu'un qui n'était là que dans son imagination.

Lui l'avait oublié, mais pas elle.

Dieu merci, il allait venir la chercher au musée et elle n'aurait pas à rentrer seule dans cette maison…

C'était une frayeur enfantine, songea-t-elle, furieuse contre elle-même. Quitte à avoir peur, elle aurait mieux fait de s'inquiéter de la très probable présence d'un meurtrier en ville, un meurtrier qui ne se contentait pas de tuer ses victimes, mais qui les violait avant de les transformer en épouvantail. C'était une idée terriblement angoissante, bien entendu, mais rien ne lui arriverait si elle faisait preuve de prudence et restait toujours entourée d'amis.

Et puis, il y avait les cauchemars. Elle avait peur de s'endormir, parce qu'elle avait peur de rêver.

Elle n'avait vraiment pas besoin de faire une fixation sur Jeremy par-dessus le marché.

Pourtant, même si ses rêves la terrifiaient, ils pourraient peut-être l'aider à retrouver Mary. N'avait-elle pas vu en songe le corps putréfié, avant de le découvrir en réalité ? Si seulement il existait un moyen d'accéder sur commande à ces images que lui livrait son inconscient…

— On y va ?

Elle se retourna et vit que les autres l'avaient rejointe à la porte du restaurant.

— Alors, tu es allée faire un petit bisou à ton détective très privé? plaisanta Eve.

— Quelle gamine tu fais! rétorqua Rowenna. N'oublie pas qu'il est ici parce qu'une de ses amies est portée disparue.

— Je préfère ne pas y penser, répondit Eve. Je veux profiter de l'automne, et je n'ai pas envie de m'interdire d'être gaie. On va devenir fous, si on passe notre temps à songer à tous les malheurs qui nous entourent.

Elle s'interrompit et regarda Daniel et Rowenna d'un air inquiet.

— Vous vous dites que je suis une sale égoïste, c'est ça?

Daniel la dévisagea en soulevant un sourcil.

— Et si on allait montrer à Rowenna ces vilains masques exposés dans ta boutique? Je sais qu'ils ont le don de te mettre de bonne humeur.

Eve le fusilla du regard et quitta le restaurant en haussant les épaules, le repas d'Adam serré dans sa main.

Daniel et Rowenna échangèrent un sourire, puis lui emboîtèrent le pas.

Eve et Adam avaient fait du beau travail, songea Rowenna en apercevant la vitrine de Magick Mercantile. Drapée de mauve, celle-ci était parsemée de décorations de saison et garnie d'une magnifique collection de bijoux en argent. Des feuilles multicolores étaient savamment dispersées sur le tissu mauve, tandis que des miniatures recréaient des scènes évoquant Thanksgiving et l'époque des moissons. De la rue, on ne voyait que ça.

Le carillon teinta doucement lorsqu'ils poussèrent la porte de la boutique. Adam jeta un œil dans leur direction et leur fit un petit signe d'intelligence avant de reprendre ce qu'il faisait.

— Quelle horreur..., murmura Eve quand elle vit ce qu'il montrait à son client.

Un masque hideux qui ne pouvait être que l'œuvre d'Eric Rolfe.

Eve déposa le déjeuner d'Adam sur le comptoir où se trouvait la caisse, avant de les entraîner vers le fond du magasin.

Les autres masques étaient tous là, accrochés au mur.

En bois pour la plupart, ils avaient été agrémentés d'objets et de matériaux hétéroclites. Sur le plus proche de Rowenna, des yeux de verre vous fixaient avec une telle malveillance qu'elle ne put s'empêcher de détourner un instant le regard. Un autre avait une ramure de cerf en guise de cornes. Celles d'un bouc en coiffaient un troisième. Certains masques étaient peints, mais ceux qui avaient conservé l'aspect naturel du bois étaient les plus impressionnants pour Rowenna. Ils étaient comme ces sombres visages qu'elle croyait parfois distinguer dans les nœuds et nervures d'un tronc d'arbre.

— Ils sont super, non ?

Elle fit volte-face et se trouva nez à nez avec Adam, qui contemplait les masques avec une satisfaction évidente.

Eve fit la grimace.

— Les affaires sont les affaires, dit-il. Et je viens juste de faire une bonne marge sur celui que j'ai vendu à l'instant.

Eve resta silencieuse et Adam se tourna vers Daniel.

— Et toi, qu'en penses-tu ?

— Je les trouve remarquables.

— Rowenna ? dit Adam.

— Ils sont… eh bien, je dois admettre qu'il s'agit de véritables œuvres d'art, répondit-elle, mi-figue mi-raisin.

— Laisse ces monstres et viens avec moi dans la remise, dit Eve en la prenant par la main. Je viens de rentrer de magnifiques chemisiers de soie que je voudrais te montrer.

Rowenna se tourna vers Adam qui leva les yeux au ciel. Elle s'excusa d'un sourire gêné et se laissa entraîner par son amie.

Une fois dans la remise, Rowenna poussa des exclamations comme il se devait, et décida même d'acheter un chemisier. Mais elle se rendit vite compte que cet arrivage de vêtements avait servi de prétexte à Eve pour s'isoler avec elle.

— Rowenna, je suis vraiment inquiète.

— Je comprends. Mais il ne t'arrivera rien si tu respectes certaines règles de prudence.

Eve secoua la tête.

— Je ne parle pas de ce tueur. C'est Adam qui me fait peur !

— Adam ?

— Il y a quelque chose qui ne tourne pas rond chez lui en ce moment. Un type est passé à la boutique il y a environ un mois et il nous a cassé les pieds avec ses idées toutes faites sur la Wicca. Enfin, il m'a cassé les pieds. Parce qu'au lieu de l'envoyer paître, cet idiot d'Adam buvait ses paroles. Surtout quand le type s'est mis à lui expliquer que c'était une religion castratrice pour les hommes, que les femmes y avaient tous les pouvoirs et qu'elles transformaient leurs mecs en toutous de salon. Du grand n'importe quoi ! Et le pire, c'est que ce type était incapable de dire en quoi consistaient réellement nos croyances et nos rituels. Il avait dû lire un article mal documenté sur internet, ou voir une de ces émissions qui ne cherchent qu'à faire de l'audience. Toujours est-il que quelques jours après ça, Adam m'a dit qu'on devrait peut-être élargir notre horizon spirituel. Je n'ai rien contre, vraiment, mais voilà qu'il a commencé à s'intéresser au satanisme. Quand on sait le temps qu'on passe à lutter contre les amalgames absurdes entre la Wicca et le satanisme… J'en suis malade, Rowenna. Je lui en veux terriblement. On dirait qu'il se sent soudain tenu de prouver qu'il est un homme, un vrai. Tu verrais comment il me parle… Je ne le reconnais plus. Et il quitte sans cesse la boutique pour aller Dieu sait où. C'est pour ça que je suis allée déjeuner sans lui, aujourd'hui. Je ne le supporte plus, tu comprends… Oh, qu'est-ce que je peux faire, Rowenna ? Tu penses qu'il peut avoir la crise de la quarantaine alors qu'il n'a pas encore trente ans ?

Rowenna eut envie de rire, mais le désarroi de son amie la rappela à l'ordre.

— Je suis sûre que ce n'est qu'une phase, dit-elle. Il va bientôt venir s'excuser en se demandant ce qui lui est passé par la tête.

— Tu crois ? Il m'inquiète vraiment, tu sais.

— Pourquoi ? Tu ne m'as pas tout dit ?

L'espace d'un instant, elle eut la certitude qu'Eve allait lui confier autre chose, mais celle-ci se contenta finalement de secouer la tête, l'air accablée.

— Allons, reprit Rowenna devant la triste mine de son amie. Ça ne peut pas être si grave que ça. Vous vous aimez depuis des années, tous les deux. Bientôt, vous en rirez ensemble, tu verras.

— J'espère… Je ne suis pas encore prête à appeler un avocat, mais…

Elle laissa sa phrase en suspens et prit soudainement Rowenna dans ses bras.

— Merci, murmura-t-elle. Merci d'être revenue, merci de ne jamais me juger… merci d'être mon amie.

— Ce n'est pas comme si ça me demandait un effort, dit Rowenna en frottant le dos d'Eve du plat de la main.

— Rowenna ! appela Daniel. Vous avez bientôt fini de parler chiffons, là-dedans ? Je dois retourner au musée.

— J'arrive ! cria-t-elle avant de sourire à Eve. Tu te sens prête à affronter le monde et ton sataniste de mari ?

Eve hocha la tête, les larmes aux yeux.

— Quel imbécile, dit-elle d'une voix pleine d'amour.

L'instant d'après, elles quittaient leur retraite et passaient de nouveau devant les masques d'Eric en détournant le regard.

— Ça te plaît, ce que je t'ai rapporté ? demanda Eve.

Adam avala une bouchée et releva la tête.

— C'est délicieux, dit-il. Merci beaucoup.

Le portable de Rowenna se mit à sonner. Elle le sortit de son sac à main, jetant au passage un œil sur l'écran.

— Salut, Joe.

— Salut. Qu'est-ce que tu fais ?

— Je suis dans la boutique des Llewellyn et je m'apprête à aller au musée de l'Histoire. Daniel et moi avons découvert des documents intéressants dans la bibliothèque.

— Parfait, je te rejoins là-bas dans un petit moment.

— Si tu veux. A tout de suite, Joe.

Elle allait raccrocher quand il reprit la parole.

— On vient de mettre un nom sur la femme qui se trouvait dans le champ.

— Ah bon ?

— Elle s'appelait Dinah Green, et elle était de Boston. J'ai mis Jeremy au courant. Je devrais bientôt recevoir des photos qu'on va pouvoir montrer en ville. Il faut qu'on trouve des gens qui ont croisé son chemin à Salem.

— Bien sûr.

— Alors à tout à l'heure, au musée.

Elle raccrocha et s'aperçut qu'Eve, Adam et Daniel la fixaient du regard.

— Ils ont identifié la morte du champ de maïs, dit-elle.

Un long silence suivit ces mots. Eve fut la première à le rompre.

— Dis-moi, s'il te plaît, qu'il ne s'agit pas de quelqu'un qu'on connaît…

— Je ne crois pas, non. Moi, en tout cas, je n'avais jamais entendu son nom auparavant. Elle s'appelait Dinah Green et vivait à Boston.

Eve poussa un soupir de soulagement.

— Inconnue au bataillon, dit Adam.

— Des policiers vont sûrement venir vous présenter sa photo et vous demander si elle n'est pas passée à la boutique. Jeremy risque aussi de vous poser la même question, ajouta-t-elle.

— Je sais qu'il s'est impliqué dans cette affaire parce qu'il est ami avec Brad Johnstone et sa femme, dit Eve. Mais rien ne dit que ce meurtre et la disparition de Mary soient liés, n'est-ce pas ?

— Non, en effet. Mais c'est malheureusement une possibilité.

— Il faut que je retourne au musée, dit Daniel en consultant sa montre. J'ai peur d'avoir oublié de fermer la porte de la bibliothèque à clé.

Il avait prononcé ces mots d'une voix si dramatique que Rowenna dut détourner le visage pour dissimuler son sourire. Sa chère bibliothèque ! Elle ne pensait pas que des gens puissent ourdir des complots pour s'y introduire subrepticement. Mais enfin… A chacun ses manies et ses angoisses.

— D'accord, dit-elle. Donne-moi juste deux minutes. Il faut que j'achète quelque chose et que je me change. Encore une heure dans ce jean boueux et je vais devenir folle.

Eve lui apporta de quoi se changer entièrement, sous-vêtements compris. Rowenna n'aurait sans doute pas choisi d'elle-même la culotte et le soutien-gorge frappés d'une tête de mort, mais c'étaient des articles confortables et de bonne qualité. Et puis, elle n'était pas en position de faire la difficile. Elle prit même une autre culotte et un autre soutien-gorge, ceux-là ornés de chérubins, au cas où elle passerait encore la nuit chez Jeremy.

Enfin, elle put accompagner Daniel jusqu'au musée et s'assurer que personne n'avait porté atteinte à l'intégrité de ses précieux ouvrages.

Il avait beau être maniaque avec ses livres et ceux du musée, il ne voyait pas d'inconvénient à ce que Rowenna glisse un marque-page chaque fois qu'elle trouvait un passage qui pourrait intéresser la police ou Jeremy.

Elle était en train de se renseigner sur David Fine, l'un des célèbres criminels qui avaient un mannequin au musée, quand Joe pénétra dans la bibliothèque. Il échangea quelques mots avec Daniel, mais il était évident qu'il n'avait pas de temps à perdre. Aussi, quand il lui demanda si elle voulait bien l'accompagner dehors, Rowenna s'excusa auprès de Dan et le suivit aussitôt.

— Alors, tu as trouvé des choses intéressantes dans ces vieux bouquins ? demanda-t-il une fois dans la rue.

— Peut-être, répondit Rowenna avant de lui faire part de ses trouvailles.

— Et les déclarations de Brad Johnstone, tu en penses quoi ? Il prétend avoir vu des champs de maïs dans cette boule de cristal. Tu ne crois pas qu'il en rajoute un peu ? A l'entendre, ce Damien serait le diable en personne.

Elle s'immobilisa sur le trottoir. Autour d'eux, une foule décontractée se promenait au soleil, papillonnant de boutique en boutique, profitant de cette belle journée. Elle regarda Joe droit dans les yeux et prit une bonne respiration.

— J'ai rêvé plusieurs fois de champs de maïs, Joe. Ça a commencé juste avant Halloween, alors que je me trouvais toujours à La Nouvelle-Orléans. Tu te souviens qu'à une époque, la ville organisait un concours d'épouvantails ? Eric Rolfe, un garçon un peu plus âgé que moi, en fabriquait de vraiment effrayants. Ses créations me terrifiaient. Eh bien, dans ces rêves — ou plutôt dans ces cauchemars —, je suis encore une petite fille, qui court dans les champs vers un des épouvantails d'Eric. Plus je m'en approche, plus j'ai peur, parce que je sais que l'épouvantail sera en réalité un être humain dépecé par les corbeaux, un corps putréfié comme celui que j'ai découvert hier.

Il la regarda sans une once de moquerie. Au contraire, le visage de Joe était grave, concentré.

— Et le meurtrier ? demanda-t-il. Tu as rêvé de lui ? Tu as une idée de ce à quoi il ressemble ?

Il avait posé ces questions d'un ton professionnel, mais il aurait fallu être sourd pour ne pas entendre l'espoir qui perçait dans sa voix.

— Tu imagines bien que si c'était le cas, je t'en aurais parlé tout de suite, dit-elle.

— Oui, je sais…, répondit Joe avec un soupir las. Je voulais juste que tu me le confirmes.

— J'ignore pourquoi, mais j'ai le sentiment que quelque chose d'important se trouve au cœur des écrits qui traitent du passé de Salem. Et je ne parle pas simplement du fait que le tueur pourrait s'inspirer de crimes anciens.

— Il faut qu'on retourne dans ce champ, Rowenna.

— « On » ? demanda-t-elle sans dissimuler son inquiétude.

Elle s'était juré de ne plus jamais mettre les pieds dans un champ de maïs.

— La police scientifique a passé la scène du crime — et par scène du crime, j'entends toute la parcelle de maïs — au peigne fin. Harold et les gars du labo ont examiné le corps de la victime et le moindre bout de vêtement qu'elle portait. Résultat ? Des plumes de corbeau. Et entre nous, je me vois mal mettre les menottes à un oiseau, même s'il s'agit d'un charognard.

Joe avait l'air au bord du découragement.

— Tout ce que j'ai, c'est un vague suspect, une espèce de mage enturbanné qui se faisait appeler Damien pendant le Salon de la voyance.

— Et des arts divinatoires, compléta Rowenna.

— Si tu veux, bougonna Joe. Toujours est-il que je n'ai pas de témoin ayant aperçu ce Damien à proximité du cimetière. D'ailleurs, personne ne l'a vu arriver à Salem ou en repartir. Sans compter que j'ignore qui est vraiment ce type et où je peux le trouver. J'ai fait envoyer sa description et son portrait-robot à tous les hôtels, maisons d'hôtes, agences de locations saisonnières et autres bed and breakfast de la ville. Avec un peu de chance, on saura bientôt combien de temps il a séjourné chez nous. J'espère juste que quelqu'un va pouvoir me fournir une piste, parce qu'en dehors de l'homme invisible et d'une bande de corbeaux agressifs et affamés, je n'ai rien à me mettre sous la dent. Sauf Brad Johnstone, bien sûr. Mais dans l'hypothèse où sa femme et Dinah Green auraient été victimes du même homme, force est de reconnaître que son implication est de moins en moins probable.

Il s'interrompit un moment, le front plissé.

— Il faut que j'appelle les parents de Mary Johnstone pour leur dire que leur gendre est très probablement innocent. Je ne suis pas sûr qu'ils soient prêts à l'entendre, mais se faire traiter d'incompétent fait partie du métier. En attendant, je sais que c'est beaucoup te demander, mais j'aimerais que tu retournes dans ce champ avec moi.

— Qu'est-ce qui te fait penser que je pourrais trouver quelque chose, alors que tes hommes sont revenus bredouilles ?

Elle était désolée d'afficher son scepticisme, mais pour le moment, la simple idée de voir un épi de maïs lui faisait horreur. Et elle craignait qu'il n'en soit ainsi jusqu'à la fin de ses jours.

— J'ignore ce que tu es capable de découvrir avec ta façon à toi de percevoir les choses, mais je serais fou de me priver de tes dons.

— Quand ? demanda-t-elle d'une voix résignée.

— Maintenant.

Jeremy avait évité de prendre Joe Brentwood de front, et ses efforts avaient été payants. L'inspecteur lui avait même assuré qu'il pouvait le solliciter s'il avait besoin de quelque renseignement que ce soit.

En chemin vers sa voiture, il appela le portable de Joe, mais n'eut droit qu'à la messagerie vocale. Il essaya alors de le joindre à la brigade criminelle et fut mis en relation avec l'inspectrice Ivy Sinclair, qui accepta de lui fournir l'adresse d'Eric Rolfe. Il fut surpris d'apprendre que Rolfe vivait aussi en périphérie de la ville, à cinq minutes de la maison de Rowenna.

Moins d'une demi-heure plus tard, il passait devant la ferme des MacElroy, laissait à sa droite le chemin menant à la maison de Rowenna et arrivait bientôt — au bout d'une sente terreuse qui mit à mal les suspensions de la Mercedes — devant la propriété d'Eric Rolfe.

Visiblement, Rolfe n'était pas homme à afficher sa réussite.

Le vieux corps de ferme où il vivait avait besoin d'être retapé, et sa grande cour pavée était encombrée de matériaux divers — bois, ferraille, corde, blocs de pierre et marbre —, entassés à même le sol ou sur des chaises défoncées. Jeremy aperçut également des pots de peinture empilés contre un mur à côté de rouleaux de tissu, ainsi que des containers en plastique remplis avec ce qui semblait être des gravats.

Eric Rolfe était là, assis sur une chaise, en train de poncer un morceau de bois. Il leva les yeux, l'air intrigué, en voyant la voiture de location s'immobiliser au milieu de la cour. L'instant d'après, il adressa un salut amical à Jeremy qui venait d'en sortir.

Il était aussi grand que l'avait dit Rowenna, mais il avait dû perdre du poids avec l'âge, parce qu'on ne pouvait plus le dire « grassouillet ». Au contraire, les manches remontées de son vieux pull gris laissaient apparaître des bras aux muscles bien dessinés. Il avait de longs cheveux blond clair, mais sa barbe fournie était parsemée de poils roux.

— Bien le bonjour ! dit-il avec un sourire. Qu'est-ce que je peux faire pour vous ?

Jeremy marcha vers lui et se présenta.

— Alors, vous arrivez de La Nouvelle-Orléans ?

— En effet, répondit Jeremy avec une mimique surprise. Je ne savais pas que c'était de notoriété publique.

Un grand sourire troua la barbe de Rolfe.

— Eh oui, je sais tout de vous ! Que voulez-vous, Salem est un village.

Il posa sa pièce de bois et se leva pour serrer la main de Jeremy.

— Qu'est-ce qui me vaut l'honneur ?

— Dinah Green, lança Jeremy en étudiant la réaction de son interlocuteur.

Eric Rolfe fronça légèrement les sourcils, puis secoua la tête.

— Ça ne me dit rien du tout. Je suis censé la connaître ?

— C'est la femme qui a été retrouvée morte dans un champ de maïs.

Un sourire un peu ironique se dessina sur les lèvres de Rolfe.

— Je vois. Je fabrique des masques du diable et j'habite près du champ en question, donc…

— Et vous êtes revenu vivre ici récemment après des années passées en Californie.

— Vous aussi, vous savez des choses sur moi, nota le géant barbu. Désolé, ajouta-t-il, mais je n'ai pas le moindre alibi. Je vis seul ici et je sors très peu.

Jeremy décida de changer de sujet.

— Ces masques dont vous venez de parler... Il paraît qu'ils sont pour le moins étranges.

Rolfe hocha la tête.

— On peut dire ça, oui. Etranges comme l'enfant que j'étais et que je suis sans doute resté. Gamin, j'adorais aller au cinéma. Vous avez vu Le Loup-garou de Londres ? Ce film a changé ma vie. Cette année-là, l'Académie du cinéma a créé un oscar pour les meilleurs effets spéciaux. Les Aventuriers de l'arche perdue l'ont reçu, et Le Loup-garou a dû se contenter de l'oscar du meilleur maquillage. Mais ce film a été une révélation pour moi.

— Je l'ai vu, dit Jeremy. Ça m'a bien plu.

— Vous voulez entrer une minute ? proposa Rolfe. J'ai de la bière fraîche au frigo.

— Avec plaisir, merci.

— Je n'ai pas tué cette femme, vous savez. Je crée des monstres, mais j'ai un tempérament pacifique. Ceci dit, je comprends que vous vous posiez des questions à mon sujet. Vous faites votre boulot.

Il ouvrit la marche en direction du bâtiment principal. Plus Jeremy s'approchait, plus l'état de délabrement des lieux lui semblait flagrant.

— Je suppose que vous vous demandez comment quelqu'un qui a aussi bien réussi à Hollywood peut habiter dans un endroit aussi décrépit, reprit justement Rolfe après l'avoir mis en garde contre une balustrade branlante.

— J'avoue que ça m'a un peu surpris, admit Jeremy.

Une autre surprise l'attendait une fois la porte franchie. Entre l'intérieur et l'extérieur, c'était le jour et la nuit. L'entrée, fraîchement repeinte et lumineuse, ouvrait d'un côté sur un petit salon et de l'autre sur un couloir qui desservait le reste des pièces. Dans le salon, un canapé et des fauteuils en cuir flambant neuf entouraient une table basse moderne composée d'un plateau de verre épais aux bordures arrondies et d'un piétement de bois massif laqué noir. Ici, la qualité du mobilier, du parquet rutilant et des peintures murales donnait une impression de bon goût et de confort. Pas du tout ce que la cour et la façade laissaient imaginer.

— Mes parents habitaient ici et la propriété était inoccupée depuis cinq ans, expliqua Rolfe. Après la mort de mon père, ma mère est partie s'installer en Floride et la ferme est restée à l'abandon. J'ai une sœur, mais elle réside à Las Vegas et elle n'a pas remis les pieds ici depuis un bail. Quant à moi, je n'avais aucune raison de revenir vivre à Salem, si ce n'est que j'y ai grandi et que j'y suis attaché. Et puis j'ai toujours aimé l'automne dans cette ville. Alors voilà, j'ai commencé à rénover un peu l'intérieur…

Il s'interrompit et regarda Jeremy avec un petit sourire gêné, comme s'il s'excusait de lui raconter des choses qui ne l'intéressaient pas forcément.

— Tout ça pour dire que quand on ne vient pas dans une maison pendant cinq ans, il ne faut pas s'attendre à retrouver un palais, reprit-il. Ça se dégrade vite, surtout avec le climat de la Nouvelle-Angleterre.

Il traversa le petit salon, Jeremy dans son sillage.

Sa démarche était souple, tranquille, et il semblait en excellente forme physique. Ses mains, puissantes et calleuses, étaient celles d'un travailleur manuel, même si les plans abandonnés sur la table basse prouvaient qu'il savait aussi se servir de sa tête.

Voilà un homme qui avait la chance de pouvoir donner vie à ses visions, songea Jeremy tandis qu'ils pénétraient dans la cuisine.

— Légère ou normale ? demanda Rolfe en ouvrant le réfrigérateur.

— Peu importe.

Il attrapa deux canettes identiques et en tendit une à son invité.

— Alors vous êtes venus à Salem avec Rowenna ? dit-il avec un grand sourire.

Jeremy tira sur la languette métallique, libérant l'air contenu dans sa canette de bière, puis posa précipitamment les lèvres contre l'ouverture d'où s'échappait une mousse ambrée.

— J'ai rencontré Rowenna à La Nouvelle-Orléans, dit-il en s'essuyant la bouche du revers de la main. Il se trouve que j'ai dû venir ici au moment où elle avait prévu de rentrer chez elle.

Eric Rolfe but à son tour une gorgée de bière, sans quitter Jeremy du regard.

— Rowenna et moi, on ne s'est pas vus depuis des années, mais je me suis toujours tenu informé de ce qui se passait à Salem, vous savez. Je suis au courant de ses malheurs avec son précédent fiancé, et je me réjouis de voir qu'elle a tourné la page. D'autant que j'ai entendu dire que vous étiez un type bien.

Il but une nouvelle gorgée de bière, avant de reprendre, un sourire nostalgique aux lèvres.

— Tous les garçons du lycée n'avaient d'yeux que pour elle, mais Rowenna ne s'intéressait qu'à Jonathan Brentwood. On aurait bien voulu le détester, mais il était difficile de ne pas éprouver de la sympathie pour ce garçon. Curieux qu'il se soit engagé dans l'armée… Jonathan était toujours celui qui intervenait pour séparer les bagarreurs. Le genre de gars qui ne se sentait jamais tenu de prouver quoi que ce soit aux autres, si vous voyez ce que je veux dire. Pourtant, avec un père flic, je peux vous assurer qu'il se faisait chambrer, à l'école… Quand on allait se rouler un pétard dans les toilettes du lycée, on faisait semblant de croire qu'il allait nous dénoncer à son père.

Eric Rolfe porta une nouvelle fois la canette à ses lèvres, puis secoua la tête.

— Mais Jonathan n'était pas un mouchard, reprit-il. On dit que ce sont toujours les meilleurs qui s'en vont en premier. Eh bien, la mort prématurée de Jonathan Brentwood illustre parfaitement cet adage.

— Ça a dû être terrible pour son père, dit Jeremy. Et pour Rowenna.

— J'imagine. Je n'étais pas à Salem à cette époque. J'étais en plein tournage et je n'ai pas pu me libérer pour l'enterrement. Mais vous avez raison, ça a dû être terrible pour eux. Après la mort de Jonathan, j'ai entendu dire que Joe avait en quelque sorte adopté Rowenna. Ça ne m'a pas étonné. Elle est orpheline, et lui venait de perdre son fils unique. De toute façon, elle aurait été sa belle-fille. Je crois qu'on peut dire que c'était dans l'ordre des choses.

Il dévisagea Jeremy avec une franchise désarmante dans le regard.

— Et ce bon vieux Joe, qu'est-ce qu'il pense de vous ?

— J'ai l'impression qu'on s'entend plutôt bien.

— Tant mieux. Ça me fait plaisir pour Rowenna. On ne peut pas passer sa vie à pleurer les morts.

Il se massa la nuque et posa sa canette vide près de l'évier.

— J'avoue que ça me fait bizarre de rentrer au bercail, de retrouver les mêmes visages, un peu vieillis certes, mais pas si différents que ça. D'ailleurs, rien n'a vraiment changé ici. Je dois dire que ça fait un sacré contraste avec…

— Avec ? demanda Jeremy.

Eric Rolfe éclata de rire.

— Avec la vie à Hollywood. Revenir à Salem, c'est comme… faire un grand saut dans le passé. On retombe vite dans les mêmes histoires, les mêmes débats : est-ce un bien ou un mal que la ville soit associée aux sorcières ? Personnellement, je préfère que Salem rime avec sorcières — passées ou modernes — qu'avec puritains. Pour moi, les premiers colons étaient de vrais tarés.

Il haussa les épaules avec un sourire ambigu.

— Mais je leur sais gré d'avoir laissé un héritage passionnant pour un artiste dans mon genre.

— Comme cette vision du diable qui vous a inspiré pour vos masques ?

Eric Rolfe acquiesça d'un signe de tête.

— J'ai travaillé à partir d'illustrations anciennes, dit-il.

— Où les avez-vous trouvées ?

— Sur internet. Ça vous intéresse d'y jeter un œil ? J'en ai imprimé quelques-unes. Je peux même vous les donner, si vous pensez que ça peut vous aider d'une manière ou d'une autre.

— Je veux bien, merci.

Cet homme était-il vraiment innocent ou jouait-il à celui qui n'a rien à cacher ? se demanda Jeremy en allant à son tour poser sa canette vide près de l'évier.

Rolfe l'entraîna dans le salon où il se mit à fouiller dans les placards d'une bibliothèque murale, sous l'œil attentif de Jeremy qui s'était assis sur le large bras d'un fauteuil en cuir. Face au fauteuil, une télévision ultramoderne était accrochée au mur comme un tableau de maître. Une minute plus tard, Eric Rolfe lui tendait une chemise cartonnée.

— Prenez tout. Je peux les retrouver sur internet ; et puis, de toute façon, j'en ai terminé avec la série des masques. Je suis en train de concevoir un monstre qui doit terroriser les gamins et se battre contre le Père Noël. Le tournage du film est censé commencer en janvier à Vancouver. Vous verrez ça l'année prochaine.

— Alors vous n'allez pas rester ici ?

— Je suis amené à voyager, avec le métier que je fais. Je reviendrai à un moment ou un autre à Salem. Les habitants de la Nouvelle-Angleterre sont comme ça, vous savez. On s'en va, mais on finit toujours par revenir. Je crois que c'est l'appel de l'automne et de ses couleurs.

— Quand êtes-vous arrivé, exactement ? demanda Jeremy.

Eric Rolfe prit son temps pour répondre.

— Laissez-moi réfléchir..., dit-il finalement. J'ai décidé de rentrer en voiture, histoire de voir un peu de pays. J'ai fait ça tout seul, avec mes livres audio et ma collection de CD. Je me suis arrêté ici et là, au gré de mes envies et... Oui, je crois être arrivé le 17 à Salem.

Un sourire se forma lentement sur ses lèvres.

— Juste à temps pour commettre ce meurtre, n'est-ce pas ?

— Ça colle au niveau des dates, en effet.

Eric haussa les épaules avec une mimique résignée.

— Alors le doute n'est plus permis, dit-il. Vous avez votre coupable.

— Vous avez passé le soir d'Halloween en ville ? demanda Jeremy sans entrer dans son jeu.

— La réponse est oui. Et pour l'amour du ciel, ne me demandez pas si j'ai remarqué quelque chose d'étrange ce soir-là. C'était Halloween à Salem ! Ce soir-là, tout est étrange !

— En fait, j'allais vous demander si par hasard vous n'auriez pas rencontré un voyant qui se faisait appeler Damien.

Quelque chose dans le regard d'Eric Rolfe alerta Jeremy.

Oui, il l'avait rencontré.

Jeremy en aurait mis sa main au feu.

Mieux, il sentait qu'il avait touché un point sensible.

— En effet, j'ai croisé son chemin.

— C'était la première fois que vous le rencontriez ?

— Oui…, répondit Rolfe comme s'il se posait lui-même la question. Enfin, je crois.

— Comment ça, vous croyez ?

— Eh bien, le type en question était devant sa tente, en train d'inciter les badauds à entrer, quand je suis passé par là. Je me rendais à Magick Mercantile, la boutique des Llewellyn, et je prenais mon temps. Je regardais les costumes, les stands, et pour tout vous dire, je me marrais tout seul devant les pauvres effets visuels utilisés par certains exposants, quand je lui ai foncé dedans.

— Et ensuite ?

— Je me suis excusé de l'avoir bousculé, bien sûr, mais cet homme me fixait du regard comme si…

Rolfe se tut brusquement et Jeremy le vit se concentrer. On aurait dit qu'il cherchait à retrouver le sentiment qu'il avait éprouvé au moment des faits.

— Comme s'il me connaissait ! s'écria-t-il soudain. Oui, c'est ça… L'espace d'un instant, il a eu l'expression de quelqu'un qui connaît son interlocuteur et s'attend lui-même à être reconnu. Si vous ne m'aviez pas posé la question, j'aurais sans doute oublié ce détail, vous savez. Après ça, il a éclaté de rire et m'a dit qu'il pouvait me prédire l'avenir. Il a aussi dit que…

Rolfe s'interrompit de nouveau. Mais cette fois-ci, son visage exprimait un certain trouble.

— Quoi ? insista Jeremy. Que vous a-t-il dit d'autre ?

— Il m'a dit qu'il pouvait me montrer les mystères des champs de maïs. Les champs de maïs, répéta-t-il en regardant Jeremy d'un air perplexe.

— Et ensuite ?

— J'ai décliné son offre en disant que je n'avais pas le temps et je me suis éloigné. Pour tout vous dire, ce type m'a un peu foutu les jetons.

— Comment savez-vous que c'était Damien ?

— Son nom était inscrit sur une pancarte, à l'entrée de sa tente.

— Et il n'a pas essayé de vous retenir ?

— Non. Il s'est remis à rire avant de m'assurer que j'allais m'en mordre les doigts.

Rolfe resta silencieux quelques secondes, l'air pensif, comme s'il essayait de chasser des souvenirs désagréables.

— Qui sait ? dit-il finalement. Ce type a pu me confondre avec quelqu'un d'autre. Ou peut-être sait-il vraiment qui je suis... Qu'en pensez-vous ?

— Je pense qu'il vous connaît sans doute, répondit Jeremy.

Soit Eric Rolfe disait la vérité, soit il était devenu un excellent acteur à force de fréquenter les plateaux de tournage.

— Et vous croyez que c'est ce Damien qui a tué cette pauvre fille ? demanda Rolfe, le front soucieux.

— On ne peut pas l'exclure. Si seulement on arrivait à lui mettre la main dessus... Mais il semble s'être évaporé dans la nature.

Son interlocuteur se gratta nerveusement la barbe, les traits crispés.

— Je vous jure que je ne l'ai pas reconnu, mais il faut dire qu'il était maquillé et qu'il portait un turban. Il avait aussi des faux poils sur le visage. Sourcils, barbichette, fine moustache. J'en suis sûr et certain. C'est comme essayer de trouver qui se cache sous le costume du Père Noël, vous comprenez ?

Jeremy sortit une carte de visite de sa poche.

— Si vous songez à quoi que ce soit...

— Oui, oui, je vous appelle.

Jeremy ne put retenir un petit rire.

— Si vous avez des certitudes, du solide, contactez la police. Mais si quelque chose vous trotte dans la tête, quelque chose dont vous n'êtes pas sûr à cent pour cent, alors là, oui, appelez-moi.

— Comptez sur moi. Au fait, comment va Rowenna ?

— Bien.

— Toujours aussi belle ? demanda Rolfe avec un sourire.

— Je ne sais pas comment elle était avant, mais je doute qu'elle ait pu l'être plus qu'aujourd'hui.

Le sourire d'Eric Rolfe s'élargit encore.

— Dites-lui bonjour de ma part. Je suis impatient de la revoir.

— Je suis certain que vous la verrez bientôt. Et vous savez, la vraie raison de ma présence à Salem n'est pas Rowenna, si jolie et charmante soit-elle. Je suis là pour aider un ami.

— Brad Johnstone.

— Vous l'avez rencontré ?

— Non, mais j'ai la télé, comme vous pouvez le constater, répondit Rolfe en indiquant d'un mouvement de tête l'écran dernier cri accroché au mur. Je lis aussi les journaux et j'écoute ce que disent les gens. Il faudrait vivre sur une île déserte pour ne pas connaître M. Johnstone. Avant la découverte de cette malheureuse dans le champ de maïs, tout le monde ne parlait que de ce qui est arrivé à sa femme.

Il soupira.

— Ainsi va le monde moderne… Un fait divers en chasse un autre. Au fait, je ne vous ai même pas dit que j'ai vu votre ami, le jour d'Halloween. Lui et sa femme.

— Vraiment ? Où ça ?

— Juste devant le cimetière. Ils marchaient main dans la main et s'apprêtaient à passer les grilles d'entrée.

— Et vous n'avez pas vu Mary Johnstone ressortir du cimetière ?

— Je passais là par hasard, je n'étais pas en train de les espionner, répondit Rolfe d'un ton impatient. D'autant que je vous rappelle que je ne les connaissais pas. Ce n'est qu'après, quand j'ai vu leurs visages dans le journal, que je me suis souvenu d'eux.

Il semblait soudain las de cette conversation, pressé d'en finir.

— La vérité, reprit-il, c'est qu'on ne pouvait pas les rater, tous les deux. Ils étaient superbes, élégants et visiblement amoureux, main dans la main dans la nuit qui commençait à tomber, avec ces anciennes tombes en toile de fond… Je me souviens m'être dit que ça ferait un magnifique plan d'ouverture pour un film d'horreur.

Il haussa les épaules avec une mimique fataliste.

— Voilà. Je les ai vus entrer et j'ai passé mon chemin.

— Pourquoi ne trouve-t-on personne qui ait vu Mary quitter ce foutu cimetière ? maugréa Jeremy comme pour lui-même.

— Je vous rappelle que c'était Halloween. Un soir comme ça, il peut se passer à peu près n'importe quoi sans que les gens s'en émeuvent.

Il se tourna en direction de sa bibliothèque, parcourant les rayonnages d'un air songeur.

— Vous savez, dit-il sans regarder Jeremy, j'ai grimé un certain nombre d'actrices et d'acteurs au cours de ma carrière, et je suis souvent allé loin dans le macabre. J'ai aussi changé des sex-symbols en laiderons et des jeunes premiers en vieillards chenus. Avec un peu d'imagination et beaucoup de maquillage, on peut transformer les gens en à peu près n'importe quoi : en arbre, en bouc, en statue, en démon, et même en cadavre putréfié. En tout, je vous dis. Et pourtant…

— Et pourtant ?

Eric Rolfe fit volte-face.

— Et pourtant, quoi qu'on fasse, on n'arrive jamais vraiment à changer complètement le regard. Même avec des lentilles de contact, il reste quelque chose dans les yeux qui me permet à coup sûr de reconnaître quelqu'un caché sous un maquillage.

Il hésita une seconde.

— Et c'est ce qui me chiffonne avec ce Damien. Quand il m'a fixé du regard, j'ai… j'ai eu le sentiment de le connaître et d'être en présence de quelqu'un que je n'aimais pas. Oui, il y avait quelque chose d'étrange, de dérangeant dans la façon dont il m'a regardé.

— Et sa voix ?

La question sembla prendre Rolfe au dépourvu.

— Quoi, sa voix ?

— Comment était-elle ? Grave ? Aiguë ? Rauque ? Efféminée ? Il avait un accent ?

Rolfe réfléchit quelques secondes avant de répondre.

— Ce n'était pas très prononcé, mais… Son accent était plus anglais qu'américain. Enfin, je crois. En tout cas ce n'était pas l'accent d'ici. C'était un accent presque académique, comme d'un autre temps… Mais je ne suis pas formel, désolé. Chez moi, tout passe par les yeux.

— Mais la voix fait aussi partie de la personnalité, insista Jeremy. Si vous l'entendiez de nouveau, sauriez-vous la reconnaître ?

— Peut-être… Je ne sais pas. Comme je viens de vous le dire, l'ouïe n'est pas mon sens le plus développé.

Sur ces mots, il partit en direction de l'entrée, ne laissant à Jeremy d'autre choix que de le suivre.

— Je comprends, dit Jeremy alors que Rolfe ouvrait la porte. Mais essayez d'y repenser au calme et n'hésitez pas à noter ce qui vous revient à la mémoire, d'accord ?

— D'accord. Alors, vous m'avez rayé de la liste des suspects ? ajouta-t-il avec un sourire.

— Pas encore, répliqua Jeremy.

Ils se serrèrent la main et Jeremy traversa la cour en direction de sa voiture. Il venait d'ouvrir la portière quand Eric Rolfe l'interpella.

— Si on me montrait une photo de Damien sans son maquillage, je parviendrais peut-être à le reconnaître, vous savez. Je vous le dis, même s'il portait sans doute des lentilles de couleur, il y avait quelque chose dans son regard… quelque chose que je connais. Et plus j'y pense, plus je suis persuadé que lui aussi, il me connaît.

12.

Il faisait encore jour, et il était relativement tôt. La nuit ne tomberait pas avant une bonne heure, songea Rowenna.

Et puis elle n'était pas seule. Elle était avec Joe, un ami de longue date et l'un des inspecteurs de police les plus chevronnés de Salem.

Même si le cadavre crucifié de Dinah Green ne s'élevait plus au milieu des épis prêts à être moissonnés, ce champ était le dernier endroit où Rowenna avait envie de se trouver. Les hautes tiges, récemment piétinées par une armée de policiers, s'étaient presque toutes redressées. C'était la force de la nature, songea-t-elle, que de survivre aux changements climatiques comme à l'action des hommes. Cette planète n'existerait peut-être pas éternellement, mais elle continuerait sûrement à tourner sur elle-même pendant des millions d'années, même si les humains n'étaient plus là pour la peupler. Les formes de vie qui l'habitaient finissaient toutes par mourir, des plus petits organismes invisibles à l'œil nu aux plus gros végétaux et animaux, mais à la fin tout retournait à la terre.

Et la terre acceptait tout, comme elle avait accepté le sang qui s'était écoulé du cadavre martyrisé de Dinah Green.

Rowenna éprouvait la force du sol fertile sous ses pieds, tout comme elle percevait les murmures des hautes tiges vertes.

Sentaient-elles que l'heure de la moisson était venue ?

Elle s'efforçait désespérément de se débarrasser du sentiment funèbre qui la submergeait depuis qu'elle avait posé le pied dans ce champ, mais elle avait beau se dire que les puissants effluves de la nature étaient doux et paisibles, que la brise avait la tendresse d'une caresse, rien n'y faisait.

Rien ne pouvait juguler son envie de fuir à toutes jambes et de ne plus jamais retourner dans cet endroit maudit.

Joe venait de s'arrêter à quelques mètres d'elle.

— Alors ? demanda-t-il d'une voix feutrée.

— Alors quoi, Joe ? Qu'est-ce que tu espérais en me traînant ici ?

— Que ressens-tu ? demanda-t-il.

— Je sais que tu ne veux pas l'entendre, mais je n'ai pas de dons extralucides. Tout ce que je sais faire, c'est me mettre dans la peau des victimes et essayer de comprendre ce qu'elles ont vécu. Au fond, je fais autant appel à la logique qu'à l'intuition, tu sais.

— D'accord, dit Joe d'un ton conciliant. Pourrais-tu essayer de te mettre à la place de la victime ?

— Tu penses qu'elle a été tuée ici même ?

Il acquiesça d'un signe de tête.

— Montre-moi l'endroit exact où je l'ai découverte, demanda Rowenna.

Lorsqu'il lui indiqua un emplacement tout près d'elle, Rowenna se sentit bête. La nature avait beau reprendre ses droits, la police avait planté un repère dans le trou laissé par le pieu ayant servi de base à l'épouvantail. Pieu sur lequel avait été empalée la victime.

Sans un mot, Joe vint lui donner la photocopie couleur d'un permis de conduire. Nom : Green. Prénom : Dinah. Couleur des cheveux : brun foncé à noir. Couleur des yeux : marron. Taille : 1, 62 m.

Elle avait été belle, songea Rowenna. Malgré son sourire emprunté, on la devinait espiègle et pleine de vie.

La brise commença à souffler plus fort, ou du moins Rowenna en eut-elle l'impression. Elle leva les yeux vers le ciel, le visage encombré de mèches rebelles. Le soleil, caché sous un voile nuageux, avait des allures de pleine lune. Il était déjà bas et semblait plonger à toute vitesse vers l'horizon. Bientôt, l'obscurité envelopperait le champ et ses mystères.

Elle abaissa doucement ses paupières et se laissa glisser vers cet endroit sans nom où naissaient ses intuitions.

Elle crut d'abord entendre quelqu'un supplier. Une voix de femme terrifiée où perçait toutefois, déraisonnable, un soupçon d'espoir. Oui, songea Rowenna, l'espoir faisait vivre… même à l'heure de mourir.

Puis elle entendit un cri lointain. Lointain dans le temps et non dans l'espace, comme s'il avait été poussé à une autre époque, à l'endroit même où elle se trouvait.

Puis un rire. Le rire cruel d'un homme.

Un bruit de lutte, puis de nouveau la voix suppliante de la femme.

« Je ferai tout ce que vous voudrez. Je vous le promets. Tout ce que vous voudrez. »

L'homme se mit à parler. Une voix grave, profonde, implacable.

« Trop tard. »

Encore des bruits de lutte. Des gémissements.

Encore un cri. Cette fois, il s'agissait d'un cri d'agonie.

Et puis…

Et puis elle comprit tout. Ce qu'il avait fait, où il l'avait fait, et même, dans une certaine mesure, pourquoi il l'avait fait. Et elle était terrifiée.

Soudain, Rowenna se mit à étouffer, ses mains crispées sur son cou comme si elle essayait d'empêcher quelqu'un de l'étrangler. Elle tomba à genoux sur la terre meuble, consciente qu'il s'agissait des mains du tueur autour du cou de Dinah, des mains du tueur qu'elle sentait pourtant serrer sa propre gorge, avec une telle force que toute résistance était vaine.

Elle entendit un craquement sinistre au moment où la nuque se brisait…

— Rowenna!

Joe était en train de la secouer.

Elle cligna plusieurs fois des yeux tandis qu'il la remettait sur ses pieds.

Le voile nuageux s'était déchiré, laissant les rayons obliques du soleil réchauffer son visage.

— Ça va, Rowenna?

Revenant à elle, elle vit que Joe semblait inquiet. Mais il n'avait pas l'air de regretter le moins du monde de l'avoir incitée à vivre cette expérience.

— Oui, ça va…

Et c'était la vérité. Le soleil lui chauffait agréablement le visage et la brise était douce sur sa peau. Tout était normal. Tout allait bien.

— Qu'est-ce que tu as vu? demanda Joe.

— Je n'ai pas de visions, murmura-t-elle.

Mais à qui s'adressaient vraiment ces mots ? Cette fois-ci, elle avait le sentiment d'être allée bien au-delà de l'exercice mental qui consistait à se mettre à la place d'une victime. Certes, elle avait imaginé — ne fallait-il pas plutôt dire vécu ? — les derniers moments de Dinah Green, mais son espèce de transe l'avait aussi emmenée directement dans l'esprit dérangé d'un tueur.

Joe reformula sa question.

— Qu'est-ce que tu as ressenti ?

— Bon, en toute logique, voilà comment le tueur doit opérer... Il enlève sa proie et la conduit dans un endroit où il peut la maintenir prisonnière sans craindre d'être vu, entendu, ou dérangé d'une quelconque manière. Je doute que son repaire soit situé en ville, à moins qu'il ne s'agisse d'une pièce parfaitement insonorisée. Et il pourrait s'agir d'un lieu sombre, très sombre... C'est en tout cas ce que je ressens. Comme si l'obscurité était pour lui un moyen supplémentaire de terroriser ses victimes. Il les maintient en vie et en fait ses jouets, ses choses. Le plus important pour lui...

Quand elle hésita quelques secondes, à la recherche des mots justes pour exprimer ce qu'elle pensait avoir compris, Joe la prit par les épaules et la regarda dans le blanc des yeux.

— Qu'est-ce qui est le plus important pour lui, Rowenna ?

Les mains de Joe l'agrippaient si fermement qu'elle faillit protester. Malgré son âge, sa force physique était encore impressionnante. Et s'il continuait comme ça, elle pouvait être sûre qu'elle aurait des bleus aux épaules. Mais il y avait une telle intensité, une telle attente dans son regard qu'elle décida de poursuivre sans lui en faire la remarque.

— Ce qui est le plus important pour lui, c'est que sa victime lui obéisse en tout. Mieux, qu'elle lui soit entièrement dévouée. Il la veut effrayée, mais surtout soumise. Elle doit comprendre qu'il a tout pouvoir sur elle et le vénérer comme un dieu vivant. Et si elle a le malheur de s'opposer à son maître, si elle se rebelle ou essaie de s'enfuir, elle en paiera le prix.

Les doigts de Joe ne relâchaient pas leur emprise. Au contraire, elle eut l'impression qu'ils la serraient encore plus fort.

— Tu peux le voir, Rowenna ? Concentre-toi, s'il te plaît, concentre-toi... Tu peux voir son visage ?

Elle ferma les yeux. Il y avait bien une image, quelque part dans les méandres de son esprit… Quelque chose.

Elle secoua la tête.

— Non, je ne peux pas voir son visage. Tu sais ce que je vois ? Un de ces affreux masques que vendent les Llewellyn…

— Quels masques ?

— Oh… C'est vrai que tu n'es pas au courant. Ce sont des masques du diable. Ils sont vraiment hideux.

— Des masques du diable ?

Une grimace de douleur déforma les traits de Rowenna tandis que Joe lui broyait ses épaules.

— Joe, tu me fais mal.

Le bruit d'un klaxon les fit sursauter l'un comme l'autre. Joe ôta ses mains en s'excusant du regard tandis qu'ils entendaient claquer une portière. Quelques secondes plus tard, la silhouette de Jeremy fendait les hautes tiges à la manière d'un bulldozer.

Il s'arrêta à deux mètres d'elle, traits crispés et poings serrés.

— Salut, Jeremy, dit-elle.

— Tu peux me dire ce que tu fous là ?

— Elle n'est pas seule, dit Joe. C'est moi qui lui ai demandé de venir ici.

— Tu étais censée m'attendre au musée, reprit Jeremy d'une voix furieuse, sans prêter la moindre attention à l'intervention de Joe. Je n'en ai pas cru mes oreilles quand Dan m'a dit que tu étais retournée dans ce champ.

— J'ai dit que c'était moi qui lui avais demandé de m'accompagner, répéta Joe d'une voix tendue.

— Tu te rends compte des risques que tu prends en venant ici ? insista Jeremy, toujours sourd aux paroles de Joe.

Il la regardait droit dans les yeux, et les siens avaient définitivement viré à la teinte gris tempête.

— Tu m'avais promis de m'attendre au musée, poursuivit-il. Tu m'avais aussi promis de ne pas t'éloigner du centre-ville.

— Jeremy, calme-toi, dit-elle d'une voix qui se voulait apaisante. Tu vois bien que je suis avec Joe.

D'où venait toute cette colère qu'il déversait sur elle ? se demanda-t-elle tandis qu'il se tournait vers Joe avec un regard noir, comme s'il venait tout juste de se rendre compte de sa présence.

— Qu'est-ce qui vous a pris de l'amener ici ?

— Tout doux, dit Joe sans se démonter. Je suis ici chez moi, O.K. ? Je représente la loi à Salem, et Rowenna est là pour m'aider. Je vous rappelle par ailleurs que je la connais depuis qu'elle est toute petite alors que vous venez tout juste de la rencontrer. Arrêtez de la ramener, mon garçon. Si quelqu'un n'est pas à sa place ici, c'est vous.

Mais Jeremy ne battit pas en retraite pour autant. Les bras croisés, il continua à fusiller Joe du regard.

— Je ne sais pas si vous l'avez remarqué, mais il fera bientôt nuit. Vous êtes peut-être un bon flic ou même un as de la gâchette, mais une fois que ce champ sera plongé dans le noir, votre arme et vos gros muscles ne vous serviront plus à rien… Le tueur est un malin, peut-être même un illusionniste professionnel ! Je vous dis que Rowenna n'est pas en sécurité, ici.

— Il fait encore jour, oui ou non ? rétorqua Joe sur le même ton.

— Je peux en placer une ? lança Rowenna en passant devant Joe pour aller se camper à quelques centimètres du visage de Jeremy. J'étais sur le point de revenir au musée, d'accord ? Je t'aurais retrouvé là-bas comme prévu. Joe et moi, on a l'habitude de travailler comme ça depuis des années. Je te l'avais déjà expliqué, non ? On se rend sur la scène de crime et j'essaie de me mettre dans la peau de la victime. Et si tu veux savoir, Joe est un as de la gâchette.

— Un as de la gâchette et un irresponsable, rétorqua Jeremy en regardant Joe par-dessus l'épaule de Rowenna. Vous n'avez pas le droit de vous servir d'elle comme ça. C'est dangereux. Vous allez finir par convaincre le tueur qu'elle a vraiment des dons extralucides, et il va s'en prendre à elle. Vous avez envie que Rowenna soit la prochaine victime, ou quoi ?

— Mais mon aide peut être utile pour retrouver ce monstre ! s'écria Rowenna.

Elle les regarda alternativement.

— Arrêtez, tous les deux. Jeremy, le tueur ne va rien s'imaginer du tout, parce qu'il n'est même pas au courant de mon existence. Je sais que tu t'inquiètes pour moi et je t'en suis reconnaissante.

Mais tu sembles parfois oublier que je suis saine d'esprit, majeure, et parfaitement autonome.

Sur ces mots, elle passa devant lui en tremblant — de peur ou de colère, elle n'aurait su le dire — et s'éloigna en direction de la route.

Elle entendit bientôt les deux hommes écarter les hautes tiges dans son sillage.

Jeremy fut le premier à l'interpeller.

— Attends ! Je vais te ramener en ville.

— Je vous signale qu'elle est venue avec moi, dit fermement Joe.

Rowenna fit volte-face. Elle était rouge de colère.

— Allez vous faire foutre, tous les deux ! Puisque vous avez décidé de vous comporter comme des gamins, moi, je vais faire de l'auto-stop.

Mais même dans le feu de la colère, elle n'était pas dupe de sa propre menace. Il n'était évidemment pas question qu'elle monte dans la voiture d'un inconnu alors qu'un tueur errait dans les environs. Un tueur qui semblait avoir un faible pour les champs de maïs.

— C'est bon, c'est bon, dit Jeremy en la rattrapant. Monte avec Joe et je vous suivrai.

— Non, non, dit Joe. Rentre avec Flynn. C'est moi qui vous suivrai.

Alors qu'ils allaient atteindre la route, Jeremy s'immobilisa et se retourna, obligeant Joe à faire de même.

— Ecoutez, Joe… ma réaction a sans doute été disproportionnée. Mais avouez que vous auriez sans doute réagi pareil à ma place.

— Ouais, sans doute…, maugréa Joe. Je dois prendre ça pour des excuses ?

— Je m'excuse de m'être comporté comme un crétin. Mais je continue à penser que Rowenna ne devrait pas se trouver là.

Joe sembla se contenter de la première partie de la réponse.

— Vous retournez au musée, tous les deux ? demanda-t-il à Rowenna.

— Oui, dit-elle.

Mais quand elle jeta un regard à Jeremy pour qu'il confirme sa réponse, celui-ci parut hésiter.

— Autant pour moi, corrigea Rowenna. Je vais au musée.

— Je t'y retrouverai avant 17 heures, dit Jeremy. Joe, je compte sur vous pour qu'elle y parvienne sans encombre, n'est-ce pas ?

— Bien sûr.

Jeremy s'avança jusqu'à Rowenna, croisant brièvement son regard avant de lui prendre la main et de poser un baiser sur sa joue. Après quoi il salua Joe d'un signe de tête et partit vers sa voiture.

Rowenna le regarda s'éloigner, un peu perplexe.

Toute cette agitation pour ça ? Cinq minutes plus tôt, c'était comme s'il ne pouvait la quitter des yeux tellement il s'inquiétait pour elle, et maintenant, il s'en allait comme un voleur. A quoi avait rimé cette dispute avec Joe ? C'était juste pour le plaisir de l'affrontement ? Une sorte de rituel entre mâles dominants ?

— Bizarre…, dit-elle deux minutes plus tard en s'installant dans la voiture de Joe. D'abord il est mort d'inquiétude pour moi, et ensuite il me laisse tomber comme une vieille chaussette.

— Pas si bizarre que ça, répliqua Joe en quittant le bas-côté de la route après un bref coup d'œil dans le rétroviseur. Il a paniqué quand il ne t'a pas trouvée là où vous étiez convenus de vous retrouver. Mais à présent, il te sait en sécurité et il a autre chose à faire, voilà tout.

— Je rêve ou tu viens tout juste de prendre sa défense ? demanda-t-elle en ouvrant de grands yeux.

Il haussa les épaules.

— C'est pas un mauvais gamin.

Elle éclata de rire.

— Ce n'est pas un gamin du tout, Joe.

— Attends d'avoir mon âge, répliqua-t-il. Tu comprendras.

Rowenna tourna la tête et se mit à regarder les rangées de maïs défiler derrière sa vitre. Après plusieurs minutes de silence, elle jeta un coup d'œil à Joe.

— J'imagine que tu as ta petite idée sur l'endroit où Jeremy est allé.

— En toute logique ? demanda Joe avec un léger sourire.

— Oui, en toute logique.

— Eh bien, je suppose qu'il est allé faire un saut chez les MacElroy, histoire d'avoir un mot avec Ginny et son neveu.

Rowenna se renversa sur son siège. Comment pouvait-on soupçonner Ginny d'être impliquée de quelque manière que ce soit dans cette sordide affaire ? C'était d'autant plus absurde que cette petite bonne femme ne devait pas pouvoir porter plus de cinq kilos. Alors l'imaginer en train de traîner une femme adulte à travers un champ de maïs…

Bien sûr, le Dr MacElroy, lui, en aurait été physiquement capable. Avec ses épais cheveux blancs, ses yeux bleus comme l'azur et son teint perpétuellement bronzé, cet homme sportif et soigné n'aurait pas dépareillé à Beverly Hills. Oui, Nick MacElroy avait toujours été bel homme.

Mais pouvait-on l'imaginer dans la peau d'un tueur ? Jamais de la vie. Rowenna se souvenait de sa gentillesse quand, petite fille, elle devait se faire vacciner. Le Dr MacElroy savait la distraire et la faire rire en agitant sous son nez des nounours et des poupées Barbie auxquels il prêtait sa voix. Elle raffolait de ces petites mises en scène qui lui faisaient oublier sa peur des piqûres. Elle n'avait pas oublié sa sollicitude à la mort de ses parents, quand il l'avait prise dans ses bras à la fin de l'enterrement, lui murmurant à l'oreille qu'il serait toujours là pour elle. Et puis il fallait le voir avec ses petits-enfants… Un grand-père comme en rêvent tous les bambins, drôle et attentionné. Quand ils étaient chez lui, on en trouvait toujours un sur ses épaules, ou riant à gorge déployée tandis que son papy le faisait tournoyer dans les airs.

Cet homme ne pouvait pas être un assassin.

— Nick MacElroy n'était pas à Salem le soir d'Halloween, dit justement Joe. Il assistait à un congrès médical à Orlando.

— Ah…, fit Rowenna en souriant intérieurement, satisfaite et soulagée de voir qu'elle avait bien jugé son voisin.

— Tu sais, je suis certain que Jeremy est allé rendre visite à Eric Rolfe, dit Joe. Il a appelé à la brigade pour avoir son adresse. Eric Rolfe… Drôle de type, celui-là.

— Alors tu te souviens de lui ? demanda Rowenna.

— Bien sûr. Rolfe n'est pas le genre de garçon qu'on oublie facilement. Il a toujours été un peu givré, non ?

Rowenna se tourna vers Joe.

— Il n'est pas givré, il est juste créatif.

— Créatif, hein ? répéta Joe avec un sourire en coin. Et l'homme que nous recherchons, tu ne penses pas qu'il est créatif, lui aussi ?

Elle comprenait ce que Joe voulait dire, et pourquoi il était plus facile d'imaginer Eric dans le rôle du tueur sadique, adepte des mises en scène macabres, plutôt que le bon Dr MacElroy. Mais dans son esprit, il était aussi absurde de suspecter l'un que l'autre.

— Je reconnais que je n'ai pas revu Eric depuis le lycée, dit-elle, mais c'était un gentil garçon.

— Il était bizarre. Et ce n'est pas parce qu'il a trouvé un métier où il peut exprimer ses fantasmes qu'il est devenu moins bizarre. Un mec louche reste un mec louche, point final. Et le mec louche dont on parle a passé une partie de sa jeunesse à construire des épouvantails qui ne pouvaient sortir que d'un esprit tordu.

— Voilà exactement le genre de préjugés qui ont poussé Eric à partir pour la Californie, protesta Rowenna. Enfin, tempéra-t-elle, ça et le fait qu'Hollywood était l'endroit idéal pour vivre de son talent.

— Ecoute, Rowenna. On sait tous les deux que c'est quelqu'un d'ici qui a fait le coup. Toi-même, tu l'as ressenti tout à l'heure quand tu as fait ton… ton truc. Il s'en prend à des touristes. Une fois qu'il a jeté son dévolu sur sa proie, il l'enlève et la séquestre. Et il sait où aller pour installer sa mise en scène. Ce taré connaît le coin. Au fait, ajouta-t-il après une courte pause, tu savais que Rolfe était revenu habiter depuis peu la maison familiale, à dix minutes du champ où a été retrouvée Dinah Green ?

Elle hocha la tête, mal à l'aise. Joe avait manifestement placé Eric sur la liste des suspects, ce qui n'avait aucun sens. Eric était juste un gros nounours qui vivait dans son monde et ne ferait pas de mal à une mouche.

D'un autre côté…

Le connaissait-elle vraiment ? Elle ne l'avait pas revu depuis des années. Et quand bien même elle aurait déjeuné avec lui la veille…

Qui pouvait se vanter de tout connaître des gens qu'il fréquente ?

Elle observa Joe du coin de l'œil. Elle pensait le connaître. Et même bien le connaître. Et pourtant, il l'avait surprise quelques minutes plus tôt en prenant la défense de Jeremy.

Ils arrivèrent en bordure de la ville et Rowenna se sentit étrangement soulagée de constater que les réverbères étaient allumés malgré le soleil qui rougeoyait encore à l'horizon. Les maisons qu'ils longeaient étaient belles, mais les décorations qu'elles affichaient semblaient hésiter entre Thanksgiving et Noël. Les statuettes de pèlerins puritains ornaient de nombreuses pelouses, et l'on ne comptait plus les charrettes emplies de citrouilles, le jaune orangé de leur écorce semblant avoir été inventé pour répondre aux couleurs de l'automne. Mais d'autres maisons brillaient déjà des feux de Noël, et l'on voyait ici et là des bonshommes tout de rouge vêtus grimper sur les toits et les cheminées.

— On ne pourrait pas attendre qu'une fête soit finie avant d'en célébrer une autre ? grommela Joe. Franchement, je ne vois pas de quel droit Noël viendrait faire de l'ombre à notre bon vieux Thanksgiving. Il s'agit d'une fête ancienne et typiquement américaine, et il me semble qu'on devrait lui témoigner d'un peu plus de respect.

— Oui, monsieur le gardien du temple, acquiesça Rowenna d'un ton moqueur. Tu sais, je suis fière d'être l'amie d'un vrai Américain.

Quelques minutes plus tard, Joe se garait devant le musée de l'Histoire.

— Fais attention à toi, d'accord ? Je n'ai pas envie que Jeremy me refasse une scène. C'est un sanguin, cet homme-là !

Ils rirent ensemble, mais Joe retrouva bientôt son sérieux.

— Merci pour ton aide, Rowenna.

— De rien, Joe. A plus tard.

Alors qu'elle venait de sortir de la voiture, elle remarqua à quel point la nuit tombait vite, comme si quelqu'un là-haut déversait des seaux d'encre sur la terre.

Elle grimpa quatre à quatre les marches qui menaient à la porte d'entrée.

Une affiche avec deux photos venait d'être ajoutée sur le panneau extérieur qui annonçait les horaires d'ouverture et les expositions temporaires. Cette affiche avait certainement été placardée dans toute la ville, songea-t-elle en observant les portraits de Dinah Green et de Mary Johnstone sous lesquels on pouvait lire :

« MERCI DE NOUS AIDER. Si vous avez vu l'une ou l'autre de ces femmes, veuillez contacter le département de police de Salem au numéro inscrit au bas de cette affiche. Dinah Green a disparu le 20 octobre (estimation) et Mary Johnstone a disparu le soir d'Halloween. Si vous avez vu l'une d'elles, seule ou accompagnée, nous comptons sur vous pour vous manifester dans les meilleurs délais. »

Rowenna n'arrivait pas à détacher les yeux de la photo de Dinah Green. Tandis qu'elle observait en détail le visage de la victime, elle eut de nouveau l'impression que le vent s'enroulait autour d'elle, l'emprisonnant au cœur de son tourbillon. Elle entendit bientôt des murmures dans son oreille.

Les sanglots d'une femme, ses supplications désespérées.

La voix d'un homme. Glacée, impitoyable.

Elle cligna des yeux, soudain enveloppée d'une étrange sensation de fraîcheur. Sa vision périphérique se brouilla aussitôt après, lui imposant un tête-à-tête avec la photo de Dinah Green. Une obscurité brumeuse effaça alors le monde autour d'elle et l'air fut bientôt saturé d'une odeur de maïs frais, comme si elle se trouvait encore au milieu du champ.

Elle parvint à faire un pas en arrière et à se défaire de l'emprise de cette étrange sensation.

Pauvre Dinah... Non seulement elle avait été assassinée, mais elle avait connu les affres de la terreur avant de rendre l'âme.

Et Mary se trouvait en ce moment même aux mains de ce tueur froid et calculateur... Sans pouvoir se l'expliquer, Rowenna était certaine qu'elle était encore vivante.

Vivante, mais dans quel état ?

Le tueur se distrayait avec ses victimes. Elles étaient ses jouets. Il était un dieu, et elles étaient là pour l'adorer. Il était bon avec celles qui faisaient allégeance. Il était le Roi des moissons et ses prisonnières devaient s'incliner sur son passage, se réjouir de faire don d'elles-mêmes au roi de l'abondance.

Son regard glissa de la photo de Dinah Green vers celle de Mary Johnstone. C'était vraiment une femme splendide. Le photographe était parvenu à capturer quelque chose de profondément doux, de délicat, dans ses traits réguliers et ses yeux rieurs. Rowenna savait qu'elle avait été blessée, mais qu'elle avait décidé de pardonner. Parce qu'elle aimait son mari.

De nouveau, elle eut la sensation d'être transportée au centre d'une spirale venteuse, toujours accompagnée de cette brume épaisse, humide et froide. Elle était à la fois là et ailleurs. Elle entendit une voix se détacher d'un brouhaha, comme la rumeur d'une rue animée, et elle sut que c'était la voix de Mary, qu'elle ressentait ce que la femme de Brad avait éprouvé lors d'un moment heureux, avant son enlèvement. Mary riait, le cœur enfin léger après ces mois de peine et de colère. Puis elle glissa sa main dans celle de Brad, signe de sa confiance retrouvée.

Rowenna était Mary, ou du moins était-elle dans la tête de Mary, marchant dans une rue en direction du musée de l'Histoire.

— Ah, te voilà.

La voix la tira de son état méditatif, la ramenant brutalement dans le présent. Daniel se tenait devant elle.

— Je n'espérais plus te voir, dit-il. J'étais sur le point de rentrer chez moi.

— Il est déjà 5 heures ?

C'était impossible. Elle était certaine que Joe l'avait déposée à 16 h 30.

Se pouvait-il qu'elle soit restée une demi-heure devant cette affiche ?

— Oui, il est déjà 5 heures, confirma Daniel. Passées de cinq minutes, même.

Le portable de Rowenna se mit alors à sonner. Elle le sortit de son sac à main et lut le nom qui s'affichait sur l'écran.

— Oui, Jeremy, dit-elle avec un sourire d'excuse à l'intention de Daniel.

— Désolé, je suis en retard. Mais je serai bientôt en ville.

— Ne t'en fais pas, je peux attendre.

— Tu es bien au musée, n'est-ce pas ? demanda-t-il avec une pointe de scepticisme dans la voix.

— Oui, oui.

— J'ai rendez-vous avec Brad à 18 heures au bar de l'Hawthorne. Tu es des nôtres ?

— D'accord. Inutile de venir me chercher, Jeremy. Je te rejoindrai là-bas.

— Tu es seule ?

— Non, Dan est avec moi.

— Ah, tant mieux. Alors à tout à l'heure à l'Hawthorne.

— A tout à l'heure, Jeremy.

Elle raccrocha et se tourna vers Daniel qui attendait patiemment, bras croisés.

— Excuse-moi, Dan. Mais si je n'avais pas décroché, il aurait été capable d'appeler police-secours.

— Tu n'as pas à t'excuser, je comprends très bien.

— Alors, tu as trouvé autre chose dans tes précieux livres ?

Un sourire éclaira le visage de Daniel.

— Eh bien, je ne sais pas si Joe sera de cet avis, mais je crois que la police a tort de ne pas se pencher sur le passé. Comme toi, je pense que le tueur s'en inspire. Je ne comprends pas pourquoi ça n'intéresse pas les flics.

— Mais toi, ça t'intéresse, si j'ai bien compris. Dis-moi ce que tu as déniché.

— Tu as envie d'en savoir plus, pas vrai ? demanda-t-il avec un sourire taquin.

Mais son visage s'assombrit lorsqu'il posa les yeux sur l'affiche.

— J'ai vu cette fille, tu sais, dit-il en désignant du doigt la photo de Dinah Green. Au bar de l'Hawthorne. J'ai appelé la police, bien sûr.

Rowenna écarquilla les yeux.

— Tu as vu Dinah Green avant sa mort ? Elle était avec quelqu'un ? Un homme, peut-être ?

A sa grande surprise, Daniel répondit par l'affirmative.

— J'ai décrit l'homme à la jeune femme qui a pris mon appel, et je parie que je ne suis pas le seul à l'avoir fait. Le bar était bondé ce soir-là, et ce ne sont pas les témoins qui doivent manquer.

— Tu le connaissais ? C'était un type d'ici ?

— Je ne l'avais jamais vu avant, mais ça ne veut rien dire. Je ne connais pas tous les habitants de Salem et de sa région.

— De quoi avait-il l'air ? Tu l'as revu par la suite ? Le jour où Mary a disparu, par exemple ?

— Tu es pire que l'inspectrice qui m'a interrogé ! dit-il avec un sourire. Elle, au moins, elle ne posait qu'une question à fois. Pour te répondre dans le désordre, non, je ne l'ai malheureusement pas revu. Tu m'as demandé de quoi il avait l'air ?

Rowenna hocha vivement la tête.

— Eh bien, je dirais qu'il était grand, et plutôt beau, pour autant que je puisse en juger. Un type baraqué, le genre à fréquenter régulièrement un club de gym, tu vois… J'ai eu le sentiment que c'était un manuel. Un mécanicien, ou un ouvrier du bâtiment… Quelque chose comme ça. Il avait ce côté… ce côté mauvais garçon qui plaît aux filles. Enfin, je crois.

— Blond ? Brun ? Blanc, noir, hispanique, asiatique… ?

— Blanc et blond, dit Daniel. J'imagine que la police va établir un portrait-robot et qu'on finira par lui mettre la main dessus. Il faut seulement espérer qu'ils l'appréhenderont avant qu'il ne fasse du mal à Mary Johnstone.

Rowenna lui adressa un faible sourire.

— Je suis heureuse de voir que tu penses qu'elle est encore en vie. Brad y croit aussi, mais pour lui, l'espoir est la seule façon de ne pas devenir fou. Moi aussi, j'y crois, même si la plupart des gens sont persuadés du contraire. Surtout depuis qu'on a retrouvé le corps de Dinah Green…

Elle s'interrompit, le souffle coupé, tandis que l'image du cadavre décomposé lui revenait à la mémoire avec une précision effrayante.

Daniel lui caressa tendrement la joue.

— Tu penses qu'elle est toujours en vie parce que tu as envie d'y croire, n'est-ce pas ? demanda-t-il d'une voix douce.

— Pas du tout. J'en ai l'intime conviction.

— Tu es une bonne amie, dit-il. Mais seras-tu une bonne reine ?

Bien qu'elle n'eût pas envie de rire, elle lui sut gré de ses efforts pour alléger l'atmosphère.

— Difficile de songer à faire la fête en ce moment, répondit-elle avec un petit haussement d'épaules.

— Oui, c'est vrai… Mais ainsi va le monde. Les saisons vont et viennent et il en sera toujours de même. Du moins jusqu'à ce qu'on finisse par faire exploser la planète, ajouta-t-il d'un ton lugubre. Bon, eh bien, la journée a été longue et celle de demain promet d'être pire. On se tient au courant, d'accord?

— Oui, mais... Attends, Dan! Dis-moi ce que tu as trouvé pendant que j'étais avec Joe.

— Ah, ça..., dit-il avec un geste dédaigneux de la main. Rien de très important. Je t'en parlerai demain, O.K.?

— Si tu veux.

Au lieu de s'en aller, il la regarda d'un air soucieux.

— Ça va aller, toute seule? Tu veux que je te dépose quelque part?

— Non, non, je ne vais pas loin du tout. Mais merci d'avoir posé la question.

— Dans ce cas, je te dis à demain. Sois prudente, Rowenna.

— Je vais emprunter les grandes artères, et puis je n'en ai pas pour longtemps. Tu peux partir l'esprit tranquille.

Un dernier signe de la main et il s'enfonça dans la nuit tombante. Elle le suivit des yeux, indécise. Avait-elle bien fait de refuser sa proposition? Combien de fois Jeremy lui avait-il dit de ne pas marcher seule à la nuit tombée? Elle faillit rappeler Daniel, mais se ravisa finalement. Elle n'était vraiment pas loin de l'Hawthorne. Quelques pâtés de maisons qu'elle comptait parcourir en empruntant des rues animées. Et puis elle ne voulait pas vivre dans la peur. Salem était sa ville et elle ne laisserait personne — ni Joe, ni Jeremy, ni même le tueur — lui gâcher le plaisir d'y vivre et de s'y promener librement.

En tournant au coin de la rue, elle vit que Magick Mercantile était encore ouvert. Il y avait même quelques clients à l'intérieur.

Elle nota qu'Adam et Eve avaient scotché l'affiche de la police sur leur vitrine.

Elle détourna la tête pour ne pas revoir les photos. Comme avait-elle pu passer tellement de temps à les regarder devant la porte du musée? D'ordinaire, se glisser dans la peau d'une victime lui demandait une concentration particulière. Mais là, elle n'avait rien décidé, laissant son inconscient pratiquer un spectaculaire exercice d'empathie.

Peut-être devrait-elle profiter de cet état exceptionnel de réceptivité pour essayer de savoir où se trouvait Mary.

Avant qu'il ne soit trop tard.

Un sentiment d'urgence lui fit serrer les poings. Si seulement elle avait un vrai pouvoir. Un vrai don. Si elle pouvait entrer en transe et découvrir la vérité… Mais malgré les expériences troublantes qu'elle venait de vivre, dans le champ et devant le musée, Rowenna était persuadée de n'avoir d'autre don que le don d'empathie. Une qualité commune à tous les humains, même si elle était sans doute plus développée chez elle. L'empathie et la logique.

Son seul pouvoir était sa capacité à se mettre dans un état réceptif, puis, avec sa sensibilité et les informations dont elle disposait, d'incarner la victime au point de devenir la victime.

Mais c'était effrayant. Et elle n'en sortait pas indemne. De toute façon, il était impossible d'essayer maintenant, au beau milieu d'une rue fréquentée.

Elle était sur le point de reprendre son chemin quand Eve l'aperçut et lui fit de grands signes. Dix secondes plus tard, elle venait prendre la main de Rowenna, un sourire inquiet sur le visage.

— Qu'est-ce que tu fais ici sans ton beau détective? Tu n'as pas l'intention de rentrer chez toi et de dormir seule dans ta campagne isolée, j'espère?

— Non, je vais passer la nuit en ville, dans la maison louée par Jeremy. J'étais en route pour le rejoindre à l'Hawthorne.

— Bien joué, répliqua Eve sur un ton taquin.

— Eve!

— Pas de panique, je plaisantais. Je sais que tu ne coucherais pas avec un mec juste pour éviter de rentrer chez toi. Surtout avec un homme comme Jeremy. En tout cas, moi, je coucherais avec lui sans avoir besoin d'inventer un prétexte.

— Pardon? demanda Rowenna en ouvrant de grands yeux.

— Ce n'est pas ce que j'ai voulu dire! s'exclama Eve, partagée entre l'embarras et l'envie de rire.

— Comme si tu risquais de tromper Adam, dit Rowenna avec une moue amusée.

— Eh! Je suis mariée, pas décédée! Et puis j'ai le droit de toucher avec les yeux.

Mais à peine Eve avait-elle prononcé ces mots qu'elle jeta un œil vers la boutique, le front plissé.

Rowenna se souvint de la conversation qu'elles avaient eue plus tôt dans la remise. Adam, un apprenti sataniste ? Le pauvre garçon filait vraiment un mauvais coton.

— Oh, mon Dieu…, dit Eve, l'air accablé.

— Quoi ?

— Je viens juste de dire : Je ne suis pas décédée. Et cette pauvre femme que tu as retrouvée dans le champ… Oh, c'est affreux, Rowenna. Figure-toi qu'elle est venue dans la boutique. Elle était joyeuse, elle semblait passer un bon moment à Salem, et maintenant… Elle est en train de pourrir dans un cercueil.

— Toi aussi tu l'as vue ? C'est dingue, ça ! Daniel vient de me dire qu'il l'avait aperçue au bar de l'Hawthorne.

Eve haussa les épaules.

— Le centre historique de Salem n'est pas si grand que ça, tu sais. C'était une gentille fille, cette Dinah Green. Gaie et aimable, comme Mary Johnstone. Elle nous a acheté des bijoux.

Eve se tut un moment, comme abattue, puis secoua tristement la tête.

— Elle m'a dit qu'elle vivait à Boston et n'était pas venue par ici depuis des années. Elle voulait voir la nature faire son spectacle automnal, les explosions de couleurs… Ce sont ses propres mots, Rowenna. Et puis un sadique lui a fait vivre un calvaire et elle est morte à vingt minutes d'ici.

Eve était au bord des larmes.

Rowenna la serra dans ses bras. Elles restèrent ainsi, silencieuses, pendant de longues secondes. Il n'y avait rien à dire.

Eve fut la première à faire un pas en arrière.

— Dépêche-toi, dit-elle avec un sourire peu convaincant. Ne fais pas attendre ton homme.

— Ça va aller, Eve ?

— Bien sûr, qu'est-ce que tu crois ? Je ne suis pas en sucre.

— Bon…, dit Rowenna d'une voix hésitante. Alors j'y vais.

Mais elle ne se résolvait pas à partir. Sous son sourire forcé, Eve semblait tellement anxieuse…

— Eve, quelque chose ne va pas ?

Rowenna consulta sa montre, déchirée entre des sentiments contraires. D'un côté, elle ne voulait pas inquiéter Jeremy en arrivant en retard à leur rendez-vous, de l'autre elle se voyait mal abandonner son amie sur le trottoir alors qu'elle semblait si désorientée.

— Non, finit par répondre Eve. Tout va bien.

— Eve ?

— Il n'y a rien du tout, je t'assure.

Elle détourna le regard, comme si elle craignait que Rowenna ne le déchiffre.

— Rien que tu puisses faire pour moi, en tout cas, reprit-elle avec un petit rire triste. Alors va vite retrouver Jeremy, Rowenna. Et surtout ne t'arrête pas en chemin et ne parle pas aux étrangers.

— Oui, maman, dit Rowenna.

Mais elle n'avait pas vraiment le cœur à plaisanter.

— On se voit demain, d'accord ?

Eve inspira profondément et hocha la tête. Rowenna la regarda s'engouffrer dans la boutique, puis s'éloigna en direction de la zone piétonnière.

Magick Mercantile était le dernier magasin ouvert du quartier. Les autres avaient tous fermé pendant qu'elle discutait avec Eve. Cela semblait incroyable, mais les rues s'étaient vidées en l'espace de quelques minutes.

Le vent frais d'automne se mit à souffler sur les voies piétonnes bordées de vitrines grillagées, de rideaux de fer et de portes cadenassées. Un tas de feuilles quitta le sol pavé en tourbillonnant, puis retomba presque aussitôt.

Elle rentra la tête dans les épaules et pressa le pas.

Un étrange bourdonnement lui parvint aux oreilles et elle leva les yeux. Un réverbère semblait avoir du mal à s'allumer, diffusant une lumière vive avant de s'éteindre complètement. Rowenna regarda le phénomène se produire plusieurs fois de suite avant de se remettre en marche vers l'Hawthorne. Ce genre de chose arrivait fréquemment, se dit-elle pour se rassurer.

Et puis les autres réverbères fonctionnaient. La rue était suffisamment éclairée.

Il y avait assez de lumière, certes, mais il y avait également des zones plongées dans l'obscurité. Alors qu'elle accélérait une nouvelle fois l'allure, une ombre oblique, là, sur le pavé, lui donna un coup au cœur.

L'instant d'après, elle réalisait que c'était la sienne.

Mais une angoisse chassait l'autre. A présent, elle avait l'impression que le bruit de ses chaussures produisait un léger écho, comme si quelqu'un la suivait en s'efforçant de calquer ses pas sur les siens.

Le vent se leva de nouveau, entraînant des feuilles dans une ronde aérienne avant de les déposer aux pieds de Rowenna, cadeau de la nature à la Reine des moissons.

D'autres feuilles s'éparpillèrent contre le rebord du trottoir, avec un bruissement semblable à un murmure plein de sous-entendus.

Curieusement, la zone d'ombre semblait s'étendre au fur et à mesure qu'elle s'en éloignait. Elle était de plus en plus grande, de plus en plus large, de plus en plus volumineuse. Comme si une montagne noire s'élevait dans son dos.

Non, ce n'était pas une masse informe… Ses contours étaient ceux d'un être vêtu d'une cape, d'un démon surgi des entrailles de la terre.

Elle eut beau se dire qu'elle était ridicule, qu'elle était le jouet de son imagination, elle se mit presque à courir.

L'écho semblait résonner une fraction de seconde trop tard pour être celui de ses pas.

Comme une pulsation. Comme un cœur qui battait à contre-temps.

Elle prit ses jambes à son cou, quittant la zone piétonne pour s'engager dans la première rue perpendiculaire. Celui qui la suivait l'avait sciemment contrainte à quitter l'artère principale pour s'enfoncer dans un secteur plus sombre et encore moins peuplé. D'ailleurs, il ne prenait plus la peine de se montrer discret. Elle en était maintenant sûre et certaine : quelqu'un la suivait.

Toutes les boutiques, tous les restaurants qui jalonnaient sa fuite étaient fermés.

Derrière elle, les pas étaient désormais rapides, martelant le sol à une cadence infernale. Elle avait beau se dire qu'il ne s'agissait que d'un homme, elle avait le sentiment d'être poursuivie par un être démoniaque qui n'appartenait pas vraiment au genre humain. Un être qui suintait le mal.

Où étaient donc passés les habitants de cette ville ?

Une salière et une poivrière en forme de pèlerins lui offrirent leurs sourires bienveillants derrière la vitre d'un magasin. Un bâtiment historique, fermé au public, venait ensuite. De l'autre côté de la rue se trouvait le mémorial édifié à la mémoire des victimes des procès en sorcellerie.

Et le cimetière.

Curieusement, ses grilles étaient largement ouvertes. Rowenna se demanda vaguement pourquoi, mais elle n'avait pas le temps de se poser de questions, et encore moins d'y répondre.

Y pénétrer pouvait paraître suicidaire, mais elle connaissait les lieux comme sa poche. Elle pouvait le traverser à toute vitesse, même en pleine nuit, et espérer que son poursuivant se perdrait dans le dédale des vieilles tombes.

Et puis, il gagnait du terrain, et elle n'avait pas de meilleure stratégie. Elle fonça à travers les grilles écartées, empruntant une allée bordée de tombes anciennes et de stèles brisées, avant de s'arrêter net.

L'ombre n'était plus derrière elle.

Elle se trouvait quelque part, devant elle.

Elle resta figée, avec à sa droite la section où reposaient les jeunes enfants, à sa gauche les ruines d'un monument funéraire, en face une haute stèle dévorée par la mousse.

Elle savait que quelqu'un, quelque chose, l'avait conduite jusqu'au cimetière, puis avait trouvé le moyen d'y parvenir avant elle pour lui bloquer le passage et la retenir ici.

Des mots chuchotés s'invitèrent dans sa tête.

« Viens… Plus près, plus près… Incline-toi devant moi, viens… »

Ces mots l'attiraient, comme une invitation à laquelle on ne pouvait se soustraire. Ils évoquaient une colline où se mêlaient le pouvoir et la vengeance, la vie et la mort.

« Honore-moi… Vénère-moi… »

L'obscurité s'épaississait autour d'elle, prenant une forme, un volume, comme si elle devenait une matière vivante.

Il y avait une tombe, juste derrière celles des jeunes enfants. Les lettres gravées dans la pierre érodée par le temps se mirent à rougir, perçant les ténèbres.

Rouge sang, elles formaient le nom de la morte.

Rowenna Eileen Cavanaugh.

13.

Brad était déjà assis au bar quand Jeremy arriva.

Ses doigts couraient le long du verre de bière posé devant lui, dessinant des empreintes dans la buée comme un lapin dans la neige.

Pour autant que Jeremy pouvait en juger, il semblait calme, maître de lui-même.

— Du nouveau ? demanda-t-il d'une voix où perçait l'espoir.

— Pas vraiment, mais j'ai eu des conversations intéressantes, répondit Jeremy en se hissant sur le tabouret voisin. Tu tiens le coup, Brad ? Je te trouve meilleure mine qu'hier.

Brad hocha lentement la tête. Jeremy vit tout de suite qu'il était sobre. Sa bière devait être la première de la journée.

— J'ai récupéré un exemplaire de l'affiche diffusée par la police, dit Brad. Tu sais, celle avec les photos de Dinah Green et de Mary.

Sa voix avait un peu tremblé en prononçant le nom de sa femme.

— Je n'en peux plus de rester le cul sur une chaise toute la journée, à attendre des nouvelles qui ne viennent jamais, reprit-il. Alors j'ai roulé en direction du Nord et je me suis arrêté dans toutes les villes que j'ai trouvées sur mon chemin. Je suis entré dans les bars, les supermarchés, les hôtels… J'ai montré l'affiche à tous les gens que je croisais. Je dois dire que je n'ai rencontré personne qui se soit montré indifférent. Ça fait chaud au cœur, tu sais. Mais malheureusement, ça n'a rien donné.

Jeremy savait déjà que les chances de trouver un témoin au nord de Salem étaient proches de zéro. Tout tendait à prouver que Mary — si elle vivait encore — était séquestrée ici même. Mais Brad avait eu raison de prendre cette initiative ; d'une part, rester inactif était la pire des manières d'attendre des nouvelles de sa femme, d'autre part, s'accrocher à ses certitudes sans vérifier ce qu'on considérait comme peu probable était toujours une erreur quand on enquêtait.

Brad commanda une bière pour Jeremy, puis but une gorgée de la sienne.

— Et ces conversations dont tu m'as parlé ? demanda-t-il.

Le barman vint alors poser un verre embué sur le comptoir, juste devant Jeremy.

— Heureux de vous revoir, dit-il.

C'était encore Hugh, l'ami de Rowenna. Hugh, trente ans et des poussières, dégarni, râblé et sympathique.

Jeremy le salua et le remercia pour la bière.

— Tu sais qu'elle est venue dans ce bar, j'imagine ? dit Brad avant que Jeremy puisse répondre à sa question précédente. Je parle de Dinah Green, bien sûr. On dirait que la moitié de la ville l'a vue ici avec ce type. Un gros costaud genre dur-à-cuire, d'après ce que m'a dit Hugh.

Le barman, qui était resté à portée d'oreille, s'approcha des deux amis.

— C'est moi qui étais là, le soir où elle est venue, dit-il sur le ton de la confidence. Brad vous l'a dit ? Elle a commandé un Cosmos, et le type qui était avec elle un whisky sec.

— Alors vous avez pu faire une description précise de cet homme à la police, dit Jeremy.

— Oui, bien sûr. D'ailleurs, ils m'ont tout de suite envoyé quelqu'un qui dessine des portraits-robots. Mais je ne pense pas que ça leur sera nécessaire pour retrouver le type en question, parce que j'ai quelque chose de bien plus intéressant à leur donner, dit-il, visiblement content de lui-même.

— Un reçu de carte de crédit ? demanda Jeremy.

Hugh sembla se dégonfler comme une baudruche, et Jeremy s'en voulut aussitôt de lui avoir gâché son effet.

— Comment le savez-vous ? s'exclama-t-il. Ah oui, je suis bête… C'est votre métier.

— Je ne sais pas si c'est un bon signe ou non, intervint Brad, mais personne n'a vu cet homme…

— Il s'appelle Tim Richardson, coupa Hugh. Il est de Boston.

— Comme Dinah Green, nota Jeremy. Ils se connaissaient peut-être de là-bas.

— Le truc, reprit Brad, poursuivant son idée, c'est que personne n'a vu Tim Richardson le jour d'Halloween.

Une lueur d'espoir passa dans son regard.

— Ça veut peut-être dire qu'il n'y a pas de lien entre le meurtre de cette pauvre fille et la disparition de Mary.

Il s'interrompit de nouveau et Jeremy vit son visage s'assombrir. Le moment d'espoir n'avait pas duré longtemps.

— Mais alors, où est-elle, si elle n'a pas été enlevée par un criminel? demanda Brad. Je sais qu'elle n'a pas disparu volontairement, pour me punir ou refaire sa vie ailleurs. Seulement, avec ce meurtre horrible, la police de Salem est désormais persuadée qu'en retrouvant l'assassin de Dinah Green, on retrouvera aussi ma femme. Tout ça, c'est bien joli, mais imaginons qu'il s'agisse de deux affaires distinctes… Ça voudrait dire qu'on est en train de perdre un temps précieux qu'on pourrait employer à rechercher Mary avant qu'il ne soit trop tard. Parce que je suis sûr qu'elle est encore en vie. Oui, je le sais. Je le sens, conclut-il avec une sorte de ferveur désespérée.

— Brad, dit Jeremy en posant la main sur son épaule, ce n'est pas parce que Dinah Green a passé un moment ici avec un homme qu'on tient forcément son assassin.

— C'est la dernière fois qu'on l'a vue vivante, répliqua Brad d'une voix têtue.

— Et je peux vous assurer qu'ils étaient plus qu'amis, renchérit Hugh d'un air entendu.

Jeremy se tourna vers le barman.

— Ils sont partis ensemble?

Hugh fronça les sourcils, visiblement embarrassé par la question.

— Je n'en sais rien, finit-il par admettre.

— Ils s'étaient pourtant installés au bar, non?

— Oui, mais on a eu plein de monde, ce soir-là. J'ai dû quitter mon comptoir à plusieurs reprises pour aider mes collègues en salle. Le type avait réglé son addition et ils continuaient à discuter quand je suis allé servir un veau Oscar. Là-bas, dit-il en tendant le doigt; à la table numéro 2. Les filles étaient complètement débordées et l'un des cuistots a l'habitude de poser les plats au bout du bar, quand c'est le coup de feu. J'ai pris l'assiette et je suis allé l'apporter. Quand je suis revenu, Dinah Green et Richardson n'étaient plus là. Leurs tabourets avaient été pris d'assaut par d'autres clients. C'était la folie, ce soir-là, insista-t-il, comme s'il s'en voulait d'avoir manqué leur départ.

— Quelqu'un d'autre les a peut-être vus s'en aller, dit Jeremy. La police a récupéré le reçu de carte bancaire ?

— Ça fait au moins quinze jours qu'ils étaient là, tous les deux. Alors vous pensez bien que les reçus sont partis à la comptabilité depuis longtemps.

— Alors comment avez-vous fait pour obtenir cette information ?

— L'ordinateur, répondit Hugh, ravi que le détective n'ait pas trouvé seul la réponse, cette fois-ci.

— Vous pourriez m'imprimer la liste complète des reçus de cette soirée ? demanda Jeremy. Pas maintenant, bien sûr. Mais si vous aviez un moment après la fermeture, vous me rendriez un grand service. Je pourrais passer la prendre demain matin, par exemple.

— Pas de problème, répondit Hugh.

Il semblait sincèrement heureux de pouvoir faire quelque chose pour Brad. L'instant d'après, il regardait par-dessus l'épaule de Jeremy.

— Bonjour, Eric, dit-il. Comment ça va ?

Jeremy pivota sur son tabouret et vit Eric Rolfe se diriger vers eux. Ses vêtements n'avaient rien de particulier — pantalon noir, T-shirt blanc et veste en jean —, mais on sentait qu'il avait fait un long séjour dans la salle de bains en prévision de la soirée. D'ailleurs, il était rasé de frais. Il semblait tellement propre que Jeremy ne put s'empêcher de remarquer la feuille rougeoyante collée à la semelle de sa bottine.

Brad, en revanche, paraissait s'être fermé au monde extérieur. Il contemplait son verre de bière d'un air morose, perdu dans ses pensées.

— Demain matin, murmura-t-il avec une moue découragée. On remet toujours tout au lendemain.

Il leva les yeux vers Jeremy.

— Combien de lendemains Mary a-t-elle encore ?

Jeremy ne répondit pas. Il songeait à l'homme qui avait été vu en compagnie de Dinah Green. Dommage que personne ne puisse dire si elle avait quitté le bar à son bras.

Boston n'était pas loin. Après tout, ils tenaient peut-être l'assassin de cette jeune femme et, qui sait, le ravisseur de Mary. Certes, Richardson n'avait été vu par aucun témoin le soir d'Halloween, mais ça ne prouvait rien. Il faisait peut-être partie des milliers de gens costumés ce soir-là.

En tout cas, celui qui avait violé et étranglé Dinah Green était encore en liberté.

Et Rowenna n'était toujours pas là.

Il se leva si brusquement qu'il fit tomber son tabouret. Il le ramassa et dit précipitamment au revoir à Hugh et Brad. L'instant d'après, il marchait à grands pas vers la sortie, saluant au passage Eric Rolfe et notant une fois de plus la feuille qui dépassait de sous sa bottine.

Douche, rasage et promenade dans les bois ? Hautement improbable, songea-t-il.

Jeremy eut envie de saisir Rolfe au collet, de le secouer et de lui demander où il séquestrait Mary. Mais il parvint à se contenir. Tant qu'il n'avait rien d'autre qu'une feuille d'automne et le sentiment confus que ce type n'était pas net, il allait devoir se contrôler. En attendant, il s'inquiétait pour Rowenna. Là encore, il dut prendre sur lui pour ne pas courir à travers le hall de l'hôtel, tant il était impatient de sortir dans la rue et de filer à toutes jambes jusqu'au musée de l'Histoire.

— Non…

Seul un murmure de protestation parvint à passer le seuil de ses lèvres.

Elle était sous le choc.

C'était son nom. Gravé sur une pierre tombale.

Et il y avait une ombre dans le cimetière. Une ombre vivante qui l'appelait.

Impossible… Elle se faisait des idées.

Ce n'était rien d'autre que le pouvoir de la suggestion ; son cerveau qui lui jouait des tours en donnant vie à ses frayeurs.

C'était comme si sa faculté de se mettre à la place d'une victime — de ressentir ce qui lui était arrivé en combinant logique et intuition pour débrider son imagination — s'était soudain retournée contre elle, créant un monstre avec les peurs qui la hantaient. Pour chasser cette ombre mouvante qui semblait communiquer avec elle par télépathie, pour gommer son nom gravé en lettres de sang sur la pierre tombale, elle devait sortir de cet état de réceptivité aiguë à ses propres angoisses.

Elle s'était rendue un nombre incalculable de fois dans ce cimetière. Aucune tombe ne portait son nom, et il y avait de grandes chances pour qu'il en soit encore ainsi pendant de longues années. Et personne n'allait lui faire de mal, pas même le diable, eût-il jailli de l'enfer dans le seul but de s'en prendre à elle.

— Non, dit-elle d'une voix déterminée en scrutant les ténèbres qui enveloppaient le cimetière.

Il n'y avait personne. Ni le diable, ni son ombre. Pas même un chat errant.

Elle prit son courage à deux mains et tourna la tête vers la vieille pierre tombale où elle avait été si certaine de lire son nom.

Rien.

Un nuage glissa lentement dans le ciel, dévoilant la lune. L'obscurité qui semblait encore si intense, si compacte la seconde d'avant, se déchira en l'espace d'un instant. La lumière argentée frappait doucement le haut des stèles, coulant vers l'allée où elle éclairait un tapis de feuilles. Quand Rowenna osa s'approcher de la pierre tombale qu'elle avait crue sienne, elle ne put rien y lire. Les années l'avaient érodée au point qu'il ne subsistait presque rien du nom de l'inconnu qui y reposait, sans doute depuis plus de cent ans. Et quand elle promena son regard sur le cimetière, ses yeux ne rencontrèrent pas âme qui vive. Pas même un être démoniaque tout droit sorti de son imagination.

Alors qu'elle soufflait, soulagée et un peu honteuse d'avoir eu si peur pour rien, elle entendit quelqu'un crier son prénom.

— Rowenna? répéta la voix bien réelle et teintée d'inquiétude.

Elle fit volte-face.

— Ça va, Rowenna?

Adam Llewellyn se tenait derrière les grilles. Détail troublant, elles étaient désormais cadenassées. Au lieu d'escalader le muret pour la rejoindre, il restait là, les mains fermées sur les barreaux rouillés, comme s'il avait peur de s'aventurer de nuit dans le vieux cimetière. Quand elle arriva à quelques mètres de lui, elle vit qu'il la regardait comme si elle avait perdu la raison.

Etait-ce le cas ? se demanda-t-elle.

Un couple passa derrière Adam, main dans la main, semant des bribes de conversation sur son passage. Rowenna crut comprendre qu'ils parlaient du restaurant où ils allaient manger ce soir.

Une voiture s'engagea dans une rue adjacente, la lumière rassurante de ses phares trouant la nuit.

C'était un soir comme tous les autres.

Sur le trottoir d'en face, un homme longeait le musée de cire, promenant un Yorkshire qui jappait au bout d'une laisse.

— Ça va ? demanda de nouveau Adam.

Elle enjamba le muret d'enceinte et le rejoignit sur le trottoir.

— Salut, dit-elle en l'observant attentivement.

Mais c'était juste Adam, le même Adam qu'elle connaissait depuis des années.

— Tu me suivais ? demanda-t-elle.

Venait-il de la sauver des délires de son imagination ou de quelque chose — de quelqu'un — d'autre ? Ou bien avait-il participé d'une manière ou d'une autre à ce qu'elle venait de vivre ? Elle écarta cette dernière hypothèse d'un revers de la main. C'était une idée parfaitement ridicule.

Adam la considéra un instant d'un air perplexe.

— J'essayais de te rattraper, dit-il finalement.

— Tu as vu quelqu'un dans les rues ? demanda-t-elle d'un ton qu'elle voulut calme et dégagé.

Mais malgré ses efforts, une pointe d'hystérie affleurait dans sa voix.

Adam l'avait-il perçue ? Il sembla un peu perturbé par sa question et prit le temps d'y réfléchir.

— Ma foi… En dehors de Libby Marston qui fermait son magasin, je ne pense pas avoir croisé qui que ce soit.

Il la regarda un moment, la mine désolée.

— Navré si je t'ai fait peur, Rowenna, mais…

— Mais quoi ? demanda-t-elle avec une agressivité qui la surprit elle-même.

— Mais j'avoue ne pas comprendre pourquoi tu as escaladé le mur de ce cimetière en pleine nuit. Surtout après les récents événements. Je n'ai pas de conseils à te donner, mais tu devrais faire preuve d'un peu plus de prudence.

— Je n'ai pas escaladé le muret. Les grilles étaient ouvertes.

Adam ne répondit rien. Silence réprobateur ? se demanda-t-elle. A voir son air sceptique, il ne croyait sûrement pas à son histoire de grilles ouvertes. Et puis les gens d'ici n'aimaient pas les petits malins qui trouvaient amusant de passer la nuit en compagnie des morts.

Qu'est-ce qu'elle allait chercher là ? songea soudain Rowenna. Décidément, elle n'était pas dans son état normal. Adam ne lui reprochait rien. C'était juste un ami qui s'inquiétait pour elle. Un ami avec qui elle discutait tranquillement sur un trottoir de Salem, la ville où elle avait passé toute sa vie.

Vu sous cet angle, avec en toile de fond les voitures qui glissaient dans la rue et les déambulations des promeneurs du soir, sa course folle de la zone piétonnière jusqu'au cimetière lui sembla complètement surréaliste.

Rowenna se promit néanmoins de réfléchir à cette étrange soirée à tête reposée. Comme les livres du musée de l'Histoire, cette mésaventure, réelle ou imaginaire, se révélerait peut-être riche d'enseignements.

— Excuse-moi si je te semble un peu nerveuse, dit-elle. Mais j'ai cru voir… quelqu'un.

— Dans le cimetière ? A cette heure-ci ?

— Pourquoi voulais-tu me rattraper ? demanda-t-elle au lieu de lui répondre. Tu avais besoin de me parler ? J'espère que c'est important, parce que tu m'as fichu une sacrée trouille !

— Ce n'était pas mon intention. Je suis vraiment désolé de t'avoir fait peur, Rowenna. Mais quand on pense avoir quelqu'un à ses trousses, se précipiter dans un cimetière plongé dans l'obscurité ne me semble pas la meilleure solution. Surtout quand on sait qu'une femme y a disparu quelques jours plus tôt.

Elle ouvrit la bouche pour parler, mais la referma aussitôt. Comment lui faire comprendre qu'elle trouvait ça stupide, elle aussi, mais qu'on l'avait forcée à commettre cette erreur en ne lui laissant d'autre choix que d'entrer dans le cimetière ?

On ? Une silhouette vêtue d'une cape ? Une ombre mouvante ? L'incarnation du mal ?

Inutile d'essayer d'expliquer quelque chose qu'elle ne comprenait pas elle-même.

— Oui, je sais, dit-elle avant de changer de sujet. Dis-moi, Adam, je dois aller rejoindre Jeremy au bar de l'Hawthorne. Ça t'ennuierait de m'accompagner ?

— Non… Bien sûr que non.

— Attends… Et Eve ? Tu ne veux pas la prévenir ?

— Ne t'inquiète pas pour elle. Elle est à la boutique, en train de déballer un carton plein de trucs pour Thanksgiving. Ça t'intéresse, une louche en forme de pèlerin ?

Elle secoua la tête en riant.

— Et un plat à dinde décoré avec des Indiens ?

Mais Rowenna avait retrouvé son sérieux.

— Ne laisse pas Eve partir seule de la boutique, d'accord ?

— Bien sûr que non, répondit Adam. On y va ? Avec moi à tes côtés, le grand méchant loup n'osera pas pointer le bout de son museau.

Rowenna lui prit le bras, soulagée de ne pas marcher seule.

— Au fait, tu ne m'as toujours pas dit pourquoi tu cherchais à me rattraper, dit-elle.

— Je voulais te parler d'Eve. Je me fais du souci pour elle, tu sais.

— Pardon ?

Elle n'en croyait pas ses oreilles. Aux dernières nouvelles, c'était Eve qui se faisait du souci pour Adam, et non le contraire.

— Qu'est-ce qui t'inquiète, Adam ?

— Je ne sais pas ce qu'elle a, en ce moment. Il a suffi que j'aie un coup de cœur pour les masques d'Eric Rolfe et que je propose de vendre des livres sur Alistair Crowley et le satanisme pour qu'elle s'imagine que je suis devenu le diable incarné. Je ne la comprends plus. Eve et moi, on a toujours gardé l'esprit ouvert. Et jusqu'à récemment, on prenait plaisir à partager nos points de vue, nos découvertes… Tu la connais, Rowenna, elle était curieuse de tout, pas moralisatrice pour un sou… Et voilà qu'elle est en train de se transformer en petite vieille digne des puritaines du XVIIe siècle ! Tu vas voir que, bientôt, elle va me faire un procès en sorcellerie…

Adam semblait sincèrement déboussolé.

— Et le plus incroyable dans tout ça, reprit-il, c'est qu'elle ne cesse de me dire qu'elle s'inquiète pour moi. C'est le monde à l'envers, ma parole !

— Elle doit bien avoir une raison de s'inquiéter, Adam.

— Mais non, justement, déclara-t-il d'une voix ferme. J'ai la conscience tranquille. Et maintenant, ce sont des prises de bec permanentes. Je ne dis pas qu'on était un couple parfait, mais on ne s'est jamais disputés comme ça. Ça me rend triste, tu sais. Parfois, elle me regarde comme si… comme si elle avait peur de moi. L'autre soir, quand j'ai voulu la prendre dans mes bras, elle a tressailli avant de se réfugier à l'autre bout du lit.

Il souffla, comme oppressé, avant de reprendre :

— J'avoue que je suis un peu perdu. J'aime Eve de tout mon cœur, tu le sais. Je ne peux pas imaginer vivre sans elle. J'étais encore un gamin quand je suis tombé amoureux d'elle, et je ne me suis plus jamais intéressé à une autre femme.

Rowenna se tourna vers lui en souriant.

— Oui, je sais que vous vous aimez, tous les deux. Il s'agit sans doute d'un malentendu que quelques conversations à cœur ouvert parviendront à dissiper. Vous devriez peut-être aller voir un conseiller conjugal. Ça peut aider, tu sais.

— Oui, peut-être… Mais si elle vient te voir pour se plaindre de moi, je te demande de lui dire que je tiens énormément à elle.

— Bien sûr, Adam. Tu peux compter sur moi.

Adam s'arrêta de marcher. Ils étaient arrivés au coin de la rue et l'hôtel se trouvait juste en face.

— Je reste jusqu'à ce que tu sois entrée, et je retourne chercher Eve, dit-il.

— Merci. Mais inutile d'attendre, Adam. Il y a un portier devant l'hôtel. Vas-y, cours rejoindre ta femme.

— Non, non, je ne bouge pas d'ici avant que tu ne sois à l'intérieur, insista-t-il. On ne sait jamais.

Le feu passa au rouge et une voiture s'arrêta à leur hauteur, puis une autre. Soudain, on aurait dit qu'il y avait des gens partout.

Il y en avait même d'agglutinés devant une des fenêtres de l'hôtel, en train de lire l'affiche que la police avait placardée dans toute la ville.

La vie coulait de nouveau dans les artères de Salem, et Rowenna se sentit stupide. A cet instant, la peur qui l'avait poussée à courir dans l'obscurité lui sembla ridicule. Voilà à quoi cela menait, d'avoir trop d'imagination…

Elle redressa la tête, lissa ses cheveux du plat de la main et traversa la rue d'un pas décidé. A peine avait-elle pénétré dans le hall de l'Hawthorne qu'elle se trouva nez à nez avec le visage crispé de Jeremy. Visage qui se détendit aussitôt qu'il la vit.

Sans un mot, il l'attrapa par les épaules et l'attira à lui. L'odeur de cuir de son blouson, son corps chaud et ferme, son haleine tiède… C'était trop bon. Trop bon pour être vrai.

D'ailleurs, il n'était là que parce que Brad avait besoin de lui.

Certes, il n'était pas venu à Salem pour elle, mais pourquoi refuser ce plaisir ? Il était grand, beau, robuste et surtout réel. Alors elle lui sourit, déterminée à ne jamais lui avouer qu'elle s'était crue poursuivie par une ombre démoniaque et qu'elle s'était réfugiée dans le cimetière pour lui échapper. Il ne comprendrait pas. Tout ce qui n'était pas tangible était suspect à ses yeux. Même l'imagination lui paraissait suspecte.

Et pourtant, il était somnambule et parlait à des êtres qui n'existaient que dans ses rêves.

— Désolé, je me suis encore inquiété quand je ne t'ai pas vue arriver à l'heure convenue…

Elle lui sourit, et conserva ce sourire plaqué sur son visage, comme s'il la dispensait d'expliquer les raisons de son retard.

Le mieux serait de lui dire la vérité, songea-t-elle, au risque qu'il juge son histoire ridicule. Et qui sait ? Peut-être la prendrait-il plus au sérieux qu'elle ne l'imaginait. Peut-être partirait-il sur-le-champ dans les rues sombres qui bordaient la zone commerciale, à la recherche de l'ombre qui lui avait fait si peur.

Sauf qu'il était trop tard. Trop tard pour espérer retrouver l'être qui s'habillait de ténèbres. Si vraiment quelqu'un l'avait poursuivie, si elle n'avait pas été le jouet de son imagination et de ses nerfs à vif, ce « quelqu'un » était parti depuis longtemps.

A l'heure qu'il était, son poursuivant pouvait être n'importe où. Chez lui, devant la télévision, ou dans un bar du coin, en train de siroter une bière.

— C'est moi qui suis désolée, répondit-elle finalement, consciente qu'elle ne pourrait éternellement sourire en guise d'explications. Je suis passée devant Magick Mercantile, et Eve est sortie pour discuter avec moi. Je savais que tu allais t'inquiéter, mais elle avait besoin de parler et je n'ai pas réussi à couper court.

Ils retournèrent dans le bar où ses yeux se posèrent sur Eric Rolfe, qu'elle reconnut aussitôt. Il avait beaucoup minci, mais à part ça, il n'avait pas tellement changé depuis le lycée. Heureuse de le revoir, elle se dépêcha d'aller lui dire bonjour. Il la reconnut aussi et se leva pour l'embrasser chaleureusement. Mais son grand sourire se fana quand il aperçut Jeremy derrière elle.

— Ton ami me prend pour un assassin, murmura-t-il. Il n'aime pas mes masques.

Rowenna se tourna vers Jeremy. Pour n'importe qui d'autre qu'elle, il devait avoir l'air d'un homme décontracté qui venait boire un verre avec des amis. Mais elle le connaissait déjà trop bien pour être dupe. Elle sentait à quel point il était tendu, aux aguets, comme un félin prêt à bondir sur sa proie. A son grand désarroi, elle comprit alors qu'il se méfiait énormément d'Eric.

Elle eut envie de lui dire qu'elle connaissait ce dernier depuis toujours. Mais ayant grandi à Salem, elle connaissait beaucoup de gens d'ici depuis toujours.

Et le tueur était vraisemblablement quelqu'un d'ici, songea-t-elle avec un frisson.

Le portable de Jeremy se mit à sonner et il lui adressa un petit signe d'excuse avant de s'éclipser dans le hall de l'hôtel.

Eric le suivit des yeux jusqu'à ce que la porte du bar se referme derrière lui.

— J'ai vraiment choisi mon moment pour revenir à Salem, pas vrai ? dit-il en reportant son attention sur Rowenna. A peine avais-je eu le temps de poser mes valises pleines de masques du diable qu'une pauvre fille se faisait trucider avant d'être transformée en épouvantail. Et tout ça dans un champ situé près de chez moi... Je veux bien admettre que les apparences sont contre moi, mais toi qui me connais, tu m'imagines dans la peau d'un tueur ?

— Eric, tu n'es pas le seul à être dans le collimateur de Jeremy. Il fait son boulot et tu dois comprendre qu'il vérifie toutes les pistes. Mais je t'assure que c'est quelqu'un de bien.

— Quelqu'un de bien, hein ? dit Eric avec un petit sourire. Et j'imagine que son physique avantageux ne gâte rien.

Rowenna rit de bon cœur.

— Vous êtes ensemble, tous les deux ? demanda encore Eric, bien qu'il connût manifestement la réponse à cette question.

— Oui.

Elle sentit qu'elle rougissait comme une adolescente. Avoir le teint pâle était parfois une véritable malédiction.

— Tant mieux, dit Eric. Il a l'air du genre protecteur, ce qui est une bonne chose par les temps qui courent. Je parie qu'il n'est pas manchot avec un flingue.

— Ni avec une guitare, dit Rowenna avec une pointe de fierté dans la voix.

Eric éclata de rire.

— Désolé, mais j'ai du mal à l'imaginer en train de te jouer Hotel California au coin du feu. Pour être honnête avec toi, je trouve que c'est un mec plutôt inquiétant.

Il baissa la voix.

— Un vrai dur, contrairement à moi. Tu sais pourquoi je fabriquais des épouvantails aussi effrayants, quand on était gamins ? Parce qu'il y avait plein de garçons qui me trouvaient trop doux, trop rêveur. Dans leur langage d'ados, ça se traduisait par des formules moins poétiques. En gros, ils me traitaient de pédé. Enfin, tu vois le genre... Il a bien fallu que je trouve un moyen d'exister à leurs yeux.

— Et maintenant ? demanda-t-elle. Comment va la vie ? Ça fait une éternité que je ne t'avais pas vu. Hollywood te traite bien ?

— Il faudrait vraiment que je sois ingrat pour prétendre le contraire. Je figure désormais parmi les spécialistes des effets spéciaux les plus demandés, et on me donne plein de fric pour que j'exprime les trucs tordus que j'ai en tête.

Un sourire éclaira son visage.

— Mais je crois que les gros chèques d'Hollywood ne me feront jamais autant plaisir que ces trente dollars que j'ai reçus l'année où j'ai gagné le concours d'épouvantails. Et toi ? J'ai vu ton nom apparaître plusieurs fois sur la liste des best-sellers. On dirait qu'on ne s'en est pas trop mal tiré, tous les deux. C'est plutôt sympa, non ?

— Oui, répondit Rowenna. Il y a les premiers au lycée et les premiers dans la vie. Et ce ne sont pas toujours les mêmes, ajouta-t-elle en riant.

— Ça, tu peux le dire, répondit Eric avec un clin d'œil. Assieds-toi, Rowenna. J'aimerais voir la face cachée de ton homme. Son côté artiste.

— Oh, Eric, je ne suis pas sûre que…

— Assieds-toi, je te dis, insista-t-il en avançant une chaise pour elle.

Après une courte hésitation, elle s'y laissa tomber et le regarda se diriger vers les musiciens qui s'installaient dans un coin du bar.

Elle fouilla la salle du regard à la recherche de Jeremy, mais il n'était pas revenu. Brad était perché sur un tabouret, en train de discuter avec Hugh.

Elle se leva pour aller le saluer.

— Bonsoir, Brad. Comment est le moral, aujourd'hui ?

— A peu près bon, merci.

Mais il n'avait pas l'air précisément dans son assiette.

— Salut, Hugh, dit-elle avec un sourire.

— Salut, Rowenna, répondit le barman avant de s'éloigner pour aller servir d'autres clients.

Brad se pencha vers elle et chuchota quelque chose d'une voix si basse qu'elle dut lui demander de répéter.

— C'est un sorcier ?

— Qui ? demanda-t-elle. Hugh ?

Il hocha la tête.

— Non.

— Vous voulez que je vous dise quelque chose, Rowenna ?

— Quoi ?

— Il se passe des trucs pas nets dans cette ville. Je suis sérieux, vous savez. Et je ne dis pas ça parce que j'ai trop bu. J'en suis à ma deuxième bière de la soirée, et en dehors de ça je n'ai pas avalé une goutte d'alcool de la journée. Le problème, c'est que…

— Quel est le problème, Brad ?

— Jeremy ne me croit pas. Je sais qu'il pense que je délire.

Rowenna fronça les sourcils.

— De quoi parlez-vous, au juste ? A quoi Jeremy refuse-t-il de croire ?

— A Satan, dit Brad avec le plus grand sérieux.

— Pardon ?

— Au diable. Le diable est ici, à Salem. Les colons puritains avaient raison. Le diable existe bel et bien, et il est à Salem.

Il balaya la salle d'un regard anxieux, puis planta ses yeux dans ceux de Rowenna.

— Il est peut-être en ce moment même dans ce bar, en train de boire un verre à quelques mètres de nous.

— La police de Boston n'a pas eu de problèmes pour l'appréhender, disait Joe au téléphone. Richardson ne se cachait pas et il n'a opposé aucune résistance. Ils l'ont interpellé sur le chantier où il travaille en ce moment. C'est un ouvrier du bâtiment. Bien entendu, il jure ses grands dieux qu'il ne comprend pas ce qu'on lui reproche. Il prétend qu'il n'a rien fait de mal, et que payer un verre à une jolie fille n'est pas encore interdit par loi. Ce en quoi il n'a pas tort… à partir du moment où il ne vous vient pas à l'idée de l'étrangler et de la transformer en épouvantail pour égayer la fin de soirée, ajouta-t-il d'un ton lugubre.

Jeremy se trouvait bien mieux dans le lobby de l'hôtel pour discuter de ce genre de chose. Le bar de l'Hawthorne était agréable, mais il pouvait être bruyant. Et puis il n'avait pas envie que quelqu'un — Eric Rolfe, par exemple — puisse surprendre sa conversation avec Joe.

— Il a un avocat ? demanda-t-il. Vos collègues de Boston ne vont pas pouvoir prolonger éternellement sa garde à vue, s'ils n'ont rien de sérieux pour motiver son inculpation.

— Pour le moment, ils ont prévu de le garder quarante-huit heures. Bien entendu, on lui a dit qu'il pouvait prendre un avocat, mais il a répondu que c'était inutile puisqu'il n'avait rien à se reprocher.

— J'ai déjà vu ce genre d'attitude, dit Jeremy. Certaines personnes s'imaginent naïvement que s'attacher les services d'un avocat vous donne l'air coupable.

— Bon, alors, vous m'accompagnez à Boston ? lança l'inspecteur. Rendez-vous demain matin, de bonne heure et de bonne humeur ?

Jeremy s'étonnait de voir Joe le traiter en égal, comme un véritable équipier. Après tout, c'était peut-être sa façon de garder un œil sur lui.

— Oui, merci de l'invitation, répondit-il. Mais j'aimerais revenir une seconde sur Tim Richardson. Vous avez dit qu'il reconnaît avoir passé une soirée à Salem en compagnie de Dinah Green, c'est bien ça ?

— La soirée et une partie de la journée. Et il a tout de suite reconnu la victime sur la photo. Mais, bien sûr, il affirme qu'il n'a rien à voir avec sa mort. Le contraire aurait été étonnant, ajouta Joe d'un ton sarcastique.

— Il dit peut-être la vérité, vous savez.

— Si on devait croire sur parole tous les criminels qui clament leur innocence, les juges et les gardiens de prison seraient presque tous au chômage. Enfin, quoi ! Il est resté presque toute la journée avec la victime et il voudrait nous faire croire qu'il est blanc comme neige ?

— D'accord, mais…

— Il n'a aucun alibi vérifiable pour la journée et la soirée d'Halloween, coupa Joe. Et Boston n'est qu'à une demi-heure de voiture d'ici. Il commence à travailler tôt le matin et termine à 15 h 30. Ça lui donne largement le temps de faire un saut dans le centre historique de Salem et d'enlever Mary Johnstone.

Ce n'était pas faux, mais Jeremy trouvait que ça ne collait pas. Pourquoi ? se demanda-t-il. Au fond, il n'y avait pas vraiment de raison objective. Juste cette intime conviction que le tueur était quelqu'un d'ici.

Si… Tout compte fait, il avait une bonne raison de croire Richardson innocent. Pas vraiment un élément de preuve, mais tout de même quelque chose de plus tangible qu'une simple intuition : le champ de maïs. Seul un habitant du coin pouvait connaître assez bien les lieux pour installer cette mise en scène macabre à quelques mètres d'une route sans se faire repérer. C'était aussi simple que ça. Parfois, résoudre une enquête criminelle était aussi une affaire de bon sens.

Si seulement Tim Richardson avait pu faire le coup, songea-t-il. La police serait peut-être sur le point de retrouver Mary vivante et lui-même pourrait enfin cesser de jauger tous les gens qu'il croisait — y compris les amis de Rowenna — en se demandant lequel d'entre eux était un monstre.

Oui, si seulement…

— Alors à demain, de bonne heure et de bonne humeur, répéta Joe.

— Oui, à demain. Et merci d'avoir appelé.

Il raccrocha, pensif. Pourquoi manquait-il à ce point de motivation pour interroger le suspect principal à Boston ?

Parce qu'il ne croyait pas vraiment à sa culpabilité, voilà pourquoi. Mais ce n'était pas la seule raison.

La vérité, c'est qu'il n'avait pas envie de quitter Salem.

Et pourquoi ne voulait-il pas quitter Salem ?

Il avait aussi la réponse à cette question.

Parce qu'il voulait être là pour protéger Rowenna.

Tandis qu'il hésitait à rappeler Joe pour lui dire d'aller à Boston sans lui, son téléphone sonna de nouveau. Il jeta un regard sur l'écran du portable et un sourire se dessina sur ses lèvres.

— Salut, Zach.

— Salut, frangin. Tes oreilles n'ont pas sifflé, par hasard ? Parce qu'Aidan et moi, on vient de parler de toi.

— Ah oui ?

— On regardait les infos à la télé, et ils ont parlé du corps retrouvé dans ce champ. Dis-moi, il faut avoir un sacré grain pour transformer un cadavre en épouvantail…

— Comme tu dis. J'ai bien peur qu'il y ait un vrai taré qui se promène en liberté à Salem.

— Et Mary ? Toujours aucun signe de vie ?

— Non, malheureusement. J'ai le sentiment que… Je pense que le tueur est quelqu'un d'ici. Et je crois qu'on va finir par le coincer.

— « On » ?

— Joe Brentwood, l'inspecteur qui dirige l'enquête, m'associe à toutes les étapes de ses investigations. J'avoue que je ne m'attendais pas à ça.

— Super, dit Zach. Ecoute, je peux venir te rejoindre, si tu as besoin d'un coup de main.

— Vraiment ? Alors ramène ta fraise dès que tu peux ! s'écria Jeremy.

Avec Zach à Salem, il n'aurait plus à s'inquiéter constamment de laisser Rowenna seule. D'autant qu'elle s'entendait bien avec son petit frère et qu'elle ne verrait sûrement pas d'inconvénient à ce que Zach lui tienne compagnie quand il n'était pas là. Quant à ce déplacement à Boston le lendemain matin… S'il voulait que Joe continue à l'inclure dans son enquête, sans doute valait-il mieux ne pas le froisser en déclinant l'invitation. Rowenna pourrait rester avec des amis durant son absence, ou même avec Brad. De son côté, Zach allait sûrement se débrouiller pour atterrir le lendemain soir à Boston.

— Tu me feras un résumé de la situation quand je serai sur place, dit Zach.

— Si ça ne t'ennuie pas, je vais avoir besoin de toi pour jouer les gardes du corps.

Jeremy entendit son frère rire doucement à l'autre bout du fil.

— Tant qu'il s'agit de garder le corps d'une jolie femme aux cheveux noirs et aux yeux ambrés, je suis ton homme.

— Hé ! On se calme, répliqua Jeremy en feignant l'indignation. Bon, arrive le plus vite possible, d'accord ?

Avant de raccrocher, Zach lui assura qu'il allait tout de suite se mettre en quête d'un billet d'avion. Jeremy rangea son téléphone portable dans la poche intérieure de son blouson de cuir et s'adossa au mur, sourire aux lèvres. Il avait une confiance aveugle en son frère, et sa venue était vraiment une excellente nouvelle. La famille avait parfois du bon…

Perdu dans ses pensées, il laissa son regard vagabonder dans le hall de l'hôtel…

… et se figea.

Un garçon était debout contre le mur opposé, près du bureau de réception.

Il avait une dizaine d'années, de grands yeux marron et des cheveux bruns ébouriffés. Il portait un jean et un T-shirt blanc.

— Billy…, laissa échapper Jeremy, la gorge nouée.

Le regard grave du garçon contrastait avec le sourire hésitant qui flottait sur ses lèvres.

Un homme massif se planta devant Jeremy, lui bouchant la vue. Alors qu'il le contournait pour atteindre le bureau de réception, Jeremy fut bloqué par un garçon d'étage qui manœuvrait un énorme chariot à bagages. Le temps que le jeune homme s'éloigne avec son chargement, l'enfant avait disparu.

Jeremy sortit dans la rue et regarda frénétiquement à droite et à gauche. Les trottoirs étaient encombrés de passants qui profitaient de la relative douceur des dernières soirées d'automne.

Mais le garçon ne figurait pas parmi eux.

Etouffant un juron, il marcha jusqu'au coin de la rue.

Une calèche touristique, tirée par un unique cheval et conduite par une jolie femme aux cheveux blond vénitien, passa devant lui avec un bruit assourdissant. Plus bas dans la rue, il vit un corbillard quitter la morgue, longeant à faible allure un groupe de collégiens en uniforme, solidement encadrés par quatre surveillants.

La vie continuait, certes, mais avec quelques précautions supplémentaires. Ces derniers temps, personne n'était d'humeur à plaisanter avec la sécurité.

Jeremy contourna l'hôtel, traversant le parking réservé aux clients. La rue qui s'ouvrait devant lui, avec son terre-plein central bordé d'arbres, était sombre et quasiment déserte. Seuls quelques habitants du quartier y promenaient leurs chiens.

Pas de garçon aux grands yeux marron.

Il rebroussa chemin, perplexe. Une fois dans le hall de l'Hawthorne, il resta un moment à regarder les ascenseurs, le front plissé, avant de conclure qu'il avait vu un gamin ressemblant à Billy, un gamin qui avait tout simplement regagné sa chambre au moment où ce gros homme s'était placé entre eux.

Il inspira profondément, se rappelant qu'il ne pouvait plus rien pour Billy, mais qu'en revanche, il pouvait peut-être encore quelque chose pour Mary.

Il se souvint également que Rowenna l'attendait depuis un bon moment.

Secouant la tête comme pour chasser le visage de cet enfant qu'il n'avait pu sauver, Jeremy poussa la porte du bar.

14.

Rowenna fut soulagée de voir Jeremy revenir dans le bar. Elle essayait de son mieux de soutenir Brad dans l'épreuve qu'il traversait, mais elle avait de plus en plus de mal à cacher son scepticisme devant ses propos délirants. Pas plus que Jeremy, elle ne parvenait à prendre au sérieux sa théorie relative au diable.

Elle-même s'était imaginé qu'un être démoniaque la poursuivait dans les rues, mais elle s'était reprise depuis. Contrairement à elle, Brad semblait incapable de se calmer pour laisser place à la raison. Rowenna avait bien essayé de lui donner le menu, songeant que dîner pourrait le distraire de ses sombres pensées, mais Brad avait repoussé la carte en déclarant qu'il n'avait pas le cœur à manger.

Jeremy saurait sans doute mieux comment lui changer les idées. Après tout, ils étaient amis depuis des années. Oui, elle était soulagée de passer le relais. Ça l'ennuyait de l'admettre, mais…

Brad finissait par lui faire peur, avec ses histoires de diable.

— C'était qui ? demanda-t-elle à Jeremy, heureuse de l'avoir à ses côtés.

A peine eut-elle prononcé ces mots qu'elle les regretta. De quoi se mêlait-elle ? Il s'agissait peut-être d'un appel qui n'avait rien à voir avec la disparition de Mary. Ce n'était pas parce qu'ils avaient couché ensemble deux fois qu'il allait lui raconter les moindres détails de sa vie privée.

Mais Jeremy lui répondit aussitôt, la mine songeuse et l'air un peu absent.

— Le premier appel était de Joe.

Elle tendit l'oreille en attendant qu'il veuille bien en dire davantage. Brad aussi s'était redressé sur son tabouret, fixant Jeremy d'un regard qui exprimait autant d'espoir que d'angoisse.

— La police a retrouvé Richardson, le type qui a été vu ici même avec Dinah Green. Il semblerait qu'il ait également passé une partie de la journée avec elle. Il a été appréhendé à Boston et se trouve actuellement en garde à vue.

— Il a parlé? demanda Brad, les traits crispés. C'est lui qui séquestre Mary?

— Il affirme être resté chez lui le soir d'Halloween, mais son alibi n'a pu être vérifié. Joe et moi, on va aller à Boston pour l'interroger.

— Quand?

— Demain matin, à la première heure.

— Je vous accompagne, dit-il.

— Non, Brad, il n'en est pas question. D'une part Brentwood ne t'a pas convié à venir, et d'autre part cette affaire te concerne de beaucoup trop près pour que tu puisses faire face à un suspect avec le calme nécessaire.

Le ton était amical, mais ferme, ne laissant aucune place à la négociation.

— C'est déjà une chance que Joe m'ait proposé de venir, reprit-il en s'adressant à son vieil ami. Tu sais que tu peux compter sur moi pour poser les bonnes questions. Et puis...

Il hésita un instant, regardant alternativement Brad et Rowenna, tous deux suspendus à ses lèvres.

— Et puis, je suis persuadé que Richardson n'est pour rien dans cette histoire, lâcha-t-il finalement. J'y vais juste par acquit de conscience.

— Qu'est-ce qui te permet de dire qu'il n'est pas coupable? demanda Rowenna, les sourcils froncés.

Elle aurait tant voulu que le tueur soit un inconnu, un type de Boston qu'elle n'avait jamais vu, plutôt que quelqu'un d'ici... L'idée qu'un assassin puisse se cacher parmi tous ces gens qu'elle pensait connaître — et parfois bien connaître — lui faisait horreur.

— Le tueur est trop familier avec Salem, de son cimetière à ses champs de maïs, pour être de Boston, répondit Jeremy. Et il y a aussi mon instinct, ajouta-t-il comme à contrecœur. Je traque les criminels depuis trop longtemps pour ignorer ce qu'il me dit.

Cet aveu ne passa pas inaperçu de Rowenna, qui hocha la tête d'un air entendu.

Jeremy jeta un œil en direction d'Eric Rolfe qui discutait toujours avec les musiciens.

— Il faut chercher quelqu'un d'ici, quelqu'un sachant qui possède ces champs et qui les exploite. Quelqu'un qui n'hésite pas à les arpenter de long en large, pourquoi pas quotidiennement. Ginny MacElroy en est peut-être la propriétaire, mais je doute qu'elle s'y promène pour s'assurer que son maïs pousse bien. Elle laisse ça aux professionnels. Mais même les agriculteurs qui cultivent ces terres ne doivent pas y mettre les pieds tous les jours.

— Moi, je vais le faire, affirma gravement Brad. Je vais aller parcourir ces foutus champs de maïs de long en large, du matin au soir, jusqu'à ce que je trouve quelque chose.

— Brad, la police a demandé à tous ceux qui exploitent les champs situés de part et d'autre de cette route de vérifier qu'ils ne contiennent rien de suspect. S'ils étaient tombés sur… sur quelque chose, ils auraient tout de suite prévenu les autorités.

Sur quelque chose… Sur un autre corps, voilà ce que Jeremy avait été sur le point de dire, songea Rowenna. Le corps de Mary, par exemple.

— Je suis en train de devenir fou, dit Brad. Je n'en peux plus. Ne pas savoir où elle, si elle a peur, si quelqu'un est en train de lui faire du mal au moment où je te parle…

Il se mordit la lèvre pour retenir ses larmes et Rowenna dut faire de même pour contenir les siennes. Qui, à la place de Brad, ne serait pas devenu fou? Fou d'angoisse et de douleur?

— Tu sais que je crois qu'elle est vivante, poursuivit-il d'une voix étranglée. Et je vis chaque minute qui passe comme un compte à rebours menant inexorablement à sa mise à mort.

Jeremy posa la main sur l'épaule de son ami.

— C'est toujours ce qu'il y a de plus dur, dit-il. L'attente. Songe à toutes ces heures qu'on a passées ensemble, retirant notre combinaison étanche, l'enfilant de nouveau, jouant aux cartes pour tromper l'ennui en attendant les consignes. « Plonge ici, plonge là… » Et le lendemain : « Essaie un peu plus loin. » Et pour tes collègues qui planquent dans la rue, c'est : « Surveille cette maison, c'est celle d'un pédophile. » Commencent alors des journées interminables, assis derrière le volant, à boire du café pour essayer de rester éveillé.

Et puis soudain, c'est le moment d'agir et il ne faut pas le rater. On fait ce qu'il faut faire, Brad. On ne se disperse pas, on élimine tout ce qu'on peut au fur et à mesure, on vérifie chaque piste… et quand ce sera le moment d'agir, on répondra présent comme on l'a toujours fait, toi et moi. On va finir par retrouver Mary, ajouta-t-il d'une voix déterminée.

Brad fixa un moment Jeremy du regard avant de hocher lentement la tête, comme s'il essayait désespérément de croire à ces derniers mots.

A cet instant précis, Eric Rolfe arriva dans le dos des deux amis. Il posa la main sur l'épaule de Jeremy qui se retourna vivement, aussitôt imité par son ancien équipier.

— Il paraît qu'il fabrique des masques du diable, murmura Brad en se penchant vers Rowenna.

— Oui, il fabrique des masques, mais c'est quelqu'un de bien. Je le connais depuis des années. Détendez-vous, Brad.

— Monsieur Flynn, dit Eric. J'ai entendu dire que vous étiez un guitariste hors pair. Nous feriez-vous le plaisir de vous joindre au groupe qui joue ce soir ? Les musiciens m'ont expressément demandé de vous transmettre l'invitation.

Pendant quelques secondes, le regard de Jeremy devint dur, hostile. Il se tourna vers Rowenna… comme si elle était responsable de ce guet-apens. Puis son expression changea brusquement. Elle commençait à le connaître si bien qu'elle fut certaine d'avoir deviné ce qu'il avait en tête : Pourquoi refuser ? Après tout, c'était une occasion de bien se faire voir des gens d'ici.

Même de ceux qui figuraient sur sa liste de suspects. Et peut-être surtout de ceux qui y figuraient.

Il se leva, et elle le regarda traverser la salle de son pas tranquille, assuré, jusqu'à la petite estrade où le groupe s'était installé. Il discuta quelques instants avec les musiciens, puis s'empara de la guitare que lui tendit l'un d'eux.

Il était vraiment doué, songea Rowenna en se souvenant de la première fois qu'elle l'avait vu jouer. C'était à La Nouvelle-Orléans, quand il était allé « faire un bœuf », comme il disait, avec une formation de jazz qui jouait dans Bourbon Street.

Elle s'était alors demandé si ses doigts sauraient caresser une femme avec la même douceur et la même habileté qu'ils caressaient les cordes de la guitare.

A présent, elle avait la réponse.

— Bon sang…, lâcha Eric avec une moue dégoûtée. Il sait vraiment jouer!

— Bien sûr qu'il sait jouer, dit Brad avant de lui rire au nez. Vous espériez qu'il allait se ridiculiser, c'est ça?

— Pas du tout! protesta Eric avant de baisser la tête avec un sourire penaud. Bon, d'accord… J'avoue que je voulais un peu lui rabattre son caquet.

— Eric! s'exclama Rowenna.

Il lui fit face, une expression exagérément contrite sur le visage. L'instant d'après, ils éclataient de rire.

Eric alla se rapprocher de l'estrade où se produisaient les musiciens, laissant Rowenna et Brad en tête à tête.

Elle sentit aussitôt sur elle son regard insistant.

— Quand va-t-on la retrouver? demanda-t-il.

Elle se tourna vers lui. Il y avait quelque chose de si intense dans sa voix…

— Quand? répéta-t-il. Bientôt?

— Brad, je ne sais pas quoi vous dire, répondit-elle, mal à l'aise. Qu'espérez-vous de moi, au juste?

— Je pense que vous savez des choses. Vous m'avez dit de ne pas perdre espoir. Vous avez affirmé à plusieurs reprises que Mary est vivante.

— C'est ce que je crois.

— Mais il faut qu'on la retrouve très vite.

Elle acquiesça d'un signe de tête et Brad lui prit la main.

— Si vous pouvez faire quelque chose pour retrouver ma femme, Rowenna, je vous en supplie, faites-le.

— Vous savez que je fais tout ce qui est en mon pouvoir, Brad. Tout.

Mais était-ce bien vrai? s'interrogea-t-elle. Brad avait raison d'insister sur l'urgence de la situation. Pendant qu'ils écoutaient de la musique, Mary vivait peut-être un calvaire aux mains d'un sadique. Un calvaire qui se terminerait fatalement par son assassinat.

Et sans doute avait-il aussi raison de dire que Rowenna pouvait faire quelque chose.

Elle pouvait, mais elle ne voulait pas. La vérité, c'est qu'elle avait bien trop peur.

La réponse se trouvait dans le cimetière. Elle le sentait au plus profond d'elle-même.

Elle se remémorait l'étrange expérience qui l'avait menée dans les allées bordées de tombes anciennes, quand Adam et Eve entrèrent dans le bar. Pour une fois, ils semblaient détendus et heureux d'être ensemble.

Daniel apparut dans leur sillage. Il les rattrapa et échangea quelques mots avec eux, puis tous les trois allèrent s'asseoir autour d'une table. Rowenna s'en étonna un peu. Bien sûr, ils se connaissaient depuis des années, mais ils n'avaient jamais été de vrais amis. Daniel avait tendance à brocarder ces « chrétiens dévoyés » qui, disait-il, embrassaient les croyances païennes par esprit mercantile.

Très vite, Daniel leva les yeux et aperçut Rowenna. Il lui fit un signe de la main, puis scruta la salle lambrissée du regard, sans doute à la recherche de Jeremy. Elle vit la surprise se dessiner sur son visage quand il le repéra parmi les musiciens. L'instant d'après, il le montrait du doigt aux Llewellyn.

Un grand sourire se forma sur les lèvres d'Eve, qui se tourna aussitôt vers Rowenna, le pouce levé et la moue admirative. Quelques minutes plus tard, Daniel quittait sa table pour rejoindre celle d'Eric, désormais assis à quelques mètres du groupe de jazz. Rowenna les vit bavarder un peu avant que Dan n'indique d'un mouvement de tête la serveuse qui prenait la commande d'Eve et d'Adam. Eric haussa les épaules, l'air de dire « Pourquoi pas ? », avant de le suivre jusqu'à sa table.

La salle commençait à se remplir, certains clients allant directement au bar boire un verre, d'autres préférant s'attabler et jeter un œil au menu du jour.

Quand la porte s'ouvrit sur Ginny et le Dr MacElroy, Rowenna manqua de tomber de son tabouret. C'était à croire que tout Salem s'était donné rendez-vous ici pour oublier l'horreur qui frappait leur petite ville, autrefois si paisible. Elle s'excusa auprès de Brad et partit saluer son voisin, qu'elle n'avait pas vu depuis un bon moment.

Le visage de Ginny s'éclaira quand elle vit Rowenna s'approcher de leur table.

— Tu es là, ma chérie ? Ça me plaisir de te voir !

Le Dr MacElroy venait de s'asseoir, mais il se releva aussitôt.

— Bonjour, Rowenna.

— Bonjour, docteur.

Elle n'avait jamais réussi à l'appeler par son prénom, peut-être parce qu'il avait été son pédiatre quand elle était enfant.

Il l'embrassa à la manière d'un grand-père affectueux, et l'observa comme quand elle était encore une petite fille et qu'il s'extasiait de la voir grandir aussi vite.

— Tu es ravissante, comme toujours. Ginny m'a dit que tout allait bien pour toi.

— Oui, très bien, merci.

Avec ses épais cheveux blancs, son maintien impeccable et ses manières d'un autre temps, le Dr Nick MacElroy respirait la dignité. Il avança une chaise pour Rowenna qui s'y assit par politesse, expliquant qu'elle était avec un ami et ne pourrait rester longtemps.

— Triste affaire, dit le Dr MacElroy en secouant la tête. Oui, bien triste affaire… Tu es sûre que ça va, Rowenna ? Ginny m'a appris que tu avais découvert le corps de cette malheureuse.

— J'ai accusé le coup, bien sûr, mais je m'en suis remise. Vraiment, ajouta-t-elle devant l'air inquiet du médecin.

— Ton ami m'a rendu une petite visite, dit Ginny.

Dès qu'elle évoquait Jeremy, son regard se mettait à pétiller.

— Il revenait de chez Eric Rolfe, reprit-elle, et… Tu sais qu'Eric vient de s'installer dans la maison de ses parents, n'est-ce pas ?

Rowenna hocha la tête.

— Ah, très bien, très bien… Qu'est-ce que je disais ?

— Tu me disais que Jeremy est passé te voir.

— Oui ! Et il m'a posé quelques questions. Oh, il se doutait bien que je ne m'amusais pas à gambader dans les champs à mon âge, mais il espérait que j'avais peut-être vu ou entendu quelque chose d'inhabituel. Malheureusement, je crains de n'avoir pu l'aider. Je suis devenue casanière, avec le temps, et je ne suis pas du genre à épier les alentours derrière le rideau de la cuisine.

— Elle passe la journée devant des jeux télévisés avec le son réglé au maximum, dit le Dr MacElroy avec un tendre sourire. Un avion pourrait s'écraser dans le jardin sans qu'elle s'en aperçoive.

— Le problème, c'est que ce champ de maïs m'appartient bel et bien, se lamenta Ginny. Je l'ai hérité de mon père.

Elle était pâle, soudain, et semblait au bord des larmes.

— C'est ton champ, d'accord, mais tu n'as rien à voir avec cette affaire, dit Rowenna en lui prenant la main.

— Elle est toute retournée depuis que la police lui a appris ta terrible découverte, Rowenna. C'est pour ça que j'ai décidé de l'amener ici. Je me suis dit qu'une sortie dans un endroit sympathique et animé lui changerait les idées.

Il promena un regard amusé sur la salle bondée.

— La moitié des clients d'ici ont été mes patients quand ils étaient petits. Ça ne me rajeunit pas.

— Dire qu'il a fallu que je vive ça avant de quitter ce monde…, soupira Ginny. Notre bonne ville n'est plus le havre de paix qu'elle était, c'est moi qui vous le dis.

— Ginny, chaque époque a connu sa part de violence, fit remarquer Rowenna.

Après tout, songea-t-elle, Salem avait été fondée dans la violence. Violence contre les Indiens et violence des procès en sorcellerie. Mais elle se garda bien de faire part de ses réflexions à sa chère voisine.

— Heureusement que le festival des moissons arrive, reprit la vieille dame. Je crois qu'on a tous besoin de ça pour oublier nos malheurs. Au fait, ma chérie, dit-elle en retrouvant soudain son enthousiasme coutumier, j'aide à fabriquer les costumes, cette année, et je me suis personnellement occupée de la robe de notre reine. Tu vas voir, elle est magnifique ! Il faut d'ailleurs que tu viennes l'essayer très vite. Il n'y a plus que quelques jours avant le défilé, tu sais…

— Bien sûr. Après-demain, ça te convient ?

Elle voulait consacrer la journée du lendemain à ses recherches sur le Moissonneur.

Ginny acquiesça d'un signe de tête.

— Tu peux venir quand tu veux. Je te demande simplement de me laisser le temps de faire quelques retouches avant le grand jour.

Nick MacElroy fit un geste de la tête en direction du groupe de jazz.

— C'est ton petit ami qui joue de la guitare, Rowenna ?

Elle ne put s'empêcher de sourire. C'était tellement bizarre d'entendre parler de Jeremy comme de son petit ami. Tellement bizarre et tellement agréable…

— Oui, c'est Jeremy Flynn, dit-elle avant de se lever. Je crois que je ferais bien de retourner au bar, si je ne veux pas que mon ami me prenne pour une mal élevée.

— Bien sûr, dit le Dr MacElroy. Ça m'a fait plaisir de te voir, Rowenna.

— Moi aussi, docteur.

Elle se tourna vers Ginny.

— A bientôt, Ginny. Et bravo d'avoir accepté d'accompagner ton neveu en ville. Il ne faut pas que tu restes enfermée chez toi toute la semaine.

— Oh, mais ma dernière sortie ne remonte pas à si longtemps, protesta la vieille dame. On est sortis le soir d'Halloween et je me suis bien amusée.

Elle fronça soudain les sourcils.

— C'est ce soir-là que cette pauvre jeune femme a disparu, n'est-ce pas ? Son mari doit vivre un enfer, à se demander si la police va la retrouver dans un champ de maïs, elle aussi. Oh…

Elle s'interrompit, une expression horrifiée sur le visage. Rowenna suivit son regard pour voir ce qui la bouleversait ainsi, mais elle ne vit rien d'autre qu'un pilier qui lui bloquait la vue.

— Ginny, que se passe-t-il ? demanda le Dr MacElroy, visiblement aussi perplexe que Rowenna.

— Des lumières, dit Ginny en les regardant alternativement. J'ai vu des lumières.

Rowenna et Nick MacElroy échangèrent un regard inquiet.

— Oh, ça va, vous deux ! s'exclama la vieille dame. Je ne suis pas devenue gâteuse. Je viens juste de repenser à quelque chose en parlant de Mary Johnstone. Ton Jeremy m'a demandé si j'avais vu ou entendu quoi que ce soit d'inhabituel, Rowenna. J'ai dit que non, mais je viens de me souvenir que l'autre soir, je me suis réveillée et j'ai regardé par la fenêtre, en direction du nord-ouest. Et il y avait des lumières tremblotantes, comme si un ovni venait de se poser.

— Ginny, c'est un désert de broussailles, par là-bas, fit remarquer le Dr MacElroy.

Mais sa tante n'en démordait pas. Elle leva les yeux vers Rowenna.

— Pense à répéter ce que je viens de dire à ton beau Jeremy, dit-elle. Il m'a demandé de lui rapporter tout ce qui pouvait me revenir à la mémoire. Tu n'oublies pas, hein ? Il avait l'air d'y tenir absolument.

— Compte sur moi, Ginny. Et merci de ton aide, ajouta-t-elle avant de s'en aller.

En chemin vers le bar, elle fit une halte pour saluer Eve, Adam et Daniel.

— Il assure vraiment, dit Eve en désignant Jeremy.

— Une vraie star, ajouta Adam avec un sourire. Comment as-tu trouvé Ginny ? ajouta-t-il en reprenant son sérieux.

— En pleine forme, pourquoi ?

Adam secoua la tête avec une moue gênée.

— Ça m'ennuie de dire ça, mais j'ai l'impression qu'elle perd un peu la boule. Elle m'inquiète, tu sais. La semaine dernière, elle m'a appelé aux alentours de minuit pour s'informer sur les costumes dont on dispose à la boutique. Elle était persuadée que la soirée venait à peine de commencer.

— Ginny prend sa mission à cœur et elle va très bien s'en sortir, dit Eve avec un sourire.

Mais sa voix était glaciale.

Ils essayaient de jouer au couple uni, mais Eve était toujours malheureuse, songea Rowenna avant de jeter un œil en direction du bar.

— Excusez-moi, mais il faut que je retourne voir Brad. Je l'ai abandonné depuis un moment et ce n'est pas très poli.

— A plus tard, dit Eve tandis que les trois autres agitaient la main.

Quand elle se rassit sur son tabouret, Brad était tellement perdu dans ses pensées qu'il ne remarqua pas tout de suite sa présence.

— Tiens, dit Hugh en déposant une bière fraîche sur le comptoir. Offert par la maison.

Elle le remercia d'un sourire et effleura l'épaule de Brad.

Celui-ci sursauta, puis tourna vers elle un regard accablé.

— Désolé, dit-il. Je ne dois pas être un compagnon très agréable. Mais je ne supporte plus cette attente. Je voudrais prendre un somnifère et me réveiller quand tout sera fini… Quelle que soit l'issue de cette affaire, ajouta-t-il en baissant les yeux vers sa bière.

— Vous êtes policier, Brad ! dit-elle d'une voix énergique. Vous savez comment se déroule une enquête. Ça devrait vous aider, non ?

Elle avait envie de le secouer, de le tirer de sa léthargie. Il allait devenir fou, s'il restait comme ça.

Il se redressa et s'efforça de sourire.

— Ne vous inquiétez pas pour moi, Rowenna. Je vais tenir le coup.

Il pivota sur son tabouret pour regarder les musiciens.

— J'aimerais savoir jouer de la guitare, dit-il en désignant Jeremy avec son verre. Vous saviez qu'il ne réfléchit jamais mieux que quand il joue ?

— Non, je l'ignorais, dit-elle avant de tremper les lèvres dans la mousse qui couronnait sa bière. Moi aussi, j'aimerais jouer d'un instrument.

— Vous avez toutes les qualités dont une femme peut rêver, Rowenna. Inutile d'ajouter une corde à votre arc.

— Merci, dit-elle, un peu surprise par le compliment.

Brad se tourna vers la table où Eve, Adam, Eric et Daniel étaient assis.

— Vos amis, par contre…, reprit-il d'une voix légèrement pâteuse. Surtout ne le prenez pas mal, mais ils sont bizarres. Comprenez-moi bien, je les trouve plutôt sympathiques… Sympathiques, mais franchement inquiétants.

Il pivota une nouvelle fois sur son tabouret et s'accouda au bar.

— Bien sûr, je ne parle pas de ce bon Hugh. C'est un gars normal, lui. Il préfère regarder un match de foot avec des amis et une bonne bière que d'aller vénérer des arbres les nuits de pleine lune. Pas vrai, Hugh ?

Hugh s'excusa discrètement du regard auprès de Rowenna.

— Euh… bien sûr, Brad.

Après quoi il s'éloigna, visiblement mal à l'aise.

— Et si on se contentait d'écouter Jeremy ? suggéra Rowenna.

Mais Brad ne sembla pas l'entendre.

— L'un d'entre eux pourrait bien être le diable, murmura-t-il.

— Brad, vous allez trop loin. Mes amis sont des gens comme vous et moi.

— Je suis désolé…

Il n'ajouta rien et elle ne put s'empêcher de jeter un œil vers la table où discutaient ses amis. De quoi Brad était-il désolé ?

D'avoir dit du mal de ses amis ?

Ou était-il désolé pour elle ? Désolé qu'elle ait des amis aussi étranges ?

Désolé qu'un de ses amis soit le diable en personne ?

Elle fut soulagée de voir Jeremy quitter la petite scène sous les applaudissements. Quand il les rejoignit au bar, Rowenna l'applaudit à son tour. Jeremy s'inclina cérémonieusement, puis déclara qu'il avait une faim de loup.

Brad aussi avait besoin de manger, songea-t-elle. Il avait ingurgité pas mal de bières avec le ventre vide.

— Je n'ai pas faim, grommela-t-il.

— Mais moi si, trancha Jeremy. Il reste une table libre, là-bas. Allons nous y asseoir.

Pendant qu'ils dînaient, Jeremy observa les gens autour d'eux. Il adressa un signe de la main à Ginny et demanda à Rowenna de le présenter au pédiatre, ce qu'elle fit lorsque les MacElroy s'arrêtèrent à leur table avant de quitter le bar. Pendant que Ginny réconfortait Brad du mieux qu'elle le pouvait, Nick MacElroy et Jeremy semblaient s'observer mutuellement.

— Tu lui as dit ? demanda soudain Ginny d'une voix anxieuse. Tu lui as raconté ce que j'ai vu ?

— Pas encore, reconnut Rowenna.

— Des lumières, dit-elle gravement en se tournant vers Jeremy.

— Des lumières ?

— Dans la nuit. Comme celles d'une soucoupe volante. Au nord-ouest de notre maison et de celle de Rowenna. Ça m'est revenu d'un seul coup tout à l'heure.

Son neveu semblait mal à l'aise, comme s'il était gêné pour elle, mais Jeremy parut prendre la chose très au sérieux.

— Quel jour était-ce, madame MacElroy ?

Ginny fit une grimace.

— Attendez voir… Je ne suis pas sûre de… Oh, je suis vraiment désolée… Il me semble les avoir aperçues deux ou trois fois. Comment ai-je pu oublier ces détails ?

— Ce n'est pas grave, assura Jeremy. Et merci mille fois de m'en avoir parlé. Si vous les voyez de nouveau, je peux compter sur vous pour m'appeler immédiatement ?

— Bien entendu, jeune homme.

— Alors il nous reste à vous souhaiter une excellente soirée, dit Nick MacElroy avant de prendre sa tante par le bras et de l'entraîner au-dehors.

— Des soucoupes volantes ? dit Brad quand ils furent partis. Et puis quoi, encore ?

— Des lumières au nord-ouest de sa maison et de la tienne…, murmura Jeremy en se tournant vers Rowenna. Il y a quoi, dans cette direction ?

— Rien. Juste des broussailles. Ce sont des terres peu propices à la culture. Tu sais, Jeremy…

Cela lui faisait mal de l'admettre, mais la vieillesse avait sans doute fini par rattraper Ginny.

— Quoi ? demanda-t-il.

— C'est terrible à dire, mais je crois que Ginny devient un peu sénile. Elle n'est plus toute jeune, tu sais. Alors il ne faut peut-être pas accorder trop de crédit à ce qu'elle raconte.

Jeremy ne répondit rien. Il prit un air songeur et se remit à manger.

Une fois le repas terminé, Rowenna et Jeremy raccompagnèrent Brad à son bed and breakfast, puis partirent bras dessus bras dessous en direction de la maison qu'il avait louée.

— Quelle soirée étrange…, fit-elle remarquer. A croire que toutes mes connaissances s'étaient donné rendez-vous dans ce bar.

— Intéressant, dit-il.

Mais il semblait avoir l'esprit ailleurs.

— A quoi est-ce que tu penses ? demanda-t-elle après un long silence.

— Juste que… qu'on va perdre notre temps, demain, à Boston.

— Mais ce type est la dernière personne qui a été vue avec Dinah Green, souligna Rowenna.

— Je sais, je sais… Tu as sans doute raison. Il ne faut négliger aucune piste, même quand on est convaincu qu'elle ne mènera à rien. D'autant qu'on n'aura peut-être pas d'autre chance d'interroger Richardson. En dehors de cette journée passée à Salem avec la victime et un alibi invérifiable, ils n'ont rien à lui reprocher. Ce qui veut dire qu'ils ne vont pas pouvoir le garder longtemps en détention. Je ne crois pas qu'il soit coupable, mais qui sait ? Il se souviendra peut-être de quelque chose qui nous mettra sur la piste du véritable tueur. Ce qui m'ennuie, c'est que…

— Quoi ? demanda-t-elle, voyant qu'il semblait hésiter à poursuivre.

— Je suis persuadé que l'homme qu'on recherche vit à Salem et j'ai le sentiment que quelque chose le désigne, là, sous mon nez, et que je ne le vois pas.

— Tu as mis Eric sur le grill, aujourd'hui.

— Mettre les suspects sur le grill est le privilège des inspecteurs de police, répondit Jeremy, pince-sans-rire. Moi, j'opère tout en douceur, comme tu sais.

Un sourire effleura les lèvres de Rowenna, mais il ne s'y attarda pas.

— Tu dis que le tueur est quelqu'un d'ici, mais l'homme que tu vas interroger a pu venir plusieurs fois à Salem pour faire des repérages. Après tout, Boston est à moins de cinquante kilomètres. Si la circulation est bonne…

Jeremy l'interrompit d'un grand éclat de rire.

— J'aimerais savoir quand la circulation est bonne, aux abords d'une grande ville. A 3 heures du matin ?

— Plutôt 3 h 30, répliqua-t-elle sur le même ton. Sérieusement, Jeremy, ce Tim Richardson est peut-être le tueur. Et si tu te compliquais la vie en cherchant ailleurs ?

Il prit le temps de considérer ce qu'elle venait de dire, puis secoua la tête.

— Brad est convaincu que c'est ce voyant enturbanné qui a enlevé sa femme. Damien, l'homme à la boule de cristal. Le problème, c'est qu'on n'arrive pas à lui mettre la main dessus. Il s'est installé en toute illégalité sur le salon et n'a par conséquent rempli aucune fiche ni effectué le moindre règlement pour louer son emplacement. Il est venu à Salem et il en est reparti en toute discrétion. Tu sais ce que ça signifie ?

— Non. Ça signifie quoi ?

— Qu'il ne s'appelle pas vraiment Damien. J'en mettrais ma main au feu. J'ai réfléchi à ça pendant que je jouais de la guitare. J'ai fait le point sur tout ce qu'on sait, tout ce qu'on ignore, et toutes les pistes qui mènent à des impasses. D'abord, je pense que le tueur est d'une intelligence largement au-dessus de la moyenne. Il faut l'être pour réussir à installer une tente sans autorisation et sans se faire repérer par les organisateurs du salon. Et pour la démonter avant de s'éclipser en toute discrétion. D'autant que Brad m'a dit qu'elle était décorée avec un nombre impressionnant de statues. Mais ce n'est pas tout : ce type sait aussi comment faire pour ne pas laisser de traces. Dinah Green a été violée, mais la police scientifique n'a retrouvé ni ADN, ni poil, ni la moindre fibre textile qui aurait pu dénoncer son agresseur. Quant au curetage des ongles, il n'a rien donné non plus. Et si l'assassin de Dinah Green est aussi responsable de la disparition de Mary, comme je le crois, il a réussi le tour de force de l'enlever dans le seul endroit déserté d'un centre historique en pleine ébullition. Il n'a pas emprunté une voie souterraine pour l'emmener avec lui. Les hommes de Joe ont vérifié s'il existait un passage secret qui aurait pu lui permettre de quitter le cimetière sans se faire voir, et la réponse est négative. Cela veut dire qu'il a agi avec un remarquable sang-froid, conscient que le soir d'Halloween était le seul moment de l'année où personne ne prêterait attention à un type costumé, avec une femme hissée sur son épaule comme si elle avait trop bu. Il a pu assommer ou droguer Mary, puis l'affubler d'un masque, d'une capuche… On peut tout imaginer, Rowenna. Mais on ne peut pas continuer éternellement à échafauder des scénarios, parce que les jours passent…

Il se tut, le temps d'inspirer profondément, puis reprit le cours de sa pensée.

— Les jours passent et j'ai le sentiment que la vie de Mary ne tient qu'à un fil. Il faut trouver la réponse à cette énigme dans les plus brefs délais, si on ne veut pas arriver trop tard.

Ils venaient de s'arrêter devant la maison. Jeremy sortit la clé de sa poche et se tourna vers Rowenna.

— Tu n'es pas allée chez toi, aujourd'hui ?

— Non. J'ai acheté les habits que je porte chez Magick Mercantile, ainsi que des sous-vêtements pour demain. Mais après ça, il faudra que j'y fasse un saut.

Il hocha la tête.

— Ça te dirait de venir avec Joe et moi à Boston, demain matin ?

— Pas vraiment… Je sais que tu penses que je perds mon temps à m'intéresser au passé, mais j'ai envie de continuer mes recherches. Il y a des livres au musée de l'Histoire que je n'ai pas encore eu l'occasion de consulter.

— Je pourrais demander à Brad de t'y accompagner, dit Jeremy. Ça me rassurerait de savoir qu'il est avec toi.

— Si tu veux.

Elle aimait bien Brad, surtout quand il n'abusait pas de l'alcool.

— Je vais essayer, mais ce n'est pas gagné. Brad est un homme d'action, pas un contemplatif. Lire n'a jamais été son truc.

— Tu n'as qu'à lui dire que tu es inquiet de me laisser seule et que tu voudrais qu'il soit mon garde du corps jusqu'à ton retour. Présenté comme ça, il aura le sentiment d'être utile et il acceptera sûrement.

— Tu as raison, dit Jeremy. De toute manière, je devrais être de retour pour le déjeuner. Et Zach arrivera aussi demain, sans doute en fin d'après-midi.

— Zach ? Il va venir à Salem ?

Il acquiesça d'un signe de tête.

— Désolé, j'ai oublié de t'en parler. J'ai tellement de choses en tête, en ce moment… Il m'a appelé juste après Joe, tout à l'heure. Il m'a proposé de prendre un avion dès demain pour venir me donner un coup de main. Une fois qu'il sera là, je n'aurai plus à m'inquiéter pour toi.

— Franchement, Jeremy, avec ou sans Zach, tu n'as aucune raison de t'inquiéter pour moi. Le soir, je ne dis pas, mais durant la journée il ne peut rien m'arriver. Tu sembles oublier que je suis chez moi, à Salem. Je ne peux pas faire trois pas sans tomber sur une connaissance.

— Ecoute, faire preuve de prudence, c'est… ne pas être stupide, voilà tout.

— Je ne suis pas stupide, répliqua-t-elle vivement.

— Je n'ai pas dit que tu l'étais, Rowenna, je… Oh, laisse tomber, d'accord ? Je suis juste un peu sur les nerfs. Zach sera là demain et je sais que tu apprécies sa compagnie. Pourquoi se disputer alors que sa venue fait plaisir à tout le monde ?

Rowenna crut déceler une pointe d'amertume dans sa voix. Se pouvait-il qu'il soit jaloux de l'amitié qu'elle portait à son petit frère ?

— C'est vrai que j'aime bien Zach, dit-elle avec un brin de provocation dans la voix. C'est un garçon adorable.

Il ouvrit la porte et elle entra la première, mais ne put aller bien loin. A peine Jeremy était-il entré à son tour qu'il la prit par les épaules et la força à se retourner.

Quand il l'attira dans ses bras, elle sentit que tout en elle résistait. Elle était en colère. Elle avait envie de lui dire qu'elle avait de la sympathie pour son frère, mais que c'était sur lui, Jeremy, qu'elle avait fantasmé depuis le début. A qui la faute s'il s'était montré tellement distant pendant tout son séjour à La Nouvelle-Orléans ? Il lui avait fallu attendre la veille de son départ pour qu'il change enfin d'attitude avec elle.

Elle le repoussa et fit un pas en arrière. Ils restèrent un moment silencieux, les yeux dans les yeux. Ceux de Jeremy disaient clairement les mots qu'ils avaient tant de mal à prononcer.

La colère de Rowenna fondit comme neige au soleil.

Il referma et verrouilla la porte sans la quitter du regard. C'était comme s'il refermait symboliquement la porte sur les angoisses et la tristesse du monde extérieur pour se consacrer entièrement au bonheur d'être avec elle. Le sac à main de Rowenna tomba sur le sol avec un bruit mat, bientôt suivi par les clés de la maison. Puis ce fut au tour de leurs blousons de connaître le même sort. Elle oublia qu'elle avait été en colère, oublia tout ce qui avait pu s'interposer entre eux. Le désir qui s'emparait d'eux chaque fois que leurs corps se retrouvaient dans l'intimité emporta tout sur son passage.

Il la souleva dans ses bras et commença à gravir les marches. Arrivé à l'endroit où l'escalier tournait légèrement, Jeremy passa un peu trop près du mur.

Elle se cogna la tête et éclata de rire.

Jeremy bredouilla des excuses qui la firent rire de plus belle.

Ils parvinrent finalement à l'étage, puis dans la chambre à coucher. Une fois que les habits eurent volé dans la pièce sous une pluie de baisers humides et voraces, Jeremy découvrit la culotte échancrée et le soutien-gorge ornés d'une tête de mort. Il dut les trouver à son goût, car il se mit à embrasser Rowenna à travers la soie qui couvrait à peine son intimité. La sensation de ses lèvres et de sa langue à travers le tissu, la chaleur de son haleine, lui arrachèrent de petits cris. Après quelques minutes de ce traitement divin, une envie folle de lui rendre la pareille la fit se redresser pour explorer le corps de Jeremy avec ses mains et sa bouche. Il se laissa faire un long moment, puis la saisit fermement par la taille et la souleva au-dessus de son sexe. Il poussa alors un grognement presque aussi excitant que ses caresses et, sans la quitter des yeux, la fit descendre sur son érection avec une exquise lenteur. Lorsqu'il fut entièrement en elle, Rowenna sentit ses larges mains glisser de ses hanches à ses fesses, qu'il agrippa sans ménagement. L'instant d'après, ils roulaient sur le lit. Elle resta d'abord à cheval sur lui, ses mouvements du bassin répondant aux brusques accélérations de Jeremy. Puis il la renversa et la pénétra de plus en plus vite, et bientôt tout disparut autour d'elle. Il ne restait plus rien que le corps de son amant, son souffle chaud dans son cou, les mots qu'il murmurait à son oreille… jusqu'à ce que la violence d'un orgasme lui arrache un hurlement. Quelques secondes plus tard, alors que les spasmes du plaisir continuaient à la traverser, Jeremy jouit à son tour. Il se laissa tomber sur elle, leurs cœurs poursuivant en tête à tête la folle chevauchée que leurs corps avaient entamée.

Lentement, il se renversa sur le dos et elle vint se lover contre lui, la joue sur son torse.

Ils restèrent ainsi de longues minutes, sans échanger une parole. Ce moment-là aussi était précieux. Dans le silence comme dans l'étreinte, elle se sentait proche de lui. Au bout d'un quart d'heure, leurs corps humides de sueur commencèrent à se refroidir. Ils sortirent lentement de leur torpeur amoureuse, Jeremy essayant de ramasser avec un pied la couette qui gisait presque entièrement sur un côté du lit. Après de vaines tentatives ponctuées d'éclats de rire, ils parvinrent à se couvrir, blottis l'un contre l'autre.

La journée avait été longue, très longue, et même si la représentation avait été excellente, ce soir il n'y aurait pas de rappel. Elle ne se souvint pas d'avoir essayé de trouver le sommeil. Elle s'était simplement endormie.

Et voilà qu'elle était de retour au cimetière, en train d'écouter un guide qu'elle ne pouvait voir parler des procès en sorcellerie. Il décrivait la façon dont les condamnés avaient été exécutés à Gallows Hill et expliquait qu'aucun d'entre eux n'était enterré ici, ce cimetière étant alors réservé aux bons chrétiens.

Mais tous les cimetières abritaient des morts.

Et même si ceux qui occupaient les tombes autour d'elle reposaient sous l'œil bienveillant de Dieu, le diable pouvait venir leur rendre visite.

D'ailleurs, elle sentait sa présence.

Ce murmure qui lui enjoignait de se prosterner, cette ombre mouvante, cette force démoniaque qui avait traversé les siècles pour venir la chercher…

Il faisait sombre. Sombre comme dans le royaume des ténèbres. Elle savait qu'il allait creuser les entrailles de la terre avec ses doigts de squelette, ses doigts rougis de sang. Mais quand ils apparaîtraient à la surface de ce monde, entre les tombes ou les tiges de maïs, ses doigts n'auraient pas le blanc naturel des os humains. Ils seraient noirs et rouges, les couleurs du sang et de la mort.

Le reste du groupe formait un demi-cercle autour du guide, toujours invisible, qui évoquait à présent le festival à venir et le défilé qui marquerait officiellement le début des moissons.

— Des marchands vous proposeront des pommes, du cidre chaud et de la soupe tout le long du parcours des chars colorés, disait-il. Vous pourrez leur acheter des épis de maïs transformés en poupées et des bibelots en céramique pour décorer vos tables lors du dîner de Thanksgiving.

Rowenna devait absolument faire comprendre à ces gens qu'ils étaient en danger et qu'ils devaient quitter le cimetière sur-le-champ.

Que ce guide était une créature malicieuse qui tenait son pouvoir des morts. Pouvoir dont il allait bientôt se servir contre eux.

C'est alors qu'elle le vit. Le guide, l'incarnation du mal, la source de tous les dangers. Elle n'arrivait pas bien à distinguer son visage, mais il était là, devant elle, silhouette sombre et menaçante. Il était là et…

Elle le connaissait.

Il était costumé, mais elle était certaine de connaître celui qui se cachait sous cette cape et ce turban, sous cette moustache et cette barbiche factices. Ses yeux étaient soulignés au trait noir et elle savait que des lentilles de contact en modifiaient la couleur. Pourtant, si elle pouvait l'observer d'un peu plus près, elle était certaine qu'elle parviendrait à l'identifier…

Lorsqu'elle s'approcha de lui, elle fut accueillie par immense éclat de rire. Un rire cruel qui emplit l'espace et recouvrit tout en ce monde.

Il voulait qu'elle s'approche encore.

Ce n'était pas la première fois qu'il la faisait venir dans le cimetière…

Et à présent, il s'invitait dans ses rêves et cherchait à l'attirer dans son royaume de ténèbres.

Il ne fallait pas qu'elle marche vers lui. Même si elle avait envie de le voir de plus près, de mettre un nom sur ce visage grimé, elle ne devait plus faire un seul pas dans sa direction.

Elle entendit un chant mélodieux s'élever au-dessus du rire.

Ne crains pas la Grande Faucheuse
Juste le Moissonneur
Quand il vole une âme
Il ne la rend jamais
Ne crains pas la Grande Faucheuse
Crains le Moissonneur
Quand il vole l'âme d'une femme
Elle va en enfer ou encore bien plus loin…

Les visiteurs s'éloignaient d'un pas léger tandis que le guide avançait vers elle. Visiblement, ils n'avaient aucune conscience de la menace que représentait ce personnage. Sans doute le voyaient-ils comme une attraction touristique.

— Partez ! hurla-t-elle. Laissez-moi tranquille !

Il s'immobilisa, furieux qu'elle ait osé le repousser de la voix. Là, sous ses yeux, il changea brusquement d'apparence. De mage enturbanné il se transforma en démon cornu ; représentation classique du diable rouge sang avec sa langue et sa queue également fourchues.

Puis il devint de nouveau humain, si l'on pouvait appeler « humain » cet étrange personnage dont la cape flottait au vent malgré l'air immobile, tellement immobile…

— Tu me vois, dit-il. Tu peux me voir.

Suggestion hypnotique ou constatation ? Rowenna l'ignorait.

— Regarde, ordonna-t-il, le doigt tendu vers une tombe.

Là, devant elle, se trouvait la pierre tombale.

La pierre tombale où était gravé son nom.

Une affreuse angoisse lui glaça les veines et elle détourna le regard pour le poser de nouveau sur l'être diabolique qui lui faisait face.

— Vous êtes le fruit de mon imagination, dit-elle. Rien que le fruit de mon imagination. Vous n'êtes pas réel. Rien de tout ça n'est réel…

Il éclata une nouvelle fois de rire ; un son aigu qui la piqua comme la pointe d'un couteau.

— Erreur, ma jolie. Je suis bien réel. Et je suis là…

A peine eut-il prononcé ces mots que le cimetière disparut dans un soudain brouillard.

L'instant d'après, elle se trouvait dans un champ.

Devant elle, à perte de vue, des rangées et des rangées de tiges vertes coiffées d'épis de maïs.

Autour d'elle, des épouvantails.

L'un d'entre eux était plus proche que les autres et elle devait marcher jusqu'à lui. C'était comme un ordre secret auquel il lui fallait obéir. Pourtant, elle aurait tout donné pour ne pas le voir de plus près.

— Vas-y, murmura-t-il à son oreille.

Parce qu'il était là, lui aussi, sombre présence aux contours désormais indistincts.

Mais tout en elle se rebellait à l'idée de s'approcher de l'épouvantail.

Si elle cédait aux injonctions du démon, si elle allait voir cette forme inerte qui se dressait au-dessus des tiges et des épis, elle lèverait les yeux sur son propre visage.

Elle le savait.

Elle se verrait empalée sur un poteau, déguisée d'oripeaux et offerte aux charognards ailés, sacrifice destiné à satisfaire l'ego et la folie d'un monstre.

— La Reine des épouvantails, railla-t-il. La Reine du sang…

— Non !

Elle devait lutter pour s'extirper de ce rêve. Lutter pour se débarrasser de lui. Il était aussi réel qu'irréel, et il fallait le combattre sur les deux terrains pour avoir une chance de le terrasser.

— Non ! s'écria-t-elle de nouveau.

Il se mit à rire de plus belle. A son grand désarroi, elle se vit marcher vers l'épouvantail, consciente qu'elle allait bientôt voir…

… son propre cadavre.

Son visage coiffé d'un chapeau de paille troué, l'expression figée dans la terreur de mourir, les yeux crevés par le bec des corbeaux.

Oui, elle allait bientôt voir son sang ruisseler vers la terre fertile…

Son sang qui nourrissait les dieux des moissons.

15.

— Rowenna!

Au début, Jeremy ne s'était pas trop inquiété. Elle avait des cauchemars, et alors? Elle n'était pas la seule dans ce cas. Il était bien placé pour le savoir.

Aussi l'avait-il laissée s'agiter dans le lit sans la réveiller.

Mais à présent elle respirait avec difficulté. Et sous ses paupières délicates et ses longs cils noirs, ses yeux se mettaient à rouler frénétiquement comme ceux d'une possédée.

— Rowenna?

Il la secoua doucement, mais cela n'eut aucun effet. Et quand il la prit dans ses bras, il eut l'impression de serrer une poupée de chiffon.

— Rowenna?

Il la coucha sur le dos et se mit à cheval sur elle, la secouant énergiquement par les épaules.

Elle ouvrit grand la bouche avec un son guttural, comme si elle retrouvait l'air libre après une immersion prolongée dans l'eau. Ses yeux s'ouvrirent, immenses et fixes, comme si elle contemplait le diable en personne.

— Rowenna, c'est moi, Jeremy... Tu es en train de faire un cauchemar.

Elle cligna des paupières, hocha la tête, puis resta un long moment les yeux fermés, sans prononcer un mot. Petit à petit, il vit qu'elle retrouvait une respiration normale.

— Ça va? demanda-t-il.

Elle essaya de sourire, mais sans grand succès.

— Ça va... J'ai juste fait un cauchemar abominable.

— Tu veux me le raconter ? demanda-t-il en s'allongeant contre elle avant de la prendre de nouveau dans ses bras.

Elle resta silencieuse de longues secondes. Le temps de réfléchir à sa réponse, apparemment.

— C'était à propos de tout ce qui se passe en ce moment…, dit-elle finalement.

— Tout ce qui se passe ? Tu veux dire le corps que tu as retrouvé dans le champ de maïs ? La disparition de Mary ?

— Oui, tout ça, répondit-elle doucement.

Il la serra un peu plus fort contre lui.

— Tu sais, reprit-elle, toi aussi tu fais des cauchemars.

— Oui, je sais. Qui n'en fait pas ? Tous les gamins ont peur du monstre qui se cache dans le placard, pas vrai ?

— Mais tes cauchemars ne parlent pas de monstre caché dans un placard. Je me trompe ?

— J'ai vu beaucoup de trucs moches au cours de ma carrière, éluda-t-il en haussant les épaules.

Elle quitta ses bras et le fixa du regard, le coude sur le matelas et la joue posée sur sa main.

— Je te montre le mien si tu me montres le tien, plaisanta-t-elle.

Il sourit, songeant que dévoiler leurs démons intérieurs était, pour l'un comme pour l'autre, plus difficile que de dévoiler leur corps.

Plus intime, en un sens.

— A toi l'honneur, dit-il avec un petit sourire. Question de galanterie.

— Je t'ai déjà dit que c'était à propos de…, commença-t-elle.

— Ça ne compte pas, coupa Jeremy. C'est trop vague. Toutes les jeunes femmes de Salem doivent avoir des cauchemars sur « ce qui se passe en ce moment ».

— Permettez-moi de ne pas être d'accord avec vous, cher monsieur, répliqua-t-elle d'un ton faussement indigné. Toutes les femmes de Salem n'ont pas découvert de cadavre déguisé en épouvantail au milieu d'un champ de maïs. C'est mon triste privilège.

— C'est vrai, mais tu ne me dis pas tout. Tu as eu des cauchemars similaires avant de découvrir ce corps, n'est-ce pas ?

Elle inspira profondément. Les ombres de la nuit agrandissaient encore ses yeux.

— En effet... Chaque fois, les cauchemars se ressemblent. Je rêve des champs de maïs comme je les voyais avec mes yeux d'enfant. Ils s'étirent à l'infini. Il y a aussi les épouvantails qu'Eric fabriquait quand on était gamins et qui me terrifiaient. Un, en particulier... Il était si bien fait qu'on l'aurait cru vivant. Je t'assure qu'un de ces jours, il va recevoir l'oscar des meilleurs effets spéciaux.

— Ou une peine de prison à vie, intervint Jeremy avec le plus grand sérieux.

Elle lui lança un regard noir.

— Excuse-moi, dit-il. Continue.

— Il n'y a pas grand-chose d'autre à dire. L'épouvantail dont je m'approche s'avère être un cadavre de femme. Ou une sorte de morte vivante qui me regarde. Et j'entends quelqu'un parler ou chanter. Quelqu'un qui se prend pour le diable, mais qui est un être de chair et de sang.

Elle racontait cela d'un ton presque léger, comme si ces cauchemars ne l'affectaient pas aussi fort. Mais Jeremy devinait qu'ils devaient la terrifier, ou du moins lui faire beaucoup plus peur qu'elle ne voulait bien l'admettre.

— Tu sais, murmura-t-il gentiment, tu es tout simplement victime du pouvoir de la suggestion.

— A ton tour de me parler de tes cauchemars, dit-elle en ignorant sa remarque.

Il souleva un sourcil.

— J'ai le sentiment que tu ne m'as pas tout dit.

La ténacité de Jeremy la fit sourire.

— J'ai résumé, bien sûr, mais il me semble t'avoir raconté l'essentiel de ce dont je me souviens. Ah, oui... il m'arrive également de me trouver dans le cimetière.

— Parce que c'est là que Mary a disparu.

— Oui, je suppose.

Elle s'était efforcée d'acquiescer d'un ton dégagé, mais il sentit qu'elle ne croyait pas vraiment à cette explication.

Un étrange malaise crispa soudain les traits de Jeremy.

— Il ne faut plus que tu t'approches de ce cimetière, s'entendit-il dire.

— Ne t'inquiète pas pour moi, répliqua Rowenna avant de l'embrasser sur la bouche. Je ne pense pas qu'il puisse m'arriver quoi que ce soit dans ce cimetière. Je le connais depuis que je suis haute comme trois pommes, tu sais. Je pourrais sans doute t'en dessiner le plan de mémoire. Bon, à toi, maintenant.

Cette fois-ci, il n'avait plus d'échappatoire. Les mains derrière la tête, il leva les yeux au plafond.

— J'ai eu d'affreux cauchemars après la mort de mes parents. Aidan m'a aidé à les surmonter en me répétant que je devais être fort pour Zach. Sinon, les seuls films qui m'ont fait peur au point de me donner des cauchemars sont ceux avec Freddy Krueger. Tu sais, Les Griffes de la nuit, La Revanche de Freddy, etc. Je crois que c'est justement parce qu'ils m'ont fait ressentir à quel point on est vulnérable quand on dort.

— Moi aussi, ces films m'ont fichu la trouille, dit Rowenna. D'ailleurs, je ne connais personne qui n'ait pas été un peu traumatisé par la série des Freddy. Par contre, j'ai toujours détesté ces films où des adolescents décérébrés vont explorer un endroit où plein d'autres gens ont déjà été zigouillés. Je ne sais pas qui peut croire que quelqu'un serait assez stupide pour faire ça.

Elle eut un drôle de regard, mais avant qu'il ne puisse lui demander à quoi elle pensait, Rowenna baissa les yeux et se mit à tracer une ligne imaginaire sur son torse.

Une manière de faire diversion ? se demanda-t-il. Mais elle revenait déjà à la charge.

— Tu as fait un cauchemar, hier soir. Du moins, il m'a semblé que c'en était un.

— Ah bon ?

— Oui. Tu t'es mis à parler dans ton sommeil. Tu t'adressais à quelqu'un.

— A qui ?

— Tu n'as pas dit son nom. Mais j'ai le sentiment que tu sais de qui il s'agit.

A sa grande surprise, il sentit qu'il rougissait. Dieu merci, l'obscurité le protégeait suffisamment du regard de Rowenna.

— Billy, dit-il.

Ce fut une sensation étrange de prononcer ce prénom à voix haute. Et encore plus étrange de le prononcer devant elle.

— Billy ? répéta-t-elle d'une voix douce et pleine de questions.

— Tu te souviens que je t'ai parlé d'un minibus transportant des enfants, qui a coulé dans une rivière ?

Elle hocha la tête.

— Eh bien, Billy était celui qui vivait encore quand j'ai plongé. Je l'ai sorti de l'eau et je lui ai fait un massage cardiaque, là, sur la berge. Quand l'ambulance est arrivée, son cœur battait toujours. Je suis monté avec lui et je lui ai parlé pendant tout le trajet. J'avais l'étrange sentiment qu'il me voyait, qu'il me remerciait silencieusement. C'était… comme si on se connaissait depuis longtemps, Billy et moi. Mais il est mort peu de temps après son arrivée à l'hôpital.

— Je suis vraiment désolée, Jeremy, dit-elle d'une voix étranglée par l'émotion.

— Avec le métier que je faisais, je voyais souvent des choses horribles. J'en arrivais parfois à me poser des questions sur la nature humaine, tu sais. Mais le destin de ces pauvres gosses m'a particulièrement touché. Ils n'ont jamais eu la moindre chance de s'en sortir. Ils ont été ballottés de famille d'accueil en famille d'accueil, toutes plus violentes les unes que les autres.

Il resta silencieux un moment. Le regard de Rowenna exprimait une telle compassion qu'il avait l'impression de la ressentir physiquement, comme si elle appliquait un baume bienfaisant sur son âme meurtrie.

— Si j'étais psy, reprit-il avec un sourire triste, je t'expliquerais que ces enfants seraient sans doute eux-mêmes devenus des monstres, après tout ce qu'ils ont enduré.

— Tu ne crois pas un mot de ce que tu dis.

— J'ai dit si j'étais psy. Mais je crois que ça peut arriver. Et je crois aussi qu'il y a un âge où il faut cesser de se cacher derrière son enfance pour excuser ses erreurs. C'est ça être adulte, non ? Se sentir responsable de ses actes et essayer de devenir celle ou celui qu'on a décidé d'être.

Elle posa la tête contre sa poitrine.

— Et les autres ? demanda-t-elle. Est-ce qu'on peut les changer ?

Faire en sorte qu'ils deviennent ceux qu'on voudrait qu'ils soient ? Ne vaudrait-il pas mieux apprendre la tolérance et accepter leurs différences ?

Il fronça les sourcils et changea de position pour mieux la regarder. Mais il ne vit que la masse soyeuse de ses cheveux qui se déployait sur lui en éventail. Il se rendit alors compte que ce spectacle merveilleux lui semblait déjà naturel. C'en était presque effrayant, comme toutes les bonnes choses auxquelles on s'habituait et qui risquaient pourtant de disparaître un jour.

Au ton de sa voix, profond et songeur, Jeremy avait compris qu'elle parlait d'eux. Rowenna n'était pas si naïve. Elle avait deviné qu'au début, il avait hésité à voir en elle un charlatan ou une lunatique, pour ne pas dire une fille un peu timbrée.

Il caressa ses longs cheveux noirs.

— Il faudrait être fou pour considérer les idées et les gens sous un seul angle, dit-il finalement, surpris par l'émotion que trahissait sa voix.

Et plus surpris encore de sentir à quel point il était sincère en prononçant ces mots.

Ni l'un ni l'autre n'eut envie de parler, ensuite. Jeremy resta immobile, la main sur les cheveux de Rowenna, heureux de sentir sa joue contre son torse. Il espérait qu'elle s'endormirait et qu'aucun cauchemar ne viendrait perturber son sommeil.

Mais même si elle en faisait, il serait là pour la réveiller et la rassurer.

Il veillait sur elle et il adorait ça.

Etait-ce de l'amour ? Un homme pouvait-il passer de « Il faut à tout prix éviter cette femme » à « Je suis fou de son corps », puis de là à « Je l'aime » ?

Comment avait-il pu sauter de la seconde à la troisième étape en l'espace de si peu de temps ? Confondait-il attirance sexuelle et amour ? Alors pourquoi aimait-il autant la sentir jouir que la regarder s'endormir ?

Oui, elle s'était endormie pendant qu'il réfléchissait à ce qui lui arrivait, à ce qui leur arrivait. Et apparemment, aucun rêve ne troublait son sommeil.

Bientôt, il ne put s'empêcher de songer à l'affaire qui l'avait amené à Salem. Il se mit à tourner et à retourner dans sa tête toutes les données du problème. Il parlerait à Joe le lendemain matin, pendant le trajet qui les mènerait à Boston.

Comme Rowenna, Joe ne voulait pas voir la vérité en face. Il refusait de croire que quelqu'un de Salem, quelqu'un qu'il connaissait peut-être — et peut-être même très bien — pouvait être un tueur psychopathe.

Jeremy ne pensait pas pouvoir s'endormir, et encore moins s'être endormi.

Pourtant, parmi les ombres de la chambre, il distingua soudain la silhouette d'un garçon.

Billy.

Billy, bien vivant, avec son jean, son T-shirt et ses cheveux ébouriffés, semblable à tous les autres gamins de son âge. Il souriait et Jeremy eut le sentiment qu'il aimait bien Rowenna, qu'il était heureux pour lui.

Jeremy essaya de se raisonner, de se dire que Billy n'était pas vraiment là, devant lui, que ce n'était qu'un rêve, une hallucination. Que s'il allumait la lumière, Billy disparaîtrait.

Il ferma les yeux et se souvint de la petite main du noyé dans la sienne. L'espace d'un instant, il crut vraiment la sentir. Comme si Billy avait survécu et qu'il se tenait là, au bord du lit.

Mais Billy n'avait pas survécu.

Billy était bel et bien mort.

Jeremy ouvrit les yeux.

La lumière du petit matin éclaircissait les rideaux et dissipait les ombres de la nuit. Il se dégagea tout doucement du corps endormi de Rowenna et se leva.

Rowenna bâilla longuement, puis tendit le bras, les yeux encore fermés, pour toucher Jeremy.

Sa main ne rencontra qu'un oreiller froissé.

La panique acheva de la réveiller. A aucun prix elle ne voulait se trouver seule dans cette maison. Le somnambulisme de Jeremy, associé à cette sensation de froid qui l'avait fait grelotter, lui avait laissé une étrange impression. Sans compter qu'elle avait eu le sentiment que quelqu'un se trouvait dans la chambre. Elle se glissa hors du lit et passa la tête par la porte entrouverte.

— Jeremy ?

Pas de réponse.

Elle tendit l'oreille, immobile, osant à peine respirer.

La maison était plongée dans le silence.

Se pouvait-il qu'il soit déjà parti pour Boston ? Sans même la réveiller pour lui dire au revoir ?

Elle poussa un juron et referma la porte, avant de se souvenir que son sac à main — avec ses sous-vêtements de rechange à l'intérieur — se trouvait au rez-de-chaussée. Laissant échapper un nouveau juron, elle se précipita dans la salle de bains. Là, elle tourna les robinets à toute vitesse, impatiente d'en finir avec sa douche, de s'habiller et de quitter les lieux.

Mais tandis qu'elle s'avançait sous le jet, savon en main, un calme étrange l'enveloppa.

Billy, songea-t-elle en souriant. Jeremy avait admis qu'il parlait à Billy dans son sommeil. Si c'était un fantôme, au moins s'agissait-il d'un fantôme bienveillant. Le fantôme d'un petit garçon que Jeremy avait désespérément essayé de sauver, quelqu'un à qui il avait montré le meilleur de la nature humaine.

Elle se rappela qu'elle ne croyait pas aux fantômes. Pas vraiment, en tout cas. Et puis, de toute façon, cette maison n'était pas hantée.

Mais s'ils existaient — pas seulement en pensée, pas seulement dans le souvenir —, alors Billy était définitivement un fantôme bienveillant.

Rowenna venait de ramasser son sac à main au rez-de-chaussée, vêtue d'un simple drap de bain, quand la sonnerie de la porte d'entrée retentit dans toute la maison. Elle grimpa les marches quatre à quatre jusqu'à la chambre, s'habilla en deux temps trois mouvements et redescendit jeter un œil à travers le judas optique au moment où le mystérieux visiteur allait presser la sonnette pour la quatrième fois.

C'était Brad.

Jeremy était parti sans laisser de mot ni dire au revoir, mais il avait pensé à lui envoyer son ami.

— Bonjour, Brad, dit-elle en lui ouvrant la porte. Excusez-moi de vous avoir fait attendre, je sors de sous la douche. Et merci d'avoir accepté de me tenir compagnie ce matin, ajouta-t-elle en refermant derrière lui.

— Tout le plaisir est pour moi, Rowenna. Je voulais vous dire… Je suis désolé pour hier soir. Comme vous vous en êtes sans doute rendu compte, j'avais un peu trop bu. Je n'avais pas l'intention d'être tellement… Je n'avais pas l'intention de vous faire peur.

— Inutile de vous excuser, Brad. Vous ne m'avez pas fait peur.

C'était un mensonge, ou plutôt un demi-mensonge : les paroles de Brad l'avaient bel et bien angoissée, mais les choses semblaient toujours moins inquiétantes à la lumière du jour.

— Ça vous dirait d'aller prendre un petit déjeuner ? demanda-t-il.

— J'allais vous le proposer.

Lorsqu'ils arrivèrent chez Red's, la première chose qu'ils remarquèrent fut l'affiche de la police scotchée sur la porte vitrée. Et à l'intérieur, les bribes de conversation qu'ils glanèrent bien malgré eux tournaient presque exclusivement autour du même sujet. Manifestement, les noms des victimes étaient sur toutes les lèvres.

Venir ici avec Brad n'avait peut-être pas été une si bonne idée.

Mais cela aurait été pareil partout, songea-t-elle aussitôt. Ils ne pouvaient tout de même pas s'interdire de fréquenter des lieux publics sous prétexte que la ville entière ne parlait plus que de cette affiche et des femmes qui y figuraient.

Rowenna se rendit alors compte qu'il existait un autre problème dont elle n'avait pas mesuré l'importance : la plupart des clients du restaurant semblaient reconnaître Brad. Les têtes se tournaient sur son passage, plus ou moins discrètement, et elle entendait murmurer dans leur dos.

La disparition de Mary avait intéressé les journaux télévisés ainsi que la presse régionale, et Brad était devenu, à son corps défendant, une célébrité locale.

Heureusement, il semblait en avoir pris son parti.

Ils s'assirent dans un angle de la salle et commandèrent des œufs brouillés. Après s'être creusé la cervelle pour trouver un sujet de conversation neutre, Rowenna finit par lui demander s'il avait aimé travailler avec Jeremy.

— Il a été le meilleur équipier que j'ai jamais eu, répondit Brad sans hésiter. Franchement, il me manque. N'allez pas imaginer que j'ai quoi que ce soit contre le gars avec qui je bosse maintenant. Jim est tout à fait compétent. D'ailleurs, les critères de sélection sont très élevés pour intégrer notre brigade. Quand on plonge pour la police scientifique, on est loin de la mer des Caraïbes, vous savez. L'eau des fleuves et des rivières peut être tellement boueuse qu'on n'y voit pas à un mètre devant soi… Mais il y avait quelque chose de particulier avec Jeremy. Je m'entendais bien avec lui sur un plan personnel, c'est vrai, mais j'appréciais aussi sa façon de bosser. Il n'en était pas conscient, mais c'était comme s'il avait un sixième sens… Même quand on plongeait dans une véritable purée de pois, il lui arrivait souvent de se diriger droit sur l'objectif.

— Vous étiez avec lui quand il a retrouvé ces enfants ?

— Ceux qui étaient attachés dans le minibus ?

Elle hocha la tête.

— Oui… C'était une sale journée. Remonter tous ces petits corps sans vie à la surface… L'espoir est un sentiment à double tranchant, dit-il avant de boire une gorgée du café que la serveuse venait de leur apporter. Ça aide à tenir le coup et c'est formidable quand ça se termine bien. Mais quand ça se termine mal… la chute n'en est que plus dure.

« L'espoir », songea Mary en hochant gravement la tête. Brad ne tenait que grâce à lui. En se persuadant, jour après jour, qu'on allait retrouver sa femme vivante.

Ils finirent de manger leurs œufs brouillés et de boire leur café, puis marchèrent sans se presser jusqu'au musée de l'Histoire.

— Vous n'entrez pas ? demanda Rowenna quand Brad s'arrêta devant une des vitrines extérieures du musée.

Différente de la veille, elle présentait un mannequin du Moissonneur.

— Non… Jeremy a essayé de me convaincre de jouer les gardes du corps, mais vous connaissez tout le monde, dans ce musée, n'est-ce pas ? Vous ne serez pas seule.

Elle le rassura d'un sourire et d'un hochement de tête et il poursuivit :

— Très bien, alors je crois que je vais aller explorer une autre partie de la ville, aujourd'hui. A moins que je ne décide d'aller faire encore un tour au cimetière. A quelle heure voulez-vous que je vienne vous chercher ?

— Midi, ça vous convient ? Vous voulez mon numéro de portable ?

— Jeremy me l'a donné ce matin.

— Il m'a aussi donné le vôtre, dit Rowenna en souriant.

— Parfait, alors on se voit à midi, lança Brad avant de s'éloigner, mains enfoncées dans les poches de son blouson en daim.

Rowenna pénétra dans le musée. Un couple du troisième âge était en train d'acheter des billets, tandis que deux jeunes femmes commençaient la visite. June Eagle lui sourit derrière le guichet.

— Salut, toi, dit-elle quand elle en eut terminé avec le couple âgé.

— Salut, June. Tu veux bien me donner encore la clé de la bibliothèque ?

— Inutile, répondit June. Dan s'y trouve déjà. Je l'ai rarement connu aussi matinal, ajouta-t-elle avec un petit clin d'œil.

— Merci, dit Rowenna.

June lui rendit son sourire et reporta son attention sur le magazine people ouvert sur le bureau.

Rowenna doubla les visiteurs et se dirigea droit vers la salle où se dressaient les mannequins des quatre célèbres criminels.

Ce n'étaient que des personnages de cire, mais quelque chose en eux la mettait mal à l'aise. Quelque chose qu'ils avaient tous en commun… Ils avaient été fabriqués par la même société, bien sûr, mais ce n'était pas la seule raison. Chacun avait une attitude qui lui était propre et portait les vêtements de son époque. Alors qu'est-ce qui les rendait si semblables ?

Leurs visages, songea-t-elle.

Tous avaient des visages longs et minces. Comme si on avait voulu leur donner l'apparence la plus cruelle possible.

Des visages en lame de couteau.

Un frisson glacé la parcourut rien qu'à les regarder, et elle se dépêcha de rejoindre la bibliothèque. Après ces figures froides et figées dans la haine, elle avait besoin de la chaleur d'un être bien vivant, son ami de surcroît.

Daniel était renversé sur une chaise, les doigts entrelacés derrière la nuque, plusieurs livres ouverts sous les yeux. N'importe qui d'autre que lui aurait eu les pieds sur le bureau, songea-t-elle.

— Alors, qu'est-ce que tu as trouvé d'intéressant ? demanda-t-elle après avoir posé un rapide baiser sur sa joue.

Il poussa un des livres dans sa direction.

— Tiens, lis donc ça. Ça parle de notre ami Hank Brisbin.

Elle s'assit près de lui et jeta un œil sur la page qu'il lui avait indiquée, avant de revenir au début de l'ouvrage. Il avait été écrit en 1959 par un certain Sam Jackman, professeur de droit à l'Université de Harvard.

— Eh bien, reconnut-elle, c'est du sérieux.

Daniel se pencha vers elle.

— A l'époque où Brisbin a été condamné, un simple soupçon pouvait vous mener à la potence. Aucune preuve matérielle n'a été trouvée pour étayer les accusations qui pesaient contre lui. Les corps des victimes avaient été découverts à l'état de squelette, nettoyés par les corbeaux de leurs derniers lambeaux de chair, leurs ossements dispersés — toujours à proximité d'un épouvantail — dans des champs de maïs. Brisbin vivait en bordure de ces champs. Le soir où il a été pendu, une foule en colère a entièrement brûlé sa ferme.

Rowenna posa les yeux sur le texte.

Selon Jackman, il était difficile de reconstituer avec exactitude le déroulement des faits, car les archives avaient été expurgées de la plupart des textes qui y faisaient référence. Apparemment, Brisbin avait été arrêté au motif qu'il avait été vu en compagnie d'une des dernières victimes et qu'il avait eu avec elle « un comportement suspect ». Il avait alors été inculpé et traduit en justice. Un jury unanime l'avait condamné à mort.

Et s'il était malgré tout resté un doute dans l'esprit d'un des jurés, il avait dû s'envoler en écoutant les propos délirants tenus par Brisbin alors qu'on venait de lui passer la corde au cou.

Arrivée en bas de page, Rowenna releva les yeux vers Daniel.

— Et maintenant, dit-il en poussant un autre livre vers elle, au tour de Victor Milton. Là encore, on a des cadavres retrouvés dans un champ de maïs. Et regarde ce passage qui cite des archives de l'époque : « Elle fut retrouvée empalée sur le piquet où aurait dû se dresser un épouvantail. » Intéressant, non ?

Il se renversa de nouveau sur sa chaise.

— Je pense que ces criminels endossaient le rôle du Moissonneur, par jeu ou par folie. Et j'ai le sentiment que l'assassin de Dinah Green marche dans leurs pas.

— Par jeu ou par folie…, murmura Rowenna comme pour elle-même. Dan, s'écria-t-elle soudain, ça ne peut pas être une coïncidence ! La police doit connaître ces éléments.

— J'en ai déjà parlé à Joe. Il est d'accord pour dire qu'on a affaire à quelqu'un qui s'inspire du passé. Quelqu'un qui a décidé de ressusciter une ancienne légende. Le tueur pense-t-il être la réincarnation d'un de ces criminels ? S'imagine-t-il qu'il exécute les ordres du diable ? Se prend-il pour le Moissonneur, ou sommes-nous simplement en présence d'un psychopathe rusé qui cache ses vraies motivations sous un masque historique ? Joe avait l'air d'hésiter entre toutes ces hypothèses.

Il se leva de sa chaise.

— Bon, en tout cas, j'ai mis des marque-pages sur les passages intéressants que j'ai trouvés dans ces bouquins.

— Merci, Dan.

— Je vais remplacer June au guichet afin qu'elle puisse aller prendre un café. Si tu as besoin de moi, tu sais où me trouver.

— D'accord. Et encore merci pour ton aide.

Il lui adressa un sourire et quitta la bibliothèque. Rowenna se replongea aussitôt dans l'ouvrage de Sam Jackman, où elle apprit que la propre femme de Brisbin faisait partie du lot des disparues. Dans un autre livre, elle trouva la photographie de cet étrange personnage. Comme son mannequin de cire — et comme ceux des trois autres criminels de la région —, il avait le visage en lame de couteau. Tous les mannequins avaient peut-être été conçus à partir de la photo de Hank Brisbin.

Elle s'empara d'un troisième livre. Les victimes supposées de Victor Milton avaient également été retrouvées dans des champs de maïs aux abords de la ville. Milton n'avait jamais été appréhendé et traduit en justice, mais la population de Salem était alors persuadée de sa culpabilité.

Elle laissa échapper un bâillement et s'étira, prête à ouvrir un autre livre, quand la mélodie de son portable résonna dans les profondeurs de son sac à main.

C'était Eve.

— Salut, dit Rowenna. Ça va ?

— Tu es où ?

— Au musée de Dan. En train de bouquiner.

— Tu pourrais venir me voir ? Maintenant ?

Rowenna baissa les yeux vers sa montre. Il n'était que 10 h 30.

— Tu es à la boutique ?

— Oui, et j'aimerais que tu fasses le plus vite possible. Il n'est pas là pour le moment, mais il va revenir.

— Qui va revenir ? Quelqu'un t'a importunée, Eve ?

— Je parle d'Adam, répondit-elle d'une voix impatiente. Je t'en prie, Rowenna, viens tout de suite !

— D'accord, d'accord, j'arrive.

Brad ne passerait pas la chercher avant un bon moment et il restait au moins deux heures avant que Jeremy ne rentre de Boston.

— Dépêche-toi. S'il te plaît.

Après avoir raccroché, Rowenna referma précautionneusement le livre qu'elle lisait et quitta la bibliothèque.

Elle détourna la tête en passant devant les criminels en cire, craignant bêtement qu'ils ne s'animent si elle croisait leur regard.

Avant de sortir, elle dit à Daniel qu'elle comptait revenir dans un petit moment et lui rappela qu'elle n'avait pu fermer la bibliothèque parce qu'il en avait conservé la clé.

— Attention, lança-t-elle d'un ton moqueur, j'ai vu deux jeunes femmes suspectes qui pourraient profiter de la situation pour s'introduire dans ton sanctuaire.

Il sourit et lui assura qu'il allait s'occuper tout de suite de cette fâcheuse affaire.

Dehors, le temps semblait s'être rafraîchi. Le ciel avait pris une teinte gris métal, et même les couleurs des feuilles d'automne semblaient impuissantes à combattre la sensation oppressante qu'il faisait peser sur la ville.

Peut-être les touristes étaient-ils aussi sensibles qu'elle à ce climat orageux, parce que les rues, d'ordinaire animées à cette période de l'année, lui parurent curieusement clairsemées. Les gens s'étaient sans doute réfugiés dans des bars et des cafés, buvant des boissons chaudes pour se fortifier avant d'affronter le froid.

Dès qu'elle passa le seuil de la boutique, Eve l'agrippa par le bras, verrouilla la porte à double tour et accrocha une petite pancarte où l'on pouvait lire : « Promis, je reviens dans cinq minutes ! »

— Tu vas enfin me dire ce qui se passe ? demanda Rowenna.

L'attitude de son amie commençait franchement à l'inquiéter.

— Il faut que tu voies ça, répondit Eve en l'entraînant vers le fond du magasin.

Près de la remise se trouvaient deux pièces fermées par de lourds rideaux bleu cobalt, ornés d'astres brodés au fil d'or. La première était celle où Eve lisait dans les lignes de la main, mais ce fut dans l'autre, réservée à Adam, qu'elle conduisit Rowenna.

Un tissu mauve couvrait une petite table où trônaient une boule de cristal et un jeu de tarots. La pièce était très sombre et dépourvue de décoration, à l'exception d'un bougeoir tout simple posé sur un bureau. Rowenna regarda un moment la flamme orangée qui se détachait contre le mur noir, puis se tourna vers Eve.

— Bon, qu'est-ce que je suis censée voir ?

— Je vais te montrer.

Joignant le geste à la parole, Eve contourna la petite table pour aller ouvrir un des tiroirs du bureau. L'instant d'après, elle brandissait un livre du bout des doigts, comme si elle craignait de se brûler.

— C'est quoi ? demanda Rowenna en s'interrogeant sur ce qui avait pu mettre Eve dans un tel état. C'est sur Alistair Crowley ? Ça parle de satanisme ?

— Non, c'est un livre de sortilèges.

Rowenna baissa la tête pour dissimuler le sourire qui se dessinait malgré elle sur ses lèvres. Jamais elle ne se moquerait des croyances de son amie, mais personne ne lui ferait avaler qu'on pouvait jeter un sort — bon ou mauvais — en mélangeant quelques herbes et en récitant d'étranges paroles.

— Eve, tu as plein de livres comme ça dans ta…

— Ouvre-le là où j'ai mis un marque-page, coupa-t-elle.

Rowenna s'exécuta, mais la pièce était si sombre qu'elle pouvait à peine distinguer ce qu'elle avait sous les yeux. La typographie d'un autre temps n'arrangeait rien à l'affaire. Mais après un moment, ses yeux s'habituèrent à l'obscurité et elle se mit à lire à voix haute.

— 7. Le chiffre est 7. Et quand la septième est sacrifiée comme il se doit, l'homme devient un dieu. Qu'il soit bien entendu que le dieu est mâle et que la femme est la subordonnée de l'homme, et qu'il doit en être ainsi jusqu'à la fin des temps. Celui qui veut régner sur le monde terrestre doit accomplir le sacrifice tel qu'il est décrit par les textes, et le chiffre doit être 7. La moisson sera honorée et la nourriture qu'elle produira retournera à la terre.

Rowenna leva les yeux vers Eve. Elle n'avait plus envie de sourire.

— Continue à lire, dit Eve.

— Le dieu doit avant tout être un homme et agir selon les pulsions charnelles qui gouvernent les hommes.

— Elle a été violée, n'est-ce pas ?

— Pardon ?

— Dinah Green. Elle a été violée avant d'être étranglée.

— Oui, mais...

— J'ai menti, Rowenna. J'ai menti pour protéger Adam. Parce que j'ai confiance en lui. Parce que je l'aime.

Eve s'interrompit. L'expression de son visage trahissait une telle détresse que Rowenna sentit son cœur se briser.

— J'avais confiance en lui, corrigea-t-elle. Je l'aimais. Mais tout ça est fini, désormais. Rowenna, il refuse de se séparer de ces horribles livres. Il dit qu'il en a besoin. Oh, il faut que tu saches tout ! Adam n'a cessé de rentrer et de ressortir ce jour-là, mais à l'heure où Mary Johnstone a disparu, il n'était pas à la boutique. Et ce n'est pas tout... Quand Dinah Green est venue ici, il l'a draguée éhontément, là, juste sous mon nez ! C'est elle qui a commencé, c'est vrai, mais cette fille ne pouvait pas savoir que nous étions ensemble. Elle devait penser que j'étais juste une employée. Et lui, au lieu de l'éconduire gentiment, il lui a sorti son grand numéro de charme ! Et quand elle a quitté la boutique, c'est tout juste s'il ne lui a pas emboîté le pas. Il a attendu une minute, et il est sorti à son tour. Oh, mon Dieu, Rowenna... J'ai peur d'avoir épousé un assassin !

*
* *

En tant qu'inspecteur en charge de cette affaire, Joe était censé mener son enquête dans les règles de l'art, songea Jeremy tandis qu'ils roulaient en direction de Boston et que Joe s'efforçait de lui prouver par A plus B que Tim Richardson était probablement l'homme qu'ils cherchaient. Son emploi du temps comportait plus de zones d'ombre qu'une ruelle mal famée à 3 heures du matin. Mais alors que Jeremy écoutait poliment l'exposé de Joe Brentwood, il eut le sentiment que l'inspecteur ne croyait pas lui-même à ce qu'il disait. Il faisait preuve de logique et suivait les indices comme l'auraient fait tous les policiers au monde, mais il savait sans doute que ces indices ne les mèneraient nulle part.

En tout cas, Jeremy, lui, en était convaincu. Et au bout d'un moment, il décida de mettre les pieds dans le plat.

— Joe, vous pensez honnêtement que cet homme est le tueur qu'on recherche ?

Joe fronça les sourcils et lui jeta un bref coup d'œil.

— C'est la dernière personne avec qui la victime a été vue.

— Dinah Green a été aperçue partout dans la ville. Elle a rencontré un tas de gens. N'importe lequel d'entre eux aurait pu lui donner rendez-vous plus tard dans la soirée. Je ne pense pas qu'il faille chercher le tueur aussi loin de Salem.

Aussi loin de Salem… Cela valait mieux qu'affirmer de but en blanc que le tueur vivait certainement dans la ville de Joe, et qu'il pouvait s'agir d'une de ses connaissances, voire d'un de ses proches. D'un autre côté, les précautions verbales étaient sans doute inutiles. Faire preuve de tact n'allait pas les aider à trouver l'assassin. Et de toute façon, Joe n'était pas dupe. Il avait très bien compris où Jeremy voulait en venir.

— Il existe quand même une chance pour que Richardson soit notre homme. Le gars s'est peut-être pris une veste au moment de conclure avec Dinah Green, et il l'a très mal pris. Fou de rage, il décide d'obtenir par la force ce qu'il ne peut obtenir par la séduction. Et après l'avoir violée, il la tue pour qu'elle ne le dénonce pas.

— Un accès de colère, non prémédité par définition, commenta Jeremy. Pourtant, ce type trouve le moyen de mettre des gants pour ne laisser aucune empreinte et déniche comme par miracle un piquet pour empaler sa victime, un marteau et des clous pour la crucifier, et de vieux vêtements pour la déguiser en épouvantail. Si Richardson a vraiment piqué une colère, alors ce devait être une colère froide, ajouta-t-il avec un sourire ironique. Parce qu'on imagine mal un type écumant de rage élaborer une telle mise en scène.

— J'aurais dû vous laisser à Salem avec le mari éploré, grommela Joe.

— Ne m'en veuillez pas, dit Jeremy. Au fond, je pense que vous avez raison. C'est important d'aller parler à Richardson, ne serait-ce que pour le rayer définitivement de notre liste de suspects.

La police de Boston se montra très coopérative et on les conduisit directement dans une salle d'interrogatoire où attendait Tim Richardson.

Il semblait en bonne forme physique, avec juste le début d'une bedaine de buveur de bière. Son visage, anguleux et buriné par le travail en plein air, était du genre qui devait plaire aux femmes.

Quand ils pénétrèrent dans la pièce, il ne chercha pas à jouer les gros durs. Il se passa la main dans les cheveux et voulut tout de suite mettre les choses au clair.

— Je ne l'ai pas tuée. Je vous jure que je n'y suis pour rien. Je n'ai pas compris ce qui m'arrivait quand la police est venue m'arrêter. J'ai rencontré cette femme dans une boutique et on est allés boire un verre dans un bar. Je lui ai proposé de rentrer avec moi à Boston et elle m'a répondu qu'elle avait d'autres projets. Je n'ai pas couché avec elle, je ne l'ai rudoyée d'aucune manière, il ne s'est rien passé entre nous, rien du tout. On s'est quittés bons amis, point final.

— Quelqu'un peut corroborer votre version des faits ? demanda Joe.

— Mon chat, répondit Richardson avec un sourire las. Je nourris ce goinfre dès que je rentre chez moi.

— Bon, parlez-nous un peu de ce bar où vous êtes allés prendre un verre avec Mlle Green.

Richardson fronça les sourcils, ne sachant visiblement que faire de cette question.

— Ben… on y servait de l'alcool.

Il n'essayait pas de jouer au plus fin avec Joe, se dit Jeremy. Richardson n'était tout simplement pas un type très futé.

Comment imaginer qu'il ait pu échafauder un meurtre aussi complexe que celui de Dinah Green ?

— Racontez-nous un peu votre soirée dans ce bar, précisa Joe. Avec qui avez-vous parlé, en dehors de la victime ? Mlle Green connaissait-elle d'autres clients ?

Le regard éteint de Tim Richardson se ralluma soudain.

— Ouais, ouais, elle en connaissait... Dinah a dit bonjour à un tas de personnes, ce soir-là. A des étudiants — c'est en tout cas ce qu'elle m'a dit qu'ils étaient — et à des gens qu'elle avait rencontrés plus tôt dans la journée. Dans des magasins, au musée... Dans des endroits comme ça, quoi.

— Quelque chose de particulier a-t-il attiré votre attention, ce soir-là ? demanda Jeremy. Un incident quelconque, une altercation, n'importe quoi...

Richardson prit le temps de réfléchir à la question. Après quelques secondes de silence, il releva les yeux vers Jeremy avec une moue qui laissait présager une réponse négative.

— Non, c'était une soirée normale. Les gens picolaient, parlaient, se marraient, mangeaient... Rien de spécial.

Richardson enfouit la tête dans ses mains avec un grognement. Il semblait épuisé, au bout du rouleau.

Joe recommença à l'interroger.

— Mlle Green vous a-t-elle parlé de ce qu'elle comptait faire du reste de ses vacances ?

— Elle m'a dit qu'elle voulait continuer à remonter la côte en direction du nord. Elle avait du temps libre et elle avait bien l'intention d'en profiter.

— Avant d'aller au bar de l'Hawthorne, vous avez passé une partie de l'après-midi avec elle, n'est-ce pas ?

Richardson hocha la tête.

— Racontez-moi un peu ce que vous avez fait, insista Joe.

— On a joué les touristes. On a visité des maisons hantées, par exemple. Ce n'était pas encore Halloween, mais là-bas, à Salem, c'est la fête pendant tout le mois d'octobre. Les maisons hantées se trouvaient le long d'une zone où la circulation est interdite. D'ailleurs, c'est là qu'on s'est rencontrés, Dinah et moi.

— Vous vous êtes rencontrés dans la zone commerciale ? demanda Joe.

— Ouais, appelez ça comme vous voulez. Je suis entré dans une boutique de farces et attrapes, et j'ai tout de suite remarqué Dinah.

— C'est vous qui êtes allé lui parler ? Comment avez-vous engagé la conversation ?

— Ouais, c'est moi. Je lui ai dit ce qu'on dit toujours dans ces cas-là, quand on veut brancher une jolie fille. Des trucs tout bêtes. Et puis on s'est vite rendu compte qu'on habitait tous les deux à Boston. Après ça, la conversation a été plus facile. De toute façon, Dinah n'est pas une fille farouche.

— N'était pas, corrigea Joe.

— Ouais, « n'était », dit Richardson en secouant la tête d'un air accablé. Dinah était vraiment sympa, et puis je la trouvais canon. Elle m'a dit qu'elle aimait bien mon côté « brut de décoffrage », ajouta-t-il avec un sourire triste. Ce sont ses propres mots.

Jeremy trouva le moment propice pour lui montrer la photo de Mary. Il la brandit sans prévenir et la fourra sous le nez du suspect.

Surpris, Tim Richardson eut un mouvement de recul, puis considéra le cliché d'un air perplexe.

— Ce n'est pas la fille que j'ai rencontrée, dit-il en les regardant alternativement, sourcils froncés.

S'il connaissait Mary, rien dans son langage corporel ou son regard ne l'avait trahi.

— Non, dit Joe. Il s'agit d'une femme que nous recherchons.

— Je me rappelle avoir vu ce visage à la télé, aux infos, mais je vous jure que je ne l'ai jamais rencontrée ! s'écria Richardson. Vous n'allez pas me coller un autre crime sur le dos, j'espère ?

Jeremy et Joe échangèrent un bref regard. Le gros dur semblait au bord des larmes.

— Elle a disparu à Salem le soir d'Halloween, dit Jeremy.

Richardson poussa un soupir de frustration.

— J'étais avec une pute, le soir d'Halloween.

— Son nom, s'il vous plaît ?

Le jeune homme regarda un moment Jeremy, avant de hausser les épaules.

— Dragée.

— Ce n'est pas en faisant le malin que vous allez arranger vos affaires, dit calmement Joe.

— Je ne fais pas le malin, dit Richardson avec un petit rire sec. C'est le nom qu'elle m'a donné quand elle est montée dans ma voiture. Elle m'a même dit qu'elle me ferait des trucs spéciaux si je lui trouvais des dragées. Ni une ni deux, je suis allé dans un magasin de bonbons que je connais et qui est ouvert tard le soir. Pendant que le caissier prenait ma carte de crédit, elle a dit qu'elle était comme la fée Dragée et qu'elle resterait à jamais dans mes rêves. Moi, je ne sais pas qui est la fée Dragée, mais c'est vrai que je ne vais pas l'oublier de sitôt…

— Pourquoi avoir choisi de passer la soirée d'Halloween avec une prostituée ? demanda Joe.

— Parce que j'avais envie de tirer un coup, répondit Richardson.

Mais, pour Jeremy, il n'y avait aucune provocation dans ces mots. C'était sa façon de parler, et il n'avait plus la force de jouer au garçon poli et propre sur lui. Depuis le temps qu'il était aux mains de la police de Boston, c'était extraordinaire qu'il n'ait pas encore exigé la présence d'un avocat.

— Attendez une minute, dit Jeremy. Vous avez payé un paquet de dragées avec votre carte de crédit, ce soir-là ?

— Ouais.

— Vous en avez parlé aux policiers qui vous ont interrogé avant nous ?

— Non, je viens juste de m'en souvenir. Et puis qu'est-ce que vous voulez que ça leur foute que j'aie acheté un paquet de dragées à une pute ?

Pas très futé et même carrément idiot, songea Jeremy. Il ne se rendait même pas compte qu'il venait enfin de trouver la preuve de son innocence.

Joe se leva et frappa à la porte pour qu'on le laisse sortir.

— Je vais tout de suite mettre les collègues au courant pour qu'ils vérifient ça.

— Vous me faites le numéro du gentil flic-méchant flic, c'est ça ? demanda Richardson quand la porte se referma derrière Joe.

— Je ne suis ni un gentil ni un méchant flic, répliqua Jeremy avec un sourire. Je suis détective privé et je suis là pour aider un ami. C'est le mari de la femme que je vous ai montrée en photo. Je vous serais très reconnaissant si vous pouviez m'aider d'une manière ou d'une autre à la retrouver.

Richardson le considéra un moment en se mordillant la lèvre inférieure.

— Ecoutez, j'aimerais pouvoir vous aider à retrouver la femme de votre pote ou l'enfoiré qui a tué Dinah. Malheureusement, je n'ai jamais rencontré la personne que vous m'avez montrée en photo. Quant à Dinah… Oui, j'ai passé un moment avec elle. Un bon moment. D'ailleurs, je ne m'en suis jamais caché. On a visité des maisons hantées, on est entrés dans quelques boutiques et on a fait un tour dans un musée, mais on en est vite repartis quand elle a vu que tous ces trucs sur l'histoire de la ville m'ennuyaient. Ensuite, on est allés boire un coup et manger un morceau au bar de cet hôtel. Est-ce que j'espérais me la faire ? Oui. Est-ce que j'ai tué Dinah quand j'ai compris que j'allais devoir faire abstinence ? Bien sûr que non ! Les professionnelles sont là quand on se sent frustré, et vous avez pu constater que je n'hésite pas à faire appel à leurs services.

— Comment vous êtes-vous quittés, ce soir-là ?

— Après avoir mangé, je lui ai proposé de poursuivre la soirée dans une boîte de nuit, mais elle a gentiment décliné l'offre, dit Richardson avec une mimique fataliste. Elle m'a expliqué qu'elle voulait rester dans le bar pour parler à quelqu'un. Un type qu'elle avait rencontré dans la journée. Je lui ai quand même proposé d'attendre pour la raccompagner ensuite à sa voiture, histoire d'être galant et de ne pas lâcher l'affaire comme ça. Mais elle m'a dit que ce n'était pas nécessaire, que sa bagnole était garée tout près, du côté du vieux cimetière, et qu'elle pouvait y aller seule. Là, j'ai laissé tomber. Je lui ai souhaité bonne nuit et je suis rentré me pieuter à l'hôtel.

Du côté du vieux cimetière, songea Jeremy. Dans cette affaire, tout semblait tourner autour de cet endroit.

Il fallait qu'il se procure la liste de tous les clients présents dans le bar le soir où Dinah Green y avait été vue pour la dernière fois. Il était désormais persuadé que quelqu'un dans ce bar — peut-être l'homme avec qui elle souhaitait parler, peut-être quelqu'un d'autre — l'avait suivie quand elle avait marché jusqu'à sa voiture.

Et là…

Jeremy tendit sa carte de visite à Richardson.

— Si vous pensez à quoi que ce soit qui puisse aider l'enquête, appelez-moi, d'accord ?

— Bien sûr, dit-il en s'emparant de la carte. Si la police m'y autorise.

Jeremy baissa la voix.

— Faites appel à un avocat, mon vieux, c'est un conseil d'ami.

— Les flics me l'ont déjà proposé, mais je ne vois pas pourquoi je ferais ça. Je n'ai rien de fait de mal, moi.

— Les innocents aussi ont besoin d'être défendus, assura Jeremy, juste au moment où la porte s'ouvrait.

— On a vérifié votre histoire, dit Joe en venant se planter devant Richardson. Figurez-vous que le type qui était à la caisse ce soir-là se souvient de la fée Dragée. A croire que cette demoiselle est vraiment inoubliable. Un bon point pour vous, en tout cas, ajouta-t-il avant de tourner les talons.

Jeremy tendit la main à Tim Richardson, qui la contempla quelques secondes avant de se décider à la serrer.

— Si je pouvais vous aider, je le ferais sans hésiter, dit-il. Vous me croyez, n'est-ce pas ?

— Je vous crois. Mais continuez à vous creuser la cervelle. On ne sait jamais ce qui peut vous revenir à la mémoire.

Quelques minutes plus tard, Jeremy et Joe marchaient en silence vers la voiture.

— Ce type est innocent, dit doucement Jeremy. Il va falloir qu'ils se décident à le relâcher.

Joe, la mine renfrognée, ne répondit pas tout de suite.

— Oui, je sais…, dit-il finalement. Ce garçon est trop bête pour avoir fait le coup. Et en plus, il a un alibi solide pour le soir où Mary Johnstone a disparu. On a perdu notre temps.

— Je ne pense pas, Joe. Quand j'étais seul avec lui, il m'a dit qu'elle était restée à l'Hawthorne après son départ parce qu'elle voulait parler à quelqu'un. Un homme qu'elle aurait rencontré ce jour-là.

— Et alors ? C'est peut-être des bobards.

— Je ne pense pas. S'il est innocent, il n'a aucune raison de mentir.

— On a toujours des raisons de mentir, grommela Joe. Peut-être qu'il veut nous mettre sur une fausse piste parce qu'il est furieux d'avoir été placé en garde à vue. Et puis, même s'il dit la vérité, on cherche toujours une aiguille dans une botte de foin.

— Je crois que la botte de foin est beaucoup plus petite, maintenant. J'ai demandé à Hugh de m'imprimer la liste des reçus de cartes de crédit de cette fameuse soirée, et je compte aller la chercher tout à l'heure. On peut commencer par s'intéresser aux habitants de Salem qui se trouvaient ce soir-là dans le bar.

Joe lui jeta un regard abattu.

— On peut faire ça, oui… Au risque de se planter et de perdre encore du temps.

— Et au risque de trouver quelque chose et de faire avancer l'enquête, répliqua Jeremy. Richardson m'a appris que la victime avait garé sa voiture près du cimetière.

— Je vous ai déjà dit qu'aucune des tombes ne mène à un passage secret.

— Il n'empêche que d'une manière ou d'une autre, le cimetière est au cœur de cette affaire. La légende du Moissonneur plaît à notre tueur. L'idée d'être vénéré… Il enlève des femmes et les oblige à l'adorer, à le supplier de leur laisser la vie sauve, ou d'autres trucs tordus de ce genre. Et ensuite, quand il se lasse d'elles, ou si elles essaient de s'échapper, ou simplement parce qu'il s'est levé du pied gauche, il décide qu'il est temps de les supprimer et d'en trouver une autre. Et je vous le dis, Joe, ce dingue se trouvait dans le bar de l'hôtel Hawthorne le soir où Dinah Green s'y est rendue avec Tim Richardson.

— Possible, concéda Joe.

— Il faut écrémer la liste des suspects pour ne garder que ceux qui étaient dans le bar ce soir-là, et qui possèdent une propriété assez isolée pour que personne n'entende les cris d'une prisonnière. Ou alors une pièce insonorisée, comme un studio d'enregistrement, par exemple. L'endroit où il a séquestré Dinah Green avant de la tuer. L'endroit où il détient sans doute Mary en ce moment même.

— Il nous reste à espérer que ce salopard paie ses consommations avec une carte de crédit, maugréa Joe.

— Et qu'il ne se lasse pas de Mary, ajouta Jeremy.

16.

Rowenna ne savait que dire à Eve.

Elle n'arrivait pas à croire que son amie puisse accuser son propre mari d'être un meurtrier de la pire espèce.

Et il suffisait de voir le regard désespéré d'Eve pour comprendre qu'elle non plus ne voulait pas y croire. Mais cela faisait un moment qu'elle notait des faits troublants qui, mis bout à bout, lui semblaient à présent désigner Adam comme le ravisseur de Mary et l'assassin de Dinah Green. Sans doute une partie d'elle-même refusait-elle encore d'admettre ce que ces faits avaient l'air de prouver, et cette lutte intérieure la mettait dans un état d'angoisse et de désarroi qui faisait peine à voir. Désormais incapable de garder pour elle son terrible secret, Eve avait choisi de tout raconter à quelqu'un en qui elle avait confiance.

— Alors ? murmura-t-elle dans un souffle.

— Eh bien… Je comprends ton émotion, Eve, mais ce n'est pas parce qu'Adam était absent de la boutique à l'heure où Mary a disparu qu'il faut forcément imaginer le pire. Et si vraiment il a été sensible au charme de Dinah Green, ma foi, c'est humain… Il arrive à tout le monde de se laisser prendre au jeu de la séduction. C'est une façon de se rassurer, je suppose. Et puis tu m'as dit que c'est elle qui est venue vers lui en premier, n'est-ce pas ? Il a dû se sentir flatté, voilà tout.

— Qu'est-ce que tu me conseilles de faire ? s'enquit doucement Eve. Je me sens complètement perdue.

— Est-ce que tu lui as demandé des explications à propos de tout ça ? demanda Rowenna.

— On s'est pris le bec à cause de ces horribles bouquins. Et on s'est violemment disputés quand il a quitté la boutique juste après Dinah

Green… Et le fait de la retrouver plus tard au bar de l'Hawthorne n'a pas arrangé les choses entre nous.

Rowenna inspira profondément et prit les mains de son amie.

— Vous avez passé toute la soirée ensemble, Adam et toi ?

Le visage d'Eve s'assombrit encore un peu plus.

— Non. Les cocktails qu'on avait commandés mettaient un peu de temps à arriver et Adam a quitté la table pour aller les chercher directement au bar. Quand j'ai vu qu'il n'était pas revenu au bout de dix minutes, je me suis levée à mon tour pour voir ce qu'il pouvait bien faire. Mais je ne l'ai pas trouvé. J'ai alors cherché Hugh pour lui demander s'il avait vu Adam, mais lui aussi semblait avoir disparu. J'étais tellement énervée que j'ai fichu le camp.

— Et Adam ? A quelle heure est-il rentré chez vous ?

— Je n'en sais rien ! s'exclama Eve, au comble du désespoir. J'ai bu quelques verres à la maison, ce soir-là, pour essayer de me calmer. Mais ça ne fonctionnait pas et j'ai fini par faire un truc idiot. J'ai avalé un somnifère et je me suis endormie comme une masse.

— Et Adam était là quand tu t'es réveillée ?

— Oui. J'ai émergé du sommeil vers 7 heures du matin, et il dormait à côté de moi. Il a ouvert un œil quand je me suis levée, mais je l'ai complètement ignoré. C'était ça ou lui faire une scène. Et je n'avais pas envie de faire une scène. Du coup, je suis partie à la boutique sans l'attendre.

— Et il t'y a rejointe ?

— Oui. Il est arrivé à peine dix minutes après moi.

Rowenna fixa Eve du regard, une nouvelle fois à court de mots.

Se pouvait-il qu'Eve ait vu juste ? Son mari était-il un assassin ? Un tueur sadique ?

— Qu'est-ce que je peux faire ? se mit à geindre Eve. Qu'est-ce que je peux faire ?

Si vraiment Adam était le tueur, Eve était-elle en danger avec lui ? Mais qu'était-elle en train de penser là ? Adam ne pouvait pas être un violeur et un assassin ! C'était tout simplement inconcevable.

Et si c'était quand même lui ? se demanda-t-elle aussitôt.

Non, non et non ! C'était forcément quelqu'un d'autre.

Mais même s'il n'existait qu'une infime possibilité pour qu'Adam soit le tueur, fallait-il prendre le risque de laisser Eve seule avec lui ?

— Oh, Eve…

— Je sais. Si je me trompe sur son compte, mes soupçons vont détruire notre couple. Mais si j'ai raison, j'ai de bonnes chances de finir mes jours dans un champ de maïs.

— Il faut absolument que j'en parle à Jeremy.

— Tu es folle ! s'écria Eve en ouvrant de grands yeux affolés. Si tu fais ça, Adam va se faire interroger par la police. Il va m'étrangler s'il apprend que c'est moi qui l'ai dénoncé !

« Il va m'étrangler »… Eve réalisa ce qu'elle venait de dire et se mit à rire. Mais c'était un rire triste et amer.

— Eve, je peux demander à Jeremy d'aller lui-même parler à Adam, en prenant soin de ne pas trop t'impliquer… Jeremy n'est plus policier et il est moins direct que Joe. On a l'impression qu'il bavarde, mais à la fin il obtient ce qu'il veut, tu sais. Seulement… Il faut que tu fasses preuve de prudence, d'accord ? Même si au fond de moi, je suis persuadée qu'Adam n'a rien à voir avec le meurtre de Dinah Green ou la disparition de Mary Johnstone. Je suis sûre qu'il peut être pénible, menteur, dragueur… Comme tous les hommes, quoi ! ajouta-t-elle pour essayer de détendre l'atmosphère. Mais de là à l'accuser de meurtre…

Eve l'agrippa par le haut des bras.

— Et si… Et si tu faisais ton truc, hein ?

— De quoi est-ce que tu parles, Eve ?

— Tu sais… Quand tu entres en communion avec les esprits. Le truc que tu fais pour aider Joe.

Rowenna grogna intérieurement.

— Eve, combien de fois faut-il que je te répète que je ne suis pas médium ? Je ne suis même pas certaine de croire aux esprits.

C'était la vérité, ou presque. Avec ce qu'elle avait vécu ces derniers temps, force était de reconnaître qu'elle y croyait un peu plus chaque jour.

— Ce n'est pas parce que tu me le répètes que je dois te croire sur parole ! s'exclama Eve. Moi, je pense que tu te mens à toi-même. Je me fiche du nom que tu veux lui donner, mais le fait est que tu possèdes un don. Un don qui te permet de… de savoir des choses. Et si tu te l'autorisais, si tu te mettais dans l'état mental propice à tes visions, je suis sûre que tu pourrais voir ce qui s'est passé ce soir-là. Et tu pourrais aussi retrouver Mary Johnstone, ajouta-t-elle avec une moue têtue.

— Eve, répliqua Rowenna d'un ton exaspéré, si j'avais le pouvoir de retrouver cette femme, tu ne penses pas qu'elle serait déjà dans les bras de son mari ?

— Adam m'a dit que tu étais dans le cimetière, hier soir, alors que les grilles étaient déjà fermées, dit Eve en croisant les bras.

— J'ai cru que quelqu'un me suivait, si tu veux tout savoir.

— Et tu n'as rien trouvé de mieux que de te cacher là même où Mary Johnstone a disparu ?

— Rengaine ton regard suspicieux, Eve. C'était… un concours de circonstances, voilà tout. C'est difficile à expliquer. Et c'est vrai que c'était stupide, ajouta-t-elle après une courte pause.

— Mais les grilles sont ouvertes, maintenant, dit Eve. Et il fait jour.

— Oui, et alors ?

— S'il te plaît, allons-y tout de suite, Rowenna. On ne risque rien, à cette heure-ci. C'est le matin et il y a des gens plein les rues. Tu pourrais te concentrer en imaginant qu'on est le soir d'Halloween et voir ce qui se passe.

— Rien ne se passera, répliqua Rowenna d'une voix tendue.

Elle devait pourtant admettre qu'elle avait songé plusieurs fois à s'y rendre. Pas de nuit. Pas quand elle avait le sentiment d'être suivie et que les rues de la ville étaient aussi désertes que les allées du cimetière. Non, elle avait songé à s'y rendre de jour, avec ou sans Joe qui la pressait aussi de venir « faire son truc » — comme disait Eve — au milieu des tombes.

Et malgré les nuages menaçants qui encombraient le ciel, il fallait reconnaître que le moment n'était pas mal choisi.

— S'il te plaît ! insista Eve. Avant que tu ne dises à Jeremy ce que je t'ai raconté au sujet d'Adam. Tu as promis que tu ferais tout ce qui est en ton pouvoir pour retrouver Mary Johnstone.

Rowenna laissa échapper un soupir de reddition.

— Bon, d'accord.

— Merci, dit Eve, visiblement soulagée. Merci beaucoup. Allons-y tout de suite.

Eve n'avait pas encore terminé sa phrase que le téléphone de Rowenna se mettait à sonner. Elle décrocha machinalement.

— Vous êtes chez Magick Mercantile ? demanda Brad. Je suis revenu plus tôt que prévu au musée et Dan m'a dit que vous étiez partie voir Eve.

Rowenna se demanda si elle ne devait pas lui proposer de les accompagner au cimetière. Qui sait ? Sa présence pourrait apporter quelque chose, l'aider à se concentrer sur le moment où Mary s'était volatilisée.

— C'est qui ? chuchota Eve.

— Brad, répondit Rowenna en couvrant le téléphone de sa main. Tu penses que je devrais…

— Lui demander de venir ? Bien sûr. Dis-lui de nous rejoindre devant Red's.

— Brad, vous pouvez me retrouver devant Red's ? Je veux dire, nous retrouver. Je suis avec Eve.

— D'accord. Vous avez quelque chose en tête, toutes les deux ?

— Venez, on vous expliquera sur place.

— Tout de suite, supplia Eve en aparté.

— Tout de suite, s'il vous plaît, reprit Rowenna en écho.

— Très bien, j'arrive, répondit Brad avant de raccrocher.

Eve ne tenait plus en place.

— Allez, on y va ! dit-elle avant de partir d'un pas décidé vers la porte du magasin, Rowenna dans son sillage.

Eve s'arrêta juste avant de sortir pour prendre un des petits sachets d'herbe magique alignés sur un présentoir, juste à côté de la porte.

— Celui-là assure une longue vie, dit-elle.

— Pourvu que ça marche…, maugréa Rowenna.

Alors qu'Eve avait encore la main sur la poignée, Adam fit son apparition, la mine renfrognée.

— Pourquoi as-tu mis l'écriteau Fermé ? demanda-t-il d'un ton agacé.

Puis il vit Rowenna et changea radicalement d'attitude.

Rowenna s'efforça de lui rendre son sourire.

— On partait boire un café, Rowenna et moi, et je ne savais pas quand tu allais revenir, prétendit Eve.

— Ah, d'accord, dit Adam, qui sembla accepter l'explication. Eh bien, bon café, alors. Essayez de penser à m'en rapporter un.

— Oui, oui, dit Eve d'un ton impatient avant de lui passer sous le nez, sans un regard, pour gagner le trottoir.

Adam se tourna vers Rowenna, un peu perplexe. Elle sentait bien que son sourire était trop grand et trop figé, comme si on venait tout juste de lui injecter une triple dose de collagène. Mais elle n'arrivait pas à faire mieux.

Adam ? Un tueur ? songea-t-elle alors qu'elle le frôlait pour rejoindre Eve sur le trottoir.

Non, impossible.

Mais comment oublier ce que Brad avait dit la veille au soir, au bar de l'Hawthorne ?

« Vos amis... je les trouve plutôt sympathiques, mais franchement inquiétants. »

L'un d'entre eux pourrait bien être le diable, avait-il même ajouté un peu plus tard.

Dieu merci, c'était la foule des grands jours dans la zone commerciale. Quelques minutes plus tard, Rowenna fut encore plus soulagée de constater que les rues menant au cimetière étaient tout aussi fréquentées.

Le tramway touristique passa devant eux et elle put entendre, l'espace d'un instant, les explications enjouées du chauffeur.

Elles n'attendirent pas plus de cinq minutes devant Red's avant que Brad n'arrive.

— Pourquoi ne pas m'avoir donné rendez-vous à la boutique ? demanda-t-il après avoir salué Eve.

— Elle ne veut pas qu'Adam sache ce qu'on va faire, répondit Rowenna en désignant son amie d'un petit mouvement de tête.

— Ah bon ? dit Brad, les sourcils froncés par la curiosité. Et moi, j'ai le droit de savoir ?

— On va au cimetière, annonça Eve tout de go. Rowenna va faire son truc magique, s'empressa-t-elle d'ajouter, comme si elle venait de songer que retourner à l'endroit où Mary avait disparu risquait d'être douloureux pour Brad. Elle se met dans une espèce de transe et elle arrive à voir des choses... Des choses qui pourraient nous aider à retrouver votre femme.

Rowenna décela une série d'émotions dans le regard de Brad. D'un côté il devait haïr cet endroit, mais de l'autre, il était forcément prêt à tout essayer pour retrouver Mary. Et même s'il se demandait probablement si elles n'étaient pas tombées sur la tête, un homme qui avait des visions dans une boule de cristal et qui pensait que le diable fréquentait le bar de l'Hawthorne n'était pas le mieux placé pour les traiter de folles.

— D'accord, allons-y, dit-il. Au point où on en est..., ajouta-t-il entre ses dents.

Le cimetière était assez sinistre, ce matin. Les arbres avaient perdu presque toutes leurs feuilles, comme si une seule nuit avait suffi à les dépouiller de leurs belles parures.

Alors qu'elle venait de passer les grilles, Rowenna eut envie de faire demi-tour. Elle s'arrêta et promena un regard inquiet sur les tombes.

— Allez, dit Eve qui la voyait hésiter. Tu ne vas pas te défiler, maintenant ! Et puis tu m'as promis. Songe que Mary est peut-être encore en vie et que tu peux l'aider à se libérer des griffes de ce monstre.

— Pas peut-être, dit Brad. Mary est en vie. C'est vous qui l'avez dit, ajouta-t-il en se tournant vers Rowenna.

— Tu vas remonter le temps jusqu'à la journée d'Halloween, dit encore Eve. Brad va te guider pas à pas.

Tandis qu'ils s'enfonçaient dans le cimetière, Rowenna se souvint de l'ombre qu'elle avait cru voir ici même. Elle se força à mettre un pied devant l'autre, et trois minutes plus tard elle était face à la pierre tombale où son nom, gravé en lettres de sang, lui était apparu dans l'obscurité. L'espace d'un instant, elle eut le sentiment de revivre le cauchemar de la veille. Mais la panique reflua quand elle entendit la voix de son amie.

— Bon, concentre-toi, dit Eve, décidée à mener les opérations tambour battant. C'est Halloween et le quartier est noir de monde.

— Il y a des marchands de rue tout autour du cimetière, mais on est en fin d'après-midi et la nuit tombe déjà, dit Brad, prenant le relais. Mary et moi sommes seuls dans le cimetière. Elle a en main un guide sur l'art funéraire et elle me donne des explications sur les symboles qui nous entourent. Mais j'ai un petit coup de lassitude et vais m'allonger sur cette tombe, dit-il en la pointant du doigt. Au bout d'un moment, je ferme les yeux.

Ceux de Rowenna étaient eux-mêmes à demi clos, ses longs cils formant un rempart contre le présent. Elle imaginait la foule où se mêlaient touristes et gens du cru, les rires, les enfants qui couraient en tout sens, les déguisements… Partout, des gens costumés.

Et puis Mary, marchant, guide à la main, parmi les tombes.

Quand soudain…

Rowenna sentit le vent se lever, et avec lui la sensation qu'elle se trouvait au sommet d'une colline. Sans pouvoir expliquer comment, elle sut que Mary s'était approchée d'une tombe et qu'elle aussi y avait lu son propre nom dans la pierre, gravé si nettement qu'on aurait cru que le travail avait été réalisé le matin même.

Puis il était arrivé, comme sorti de nulle part, et il avait empêché Mary de crier malgré la terreur qui l'avait submergée. Il l'avait enlevée à quelques centimètres de l'endroit où Rowenna s'était trouvée la veille au soir, paralysée de peur. Et Mary avait reconnu son agresseur, elle l'avait vu plus tôt ce jour-là. Mais si l'homme était un maître de l'illusion, il était aussi un hypnotiseur sans pareil. Magnétisée, entièrement en son pouvoir, elle n'avait pu alerter Brad qui se reposait tout près de là. Il l'avait ensuite droguée à l'aide d'un chiffon imbibé. Puis, profitant du fait que la ville entière était costumée ce soir-là, il l'avait emportée avec lui.

Maintenant, Mary se trouvait sur une colline.

A ses pieds s'étendaient des champs de maïs.

— Rowenna!

Eve venait de lui agripper le bras et la secouait comme un prunier.

Rowenna ouvrit les yeux. Eve et Brad la regardaient sans mot dire, l'air aussi inquiets l'un que l'autre.

— Son guide, dit Rowenna en s'adressant à Brad. Vous l'avez retrouvé? Celui qu'elle lisait juste avant sa disparition.

— Non. Il n'y avait que son portable et son sac à main sur la tombe.

— Qu'est-ce que tu as vu, Rowenna? demanda Eve, visiblement impressionnée. On aurait dit que tu n'étais plus dans ton corps!

— J'ai simplement imaginé la façon dont les choses se sont

passées, répondit-elle avant de se tourner de nouveau vers Brad. Je suis persuadée que vous avez raison. C'est Damien, le voyant au turban, qui a enlevé votre femme.

Mais elle n'ajouta pas qu'il était l'un d'entre eux, quelqu'un qui connaissait cette ville comme sa poche, qui connaissait les habitudes et les horaires des gens d'ici, qui savait comment se fondre dans une foule costumée, traînant contre lui une femme droguée en faisant comme s'il s'agissait d'un spectacle de circonstance, une sorte de show macabre que les passants avaient dû regarder d'un œil distrait, sourire aux lèvres.

— Oui, je sais que c'est ce fumier, murmura Brad en hochant la tête.

La sonnerie de son portable les fit tous tressaillir.

— C'est Jeremy, dit-il avec une moue désolée, l'œil sur l'écran de l'appareil.

Un guide touristique, habillé en pèlerin puritain, accompagnait un groupe à travers le cimetière. D'un seul coup, c'était redevenu un endroit normal. Triste, mais pas effrayant.

— Partons d'ici, d'accord ? dit Eve.

— Bonne idée, répondit Rowenna. Ne dites pas à Jeremy qu'on est ici, murmura-t-elle à l'intention de Brad.

Il lui jeta un regard surpris, mais la rassura d'un signe de tête.

— Oui, oui, elle est avec moi. On boit un café… D'accord, à tout à l'heure, vieux. Non ? Bon, très bien… Pas de problème. Où veux-tu qu'on se retrouve ?

Eve prit le bras de Rowenna et l'entraîna vers les grilles. Brad leur emboîta le pas.

Rowenna voulait prévenir son amie qu'elle allait parler d'Adam à Jeremy, mais elle ne souhaitait pas aborder le sujet devant Brad. Qui sait si avec quelques bières de trop il ne lui prendrait pas l'envie d'aller tabasser Adam pour lui faire avouer où se trouvait Mary ? Pas question de risquer la bavure, d'autant que Rowenna ne parvenait toujours pas à imaginer le mari d'Eve dans la peau d'un violeur et d'un assassin. Mais en était-elle sûre au point de dormir sur ses deux oreilles en sachant Eve avec lui du matin au soir ? Elle en était là de ses pensées quand Brad referma le clapet de son téléphone et tourna vers elle un visage intrigué.

— Où Jeremy veut-il qu'on le retrouve ? s'empressa-t-elle de demander pour faire diversion.

— Sur le front de mer, dans une demi-heure. Pourquoi ne vouliez-vous pas qu'il sache qu'on était au cimetière ? ajouta-t-il.

— Je pensais que ça serait une mauvaise bonne idée, voilà tout…

Brad ne répondit rien et elle hésita avant de poursuivre.

— Vous connaissez Jeremy, reprit-elle finalement. Le genre d'expérience qu'on vient de pratiquer n'est pas sa tasse de thé.

Brad hocha la tête et elle sut qu'il n'en parlerait pas à son ami. Jamais il ne voudrait contrarier une quelconque tentative pour retrouver sa femme, même si elle pouvait paraître insensée à certaines personnes. Personnes dont elle-même faisait partie, dut admettre Rowenna.

— Et si on allait vraiment le boire, ce café ? proposa Eve en indiquant un bistrot de l'autre côté de la rue. Après tout, c'est ce qu'on est censés faire, non ?

— N'oublie pas d'en rapporter à Adam, lui rappela Rowenna.

— On vous raccompagnera avant d'aller rejoindre Jeremy, dit Brad. C'est sur le chemin.

Eve le remercia d'un sourire, mais elle avait les lèvres serrées. L'instant d'après, elle se tournait vers Rowenna. « S'il te plaît, ne dis rien à Jeremy… », suppliait son regard.

Rowenna reçut le message cinq sur cinq et répondit également en silence, à l'aide d'une moue désolée et d'un haussement d'épaule. « Je n'ai pas le choix. » Mais elle se promit de veiller à ce que Jeremy fasse preuve de tact avec Adam.

Ils restèrent attablés une petite dizaine de minutes autour d'un café, puis Rowenna et Brad raccompagnèrent Eve jusqu'à Magick Mercantile.

— Elle est sympathique, dit Brad après qu'Eve eut disparu dans les profondeurs de la boutique.

— Ce n'est pas moi qui dirais le contraire. Eve est une fille super.

— Surtout pour une adoratrice du diable.

— Arrêtez un peu avec ça, Brad ! répliqua Rowenna d'un ton impatient. Eve n'a rien d'une sataniste. Elle est wiccane, c'est complètement différent.

« Mais je ne serais pas aussi catégorique sur son mari… », songea-t-elle avec un frisson.

Le restaurant choisi par Jeremy était presque plein, et beaucoup de tables étaient visiblement occupées par des touristes. De toute évidence, le meurtre d'une jeune femme à moins de quinze kilomètres du centre historique et la mise en scène macabre imaginée par son tueur ne suffisaient pas à gâcher leur séjour. La plupart d'entre eux étaient soit jeunes et sans enfant, soit à la retraite et profitant de leur temps libre. Ce qui n'avait rien d'étonnant, songea Rowenna, dans la mesure où l'on n'était pas en période de vacances scolaires.

Un jeune homme les conduisit à une table où ils burent un peu plus de café en attendant Jeremy. Après un moment, Brad proposa de partager une entrée et ils optèrent pour des calamars frits.

— Vous avez vraiment un don unique, dit Brad alors que le serveur s'éloignait après avoir pris leur commande.

— Non, je ne pense pas, dit Rowenna en faisant semblant de s'intéresser à la carte.

Mais il en fallait plus pour décourager Brad.

— Pourquoi jouer les modestes ? Vous avez des visions, Rowenna. Des visions qui peuvent nous permettre de retrouver Mary.

— Brad, dit-elle en posant la carte pour le regarder, je ne suis pas…

Elle s'interrompit. Il y avait tellement d'espoir dans les yeux de cet homme…

— Ecoutez, je veux que vous sachiez que je ferai tout ce qui est en mon pouvoir pour retrouver votre femme. Mais vous devez comprendre que je n'ai aucun don surnaturel. Vraiment pas, insista-t-elle, davantage pour elle-même que pour Brad. Je ne fais que réfléchir, imaginer et ressentir. C'est tout.

— Si vous vous étiez vue tout à l'heure, dans le cimetière, vous ne diriez pas ça. C'était impressionnant. L'espace d'un instant, vous… vous avez même ressemblé à Mary. Physiquement, je veux dire.

— J'ai vu sa photo et je vous ai entendu parler d'elle. Je peux me la représenter, y compris au-delà de son aspect physique. J'ai en quelque sorte effectué un travail d'actrice, un rôle de composition.

Et comme votre sensibilité est tout entière centrée sur votre femme, vous l'avez reconnue dans le personnage que j'ai joué.

Brad ne sembla pas convaincu par cette explication.

— Je crois qu'on devrait creuser cette voie, dit-il. On pourrait faire appel à un hypnotiseur ou à un médium ; quelqu'un qui pourrait vous encadrer et vous permettre d'exploiter au maximum votre... technique.

Du coin de l'œil, Rowenna aperçut Jeremy qui se frayait un chemin à travers les tables. Joe était avec lui.

— Brad, dit-elle, je vous demande de ne pas...

Il passa le pouce et l'index sur ses lèvres.

— Motus et bouche cousue.

Elle n'eut pas le temps de répondre. Trois secondes plus tard, la main de Jeremy se refermait sur le dossier de sa chaise. Il sembla hésiter, mal à l'aise, puis posa un baiser rapide sur ses cheveux avant de saluer Brad d'un sourire.

Une fois assis, Joe leur demanda s'ils avaient déjà commandé.

— Juste une entrée pour patienter, dit Rowenna. Des calamars frits.

Jeremy se mit à rouler les doigts sur la chemise cartonnée qu'il venait de poser devant lui, visiblement impatient d'aborder le cœur du sujet.

— Merci de nous avoir attendus, dit Joe en parcourant le menu des yeux. Au fait, Rowenna, tu t'es occupée de ton costume ? demanda-t-il en passant les yeux par-dessus la carte.

Elle tourna vers lui un visage dénué d'expression. Elle ne s'était pas entièrement remise de son expérience au cimetière, et l'idée que son amie puisse être mariée à un tueur psychopathe occupait une bonne partie de ses pensées.

— Costume ? répéta-t-elle, le front plissé.

— Oui, costume, dit Joe. Tu sais, le truc que tu es censée te mettre sur le dos quand tu vas défiler à travers la ville dans une calèche tirée par des chevaux.

— Oh, ça... Ginny est en train de le fabriquer.

Mais Brad ne semblait pas d'humeur à parler chiffons.

— Comment ça s'est passé à Boston ? demanda-t-il d'une voix tendue.

— Ce n'est pas lui qui a fait le coup, dit Jeremy.

— Ce garçon n'a pas inventé l'eau tiède, ajouta Joe. Franchement, on voit mal comment il aurait pu concevoir un enlèvement aussi complexe que celui de votre femme, sans parler du meurtre de Dinah Green.

Brad écouta, l'air concentré, puis hocha lentement la tête quand Joe se tut.

— Je sais que je me fais l'avocat du diable, mais…

Il s'interrompit, embarrassé par l'expression qu'il venait de choisir.

— Ce que je veux dire, reprit-il après s'être éclairci la voix, c'est qu'on a déjà vu des suspects jouer les imbéciles pour essayer de s'en tirer.

— Pas Richardson, dit Joe, très sûr de lui. Croyez-moi, ses biceps sont aussi gonflés que sa cervelle est petite.

— Et il a un alibi solide pour la soirée d'Halloween, ajouta Jeremy.

— La fée Dragée, maugréa Joe.

Rowenna lança un regard interrogateur à Jeremy qui se lança dans une explication.

— Tim Richardson s'est servi de sa carte de crédit pour acheter des dragées à une prostituée qui répond au doux nom de « fée Dragée », comme dans Casse-noisette. Et vu l'heure où il a fait cet achat à Boston…

— Il ne peut pas avoir enlevé Mary à Salem, termina Brad d'un ton sinistre. Conclusion, vous avez perdu votre temps et on n'a toujours pas la moindre idée de l'endroit où se trouve ma femme. De toute façon, ajouta-t-il en se passant la main dans les cheveux, j'ai toujours su que c'était ce Damien qui avait fait le coup.

— Eliminer un suspect n'est jamais une perte de temps, dit Joe.

Rowenna était impatiente d'en finir avec ce déjeuner et de se retrouver seule avec Jeremy pour lui parler d'Adam.

— Vous avez choisi ? demanda-t-elle.

Quelqu'un arrivait justement avec les calamars, et ils en profitèrent pour passer la commande.

Jeremy attendit que le serveur s'éloigne pour se pencher vers Brad.

— Richardson se trouvait bien avec Dinah Green au bar de l'Hawthorne, dit-il. Seulement il est parti avant elle. Il affirme lui avoir proposé de la raccompagner à sa voiture — qui, au passage, était garée près du cimetière —, mais elle aurait décliné son offre. Apparemment, elle souhaitait rester pour parler à quelqu'un qu'elle avait rencontré ce jour-là.

Brad avala un calamar sans plaisir.

— Oui, et alors ?

— Alors, Hugh a fait une recherche dans l'ordinateur du bar et il m'a sorti tous les reçus de cartes bancaires récoltés ce soir-là. Comme ça, on peut au moins avoir une idée des gens qui se trouvaient là.

— Je sais que c'est Damien qui a enlevé Mary, répéta Brad d'une voix têtue.

— Possible, dit Joe. Sauf qu'avec son maquillage et le costume qu'il portait, personne ne sait vraiment à quoi ce mage d'opérette ressemble vraiment. Ce que je peux vous dire, par contre, c'est qu'il y a toutes les chances pour qu'il ne s'appelle pas vraiment Damien. Alors, soit il s'est volatilisé dans la nature, soit il s'est démaquillé, il a remis ses habits de tous les jours et il est redevenu l'homme que connaît son entourage. Et cet homme-là se trouvait peut-être au bar de l'Hawthorne en même temps que Dinah Green.

Le visage de Brad ne s'éclaircit pas pour autant, au contraire.

— Rien ne dit qu'il ait lui-même payé ses consommations ou son dîner, dit-il. Ou alors il a peut-être réglé en espèces. Et puis on n'est même pas sûrs que l'assassin de Dinah Green et le ravisseur de Mary soit le même salopard, alors…

Il lança la main en l'air pour exprimer son découragement, puis fixa d'un œil vide les calamars frits.

— Ecoute, Brad, je sais que c'est très dur pour toi, mais il faut essayer de rester positif, dit Jeremy. On avancc trop lentement, c'est vrai, mais on avance. Je te promets qu'on va retrouver tous les gens présents au bar en même temps que la victime, et qu'on vérifiera leurs alibis pour la journée d'Halloween. Et puis Zach arrive en renfort.

— Super, dit Brad d'un ton lugubre. On sera un de plus pour chercher l'aiguille dans la botte de foin.

Joe se racla la gorge et Rowenna rentra instinctivement la tête dans les épaules. D'ordinaire, ça n'annonçait rien de bon.

— Ecoutez, mon vieux, dit-il en s'adressant à Brad. Arrêtez un peu de râler et estimez-vous heureux d'avoir des amis qui se mettent en quatre pour vous aider. Vous devriez être reconnaissant d'avoir quelqu'un d'aussi qualifié que Jeremy Flynn à vos côtés dans cette épreuve. Et je ne parle pas de Rowenna… Alors de grâce, mon garçon, quand on vous propose du renfort, ne réagissez pas comme si on vous annonçait une mauvaise nouvelle de plus !

Rowenna dut détourner le visage pour dissimuler un sourire. Ainsi, Joe volait au secours de Jeremy, à présent ?

Quand elle regarda de nouveau Brad, il semblait tout contrit.

— Vous ne pouvez pas comprendre, dit-il. Vous ne savez pas ce que c'est d'aimer quelqu'un et d'être sans cesse terrifié à l'idée qu'on vous annonce sa mort.

— Si, je sais, répliqua sèchement Joe devant un Brad terriblement mal à l'aise.

Savait-il que Jonathan Brentwood avait perdu la vie sur le front irakien, ou avait-il compris qu'une histoire douloureuse se cachait derrière la réaction de Joe ?

— A quelle heure Zach doit-il arriver ? demanda Rowenna à Jeremy pour essayer de briser la gêne qui s'était installée.

— Tard dans l'après-midi. Il n'a pas pu trouver de vol plus tôt.

— Qu'est-ce que tu comptes faire du reste de ta journée ?

— Et toi ? demanda-t-il au lieu de répondre. Tu as l'intention de poursuivre tes recherches, cet après-midi ?

— Oui…, répondit-elle lentement.

Une idée lui était venue après avoir lu le passage marqué par Eve dans le livre d'Adam, et elle était impatiente de voir si sa théorie allait donner quelque chose. Mais elle aurait d'abord aimé parler seule à seul avec Jeremy, si possible avant que les Llewellyn ne ferment leur boutique pour la nuit.

— J'ai désigné deux gars de ma brigade pour exploiter la liste de Hugh, dit Joe. Je leur ai demandé de trouver les coordonnées de tous les clients présents dans le bar ce soir-là. On les contactera ensuite pour connaître ceux qui ont parlé à Dinah Green après le départ de Richardson.

— Et moi, je vais aller faire un tour en voiture, dit Jeremy, répondant à retardement à la question de Rowenna.

— Un tour en voiture ? répéta-t-elle, surprise.

— J'ai envie de vérifier s'il y a quelque chose à l'endroit où Mme MacElroy a vu des lumières.

— Vous savez, dit Joe, Ginny n'est plus toute jeune. Il est possible qu'elle déraille un petit peu.

— Oui, je sais. Rowenna m'a déjà mis en garde. Mais je veux quand même aller jeter un œil à ces broussailles.

Il se tourna vers Rowenna.

— Je viendrai sans faute te chercher avant la fermeture du musée, d'accord ?

— Laisse-moi t'accompagner, dit Brad avant que Rowenna ne puisse répondre.

— Si tu veux. Je ne sais pas ce qu'on cherche, mais on a sans doute plus de chances de le trouver à deux.

Il posa la main sur celle de Rowenna.

— Attends-moi, cette fois-ci, dit-il doucement en la regardant droit dans les yeux.

— Promis.

Alors qu'ils quittaient le restaurant, elle glissa son bras sous celui de Jeremy.

— Il faut que je te parle, dit-elle à voix basse.

— Je t'écoute.

Elle jeta un coup d'œil par-dessus son épaule. Brad était juste derrière eux.

— Ça peut attendre ce soir ? demanda Jeremy en la voyant hésiter.

— Tu pourrais venir me chercher à 4 h 30 ?

— Ça marche.

Quelques minutes plus tard, Joe disait au revoir et regagnait son bureau, tandis que Brad et Jeremy accompagnaient Rowenna au musée de l'Histoire. June n'était pas au guichet, cette fois-ci, mais Rowenna connaissait également l'étudiante — Lily Valentine — qui s'y trouvait. Lily ne fit aucune difficulté pour lui donner la clé de la bibliothèque, l'informant au passage que Daniel était parti déjeuner, mais qu'il la rejoindrait certainement à son retour.

Au fond, Rowenna n'était pas mécontente d'être seule. Elle commença par rassembler de nouvelles informations sur les quatre criminels de la région — qui semblaient tous s'être inspirés du Moissonneur —, prenant des notes au fil de ses lectures. Elle s'intéressa particulièrement au nombre de victimes attribuées à chacun d'entre eux. Trois pour l'un, quatre pour l'autre, et de nouveau trois.

Hank Brisbin, dernier représentant connu de cette tradition meurtrière qui semblait affecter Salem, remportait ce sinistre concours d'une courte tête, avec cinq cadavres de femmes à son actif, tous retrouvés dans un champ de maïs. L'un d'entre eux n'était plus qu'un tas d'ossements éparpillés au pied d'un piquet. Peu de temps avant son exécution, Brisbin avait accordé une interview à un journal local où il prononçait ces mots obscurs :

« Le 7 viendra et le 7 repartira, et ainsi Satan pour toujours sera. »

Se pouvait-il que chacun de ces tueurs, incarnant le Moissonneur à travers les siècles, ait voulu sacrifier sept femmes ? Que tous aient été appréhendés avant d'atteindre leur but ?

Elle se leva d'un bond et alla explorer une autre section de la bibliothèque. Ses yeux glissèrent sur des volumes traitant du paganisme et de la Wicca, avant de s'arrêter sur un ouvrage au titre particulièrement long : *Quand les mondes se télescopent : satanisme et pratiques des anciens, runes magiques, dieux, déesses, diables et démons.*

Elle s'en saisit et alla se rasseoir pour le consulter.

Le chiffre 7 était souvent associé à la magie, disait le livre. Certains le considéraient comme un chiffre porte-bonheur, mais pour les peuples qui avaient habité l'Europe avant l'avènement du christianisme, c'était aussi le nombre de sacrifices qui devaient être faits pour amadouer les dieux des moissons et espérer de belles récoltes. Aujourd'hui encore, dans quelques villages reculés d'Europe, sept chèvres étaient sacrifiées peu avant les moissons. Et dans de nombreux endroits de la planète, le septième fils d'un septième fils était toujours considéré comme un magicien, un demi-dieu ou un homme aux pouvoirs surnaturels.

Sur la page suivante se trouvait un dessin rudimentaire, vieux de plusieurs siècles. Un diable rouge et cornu, perché sur un trône, la main posée sur sa barbichette. Ses pieds étaient des sabots fendus et sa queue fourchue s'élevait derrière lui.

Son autre main, affublée de griffes démesurées, était fermée autour du cou d'une jeune fille. Elle était belle, coiffée d'une couronne de feuilles et vêtue d'une cape dévorée par la vigne. La tête renversée en arrière, le diable l'étranglait.

Face à lui, étendues sur un autel de marbre noir, reposaient six femmes ensanglantées, nues sous des voiles transparents. A droite de l'illustration, la légende disait :

« Il doit les connaître et les aimer. Ainsi nourri du sang des sept qu'il aura sacrifiées, il renaîtra à la vie. Sept, et il régnera sur ce monde jusqu'à la fin des temps, le dieu de la fornication. »

Elle repoussa le livre à l'autre bout de la table, le cœur au bord des lèvres.

Elle avait beau se répéter que tout cela n'était que légendes du passé, rien ne calmait son malaise.

Il y avait forcément d'autres corps qu'ils n'avaient pas encore découverts.

Et d'autres qui viendraient encore s'ajouter jusqu'à former le chiffre sept.

Le Moissonneur devait sacrifier sept femmes à la terre — à la nature — pour assurer une bonne récolte et asseoir à jamais son pouvoir sur les hommes.

Et le rite sanglant devait être achevé avant le jour de Thanksgiving.

17.

La route qui conduisait au nord-ouest de la ferme des MacElroy était en mauvais état, contraignant Jeremy à conduire lentement. Mais hormis les soubresauts de la voiture qui souffrait sur les pierres et les ornières, l'allure se révéla finalement idéale pour observer les alentours. Pour l'instant, ni lui ni Brad n'avaient remarqué quoi que ce soit de suspect.

C'était la quasi-certitude que le tueur séquestrait ses victimes dans un endroit isolé, à la fois proche des champs de maïs et pas trop éloigné de la ville, qui avait poussé Jeremy à vérifier les dires de la vieille dame.

Ils avaient longé des kilomètres de champs de maïs avant d'atteindre ces terres arides. Ici, le sol était trop pierreux pour être cultivé. Jeremy avait noté que ce désert de broussailles, comme l'avait qualifié le Dr MacElroy, commençait environ cinq cents mètres après la propriété d'Eric Rolfe. Et le mot « désert » décrivait assez bien le paysage qui s'étirait de part et d'autre de la route de campagne. Depuis qu'ils avaient passé cette petite parcelle cultivée, juste derrière la maison de Rolfe, ce n'était plus qu'étendues plates et couvertes de fougères derrière les vitres de la Mercedes. Seuls des blocs de granit qui affleuraient du sol venaient de temps à autre briser la monotonie du décor.

Jeremy arrêta la voiture lorsque la route, qui s'était transformée en chemin, devint trop défoncée pour poursuivre. Ils restèrent un moment immobiles, contemplant en silence le paysage désolé.

— Qu'est-ce que tu fais ? demanda Brad quand Jeremy sortit brusquement de la voiture, garée en bordure d'un mélange d'herbe haute, de ronces et de fougères.

Jeremy ne répondit pas tout de suite. La main en guise de pare-soleil, il regarda en direction des champs et des maisons qu'on distinguait au sud-est. Le chemin terreux serpentait, avant de disparaître dans le lointain. Il commença à marcher, balayant lentement les alentours du regard.

Brad sortit à son tour de la voiture.

— Je vais faire le trajet en sens inverse pour voir si quelque chose nous a échappé, dit-il.

Jeremy hocha la tête sans s'arrêter et Brad s'éloigna d'un pas décidé.

« Une aiguille dans une botte de foin », songea Jeremy. C'est ce qu'avait dit Joe ce matin, en sortant des locaux de la police de Boston. Et Brad avait utilisé la même expression au déjeuner. Sauf qu'une aiguille dans une botte de foin serait sans doute plus facile à trouver que ce qu'ils cherchaient à présent. Ici, la végétation était si dense qu'il n'y avait presque aucune chance de repérer une cabane ou une vieille grange, encore moins un cadavre. Mais il continua d'avancer, obstiné, fouillant des yeux les broussailles qui bordaient le chemin, à la recherche d'un signe dénonçant le passage d'un être humain.

Rien. Pas même une feuille écrasée ou une brindille cassée. A cet endroit, la boue, moins sèche, collait aux semelles. Et malgré l'hiver qui frappait à la porte, le soleil encore chaud lui brûlait la nuque.

— Viens voir! cria Brad, sa voix parvenant à peine jusqu'à lui.

— Quoi? cria-t-il à son tour.

— Viens, je te dis!

Jeremy n'hésita pas longtemps. Quelque chose dans la voix de son ancien équipier lui fit faire demi-tour sans poser d'autres questions. Après un bon sprint, il le rejoignit au bord de la route.

Brad se contenta de tendre le doigt.

Le long de la route, un arbuste sauvage avait été piétiné. Visiblement, cela ne datait pas d'hier, et le merisier luttait pour se redresser. Mais il continuait à pousser en biais, comme un palmier pris sous les bourrasques d'un ouragan tropical.

S'il y avait eu des traces de pas, elles avaient disparu depuis longtemps, effacées par la pluie et le vent. Aussi Brad et Jeremy s'engagèrent-ils sans précautions particulières sur le passage créé par les broussailles aplaties, comme si quelqu'un était passé là avec une brouette ou un chariot à bois.

La végétation écrasée formait ainsi une piste sur plusieurs centaines de mètres… Jusqu'en bordure de la dernière parcelle cultivée.

Le dernier champ de maïs.

La porte de la bibliothèque s'ouvrit en grand et Rowenna leva les yeux, prête à accueillir Daniel d'un sourire.

Mais elle fut stupéfaite de découvrir la haute silhouette d'Adam qui se découpait dans l'encadrement.

— Adam ! s'écria-t-elle, la surprise cédant le pas à l'inquiétude. Qu'est-ce qui se passe ? Eve va bien ?

Il resta immobile et silencieux, fixant la table et les livres d'un regard amorphe, comme s'il s'était évanoui debout.

— Adam ? Ça va ? demanda-t-elle, de plus en plus impressionnée par son étrange comportement et par ses yeux vitreux.

Elle commençait à avoir peur, et le fait d'être seule au fond d'un musée, tout près d'une salle consacrée aux grands criminels de Salem, n'arrangeait rien à l'affaire.

Et l'homme qui se trouvait devant elle — cet homme qu'elle avait cru si bien connaître — lisait des ouvrages sur le satanisme et la magie noire, des grimoires qui devaient lui permettre d'accueillir le diable dans sa chair. Adam, son ami Adam, pratiquait le sacrifice humain, persuadé qu'il deviendrait ainsi immortel et tout-puissant.

Elle eut le sentiment que l'air se raréfiait. Que faire ? songea-t-elle tandis qu'une série de frissons lui donnait la chair de poule. Se lever d'un bond et partir en courant ? Sans doute l'aurait-elle fait si le mari d'Eve n'avait bloqué la porte.

— Adam ? dit-elle d'une voix aussi douce que possible. Allons dehors, d'accord ? Ça fait trop longtemps que je suis enfermée ici, j'ai besoin de sortir.

Hurler ? Appeler à l'aide ? Quelqu'un viendrait peut-être à son secours. Il n'y avait donc rien qui puisse servir d'arme, dans cette pièce ?

Des livres. Ses nerfs étaient tellement à vif qu'elle faillit éclater de rire en s'imaginant en train de frapper Adam avec un précieux volume traitant des rituels sataniques. Une sorte de justice immanente, songea-t-elle.

Il quitta soudain son état d'hébétude, tournant vers elle un regard presque normal.

— Je suis venu pour t'emporter, dit-il d'une voix un peu rauque.

— Quoi ? s'écria-t-elle avec un mouvement de recul.

— Je veux dire pour t'expliquer, corrigea-t-il. Je… je n'ai pas été tout à fait honnête avec toi, hier.

— On n'est pas obligé de tout dire aux autres, répondit prudemment Rowenna. Surtout quand ça concerne la vie privée.

Mais Adam poursuivit comme s'il ne l'avait pas entendue.

— Je t'ai dit que j'aime Eve, et c'est la vérité. Mais on a un problème. Un grave problème.

— Ah ?

Elle avait essayé d'adopter un ton dégagé, mais ce « Ah ? » avait sonné comme la plainte d'une condamnée.

— Je sais que ça paraît dingue, mais Eve a peur de moi, dit-il.

Il pénétra plus avant dans la pièce et Rowenna eut un nouveau mouvement de recul. Il s'arrêta, le front plissé.

— Je rêve ou tu as peur de moi, toi aussi ? demanda-t-il d'un ton où la perplexité le disputait à l'amertume.

L'instant d'après, il se laissait lourdement tomber sur une chaise, de l'autre côté de la table de travail. Il semblait complètement abattu et Rowenna comprit qu'il n'avait pas l'intention de lui faire du mal.

Pas ici et pas maintenant, en tout cas.

— Adam, parle-moi, dit-elle d'une voix douce.

— Le voile noir.

— Pardon ?

Il secoua une tête lourde, accablée, avant de poser sur elle un regard perdu.

— Rowenna, j'ai des absences. Il m'est arrivé plusieurs fois de me retrouver quelque part sans savoir ce que j'y faisais ni comment je m'y étais rendu. Et quand je rentre à la boutique, Eve m'en veut d'être parti sans explication. Mais qu'est-ce que je peux lui dire ? « Je ne peux pas te raconter ce que j'ai fait parce que je n'en ai pas la moindre idée ? » Oh, Rowenna, je commence à m'inquiéter pour ma santé. Et si j'avais une tumeur au cerveau ? J'ai la trouille…

Maintenant c'était lui qui avait peur ? songea-t-elle, décontenancée.

Pouvait-on imaginer qu'il ait enlevé, violé et assassiné Dinah Green lors d'une de ces absences ? Ou Adam, se sentant soupçonné, avait-il inventé cette histoire pour se dédouaner au cas où il serait démasqué ?

— Adam, si tu as des absences, surtout de cette durée, tu dois aller consulter un spécialiste. Je suis sûre que ce n'est rien de grave, ajouta-t-elle sans conviction.

— J'ai trop peur de ce qu'on va découvrir, répondit-il en rentrant la tête dans les épaules. Et si on m'annonce que mon cerveau se détériore ? Que la démence me guette ?

— Personne n'aime consulter pour ce genre de problème, mais tu ne peux pas continuer à vivre comme ça. Pense à tout ce qui pourrait t'arriver pendant une de tes absences… Te faire renverser par une voiture, par exemple. C'est comme si tu étais somnambule, sauf qu'au lieu d'être chez toi, tu te balades en pleine rue.

— Je n'ai aucune envie de me faire renverser, dit-il, mais… s'il m'était arrivé quelque chose de bien plus grave encore ?

— Je ne vois pas ce qui pourrait être plus grave, mentit Rowenna, qui voyait très bien où il voulait en venir.

— Si… si j'avais fait des choses horribles sans m'en rendre compte ? précisa-t-il.

L'angoisse agrandissait ses yeux et asséchait sa bouche. Il plongea machinalement la main dans la poche de son blouson, dépiauta la tablette de chewing-gum qu'il venait d'en sortir, puis la regarda d'un air perplexe comme s'il ne savait plus du tout ce qu'il était en train de faire.

— Inutile d'imaginer le pire, dit Rowenna. Par contre, tu ne peux pas rester comme ça. Va tout de suite aux urgences de l'hôpital et explique-leur ton problème avant de passer sous les roues d'un camion ou de…

Ou de faire du mal à quelqu'un.

— Avant qu'il n'arrive quelque chose, dit-elle.

Adam avait l'air sincèrement désemparé et elle commençait à croire à son histoire, si étrange fût-elle.

Elle se leva et le regarda en essayant de paraître sûre d'elle.

— Allez, viens avec moi. On va aller parler à Eve.

Mais Adam n'esquissa pas le moindre mouvement. Il resta figé pendant quelques secondes et Rowenna se demanda s'il n'était pas en train d'avoir une de ses absences.

Le voile noir…

— Elle me quittera, si je lui raconte ça, murmura-t-il finalement, levant des yeux humides vers Rowenna. Si c'est aussi grave que je le crains, elle me quittera.

— Qu'est-ce que tu racontes, Adam ? Tu es le grand amour de sa vie et tu le sais. Elle t'aimait déjà quand on était gamins et ça n'a pas changé depuis. Jamais elle ne te quittera.

« Sauf si tu es un violeur doublé d'un assassin », ajouta en elle une petite voix intérieure.

Il ne répondit pas tout de suite, de nouveau immobile, mais cette fois, son expression songeuse n'était pas celle d'un somnambule.

— Je vais aller lui parler seul, dit-il en se levant lentement. Il faut que ce soit moi qui lui dise ce qui m'arrive. Maintenant. Je vais mettre l'écriteau Fermé sur la porte de la boutique et je vais tout lui raconter. Ensuite, je déciderai avec elle de la meilleure chose à faire. On t'appellera pour te tenir au courant, ajouta-t-il gravement.

— Ça va bien se passer, assura Rowenna en croisant mentalement les doigts.

Il bredouilla un remerciement et quitta la bibliothèque.

Elle prit son téléphone dans son sac à main et composa d'une main tremblante le numéro de Jeremy. Et si elle appelait plutôt Joe ? songea-t-elle en raccrochant aussitôt. C'était peut-être du ressort de la police. Non, elle allait en parler à Jeremy, et c'est lui qui appellerait Joe. Si toutefois il estimait nécessaire de le faire. Après tout, les soupçons d'Eve pouvaient trouver leur origine dans ces absences décrites par Adam.

S'il avait dit la vérité, bien sûr.

Et s'il ne profitait pas de ces curieux troubles de la conscience pour violer et tuer.

La porte s'ouvrit de nouveau, interrompant ses pensées. Cette fois-ci, c'était bien Daniel. Heureusement, il ne sembla pas remarquer à quel point elle était fébrile.

— Ça me fait plaisir qu'Adam soit passé au musée, dit-il en

regardant par-dessus son épaule. Je me demande si ce n'est pas la première fois qu'il met les pieds ici.

— Oui, c'est super, mais… écoute, il faut que je file. Je reviendrai tout à l'heure. A plus tard, Dan.

Elle passa devant lui avec un bref sourire et pressa le pas vers la sortie du musée, impatiente d'appeler Jeremy et de lui parler d'Adam.

Loin des oreilles indiscrètes.

— Oh, non…, dit Brad avant de détourner la tête, plié en deux.

Les restes de la malheureuse se trouvaient juste derrière la première rangée de tiges piétinées, celle qui était la plus éloignée pour l'agriculteur qui exploitait ces terres. Il ne devait pas souvent s'aventurer jusque-là, et manifestement les hommes de Joe n'y étaient pas venus non plus.

Il ne restait pas grand-chose du corps. Les éléments et les charognards s'étaient chargés de transformer le cadavre en squelette.

Elle devait être là depuis un bon moment. Un mois, peut-être deux, songea Jeremy. Il n'avait pas les compétences d'un médecin légiste, mais il avait vu de nombreux cadavres au cours de sa carrière. Et il fallait des semaines avant qu'un corps parvienne à cet état de décomposition. Le visage avait presque entièrement disparu, laissant l'os à nu refléter la lumière du soleil. Sur le corps, ce qui restait de chair était à ce point putréfié qu'on avait du mal à la distinguer des vêtements, le tout formant une boule informe et noirâtre, tandis que les os des bras et des jambes étaient curieusement disposés, sans doute désarticulés par les charognards.

Brad était maintenant à genoux, secoué de sanglots.

Jeremy vint poser la main sur son épaule.

— Ce n'est pas Mary… Ce n'est pas Mary, répéta-t-il, encore et encore.

Il savait que la raison finirait par l'emporter. Brad avait eu l'occasion de voir les ravages du temps sur un cadavre humain au moins aussi souvent que lui. Dès qu'il reprendrait ses esprits, il réaliserait que ces ossements ne pouvaient être ceux de sa femme.

Brad inspira une grande goulée d'air et leva ses yeux rougis vers Jeremy.

— Ça me fait mal que tu me voies comme ça, tu sais, dit-il d'une voix encore peu assurée. Mais je n'en peux plus… Tu as raison, ça ne peut pas être Mary, ajouta-t-il après une courte pause. Mais qui sait si elle ne sera pas la prochaine ? Peut-être qu'elle est déjà en train de pourrir dans un de ces foutus champs…

A cette idée, il enfouit la tête dans ses mains et Jeremy vit son corps de nouveau secoué de sanglots. Le pauvre était vraiment à bout.

— Rien ne prouve que Mary ait été enlevée par cet homme, dit Jeremy.

Lui-même n'en croyait pas un mot, et il savait que Brad n'était pas dupe. Mais comment réconforter un homme dont la femme était très probablement entre les mains d'un dangereux psychopathe ?

— Mary est une femme forte, dit-il. Forte et intelligente. Si elle est prisonnière de ce taré, je suis certain qu'elle a trouvé un moyen de rester en vie. Il faut lui faire confiance, d'accord ?

Ces mots semblèrent faire un peu de bien à Brad.

— Oui…, murmura-t-il. Je crois qu'elle est vivante. Mais pour combien de temps encore ? Regarde cette femme, Jeremy. Cette pauvre femme qui n'avait rien fait à personne… Il y a sûrement des gens qui l'aiment et qui espèrent encore la retrouver saine et sauve, au moment où je te parle. Et voilà où elle est, dit-il en désignant les ossements d'un geste vague, sans oser les regarder.

— Le tueur a peut-être commis des erreurs, cette fois-ci, dit Jeremy. Qui sait si tes collègues de la police technique et scientifique ne vont pas trouver quelque chose ? Et puis, maintenant que cette affaire concerne des meurtres en série, le FBI va s'impliquer dans l'enquête. On va retrouver Mary, Brad. Viens, partons d'ici avant d'effacer des indices.

Il aida Brad à se relever et ils quittèrent la scène de crime. Jeremy ne pensait pas qu'ils puissent la dégrader davantage que la nature ne l'avait déjà fait, mais toutes les excuses étaient bonnes pour sortir son ami de ce champ.

Il appela aussitôt Joe Brentwood pour l'informer de leur découverte.

— Restez sur place et ne touchez à rien, dit Joe d'une voix tendue. On arrive tout de suite. Autre chose, Jeremy…

Il n'entendit pas la fin de cette phrase, son téléphone n'émettant plus aucun son.

— Allô ? Joe ? Allô ?

Plus rien. Il regarda l'écran du portable. Pas de réseau.

— Merde…, grommela-t-il entre ses dents.

— Qu'est-ce qui se passe ? s'enquit Brad.

Pour toute réponse, Jeremy lui fit voir l'écran.

— Heureusement que j'ai eu le temps de prévenir Joe, dit-il.

Brad sortit son propre téléphone, mais il avait le même opérateur et le même problème.

— Qu'est-ce qu'on peut faire en attendant la cavalerie ? demanda-t-il.

— Continuer à chercher.

— Chercher quoi ?

— Franchement, je n'en sais trop rien, admit Jeremy avec un soupir.

— Au moins, on sait que Mme MacElroy avait raison, dit Brad. Elle a bien vu des lumières ici. Sans doute la torche électrique du détraqué qui s'est débarrassé de cette pauvre fille, ajouta-t-il en donnant un coup de pied rageur dans un buisson épineux.

— Oui, mais il y a autre chose.

— Qu'est-ce que tu veux qu'on trouve d'autre, Jeremy ?

— Je n'en sais rien, je te dis… Mais je n'arrive pas à m'ôter l'idée de la tête qu'on n'est pas au bout de nos surprises. Continuons à chercher.

— D'accord, dit Brad, dont le visage exprimait une lutte intérieure entre l'envie d'être fort et la peur que la prochaine découverte ne soit sa propre femme.

Le soleil était encore descendu dans le ciel. Dans le champ où marchaient les deux hommes, ses rayons chauds avaient cédé la place à la fraîcheur de la fin d'après-midi. Jeremy remonta le col de son blouson et, mains dans les poches, arpenta les rangées en balayant le sol du regard.

— Nom de Dieu ! s'écria Brad.

Jeremy fit volte-face et courut le rejoindre.

Brad était déjà loin du premier cadavre, dans une zone bordée par un petit bosquet, une zone où les rangées n'étaient plus rectilignes. Ici, le maïs avait dû pousser à partir de graines tombées de l'arrière d'un semoir, et les tiges vertes s'étaient mêlées aux broussailles et aux arbustes.

Brad avait les yeux rivés sur un grand piquet planté entre deux arbres. Un chapeau de paille pendait encore à son sommet.

Le corps qu'il avait autrefois soutenu était dans un tel état de décomposition qu'il s'était éparpillé au sol, presque entièrement réduit à l'état d'ossements.

Cette fois-ci, Brad n'eut pas besoin de Jeremy pour comprendre que ce ne pouvait être Mary.

Ce qui ne l'empêcha pas d'être horrifié, tant par le sinistre spectacle qu'il avait sous les yeux que par l'idée que sa femme pouvait être aux mains du responsable de ce carnage.

— On a touché le gros lot, murmura-t-il d'une voix blanche.

Jeremy savait que Brad était terrifié à l'idée de poursuivre les recherches. Lui-même n'en menait pas large.

Combien de corps allaient-ils encore trouver dans ce champ ?

Rowenna n'arrivait pas à joindre Jeremy. Il devait déjà être en ligne, ou dans un endroit privé de réseau, parce qu'elle tombait directement sur sa boîte vocale. Elle opta donc pour l'autre solution, mais le portable de Joe était également occupé. Et quand elle appela la brigade criminelle, on l'informa que l'inspecteur Brentwood avait dû partir pour une urgence. Il planait trop d'incertitude sur la culpabilité d'Adam pour qu'elle laisse un message à ce sujet. Aussi se contenta-t-elle de demander qu'il la rappelle dès que possible.

Un peu désemparée, elle se dirigea machinalement vers Magick Mercantile. Une fois la boutique en vue, elle se demanda ce qu'elle comptait faire. Elle n'allait tout de même pas les espionner à travers la vitrine !

D'un autre côté, si Adam était un tueur qui agissait à la manière d'un somnambule, Eve pouvait courir un danger. Et s'il lui arrivait quelque chose, Rowenna ne se le pardonnerait jamais.

Quand elle s'approcha de la boutique, elle nota que l'écriteau

Fermé n'avait pas été apposé sur la porte, contrairement à ce qu'avait promis Adam. Sa décision était prise. Inspirant profondément, elle saisit la poignée d'un geste décidé et pénétra à l'intérieur.

Eve se trouvait derrière la caisse, en train de disposer des bijoux fantaisie sur un présentoir en forme de main.

Elle leva les yeux en entendant le carillon de la porte.

— Salut, Rowenna, dit-elle d'une voix enjouée avant d'observer attentivement son amie. Qu'est-ce qui ne va pas ? Tu as la tête de quelqu'un qui vient de se faire voler sa dinde le soir de Thanksgiving.

— Où est Adam ?

— Il est parti il y a un quart d'heure environ. Il a dit qu'il avait une course rapide à faire. Mais… Pourquoi est-ce que tu me demandes ça ?

La voix enjouée n'était plus qu'un souvenir, et Rowenna hésita une fraction de seconde devant l'inquiétude palpable de son amie.

— Oh, rien de spécial, dit-elle. Je l'ai vu tout à l'heure et je pensais qu'il était revenu à la boutique, c'est tout.

« Quel piètre mensonge… », songea-t-elle aussitôt. Et rougir ne devait pas la rendre plus crédible.

Eve laissa tomber le collier qu'elle avait dans la main.

— Rowenna, dis-moi ce qui se passe.

— Il… il voulait t'en parler lui-même, bredouilla-t-elle.

Les traits d'Eve se crispèrent.

— Attends une minute, dit-elle, visiblement au bord de la colère. Mon mari a un problème et il vient t'en parler en premier ?

— Il a peur. Et il t'aime, Eve.

— Peur ? Mais peur de quoi, enfin ? Et puis s'il m'aime tant que ça, il n'a qu'à me le montrer. Moi, j'attends des actes, pas de belles paroles !

Rowenna ne savait plus que dire. Elle avait rarement vu Eve dans un état pareil.

— Rowenna, tu vas m'expliquer ce qui se passe, à la fin ?

Acculée, elle se tourna vers la vitrine. Mais pas d'Adam en vue dans la rue.

— Ecoute, Eve, j'aurais préféré qu'il t'en parle lui-même, d'autant qu'il en avait l'intention. Mais bon, voilà… Adam est venu me voir au musée et il m'a expliqué qu'il avait des absences. Pas pendant quelques secondes, comme ça arrive parfois, mais durant de longues périodes. Et quand ça s'arrête, il est incapable de dire ce qu'il a fait. Il est très inquiet pour sa santé, et l'idée qu'il puisse… faire des choses sans s'en rendre compte l'angoisse au plus haut point. Il a peur de consulter un spécialiste et il n'ose pas t'en parler de crainte que tu ne le quittes. Voilà, tu sais tout.

— Des absences ? demanda Eve d'un ton sceptique. Il n'a pas d'absence quand il drague les clientes, en tout cas !

De toute évidence, elle n'avait toujours pas digéré qu'il ait fait les yeux doux à Dinah Green.

Rowenna se sentait terriblement mal à l'aise. Elle regrettait d'avoir poussé cette porte et d'avoir rapporté les confessions d'Adam. De quoi se mêlait-elle ?

D'un autre côté, elle n'avait rien demandé. Adam était venu de son propre chef lui déballer tout ça… Et puis pourquoi n'avait-il pas tenu parole ? Il semblait pourtant décidé à mettre Eve au courant, quand il avait quitté la bibliothèque du musée.

« Je vais mettre l'écriteau Fermé sur la porte de la boutique et je vais tout lui raconter. »

C'étaient ses propres mots.

— Adam ne doit pas être bien loin, dit-elle. Je vais aller le chercher et lui dire de venir te voir. Vous avez besoin de parler, tous les deux. Pas de vous disputer, précisa-t-elle. De parler.

Elle se dépêcha de quitter la boutique avant qu'Eve ne puisse ajouter quoi que ce soit. Et si Adam avait vraiment des troubles neurologiques ? La perspective d'avouer ses problèmes à sa femme l'avait peut-être stressé au point que… quelque chose lui était arrivé. A moins qu'il ne se soit tout simplement défilé au dernier moment, et qu'il n'ait décidé d'aller boire un verre au bar du coin pour se donner du courage.

Arrivé à l'angle de la rue qui menait au cimetière, Rowenna hésita. Elle se sentait attirée vers les stèles qu'elle voyait dépasser au-dessus du muret d'enceinte. C'était absurde, mais… Peut-être ressentait-elle cela parce qu'Adam était parti dans cette direction ? Elle bifurqua vers le cimetière et eut soudain la sensation très nette d'être épiée. Elle s'arrêta et se retourna brusquement. Deux écolières riaient devant la vitrine d'un magasin de farces et attrapes. Le vieux wiccan qui tenait la boutique Lamp, Bell and Candle passa sur le trottoir d'en face, enveloppé dans une grande cape noire.

— Bénie sois-tu, dit-il en adressant un sourire à Rowenna.

Rowenna lui rendit son sourire, mais le sien était forcé.

Les rues étaient loin d'être vides, mais elle ne parvenait pas à se défaire de cette désagréable sensation que quelqu'un l'observait.

Elle se remit en marche.

Arrivée à quelques mètres des grilles d'entrée, elle crut voir une grande ombre s'élever au fond du cimetière. Mais les visiteurs ne semblaient rien remarquer d'anormal.

La plupart d'entre eux, en tout cas.

Rowenna aperçut une jolie blonde penchée vers une pierre tombale qui indiquait l'emplacement où plusieurs enfants d'une même famille, tous morts très jeunes, avaient été enterrés. La blonde releva brusquement la tête, comme si quelque chose avait attiré son attention.

L'ombre semblait avancer vers elle.

Rowenna entendit alors la vieille chanson enfantine résonner dans sa tête :

Ne crains pas la Grande Faucheuse
Juste le Moissonneur...

Elle pressa le pas et pénétra dans le cimetière, se dirigeant droit sur la jolie blonde.

— Bonjour, dit-elle en arrivant à sa hauteur.

La jeune femme ne parut pas l'entendre.

— Excusez-moi, dit encore Rowenna.

N'obtenant aucune réponse, elle toucha doucement son bras.

— Madame ?

La blonde tressaillit et tourna vers Rowenna un regard éberlué.

— Je suis désolée... Vous me parliez ? Comme c'est étrange, je... Je viens d'avoir... Oh, peu importe. Que puis-je faire pour vous ?

— Ça va sans doute vous paraître ridicule, mais la nuit va bientôt tomber et...

Elle s'interrompit. Elle n'allait tout de même pas dire à cette inconnue qu'une ombre mouvante était sur le point de l'engloutir. Il y avait des circonstances où un mensonge s'imposait. Un demimensonge, en tout cas.

— J'ai vu un homme avec une cape et un turban qui vous observait d'une manière un peu insistante. Une femme s'est fait enlever ici même il y a quelques jours, et je vous conseille la prudence. Si vous êtes seule, vous feriez mieux d'aller dans un endroit fréquenté, ou peut-être même de regagner votre hôtel jusqu'à demain matin.

La femme — qui semblait avoir retrouvé ses esprits — lui sourit.

— C'est gentil à vous de me prévenir, mais ne vous inquiétez pas pour moi. Je suis avec mon mari. Il est juste parti acheter une pile pour notre appareil photo. On s'est donné rendez-vous dans un restaurant situé sur le front de mer.

Une boule se forma dans la gorge de Rowenna. Elle était certaine que cette femme venait d'échapper au pire. Sans son intervention, elle aurait été la nouvelle victime du… de…

De quoi, au juste ? D'une ombre mouvante ? En plein jour, avec des gens partout autour ?

Pourtant, cette femme s'était manifestement trouvée sous l'emprise de quelque sortilège, dont elle ne s'était libérée que grâce à la présence de Rowenna. Qu'avait-elle bien pu voir pendant ces longues secondes où elle semblait coupée du monde réel ?

Une colline et des champs de maïs ?

Rowenna était persuadée que la jeune femme allait poliment prendre congé d'elle, mais elle n'en fit rien.

— Ça s'appelle le Clam Shack, dit-elle. Ça vous dit quelque chose ?

— Bien sûr, dit Rowenna. Je suis née dans cette ville.

— Je l'ai tout de suite senti. Alors vous pourriez peut-être avoir la gentillesse de m'indiquer la meilleure façon de m'y rendre ? Je n'ai aucun sens de l'orientation, ajouta-t-elle avec un petit rire gêné.

— Je vais vous y accompagner.

— Vraiment ? C'est tellement gentil à vous. Mais je ne veux pas vous embêter…

— Ça ne m'embête pas du tout, assura Rowenna. Suivez-moi.

Elles firent un peu mieux connaissance en chemin, et Rowenna apprit qu'elle s'appelait Sue et venait de New York. Lorsqu'elles atteignirent le restaurant, la jeune femme lui désigna du doigt un homme qui appréciait la vue depuis le quai du dock.

— Jack, mon mari.

Après les présentations, le couple invita Rowenna à se joindre à eux pour dîner, mais elle déclina l'offre et se dépêcha de retourner à la boutique des Llewellyn.

« Pourvu qu'Adam s'y trouve et qu'il ait commencé à s'expliquer avec Eve… », songea-t-elle. Sinon, son amie risquait de piquer une crise de nerfs.

Elle prit soin d'éviter le cimetière, mais elle eut de nouveau la sensation d'être épiée. Et elle savait que ce regard invisible qui la suivait pas à pas était un regard hostile. Marchant à vive allure et évitant les rues désertes, Rowenna arriva enfin devant Magick Mercantile.

— Eve ? Adam ? dit-elle en poussant la porte.

Pas de réponse. Elle avança plus avant dans la boutique en continuant à les appeler, sans succès. Elle alla ensuite jeter un œil derrière les lourds rideaux ornés d'astres dorés, mais ni l'un ni l'autre ne s'y trouvait. Dans la remise, peut-être ?

Non, il n'y avait personne non plus.

Ils ne partaient jamais sans mettre l'écriteau, encore moins sans fermer la porte à double tour. Jamais.

Rowenna se sentit gagnée par l'angoisse. Elle était seule dans la boutique et quelqu'un l'avait suivie, elle en aurait mis la main au feu.

Pas question de s'attarder ici, songea-t-elle en se précipitant vers la porte. Elle allait se rendre directement au poste de police et appeler Joe en chemin, vingt fois s'il le fallait, jusqu'à ce qu'il décroche.

Mais alors qu'elle tendait la main vers la poignée, elle vit une ombre noircir la porte vitrée, qui s'ouvrit lentement.

Les polices des villes avoisinantes avaient été appelées en renfort. Joe ne décolérait pas : propriétaires et exploitants de ces champs avaient reçu des instructions très claires, et il ne comprenait pas que ces corps n'aient pas été découverts plus tôt. Encore du temps perdu. Et Mary Johnstone — si elle ne figurait pas déjà au nombre des victimes — risquait de faire les frais de ces négligences.

Comme Jeremy s'y était attendu, les experts de la police technique et scientifique avaient peu d'espoir de retrouver des indices, mais ils se félicitèrent que les scènes des crimes aient été relativement préservées par ceux qui avaient découvert les corps.

Le Dr Harold Albright émergea d'entre les hautes tiges et se dirigea vers le petit groupe que formaient Joe, Brad et Jeremy. Les restes des deux malheureuses étaient dans un tel état qu'il refusa d'abord de risquer une réponse quant à la date de leurs décès respectifs. Pressé par Joe, il finit par estimer que la mort de la première remontait à six ou huit semaines, et celle de la seconde à environ trois mois.

Joe s'apprêtait à lui poser une autre question, mais il fut interrompu par un cri.

— Par ici !

Une nouvelle victime venait d'être retrouvée.

Harold grommela un juron, tandis que Joe et Jeremy échangeaient un regard. Quant à Brad, il fermait les yeux, blanc comme un linge.

De puissants projeteurs furent allumés pour suppléer la lumière déclinante de cette fin d'après-midi. Ils s'avérèrent d'autant plus nécessaires que les ossements de la troisième victime étaient plus éparpillés que ceux des deux autres.

Les policiers continuèrent à fouiller le champ et finirent par découvrir un quatrième squelette. Celui-ci allait être difficile à identifier, parce que son crâne avait disparu.

— A qui appartient cette parcelle ? demanda Jeremy.

— Je l'ignore, répondit Joe. Il va falloir vérifier ça au cadastre. Je sais que les champs de Ginny MacElroy s'étendent assez loin, et les Rolfe avaient des terres dans ce coin-là, à une époque. Mais je crois me souvenir que la mère d'Eric les a vendues quand elle est partie vivre en Floride.

Un de ses hommes s'éclaircit la voix.

— Cette parcelle appartient désormais aux MacElroy, inspecteur. Comme elle touchait les terrains de Ginny MacElroy, ils ont décidé de la racheter pour constituer un lot homogène.

— C'est logique, murmura Joe. Ginny emploie des gens pour la cultiver, et ces gens-là sont souvent moins consciencieux que ceux qui exploitent leur propre terre.

Il allait falloir s'intéresser de plus près au Dr MacElroy, songea

Jeremy. Se pouvait-il qu'un monstre se cache derrière le visage affable du bon pédiatre ?

Cela paraissait insensé, mais les prisons du monde entier étaient remplies de gens a priori insoupçonnables.

Il leva les yeux vers le ciel. Les derniers feux du soleil couchant rougissaient l'horizon. Son regard se posa ensuite sur les fougères qui s'étendaient à quelques mètres de lui. La lumière crépusculaire devait lui jouer des tours, parce qu'il crut une nouvelle fois distinguer Billy. Droit au milieu des fougères, le garçon lui faisait face, une expression à la fois douce et grave sur le visage. Il avait l'air si réel, avec ses cheveux ébouriffés et son T-shirt blanc, ses mains enfoncées dans les poches de son jean…

Jeremy sourit pour lui-même, songeant que l'explication la plus évidente était souvent la bonne. Le garçon devait être réel, mais ce n'était pas Billy. C'était tout simplement le gamin d'un couple de fermiers du coin qui avait été attiré par les projecteurs de la police.

Mais l'enfant leva le bras, désignant le ciel du doigt comme s'il voulait attirer l'attention de Jeremy sur le soir qui tombait. Puis son bras pivota et son index se tendit en direction de la voiture de location.

Jeremy crut alors l'entendre murmurer.

« Dépêche-toi. »

Et sur ces mots, il disparut.

Il faisait presque nuit, à présent.

Rowenna… Il avait promis à Rowenna d'aller la chercher au musée.

Il tapota l'épaule de Brad.

— Allons-y.

Joe tourna vers lui un visage surpris.

— Vous ne restez pas ?

— Il faut que j'aille chercher Rowenna, expliqua Jeremy.

— On risque de faire d'autres découvertes, ici, dit Joe. Mais vous pouvez partir tranquilles. Je vous appellerai si on trouve quoi que ce soit d'autre.

— Merci, dit Jeremy avant d'entraîner Brad par la manche.

Il marchait à grands pas, sans se soucier du sol irrégulier ni de Brad qui devait presque courir pour le suivre. Alors qu'ils arrivaient près de l'endroit où le premier corps avait été abandonné, Jeremy trébucha sur un obstacle. Il regarda machinalement par terre et remarqua quelque chose qui dépassait de sous la pierre qui avait failli l'envoyer au sol. Il recouvrit ses doigts d'un mouchoir et se saisit délicatement de l'objet.

Son front se plissa. Il s'agissait vraisemblablement d'une carte de visite, mais, tout comme les victimes, elle avait subi les outrages du temps et des éléments. Sans doute se serait-elle désintégrée si elle n'avait pas été plastifiée.

La première chose qu'il parvint à distinguer fut le pentacle dans le coin gauche du rectangle, et la fée dans le coin droit. Il plissa les yeux pour essayer de déchiffrer les caractères tarabiscotés, malgré le peu de lumière et l'état déplorable de la carte.

Magick Mercantile, Adam et Eve Llewellyn, propriétaires, suivi par l'adresse et le numéro de téléphone de la boutique.

N'importe qui avait pu laisser tomber cette carte, peut-être même intentionnellement. Mais il y avait quelque chose collé au dos.

Cela ressemblait à du chewing-gum. Un vieux chewing-gum tout sec.

Et Adam Llewellyn mâchait sans cesse du chewing-gum.

Bien sûr, il faudrait attendre que cette carte de visite soit analysée pour savoir si elle lui appartenait vraiment, mais Jeremy sentit son sang se glacer à l'idée qu'un ami proche de Rowenna puisse être le tueur.

— Joe ! cria-t-il, les mains en porte-voix.

— Salut, Rowenna. Tu bosses pour les Llewellyn, maintenant ?

Elle resta pétrifiée sur place. La porte de la boutique s'était ouverte brusquement alors qu'elle s'apprêtait à en tourner la poignée, et elle avait dû faire un bond en arrière pour éviter de la prendre dans la figure. Mais à présent elle ne bougeait plus un cil, paralysée de peur.

C'était Eric Rolfe. Il lui était apparu tel un géant menaçant à travers la vitre de la porte, mais maintenant qu'il se trouvait devant elle, il avait simplement l'air d'un grand type en anorak.

— Ça va, Rowenna ? Tu n'as pas l'air dans ton assiette.

— Je… je n’arrive pas à trouver Adam et Eve, bredouilla-t-elle d’une voix mal assurée.

— Vraiment ? dit Eric en consultant sa montre. J’ai rendez-vous avec Eve dans trois minutes. Elle est censée me lire les lignes de la main. Je n’arrive pas à croire qu’elle ait pu me poser un lapin.

— Moi non plus, je n’arrive pas à y croire, dit Rowenna en se dirigeant vers la caisse.

— Qu’est-ce que tu fais ? demanda Eric.

— Quelque chose n’est pas normal. J’appelle la police.

— Attends, Rowenna. Je ne pense pas que ce soit une bonne idée.

— Eric, une femme a été étranglée, une autre est portée disparue… et maintenant, Eve !

Elle ne pouvait se résoudre à lui dire qu’Eve soupçonnait son mari d’être le tueur, et qu’il n’était pas là, lui non plus.

De la main, Eric lui fit le geste de se calmer.

— Inutile de se précipiter, Rowenna. Imagine qu’elle soit juste sortie chercher un café ? Les flics sont sur le pied de guerre, en ce moment, et tu vas déclencher les grandes opérations pour rien. Quand as-tu vu Eve pour la dernière fois ?

— Il y a environ vingt minutes.

Il souleva un sourcil.

— Vingt minutes ?

— Oui, elle était là, dans sa boutique.

— Tu vas dire à la police que ton amie a disparu depuis… vingt minutes ?

Eric s’approcha de la caisse et elle réalisa soudain qu’elle n’était plus si certaine de le connaître si bien. Oui, ils avaient grandi ensemble, et alors ? La plupart des psychopathes grandissaient au milieu d’autres enfants.

D’ailleurs, Eric avait toujours été à part, incapable de se faire des copains. Et le seul moyen qu’il avait trouvé pour exister aux yeux des filles et des garçons de son âge avait été de fabriquer des épouvantails qui fichaient la trouille à tout le monde.

Elle le fixa du regard en priant pour que son visage ne trahisse pas sa peur.

D'abord Adam, et maintenant Eric. Ils ne pouvaient quand même pas être tous les deux des assassins.

— Eve n'a pas fermé la boutique à clé, Eric. C'est une chose qu'elle ne fait jamais.

— Ça veut sûrement dire qu'elle n'a pas l'intention de s'absenter longtemps. Elle doit être tout près, Rowenna. Attendons-la tranquillement.

— Non, il faut que je prévienne la police, dit-elle en saisissant le téléphone sans fil.

Elle retint un cri de justesse quand la main d'Eric vint se poser sur son poignet.

— Rowenna, je t'ai dit de ne pas appeler la police.

Une fois dans la Mercedes de location, Jeremy essaya de joindre Rowenna. Mais après une sonnerie, la communication s'interrompit et la maudite icône de recherche de réseau se remit à clignoter en haut de l'écran. La frustration lui arracha un juron.

— Mary va s'en sortir, dit Brad, comme s'il cherchait à s'en convaincre. Dans quelques heures au plus, Adam Llewellyn sera entre les mains de la police et Brentwood lui fera avouer où il la séquestre.

Il ressemblait à une pile électrique. Ses jambes remuaient nerveusement, et il ne cessait d'ajuster sa ceinture de sécurité comme si lui-même se sentait prisonnier.

— Brad, rien ne prouve qu'Adam soit le coupable, objecta Jeremy. N'importe qui a pu prendre cette carte à la boutique et la laisser tomber ici.

Bien sûr, il y avait aussi ce chewing-gum collé au dos de la carte. Jeremy l'avait discrètement signalé à Joe pour ne pas donner trop d'espoir à son ami. Mais cette précaution semblait avoir été inutile.

— Arrête de te voiler la face, Jeremy. Cette carte de visite le dénonce, un point c'est tout. Je regrette juste que tu en aies parlé à Joe. J'aurais voulu l'alpaguer moi-même, ce salaud. Je peux te dire qu'avec moi, il aurait vite craché le morceau.

— On va retrouver Mary, répéta Jeremy pour la énième fois.

Il aurait aimé en être aussi convaincu que le ton de sa voix. Bien sûr, ils finiraient par la retrouver. Mais dans quel état?

Morte ou vivante?

Et même si elle était encore en vie, qui sait ce que ce dingue avait pu lui faire subir?

Nul doute que ces incertitudes taraudaient Brad jour et nuit. Mais Jeremy avait aussi des questions qui lui tournaient dans la tête.

Pourquoi le garçon mort qui hantait ses nuits venait-il aussi hanter ses journées? Pourquoi avait-il désigné le ciel, puis sa voiture?

Et pourquoi lui avait-il dit de se dépêcher?

C'était cette dernière question qui l'inquiétait le plus, parce qu'il avait promis à Rowenna d'aller la chercher au musée. Etre en retard était une chose, arriver trop tard en était une autre…

— Cet Adam est une espèce de sataniste, reprit Brad. Un taré qui sacrifie ses victimes en s'imaginant que le diable lui a confié une mission. Je parie que cette ordure a quitté sa boutique après qu'on y est passé, et qu'il a couru s'installer sous cette tente. Il s'est maquillé, a enfilé un costume et a attendu qu'on se pointe. Il doit être hypnotiseur, ou un truc comme ça. L'encens qui brûlait près de la boule de cristal contenait peut-être une drogue. J'aurais dû m'en douter. J'aurais dû protéger Mary. Tout ça, c'est ma faute…

— Mais non, ce n'est pas ta faute, répondit machinalement Jeremy, distrait par un tracteur qui se traînait devant lui.

Il klaxonna — une fois, deux fois, trois fois —, mais le tracteur resta au milieu de la chaussée. Le conducteur était chez lui et tenait visiblement à le faire savoir.

Jeremy ne pouvait voir si un véhicule arrivait en face, mais cette route était toujours déserte. Il appuya sur l'accélérateur et déboîta pour doubler le traînard.

Dieu merci, le camion qui par malchance venait en sens inverse était suffisamment loin pour que Jeremy parvienne à rabattre la Mercedes avant le choc frontal.

— Bon sang! s'écria Brad en se tournant vers lui.

— Désolé, vieux…

— Au contraire, je ne demande que ça. Si tout le monde faisait preuve d'autant de rapidité et de détermination dans cette enquête, Mary serait déjà dans mes bras.

Jeremy consulta de nouveau l'écran de son portable. Il y avait enfin un réseau. Il pressa la touche Rappel mais Rowenna ne décrocha pas. L'inquiétude se transforma en début de panique.

— Mets les gaz ! dit Brad.

C'était déjà fait.

— Ecoute, Rowenna…

Eric la regardait fixement. Soudain sa voix se fit suppliante.

— Ne va pas leur causer des ennuis, dit-il. Ils forment un gentil couple, tous les deux. Je sais qu'ils ont eu quelques soucis, dernièrement, mais ils vont les surmonter. Si la police s'en mêle, ça ne va pas leur faciliter la tâche.

Il retira sa main du poignet de Rowenna.

— Eric… j'ai le sentiment qu'il se passe quelque chose de grave.

— Assez grave pour appeler la police ?

Il y avait un tueur à Salem. Et même si Eric avait enlevé sa main et semblait sincère…

Elle ne se sentait toujours pas rassurée.

— Très bien, dit-elle. Voilà ce que je te propose : tu restes ici pendant que je vais aller jeter un œil dans le quartier pour voir si je peux la retrouver.

A son grand soulagement, il accepta aussitôt.

— Ça marche. Et si on n'a aucune nouvelle d'elle ou d'Adam d'ici une heure, eh bien… je ne sais pas. On avisera à ce moment-là.

Elle quitta la boutique en se faisant violence pour ne pas courir. Alors qu'elle arrivait devant la porte, elle s'aperçut qu'elle avait oublié son sac à main. Tant pis, elle s'en passerait. Elle n'avait qu'une envie : sortir dans la rue, être entourée de gens. Mais une fois de plus, la porte s'ouvrit brusquement sous son nez.

Trois agents de police en uniforme pénétrèrent dans la boutique.

— Monsieur O'Reilly ? s'écria Rowenna qui venait de reconnaître le premier d'entre eux. Que faites-vous là ?

— Rowenna, tout va bien ? demanda-t-il.

— Oui, pourquoi ?

— Où est Adam Llewellyn ?

— On l'ignore, justement. Que se passe-t-il ?

Dave O'Reilly hésita une seconde, observant du coin de l'œil Eric Rolfe qui s'était rapproché.

— Il est recherché pour être interrogé dans le cadre de l'enquête sur le meurtre de Dinah Green et de quatre inconnues, ainsi que dans l'enquête sur la disparition de Mary Johnstone.

18.

Ils étaient presque arrivés à destination. Jeremy pouvait déjà lire les bannières accrochées sur la façade du musée de l'Histoire. Eclairées par de puissants spots lumineux, elles annonçaient le festival des moissons : Un joyeux désordre! promettait l'une d'entre elles.

Il se gara à cheval sur le trottoir et bondit hors de la voiture. Il était si pressé d'atteindre la porte qu'il ne se rendit pas compte que Brad lui avait emboîté le pas.

Mais le musée était fermé.

Il consulta sa montre. 17 h 30. Il avait une heure de retard.

De rage, il donna un coup de pied dans la porte close.

Il sortit son téléphone portable de la poche intérieure de son blouson et, sans trop y croire, appuya une nouvelle fois sur la touche Rappel.

A sa grande surprise, Rowenna répondit tout de suite.

— Jeremy? dit-elle d'une voix qui lui sembla mal assurée.

— Rowenna, où es-tu? Ça fait vingt minutes que j'essaie de te joindre! Pourquoi ne répondais-tu pas?

Le silence qui salua ces propos lui fit croire, l'espace d'un instant, que la ligne venait encore d'être coupée. Il allait regarder l'écran, de plus en plus nerveux, quand elle se remit à parler.

Sa voix était devenue ferme. Peut-être même un rien agressive.

Ou juste indignée qu'il n'ait pas tenu promesse.

— J'ai essayé de t'appeler, dit-elle.

C'était de la colère. Mais ce n'était pas grave; il ne lui était rien arrivé, et au fond, rien d'autre ne comptait.

— Que fais-tu? demanda-t-il.

— Je te regarde.

Il se tourna et la vit aussitôt, en train de descendre la rue, le portable collé à l'oreille. Dieu merci, elle n'était pas seule. Il fut soulagé et heureux de voir Zach trotter à son côté.

Jeremy rangea son téléphone tandis que Rowenna parcourait les derniers mètres qui les séparaient. Il la prit dans ses bras, lançant un clin d'œil à son petit frère en réponse à la lueur amusée qu'il venait de surprendre dans son regard. Quelques secondes plus tard, c'était au tour de Zach de tomber dans les bras de Jeremy, pour une accolade plus virile mais non moins chaleureuse.

Brad et Zach se saluèrent ensuite, échangeant une solide poignée de main.

— Il y a de l'animation, dans cette ville, dit Zach.

— Comment ça ? demanda Jeremy en regardant alternativement son frère et Rowenna.

— J'ai rencontré Rowenna juste au moment où elle sortait d'une boutique cernée par la police, expliqua Zachary. Apparemment, d'autres corps ont été découverts dans un champ de maïs.

Jeremy hocha sombrement la tête.

— Quatre, oui.

— Je vois qu'on ne t'apprend rien, nota son frère.

— Ils ont arrêté Adam Llewellyn ? demanda Brad d'une voix tendue.

— Pas que je sache, répondit Zach.

Jeremy posa la main sur l'épaule de Brad.

— Ne t'en fais pas, Joe nous tiendra au courant.

— Magick Mercantile était ouvert, mais personne ne se trouvait à l'intérieur, dit Rowenna. Je suis très inquiète pour Eve, ajouta-t-elle avant de secouer la tête d'un air accablé. Tout ça, c'est ma faute…

— Ta faute ? Pourquoi dis-tu ça ? demanda Jeremy.

— On pourrait peut-être en parler ailleurs que dans la rue, suggéra Zach. Mes affaires sont encore dans la voiture de location, et je ne serais pas mécontent de me rafraîchir un peu avant de m'asseoir dans un endroit confortable pour que tu me mettes au courant de la situation, Jeremy. Et puis, il me semble que Rowenna a des choses à te dire.

Il jeta un regard par-dessus son épaule avant de se tourner vers elle.

— Où est passé ton ami ? Je croyais qu'il nous suivait.

— Non, il m'a dit qu'il allait boire un verre.

— Quel ami ? demanda Jeremy d'une voix autoritaire.

— Eric. Il était dans la boutique avec moi.

— Attends une minute, dit Jeremy. Tu étais seule avec Eric Rolfe dans la boutique des Llewellyn ?

— Difficile d'attendre dans un musée fermé, répliqua-t-elle vivement, agacée par le ton inquisiteur de Jeremy.

— Allons dans cette maison que tu as louée, proposa Zach qui n'avait aucune envie d'assister à une querelle d'amoureux.

— Allez-y sans moi, dit Brad. On se retrouvera plus tard.

— Où est-ce que tu vas ? demanda Jeremy.

— Je vais chercher cette ordure d'Adam Llewellyn. Il faut que je retrouve Mary, et il n'y a que lui qui puisse me dire où elle est.

— Je ne peux pas te laisser faire ça, Brad. Si tu touches à lui, tu vas te retrouver en prison. D'autant qu'Adam n'est encore qu'un suspect. Laisse la police de Salem faire son boulot et viens avec nous, d'accord ?

Brad le fixa longuement du regard.

— Si c'était Rowenna qui avait disparu, dit-il finalement, toi aussi tu partirais à sa recherche. Et n'essaie pas de prétendre le contraire, Jeremy.

Jeremy se contenta de dévisager son ami en silence avant de se tourner vers son frère. Zach acquiesça d'un discret mouvement de tête sans qu'il ait à prononcer une parole.

— Rowenna, dit le plus jeune des frères Flynn, tu me montres où est cette maison ? Ils nous rejoindront plus tard, tous les deux.

Un sourire glacé se dessina sur les lèvres de Rowenna tandis qu'elle croisait le regard de Jeremy.

— Je n'irai nulle part avant de t'avoir expliqué ce que j'ai appris et que j'essaie de te dire depuis des heures.

— Très bien, je t'écoute.

Brad et Zach l'écoutèrent aussi raconter ce qu'Adam lui avait confié au sujet de ses pertes de conscience prolongées, ainsi que les soupçons d'Eve, renforcés par la découverte d'un livre de sortilèges dans le bureau de son mari. Jeremy ne put s'empêcher de froncer les sourcils quand elle avoua s'être rendue seule dans le cimetière pour aider une jeune femme qui lui semblait en danger, puis quand elle lui répéta avoir trouvé la boutique ouverte mais déserte à son retour.

— Alors, comme ça, même sa femme le croit coupable ? lança Brad quand elle se tut.

— Rien ne dit qu'elle ait raison, souligna Rowenna. Mais...

Sa voix un peu rauque et ses yeux ambrés le rendaient fou, songea Jeremy tandis qu'elle se tournait vers lui.

— Tu as dit que la police avait découvert quatre nouveaux corps, c'est ça ?

Il hocha la tête.

— Tu es sûr qu'il y en avait quatre ? insista-t-elle.

— Oui. J'ai moi-même trouvé le premier, Brad le second, et les hommes de Joe en ont découvert deux de plus.

— Alors ça fait cinq avec Dinah Green.

— Oui, déjà cinq, dit Jeremy avec un soupir. Et va savoir s'il n'y en a pas d'autres quelque part.

— Il lui en faut sept, dit Rowenna.

— Sept ?

Elle leur révéla ce qu'elle avait lu dans le livre d'Adam, puis expliqua être retournée dans la bibliothèque du musée de l'Histoire et y avoir découvert un texte évoquant les sept femmes que le Moissonneur devait sacrifier pour devenir le dieu du mal.

— Mary..., murmura Brad d'une voix blanche. Mon Dieu, il faut la retrouver !

Sans rien d'autre à faire que d'attendre des nouvelles de Joe, ils se rendirent tous — y compris Brad qui avait renoncé à son expédition punitive — chez Jeremy. Ils dînèrent ensuite sans appétit dans un restaurant du centre historique, Rowenna et Jeremy se relayant pour mettre Zach au courant de l'affaire et de ses derniers rebondissements.

Vers 22 heures, alors qu'ils bavardaient autour d'un verre en se demandant comment occuper utilement la soirée, Rowenna s'écria soudain :

— Le cimetière !

— Pardon ? dit Jeremy.

— Adam a dû se réfugier dans le cimetière.

— C'est fermé à cette heure-ci, nota-t-il.

Elle le regarda avec une moue incrédule.

— Jeremy, un pékinois pourrait escalader ce muret !

Il soupira. Il n'avait pas envie qu'elle s'approche de cet endroit. Après tout, Mary y avait disparu alors que Brad se trouvait à quelques mètres d'elle. D'un autre côté, ils étaient trois pour la protéger, et il n'avait pas l'intention de la perdre de vue, ne serait-ce qu'une seconde.

— D'accord, dit-il. Allons y jeter un œil.

Moins de dix minutes plus tard, alors qu'ils venaient d'enjamber le muret, Jeremy fut stupéfait de distinguer la silhouette d'un homme assis en tailleur sur une tombe.

— Salaud ! gronda Brad en se précipitant vers Adam, qui resta étrangement immobile malgré la menace.

Jeremy s'élança à son tour et se jeta sur son ami, mais Brad avait eu le temps de faire tomber Adam et de lui assener un coup de poing.

— Tu vas me dire où est ma femme, espèce d'ordure ? cria-t-il sans se soucier des efforts de Jeremy pour le maîtriser. Hein ? Où est-elle ? Dis-moi où est Mary !

Jeremy essayait de bloquer les bras de Brad pendant que Zach tirait Adam par les épaules pour le mettre à l'abri des coups. Mais la tâche n'était pas aisée, l'adrénaline décuplant les forces de Brad.

Adam ne cherchait même pas à se défendre.

— Je ne sais pas où elle est, balbutia-t-il, la lèvre en sang et le visage inondé de larmes. Je vous jure que je n'en sais rien. Si seulement je le savais, je vous aiderais… Je vous jure que je vous aiderais à la retrouver…

Jeremy, à terre en train de ceinturer Brad, se rendit vaguement compte que Rowenna était au téléphone. Quelques secondes plus tard, le hurlement des sirènes de police déchira la nuit. Pourtant, Adam ne chercha pas à s'échapper. Il restait là, prostré, l'air profondément abattu, tandis que Jeremy parvenait enfin à immobiliser son ancien équipier.

Les policiers ne tardèrent pas à investir le cimetière, mais Jeremy n'osa pas relâcher Brad avant qu'Adam ait disparu entre deux agents en uniforme. Brad ne se releva pas tout de suite, haletant au sol tandis que Jeremy se mettait debout, tant bien que mal, sous l'œil attentif de son frère.

Une autre voiture, gyrophares allumés, se gara à l'intérieur même du cimetière, dont les grilles avaient été ouvertes à l'aide d'un coupe-boulon. Joe Brentwood en sortit et se dirigea droit vers Jeremy qui lui présenta son frère et lui raconta ce qui venait de se passer.

Après avoir attentivement écouté ces explications, Joe pointa un doigt furieux vers Brad.

— Ecoutez, mon vieux, je sais que c'est dur pour vous, mais nous n'avons pas l'ombre d'une preuve contre Adam Llewellyn. S'il a vraiment enlevé votre femme, on fera ce qu'il faut pour qu'il se mette à table et on vous la ramènera. Mais en attendant, il va falloir vous calmer. Vous allez regagner votre hôtel et ne plus en sortir avant demain matin. Si un de mes hommes vous surprend en train de traîner dans les rues ce soir, je vous fais arrêter. Et croyez-moi, je trouverai une manière de vous garder enfermé jusqu'à ce que cette affaire soit terminée. Nous nous sommes bien compris, monsieur Johnstone ?

Brad, visiblement calmé, acquiesça d'un signe de tête.

— Montez dans ma voiture, dit Joe d'une voix plus douce. Je vais vous ramener à votre bed and breakfast.

Alors qu'il s'apprêtait à démarrer, Brad assis à ses côtés, Rowenna lui fit signe de baisser sa vitre.

— Toujours aucune nouvelle d'Eve ? demanda-t-elle.

Joe secoua lentement la tête.

— Non, désolé, dit-il. Rowenna, fais-moi le plaisir de fiche le camp d'ici, d'accord ? Ce cimetière commence à me rendre nerveux, moi aussi.

Malgré l'heure tardive, Jeremy conduisit Rowenna chez elle pour qu'elle puisse y prendre quelques vêtements propres. Alors qu'ils repartaient en direction de la ville, Rowenna regarda la propriété des MacElroy à travers la vitre de la Mercedes.

— Avec tout ce qui se passe en ce moment, il ne faut pas que j'oublie d'aller voir Ginny pour essayer la robe qu'elle m'a confectionnée.

Qu'attendait la mairie de Salem pour annuler le festival des moissons ? se demanda Jeremy. Un sixième corps ?

De retour dans la maison louée, il abandonna Zach et Rowenna pour aller prendre une douche.

Une fois sous le jet, il régla l'eau aussi chaude que possible, comme si cela pouvait laver sa mémoire des corps putréfiés qui la souillaient. Après quelques minutes de ce traitement, les femmes assassinées, Adam Llewellyn et même le fantôme de Billy se diluèrent dans les brumes de sa fatigue. Lorsqu'il redescendit, il trouva Rowenna et son frère attablés dans la cuisine, deux bouteilles de bière ouvertes devant eux. Il en attrapa une troisième dans le réfrigérateur et s'assit à côté de Rowenna.

Ils buvaient en silence quand un bruit soudain les fit bondir sur leurs chaises. L'instant d'après, Jeremy éclata de rire. Il y avait un fax sur le bureau victorien du salon. Il se leva et alla ramasser les feuilles imprimées qui venaient d'en sortir. Il s'agissait d'une liste des clients présents au bar de l'Hawthorne le soir où Dinah Green y avait été vue pour la dernière fois. La police, qui l'avait établie à partir des reçus de cartes bancaires fournis par Hugh, l'avait agrémentée d'adresses et de numéros de téléphone. Les habitants de Salem étaient regroupés en tête de liste, suivis de ceux qui vivaient dans le Massachusetts, puis enfin des touristes domiciliés dans les autres Etats, voire dans d'autres pays.

Jeremy revint dans la cuisine et expliqua à son frère de quoi il s'agissait.

— Pourquoi est-ce que Brentwood t'envoie ça maintenant ? demanda Zach. Tu penses qu'il ne croit pas à la culpabilité d'Adam Llewellyn ?

« Bonne question », songea Jeremy, qui prit le temps de réfléchir avant de répondre.

— Je l'ignore. Il a peut-être des doutes… Moi aussi, j'en ai. Pourtant, il y a quelque chose qui me chiffonne. Quelque chose dont je n'ai pas parlé à Brad. Il est déjà suffisamment remonté contre Adam et je n'ai pas voulu jeter de l'huile sur le feu.

— Quoi ? demanda Rowenna d'une voix impatiente.

— Je pense que tu seras d'accord avec moi pour dire que n'importe qui aurait pu abandonner cette carte de visite là où je l'ai trouvée. Seulement, il y avait un vieux chewing-gum collé au dos. Et Adam… Adam mâche sans cesse du chewing-gum. D'un autre côté, tous les corps ont été retrouvés dans des champs appartenant aux MacElroy, et Joe va devoir les interroger de nouveau. Bien entendu, une dame de quatre-vingts ans ne peut pas être suspectée, mais son neveu, par contre…

— Le Dr MacElroy était mon pédiatre ! s'écria Rowenna.

— Et Adam est ton ami, répliqua Jeremy avant de se tourner vers son frère. Pour répondre à ta question du mieux que je peux, je dirais que Joe Brentwood n'a aucune preuve de la culpabilité d'Adam. Et comme c'est un bon flic, il continue à suivre toutes les pistes en attendant des aveux ou des éléments de preuves plus probants.

Zach hocha la tête et se tourna vers Rowenna.

— Et toi, demanda-t-il d'une voix douce, qu'est-ce que tu penses de tout ça ?

Elle haussa les épaules en inspirant profondément, les traits crispés par l'angoisse.

— Je ne sais pas… Mais Eve aussi a disparu, maintenant, et… si j'ai vu juste, le tueur a besoin de sacrifier sept femmes. Pour le moment, on n'a retrouvé que cinq cadavres, mais avec Mary et Eve…

Zach lui prit la main.

— On va les retrouver. Toutes les deux.

— Hank Brisbin…, dit Jeremy, qui tournait et retournait dans sa tête les informations que Rowenna leur avait communiquées plus tôt à propos des quatre célèbres criminels. Tu m'as dit que sa maison avait été entièrement brûlée par une foule en colère, n'est-ce pas ?

Elle hocha la tête.

— Rowenna, où se trouvait cette maison ?

— Je l'ignore. Tout ce que je sais, c'est qu'elle était située en bordure d'un champ.

— Je me pencherai sur la question demain matin, dit Zach.

— Non, si tu veux bien, j'aimerais que tu ailles plutôt faire un saut chez les MacElroy avec Rowenna. Discutez un peu avec Ginny, essayez de voir si elle se souvient d'autre chose. Après tout, c'est son témoignage qui nous a permis de découvrir ces quatre nouveaux corps.

— On peut y aller sous prétexte d'essayer ma robe, dit Rowenna.

— Parfait, dit Jeremy. Comme ça, elle sera plus détendue que si elle a le sentiment que vous venez l'interroger.

Et puis Zach avait l'habitude de ce genre d'exercice, songea-t-il. Tout comme lui, il savait tirer les vers du nez de ses interlocuteurs sans avoir l'air d'y toucher.

— Oh ! s'écria-t-elle brusquement.

— Quoi ?

— Il y avait un livre.

Les deux frères la regardèrent sans comprendre.

— Brad m'a dit que Mary avait un livre à la main au moment de sa disparition, expliqua-t-elle. Un guide des symboles funéraires. On a retrouvé son sac et son portable, mais pas ce petit guide. Ce n'est peut-être qu'un détail, mais ça m'a frappée quand Brad m'en a parlé, et je viens juste d'y repenser.

— Si on retrouve ce guide…, murmura Zach, songeur.

Rowenna soupira.

— Malheureusement, Brad pense que c'est un livre très commun. Le genre de guide qui se vend un peu partout. Je me demande d'ailleurs si je n'en possède pas un exemplaire à la maison.

Elle se leva en réprimant un bâillement.

— Si vous n'y voyez pas d'inconvénient, je crois que je vais aller prendre une douche et me coucher.

— Bonne nuit, dit Zach.

Jeremy se contenta de lui faire un petit signe de la main avant de la regarder s'éloigner, le front soucieux. Elle lui avait paru très tendue. Comment aurait-il pu en être autrement ? Eve venait de disparaître et Adam semblait avoir perdu la raison. N'importe qui à sa place aurait été nerveux.

— Alors c'est la liste des clients présents au bar de l'Hawthorne le soir où Dinah Green s'est volatilisée ? demanda Zach en saisissant les feuilles sorties du fax. Tu penses que certains d'entre eux l'ont vue quitter les lieux et pourraient nous dire avec qui elle est partie ?

— Oui. La liste des clients qui ont payé avec une carte bancaire, en tout cas. Le type avec qui elle est arrivée et avec qui elle a passé une bonne partie de la soirée était à Boston au moment où Mary a disparu. On a vérifié son alibi. Et je suis persuadé qu'il n'a rien à voir non plus avec cette série de meurtres.

Il donna à son frère les raisons pour lesquelles Richardson était innocent à ses yeux, ainsi que celles qui le poussaient à croire que le tueur était du cru.

— Ça me paraît logique, dit Zach en commençant à parcourir la première partie de la liste, qui regroupait les résidents de Salem.

Elle contenait surtout des noms qui ne disaient rien à Jeremy, mais il en reconnaissait tout de même un certain nombre, parmi lesquels Adam Llewellyn, Ginny MacElroy, Eric Rolfe et Daniel Mie.

— Tu as vu ? s'écria Zach. Joe Brentwood figure dans cette liste !

— Ah oui ?

Zachary plissa les yeux pour lire les informations associées au nom de l'inspecteur.

— Il a réglé trois bières quelques minutes avant minuit. Il est indiqué que deux autres policiers l'accompagnaient ; l'agent O'Reilly et l'agent Macnamara. J'ai aussi une Celia Preston, soixante et onze ans, qui vit seule et possède une boutique ésotérique. Tu vois, si Llewellyn est finalement innocenté, tu n'auras que l'embarras du choix. Ceci dit, je dois reconnaître que cet Adam avait l'air d'avoir un grain.

Jeremy lui prit la feuille des mains.

— Ginny McElroy figure sur cette liste, dit-il. Ce qui veut dire que son neveu se trouvait également dans le bar, ce soir-là. Le champ où Dinah Green a été retrouvée appartient à Mme MacElroy, ainsi que celui où ont été abandonnées les quatre autres victimes. A moins qu'il n'appartienne au docteur. Ça reste à déterminer.

— Et Brad ? demanda Zach. Qu'est-ce que tu comptes faire de lui ? Il faudrait trouver quelque chose pour l'occuper, tu ne crois pas ?

— Tu as raison. S'il reste à se tourner les pouces, ça risque de mal finir. Je vais lui demander de contacter tous les non-résidents de la liste. Ça va lui faire du bien de se retrouver dans la peau d'un flic.

— Bonne idée, approuva Zach. Et sait-on jamais… Il va peut-être tomber sur quelque chose d'intéressant.

Jeremy se leva. Il était épuisé.

— Je monte me coucher. Fais comme chez toi, Zach.

— Merci. Je vais aller faire un tour sur internet, voir si je peux localiser la maison de ce Brisbin.

— Vas-y, petit frère, dit Jeremy avec un sourire. Sonde le cybe-respace et rapporte-nous l'adresse de ce vieux Hank.

Quand il arriva dans la chambre, Rowenna dormait déjà.

Elle se lova dans ses bras dès qu'il se glissa sous la couette, et cette nuit-là, chacun se contenta de la chaleur de l'autre.

Cinq minutes plus tard, il dormait comme un loir.

Rowenna songeait qu'elle avait toujours apprécié la compagnie de Zach, tandis qu'ils roulaient vers la maison des MacElroy. Il ressemblait beaucoup à Jeremy, mais ses yeux étaient bleus et ses cheveux avaient des reflets roux.

Comme Jeremy, Zach était passionné de musique. En marge de son ancien travail au service médico-légal de la police de Miami, il avait investi ses économies dans plusieurs studios d'enregistrement et produisait aujourd'hui de jeunes talents qu'il dénichait dans les circuits underground de la ville. Il avait décidé de quitter la police et de rejoindre ses frères le jour où il avait été appelé dans un squat où un homme sous l'emprise du crack avait mis son bébé dans un four à micro-ondes. Apparemment, le nourrisson faisait trop de bruit en pleurant.

Et puis, Zach s'était toujours montré aimable avec elle, son attitude ayant spectaculairement contrasté avec celle affichée par Jeremy durant presque toute la durée de son séjour à La Nouvelle-Orléans.

En confiance, elle se surprenait à lui révéler des choses qu'elle n'avait pas osé dire à Jeremy, par crainte de son mépris pour tout ce qui touchait au paranormal.

Zach l'écouta attentivement, sans la juger, quand elle lui raconta ses premiers cauchemars avec les champs de maïs et l'épouvantail humain. Elle lui avoua même s'être rendue dans le cimetière avec Eve et Brad pour essayer de ressentir ce qu'avait vécu Mary, ainsi que sa certitude que le ravisseur était une sorte de maître hypnotiseur.

— C'est une possibilité, dit Zach. Mais comment aurait-il pu t'hypnotiser quand tu étais à La Nouvelle-Orléans ?

— Je ne sais pas. C'est vrai que ça paraît insensé.

Elle soupira longuement.

— La vérité, c'est que je n'y comprends rien, dit-elle.

Un silence suivit ces mots, mais il n'avait rien de pesant. Après quelques minutes, elle demanda à Zach si cela ne le dérangeait pas de passer d'abord chez elle pour qu'elle vérifie quelque chose. Il accepta volontiers et elle lui indiqua le chemin.

Elle était morte d'angoisse pour Eve. Mais que pouvait-elle faire de plus que prier pour qu'on la retrouve saine et sauve ? La police la recherchait activement, et Jeremy se trouvait avec Joe à la brigade criminelle, où Adam répétait inlassablement qu'il ignorait où était sa femme. Une psychiatre avait même été appelée dans la salle d'interrogatoire… Non, vraiment, Rowenna ne voyait pas comment elle aurait pu contribuer aux efforts déployés pour retrouver son amie.

En allant au cimetière ! songea-t-elle soudain. Elle était convaincue que, d'une façon ou d'une autre, la clé du mystère se trouvait parmi les tombes anciennes.

Alors qu'elle pénétrait chez elle, Rowenna se souvint de sa surprise, le soir où elle était rentrée de La Nouvelle-Orléans, d'avoir trouvé la maison plongée dans le noir. Ginny prenait son rôle tellement à cœur, d'ordinaire. Mais à son âge, un oubli était compréhensible. Bien sûr, si Jeremy avait été là, il lui aurait rappelé que le Dr MacElroy figurait toujours sur la liste de suspects.

Elle secoua la tête avec un sourire incrédule. Son ancien pédiatre, un tueur en série ? Et puis quoi encore ?

Elle se mit à fouiner parmi ses livres pendant que Zach faisait un tour sur internet. Elle possédait un guide sur l'art funéraire, et elle voulait le montrer à Brad pour qu'il lui dise s'il s'agissait du même que celui de Mary.

Mais elle ne le trouva pas.

Curieux… Elle n'était pas maniaque avec ses livres, mais elle les aimait et en prenait soin. Et même si ce n'était qu'un guide sans valeur, elle savait pertinemment qu'elle ne l'avait pas retiré de ces étagères. Elle passa encore plusieurs minutes à le chercher, songeant qu'il s'était peut-être glissé entre deux livres plus volumineux, puis dut se rendre à l'évidence : il n'était plus là. Ce constat lui procura un profond sentiment de malaise. Seule Ginny avait pu pénétrer chez elle en son absence, mais jamais sa voisine n'aurait emprunté un livre sans le lui dire. Et puis qu'est-ce que la vieille dame aurait pu faire d'un guide sur l'art et le symbolisme funéraire ?

Et si ce n'était pas Ginny, cela signifiait que quelqu'un s'était introduit à son insu dans la maison.

Depuis des mois et des mois elle n'avait pas consulté ce guide, songea-t-elle. Sa mémoire lui jouait peut-être des tours. Elle avait dû le prêter et elle ne s'en souvenait plus, voilà tout.

Mais au fond d'elle, Rowenna savait que ce n'était pas le cas.

Perturbée, elle alla rejoindre Zach qui leva vers elle un visage ravi.

— Regarde un peu ça, dit-il en pointant du doigt l'écran de l'ordinateur. C'est la retranscription intégrale des derniers mots de Hank Brisbin avant sa pendaison. Il se présente, je cite, comme « Damien, serviteur de Satan », et affirme qu'il reviendra sous forme humaine se venger des descendants de ceux qui l'ont condamné et exécuté quand — je cite encore — « les sept auront péri et que je régnerai sur ce monde ».

— Damien…, murmura Rowenna. Comme le voyant que Brad soupçonne.

— Oui, je sais.

— Adam s'intéresse à tout ce qui a trait au diable depuis quelque temps. Il a pu tomber sur les dernières paroles de Brisbin et décider de se faire appeler Damien.

Elle s'interrompit un instant, hésitante.

— Après avoir dit le contraire à la police, Eve m'a finalement avoué qu'il a quitté la boutique pendant un bon moment, le jour d'Halloween.

— Mais de là à installer une tente décorée avec soin…, fit remarquer Zach. Surtout que d'après ce que j'ai compris, le Damien en question n'avait pas fait les choses à moitié. Je vois mal un type qui s'occupe d'une boutique avec sa femme trouver le temps de mettre tout ça en place.

— Tu as raison, admit Rowenna.

— Allons chez les MacElroy. Je vais appeler Jeremy pour voir s'il a pu obtenir des informations sur la maison de Brisbin. Les archives consultables en ligne sont incomplètes et je n'arrive pas à la situer. Il faut que quelqu'un se rende au cadastre et fouille dans les dossiers. On devrait avoir la réponse avant ce soir.

— Ce soir, soupira Rowenna. Et le festival des moissons commence demain.

— Ce n'est pas un peu tôt ? demanda Zach.

— Le festival dure jusqu'à Thanksgiving. D'ordinaire, c'est une grande fête, à Salem, mais j'ai peur que la reine n'ait du mal à sourire, cette année.

Joe et Jeremy étaient assis dans la cafétéria de l'hôpital où Adam passait une batterie de tests psychologiques.

— La mairie et les organisateurs du festival se sont réunis hier soir, dit Joe d'un ton dégoûté. Mais ils nous ont expliqué qu'on avait déjà un suspect derrière les barreaux et que tout annuler maintenant coûterait trop cher aux contribuables. Bien sûr, on a mobilisé tous nos gars, et les polices des villes avoisinantes nous ont également proposé du renfort. Mais si Adam n'est pas coupable et que le véritable tueur est aussi habile à se déguiser que je le pense, je ne sais pas comment on va faire pour le repérer dans la foule.

Il s'interrompit pour boire une gorgée de café.

— Le FBI ne va pas tarder à entrer dans la danse, reprit-il d'un ton maussade. Ils vont nous envoyer quelqu'un du bureau de Boston dès que possible.

Il regarda soudain Jeremy d'un air interrogateur.

— Au fait, qu'est-ce que vous faisiez dans ce champ, hier soir ?

— Les lumières.

— Les lumières ?

— Ginny MacElroy m'avait dit avoir aperçu des lumières dans ce coin-là. Elle avait même précisé : comme celles d'une soucoupe volante, ajouta Jeremy, un sourire dans le regard.

— La vérité sort de la bouche des enfants… et des vieillards, fit remarquer Joe avec un rire fatigué. Je me souviens que vous m'en aviez parlé, mais je m'étais dit qu'elle devenait gâteuse. Bien joué, Jeremy.

Jeremy songea qu'il semblait épuisé. Ce qui n'était pas étonnant. Il était sur le pied de guerre depuis la disparition de Mary.

— Merci pour le fax que vous m'avez envoyé hier soir, dit-il. J'ai été surpris de voir votre nom sur cette liste.

— Oui, je suis passé au bar de l'Hawthorne ce soir-là avec deux de mes gars. Mais aucun d'entre nous n'a remarqué Dinah Green.

— Alors pourquoi avoir laissé votre nom sur la liste ?

— J'ai mis tous les noms sur la liste. Je ne vois pas pourquoi j'aurais retiré le mien ou ceux de mes collègues.

Joe croisa les bras et toisa Jeremy du regard.

— C'est quoi ? Un interrogatoire ? Je fais partie des suspects, maintenant ?

Jeremy serra les lèvres pour ne pas sourire.

— Ma foi… Vous êtes du coin, que je sache.

— Touché. Vous m'auriez déçu si vous n'aviez pas été honnête avec moi.

Un silence morose s'installa entre les deux hommes. Jeremy fut le premier à le rompre.

— Toujours aucune nouvelle d'Eve Llewellyn ?

— Non. Vous avez vu comme moi l'attitude de son mari. Il adopte tout de même une curieuse ligne de défense, vous ne trouvez pas ? Il faut être gonflé pour prétendre qu'il ne se souvient de rien entre le moment où il est allé voir Rowenna au musée de l'Histoire et celui où vous l'avez retrouvé dans le cimetière… Gonflé ou givré, ajouta-t-il avec une moue incertaine. Adam dit tout et son contraire. Il est à la fois terrifié à l'idée d'avoir pu commettre des choses horribles et il jure en même temps qu'il ne ferait pas de mal à une mouche, et encore moins à sa femme. Mais pour Mme le maire et les organisateurs du festival, tout ce qui importe c'est qu'on ait arrêté quelqu'un. Ils ne semblent pas se rendre compte du danger qu'ils font courir à la population.

— Vous ne croyez pas vraiment à la culpabilité d'Adam, n'est-ce pas ?

— La vérité, c'est que je n'ai aucune certitude pour le moment. Bon Dieu, grommela Joe, Salem était une petite ville tranquille qui avait su faire de son triste passé une attraction touristique. Et voilà ce qui nous tombe dessus… Un tueur en série qui se prend pour le diable.

Il secoua la tête d'un air si abattu que Jeremy se demanda s'il n'était pas tenté de baisser les bras.

— Ça dépasse de loin toutes les affaires que j'ai eu à traiter au cours de ma carrière.

Le portable de Joe sonna à ce moment-là. Il répondit de quelques paroles brèves et raccrocha.

— Venez, dit-il à Jeremy. La psy a demandé à une neurologue d'examiner Adam. Allons voir ce qu'ils ont trouvé.

— Je vous suis.

— Alors, il est fou ? demanda Joe à l'instant où ils pénétrèrent dans la pièce où les attendaient la psychiatre et la neurologue.

— Pas le moins du monde, répondit la psychiatre, le Dr Detweiler. Il est rongé par l'angoisse mais il n'est pas sujet au délire, n'a pas d'hallucinations et ne présente aucun signe de psychose paranoïaque ou de dédoublement de la personnalité. Après un moment, j'ai fini par penser que cet homme souffrait plus d'un problème physique que psychologique. C'est pourquoi j'ai fait appel au Dr Lauder, dit-elle en se tournant vers sa collègue.

— J'ai encore un certain nombre d'examens à pratiquer sur le patient, dit le Dr Lauder, et je n'ai pas reçu tous les résultats de ceux qu'il a déjà subis. Mais j'ai le sentiment très net qu'il souffre d'une forme rare d'épilepsie. Il n'a pas de convulsions, comme dans la forme la plus courante de la maladie, mais une partie de son cerveau se met en veille lors des crises, causant des pertes de conscience et de mémoire, voire des hallucinations psychotiques. On ne guérit pas de cette affection, mais elle se gère assez bien avec la médication appropriée. Vous pouvez aller le voir maintenant, si vous le souhaitez.

La chambre d'Adam était sous bonne garde. Il était attaché à son lit et ne semblait pas — loin s'en faut — au mieux de sa forme.

Mais il avait l'œil clair et il tint des propos sensés quand Joe et Jeremy s'approchèrent.

— Vous avez retrouvé Eve ? demanda-t-il, les traits déformés par l'angoisse.

— Non, désolé, répondit Joe.

— Je ne ferais jamais de mal à ma femme, jamais, murmura Adam. Je l'aime depuis que je suis tout gamin, vous savez.

— Adam, on a ramassé la carte de visite de votre boutique tout près de l'endroit où de nouvelles victimes ont été découvertes, dit Jeremy.

— Ça ne peut pas être moi. Je ne peux pas avoir eu une absence suffisamment longue pour commettre des meurtres… Si ?

Il leur jeta un regard horrifié. Suppliant.

— Oh, mon Dieu… Si j'ai fait une chose pareille, je veux être exécuté.

— La peine de mort n'existe pas dans le Massachusetts, dit Jeremy d'un ton neutre.

Adam ignora cette remarque.

— Une carte de la boutique ? dit-il. Mais… N'importe qui a pu en prendre une dans la corbeille qui se trouve près de la caisse.

— Monsieur Llewellyn, dit Joe, il y avait un chewing-gum collé au dos de cette carte.

Adam regarda alternativement les deux hommes.

— Non… Non… C'est une machination. Quelqu'un essaie de me piéger. Quelqu'un qui sait que j'ai des absences. Vous devez me croire. Jamais je n'aurais pu commettre des actes aussi monstrueux. Je suis sûrement victime d'un coup monté.

Ses bras tiraient machinalement sur les attaches qui le retenaient au lit.

— Je n'ai pas commis ces crimes, reprit-il en lançant un regard désespéré à Jeremy. Ne perdez pas de temps avec moi, je vous en prie. Vous devez mettre la main sur le vrai coupable avant qu'il ne fasse du mal à ma femme. J'ai moi-même beaucoup lu sur le passé, ces derniers temps. Sur les satanistes. Ce dingue va en tuer sept. Et Eve est entre ses mains !

Quand Ginny leur ouvrit la porte, son habituel sourire avait cédé la place à une mine horrifiée.

— Oh, mon Dieu ! s'exclama-t-elle. J'ai entendu dire qu'Adam a été arrêté. Qui aurait pu penser que ce gentil garçon était en réalité un tueur ? Il ne reste plus qu'à espérer qu'il avoue où il séquestre cette pauvre Eve et cette autre femme qui a disparu, et qu'on les retrouve saines et sauves, toutes les deux. Au moins, on n'a plus rien à craindre, maintenant qu'il est entre les mains de la police. Entrez, entrez… Oh, mais vous n'êtes pas Jeremy, dit Ginny en plissant les yeux derrière ses lunettes rondes.

— Je suis son frère, madame MacElroy, dit poliment Zach. Je m'appelle Zachary.

— Soyez le bienvenu chez moi, Zachary, dit-elle en l'étudiant de la tête aux pieds. Vous n'avez qu'à nous attendre dans la cuisine, juste là, pendant que je pare notre reine de ses plus beaux atours. J'ai fait des biscuits et il y a du café sur le fourneau. A moins que vous ne préfériez du thé ?

— Le café me va très bien, merci, dit Zach en s'éloignant vers la cuisine.

Ginny se tourna vers Rowenna.

— Et toi, file là-haut !

Mais avec ses yeux rieurs et ses lunettes qui lui glissaient du nez, Ginny n'était pas crédible quand elle jouait à la vieille dame autoritaire.

Tandis qu'elle gravissait les marches de l'escalier, Rowenna vit Zach changer de direction dès que Ginny eut le dos tourné. Du coin de l'œil, elle le regarda revenir sur ses pas sur la pointe des pieds et marcher vers le bureau du Dr MacElroy.

A l'étage, Ginny parla de tout et de rien : l'organisation du festival était un travail colossal, mais c'était bon pour le tourisme. C'était terrible, vraiment terrible, toutes ces femmes assassinées là, quasiment sous leur nez. Dieu merci, Jeremy était un garçon avisé. Il l'avait prise au sérieux quand elle avait parlé de ces lumières.

Alors qu'elle écoutait distraitement Ginny en essayant son costume, Rowenna se mit à espérer qu'il ne ferait pas trop froid pendant la durée du festival. Si la cape — en velours brun orné de feuilles d'automne — était chaude, il n'en allait pas de même pour ce qu'elle devait porter dessous. Hormis une paire de collants et une combinaison légère, la robe elle-même était en mousseline, décorée ici et là d'autres feuilles de satin. Heureusement, les bottes marron étaient doublées de fourrure, tout comme les gants assortis.

Une fois Rowenna entièrement habillée en Reine des moissons, Ginny fit quelques pas en arrière pour admirer son œuvre.

— Oh…, s'exclama-t-elle en se frappant les mains l'une contre l'autre. Tu es parfaite, ma chérie. Absolument parfaite. Allons montrer à ton ami comme tu es ravissante, d'accord ?

Zach avait-il eu le temps de fouiller le bureau du pédiatre et de revenir dans la cuisine ? se demanda Rowenna.

— Je crois qu'on devrait garder la surprise, dit-elle, dans le doute.

— Bon… si tu veux, soupira Ginny. Si seulement je pouvais ressembler à ça ! Moi aussi, je plaisais aux garçons, tu sais. J'étais belle quand j'étais jeune.

— Tu es toujours belle, dit Rowenna.

Elle prit son temps pour ôter le costume et se rhabiller afin de laisser quelques minutes supplémentaires à Zach. Quand elles descendirent enfin, elles le trouvèrent debout au pied de l'escalier.

— Madame MacElroy, saviez-vous que le verrou de la porte de derrière a été forcé ?

— Pardon ?

— Venez voir, dit-il en les invitant à le suivre d'un geste de la main.

Ils traversèrent la cuisine jusqu'à la porte du fond. Elle avait été endommagée, ainsi que son cadre, et le verrou était cassé.

— Oh, mon Dieu ! s'écria la vieille dame. Quelqu'un est entré par effraction chez moi…

— J'ai déjà appelé la police, dit Zach. Ainsi qu'un serrurier. Avec votre permission, j'aimerais inspecter la maison pour être certain que vous ne courez aucun danger.

— Bien sûr ! s'écria aussitôt Ginny. Faites, jeune homme, faites !

Elle agrippa le bras de Rowenna.

— Tu penses qu'il y a un voleur caché chez moi ?

— Ne t'inquiète pas, Ginny. Zach va s'assurer que tu es en sécurité. Mais à mon avis, celui qui a fait ça est reparti depuis longtemps.

Elle n'en revenait pas que Zach ait cassé le verrou. Il aurait pu trouver un autre prétexte pour faire le tour de la maison, songea-t-elle. Franchement, ça allait un peu loin.

Elle lui en voulait un peu, mais elle continua néanmoins à jouer le jeu, réconfortant sa voisine pendant que Zach se promenait à sa guise dans toutes les pièces.

Un quart d'heure plus tard, il terminait sa ronde au moment où un policier en uniforme sonnait à la porte. Zach lui expliqua la situation et ils abandonnèrent Ginny aux mains de l'agent. Alors qu'ils quittaient la propriété des MacElroy, ils croisèrent la camionnette du serrurier.

— C'était sûrement un très bon prétexte pour visiter les lieux, dit-elle en pivotant sur son siège, mais je trouve que tu y es allé un peu fort. Notre passage va coûter cher à Ginny, et je ne parle pas de son angoisse… J'espère au moins que tu as été assez malin pour ne pas laisser d'empreintes sur ce verrou.

Quand il avait l'air surpris, Zach ressemblait encore plus à Jeremy, songea-t-elle lorsqu'il se tourna vers elle.

— Ce n'était pas une ruse, Rowenna. Quelqu'un a vraiment forcé cette porte.

— Tu plaisantes, j'espère ?

Cette possibilité ne lui était même pas venue à l'esprit.

— Ça a dû arriver hier soir, dit Zach. Et je crois savoir ce que l'intrus est venu faire chez les MacElroy.

Il sortit un petit livre de la poche de son blouson et le posa sur les cuisses de Rowenna.

— Regarde. Je l'ai trouvé sur le bureau du pédiatre. Je pense que quelqu'un est venu le placer là pour incriminer ton voisin.

C'était un guide sur l'art funéraire en Nouvelle-Angleterre. Le même que celui qu'elle possédait et qui avait disparu de sa bibliothèque. Elle était abasourdie. Se pouvait-il que ce soit son exemplaire ? Et si c'était le cas, pourquoi quelqu'un aurait-il pris la peine de s'introduire par effraction dans deux maisons pour transférer un livre de sa bibliothèque dans le bureau du Dr MacElroy ?

A moins qu'il ne s'agisse de l'exemplaire de Mary Johnstone… Le Dr MacElroy le lui avait-il confisqué ou le vrai coupable essayait-il de faire porter le chapeau à Adam et à Nick MacElroy ?

19.

Jeremy venait de quitter Joe et l'hôpital où Adam avait été admis quand il sortit son portable de sa poche pour appeler Zach. Mais la sonnerie retentit avant qu'il n'ait fini de composer le numéro de son frère.

Il ne connaissait pas celui qui s'affichait sur l'écran, mais l'indicatif lui était familier. La Californie du Nord.

— Eric Rolfe ? demanda-t-il aussitôt après avoir décroché.

— Oui…, répondit Eric, visiblement surpris. Euh… Ecoutez, on peut se voir tout de suite ? C'est urgent.

— Où êtes-vous ?

— Rejoignez-moi dans la boutique des Llewellyn.

— La police a posé un cadenas sur la porte, hier soir, dit Jeremy.

— Passez par celle de derrière. Il faut emprunter la ruelle qui longe le cinéma.

Persuadé de l'innocence d'Adam, mais non de celle de Rolfe, Jeremy décida d'accepter le rendez-vous. Mais il avait l'intention de faire preuve de prudence. De beaucoup de prudence.

Il suivit les indications et se retrouva bientôt dans un dédale d'impasses et de ruelles sombres, un aspect du quartier qui lui avait échappé jusque-là. Quand il arriva derrière Magick Mercantile, Jeremy ne vit pas un chat. Mais il n'eut pas à attendre longtemps. Quelques secondes plus tard, la porte arrière de la boutique s'ouvrit lentement, laissant bientôt apparaître la tête d'Eric Rolfe.

— Entrez, murmura-t-il. Vite.

Jeremy plaqua la main contre son flanc pour sentir le pistolet à travers le cuir de son blouson. Aux aguets et prêt à toute éventualité, il pénétra à l'intérieur.

La porte donnait directement dans une remise. Des dizaines et des dizaines de boîtes jonchaient le sol, cernant un vieux canapé victorien et un petit réfrigérateur. Soudain, quelqu'un émergea de derrière un rideau qui fermait une cabine d'essayage. Jeremy posa la main sur la crosse de son arme, prêt à dégainer, mais il suspendit aussitôt son geste, stupéfait.

C'était Eve.

— Qu'est-ce que tu fais là ? demanda-t-il d'une voix douce. La police te cherche partout et ton mari est fou d'inquiétude.

— Je sais. Et je suis désolée. Mais… c'est pour lui que je fais ça. Ce qui lui arrive est ma faute, et je dois trouver un moyen de l'innocenter.

— Pourquoi ta faute ?

— J'ai dit à Rowenna que je le soupçonnais d'être… Oh, mon Dieu, comment ai-je pu penser une chose pareille ? Je ne me le pardonnerai jamais. Et ensuite, elle t'en a parlé, et tu en as parlé à Joe, et…

Un sanglot l'empêcha de terminer sa phrase.

— Tu fais erreur, Eve. Adam n'a pas été arrêté à cause de ce que tu as raconté à Rowenna. En réalité, nous avons retrouvé une carte de votre boutique à proximité du lieu où plusieurs nouvelles victimes ont été découvertes. Une carte avec un chewing-gum collé au dos… Mais dis-moi, qu'est-ce qui t'a fait changer d'avis à propos de ton mari ? Et pourquoi te caches-tu ?

— Avant qu'Adam aille voir Rowenna au musée de l'Histoire, nous nous sommes encore disputés à cause d'un livre de sortilèges que j'ai découvert dans son bureau.

— Rowenna m'a parlé de ce livre, dit Jeremy.

— Adam a prétendu qu'il ne lui appartenait pas. Que c'était la première fois qu'il le voyait. Au début, je ne l'ai pas cru parce qu'il lit beaucoup sur le satanisme, ces derniers temps. Mais ensuite, il y a eu une succession d'événements qui m'ont conduite à revoir ma position. D'abord, Rowenna est arrivée du musée où Adam était venu la trouver. Elle s'est étonnée qu'il ne soit pas avec moi, m'expliquant qu'il avait des choses graves à me dire, puis elle est partie à sa recherche. Mais le temps passait et elle ne revenait pas. Adam non plus. Alors, j'ai commencé à m'inquiéter et je suis sortie pour essayer moi-même de le retrouver. Seulement j'étais dans un tel état de nerfs que j'ai oublié de fermer la boutique. Et quand je suis revenue, il y avait des policiers partout. Je sais que c'est idiot, mais j'ai pris peur et je me suis cachée. Ce matin, je voulais me remettre à sa recherche, mais j'ai lu dans le journal que la police l'avait appréhendé. Il n'est pas coupable, Jeremy. Il faut que tu m'aides à démontrer son innocence! Et si tu comptes sur Adam pour te dire où se trouve Mary Johnstone, ajouta-t-elle en se laissant tomber sur le canapé, tu ne vas faire que perdre ton temps.

Eric s'éclaircit la voix.

— Moi aussi, j'ai lu le livre de sortilèges. Eve m'a appelé ce matin. Elle était complètement perdue…

Il se tourna vers Eve qui pleurait doucement sur le canapé.

— Elle ne voulait pas que je prévienne Joe Brentwood. Je lui ai alors suggéré de vous appeler et elle a fini par accepter.

Eric reporta son attention sur Jeremy.

— Mais pour en revenir à ce bouquin, je pense que vous devriez y jeter un coup d'œil. Ça parle de sacrifier sept femmes pour devenir Satan, ou un truc comme ça. Et il y a aussi des sortilèges pour hypnotiser et créer des illusions optiques afin de mettre les femmes sous votre emprise.

Eric alla prendre le livre posé sur le canapé et le tendit à Jeremy.

— Il y a une page secrète, dit-il. A la fin.

Jeremy la trouva. Il s'agissait d'une représentation naïve du diable qui contemplait six femmes mortes empalées sur des piquets. Toutes portaient une couronne de feuilles et avaient le cou brisé. Derrière le diable se tenait une créature qui devait être sa servante. Son visage était pour moitié celui d'une vieille femme décrépite, mais l'autre moitié retrouvait sa beauté comme si elle rajeunissait à mesure que son maître asseyait sa domination sur le monde.

Une dernière femme figurait sur le dessin, vêtue d'une cape de feuilles et coiffée d'une couronne assortie. Debout devant le diable, elle levait les yeux vers le ciel, comme si elle y cherchait son salut.

Mais le diable tendait la main vers elle.

— Je ne me risquerai pas à interpréter cette image, dit Eric. Mais vous avez sûrement remarqué qu'il y a sept victimes, là aussi.

Celle qui était encore vivante était aussi la plus belle. Avec sa tête légèrement renversée en arrière et ses yeux qui semblaient espérer l'intervention divine, il se dégageait d'elle un sentiment de pureté et d'innocence.

Elle portait une cape décorée de feuilles d'automne et son front était ceint d'une couronne assortie.

La Reine des moissons.

Terrifié, Jeremy sortit son portable.

Le téléphone de Zach se mit à sonner.

— C'est ton frère ? demanda Rowenna tandis qu'il regardait qui l'appelait.

— Oui, mais pas Jeremy, répondit Zach en décrochant. Salut, Aidan, tu peux attendre une seconde ? dit-il dans l'appareil avant de se tourner vers Rowenna. Entre, je te rejoins dans cinq minutes. Le temps de répondre à Aidan et de passer un coup de fil à Jeremy pour lui dire où on est.

Elle acquiesça d'un signe de tête et pénétra dans le musée.

June Eagle était au guichet.

— Salut, June. J'ai un ami qui va entrer dans cinq minutes. Il s'appelle Zachary. Tu pourras lui indiquer où se trouve la bibliothèque, s'il te plaît ?

— Bien sûr, dit l'étudiante en lui tendant la clé. Dan est quelque part dans le musée. Si je l'aperçois, je lui dirai que tu es là avec un ami. Tu sais comment il est, avec ses bouquins, ajouta-t-elle en riant.

Rowenna prit la clé avec un sourire et s'éloigna vers le fond du musée. Elle pressa le pas en approchant de la vitrine d'exposition consacrée au Moissonneur. Elle n'avait aucune envie de voir les tableaux qui le représentaient, pas plus que les criminels en cire de la salle suivante. Mais elle n'avait d'autre choix que de croiser les sinistres personnages.

Alors qu'elle passait devant eux, elle ne put s'empêcher de jeter un coup d'œil dans leur direction. Pourquoi était-on attiré par ce qui nous horrifiait ? se demanda-t-elle tandis que ses yeux se posaient sur Andrew Cunningham. Il lui sembla que le mannequin avait bougé, comme s'il s'était tourné pour mieux voir les visiteurs. Elle frissonna et détourna le regard, accélérant encore l'allure. Il n'y avait aucune raison d'avoir peur… Zach la rejoindrait dans quelques minutes, et Dan n'était pas loin. Peut-être même l'attendait-il déjà dans la bibliothèque.

D'ailleurs, la porte était ouverte.

Elle fut heureuse de constater que les livres qu'elle avait consultés la veille se trouvaient toujours sur la table. Ainsi, elle n'aurait pas à les rechercher pour montrer à Zach ce qu'elle avait trouvé. Elle se promena devant les rayonnages, en quête d'un ouvrage qui pourrait ressembler au livre de sortilèges qu'Eve avait découvert dans le bureau d'Adam. Mais autre chose attira son attention.

Son cœur se mit à battre plus vite tandis qu'elle saisissait un guide sur l'art funéraire en Nouvelle-Angleterre.

Le même qui avait disparu de chez elle.

Le même que Zach avait trouvé sur le bureau du Dr MacElroy.

Le même que Mary avait en main quand elle avait disparu ?

La mélodie de son téléphone résonna alors dans le silence de la bibliothèque. Alors qu'elle fouillait son sac à main, elle entendit un bruit derrière elle. Elle se retourna et… voulut pousser un cri.

Mais il resta bloqué dans sa gorge.

Le mannequin de cire d'Andrew Cunningham ne s'était pas contenté de bouger, il était devenu vivant.

Il se tenait juste derrière elle, un fusil de chasse datant du XVIIIe siècle à la main, et son visage ne lui était pas inconnu.

La bouche toujours ouverte, elle essaya de crier, mais il était trop tard. Avant qu'un son puisse sortir de sa gorge étranglée par l'effroi, Cunningham lui assena un violent coup sur le crâne avec la crosse de son fusil.

Elle s'effondra sur le sol et s'enfonça dans les ténèbres.

Le portable de Rowenna avait sonné, mais elle n'avait pas répondu. Alors que Jeremy s'apprêtait à composer le numéro de Zach, son propre téléphone se mit à jouer l'air de guitare qui lui servait de sonnerie. C'était Brad.

— Brad, c'est urgent ? Il faut que j'appelle mon frère tout de suite.

— Tu ne vas pas en croire tes oreilles, Jeremy. Je suis tombé sur une femme, à Memphis, qui non seulement a vu avec qui Dinah Green discutait ce soir-là dans le bar, mais aussi avec qui elle se trouvait quand elle en est sortie.

— Qui ?

— Adam et Eve Llewellyn, Eric Rolfe, Daniel Mie et le Dr MacElroy. Elle m'a fait une description précise de chacun d'entre eux et il est impossible de se tromper.

Jeremy sentit une boule se former dans sa gorge. Cinq personnes.

Adam était aux mains de la police. Eve et Eric se trouvaient ici même, avec lui, en train de le regarder d'un air inquiet.

Il en restait deux.

— Bon travail, Brad. Je te rappelle dès que possible. Il faut absolument que je parle à Zach.

Il raccrocha sur ces mots, mais son portable se remit aussitôt à sonner. Son frère l'avait coiffé sur le poteau.

— Où es-tu, Zach ?

— Au musée de l'Histoire. Ecoute, Joe Brentwood vient de m'appeler. Il n'arrivait pas à te joindre. Il a localisé l'emplacement de la ferme de Brisbin. Elle se trouvait sur un terrain qui appartient aujourd'hui à Ginny MacElroy.

— Vraiment ? dit Jeremy, stupéfait.

Cela signifiait que son neveu pouvait y accéder comme il le voulait. Nick MacElroy avait vécu toute son existence à Salem, et il devait forcément connaître l'histoire des terrains que possédait sa tante.

La ferme de Brisbin avait été entièrement brûlée.

Mais à l'époque où elle avait été construite, presque toutes les maisons de la région avaient des sous-sols conçus pour s'abriter en cas de tornade ou de violente tempête.

— Zach, on doit aller voir sur place.

— Combien de temps est-ce qu'il te faut pour venir ici ?

— Cinq minutes.

— Alors je vais tout de suite chercher Rowenna. Elle m'attend dans la bibliothèque du musée. Gare-toi juste devant, on arrive.

Jeremy raccrocha. Eve et Eric le regardaient avec de grands yeux.

— Il faut que j'aille rejoindre mon frère et Rowenna, dit-il.

Rowenna va être la prochaine victime, parce qu'elle est la Reine des moissons. On pensait que le tueur en avait déjà sept ; les cinq corps qu'on a retrouvés, plus Mary et toi, Eve.

— Oh, mon Dieu…, murmura-t-elle.

— Mais il lui en manque une, et c'est Rowenna qu'il veut pour compléter le sortilège. Il veut la Reine des moissons. Et je crois qu'il séquestre ses victimes dans le sous-sol de la maison où vivait Brisbin.

— Hank Brisbin, le criminel ? s'exclamèrent en chœur Eve et Eric.

— Oui. Sa ferme a été brûlée à l'époque de son exécution, mais je soupçonne que le sous-sol existe toujours. Et Joe a localisé l'endroit où elle se trouvait.

— A qui appartient le terrain, maintenant ? demanda Eve.

— A Ginny MacElroy.

— Ginny ? dit Eric, se retenant de rire tellement cette idée lui paraissait absurde. Vous ne pensez pas sérieusement que Ginny puisse être mêlée à cette histoire ?

— Non, dit Jeremy. Je pense que c'est son neveu qui se prend pour le Moissonneur.

— Impossible, protesta Eric.

— Ah oui ? Et pourquoi ?

— Les yeux de ce Damien. Je vous ai déjà dit que j'ai eu l'occasion de le regarder dans les yeux, et je peux vous assurer qu'il ne s'agissait pas du Dr MacElroy. Damien était beaucoup plus jeune. Je suis sûr de moi.

Eve étouffa un cri dans sa main.

— C'est Dan, dit-elle. Dan Mie… C'est l'anagramme de Damien.

— Dan Mie…, murmura Jeremy en mélangeant dans sa tête les lettres du nom et du surnom de Daniel.

Dan Mie… Damien… Comment cela avait-il pu lui échapper ?

Il se dirigea vers la porte et se retourna, main sur la poignée.

— Il faut que je me rende à l'endroit où se trouvait la maison de Hank Brisbin. Vous deux, restez ici. Eric, appelez Joe et dites-lui qu'Eve va bien et qu'il peut cesser les recherches. Faites-lui aussi part de mes soupçons à propos du sous-sol de la ferme de Brisbin.

Son téléphone sonna de nouveau.

— J'arrive, Zach.

— Ce n'est pas pour ça que je t'appelle, dit son frère d'une voix étonnamment tendue. Je n'arrive pas à trouver Rowenna ! Je ne comprends pas comment elle a pu sortir sans que je la voie. Je suis resté tout le temps devant la porte principale du musée, Jeremy. Et personne n'a utilisé la sortie de secours, sinon l'alarme aurait sonné. Même la fille au guichet me dit que c'est impossible qu'elle ait quitté le musée sans être vue. N'empêche que Rowenna n'est plus là. J'ai prévenu la police, mais il faut que tu ramènes tes fesses tout de suite !

Les ténèbres se déchiraient doucement, et il lui sembla entendre des gens qui parlaient. Elle ouvrit les paupières et vit des nuages qui s'effilochaient dans un ciel d'automne gris-bleu. La caresse du vent lui fit refermer les yeux.

Elle était étendue sur quelque chose de doux et pourtant ferme, qui dégageait des odeurs d'humus.

Sur la terre.

Ses mains étaient réunies sur sa poitrine comme celles d'une morte, et elle eut le sentiment d'être dans le cimetière, allongée sur une tombe creusée à même la terre. Elle ouvrit de nouveau les yeux et comprit que ce n'était pas réel. Pourtant, elle sentait le sol herbeux sous elle et l'odeur de marrons grillés que vendait le marchand souvent installé près de l'entrée.

Avant même de le voir, elle eut la sensation de sa présence.

— Vous n'êtes qu'une illusion, dit-elle.

Sa voix était mal assurée et son cœur battait à tout rompre.

Et soudain, il était là, devant elle. Elle le reconnut malgré son turban, son maquillage et sa superbe cape. Elle le reconnut, et pourtant il semblait différent. Il était beau, ce qui était comique, songea-t-elle en retenant le rire hystérique qui montait sur ses lèvres, parce qu'elle ne l'avait jamais considéré comme un bel homme.

— Dan…, dit-elle dans un souffle.

— Pas Dan, répondit-il avec un sourire carnassier. Damien, le

Moissonneur. Je régnerai bientôt sur le monde. Je ne vais pas me contenter de vénérer Satan, Rowenna. Je vais devenir Satan.

Le rire qu'elle avait cru pouvoir contenir explosa à l'air libre. Mais elle eut presque du mal à se convaincre que c'était elle qui riait ainsi, parce que mille pensées se bousculaient dans sa tête au même moment, comme si elle s'était dédoublée. Une Rowenna riait à gorge déployée — un rire fou, nerveux, effrayé — tandis que l'autre Rowenna réfléchissait avec un étrange sang-froid à ce qu'elle devait faire pour survivre. Il fallait gagner du temps, le faire parler, trouver un moyen de le déstabiliser.

— Quand t'es-tu mis en tête que le diable t'avait choisi pour héritier ? demanda-t-elle. Lorsque tu t'es rendu compte que tu n'étais qu'un petit intellectuel de province qui n'aurait jamais son nom sur la couverture d'un livre, c'est ça ? Tu avais besoin de te sentir important, et tu n'as rien trouvé de mieux pour exister aux yeux des autres que de te prendre pour le diable…

Dan ne répondit pas, mais il suffisait de voir l'expression de son visage pour comprendre qu'elle avait appuyé à l'endroit sensible. Elle l'avait mis en colère. Tant mieux, songea-t-elle. La colère empêchait de réfléchir froidement. Elle était source d'approximations et d'erreurs.

« Arrête de te bercer d'illusions, se dit-elle aussitôt. Rien ne pourra te sauver. » Elle ne savait même pas où elle se trouvait. Elle ne pouvait pas vraiment être allongée dans le cimetière, comme elle l'avait d'abord cru, parce qu'il n'y avait personne autour d'eux.

C'était lui qui la berçait d'illusions. Il l'avait droguée, ou hypnotisée…

Où était-elle, si elle n'était pas dans le cimetière ?

Elle sentit de nouveau la caresse du vent sur son visage et, soudain, elle n'était plus allongée.

Elle courait.

Elle courait à travers champs pour échapper à la mort. Les tiges s'écartaient sur son passage, lui fouettant le corps et parfois le visage. Des nuages d'un gris menaçant s'agitaient dans le ciel, diffusant sur la plaine une lumière de fin du monde.

Des corbeaux toujours plus nombreux descendaient sur elle en piqué avec des cris affreux, assourdissants.

Ils l'encerclaient, la pourchassaient, la conduisaient vers le poteau où sa vie connaîtrait un brutal épilogue.

Non !

Il s'agissait encore d'une illusion, et elle devait la combattre.

Elle ferma les yeux et se concentra pour rentrer dans sa propre peau, comme elle l'avait fait si souvent pour se glisser dans celle des autres. Elle sentit alors les liens qui entravaient ses bras et ses chevilles, le froid et l'humidité de l'air. La terre tassée sous son corps.

Elle se trouvait quelque part… sous le sol. Dans une cave ou dans un caveau ? Dans une tombe, peut-être ?

Avait-elle été enterrée vivante ?

Non, le Moissonneur ne procédait pas ainsi.

Enfin, elle trouva la force et la volonté nécessaires pour ouvrir les yeux.

Damien n'était plus là. Mais il ne devait pas être bien loin, parce qu'elle pouvait l'entendre parler. Rowenna perçut ensuite une voix sourde qui lui répondait. Une voix de femme.

Mary Johnstone ?

Un long gémissement, faible et entrecoupé de sanglots, lui parvint alors. C'était là, tout près d'elle, et pourtant hors de sa vue.

S'efforçant d'ignorer cette plainte angoissante, elle tendit l'oreille pour saisir les propos de Daniel.

Mais la femme qui était avec lui parla en premier.

— Tu vas tout faire rater, dit-elle. Il faut que tu supprimes la sixième tout de suite, sinon ils vont te démasquer avant que le sortilège soit accompli. Tu ne pourras être le Prince des ténèbres, Satan fait homme, que si le rituel est exécuté dans les règles. Tue la sixième et sacrifie ensuite la Reine des moissons pour accéder à ton royaume.

Cette voix…

Alors qu'elle essayait de trouver une position plus confortable, Rowenna se rendit compte qu'elle était vêtue de son costume de Reine des moissons.

Et elle reconnut cette voix familière.

Ginny MacElroy.

De toutes ses forces, elle rejeta l'évidence. C'était absurde, impensable, ridicule… Mais elle connaissait trop bien la voix de Ginny pour se tromper. Et le costume qu'elle portait était la preuve supplémentaire que la vieille dame était impliquée dans cette sinistre affaire. Quant aux sanglots tout proches, ils ne pouvaient être que ceux de Mary Johnstone.

Elle tira sur la corde qui lui liait les bras pour en éprouver la solidité. Combien d'heures lui restait-il avant que Daniel ne revienne l'étrangler ? Ou fallait-il raisonner en minutes ?

Non, elle avait sûrement un peu de temps devant elle, parce que Mary…

Mary devait mourir la première.

Le découragement la submergea quand elle réalisa que la corde était trop solide et trop serrée pour s'en libérer.

Soudain elle se figea, terrifiée, certaine de perdre la raison.

Devant elle venait d'apparaître un enfant. Un petit garçon en jean et T-shirt qui la regardait d'un air infiniment triste. Elle allait lui parler quand il posa le doigt sur ses lèvres pour l'en dissuader.

L'instant d'après, il avait disparu.

Impossible de trouver Rowenna. Joe et ses hommes avaient fouillé le musée de fond en comble sous les yeux inondés de larmes de June Eagle.

Ce fut finalement Jeremy qui découvrit le passage secret en inspectant chaque centimètre carré de la bibliothèque. Une porte masquée — derrière des étagères garnies de livres — qui s'ouvrait sur une galerie souterraine.

Il ignorait comment Eve avait fait pour traverser le cordon d'agents de police et échapper à la vigilance de Joe, mais elle se trouvait avec lui dans la bibliothèque.

— Préviens Joe et dis-lui que je vais voir où mène ce tunnel.

Zach était parti chercher Brad, avec qui il comptait ensuite se rendre sur le terrain ayant appartenu à Brisbin.

Eric Rolfe l'accompagnait : il connaissait bien le coin, et nul mieux que lui ne pouvait espérer trouver les fondations de l'ancienne ferme.

— Je veux t'accompagner, protesta Eve.

Mais Jeremy n'était pas d'humeur à négocier.

— Pas question ! Va prévenir Joe tout de suite.

Elle acquiesça avec une moue résignée et il se courba pour emprunter la galerie souterraine. Joe lui avait assuré qu'il n'y avait pas de tunnel relié au cimetière, et en effet, celui-ci n'y menait pas. Il débouchait sur un autre tunnel qui appartenait au réseau d'égouts de la ville.

Et ce dernier tunnel conduisait à une rue toute proche du cimetière.

Jeremy grimpa à l'échelle et repoussa la plaque d'égout. Les grilles et le muret d'enceinte se dressaient juste devant lui.

Soudain, il sentit l'échelle trembler sous ses pieds et dégaina son arme.

— Ne tire pas! C'est moi, Eve!

Il remisa le pistolet dans son étui.

— J'ai prévenu Joe, dit encore Eve avant qu'il ne lui fasse des reproches.

Elle se hissa à ses côtés et indiqua le cimetière d'un mouvement de tête.

— Je suis certaine qu'il y a autre chose à découvrir là-dedans, dit-elle d'une voix essoufflée.

— Retourne au musée et dis à Joe que Mie a utilisé ce passage secret pour enlever Rowenna. A l'heure qu'il est, il doit déjà avoir regagné son repaire. C'est-à-dire, si j'ai vu juste, le sous-sol de la ferme de Brisbin. Zach est déjà en route vers le terrain où elle était édifiée, mais il faut que la police l'y rejoigne immédiatement.

— D'accord, dit Eve. Je retourne voir Joe. Mais souviens-toi d'une chose, Jeremy. L'amour est plus fort que le mal, et ce monde est plein de mystères.

Sur ces mots étranges, elle redescendit dans le tunnel tandis qu'il se précipitait au-dehors et courait vers sa voiture.

Mais il s'arrêta brusquement.

Il venait d'apercevoir le petit garçon.

Là, dans le cimetière.

Billy.

Billy qui lui faisait signe d'approcher.

Malgré l'urgence qu'il y avait à secourir Rowenna, Jeremy entra dans le cimetière. C'était plus fort que lui. Il y avait des visiteurs, mais il ne prit même pas la peine de leur demander s'ils avaient vu un homme emmener une femme de force.

Il marcha droit vers Billy.

Et cette fois-ci, Billy ne disparut pas.

L'enfant lui saisit la main et murmura les mêmes mots qu'il avait prononcés au milieu des fougères, près du champ où quatre victimes avaient été trouvées.

« Dépêche-toi. »

Une bourrasque fouetta le visage de Jeremy. Il n'était plus dans le cimetière, mais sur une colline. Tout autour de lui se dressaient des potences où se balançaient des corps sans vie. Le vent porta jusqu'à lui un rire cruel. Sans pouvoir dire comment, il savait que les cadavres qui pendaient tristement au bout d'une corde étaient ceux d'innocents qui avaient péri pour que règne le Malin.

La colline s'effaça, et il se retrouva au milieu d'un champ de maïs qui semblait s'étendre à l'infini.

Il se mit à courir à travers les hautes tiges, jusqu'à ce qu'il débouche brusquement sur une étendue plate, couverte de fougères, où affleuraient ici et là des blocs de granit.

Billy lui tenait la main et bientôt il la tira, incitant Jeremy à reprendre sa course folle.

Mais cette fois-ci, Billy lui indiqua le chemin.

Rowenna parvint à trouver une pierre tranchante et à y frotter la corde de haut en bas jusqu'à ce qu'elle cède. Une fois ses mains libres, elle dénoua les liens qui entravaient ses chevilles et se leva aussi discrètement que possible, progressant lentement dans l'obscurité jusqu'à ce qu'elle rencontre un mur. L'endroit où elle se trouvait était plein de gravats ; une sorte de cave souillée par des décennies de poussière et de toiles d'araignées. Sans ce rai de lumière qui provenait de l'endroit où elle avait entendu les voix de Daniel et de Ginny, le noir aurait été complet. De l'autre côté de la pièce, Rowenna distingua une femme étendue sur le sol, ficelée comme elle-même l'était encore deux minutes plus tôt.

— Mary ? osa-t-elle chuchoter, malgré la peur que Daniel ou Ginny ne l'entendent.

Qui aurait pu croire qu'un jour elle aurait peur de Dan et de

Ginny ? songea-t-elle, encore incrédule. Dan, c'était déjà ahurissant, mais Ginny… c'était… c'était vertigineux.

La douce, la gentille Ginny qui lui faisait du chocolat chaud et des cookies… Ginny qu'elle connaissait et qu'elle aimait depuis si longtemps…

Pourquoi ?

— Mary ? répéta-t-elle toujours aussi doucement.

Le silence se prolongea encore quelques secondes, puis elle perçut une plainte étouffée, comme si Mary avait voulu rester muette, mais que la peur lui avait arraché un gémissement.

Elle devait être terrifiée. Comment faire confiance à une inconnue quand on avait vu une dame de quatre-vingts ans se transformer en monstre sanguinaire ?

Rowenna s'approcha de Mary en longeant le mur humide et couvert de moisi. Elle avançait lentement, osant à peine respirer. Sa main rencontra la fente par où passait le pâle rayon de lumière. Il éclairait vaguement un plateau de nourriture qui servait pour le moment à engraisser un rat.

Elle arriva enfin à hauteur de Mary. La corde qui entravait ses chevilles était reliée à un anneau de métal, lui-même fixé sur une poutre du plafond. Elle jura entre ses dents, puis pria pour que sa compagne d'infortune ne se mette pas à hurler.

— Mary, je vous en prie, ne criez pas, murmura-t-elle. Je suis une amie de Jeremy Flynn. Je m'appelle Rowenna.

Une nouvelle plainte étouffée lui répondit et elle décida de s'approcher plus près. Les yeux de Mary, agrandis par plusieurs jours d'angoisse et de mauvais traitements, mangeaient son visage pâle et décharné. Elle était habillée comme une poupée de chiffon, ou un épouvantail. Des touffes de paille sortaient même des revers de son jean. Sous la crasse qui noircissait ses traits hâves, Rowenna vit qu'elle était maquillée comme un Arlequin.

La femme de Brad se contentait de la dévisager de ses grands yeux apeurés, comme s'il ne lui restait plus assez de force pour parler ou esquisser un mouvement.

Rowenna sentit ses ongles qui se cassaient tandis qu'elle s'efforçait de dénouer les liens de Mary. Ils avaient été bien serrés, et Mary avait dû les serrer encore plus en se débattant. Mais au bout d'une dizaine de minutes d'effort, elle finit par la libérer.

Restait à quitter leur prison.

Prison qui, à première vue, semblait dépourvue de porte. Autre problème, et non des moindres, Mary n'avait pas l'air en état de marcher. Et même si elle ne devait pas peser lourd, amaigrie comme elle l'était, être obligée de la porter allait singulièrement compliquer la tâche de Rowenna.

Elle venait juste de hisser la jeune femme apathique sur son épaule quand elle perçut des bruits de pas.

Dan et Ginny arrivaient.

La lumière aveuglante d'une lampe-tempête inonda soudain la pièce.

— Rowenna Cavanaugh ! s'écria Ginny d'une voix catastrophée. Qu'est-ce que tu fais ? Tu vas abîmer ton joli costume !

— Repose-la à terre, Rowenna, ordonna Daniel. De toute façon, elle est déjà à moitié morte.

Rowenna n'obtempéra pas tout de suite, et il fit un pas en avant.

— Fais ce que je te dis, insista-t-il sans élever le ton. A moins que tu ne préfères que je m'en charge.

Elle secoua la tête.

— Non, Dan. Tu ne peux pas m'y contraindre.

— Damien, rectifia-t-il calmement. Et bien sûr que si, je peux t'y contraindre. J'ai tout pouvoir sur toi, Rowenna. Sans même te toucher, je peux te faire voir ou faire ce que bon me semble.

— Détrompe-toi, répliqua-t-elle en essayant de masquer sa peur sous une confiance de façade. Moi seule décide de ce que je vois et fais. D'ailleurs, j'ai vu tes crimes avant que tu ne veuilles me les montrer.

Il la fixa, son front se plissant tandis qu'elle soutenait son regard sans ciller. Elle comprit qu'il essayait de l'obliger à reposer Mary à terre en lui suggérant cette action par une forme d'hypnose ou de télépathie. Mais, consciente de ce que Dan tentait de faire, Rowenna résistait de tout son être.

Furieux de cet échec, il poussa un juron et marcha vers elle, la mine menaçante. Rowenna dut poser Mary pour parer l'attaque, essayant de se souvenir des cours d'auto-défense qu'elle avait suivis au lycée. Quelques coups de genoux dans le bas-ventre et quelques coups de coude dans les côtes plus tard, Daniel Mie battait en retraite. Un peu moins académiques, les griffures de ses ongles cassés n'étaient pas pour rien dans cette première victoire. Mais Ginny se jeta à son tour sur elle.

— Je vais t'apprendre, petite insolente!

A sa grande surprise, Rowenna n'eut aucun scrupule à faire valser à travers la pièce la vieille dame qui l'avait gâtée pendant des années avec ses merveilleux cookies.

Ginny s'était écrasée contre le mur et semblait hors d'état de nuire, mais Daniel revenait déjà à la charge. Rowenna se défendit bec et ongles… jusqu'à ce qu'elle sente une lame froide et aiguisée contre sa gorge.

— Il te reste quelques minutes à vivre, murmura-t-il à son oreille. Quelques précieuses minutes avant de quitter ce monde. Alors fais-en bon usage.

Il n'y avait pas une voiture en vue, mais Jeremy distingua des empreintes de pneus dans la boue, à peine perceptibles, tandis que Billy l'entraînait toujours par la main.

Sans l'aide du petit garçon, il n'aurait jamais découvert la trappe couverte de feuilles. Elle menait sans doute à un ancien abri anti-tornades déserté depuis des décennies. Il l'ouvrit, avant de plisser les yeux pour essayer de percer l'obscurité.

Son regard s'habitua lentement à la nuit qui régnait dans cette cave, et il finit par distinguer une échelle. Il se tourna vers Billy pour lui demander conseil, mais l'enfant n'était plus là.

Jeremy descendit les premiers barreaux de l'échelle… et entendit des voix.

— Tu ferais aussi bien de me trancher la gorge tout de suite, Dan, parce qu'il ne faut pas compter sur moi pour rester bras croisés pendant que tu étrangles cette femme. De toute façon, il ne te laissera pas faire.

Rowenna! Dieu merci, elle était vivante.

Daniel Mie éclata d'un rire moqueur.

— Qui ça ? Le détective privé que tu as mis dans ton lit ? Il découvrira cette cachette quand les poules auront des dents ! A l'heure qu'il est, cet imbécile doit être à la recherche du Dr MacElroy.

Jeremy avança en se laissant guider par les voix et la lumière, jusqu'à ce qu'il puisse voir Dan qui semblait sur le point d'égorger Rowenna. La scène, éclairée par une lampe à pétrole, ressemblait à une gravure morbide d'un autre siècle.

— Non, répondit Rowenna. Je ne parlais pas de Jeremy, mais du petit garçon qui est là.

« Mon Dieu… », songea Jeremy. Billy était dans ce sous-sol, et Rowenna pouvait aussi le voir.

— Quel petit garçon ? C'est la trouille qui te fait délirer ? s'exclama Daniel Mie d'une voix railleuse.

Jeremy perçut un petit cri de surprise. Il y avait quelqu'un d'autre là-dedans.

Mary ?

— Je vois… quelque chose.

C'était Ginny MacElroy ! Elle d'ordinaire si énergique, sa voix était tellement faible qu'elle était à peine audible. Que diable pouvait-elle bien faire ici ?

— Je crois qu'il est ici pour nous protéger, Mary et moi, dit Rowenna. Regardez comme cet enfant est radieux. Il vient d'un endroit merveilleux. Et il est là pour vous envoyer en enfer, tous les deux. Ce n'est pas ce que tu voulais, Daniel ? Devenir Satan ?

— Je vais être Satan ! gronda Mie. Je vais sacrifier ma septième victime et je couvrirai ce monde de ténèbres !

Jeremy marcha d'un pas résolu vers la lumière, sans se soucier du bruit qu'il faisait. Il avait dégainé son arme, canon pointé vers la tête du psychopathe.

— Le petit garçon dont parle Rowenna s'appelle Billy, dit-il lorsque Mie se tourna vers lui. Il ne peut pas te descendre, mais moi si.

Sauf que le couteau était toujours sur la gorge de Rowenna. Jeremy était certes un excellent tireur, mais la vie de Rowenna ne tenait qu'à un fil.

Leurs regards se croisèrent. Ses yeux ambrés n'étaient pas seulement beaux à se damner. Ils exprimaient une telle force…

— Dan, ne me dis pas que tu es le seul à ne pas voir Billy, lança-t-elle. Il est juste derrière toi.

Daniel pivota légèrement, mais Jeremy ne voulut pas prendre le risque de tirer. Il préféra fondre sur lui, saisissant son poignet avant qu'il n'ait le temps de faire plus qu'une éraflure sur le cou de Rowenna, puis il se jeta sur lui pour l'éloigner de sa proie. Accrochés l'un à l'autre, les deux hommes roulèrent au sol.

La lame du couteau brilla dans la lumière jaunâtre de la lampe-tempête alors que Dan essayait de la planter dans la poitrine de son adversaire. Mais Jeremy bloqua son bras et se redressa suffisamment pour lui assener un coup de tête. Le couteau échappa des mains du tueur au moment où un cri strident, pareil au croassement d'un corbeau, emplissait le sous-sol. Jeremy leva les yeux et vit Ginny MacElroy se ruer sur lui.

Rowenna fit un croche-pied à la vieille dame tandis que Jeremy finissait de mettre Daniel Mie hors d'état de nuire, d'un direct au menton.

Soudain, des coups de feu retentirent, figeant tout le monde sur place.

Zach était enfin arrivé, Eric Rolfe et Brad dans son sillage.

Etendue par terre, Ginny se mit à sangloter en s'en prenant à son complice. Peu lui importait que Daniel ne puisse l'entendre.

— Je t'avais dit de les tuer tout de suite ! Qu'il fallait accomplir entièrement le rituel avant qu'ils n'arrivent ! Tu ne mérites pas d'être le Prince des ténèbres !

Brad déboula comme un fou, piétinant Ginny au passage, et se laissa tomber à genoux devant sa femme.

— Mary… Oh… Mary…, sanglota-t-il en la serrant dans ses bras.

— La cavalerie arrive toujours en retard, dit Jeremy en souriant à son frère.

— J'ai roulé à plus de cent soixante sur cette petite route de campagne, se défendit Zach. Et ensuite, heureusement qu'on a entendu du bruit, sinon on n'aurait jamais vu cette foutue trappe. Comment as-tu fait pour arriver si vite et pour trouver le repaire de ce salopard ?

— Tu ne me croirais pas si je te le disais, répondit Jeremy avant de se relever et d'aider Rowenna à faire de même.

— C'était Billy, dit-elle doucement avant de se presser contre lui, toute tremblante.

Épilogue

— Ça me dépasse, dit Joe en secouant la tête, sourcils froncés. Pourquoi a-t-elle fait ça ?

— Ginny MacElroy a entendu ces légendes toute sa vie, répondit Jeremy en prenant une tranche de dinde dans le plat. Elle a dû se dire qu'en devenant la servante du diable, elle retrouverait jeunesse et beauté, et vivrait éternellement. C'est ce qui l'a motivée à aider Mie à devenir Satan.

— Elle a même avoué avoir mis cette idée dans la tête de Dan, dit Rowenna d'une voix douce.

— Oui, acquiesça Jeremy en nappant sa tranche de dinde avec de la sauce aux airelles. Ça a dû commencer quand Mie était encore gamin et qu'il venait manger des cookies dans la cuisine de Ginny. Bien sûr, ils sont aussi fous l'un que l'autre, mais chacun a nourri le délire de l'autre au fil des années. Et au bout du compte, cinq femmes sont mortes.

Et il s'en était fallu d'un rien pour que ce décompte macabre n'atteigne le chiffre sept, songea-t-il en regardant Rowenna avec un frisson de soulagement.

— Ça fait froid dans le dos de penser que des gens qu'on connaît depuis toujours et qui ont l'air parfaitement normaux peuvent en réalité être complètement dingues, dit Eve. Dingues et dangereux. Pas comme toi, mon amour, ajouta-t-elle en souriant tendrement à son mari.

Adam n'avait plus eu de pertes de conscience depuis qu'il avait entamé son traitement, et les deux époux s'étaient rapprochés après le dénouement de cette affaire.

Adam lui rendit son sourire.

— Quelle histoire…, soupira-t-il. D'ailleurs, j'essaie toujours de comprendre ce qui s'est passé exactement.

— Voilà ma version, dit Rowenna en prenant la purée des mains de Joe. Daniel ciblait des touristes, des femmes de passage à Salem. Il les rencontrait au bar de l'Hawthorne ou au musée de l'Histoire, et choisissait soigneusement ses proies ; des célibataires dont la disparition ne serait pas immédiatement remarquée. Mais le sortilège devait être accompli pour Thanksgiving, et il a dû accélérer le rythme pour espérer sacrifier sept femmes dans les temps. Alors il a pris plus de risques et a jeté son dévolu sur Mary, bien que Brad ait été avec elle et qu'il n'ait fait aucun doute que la police allait être aussitôt prévenue. Daniel savait que tu avais des absences, Adam. Il te surveillait. C'est pour ça qu'il a posé une carte de Magick Mercantile non loin de l'endroit où se trouvaient les corps de ses victimes. Il a même pris soin de récupérer un de tes vieux chewing-gums dans la corbeille à papier de la boutique pour le coller au dos de la carte. Comme ça, la police n'aurait plus eu le moindre doute sur ta culpabilité.

— Je viens d'ailleurs de recevoir le résultat des tests ADN, intervint Joe avec un sourire. Ils sont accablants pour vous, Adam.

— Quant à Ginny, poursuivit Rowenna, elle a essayé de faire porter les soupçons sur son neveu. Pauvre Dr MacElroy… Il est encore sous le choc.

— D'accord, d'accord, je comprends tout ça, dit Joe. Et je comprends aussi que Daniel Mie pouvait entrer et sortir du musée comme bon lui semblait grâce à cette galerie souterraine, sans que ses employés n'en sachent rien. Pour eux, il s'était enfermé dans sa sacro-sainte bibliothèque et ne voulait pas être dérangé. Mais… Mary a dit s'être trouvée au sommet d'une colline, puis dans un champ de maïs, et enfin attachée dans ce sous-sol. Et elle ignore comment elle s'est rendue dans ces lieux, ou même si elle y était vraiment.

— Dan a étudié les techniques d'hypnose, expliqua Jeremy.

— Moi, je veux bien, dit Joe en entamant sa dinde. Mais peut-on vraiment obtenir des résultats aussi spectaculaires grâce à l'hypnose ?

— Dan est devenu un véritable maître en la matière, répondit

Rowenna. Il est capable de suggérer n'importe quelles images à quelqu'un qui se trouve à portée de sa voix. Mary et moi avons même vu nos noms gravés sur des pierres tombales… Je vous assure que ça fait un drôle d'effet. Mais il faut reconnaître qu'on ne peut pas tout expliquer, dans cette affaire. Il y a des choses qui… qui nous échappent, tout simplement. Des choses qui appartiennent à un monde que nous pressentons, mais dont nous ignorons presque tout.

Jeremy ne protesta pas. Il savait qu'elle pensait à ses rêves, aux corbeaux qui lui avaient montré le premier corps. Et surtout à Billy.

Comment expliquer de telles choses ?

Lui aussi se posait de nombreuses questions. Questions qu'il ne formulerait jamais à haute voix, de peur qu'on ne le prenne pour un fou.

Ou alors, il les poserait à Rowenna.

Elle lui sourit comme si elle devinait ses pensées, et il se souvint de leurs débats courtois mais musclés sur l'existence des phénomènes paranormaux. Il était alors convaincu que le monde se limitait à ce qu'on pouvait voir, toucher, entendre, sentir et goûter. La terre, le ciel et la mer.

Au-delà, rien.

S'il existait un paradis ou un enfer, croyait-il alors, c'était sur cette planète qu'il fallait le chercher.

Et il avait encore du mal à se persuader du contraire. Après tout, Daniel Mie et Ginny MacElroy étaient des êtres de chair et de sang. Mais en même temps, il ne pouvait s'empêcher de penser qu'un esprit démoniaque venu du passé s'était glissé dans leurs âmes. Le diable ? Peut-être…

Et puis, il y avait Billy. Le mystère Billy. C'était son apparition qui avait ébranlé toutes ses certitudes. Si Dan Mie et Mme MacElroy étaient vraiment possédés par le diable, fallait-il en conclure que Billy était un ange ? Jeremy n'en savait rien et, au fond, peu lui importait. Il éprouvait simplement une immense gratitude envers le petit garçon, qui avait sauvé la seule femme qu'il aimerait jamais.

Un autre monde existait-il ? Il ne pouvait le prouver comme on lui avait appris à prouver les faits à l'Académie de police. Mais il ne pouvait pas non plus balayer cette possibilité d'un revers de la main.

— Il y a autre chose que je n'arrive pas à comprendre, dit Joe en s'adressant à lui. Comment avez-vous fait pour arriver si vite là-bas ?

— Et sans prendre ta voiture, renchérit Zach.

— Et puis, il fallait la trouver, cette trappe, insista Joe. Même avec les indications du cadastre, ça aurait dû vous prendre un bon moment.

— Je ne sais pas, répondit Jeremy. En toute honnêteté, je n'y comprends rien moi-même. Comme a dit Rowenna, il faut accepter que certaines choses nous échappent.

— Moi, je sais, dit Eve, serrant la main d'Adam dans la sienne. C'est le pouvoir de l'amour. Le mal peut être puissant, mais il s'incline toujours devant l'amour. Oui, dit-elle en se tournant vers Jeremy et Rowenna, l'amour est la plus grande force qui existe en ce monde.

Alors que Jeremy se demandait s'il n'était pas en train de rougir, Joe se tourna vers lui.

— Alors, qu'est-ce que vous comptez faire ?

— Je vous demande pardon ?

— Rowenna est presque ma fille, et j'estime avoir le droit de savoir.

— Réveille-toi, frangin ! s'exclama Zach en souriant. Joe veut savoir si tu comptes l'épouser.

Jeremy se tourna vers Rowenna. L'espace d'un instant, il se perdit dans ses yeux, oubliant les regards braqués sur lui. Magique. Elle était magique. L'esprit et le cœur humain avaient tant de facettes, et elle avait su toucher chacune des siennes. Elle était devenue son horizon, sa raison de vivre. Aussi indispensable que l'air qu'il respirait.

Elle croyait qu'ils pouvaient atteindre l'invisible.

Et elle avait raison.

Ensemble, ils pouvaient atteindre le ciel.

Et si elle décidait soudain de porter de longues tuniques vertes et de déclamer des odes à la gloire du dieu des mers et des océans, il ne l'aimerait pas moins.

— Je compte la chérir chaque seconde de cette vie… et de celle d'après, ajouta-t-il d'une voix douce.

Il se tourna vers elle. L'ambre de ses yeux étincelait comme une pluie d'or.

— Si tu veux de moi, bien sûr, murmura-t-il en lui prenant la main.

Rowenna se pencha pour l'embrasser.

Il pensait avoir sa réponse.

Si, comme nous l'espérons, vous avez aimé
Les proies de l'ombre,
les pages suivantes vous permettront de découvrir
un extrait du roman *L'île des ténèbre*,
le troisième volume de cette trilogie,
à paraître le 1er janvier 2011.

Dublin, Irlande

— Ecartez-vous !

— Que se passe-t-il ? Oh, mon Dieu ! Mon mari ! Laissez-moi voir mon mari !

Caer Cavannaugh percevait les cris perçants de la femme derrière la cloison de la salle des urgences, de même qu'elle entendait l'infirmière lui parler d'une voix apaisante, essayant de l'empêcher de gêner le travail des médecins qui s'activaient désespérément à sauver le patient.

Il était arrivé à l'hôpital, souffrant de curieux symptômes qui s'étaient apparemment manifestés moins de douze heures après son arrivée à Dublin. Selon sa fiche d'admission, il avait plus de soixante-dix ans et jouissait habituellement d'une bonne santé. Il était tombé gravement malade peu après que sa femme et lui étaient descendus à l'hôtel. Il s'était tout d'abord plaint de terribles douleurs à l'estomac, puis d'une écrasante sensation de faiblesse dans les membres, proche de la paralysie. Ensuite, il avait commencé à avoir des problèmes cardiaques.

Le temps qu'il atteigne le service des urgences, il s'était effondré, victime d'un malaise. Les médecins, dans l'impossibilité de trouver son pouls, avaient immédiatement appliqué le traitement approprié.

— Chargez !

L'homme étendu sur le lit fut agité d'une violente secousse, son échine s'arqua, puis un signal sonore se mit à émettre de façon régulière et rassurante. Son cœur avait recommencé à battre. Des ordres furent criés ; Caer obtempéra. On l'avait appelée dans la salle des urgences quelques minutes seulement avant l'arrivée de l'homme. Dans le cadre de son travail pour l'Agence, elle ne savait jamais exactement où elle se retrouverait affectée, ni quand, ni ce qu'on attendrait d'elle, mais elle était parfaitement entraînée pour se charger de tout problème auquel elle pourrait être confrontée, et ce dans n'importe quelle situation.

Celle-ci, toutefois, était inhabituelle, même pour elle.

Le pouls, qui s'affichait à l'écran, fit quelques bonds dangereusement désordonnés, puis finit par se stabiliser. L'homme cligna des yeux, la regarda, et lui adressa un faible sourire.

— Un ange, murmura-t-il.

Et, sur ces mots, il referma les paupières et s'endormit, relié à une perfusion, un moniteur cardiaque et un tensiomètre.

Les membres de l'équipe médicale se congratulèrent mutuellement. Quelques instants plus tard, Caer entendit l'épouse du patient, encore sous le choc, sangloter tandis qu'un médecin lui expliquait ce qui venait de se passer, même si ses collègues et lui ne connaissaient toujours pas l'origine du problème. Le praticien exhorta la femme de se calmer et lui demanda de répondre à quelques questions. Caer, qui attendait que l'on fasse venir des aides-soignants pour emmener le patient dans le service des soins intensifs, observait la scène, les oreilles aux aguets, recueillant le maximum d'informations.

Le malade s'appelait Sean O'Riley; son épouse, Amanda, était considérablement plus jeune que lui.

Mme O'Riley ne tarissait pas d'éloges sur la merveilleuse journée qu'ils avaient passée, décrivant combien son mari avait été heureux. Il était né ici, à Dublin, mais vivait aux Etats-Unis depuis une éternité. Il avait toujours été robuste et en bonne santé; en tant que capitaine de bateaux charters, il était obligé de se maintenir en forme. Quand on l'interrogea sur ce qu'il avait mangé, elle répondit qu'ils avaient pris un petit déjeuner dans l'avion, déjeuné à l'hôtel et dîné dans un restaurant du quartier de Temple Bar. Ils avaient commandé la même chose et elle se sentait parfaitement bien. C'était peu après le dîner qu'il avait été pris d'un malaise.

— Il faut que je voie mon mari! insista-t-elle de nouveau.

Bientôt, lui promit-on.

Caer contempla la femme par l'entrebâillement du rideau. Elle était menue, bien faite et dotée d'une poitrine de taille disproportionnée. Caer ne put s'empêcher de se demander s'il s'agissait de ses vrais seins. Des cheveux blonds, de jolis yeux noisette, mais quelque chose un brin rusé dans le regard. Une aventurière ? Dans ce cas, était-il possible que, d'une façon ou d'une autre, elle fût responsable de la maladie de son mari ? Existait-il cependant une personne au monde capable, fût-elle excellente comédienne, de simuler une telle expression d'hystérie ?

Les médecins proposèrent de lui donner des calmants. Amanda acquiesça d'un signe de tête, et une infirmière lui administra une injection.

Un officier de police arriva sur les lieux.

Voilà qui est intéressant, songea Caer.

— Cavannaugh !

Caer sursauta et pivota sur ses talons pour faire face à l'infirmier en chef qui venait de l'appeler par son nom.

— Il est à vous. On va le transférer en USI pour quelques heures et vous allez rester auprès de lui.

— Très bien, merci ! murmura-t-elle.

Il la considéra avec curiosité, comme s'il n'avait pas été certain de la reconnaître.

Rien d'étonnant à cela ! C'était un grand hôpital et il arrivait souvent que les membres du personnel soignant se retrouvent à travailler avec des collègues qu'ils connaissaient à peine.

Il finit par esquisser un sourire. Tout bien réfléchi, il l'avait certainement déjà vue, dut-il se dire.

— C'est moi qui suis chargée de lui, annonça Caer aux deux aides-soignants qui venaient chercher son patient.

Après avoir vérifié les câbles et l'arrivée d'oxygène, ils s'engagèrent dans le couloir en direction des ascenseurs qui menaient à l'unité des soins intensifs.

Il fallait coûte que coûte maintenir le malade en vie. Il ne semblait y avoir aucune raison pour que sa vie fût en danger, et pourtant elle l'était, et il avait besoin qu'on prenne soin de lui et qu'on le protège.

Zach Flynn dormait profondément lorsque la sonnerie de son téléphone mobile retentit. Ce qui aurait pu s'avérer une véritable tragédie — cette affaire de petit garçon porté disparu — avait été résolu heureusement et avec habileté en l'espace de quelques jours seulement. Sam, âgé de dix ans, avait tout bonnement ressenti le besoin de manifester son indignation. Sa mère s'était remariée et avait eu un bébé, lequel bébé n'avait pas tardé à monopoliser toute l'attention de ses parents. Sam n'avait pas été kidnappé, contrairement à ce qu'avaient laissé croire la fenêtre ouverte et le désordre de sa chambre. Il avait mis en scène son prétendu enlèvement et était parti se cacher dans le vieux pavillon de chasse de son père. Lorsque Zach l'avait déniché — en le localisant grâce aux courriels envoyés par l'enfant à un copain internaute habitant en Chine —, le garçon commençait à trouver que toute l'aventure n'était pas aussi drôle qu'il l'avait espéré. Tout s'était bien terminé. La mère et le beau-père de Sam étaient si soulagés qu'ils lui avaient fait fête à son retour et l'avaient accueilli avec suffisamment de larmes de joie et d'amour pour le convaincre qu'ils le chérissaient autant que le nouveau-né.

Une fois résolu les affaires « sérieuses » en cours — celles de l'agence de détectives privés qu'il dirigeait avec ses frères, Aidan et Jeremy —, Zach avait donc prévu de consacrer une bonne partie du mois de décembre à l'activité qu'il menait en parallèle, en rendant visite à quelques-uns des musiciens qui jouaient dans les boîtes de nuit de Boston. Il y avait plusieurs années de cela, il avait commencé à investir dans des studios d'enregistrement et à produire des musiciens prometteurs sous son propre label de musique, ne manquant jamais de se réjouir lorsque l'on faisait ensuite appel à ses protégés pour jouer avec les plus grands artistes. Cette activité lui avait agréablement changé les idées à l'époque où il faisait partie de la police métropolitaine de Miami, et elle constituait toujours un agréable moyen d'évacuer le stress causé par son travail quotidien.

Zach était exceptionnellement doué en informatique et, grâce à son habileté à s'introduire dans toutes sortes de systèmes, il était devenu l'expert attitré de l'agence familiale. Il possédait également une bonne connaissance de la rue, et trouvait sa vie professionnelle épanouissante, même si toutes les enquêtes ne se terminaient pas aussi favorablement que celle sur le prétendu rapt du petit Sam.

Il fallait tout de même reconnaître que certaines des affaires qu'ils avaient eu à résoudre auraient fait sourire une statue. Ainsi la fois où Mme Mayfield, du groupe pétrolier du même nom, avait fait appel à eux, en échange d'une somme fabuleuse, pour se lancer à la recherche de Missy.

Missy était une chatte.

La mission fut promptement accomplie. Missy fut retrouvée, en compagnie de six petites pelotes de fourrure, et chacun des frères Flynn se vit offrir un chaton.

Cependant, c'était la musique la véritable passion de Zach. Elle battait dans ses veines et résonnait dans sa tête, sans compter qu'elle apaisait et guérissait également son âme. La musique lui offrait un peu de beauté au milieu de toute la laideur qu'il côtoyait au quotidien.

Aussi avait-il revendiqué la possibilité de profiter à loisir du mois décembre — une occasion de retourner dans cet autre monde où personne ne disparaissait ni ne mourait.

La veille, dès son arrivée à Boston, il avait entrepris de se détendre avec une détermination farouche. Non qu'il se fût soûlé — car il ne buvait jamais à l'excès, ayant appris depuis longtemps que l'euphorie temporaire procurée par l'alcool ne valait pas la perte de la maîtrise de soi qu'elle entraînait —, mais il était tombé sur une bande de vieux amis dans un pub de State Street et avait descendu quelques bières blondes locales. Ce qui ne l'empêcha pas, en cet instant, de percevoir aussitôt la sonnerie de son téléphone et de répondre machinalement :

— Flynn !

— Zach, oh, Zach ! Dieu merci, tu es là ! Eddie a disparu et, en plus, papa est à l'hôpital en Irlande. J'allais sauter dans le premier avion pour me rendre là-bas, seulement Bridey dit que je ne devrais pas, mais papa…

— C'est toi, Kat ? demanda-t-il, interrompant le flot désordonné des paroles de son interlocutrice.

— Oui, c'est moi, Kat. Oh, Zach, c'est affreux ! Il faut que tu nous aides. Nous ne savons pas ce qui se passe, et mon père est tout seul là-bas avec *elle*. Il faut que tu y ailles pour voir de quoi il retourne, Zach. J'ai besoin de ton aide, et papa aussi.

— Bon, d'accord, calme-toi et recommence depuis le début, conseilla Zach, à présent tout à fait réveillé. Qu'est-ce qu'il a, ton père ?

Sean O'Riley avait été l'un des meilleurs amis de son père. Après le décès de ce dernier, Sean, bien qu'il vécût dans le Rhode Island et les Flynn en Floride, avait toujours été présent, comme un oncle bienveillant, pour venir en aide à Zach et à ses frères. Par la suite, Zach s'était mis à fréquenter Kat. Rien de romantique dans leur liaison, mais la jeune fille chantait comme un rossignol et il lui avait donné un coup de pouce sur le plan professionnel en montant un groupe de musiciens spécialement pour elle. A présent, Kat commençait à se faire un nom dans le métier. Il la considérait la plupart du temps comme une lointaine petite sœur.

— Elle lui a fait quelque chose, reprit Kat, affolée. Cette femme est un monstre, avec sa teinture ratée et ses griffes couvertes de vernis!

Elle marqua une pause pour reprendre son souffle et réussit à se calmer quelque peu.

— Bridey dit que tu devrais te rendre là-bas tout de suite pour voir ce qui se passe. Elle ne veut pas que j'y aille moi-même, elle a trop peur. Tu sais comment elle est, elle craint tout le temps qu'il ne m'arrive quelque chose. Elle doit redouter que je tue Amanda et que je me retrouve en prison. Zach, s'il te plaît! Il faut que tu ailles chercher papa et que tu le ramènes à la maison sain et sauf.

— Holà, attends une minute! Il y a d'excellents hôpitaux en Irlande, et je suis sûr que...

— Il vaut mieux qu'il revienne ici. Comme ça, nous pourrons tous rester auprès de lui. Je t'en prie! Je te paierai. Zach, je ne suis pas tranquille! Eddie a disparu et j'ai peur qu'il ne soit mort. Et maintenant, il y a quelqu'un qui essaie de faire du mal à papa. J'en suis certaine! Ça ne peut être qu'*elle*. Tu sais, elle ne m'a jamais inspiré confiance, mais maintenant je suis sûre qu'elle lui a fait un sale coup pour de bon.

En prononçant ces derniers mots, Kat, qui avait de nouveau attisé sa propre exaspération, éclata pratiquement en sanglots.

— Kat, si Sean a des ennuis, je n'ai pas besoin d'être payé. Je ferais n'importe quoi pour lui. Mais il faut que tu te calmes. Et Bridey a raison, tu ne peux pas accuser Amanda comme ça, au hasard.

— Mais je sais ce que je dis!

— Alors, tu dois le prouver.

— Mon père ne me croira jamais.

Zach comprenait les sentiments de Kat à l'égard de sa belle-mère. Amanda n'était guère plus âgée que la jeune fille. Mais il n'avait jamais lui-même rien remarqué qui suggérât qu'Amanda projetait de se débarrasser de Sean. On ne pouvait nier, bien sûr, qu'elle appréciait l'aisance matérielle que lui procurait son mari et qu'elle ne lui aurait jamais accordé un regard s'il n'avait pas été aussi riche, mais de là à commettre un meurtre…

En toute franchise, Zach ne pensait pas que cette femme eût suffisamment de cervelle pour pouvoir préméditer un assassinat.

DANS LA MÊME COLLECTION
Par ordre alphabétique d'auteur

BEVERLY BARTON	*Dans l'ombre de l'assassin*
OLGA BICOS	*Nuit d'orage*
OLGA BICOS	*La mort dans le miroir*
LAURIE BRETON	*Ne vois-tu pas la mort venir ?*
BARBARA BRETTON	*Le lien brisé*
JAN COFFEY	*La dernière victime*
JAN COFFEY	*L'accusé*
JASMINE CRESSWELL	*La Manipulatrice*
JASMINE CRESSWELL	*Le secret brisé*
JASMINE CRESSWELL	*La mort pour héritage*
JASMINE CRESSWELL	*Soupçons mortels*
JASMINE CRESSWELL	*Je saurai te retrouver*
CAMERON CRUISE	*La perle de sang*
MARGOT DALTON	*Amnésie*
MARGOT DALTON	*Kidnapping*
MARGOT DALTON	*Le sceau du mal*
MARGOT DALTON	*Crimes inavoués*
WINSLOW ELIOT	*L'innocence du mal*
ANDREA ELLISON	*Elles étaient si jolies*
ANDREA ELLISON	*La signature écarlate*
LYNN ERICKSON	*Le Prédateur*
SUZANNE FORSTER	*Le cercle secret*
SUZANNE FORSTER	*Secrets*
MICHELLE GAGNON	*Le cercle de sang*
MICHELLE GAGNON	*La forêt de la peur*
TESS GERRITSEN	*Présumée coupable*
TESS GERRITSEN	*Crimes masqués*
TESS GERRITSEN	*Ne m'oublie pas*
HEATHER GRAHAM	*L'invitation*
HEATHER GRAHAM	*L'ennemi sans visage*
HEATHER GRAHAM	*Le complot*
HEATHER GRAHAM	*Soupçons*
HEATHER GRAHAM	*La griffe de l'assassin*
HEATHER GRAHAM	*Prémonition*
HEATHER GRAHAM	*L'ombre de la mort*
HEATHER GRAHAM	*Danse avec la mort*
HEATHER GRAHAM	*Noires visions*
HEATHER GRAHAM	*Nuits blanches*
HEATHER GRAHAM	*Apparences*
HEATHER GRAHAM	*La crypte mystérieuse*
HEATHER GRAHAM	*Sombre présage*
HEATHER GRAHAM	*Hantise*
HEATHER GRAHAM	*Dangereuse vision*
HEATHER GRAHAM	*La nuit écarlate*
HEATHER GRAHAM	*L'héritage maudit*
HEATHER GRAHAM	*Les proies de l'ombre*
CAROLYN HAINES	*Les fiancées du Mississippi*

... / ...

DANS LA MÊME COLLECTION

Par ordre alphabétique d'auteur

KAREN HARPER	*Testament mortel*
KAREN HARPER	*Le saut du diable*
KAREN HARPER	*L'œuvre du mal*
KAREN HARPER	*Les portes du mal*
KAREN HARPER	*Une femme dans la nuit*
KAREN HARPER	*Mortel mensonge*
KAREN HARPER	*Intention mortelle*
KAREN HARPER	*Je ne t'ai pas oublié*
KATHRYN HARVEY	*La clé du passé*
BONNIE HEARN HILL	*La disparue de Sacramento*
BONNIE HEARN HILL	*Mortelle perfection*
CHRISTIANE HEGGAN	*Miami Confidential*
CHRISTIANE HEGGAN	*L'Alibi*
CHRISTIANE HEGGAN	*Intime conviction*
CHRISTIANE HEGGAN	*Labyrinthe meurtrier*
CHRISTIANE HEGGAN	*Par une nuit d'hiver*
CHRISTIANE HEGGAN	*Troublantes révélations*
CHRISTIANE HEGGAN	*Intention de tuer*
CHRISTIANE HEGGAN	*Meurtre à New York*
METSY HINGLE	*Le masque de la mort*
METSY HINGLE	*La fille de l'assassin*
METSY HINGLE	*Noces noires*
GWEN HUNTER	*Faux diagnostic*
GWEN HUNTER	*Virus*
GWEN HUNTER	*Les mains du diable*
GWEN HUNTER	*Le triangle du mal*
GWEN HUNTER	*La piste du mal*
LISA JACKSON	*Dans l'ombre du bayou*
LISA JACKSON	*Noire était la nuit*
LISA JACKSON	*Les disparues de la nuit*
LISA JACKSON	*L'hiver assassin*
LISA JACKSON	*Piège de neige*
LISA JACKSON	*Un danger dans la nuit*
LISA JACKSON	*Visions*
CHRIS JORDAN	*L'étau*
CHRIS JORDAN	*Disparue*
PENNY JORDAN	*De mémoire de femme*
PENNY JORDAN	*La femme bafouée*
R.J. KAISER	*Qui a tué Jane Doe ?*
ALEX KAVA	*Sang Froid*
ALEX KAVA	*Le collectionneur*
ALEX KAVA	*Les âmes piégées*
ALEX KAVA	*Obsession meurtrière*
ALEX KAVA	*Le Pacte*
ALEX KAVA	*En danger de mort*
RACHEL LEE	*Neige de sang*
RACHEL LEE	*Le lien du mal*
RACHEL LEE	*Secret meurtrier*
P.D. MARTIN	*La marque du mal*

.../...

DANS LA MÊME COLLECTION

Par ordre alphabétique d'auteur

DINAH McCAL	*Le silence des anges*
DINAH McCALL	*Les disparus de l'hiver*
DINAH McCALL	*Mélodie mortelle*
HELEN R. MYERS	*Mortelle impasse*
HELEN R. MYERS	*Les ombres du doute*
HELEN R. MYERS	*Mort suspecte*
HELEN R. MYERS	*Suspicion*
HELEN R. MYERS	*La marque du diable*
CARLA NEGGERS	*L'énigme de Cold Spring*
CARLA NEGGERS	*Piège invisible*
CARLA NEGGERS	*La dernière preuve*
CARLA NEGGERS	*Le voile noir*
CARLA NEGGERS	*La nuit du solstice*
CARLA NEGGERS	*Noirs desseins*
CARLA NEGGERS	*Une femme en fuite*
BRENDA NOVAK	*L'étrangleur de Sandpoint*
BRENDA NOVAK	*Noir secret*
BRENDA NOVAK	*Noirs soupçons*
BRENDA NOVAK	*Noire révélation*
MEG O'BRIEN	*Le piège*
MEG O'BRIEN	*En lettres de sang*
MEG O'BRIEN	*Pluie de sang*
MEG O'BRIEN	*La déchirure*
MEG O'BRIEN	*Spirale meurtrière*
SHIRLEY PALMER	*Zone d'ombre*
SHIRLEY PALMER	*Le bûcher des innocents*
EMILIE RICHARDS	*Le refuge irlandais*
EMILIE RICHARDS	*Mémoires de Louisiane*
EMILIE RICHARDS	*Le testament des Gerritsen*
EMILIE RICHARDS	*L'héritage des Robeson*
EMILIE RICHARDS	*L'écho de la rivière*
EMILIE RICHARDS	*Promesse d'Irlande*
EMILIE RICHARDS	*Du côté de Georgetown*
NORA ROBERTS	*Possession*
NORA ROBERTS	*Le cercle brisé*
NORA ROBERTS	*Et vos péchés seront pardonnés*
NORA ROBERTS	*Tabous*
NORA ROBERTS	*Coupable innocence*
NORA ROBERTS	*Maléfice*
NORA ROBERTS	*Enquêtes à Denver*
NORA ROBERTS	*Crimes à Denver*
NORA ROBERTS	*L'ultime refuge*
NORA ROBERTS	*Une femme dans la tourmente*
NORA ROBERTS	*Clair-obscur*
NORA ROBERTS	*Le secret du bayou*
NORA ROBERTS	*Le souffle du danger*
NORA ROBERTS	*La maison du mystère*
FRANCIS ROE	*L'engrenage*
FRANCIS ROE	*Soins intensifs*

.../...

DANS LA MÊME COLLECTION
Par ordre alphabétique d'auteur

KAREN ROSE	*Le lys rouge*
KAREN ROSE	*Et tu périras par le feu*
KAREN ROSE	*Je te volerai ta mort*
KAREN ROSE	*Le cercle du mal*
KAREN ROSE	*Le sceau du silence*
KAREN ROSE	*Les roses écarlates*
M. J. ROSE	*Le cercle écarlate*
M. J. ROSE	*La cinquième victime*
M. J. ROSE	*Rédemption*
JOANN ROSS	*La femme de l'ombre*
SHARON SALA	*Sang de glace*
SHARON SALA	*Le soupir des roses*
SHARON SALA	*Meurtre en eaux troubles*
SHARON SALA	*L'œil du témoin*
SHARON SALA	*Expiation*
SHARON SALA	*Si tu te souviens*
SHARON SALA	*Dans les pas du tueur*
MAGGIE SHAYNE	*Noir paradis*
MAGGIE SHAYNE	*Un parfait coupable*
TAYLOR SMITH	*Le carnet noir*
TAYLOR SMITH	*La mémoire assassinée*
TAYLOR SMITH	*Morts en série*
ERICA SPINDLER	*Rapt*
ERICA SPINDLER	*Black Rose*
ERICA SPINDLER	*La griffe du mal*
ERICA SPINDLER	*Trahison*
ERICA SPINDLER	*Cauchemar*
ERICA SPINDLER	*Pulsion meurtrière*
ERICA SPINDLER	*Le silence du mal*
ERICA SPINDLER	*Jeux macabres*
ERICA SPINDLER	*Le tueur d'anges*
ERICA SPINDLER	*Collection macabre*
ERICA SPINDLER	*Et vous serez châtiés*
ERICA SPINDLER	*L'innocence volée*
AMANDA STEVENS	*N'oublie pas que je t'attends*
AMANDA STEVENS	*La poupée brisée*
AMANDA STEVENS	*Juste après minuit*
AMANDA STEVENS	*Le repaire du mal*
ANNE STUART	*La veuve*
TARA TAYLOR QUINN	*Enlèvement*
ELISE TITLE	*Obsession*
CHARLOTTE VALE ALLEN	*L'enfance volée*

.../...

MIRA

Composé et édité par les
éditions Harlequin

Achevé d'imprimer en Allemagne
par GGP Media GmbH, Pößneck
en octobre 2010

Dépôt légal en novembre 2010
N° d'éditeur : 15338